MENACE EN HAUTE MER

Michael DiMercurio, ancien brillant élève de l'Ecole navale d'Annapolis (Maryland), a terminé sa carrière dans l'US Navy comme chef du groupement énergie à bord du sous-marin nucléaire d'attaque *USS Hammerhead*. Il est spécialiste des technologies de pointe en matière d'armement. Michael DiMercurio vit aujourd'hui à Emmaus, en Pennsylvanie, où il exerce la profession d'ingénieur en mécanique. Il est considéré, avec Tom Clancy, comme le maître du « technothriller sous-marin ». Il est l'auteur de cinq autres romans : *Opération Seawolf* (1994), *Le Sous-marin de l'Apocalypse* (1996), *Seawolf : mission de la dernière chance* (1997), *Coulez le Barracuda !* (1998) et *Piranha, tempête en mer de Chine* (2000).

MICHAEL DIMERCURIO

Menace en haute mer

TRADUIT DE L'AMÉRICAIN PAR DOMINIQUE CHAPUIS
ET LE CAPITAINE DE VAISSEAU DENIS CHAPUIS

L'ARCHIPEL

Titre original :

THREAT VECTOR

par Onyx, un département de New American Library
Penguin Putnam, New York, 2000.

« Il est important de réfléchir au lien entre la compétence et le stress. Celui qui se comporte dignement dans des situations faciles, un ami des beaux jours, pourrait perdre de sa noblesse lorsque les choses se gâtent. Le stress permet de juger de la qualité des hommes. Le stress ne fera pas perdre leur intégrité, leur maturité, leur sensibilité à ceux qui sont réellement bons. Ainsi que je l'ai dit ailleurs, une mesure, et peut-être la meilleure, de la grandeur d'un être humain est sa capacité à assumer la souffrance. »

Scott Peck, M.D.
Les Gens du mensonge, 1983

« Si tu considères l'idée de destruction comme un problème, alors elle n'est rien d'autre qu'un problème. Mais beaucoup de choses affreuses y sont associées, bien que Dieu sache que tu ne t'en soucies guère. Tu cherchais en permanence à réunir les conditions nécessaires au succès de l'assassinat qui devait accompagner cette destruction. Est-ce que les grands mots le rendent plus défendable ? Est-ce qu'ils rendent le meurtre plus agréable ? Tu t'y plonges avec un peu trop d'empressement, selon moi. Et ce à quoi tu ressembleras, ou plus exactement ce que tu seras capable de faire lorsque tu quitteras le service de la République est pour moi extrêmement mystérieux. Mais je devine que tu te débarrasseras de tes doutes en écrivant un livre. Une fois que tu auras couché tout cela sur le papier, tout disparaîtra. Si tu réussis à l'écrire, ce sera un bon livre. Bien meilleur que l'autre. »

Ernest Hemingway
Pour qui sonne le glas, 1940

Livre I

Objectifs

1

La dispute avait duré toute la journée et une partie de la nuit.

Le soleil venait à peine de se lever au-dessus des montagnes lorsque cela avait commencé. Confortablement calée dans l'un des vieux fauteuils en cuir, devant un feu de cheminée, elle avait pris la tasse de café qu'il lui avait tendue. A la suite du procès qui avait réglé la succession de Grand-père Earl, à son retour d'un long déploiement à la mer, il s'était retrouvé propriétaire du vieux chalet familial du Wyoming. Le cabanon était si éloigné de tout que l'électricité fonctionnait de façon sporadique, l'eau provenait d'un puits, sur la place herbeuse du village, et il fallait marcher une heure pour atteindre le téléphone le plus proche ou franchir en voiture un mauvais chemin boueux et défoncé. La vallée avait un profil de canyon, ce qui la mettait hors de portée de tout téléphone par satellite ou biper, ainsi que de toute connexion d'un ordinateur portable sur le Web. C'était ce qu'il voulait : échapper à tout cela. La tranquillité qui en résultait promettait d'en faire un endroit idéal pour se retrouver avec Diana.

L'éclat du feu colorait de rose ses joues. Ses fins cheveux blonds décoiffés tombaient devant ses yeux et ses lèvres pleines lui souriaient par-dessus la tasse. Il remua les braises, s'assit dans le fauteuil face à elle et la regarda dans les yeux.

— Tu avais quelque chose d'important à me dire, lui rappela-t-il.

— Kelly, je veux que tu la quittes, commença-t-elle en cessant de sourire. Cette affaire dure depuis trop longtemps.

Il faillit avaler son café de travers. Il ouvrit les mains et, bégayant, protesta de son innocence.

— Je ne parle pas d'une femme, dit-elle en fronçant les sourcils. Mais de l'autre.

— La marine, dit-il d'une voix éteinte.

— La marine. Je veux que tu restes à la maison. Avec l'arrivée du bébé, il faut que tu changes de vie. Jouer les boy-scouts, c'est fini, Kelly.

Elle n'avait jamais pu comprendre. La mer n'était pas un métier comme les autres. La mer était une partie de lui-même. Ce par quoi il existait. Plus même que par sa voix ou la forme de son visage.

Bien que la discussion eût commencé plutôt calmement, le ton était monté dans le courant de la journée. Diana l'accusait de ne se soucier ni d'elle ni du bébé. Il lui reprochait de ne jamais tenir aucun compte de son opinion à lui. Elle répondait que seul l'intérêt du bébé devait lui importer. Comme si l'enfant risquait de s'arrêter de respirer à l'instant où il repartait en mer, railla-t-il, et cela continua longtemps. Elle se sentait peu sûre d'elle-même. Elle était égoïste et puérile. Elle riposta : le plus puéril des deux s'accrochait à une carrière dans la marine alors qu'il pourrait aisément gagner une fortune en travaillant pour son père. Il explosa : c'était donc ça, il ne gagnait pas suffisamment d'argent pour elle ou pour plaire à son père, ce baron de l'industrie qui avait fait fortune dans l'imagerie tridimensionnelle ! Pourquoi lui balançait-elle ça maintenant qu'elle était enceinte ? Elle savait bien qui il était lorsqu'elle l'avait épousé !

Il sortit un moment pour laisser la tension s'apaiser et entreprit une longue balade en traversant la rivière sur un pont de bois centenaire. Il rentra alors que le soleil commençait à descendre. Il retrouva Diana silencieuse et embarrassée. Il essaya de s'excuser, mais commit l'erreur de répéter que la mer faisait partie intégrante de sa vie.

Elle lui rappela que, lorsqu'ils étaient jeunes mariés, il avait envisagé de quitter la marine et de chercher un autre métier. Bon Dieu, comment aurait-il pu imaginer trouver un tel épanouissement ? Brutalement, le cœur de son argumentation lui sauta à la figure. Il regarda son ventre rebondi et expliqua :

— C'est comme si je te disais que je n'ai pas envie que tu sois mère, que je veux que tu redeviennes comme avant.

Abasourdie, elle le regarda, puis son visage se crispa et des larmes coulèrent de ses yeux clos. Elle se précipita dans la chambre et claqua la porte. Sa sortie avait été si brutale et si précipitée qu'il ne savait que penser. Un instant auparavant, ils discutaient d'un problème et, quelques secondes plus tard, leur amour était anéanti. Comme si la dernière étape de son raisonnement bâti pas à pas, obéissant à une logique irréprochable, l'avait conduit en haut d'une falaise, dont il tombait comme une pierre, sans comprendre ce qui lui arrivait. Il se demandait ce qu'il regrettait le plus, la dernière marche ou cette journée de torture.

Il la suivit et tambourina à la porte, la suppliant de sortir, d'oublier ce qu'il venait de dire, il voulait simplement lui faire comprendre que la mer avait autant d'importance pour lui que le bébé pour elle, que cela ne signifiait pas qu'il ne voulait pas de cet enfant. Sa seule réponse, entre les sanglots, fut : « Si tu attaches autant d'importance à cette saleté de flotte, tu n'as qu'à y retourner et me laisser seule. » Il savait qu'elle resterait hermétique à toute supplique, qu'il était inutile d'insister. L'obscurité commençait à envahir la vallée.

A la lueur de la lune, il contempla la lisière de la forêt de pins noueux. Son mariage sombrait. Tous deux venaient peut-être de dépasser le stade de la scène de ménage. Peut-être vivaient-ils leurs derniers moments ensemble.

Pour rester avec Diana, il devrait sacrifier la marine et il ne savait pas s'il en était capable. Les yeux rivés au plafond, il essayait d'imaginer son existence sans bateau, et c'était aussi difficile que d'envisager la vie sans Diana. Il savait qu'il devait choisir. Le pouvait-il ? Il s'endormit d'un sommeil agité de cauchemars, ponctué de réveils brusques qui le laissaient trempé de sueur. Il rejeta les couvertures, prêt à prendre sa décision. Il s'efforça de se convaincre que, avant tout, il se sentait mari et père. Il s'assit sur son lit en se grattant la nuque, hésitant entre annoncer immédiatement son choix à Diana ou attendre le matin. Il trouva sa montre étanche près du lit : un peu plus de 2 heures. Il bâilla et frissonna.

Un bruit anormal provenait de l'endroit le plus large de la vallée, un rotor d'hélicoptère dans le lointain, qui s'arrêta juste après qu'il l'eut entendu. Il avait rêvé, sans doute. Il vérifia le cadran lumineux de sa montre : 2 h 30. Il avait dû sommeiller dans son lit. Il essaya en vain de se rendormir et se leva. Il devait parler à Diana.

Le plancher craqua sous ses pas. L'espace d'un instant, une ombre masqua la lune. Il s'arrêta, inspecta le couloir à la lueur de la lune puis haussa les épaules. Il se dirigea vers la chambre principale. Il y était presque arrivé lorsque quelque chose toucha son visage. Une araignée ou un insecte. Il essaya de s'en débarrasser mais c'était mouillé. Un sifflement, et l'air devant son visage s'emplit de brouillard.

Une bombe aérosol, comprit-il en un éclair. Il se sentit défaillir et tomber tout en restant parfaitement conscient. Etait-il victime d'une crise cardiaque ? Fallait-il qu'il aille à l'hôpital ? Il s'effondra doucement sur le sol, sa tête heurta le bois. Il sentait bien ses membres mais ne pouvait plus les bouger. Il parvenait à peine à cligner des yeux. Il respirait toujours et son rythme cardiaque accélérait sous l'effet de la peur. Paralysé, peut-être en train de mourir, il essayait de distinguer quelque chose dans la faible clarté, de bouger pour faire du bruit, de réveiller Diana pour qu'elle l'emmène chez le médecin le plus proche, à Saratoga.

Il distingua une ombre qui s'avançait et se penchait au-dessus de lui. L'homme portait une cagoule de ski noire. Des mains gantées approchèrent de son visage quelque chose qu'il ne reconnut pas. On lui colla de l'adhésif sur la bouche. L'homme le retourna et lui scotcha les mains et les jambes. Des bras robustes le soulevèrent. Il sentit que trois autres individus aidaient le premier à le sortir de la maison.

Les hommes le transportèrent lentement à travers la place du village, contournèrent la vieille mairie en rondins, dépassèrent la pompe à eau, là où le chemin se terminait en cul-de-sac. A la clarté de la lune, on distinguait un 4 × 4 équipé d'un gros arceau de sécurité et d'une plate-forme arrière. Le premier homme qu'il avait aperçu ordonna d'un signe de la main de démarrer et le buggy, sans doute équipé d'un moteur électrique, se mit à rouler doucement. Cahotant sur le mauvais chemin, il s'enfonça dans l'épaisse forêt. Au bout de cinq minutes environ, le véhicule s'arrêta. Les hommes descendirent, sortirent Kelly et le portèrent de nouveau.

Et Diana ? Que penserait-elle au petit matin lorsqu'elle se rendrait compte qu'il était parti ? Lui viendrait-il à l'idée qu'il avait été kidnappé ? Bien sûr que non. Elle supposerait qu'il l'avait quittée. Mais il n'eut pas le temps de s'arrêter à ce genre de considération. Au-dessus de lui, à la lumière de la lune, se détachait la silhouette du plus gros hélicoptère qu'il eût jamais vu. Peint en gris uni, une grande étoile rouge au milieu d'un cercle, avec des rayures des deux côtés. A l'intérieur du logo, en lettres capitales, il put lire US NAVY. Pendant qu'on le hissait par la porte grande ouverte, la première turbine démarra dans un chuintement puis se mit à ronfler avant de déchirer l'air d'un sifflement strident. La seconde turbine démarra à son tour et accéléra à plein régime. On le fit asseoir sur un siège de toile et on le sangla avec un harnais à cinq points, toujours bâillonné, chevilles et poignets entravés.

Les hommes qui l'avaient transporté enlevèrent leur cagoule, essuyèrent le maquillage noir de leur visage, enfilèrent leur casque de vol et s'installèrent. Le premier prit place au poste de pilotage. Au-dessus d'eux, le rotor commença à tourner lentement et l'hélicoptère se mit à vibrer. L'engin décolla et la montagne rétrécit rapidement. Le pilote adressa un regard au copilote et revint dans la cabine.

Il arracha le ruban adhésif aussi délicatement que possible et se présenta d'une voix forte pour couvrir le bruit des turbines :

— Commandant McKee, je suis le capitaine de corvette Sonny Sorenson, commandant la deuxième section du septième commando des Seals. Désolé de la méthode employée pour vous récupérer. Ordres de l'amiral Phillips. Les effets de l'aérosol devraient s'estomper rapidement. Toujours sur ordre de l'amiral, nous vous emmenons à l'aéroport de Saratoga où vous embarquerez dans un avion supersonique, dans lequel vous attendent plusieurs personnes. Je ne sais rien d'autre, commandant, mais cela doit être d'une importance capitale.

Le capitaine de frégate Kyle Liam Ellison « Kelly » McKee, US Navy, dévisagea l'officier. Il était en permission et personne, pas même les membres de sa famille, ne savait où il était parti. Il retrouva des sensations dans la nuque et put de nouveau remuer la tête puis les bras et les jambes, malgré les courbatures. Tout son corps était envahi de fourmis. Lorsqu'il put bouger le bras, il regarda sa montre : 3 heures. Par le hublot, les montagnes défilaient à toute allure. Le bruit ambiant était trop fort pour se faire entendre. McKee conserva son calme jusqu'à l'atterrissage. Dix minutes suffirent pour atteindre l'aéroport de Saratoga. Lorsque l'hélicoptère se posa, le commando lui tendit une combinaison de vol, des chaussettes et une paire de rangers. McKee baissa les yeux et s'aperçut qu'il ne portait qu'un caleçon et un T-shirt. L'officier des Seals le saisit par le bras et le guida dans la pénombre d'un hangar jusqu'à un Gulfstream, un jet supersonique privé.

A la faible lueur des lampes du parking, McKee monta dans l'avion. Les douze sièges étaient vides. Deux hommes vêtus de costumes sombres, l'air sinistre, se tenaient debout dans l'allée. Le commando salua et se retira.

— Qu'est-ce qui se passe ?

Aucun signe de l'équipage, simplement la clarté jaune des lampes de la cabine et les deux silhouettes impassibles. Le plus âgé des deux hommes lui désigna un siège au milieu de la cabine.

— Commandant McKee, asseyez-vous, je vous en prie. Je suis l'agent Calvert, du NIS.

Le Naval Investigative Service, les services secrets de la marine, se dit McKee en essayant de mettre en place toutes les pièces du puzzle. Il s'assit et leva les yeux vers l'individu qui lui faisait face.

— Lisez et signez, dit Calvert, en lui tendant un document imprimé en caractères minuscules dans un parapheur. McKee y jeta un coup d'œil.

— Une amende d'un million de dollars ? Une condamnation à mort ou cent années de prison ? De quoi s'agit-il ?

— Une attestation vous habilitant à prendre connaissance de documents classifiés au niveau 12. La simple formule « niveau 12 » est elle-même secrète. Je suis sûr que vous connaissez les peines encourues en cas de divulgation d'informations classifiées Top Secret, n'est-ce pas ?

— Vous êtes venus me kidnapper dans ma maison de vacances à 3 heures du matin juste pour me menacer ? Excusez-moi, j'ai un coup de fil à passer.

Il tenta de se lever, mais quatre mains puissantes le forcèrent à se rasseoir. Calvert entrouvrit sa veste, laissant apparaître un holster contenant un pistolet automatique MAC-12.

Durant la demi-heure qui suivit, les deux hommes lui lurent le règlement drastique émanant du gouvernement concernant l'habilitation au niveau 12, puis ils le firent se lever et jurer qu'il conserverait le secret le plus absolu sous peine de mort. Il signa le document, qu'ils contresignèrent en qualité de témoins, un sceau officiel fut apposé et les agents du NIS se retirèrent. Au moment où ils sortaient, un pilote féminin de l'aéronavale embarqua, vêtue d'une tenue semblable à celle de McKee. Elle était suivie d'un officier plus jeune. Elle salua, se présenta comme le lieutenant Davis et disparut dans le poste de pilotage.

— Passez-moi le téléphone, demanda McKee en se penchant à l'entrée du cockpit.

Sa femme serait furieuse lorsqu'elle se réveillerait et trouverait la maison vide. Elle devait savoir qu'il ne l'avait pas quittée. S'il ne parvenait pas à la joindre, elle s'imaginerait qu'il avait fait une croix sur leur mariage.

— Pas de téléphone, commandant, répondit le pilote.

Elle tendit le bras vers la console au-dessus d'elle et actionna un interrupteur, mettant en fonction l'avionique du cockpit.

— Ordre formel de l'amiral Phillips.

Un second interrupteur déclencha un ronflement sur la gauche du cockpit. La porte se ferma avec un bruit sourd. Le bruit du vent à l'extérieur laissa soudain place à un silence.

— Je vous conseille d'aller vous asseoir et de boucler votre ceinture, commandant, poursuivit-elle. Deux minutes pour décoller, trois pour passer en supersonique.

Elle se retourna vers son tableau de bord et actionna le démarreur du moteur gauche. Le moteur gronda faiblement puis se mit à siffler. Une minute plus tard, l'avion grimpait en flèche dans le ciel sombre. La cabine devint étonnamment calme lorsque l'indicateur de Mach passa de 0.99 à 1.00 puis les chiffres défilèrent jusqu'à Mach 1.8. Quand la vitesse et la trajectoire du jet se stabilisèrent, McKee détacha sa ceinture et se leva pour aller demander au pilote des précisions concernant leur destination. Mais elle s'avançait déjà dans l'allée, un attaché-case noir à la main.

— Voilà, dit-elle en le posant sur la tablette devant McKee. Vous devriez pouvoir vous débrouiller. Selon les instructions de l'amiral Phillips, lorsque l'ordinateur vous demandera un mot de passe, vous devrez entrer le matricule qui vous avait été attribué en première année à l'Ecole navale.

Elle continua sa progression vers l'arrière jusqu'aux toilettes, laissant McKee devant la mallette.

Il l'ouvrit et trouva à l'intérieur un petit WritePad, qui consentit à démarrer après vérification rétinienne, et lui demanda son mot de passe. Il tapa son matricule d'élève de l'Ecole navale, un numéro gravé dans sa mémoire et qu'il avait coutume d'utiliser comme mot de passe personnel.

L'ordinateur ne s'ouvrit pas sur l'écran habituel de Windows/Linux 2017, mais présenta des caractères noirs sur une page blanche, comme s'il s'agissait d'une feuille de papier. Après le premier paragraphe, une définition du niveau 12, la ligne suivante identifiait le code Alfa qui annonçait des informations concernant la situation en Ukraine.

Après quelques éléments sur l'histoire récente de l'Ukraine, l'essentiel concernait un conflit en Amérique du Sud entre l'Argentine et l'Uruguay, dont McKee n'avait jamais entendu parler. Durant les cinq dernières années, les deux nations s'étaient suréquipées en armes nucléaires, dont elles se menaçaient mutuellement. En 2013, ces deux pays avaient mobilisé leurs forces conventionnelles, pour l'essentiel terrestres.

Des écoutes de conversations téléphoniques et l'interception de courriers électroniques avaient permis d'éventer les desseins de l'Argentine. Ce pays avait conclu un marché avec l'Ukraine, nation en déclin, et avait des projets pour la flotte de la mer Noire. Les bâtiments ukrainiens feraient route vers le sud, se positionneraient au large de Montevideo en Uruguay et attaqueraient depuis la mer tandis que les forces argentines franchiraient la frontière.

McKee ne put retenir un sifflement sonore : rien de tout cela n'avait filtré dans le *New York Times*. Il pensait que la gigantesque flotte ukrainienne de la mer Noire avait été mise sous cocon le long des quais de Sébastopol et se désagrégeait sous la rouille, même si l'on pouvait imaginer que les

Ukrainiens chercheraient à tirer profit un jour ou l'autre de cette formidable puissance de feu.

McKee leva les yeux et croisa le regard interrogateur du lieutenant de vaisseau de l'aéronavale, assise face à lui.

— Oui ? demanda-t-il.

— Puis-je faire quelque chose pour vous ?

— Une tasse de café serait la bienvenue, répondit-il. Et j'aimerais bien fumer, mais je doute que vous ayez une réserve de cigares.

— L'amiral Phillips a laissé pour consigne de satisfaire tous vos désirs, dit-elle en se levant.

Elle sortit un petit humidificateur d'un coffre placé au plafond et l'ouvrit : il contenait une demi-douzaine de Montecristo cubains, un coupe-cigares et un briquet. Puis elle s'approcha du bar à l'arrière.

— Ce dont j'aurais réellement besoin, c'est d'un téléphone, grommela McKee.

— Tout sauf un téléphone, rectifia-t-elle avec un sourire depuis le bar.

— Quelle merde, marmonna McKee.

Il coupa le bout de son cigare en forme de torpille, l'alluma avec un briquet à l'emblème du commandement en chef des sous-marins américains, un crâne et deux tibias entrecroisés. Il remercia le lieutenant de vaisseau d'un geste de la main lorsqu'elle déposa devant lui une tasse de café et poursuivit sa lecture.

La section suivante se composait d'une série d'e-mails et de messages radio codés qui remontaient à 2013, cinq ans auparavant. Ils donnaient des détails sur les origines de l'animosité entre les deux nations sud-américaines : rivalité commerciale, désaccords au sujet des frontières et une sorte de conflit personnel entre les dirigeants des deux pays. En 2014, l'Uruguay avait pratiqué un essai nucléaire souterrain. A son tour, l'Argentine avait testé quatre charges militaires début 2015. Un cargo en provenance de la Chine Rouge avait fait escale à Comodoro Rivadavia, en Argentine, pour débarquer vingt missiles prêts à recevoir leur charge militaire. En 2016, l'insignifiante armée uruguayenne se limitait à 30 000 hommes. En 2017, sur une population de douze millions d'habitants, 700 000 hommes servaient sous l'uniforme. Dans le même temps, les effectifs de l'armée argentine étaient passés à deux millions, mais l'Uruguay avait importé de Madras plus de trois cents chars, les modèles les plus récents produits par les Indiens. Les forces dispersées de la marine argentine avaient reçu l'ordre de se tenir en état d'alerte maximum, tandis que les pourparlers avec le président ukrainien Dolovietz franchissaient le stade de la discussion de principe et en arrivaient à fixer les détails des transactions financières. Tandis que les fonds argentins étaient transférés vers des comptes suisses, l'entretien de la flotte de la mer Noire s'améliora soudainement. En l'espace de deux ans, les escorteurs, frégates, croiseurs et porte-avions de la flotte de la mer Noire firent l'objet de toutes les attentions et se retrouvèrent complètement disponibles.

Un long e-mail adressé au Président par le secrétaire d'Etat aux Affaires étrangères, l'offensif Lido Gaz, récapitulait les échec répétés, sur cinq ans, des diplomates américains pour mettre fin aux rivalités argentino-urugayennes. Y compris la récente intervention en Ukraine lorsque Gaz avait personnellement mené les discussions — ou les menaces — avec le président Vladimir Dolovietz.

Puis suivaient des messages plus récents. Le 14 avril de cette année, trois frégates ukrainiennes avaient franchi le détroit du Bosphore et les Dardanelles pour effectuer un exercice en Méditerranée. Elles avaient fait escale à Toulon, officiellement pour entretenir de bonnes relations avec la France.

Le 20 avril, un groupe de trois autres frégates avaient quitté la mer Noire et rejoint leurs compatriotes. Le 25 avril, les six bâtiments avaient appareillé de Toulon et transité par Gibraltar pour rallier l'Atlantique. Les satellites américains les avaient repérés, en plein exercice, dans une zone située à 200 nautiques au large de l'Espagne.

Le 28 avril, les satellites espions américains détectèrent un flux de chaleur en provenance du compartiment machines du gigantesque porte-avions à propulsion nucléaire *Amiral Kuznetsov*. Un peu plus tard le même jour, le réacteur du sous-marin nucléaire d'attaque *Severodvinsk* divergea. Le 29 avril, quatre croiseurs appareillèrent de Sébastopol et mirent le cap à l'ouest, suivis de quatre bâtiments amphibies, bourrés jusqu'au plat-bord d'hommes et de tanks ukrainiens. Deux pétroliers chargés du ravitaillement de l'ensemble de la flotte durant tout le transit ne tardèrent pas à les suivre. Le 30 avril, ce fut le tour de trois frégates et du sous-marin *Severodvinsk* qui plongea et disparut après avoir été pisté sur une distance de 11 nautiques. Le 1er mai, le porte-avions largua les amarres. Le 10 mai, les satellites détectèrent les derniers départs en direction de Gibraltar et de l'Atlantique, à intervalles aléatoires afin de ne pas attirer l'attention. Le 11 mai, la flotte entière se trouvait en Atlantique, en ordre dispersé, au large de l'Europe.

Le 12 mai, une multitude d'e-mails, de communications téléphoniques et de messages radio transitèrent entre Buenos Aires et Kiev. Le 13 mai, la flotte de la mer Noire se rassembla et mit le cap au sud-ouest à la vitesse de 30 nœuds. Le 14 mai, trois flottilles de chasseurs bombardiers d'attaque supersoniques Flanker décollèrent de Sébastopol et appontèrent sur le *Kuznetsov*, suivis d'une douzaine d'hélicoptères d'attaque. Le 16 mai, le groupe de bataille ukrainien avait franchi le tropique du

Cancer et approchait de l'équateur, toujours à vitesse maximum.

McKee regarda son cigare : il était éteint. Cela faisait longtemps que son café était froid mais il l'avala tout de même avant de rallumer son cigare. Il reprit la liste des messages : le nom d'un sous-marin américain, le USS *Devilfish*, apparaissait à plusieurs reprises. Il s'agissait du prototype des sous-marins nucléaires d'attaque nouvelle génération, désigné sous l'appellation de SSNX, SSN pour sous-marin nucléaire d'attaque et X pour expérimental. Le nouveau sous-marin nucléaire d'attaque, le NSSN, devait remplacer les Seawolf et constituerait l'ensemble de la flotte sous-marine dans les années 2020 ou 2030. Le prototype de la série, le SSNX, était seul de son genre, un peu différent de celui qui le suivait, le USS *Virginia*, qui serait le premier véritable NSSN de présérie construit dans les ateliers du chantier des constructions neuves de DynaCorp à Groton, dans le Connecticut. Trois autres coques de NSSN étaient à divers stades d'avancement mais, jusqu'à l'admission au service actif du *Virginia,* dans environ un an, le *Devilfish* resterait le sous-marin le plus puissant au monde. Les messages suggéraient d'envoyer le *Devilfish* pour intercepter la force ukrainienne. L'idée avait germé dans les états-majors et avait été proposée aux plus hautes autorités pour recevoir l'aval de l'amiral Bruce Phillips en personne. En tant que commandant en chef des forces sous-marines, Phillips avait une influence prépondérante au Pentagone. Les autres messages étaient des e-mails échangés entre Phillips et son adjoint, l'amiral Kane, et entre Phillips et le chef d'état-major de la marine, l'amiral Michael Pacino.

Dans ses messages, Pacino multipliait les questions tactiques, s'inquiétait des objectifs de l'opération et de la manière exacte dont le *Devilfish* devait être utilisé, ainsi que des chances de survie du sous-marin, du type d'armes qu'il lancerait et de la nature des buts. Enfin, l'amiral Pacino consignait ses recommandations au plus haut niveau à l'intention de l'amiral Richard O'Shaughnessy, chef d'état-major des armées, et de Freddy Masters, secrétaire d'Etat à la Défense : le *Devilfish* devait emporter des armes anti-surface et anti-sous-marines et être envoyé à vitesse maximum pour intercepter et détruire la flotte de combat ukrainienne. Les e-mails suivants émanaient de Freddy Masters et étaient adressés à Jaisal Warner, la présidente des Etats-Unis. Ils rendaient compte de la réunion du conseil de sécurité nationale qui s'était tenue à Camp David le week-end précédent. Dans un document de trente-deux pages, le conseil concluait qu'il était vital de se débarrasser de la flotte de la mer Noire pour désamorcer le risque de guerre nucléaire.

Le 15 mai, soit à peine quelques jours plus tôt, l'échange de messages s'intensifiait. Les autorités du Pentagone avaient soudain réalisé que le commandant du *Devilfish* était en permission et, de plus, injoignable. Des incohérences de ce type devenaient inévitables lorsque l'on classifiait l'information à un tel niveau. Même l'amiral Phillips n'était pas au courant du conflit qui se préparait lorsqu'il avait signé la permission du commandant du *Devilfish*. Le 17 mai, le second avait reçu l'ordre d'appareiller en direction de l'Equateur à vitesse maximum. Un point de rendez-vous serait transmis pour le ralliement du commandant dès que celui-ci aurait été retrouvé. Le 19 mai, le commandant avait été localisé dans un coin perdu du Wyoming. Aujourd'hui, 20 mai, il serait hélitreuillé à bord de son bâtiment. L'opération avait nécessité trois jours.

L'interception de la flotte ukrainienne devait

avoir lieu le 23 mai, soit trois jours plus tard, à une latitude de 30 degrés sud, au large de Porto Alegre, au Brésil. Cela ne laissait pas beaucoup de marge mais le sous-marin fonçait pour rattraper la flotte ukrainienne et aurait besoin de tout le temps que pouvait lui accorder la Maison Blanche pour la dépasser et l'attaquer.

Le dernier message provenait du commandant de la section du septième commando de Seals, qui annonçait que le commandant du *Devilfish* avait été retrouvé et qu'il était en cours de rapatriement à bord de son bâtiment. McKee éteignit l'ordinateur et ferma l'attaché-case. Par le hublot, le soleil du matin se reflétait dans l'eau profonde de ce qu'il imaginait être la mer des Caraïbes.

Voilà donc l'explication de son enlèvement. N'auraient-ils pas pu frapper à la porte, comme tout le monde ? se demanda-t-il. Mais après avoir lu le document, McKee comprenait qu'ils ne pouvaient pas prendre le risque qu'il refuse de les suivre. Pour le convaincre, il aurait fallu lui révéler l'imminence d'un conflit, ce qui aurait gravement compromis des informations du niveau 12, code Alfa. Quel micmac, pensa McKee.

Il jeta de nouveau un coup d'œil par le hublot, déconcerté : une semaine auparavant il ne faisait que jouer des coudes dans une marine de temps de paix. A présent, il partait pour la guerre. Trop d'émotions à intégrer en une seule fois. En dépit des nausées dues à la drogue que les Seals lui avaient administrée, il décida d'essayer de se reposer. Il inclina son siège, tira le volet du hublot et ferma les yeux.

Il dormit d'un sommeil agité. Le visage de Diana, inondé de larmes, l'obsédait. Il se réveilla moins d'une heure plus tard, profondément perturbé, et il se promit de quitter la marine dès la fin de cette opération.

2

Assis sur le plancher, les jambes dans le vide, le capitaine de frégate Kelly McKee était sanglé dans un harnais, accroché par un câble d'acier à un treuil fixé au plafond de la carlingue de l'hélicoptère Sea King, qui orbitait autour d'un point précis. McKee distingua une tache blanche qui explosa en un jet d'écume. Une gigantesque forme noire surgit de l'océan, surmontée d'un massif bulbeux profilé en forme de goutte d'eau.

L'ensemble de la coque suivit avec une assiette positive, jusqu'à ce que le safran arrière apparût. La coque sembla alors s'immobiliser l'espace d'une demi-seconde avant de retomber dans une seconde explosion d'embruns qui s'élevèrent jusqu'à la porte béante de l'hélicoptère, 30 mètres plus haut. Le bâtiment disparut dans cette éruption avant de refaire surface comme un bouchon et de se stabiliser en position horizontale. Seuls émergeaient la partie supérieure du pont et le massif. A l'arrière, la barre de direction dépassait, surmontée d'un dôme en forme de goutte d'eau. Un grand mât ressemblant à un poteau téléphonique surgit du massif, puis un second mât, plus haut et plus épais. Un périscope de type 20 et une antenne multifonctions, baptisée Bigmouth.

Au sommet du massif, des volets s'escamotèrent

dans leur logement, dégageant une sorte de nid d'aigle, la passerelle. Deux hommes apparurent, vêtus de blousons de mer et coiffés d'une casquette à l'emblème du bâtiment. L'un d'eux installa un mât en acier sur l'arrière de la passerelle et hissa un immense drapeau américain sur une drisse. Puis il envoya le pavillon à fond noir représentant un crâne et deux tibias croisés, l'emblème du commandement unifié des sous-marins, qui portait dans sa partie supérieure la devise « Profond-silencieux-rapide-mortel » et, en dessous, « Commandement unifié des sous-marins ».

Deux épais panneaux d'acier s'ouvrirent sur le pont. Une douzaine d'hommes en sortirent, équipés de harnais de sécurité reliés au pont par des câbles.

En dessous d'eux se tenait le *Devilfish*, 125 mètres de long, 11 mètres de diamètre, 7 700 tonnes de déplacement en plongée, vingt-six armes au poste torpilles et douze tubes dans le système de lancement vertical. Un réacteur nucléaire S9G de Dyna-Corp, à eau pressurisée et à forte densité de puissance, fournissait au bâtiment la vapeur nécessaire pour animer quatre turboalternateurs, deux petits destinés à alimenter le bord en énergie électrique et deux gros, qui délivraient du courant alternatif à l'unique moteur électrique de propulsion, à bain d'huile, qui actionnait la pompe-hélice.

— Quand vous voulez, commandant ! hurla un homme d'équipage derrière McKee.

Ce dernier approuva d'un signe de tête et, avant d'avoir eu le temps de réfléchir, il se retrouva suspendu dans le vide au-dessus de milliers de kilomètres carrés d'océan. Plusieurs hommes l'empoignèrent et le guidèrent vers le pont recouvert d'une sorte de mousse. Alors qu'il s'attendait à poser le pied sur une tôle d'acier, le revêtement anti-sonar lui donna une sensation étrange. L'équipe de pont le libéra de son harnais, que l'hélicoptère hissa immédiatement tandis qu'il virait et s'éloignait déjà. McKee s'avança rapidement vers le panneau de pont sur l'arrière du massif, se glissa par l'ouverture et descendit l'échelle. Après la lumière du matin en mer des Caraïbes, l'intérieur paraissait d'un noir d'encre. Le sas de sauvetage était un large cylindre d'acier qui aboutissait au niveau du compartiment avant, haut de trois ponts.

Debout au pied de l'échelle, un officier l'attendait, vêtu d'une combinaison bleue. Un sifflet de bosco résonna dans tout le bâtiment. La diffusion générale aboya « *Le commandant monte à bord !* ». Plutôt incongru, à plus de 2 000 nautiques du port que le sous-marin avait quitté trois jours plus tôt. Un nouveau coup de sifflet retentit lorsque les bottes de McKee entrèrent en contact avec le plancher du compartiment. L'officier se mit au garde-à-vous aussitôt que McKee eut lâché l'échelle.

— Heureuse de vous revoir, commandant, dit-elle d'une voix grave.

Mince et grande, les cheveux bruns retenus en une queue-de-cheval stricte, le capitaine de corvette regarda McKee. Sur sa plaquette nominale, on lisait « Petri ». Des feuilles de chêne dorées ornaient son col et un macaron de sous-marinier était brodé au-dessus de sa poche. Sur l'une des manches de sa combinaison, elle portait l'insigne du commandement des sous-marins, ainsi que celui du *Devilfish*, une tête de bélier ricanant au-dessus de la silhouette d'un sous-marin nucléaire et des numéros de coque de tous les sous-marins qui avaient porté le même nom.

— Second, se contenta de dire McKee en utilisant le raccourci habituel, manifestement partagé entre la satisfaction et l'agacement.

Petri supposa que la satisfaction venait du fait qu'il retrouvait son univers, l'agacement de ce qu'il avait été absent suffisamment longtemps pour qu'elle prenne le commandement du sous-marin, marchant ainsi sur ses plates-bandes. Elle avait fait son devoir et, à présent qu'elle reprenait sa place de second, elle réalisait qu'elle en concevait des sentiments mitigés. Elle avait reçu l'ordre d'appareiller d'urgence de Norfolk sans attendre le commandant avec une certaine appréhension. Mais elle s'était rapidement laissée griser par la situation et avait découvert ce que les vieux loups de mer savaient depuis toujours, que le commandement était une drogue qui ne ressemblait à aucune autre. En retrouvant le capitaine de frégate Kelly McKee, son mentor et son commandant, elle se sentait déçue et un peu fâchée de devoir lui rendre sa place. Mais la joie de le revoir prévalait. La traversée s'était avérée difficile jusqu'à présent et McKee savait apporter un climat de confiance dans tout ce qu'il faisait. Lorsqu'il se trouvait à proximité, rien ne paraissait insurmontable.

De taille moyenne, McKee avait pourtant l'air grand. Ses yeux noirs, ses traits marqués, ses lèvres pleines contrastaient avec son crâne osseux. Ses cheveux brun foncé dessinaient un arc de cercle au-dessus de ses sourcils broussailleux, dont l'épaisseur étonnait chez un homme de quarante ans.

Petri avait travaillé avec McKee durant les deux dernières années et elle avait l'impression d'avoir appris à le connaître mieux que personne, probablement même que sa femme. Elle était présente à ses côtés tout au long de la journée dans la cocotte-minute que pouvait devenir un sous-marin, tandis que Diana attendait tranquillement qu'il rentre l'entourer de sa tendresse. Petri n'avait pas d'affection particulière pour Diana, mais elle était diplomate, ce qui, jusqu'à présent, avait servi sa carrière. Elle avait été l'un des premiers officiers féminins à intégrer les forces sous-marines, domaine jusque-là exclusivement réservé aux hommes.

Lorsque le Congrès avait décidé que les femmes

seraient admises dans les forces sous-marines, l'amiral Phillips avait pensé que, si elles étaient reléguées dans les emplois subalternes, ce serait la porte ouverte au harcèlement et au manque de considération. Il décida donc de commencer par les intégrer au sommet de la hiérarchie, où leur autorité ne serait pas remise en question. Il avait choisi vingt-cinq officiers féminins, toutes commandants en second de bâtiments de surface, répondant aux critères d'aptitude physique et déjà sélectionnées pour commander à la mer. Après son affectation comme second du *Port Royal*, Petri devait prendre le commandement d'un croiseur nucléaire lorsque le bureau de Phillips l'avait contactée. On lui proposait d'intégrer les forces sous-marines, sous la condition implicite d'accepter une nouvelle affectation de commandant en second, avec la promesse formelle que ses performances pourraient être récompensées par un commandement.

L'entraînement avait été épuisant. Elle avait dû maîtriser en deux ans ce que la plupart des hommes avaient mis seize années à apprendre. Durant des mois, elle n'avait que peu dormi, acquérant les connaissances nécessaires à force de séances de simulateur. Elle avait déjà l'expérience de la marine et du commandement, il ne lui manquait que la maîtrise technique de l'engin, du moins le croyait-elle. Mais elle devait apprendre à se servir d'une nouvelle machine, à parler un nouveau langage, pour entrer dans un nouveau monde. Sans Kelly McKee, elle n'aurait jamais obtenu le sésame pour cet univers. Il avait consacré des heures à l'entraîner, lui donnant la manœuvre pendant les exercices, lui transmettant la moindre parcelle de son expérience.

Parfois, Karen Petri voyait McKee autrement que comme un simple instructeur, mais elle avait un sens du devoir extrêmement développé et savait qu'elle ne pouvait se permettre de telles pensées.

En regardant son second, Kelly McKee ressentait l'impression rassurante que la situation était claire, comme à chaque fois qu'elle entrait dans une pièce. Elle était plus compétente que tous les commandants en second qu'il avait connus. De cinq centimètres plus grande que lui, elle était mince et portait une combinaison unisexe de sous-marinier, dont le tissu laissait cependant deviner les courbes de sa poitrine. Elle avait les cheveux noir de jais, les pommettes hautes d'un Indien Cherokee, et de grands yeux ténébreux en amande. Elle était jolie, mais la dureté de son visage traduisait son inflexibilité. Si elle ne correspondait pas au genre de femme qui aurait pu séduire McKee, elle possédait les qualités idéales d'un commandant en second.

Les hommes qui l'avaient récupéré sur le pont le suivaient. Le dernier à descendre le regarda et lui annonça : « Tout le monde est en bas, commandant. » Les effluves du sous-marin emplirent les narines de McKee — un mélange complexe de graisses de cuisson, de fumée de cigare, de diverses huiles de graissage venant de la machine, d'ozone dégagé par les équipements électriques, de produits chimiques de l'usine de régénération d'air. Dans son ensemble, l'odeur lui plaisait. Elle lui apportait un certain bien-être, un peu comme l'odeur du feu de bois dans son chalet. Il se reprit à penser à Diana, mais évacua rapidement son souvenir de son esprit et se replongea dans le présent.

Petri se tourna vers le tableau de commande du sas et manœuvra un levier. Le panneau supérieur tomba dans un claquement sourd. La lumière du soleil disparut. Le volant de manœuvre hydraulique tourna. Les adans s'engagèrent, verrouillant le panneau supérieur. Le panneau inférieur se ferma ensuite, juste au-dessus d'eux. Dans l'interphone, Petri annonça que le sas d'accès était fermé et verrouillé, puis fit un signe de tête à McKee.

— Allons au PCNO, second, dit McKee en la précédant dans la coursive lambrissée.

A l'extrémité, une porte permettait d'accéder aux logements de l'état-major du sous-marin, les chambres de Petri et du commandant qui communiquaient avec le PCNO. Celui-ci s'étendait sur toute la largeur du bâtiment, la plate-forme surélevée du périscope au centre, les cabines de visualisation virtuelle du système de combat à tribord, les consoles des senseurs à bâbord et les tableaux du central à l'avant. Les portes des locaux sonar, radio et informatique se trouvaient près de l'accès avant. Dans ce vaste espace, chaque recoin était utilisé, bourré de câbles, de sectionnements, de grands écrans plats, de consoles, de rambardes, de téléphones, de prises d'air respirable, de tables traçantes. Lorsque les vingt-cinq hommes d'équipage requis s'entassaient au poste de combat, on avait du mal à respirer. Quelle que soit la taille du sous-marin, le CO serait toujours ainsi, pensa McKee, et peut-être n'était-ce pas une mauvaise chose.

Nulle part ailleurs que dans le CO de son sous-marin, McKee ne ressentait la même impression. Il se comparait à un pilote dans son cockpit, à un pasteur prêchant en chaire, à un président sur sa tribune. McKee réalisa alors ses limites et se demanda comment il arriverait, un jour, à quitter son commandement. McKee leva les sourcils en regardant l'officier de quart. L'ingénieur était un jeune capitaine de corvette du nom de Todd Hendrickson. Grand, les cheveux blonds, Hendrickson restait un personnage déroutant, un individu tellement introverti qu'aucune émotion ne se lisait jamais sur son visage. Lorsqu'il se tourna vers McKee, son regard était clair et vif. Il se mit au garde-à-vous et dit d'une voix sèche et tranchante :

— Bonjour, commandant, heureux de vous revoir à bord !

— Alors ? demanda McKee en lui tendant la main.

L'officier marinier de quart lui tendit un cigare Cohiba comme une infirmière présenterait un scalpel à un chirurgien. Un autre lui passa son briquet à l'emblème du *Devilfish*. Un nuage de fumée s'éleva au-dessus du cigare tandis qu'il écoutait l'ingénieur.

— Le bâtiment est paré à plonger, commandant. Tenue de veille vérifiée par Evans. Vacation prise, dont un message flash réservé commandant. Situation électrique normale sur deux turboalternateurs, propulsion disponible en mode normal. Le réseau de neurones de l'intelligence artificielle fonctionne parfaitement. Le système de combat présente une anomalie de classe 2, en cours d'investigation par Van Dyne. Notre subnote nous met en route au 1-1-0, vitesse 40 nœuds, immersion 200 mètres. Nous avons sacrément foncé, commandant, je n'ai jamais vu un PIM[1] aussi rapide.

Le subnote fixait la route, la vitesse et l'immersion à suivre pour arriver à l'heure au point prévu, en l'occurrence en Atlantique Sud, au large du Brésil.

McKee se pencha sur la table à cartes tribord, sur l'arrière de la plate-forme des périscopes.

— Où sommes-nous ?

— Ici, commandant, à environ 83 nautiques de la Barbade. Nous faisons route au 1-1-0. Nous franchirons l'équateur au large du cap San Rogue au Brésil, puis nous ferons route au 2-0-0 pour suivre le contour du plateau continental. Notre destination est le point Zoulou, notre position d'attente, conformément aux ordres top secret que nous avons reçus. D'ailleurs, ce sont les seules consignes en notre pos-

---

1. PIM : dans cette acception, vitesse moyenne.

session : suivre le PIM[1] et foncer là-bas à toute vitesse. Je ne vois vraiment pas pourquoi tout ceci est classifié top secret. Peut-être la réponse se trouve-t-elle dans le message flash. Une chose est sûre, commandant, nous avons un retard de 10 nautiques sur le PIM, que nous devons rattraper. Si nous voulons arriver à l'heure, nous devrons rester à vitesse maximum durant les vingt-quatre prochaines heures. Nous ne pourrons pas remonter à l'immersion périscopique avant mardi, au plus tôt. Et curieusement, cela colle parfaitement avec l'ordre d'opération. Je n'ai jamais vu cela auparavant. C'est vraiment bizarre.

McKee regarda le jeune officier en plissant les yeux. Il se dit qu'il devrait réunir l'équipage pour leur parler de la mission, mais il ne savait pas jusqu'à quel point il pouvait évoquer l'information classifiée top secret niveau 12.

— Très bien, dit McKee, d'une voix grave et coupante, retrouvant naturellement son autorité. Descendez à 200 mètres et reprenez la route initiale à vitesse maximum.

— 200 mètres, reprendre le transit à vitesse maximum, bien commandant, répéta Hendrickson d'une traite. Central, donnez l'alerte, on descend à 200 mètres, moteur avant 3 !

Le pilote, un officier marinier supérieur ou un officier expérimenté au poste de combat, avait remplacé à la fois le maître de central et les deux barreurs des anciens sous-marins. Il était installé au milieu d'un pupitre enveloppant, sur l'avant du PCNO. L'homme se trouvait dans une sorte de bulle hémisphérique, entouré d'écrans et de consoles, comme dans un simulateur d'avion de chasse. Il avait un manche

---

1. PIM : *Position and Intended Movement.* Le PIM définit le mouvement du centre de la boîte dans laquelle le sous-marin est autorisé à se trouver.

entre les genoux et, sous chaque pied, les pédales qui commandaient les safrans de direction, exactement comme dans un jet. Il répéta les ordres puis poussa un bouton sur son manche. Une alarme se déclencha dans tout le bâtiment. Le « OUH, GAH » du klaxon fut suivi de l'annonce d'alerte par une voix synthétique, puis d'un second « OUH, GAH ». La tradition des années 30 avait survécu un siècle plus tard, bien que la voix du maître de central eût été remplacée par celle d'un synthétiseur électronique. L'officier déplaça vers l'avant une manette de téléaffichage des ordres moteur. Plusieurs dizaines de mètres sur l'arrière, les turbines de propulsion accélérèrent jusqu'au nombre de tours nécessaire pour 15 nœuds, l'allure conventionnelle avant 3. Il poussa ensuite son manche vers l'avant, orientant les barres de plongée pour faire descendre le bâtiment.

Tandis que le sous-marin accélérait en douceur, l'officier de quart hissa le périscope grâce à un anneau de commande hydraulique. Le module optique sortit lentement du puits du périscope et l'officier de quart appuya le visage contre les oculaires et commença à tourner en décrivant des cercles lents. Le pilote actionna un autre bouton pour ouvrir les purges des ballasts avant. L'air s'échappa en sifflant, remplacé par l'eau de mer qui pénétrait par les remplissages.

— Purges du groupe avant ouvertes, annonça le pilote.

Un écran fixé au plafond transmettait les images du périscope. Les vagues défilaient de plus en plus vite au fur et à mesure que le sous-marin accélérait. Puis un geyser d'eau et d'air fusa depuis le pont avant. Le bâtiment prenait une assiette négative et le pont commençait à ressembler à un toboggan.

— 28 mètres. J'ouvre les purges du groupe arrière.

L'assiette augmenta encore et le pont se mit à frémir sous l'effet de l'accélération. Les vagues se faisaient de plus en plus proches de la glace de tête du périscope et finirent par submerger les lentilles dans une explosion d'écume.

— Top la vue ! annonça Hendrickson.

L'image s'éclaircit à nouveau et montra le dessous des vagues, qui réfléchissaient la lumière argentée.

— Je rentre le périscope numéro 2, annonça Hendrickson. Il rabattit les poignées du périscope vers le haut, tourna l'anneau de commande au-dessus de lui et se recula pendant que l'énorme bloc optique disparaissait dans son puits, suivi du mât d'acier.

— Pilote, réglez la vitesse à 20 nœuds.

— 20 nœuds affichés. Immersion 33 mètres, assiette –10.

Le pont s'était incliné en une rampe abrupte. De grands chiffres lumineux affichaient l'immersion sur l'écran du répétiteur de navigation, au-dessus de la plate-forme du périscope. Ils défilaient rapidement : 40, 50, 60, 70, 80.

— Réglez 35 nœuds, ordonna Hendrickson.

— 35 nœuds affichés.

La plate-forme du périscope, d'où l'officier de quart contrôlait la bonne marche du bâtiment, était surélevée de 80 centimètres par rapport au plancher du PCNO. McKee escalada les trois marches qui permettaient d'y accéder et jeta lentement un coup d'œil circulaire autour de lui. Il s'attarda sur le répétiteur. Le sous-marin glissait maintenant à travers l'océan à la vitesse de 30 nœuds et continuait à accélérer en descendant toujours.

— Vitesse maximum, ordonna Hendrickson.

— Maximum, bien. 45 nœuds affichés, dit le pilote.

— Bien.

Le pont vibra à nouveau sous l'effet de l'accélération, puis redevint calme. Aucun mouvement n'était perceptible. Mais, d'une certaine façon, McKee sentait que son sous-marin donnait toute sa puissance.

— Immersion 180 mètres, 20 mètres de l'immersion ordonnée, je casse l'assiette... assiette –5... –2... immersion 200 mètres, vitesse réglée 45 nœuds !

— Hendrickson, appela McKee, je serai dans ma chambre. Second, rejoins-moi dans vingt minutes.

La chambre de McKee, sur l'arrière du CO, était spacieuse. Elle abritait un lit escamotable, un bureau, une table et un fauteuil en cuir à dossier haut. Une rangée d'écrans vidéo fixés au-dessus de la porte affichaient les images des caméras placées dans les zones critiques du bord, la carte, le contenu de son WritePad. Il retira la combinaison de vol en Nomex trempée de sueur et entra dans le cabinet de toilette, qu'il partageait avec Petri. Les cloisons et le plafond étaient en acier inoxydable, le sol dans une sorte de granite synthétique. Après s'être douché, avoir revêtu sa combinaison de mer et enfilé une paire de tennis, il se sentit plus lui-même qu'il ne l'avait jamais été pendant la semaine passée. Un instant, il pensa à Diana et se demanda s'il pourrait envoyer un message à l'état-major afin qu'ils prennent de ses nouvelles. Lui diraient-ils qu'il était en mer ? Probablement pas. Quelle importance, d'ailleurs ? C'était sans doute une mauvaise idée, mais il voulait tout de même le faire.

Il se frotta le cou, se laissa tomber dans son fauteuil et sortit son WritePad personnel d'un tiroir. L'officier de quart lui avait dit qu'un message flash l'attendait. Habituellement, il se serait précipité pour prendre connaissance de son contenu : un message flash devait être lu dans les trente secondes qui suivaient sa réception. Mais dans les conditions actuelles, toute réponse étant rendue impossible par l'immersion, peu de choses étaient réellement urgentes. McKee fit démarrer l'ordinateur et appela le message.

A nouveau un niveau 12, code Alfa. Avant de

l'ouvrir, l'ordinateur lui demanda son mot de passe. Il entra son matricule de l'Ecole navale et le texte s'afficha. Le message était simple et succinct. A sa lecture, McKee grimaça. Il n'était pas autorisé à fournir la moindre explication à son équipage. L'accès aux cartes et équipements de navigation était uniquement réservé aux officiers habilités, qui eux-mêmes ne devaient avoir connaissance que des informations strictement indispensables. Lorsqu'il arriverait au point Zoulou, il recevrait un message urgent qui contiendrait les ordres de destruction de la flotte de la mer Noire.

L'ordre d'engager lui parviendrait codé et son second et lui devraient extraire un chiffre d'authentification d'un coffre à double sécurité. Celui qui connaissait la première combinaison ignorait la seconde. A l'intérieur du coffre, se trouvaient de petites enveloppes en plastique scellées, de la taille d'une grosse pièce de monnaie, qui contenaient des groupes de six symboles alphanumériques. Ces enveloppes, toujours détenues simultanément par deux personnes depuis leur fabrication, permettaient de transformer un groupe de signes incompréhensibles en un ordre de frappe nucléaire. L'entête du message d'engagement contiendrait la référence de l'enveloppe à utiliser et l'ordre d'attaquer la flotte deviendrait exécutoire.

Jusque-là, McKee ne pouvait absolument pas expliquer la raison pour laquelle le sous-marin fonçait vers le sud à vitesse maximum, ni pourquoi l'équipage n'avait pas accès aux cartes. Il ne pouvait exposer à ses officiers l'ordre de bataille de la flotte de la mer Noire, le nombre de frégates et leur type, le nombre de croiseurs, leur signature acoustique, le type d'hélicoptères dont ils disposaient, ni surtout leur parler de la présence éventuelle d'un sous-marin de type Severodvinsk qui pouvait escorter la flotte, toutes oreilles ouvertes.

McKee ferma le message et repoussa l'ordinateur, le regard dans le vide. On frappa à sa porte. Il leva les yeux et découvrit Karen Petri.

— Oui, second ? demanda-t-il.

— Tu voulais me voir, commandant ?

McKee retrouva brusquement ses esprits.

— Demande aux chefs de services de venir.

Il se dit qu'il trouverait bien quelque salade à leur raconter.

En attendant leur arrivée, il tapa un message destiné à l'état-major d'UsubCom sur son WritePad, pour leur demander de prendre des nouvelles de Diana, dans le Wyoming et à Virginia Beach. Depuis le temps, elle devait avoir quitté le chalet et pouvait être rentrée chez eux. Il demanda à un radio de lui apporter une bouée slot — un petit émetteur radio qui pourrait être éjecté depuis un sas, remonterait à la surface et transmettrait son message aux satellites en orbite au-dessus d'eux. Une fois le message entré dans la bouée, il appela Todd Hendrickson, lui ordonna de larguer la bouée et de se faire remplacer par un officier plus jeune le temps d'assister au briefing.

McKee tenta de dédramatiser la situation. Il se contenta d'annoncer que ses ordres lui demandaient de descendre vers le sud, jusqu'au large du Brésil, où ils recevraient de nouvelles instructions. Les officiers prirent les choses calmement. McKee se mit au courant de la situation dans les services afin de reprendre en main son bâtiment et ses hommes. Au bout de dix minutes, il leur donna congé. Il passa l'heure suivante à étudier les caractéristiques de la flotte de la mer Noire, et particulièrement la silhouette de chaque bâtiment telle qu'elle apparaîtrait dans un périscope. Lorsqu'il eut terminé, il s'effondra sur sa bannette et tenta de fermer les yeux. Depuis son réveil ce matin-là, dans le Wyoming, il lui semblait qu'une éternité s'était écoulée.

3

Le troisième jour de la mission commença, comme tous les autres, par le rituel immuable qui régissait l'emploi du temps à la mer.

L'officier de quart le réveilla à 6 heures. McKee ouvrit les yeux devant un pot de café fumant et sa tasse à l'emblème du *Devilfish*. Il s'installa dans son fauteuil, devant la table, et lut sur son WritePad les messages récupérés lors du dernier passage à l'immersion périscopique. La nuit dernière, le bâtiment avait repris la vue pour la première fois durant son transit. Un long message de l'amiral Phillips, le commandant des forces sous-marines, confirmait la seconde phase de l'ordre d'opération déjà chargé dans le WritePad de McKee. La troisième phase débuterait dans quelques heures.

McKee avait pris de l'avance sur son programme de la matinée. Il termina son café et se dirigea vers le cabinet de toilette. Il venait de refermer la porte métallique derrière lui lorsqu'il réalisa que l'atmosphère du local était anormalement chargée de vapeur. Il leva les yeux et distingua le corps nu de Karen Petri, ce qui ne faisait pas vraiment partie de la routine quotidienne.

Perdu dans ses pensées, il avait complètement oublié de frapper. Il avait déjà aperçu son second dans le plus simple appareil deux ou trois fois, et l'inverse s'était produit au moins deux fois. C'était inévitable, étant donné la promiscuité et l'organisation des journées. Dans ce genre de situation un peu gênante, ils oubliaient l'un et l'autre leurs titres officiels de « commandant » et de « second » pour s'appeler par leurs prénoms.

Penaud, il détourna les yeux en s'excusant.

— Désolé, Karen.

Il surprit son sourire dans le miroir lorsqu'elle répondit :

— Pas de problème, Kelly. Bonjour, au fait. J'en ai pour cinq minutes.

Il lui fit un signe par-dessus l'épaule en sortant. Dans l'intimité de sa chambre, il revit l'image de son corps, de ses longues jambes bronzées, de sa poitrine ferme, du duvet au bas de son ventre, de ses grands yeux sombres et impénétrables.

Après s'être douché et avoir enfilé une combinaison propre, il se rendit au CO. Le capitaine de corvette Bryan Dietz, le chef du service intelligence artificielle, avait le quart au PCNO. Âgé de trente-quatre ans, il était chauve et portait d'épaisses lunettes. Dietz adorait son métier, bien plus à l'aise devant des machines et leurs opérateurs que face au commun des mortels. Excellent professionnel, il aurait pourtant bien besoin d'améliorer son sens du contact s'il voulait un jour obtenir un commandement à la mer, pensa McKee.

McKee acquiesçait de la tête pendant que Dietz lui faisait son rapport, précis et court, conforme à ce qu'il lui avait appris. L'immersion, la route et la vitesse pour commencer, puis la position, l'écart par rapport au PIM, la situation du calculateur Cyclops, du réacteur, des compartiments avant et, enfin, ce qui concernait l'équipage. En même temps, il se penchait sur la carte de navigation et étudiait la route parcourue. L'heure de chaque point avait été notée.

A vitesse maximum, ils atteindraient le point Zoulou dans vingt minutes. Dans le courant de la nuit, ils avaient dépassé la flotte de la mer Noire en route vers le sud. Les Ukrainiens se trouvaient encore loin dans l'est, hors de portée sonar. Une fois au point Zoulou, le *Devilfish* réduirait à 5 nœuds, reprendrait la vue et se préparerait à attaquer. McKee réclama du café d'un claquement de doigts. De nouveau, le souvenir obsédant de sa femme l'envahit.

A regret, il reconnut que penser à elle devenait une contrainte. Ici, au CO, au milieu d'un équipage remarquablement entraîné, au cours d'une mission vitale pour la sécurité nationale, il se sentait vivre. L'idée d'abandonner ce métier lui paraissait grotesque. Mais si Diana l'obligeait à choisir, pouvait-il vraiment la quitter ? Avec un soupçon de culpabilité, il envisagea le divorce. Et curieusement, ce mot devint soudain synonyme de liberté.

— Nous arrivons au point Zoulou, commandant, annonça calmement Dietz, ramenant brusquement McKee dans le présent.

Il avala une dernière gorgée de café fumant et regarda l'officier de quart.

— On remonte, Dietz, essayez d'attraper la vacation de 7 h 15.

Tous les quarts d'heure, le satellite transmettait les messages radio qui les préviendraient des modifications éventuelles de leur mission et apporteraient les derniers renseignements sur la flotte ukrainienne.

Dietz se tourna vers le pilote, au central.

— Stoppez, 50 mètres, assiette + 20 !

Le lieutenant de vaisseau tira la commande d'affichage des ordres machine vers lui et le manche vers l'arrière. Sur l'écran, les safrans s'animèrent. Dietz saisit un micro suspendu au plafond, au bout d'un cordon torsadé.

— PCP de CO, passez le réacteur en circulation naturelle. Sonar de CO, reprise de vue.

— *CO de PCP, bien reçu,* crépita un haut-parleur, *le réacteur est en circulation naturelle.*

— *CO de sonar, bien reçu.*

Le bâtiment prit une forte assiette positive. McKee prêta l'oreille, attentif aux bris de vaisselle éventuels au niveau supérieur, dans la cuisine. Il apportait une attention particulière à la ronde d'arrimage et faisait preuve, à chaque instant, d'une véritable obsession du rangement. Il n'entendit rien. Au CO, les chiffres de l'indicateur d'immersion défilèrent de 200 mètres à 50 mètres.

— Nous sommes au-dessus de la couche, commandant, prévint Dietz.

Le bâtiment venait de quitter le froid des zones profondes et de franchir le niveau à partir duquel la mer se réchauffait. Le sonar pourrait entendre les bruits émis en surface.

— Sonar de CO, immersion 50 mètres, je fais un abattée d'écoute, explorez le baffle. A droite 15, venir 1-8-0, réglez la vitesse à 8 nœuds.

Le pilote collationna l'ordre et le sous-marin commença à évoluer, pour s'assurer de l'absence de contact proche.

— *CO de sonar, secteur arrière exploré, pas de bruiteur.*

— A droite 15, venir au nord.

Lentement, le sous-marin décrivit un demi-cercle. De nouveau, le sonar confirma l'absence de contact autour d'eux. La mer était vide.

— Dietz, venez à l'immersion périscopique, ordonna McKee.

De nouveau le bâtiment s'inclina, plus doucement cette fois. Dietz s'approcha du périscope tribord et annonça :

— Tours d'horizon au périscope numéro 2.

Le pilote lui répondit :

— Immersion 47 mètres, vitesse 4 nœuds.

— Je hisse le périscope, annonça Dietz en attrapant l'anneau de commande.

Les électrovannes claquèrent et le mât d'acier inoxydable s'éleva à travers la coque, dans le chuintement sourd des circuits hydrauliques. Le bloc optique émergea du puits et Dietz rabattit les poignées du périscope. Des poussoirs commandaient les moteurs d'assistance en rotation de l'instrument. Dietz plaça l'œil contre le cache en caoutchouc noir et commença à décrire des cercles rapides. Un grand écran plat s'illumina. L'image relayait ce que Dietz pouvait voir directement à travers le périscope et affichait les réticules. Pour l'instant, McKee observait le dessous des vagues. La houle était creusée. Sans doute mer 4, évalua le commandant, l'idéal pour une attaque à l'immersion périscopique. Les vagues rendraient le périscope invisible.

— Pas de formes ni d'ombres, annonça Dietz.

Le CO était calme, attendant que le périscope perce la surface. Tous restaient cependant tendus, parés à réagir à l'ordre de plongée rapide si Dietz apercevait un bâtiment de surface proche.

— 30 mètres, annonça le pilote. 28, 27...

— Top la vue ! annonça Dietz lorsqu'une vague d'écume blanche déferla sur l'optique.

— 26 mètres.

— Tours d'horizon rapides, dit Dietz en accélérant.

Sur l'écran, l'image devint floue tandis que l'officier de quart parcourait quatre fois l'horizon, dans une recherche frénétique de bâtiments proches. Mais l'écran restait vide.

— Rien de proche, annonça Dietz. Grossissement faible, veille surface.

Il ralentit sa rotation et décrivit un tour d'horizon par minute. Toujours rien.

— Je passe au grossissement fort.

Dietz ralentit encore. Il lui fallait à présent quatre minutes pour parcourir 360 degrés. Rien en vue, à part un ciel lourd et vide, et la mer d'un bleu profond.

— *CO de radio.* Une nouvelle voix résonna dans un haut-parleur. *Je demande à hisser la Bigmouth.*

— Central, hissez la multifonction, ordonna Dietz depuis le périscope, la voix étouffée par le module optique.

La grande antenne sortit du massif avec un bruit sourd et se déploya vers le ciel, pour recevoir les émissions compressées du satellite de télécommunication. McKee regarda sa montre : 7 h 14 et quelques secondes. L'antenne allait sécher et la transmission débuterait.

— Radio de CO, vacation prise, on affale la Bigmouth. Un nouveau bruit hydraulique se fit entendre pendant que les radios ordonnaient eux-mêmes l'affalage de l'antenne.

— *Commandant de radio, message flash.*

McKee se retourna pour prendre le WritePad qu'un matelot se dépêchait de lui apporter. Enfin, on y était, pensa McKee. La Maison Blanche avait soit annulé la mission, soit donné l'ordre d'attaquer.

McKee parcourut la liste de messages. Il y en avait trois. Le premier, un message d'engagement urgent, le second un bref message tout juste classifié top secret, que McKee pourrait partager avec ses officiers, et un compte rendu de renseignements. Le message auquel McKee attachait la plus grande importance était celui qu'il obtiendrait en dernier. La procédure d'authentification du message d'engagement l'obligerait à réveiller les officiers qui venaient de se coucher après leur quart de nuit et à vider le carré des officiers, où les autres commençaient leur journée autour d'œufs, de fruits et de café.

McKee leva les yeux vers Dietz.

— Dietz, message d'engagement à la vacation.

— Reçu, commandant.

Dietz attrapa un autre micro, qui commandait la diffusion générale.

— Alerte transmissions ! commença-t-il. L'officier trans, le CGO et le patron radio immédiatement au PC télec. Alerte transmissions !

McKee regarda sa montre pour chronométrer le temps de réaction des trois hommes. Il leur fallut tout juste 30 secondes. Le CGO, Kiethan Judison, arriva le premier. C'était un Texan solidement bâti, aux sourcils broussailleux. Sa voix traînante et forte annonçait généralement son arrivée avant même qu'il ne rejoigne sa destination. Il possédait une intelligence aiguë et un esprit bouillonnant, ce qui ne manquait pas de surprendre ceux qui se risquaient à le juger sur son apparence. Derrière lui marchait David Dayne, l'officier transmission, un gamin sensible et terne que McKee avait du mal à cerner, puis le patron radio, Morgan Henry, un fils de pêcheur du Maine, au crâne rasé et au teint blafard. Le capitaine de corvette Judison s'approcha de la rambarde de la plate-forme des périscopes, où se tenait McKee, et leva les yeux, l'air interrogateur.

— Equipe transmissions complète, annonça-t-il d'une voix puissante qui rompit le silence. Qu'est-ce qu'on a, commandant ? Un message d'engagement ?

— Affirmatif CGO, répondit McKee en tendant le WritePad à Judison, dont le comportement changea en un instant.

Ce message, qui plaçait le sous-marin en état de guerre, devait être authentifié grâce à l'une des enveloppes conservées dans le coffre à double combinaison. Judison passa le message à Dayne et à Henry, puis tous trois quittèrent le local par la porte arrière pour se rendre au coffre, dans la chambre du commandant en second. Une minute plus tard, ils étaient de retour. Judison tenait dans la main un petit paquet, qu'il gardait bien visible au-dessus de la tête.

— Authentificateur Juliet Papa Delta Hotel huit Mike, dit-il en posant l'objet de la taille d'un comprimé d'aspirine devant McKee. Ce dernier lut l'identification et le compara avec l'en-tête du message. JPDH8M. Correct.

— Commencez l'authentification, ordonna McKee.

— Bien, commandant, répondit Judison.

McKee remarqua que son CGO paraissait déstabilisé, ce qu'il ne pensait jamais devoir observer chez un tel homme. Les doigts du CGO tremblaient légèrement pendant qu'il arrachait l'emballage de l'enveloppe. Elle contenait une petite feuille de papier, sur laquelle était inscrite une suite de caractères alphanumériques.

— J'authentifie November, Whisky, cinq, quatre, zéro, Tango, annonça Judison. Le maître principal Henry regarda par-dessus son épaule.

— NW540T, répéta-t-il, je confirme.

— Monsieur Dayne, à votre tour, lisez le code d'authentification, ordonna McKee. Cela paraissait ridicule, mais ce niveau de formalisme était réglementaire. Le *Devilfish* allait devoir combattre et ces ordres devaient être officialisés de la façon la plus nette possible.

— NW540T, commandant.

— Très bien. CGO, prenez connaissance des ordres d'opération, dit McKee en rendant l'ordinateur à Judison.

Judison lut le message, les yeux écarquillés.

— Autorisation d'attaquer, dit-il. Stupéfait, il répéta une seconde fois.

McKee croisa le regard de Petri, rivé sur lui. L'espace d'un instant, il la trouva jolie, attirante, différente des autres femmes. Avant sa dispute avec Diana, jamais il n'aurait imaginé qu'une femme vêtue d'une combinaison de sous-marinier pouvait être sexy. Peut-être était-il en train de changer.

— Second, convoque les officiers au carré, tu laisses Dayne au CO et Horner à l'arrière, commanda McKee.

Il regarda autour de lui. Le CO était maintenant désert, hormis le personnel de quart. Une impression désagréable l'envahit. Depuis ce local, il allait bientôt conduire une bataille. Il n'hésiterait pas une seconde à lancer ses armes.

Ce briefing ne sera pas vraiment intéressant, se dit McKee. Il ne pouvait pas révéler grand-chose à ses officiers, mais il lui fallait les réunir avant d'aller au combat.

— Commandant, second, messieurs, bonjour, commença Judison de sa voix traînante.

Le CGO se tenait devant l'écran éteint. Les seize officiers disponibles s'étaient entassés dans le local. Les chefs de service s'étaient regroupés autour de McKee. Petri se trouvait sur sa droite, l'ingénieur à sa gauche. Judison avait chaussé des lunettes de presbyte.

— Vous vous êtes probablement demandé pourquoi nous avions quitté Norfolk avec une telle précipitation, comme si nous avions le feu aux fesses, sans même prendre le temps d'attendre le commandant. Celui-ci a fini par nous arriver du ciel et nous avons fait route à vitesse maximum, cap au sud, en direction du Brésil, jusqu'à un point paumé au milieu de l'océan, baptisé point Zoulou.

Son sens inné de la dramatisation lui fit marquer une pause. Venons-en au fait, pensa McKee, mais il laissa le CGO poursuivre. Une carte de l'Atlantique Sud s'afficha derrière Judison, avec leur route depuis l'équateur jusqu'au point Zoulou.

— Apparemment, nous avons reçu un message d'engagement. Monsieur O'Neal, qu'est-ce qu'un tel message ?

Le jeune officier électricien leva les yeux. Il était à bord depuis moins d'un an et continuait à travailler pour obtenir sa qualification de sous-marinier. Son prénom était Bryan, mais tous les officiers l'appelaient par son surnom, Toasty.

— Un message d'engagement ?

— Correct. Et qu'est-ce que cela signifie ?

— Un ordre de combat.

— Emanant de...

— Euh... du commandement des sous-marins ?

— Non. Le terme NMCC signifie-t-il quelque chose pour vous ?

— NMCC, hésita Toasty, Naval... Military... Communications... Central ?

Les officiers plus anciens éclatèrent de rire. Judison glissa un regard amusé par-dessus ses lunettes.

— Essayez National Military Command Center, dit-il posément. C'est-à-dire le Pentagone, la présidente. Messieurs, ces ordres viennent du sommet.

Judison se retourna vers l'écran. Au-delà de l'horizon, un groupe aéronaval centré autour d'un porte-avions appartenant à l'Ukraine, basé en mer Noire, fait route vers nous.

Il se tourna vers O'Neal.

— C'est pourquoi ce groupe est baptisé la flotte de la mer Noire.

O'Neal éluda la moquerie d'un geste de la main.

— Nos ordres sont simples : la couler. Couler tout ce que nous pourrons tant que nous ne serons pas détectés.

Judison enleva ses lunettes, l'air cette fois sérieux et glacial.

McKee observa l'assistance afin de juger des réactions. Concentrés, les officiers fronçaient les sourcils. Un instant, Karen Petri resta bouche bée. Puis ses mâchoires se crispèrent et ses yeux sombres s'embrasèrent. Elle regarda McKee. Il lut son anxiété et comprit dans son regard qu'elle attendait de lui un soutien sans faille. Cependant, sa peur ne transparaissait pas. McKee prit le temps d'observer ses officiers et réalisa brusquement la chance qu'il avait de les avoir sous ses ordres. Son sous-marin était au top, son équipage le meilleur de tous, la mission claire et sans ambiguïté.

— OK, l'ordre de bataille.

Judison s'écarta sur le côté de l'écran tandis que les clips vidéo commençaient à défiler.

— Le bâtiment amiral de la flotte est l'*Amiral Kuznetsov*, gigantesque porte-avions ukrainien, conçu pour répondre à nos Nimitz.

Sur l'écran, le bâtiment fendait la mer.

— Il est notre principal objectif. Ensuite, les croiseurs, au nombre de quatre.

Le CGO poursuivit son énumération des bâtiments ukrainiens. McKee se mordit les lèvres lorsqu'il réalisa que, face à un porte-avions, quatre croiseurs, huit frégates, six escorteurs, deux pétroliers et quatre bâtiments de transport amphibies, il ne pouvait se permettre de gaspiller les torpilles, surtout s'il lançait plusieurs fois sur les buts prioritaires.

— Enfin, messieurs, la surprise. La flotte de la mer Noire dispose d'une petite escadrille de sous-marins nucléaires Severodvinsk, de quatrième génération. Nous pensons que l'un d'entre eux est sorti de Méditerranée avec la flotte. Si le Severodvinsk patrouille pour l'éclairer, nous pourrions avoir de la compagnie.

Sans un sous-marin d'escorte, la flotte serait facile à surprendre. Dans le cas contraire, ce serait plus ardu. Ils ne pouvaient rien faire, à part rester vigilants.

— Messieurs, c'est tout ce que nous avons pour

vous. Le contact aura lieu à 11 heures, vous disposez donc d'une heure pour vous poser et étudier le plan d'opération de guerre. Nous rappellerons au poste de combat à 10 h 45. Des questions ?

Le passager fut le seul à répondre. Pendant cette patrouille, le médecin principal Mike Kurkovic, chirurgien affecté au commandement des forces sous-marines, avait embarqué afin de juger de la nécessité d'adjoindre un médecin à l'équipage d'un sous-marin. Jusqu'à présent, des officiers mariniers infirmiers avaient assumé la tâche. Kurkovic était jeune, grand, blond. Il portait des lunettes rondes à monture métallique. Son habilitation top secret lui permettait de participer à toutes les réunions, mais sa présence à ce briefing et le fait qu'il pose une question semblaient tout à fait déplacés. McKee haussa le sourcil et le toisa.

— Nous avons beaucoup discuté du « comment », mais pas vraiment du « pourquoi », commença Kurkovic. Si ce porte-avions ressemble à nos Nimitz, il y a environ trois mille personnes à bord. Peut-être cinq mille. Si vous ajoutez l'ensemble des autres bâtiments, ce sont environ sept à huit mille marins qui constituent cette flotte. Dieu sait combien d'hommes ont embarqué dans les transports de troupe, mais parions sur dix ou douze mille de plus. Commandant, nous nous apprêtons à anéantir l'équivalent de la population d'une petite ville. Pourquoi ? Qui sont ces gars-là ? Que représentent-ils pour nous ?

Conscient des regards scrutateurs de ses hommes, McKee fronça les sourcils. Sans l'intervention du toubib, tous seraient déjà sortis, auraient repris leur place au poste de combat et commencé à lancer. Cette question ne manquerait pas d'éveiller des doutes en eux. Pour quelle raison s'attaqueraient-ils à des bâtiments sur la seule foi

d'un e-mail couvert de chiffres et de lettres mystérieux ?

McKee se leva.

— Messieurs, second, quelques mots, si vous le
permettez.

Les officiers le regardaient et ne manquaient pas
une seule de ses paroles.

— Nous sommes tous officiers dans la marine
des Etats-Unis d'Amérique. Pourquoi notre pays
s'attaquerait-il à une flotte étrangère de plus de
vingt mille hommes sans une bonne raison ? Un
seul d'entre vous pense-t-il que cette opération a été
ordonnée sans que nos diplomates aient auparavant fait pression sur les Ukrainiens ?

Il se tut un instant. Aucune main ne se leva.

— Sommes-nous diplomates ? Non. Sommes-
nous compétents dans le domaine de la diploma-
tie ? Non. En revanche, nous sommes le bras armé
des Etats-Unis. C'est à ce titre que nous avons été
engagés et entraînés. Voici nos ordres.

Il poursuivit en brandissant la feuille sur laquelle
était imprimé le message d'engagement.

— Ce message, ce bout de papier... Laissez-moi
vous poser une question. Les hommes mariés, levez
la main.

Une dizaine de mains se levèrent.

— Est-ce que l'un d'entre vous considère que son
mariage se résume à une feuille de papier ?

Personne ne répondit.

— A présent, l'engagement que vous avez pris le
jour de votre mariage, est-ce que l'un d'entre vous
considère que ce ne sont que des mots ?

De nouveau le silence.

— Vous tous présents dans cette pièce, y compris
vous, toubib, avez prêté serment de servir. Est-ce
que l'un d'entre vous s'en souvient ? Permettez-moi
de vous rafraîchir la mémoire.

McKee leva la main droite.

— Je jure solennellement de soutenir et de défendre la Constitution des Etats-Unis contre tout ennemi, de l'intérieur comme de l'extérieur, de lui rester fidèle et de lui obéir, ainsi qu'aux ordres de mes supérieurs. Je m'engage en toute liberté, sain de corps et d'esprit, et je m'acquitterai avec professionnalisme et loyauté des fonctions qui me seront attribuées, avec l'aide de Dieu.

McKee regarda ses hommes.

— Est-ce que l'un d'entre vous estime que ce n'étaient que des mots ? Non ? Eh bien, messieurs, cet ordre authentifié nous vient directement de la présidente des Etats-Unis, et il nous ordonne d'agir. Donc, il nous donne l'ordre de tuer, d'attaquer, d'assassiner vingt mille hommes. Je parle en mon nom personnel, mais ce serment, cette allégeance à la marine et à notre constitution, ce ne sont pas de simples paroles, ni un bout de papier. C'est un engagement. C'est un message. Un message pour la présidente. Si elle ordonne de faire quelque chose, j'obéis. Je ne me pose pas de questions, je ne me demande pas si le monde deviendra meilleur pour autant. J'obéis. Voilà pourquoi nous sommes ici, toubib. Tel est notre métier. C'est notre devoir. Hier, notre devoir était de foncer à 50 nœuds à 200 mètres sous l'eau pour venir jusque dans ce coin perdu de l'Atlantique. Aujourd'hui, nous devons préparer nos torpilles, retrouver la flotte qui approche et user de ces armes contre elle. Nous avons pour ordre de nous débarrasser le plus rapidement possible du chargement de torpilles que nous avons embarqué à Norfolk. De couler une flotte entière — elle-même une arme de guerre puissante, si jamais l'un d'entre vous l'a oublié. Dans moins d'une heure, je serai au CO pour envoyer ces bâtiments par le fond. Messieurs, vous pouvez disposer.

4

La diffusion générale résonna à travers tout le bâtiment : « *Au poste de combat !* » Une alarme retentit, suivie de trois coups de gong, puis de nouveau : « *Au poste de combat !* »

McKee se tenait debout sur la plate-forme des périscopes et chronométrait l'arrivée de ses hommes au CO. Trente secondes plus tard, l'officier de quart au poste de combat, le capitaine de corvette Dietz leva les yeux et rendit compte :

— Bâtiment complet au poste de combat, commandant.

McKee enfila son casque, un appareil léger, équipé d'un écouteur, d'un micro et d'un émetteur sans fil qui lui laissait une oreille libre pour entendre les bruits du PCNO.

— Attention CO, sonar, commença McKee.

Le moment était arrivé, se dit-il, celui pour lequel il s'était entraîné durant toute sa vie d'adulte. L'équipe de quart était tournée vers lui, le silence régnait.

— Voici mes intentions. Nous allons nous fier aux renseignements satellitaires. Comme positions d'attente, nous entrerons dans le Cyclops celles fournies par les Keyhole, nos satellites espions. Nous lancerons également deux Sharkeye Mk 5.

Le Sharkeye était un capteur sonar logé dans le

corps d'une torpille Mk 58, à la place de la charge militaire. Arrivés à destination, les hydrophones se détachaient et se déployaient à la meilleure immersion d'écoute. Une petite bouée émettrice remontait à la surface, reliée aux hydrophones par un fil, et transmettait les données recueillies aux satellites de télécommunications de la marine CombatStar, qui assurait le relais vers le système de combat Cyclops du *Devilfish*.

— Je placerai l'un des Sharkeye sur la droite de la flotte, l'autre sur la gauche, celui de droite à une distance de 20 nautiques, celui de gauche à 40. Quand les bâtiments passeront entre les Sharkeye, à 30 nautiques, j'ouvrirai le feu avec les Mk 58.

Cette torpille moderne bénéficiait d'une très grande portée et appartenait à la dernière génération des engins ultra discrets, équipés de systèmes de masquage actifs. Ces engins émettaient volontairement du bruit dans l'eau, en opposition de phase avec celui produit par le propulseur de la torpille. Les deux émissions s'annulaient presque parfaitement, ce qui permettait à l'arme de s'approcher de son but sans être détectée. La Mk 58 portait soit une charge conventionnelle de 2 tonnes d'explosif PlasticPac, soit une petite charge à plasma. Pour cette mission, le *Devilfish* avait embarqué des Mk 58 Mod Alpha, à charge conventionnelle.

— Nous lancerons une salve de vingt-trois torpilles. Toutes les armes seront lancées pratiquement simultanément, mais chacune d'entre elles sera réglée sur la signature d'un bâtiment particulier, de façon à éviter que toutes ne s'acharnent sur un seul et même but. La séquence de lancement se déroulera ainsi, CGO, armes, écoutez bien. La première Mk 58 prendra le but 1, le porte-avions. La seconde sera pour le but 2, l'un des croiseurs. Puis on tirera une grenouille sur chacun des trois autres croiseurs. Donc, cinq lancements en tout pour les cinq buts prioritaires. Puis une torpille sur chacune des huit frégates, cela fera treize au total. Puis les six escorteurs et les quatre transports de troupes, soit vingt-trois armes, il nous en restera trois. Je lancerai dix Vortex Mod Delta depuis les tubes verticaux de l'avant contre les deux pétroliers et les bâtiments de surface qui auront survécu.

Les Vortex Mod Delta étaient des armes sous-marines propulsées par un moteur fusée à poudre, qui filaient 300 nœuds sous la mer. Elles étaient lancées depuis les tubes verticaux implantés dans les ballasts avant. Ces missiles pouvaient être tirés uniquement en immersion, ils remontaient à la verticale avant de basculer sur une trajectoire horizontale, puis d'allumer leur propulseur et de foncer vers leur but, en surface. Une fois à proximité du bâtiment, le Delta replongeait à plus de 600 mètres d'immersion, puis reprenait une trajectoire verticale à 300 nœuds, guidé par un autodirecteur à laser bleu. L'explosif haute densité PlasticPac, combiné à la vitesse de l'engin, réduisait la plupart des bâtiments en fragments incandescents. Un seul engin suffisait pour couler un porte-avions.

— Ceci nous laissera trois torpilles et deux Vortex Mod Delta en réserve, pour le Severodvinsk, s'il navigue dans le coin, ou au cas où deux de nos Mk 58 auraient attaqué le même but. Les torpilles devraient commencer à faire but lorsque la flotte entrera dans notre champ visuel, soit à une distance de 10 nautiques environ. Nous devons prendre garde aux avions et aux hélicoptères ASM du porte-avions, ainsi qu'aux moyens aériens des frégates et des escorteurs. Evidemment, vous devrez porter une attention particulière au Severodvinsk. Nous commencerons notre attaque à l'immersion périscopique. Un peu plus tard, nous devons nous tenir prêts à descendre et à nous passer des informations de Mk 5. Clair pour tout le monde ? C'est parti !

Il leva les yeux vers Dietz.

— Venez à l'immersion périscopique, remontée d'urgence, pas d'abattée d'écoute.

McKee n'entendit que vaguement la séquence d'ordres lancés par Dietz. Pourtant, il ne faisait déjà plus qu'un avec son bâtiment. Dietz embrassait le module optique du périscope du sous-marin ballotté par la houle.

— Il pleut dehors, commandant. Le grain s'intensifie sérieusement. Le ciel est plombé.

— Bon sang, jura McKee en jetant un coup d'œil en direction de Petri. Ça risque de perturber notre liaison satellite.

— Il nous reste l'infrarouge, commandant.

— C'est mieux que rien.

— En plus, ça masquera le périscope.

McKee était plongé dans ses pensées, se demandant où pouvait bien se trouver cette force de surface.

— Sonar du commandant, appela-t-il dans son micro. Rendez compte de tous les contacts.

— *Aucun contact, commandant,* répondit le chef du module sonar, le maître Cook.

Ce dernier semblait directement sorti d'un film des années 50, avec ses lunettes à monture noire et ses chaussettes blanches. Il était le dernier des génies du sonar, et fier de l'être.

McKee sortit un cigare Cohiba et en trancha l'extrémité avec le coupe-cigares gravé que lui avait offert Diana. Dans ce contexte, l'inscription « *Pour Kelly, que j'aime tant* » lui semblait tout à fait incongrue. Absorbé par l'évolution de la situation, il ne parvenait plus à se représenter le visage de Diana. Il alluma le briquet et, bientôt, un nuage de fumée l'enveloppa. Le premier cigare de la journée, savoureux et apaisant. Il endossait l'image qu'il devait à son équipage, un cigare calé entre les dents, calme, pendant qu'ils montaient au combat.

— Rien à faire pour le moment, second, à part attendre, dit McKee attentif à la réaction de Petri. Elle paraissait plutôt sereine et lui répondit d'un signe de tête.

McKee regarda sa montre. Presque 11 heures. Le satellite espion Keyhole devait avoir retransmis ses données au satellite ComStar, qui allait à son tour les diffuser. L'antenne située dans le périscope les fournirait au système Cyclops, nœud essentiel dans le dispositif : grâce à lui, toutes les informations sur la flotte ennemie seraient disponibles presque instantanément. Le CGO, chargé du renseignement satellitaire, s'était glissé dans la cabine de réalité virtuelle, surnommée VR1 : un espace en forme de coquille d'œuf de 1,50 mètre de large sur 3 mètres de haut, à l'intérieur duquel se trouvaient les écrans de visualisation du calculateur Cyclops.

— Commandant du CGO, nous avons les données. La force de surface est détectée.

McKee se précipita dans la cabine VR4, à l'arrière, et se pencha contre une rambarde pour attraper un casque équipé de lunettes grand angle, qui donnaient une vision tridimensionnelle de la flotte en approche.

— Démarrage vision 3D, ordonna-t-il à l'ordinateur.

McKee se trouva instantanément projeté dans une autre dimension. Il avait quitté les tôles du pont de son sous-marin nucléaire pour pénétrer au milieu d'un monde virtuel. Il avait l'impression de se trouver dans un immense saladier dont le fond plat remontait progressivement, puis rapidement au fur et à mesure que la distance augmentait. Autour de lui, des lignes et des cercles matérialisaient les parois et des droites rayonnaient à partir de sa position, au centre. Ces lignes représentaient des repères de distance et d'azimut et les parois figuraient les côtes ou les limites de détection. Le fond plat du saladier symbolisait l'espace autour d'eux, en deçà de leur horizon local.

Un bâtiment visible apparaîtrait sur la partie plane de la figure. Un contact au-delà de l'horizon serait présenté sur la partie en pente. Plus la distance du but serait importante, plus il se trouverait affiché en hauteur. Lorsque la force navale entrerait dans le champ de vision du calculateur, elle se trouverait tout en haut, sur la ligne indiquant son azimut. Puis elle descendrait, jusqu'à atteindre la partie plane. Celle-ci virait du rose au vert olive, environ à mi-hauteur. Ce changement de couleur matérialisait la limite de portée des armes. Il fallait un certain temps pour s'habituer à cette représentation mais, au bout de quelques semaines d'entraînement, il devenait difficile de comprendre comment on avait pu, par le passé, combattre sans un tel système.

— Commandant de CGO, les contacts transmis par la liaison de données entrent dans notre champ de bataille maintenant, azimut 0-1-0, distance 87 nautiques.

— Très bien, répondit McKee.

Il se tourna face au nord. Dix degrés sur sa droite, tout en haut, apparurent les petites sphères représentant les bâtiments de la force navale.

— Nouvelles données dans le Cyclops, commandant, annonça Judison.

Les sphères grossirent rapidement et se transformèrent en symboles. L'une d'elles ressembla bientôt à un diamant en trois dimensions de la taille d'un ballon de volley-ball rose qui vira au rouge — un porte-avions. Une autre prit l'allure d'une boîte bleue de la taille d'un carton à chapeau — une frégate. Tous les points se transformèrent, jusqu'à composer un bouquet lumineux descendant lentement le long de la paroi virtuelle. Kelly cligna des paupières : un curseur apparut devant lui. D'un mouvement des yeux, il l'amena sur la silhouette en forme de diamant, puis cligna de nouveau. Une masse de données apparut dans l'espace devant lui, à une distance qui lui permettait de lire le texte et de visualiser le symbole sans accommoder. Le texte affichait les données en mémoire sur le porte-avions.

— Heure, demanda Kelly. Une pendule apparut devant lui, flottant également dans l'espace. Demande recommandation Cyclops pour un lance-ment de deux Mk 5, l'un sur le flanc gauche de la force à une distance de 20 nautiques du *Devilfish*, l'autre sur le flanc droit, à 40 nautiques, vitesse de transit faible. Calcul.

Deux rayons de lumière orange apparurent au niveau de ses pieds, provenant du centre du sala-dier. L'un d'entre eux visa la droite de la force navale, le second la gauche. Le compte à rebours avant les lancements apparut devant lui. Deux minutes avant de lancer le Mk 5 de gauche, sept avant celui de droite.

Dix minutes plus tard, les deux Mk 5 avaient quitté les tubes du *Devilfish* et McKee regardait les engins remonter le long des murs virtuels. Il inhala une bouffée de son cigare. Le système de ventila-tion aspira la fumée et de l'air frais pénétra par le bas. Dix minutes plus tard, les Mk 5 atteignirent leur position et les capteurs se détachèrent de leurs véhicules. Les antennes remontèrent vers la surface et les petites bouées commencèrent à émettre des données destinées au *Devilfish*, relayées par le satel-lite CombatStar.

— Commandant, de CGO, Mk 5 déployés. Nous avons les bâtiments de la flotte sur notre propre réseau.

Le CGO annonçait que le pistage de la flotte se

faisait à présent à partir des capteurs tirés par le sous-marin. Les bâtiments n'étaient cependant toujours pas à portée du sonar de coque du Cyclops. Lorsqu'ils finiraient par y arriver, la moitié des armes auraient été lancées. Les symboles continuaient à descendre lentement. Ils prenaient des couleurs de plus en plus vives, qui traduisaient l'augmentation de la fiabilité des données. Elles traversèrent le cercle des 60 nautiques au-dessus de la tête de McKee. Encore quelques nautiques et la flotte passerait de la zone rose dans la zone vert olive, à portée des armes.

— CGO, état des tubes, demanda McKee dans son micro.

— *Commandant, quatre tubes chargés avec des Mk 58, vitesse de transit moyenne*, répondit Judison dans son casque.

— Parfait. Dietz, passez les tubes au Cyclops, ordonna-t-il, plaçant ainsi le système d'armes en mode automatique.

Le système chargerait seul de nouvelles torpilles dans les tubes, les réchaufferait, remplirait les tubes, ouvrirait les portes extérieures et tirerait une Mk 58 toutes les quinze secondes. En moins de sept minutes, le *Devilfish* aurait tiré ses vingt-trois torpilles.

— Poste torpilles sous contrôle du Cyclops, commandant, annonça Dietz.

McKee regardait les vingt-cinq silhouettes qui progressaient dans la zone vert olive, avant de franchir la marque des 40 nautiques, où se trouvait le Mk 5 de gauche.

— *CO de sonar*, appela le maître Cook d'une voix grave. *Prise de contact sur le sonar à imagerie acoustique totale. Nous avons les buts 1 à 25. Les azimuts, distances et défilements coïncident avec ceux fournis par le Mk 5.*

— Sonar, de CO, bien reçu, répondit Dietz. Commandant, le Cyclops donne le top dix secondes avant le début des lancements en mode automatique.

— Bien reçu.

Sous les pieds de McKee, un énorme fracas déchira brutalement l'air : le lancement de la première torpille. Un éclair de lumière bleue jaillit entre les pieds de McKee et fila vers la force navale, suivi d'un second quinze secondes plus tard, puis d'un autre et, enfin, d'un quatrième. Au début, les torpilles se déplacèrent très rapidement dans le champ de bataille virtuel. Elles ralentirent lorsque les cercles de distance se rapprochèrent les uns des autres, selon une échelle logarithmique. Six minutes plus tard, la dernière torpille avait quitté le bord. Lorsque les bâtiments de surface pénétrèrent dans un rayon de 20 nautiques, à la limite de la partie horizontale de la surface virtuelle, le premier éclair bleu l'atteignit. La silhouette en forme de diamant se mit à clignoter lentement. Un second éclair bleu la frappa et le scintillement s'accéléra.

— *CO, de sonar, explosions dans l'azimut du but 1.*

Durant les quelques minutes qui suivirent, les autres symboles se mirent à clignoter lorsque les éclairs bleus les rejoignaient. Si les données des capteurs étaient exactes, 20 nautiques au nord-est, les torpilles touchaient les bâtiments de surface les uns après les autres.

— *CO de sonar, l'imagerie acoustique totale montre que les bâtiments de la force navale sont en train de couler.*

— Sonar de commandant, combien de bâtiments ?

— *Dix coques ont commencé à s'enfoncer.*

— Le but 1 ?

— *Toujours en surface.*

McKee cligna des yeux pour obtenir un complément de données. Son casque transmit la demande au Cyclops. Des informations apparurent sur le côté des symboles. Une dizaine d'entre elles portaient la mention « COULÉ ». Il était temps de lancer les Vortex.

— Dietz, descendez à 270 mètres, vitesse 15 nœuds.

Le bâtiment prit de l'assiette négative. Sous les pieds de McKee, le champ de bataille virtuel se modifia, comme s'il s'était enfoncé dans le fond du saladier. Des marqueurs d'azimut se trouvaient maintenant au-dessus de lui, à son niveau et en dessous de lui. Cette vue destinée à la lutte anti-sous-marine permettait de déterminer facilement la position d'un ennemi dans l'espace environnant.

— CGO, je dispose dix Delta en direction des gros culs qui restent.

— Bien, j'affecte les buts dans l'ordre décroissant de priorité, commandant.

— Immersion 270 mètres, commandant, annonça Dietz.

— Donnez la commande du système de lancement vertical au Cyclops, ordonna McKee.

Les tubes verticaux tirèrent l'un après l'autre, à une minute d'intervalle. La trajectoire du missile se dessinait en rouge. Les missiles franchissaient les 80 nautiques en tout juste quatre minutes. Les premiers atteignirent leur cible tandis que le calculateur assurait le lancement des six dernières armes.

— *CO de sonar, explosions dans l'azimut des bâtiments restants.*

McKee cligna des yeux pour obtenir des données supplémentaires. Le Cyclops affichait de nouveaux naufrages, mais il restait toujours quelques navires intacts. Le calculateur termina enfin sa séquence de lancement. McKee décida de s'approcher pour se rendre compte des résultats de son attaque. Il retira son casque et souleva l'enveloppe de la bulle VR. Il eut l'impression de se retrouver dehors par une matinée ensoleillée. Il écrasa dans un cendrier le bout de son cigare, détrempé à force d'avoir été mâchouillé.

— Je prends la manœuvre, annonça-t-il dans son casque et autour de lui.

— Le commandant prend la manœuvre, répéta Dietz.

— A droite 5, venir 1-0-0, vitesse 20 nœuds. Sonar, du commandant, nous accélérons et mettons le cap vers l'est. McKee escalada la plate-forme des périscopes. Attention CO, j'ai l'intention de m'approcher à courte distance de la flotte de surface pour constater les résultats de notre attaque. Nous commencerons par nous écarter de notre azimut de feu. Lorsque nous nous trouverons à 10 nautiques de notre point de lancement, nous mettrons le cap au nord. Puis nous nous approcherons doucement par l'est. A vous de jouer.

Les minutes défilèrent pendant que le sous-marin effectuait ses manœuvres. Avant qu'ils n'évoluent vers le nord, le calculateur annonça que les dix Delta avaient atteint leur cible.

McKee essaya de se concentrer pendant un instant et de comprendre comment réagissait sa conscience à la suite de cette attaque. Il réalisa qu'il n'éprouvait rien. Pas de pitié ni d'exaltation, pas de sentiment de perte ni de victoire. Comme après une partie de jeu vidéo sur ordinateur. D'un certain point de vue, c'était d'ailleurs exactement ce qu'il avait fait. A aucun moment, l'ennemi n'avait été concret : juste une silhouette générée par l'ordinateur dans un monde virtuel.

— Central, 25 mètres, assiette + 20. Stoppez. Annoncez le passage à 12 nœuds.

— 25 mètres, assiette + 20. Annoncez le passage à 12 nœuds.

Le pont prit l'allure d'une rampe raide. McKee se cramponnait fortement à la rambarde de la plate-forme, jusqu'à s'en faire blanchir les phalanges.

— 160 mètres.

McKee attendait, les yeux fixés sur l'écran de synthèse du poste torpilles. Il restait trois armes chargées dans les tubes, portes extérieures ouvertes. Deux tubes verticaux étaient disposés avec des Vortex. Leurs portes extérieures restaient fermées, mais parées à être ouvertes dès que l'ordre en serait donné.

— 70 mètres, commandant, on passe 12 nœuds.

— Moteur arrière 2, ordonna McKee. Réduisez l'assiette, 5 degrés seulement, annoncez le passage à 5 nœuds.

— Moteur arrière 2, assiette + 5, immersion 50 mètres... On passe 5 nœuds, commandant !

— Moteur avant 2, on remonte, pilote !

— Immersion 45 mètres, commandant.

— Tours d'horizon au périscope numéro 2 !

— Vitesse 5 nœuds, immersion 30 mètres.

— Je hisse le périscope.

McKee fit tourner l'anneau de commande hydraulique et le mât du périscope s'éleva dans son puits. Il colla la tête contre le caoutchouc froid de l'oculaire lorsqu'il fut à sa hauteur. De la main gauche, il régla le site au maximum et regarda au-dessus d'eux les vagues toutes proches.

— 30 mètres.

Le périscope se trouvait encore à 3 mètres sous l'eau. La houle se faisait de plus en plus grosse. McKee effectua un tour rapide pour regarder au-dessus d'eux, puis resta fixé dans le gisement zéro. Ils faisaient route vers ce qui restait de la force navale, estimée à moins de 5 nautiques. Lorsque le périscope crèverait la surface, McKee devrait apercevoir les bâtiments survivants.

— 28 mètres, 27, 26... 26.

— Central, plus haut, la vue, bordel !

— 25...

— Top la vue !

L'écume éclaboussa la glace de tête. Il jura pour lui-même, conscient qu'il faudrait encore une bonne minute pour faire remonter de 2 mètres un sous-marin de 7 700 tonnes à vitesse faible.

— 23 mètres, commandant.

— Allez-y, faites-nous remonter... J'ai la vue. Pas de tours d'horizon de sécurité !

Un silence de mort régnait au CO. Le périscope de McKee dépassait franchement de la surface, mais les crêtes des vagues limitaient son champ de vision.

— 22, 20, 19 mètres... 18 mètres, commandant.

Le périscope émergea enfin et McKee découvrit un spectacle auquel seize années d'opérations ne l'avait pas préparé. Grâce à un répétiteur d'écran, Petri, Judison et les autres découvrirent simultanément la même vision d'apocalypse. Jaillissant de toutes les gorges, un murmure d'étonnement emplit le CO.

Devant eux, sur la mer balayée par la pluie, se détachait un gigantesque porte-avions grisâtre. Le bâtiment gîtait piteusement sur bâbord, l'îlot arraché, le pont incliné vers la mer, en proie à de multiples incendies. Aucun signe de vie ne se manifestait à bord et, rapidement, le pont se trouva envahi par les flammes. Sur bâbord, un croiseur autrefois puissant et majestueux gisait, la proue enfoncée dans la mer, les superstructures immergées, la plate-forme hélicoptère arrière, le safran et les hélices tournés vers les nuages. Pas de radeaux de sauvetage ni d'hélicoptères, pas de rescapés flottant dans leur gilet de sauvetage. Sur tribord, un bâtiment amphibie et un bâtiment de croisière repeint en gris et reconverti au transport de troupes. McKee vit le bâtiment amphibie rouler et basculer, entraînant sous l'eau les rangées de radeaux de survie encore amarrés au pont supérieur, toujours recouverts de leurs tauds. Le bâtiment se retourna lentement et heurta la surface de la mer dans un énorme jaillissement d'écume. Les deux grandes cheminées puis le pont disparurent sous l'eau. Seule la coque rouillée émergeait encore, les hélices de bronze pointant inutilement vers le ciel pluvieux.

McKee augmenta le grossissement à la recherche de survivants. Avec la poignée gauche, il enclencha le doubleur de focale. Grossie quarante-huit fois, la scène lui parut encore plus violente. Il ne distingua personne. Aucun corps à la dérive, pas de nageurs, juste des bouées vides et des débris. Il devait y avoir vingt mille hommes à bord, peut-être plus. Une multitude d'épaves flottaient, éparpillées à la surface de l'océan, mais pas l'ombre d'un être humain.

Il ramena le périscope en direction du porte-avions. Le feu s'étendait au pont et la gîte augmentait au fur et à mesure que le bâtiment s'enfonçait par l'avant. Il agrandit l'image de l'îlot. Des ponts supérieurs s'échappaient des nuages de flammes orange et de fumée noire. Les vitres des ponts inférieurs étaient brisées. Autour du porte-avions, la mer était jonchée de débris et de nappes de pétrole enflammées. Toujours aucun signe de vie.

Sur la gauche, le croiseur disparut dans une vague. Un bouillonnement d'écume et de bulles marqua sa fin. Un craquement sourd et lugubre résonna à travers la coque et se propagea dans le CO.

— *CO de sonar, les cloisons du croiseur implosent.*

Une ombre située au-dessus du porte-avions attira l'attention de McKee. Un hélicoptère de lutte anti-sous-marine venait de surgir derrière l'îlot.

— Hélicoptère ! Attention pour un top ! hurla-t-il.

— Panneau de commande des Mk 80 sur automatique, commandant, portes extérieures en cours d'ouverture, Mk 80 parés.

Dietz avait immédiatement disposé les missiles antiaériens, agissant par réflexe à l'annonce d'un contact aérien hostile.

— SLAAM 80, dit McKee, un peu trop fort à son gré, en appuyant sur un bouton rouge de la poignée gauche du périscope.

Au-dessus de sa tête, un petit missile de 2,4 mètres de long et de 25 centimètres de diamètre quitta un tube vertical, au sommet du massif. McKee garda le réticule fixé sur l'hélicoptère pendant qu'il contournait le porte-avions. Le missile laissait derrière lui une trace parfaitement rectiligne. Il dépassa l'hélicoptère et parut parcourir encore quelques dizaines de mètres lorsque l'aéronef explosa en une gigantesque boule de feu.

— Veille aérienne, annonça McKee, en scrutant le ciel à la recherche d'un autre hélicoptère ou d'un avion de lutte anti-sous-marine.

Mais le ciel restait vide. Son cœur reprit un rythme normal et sa respiration ralentit. Il lâcha la poignée droite du périscope et essuya la sueur de son front. Il ne voyait plus que le porte-avions qui résistait en surface, la proue légèrement inclinée vers le bas. Les incendies se calmaient, les flammes de l'îlot avaient laissé la place à une épaisse fumée noire.

— Attention CO, annonça McKee, le visage collé au périscope. Nous allons nous approcher pour observer le porte-avions. Tous les autres contacts ont coulé. A gauche 15, venir au 2-6-0, réglez la vitesse à 8 nœuds.

Au bout de vingt minutes, le sous-marin s'était rapproché de 2 000 mètres et se trouvait à moins de 1 nautique du porte-avions qui s'enfonçait par l'avant. Les incendies paraissaient éteints et de grosses marques noires maculaient la coque de l'énorme bâtiment qui flottait toujours. Ce qui était contraire aux ordres d'opération de l'amiral Phillips, se dit McKee. Si le porte-avions restait en surface, le monde entier saurait que les Ukrainiens n'avaient pas été frappés par un désastre naturel mais par une main étrangère. La position des épaves serait connue précisément et les bâtiments de secours retrouveraient aisément les torpilles au fond de l'océan. Une fois le porte-avions coulé, rares seraient ceux qui connaîtraient la position finale du convoi.

— Attention CO. Je vais lancer une Mk 58 contre le but 1. Immersion de transit faible, mise de feu au contact, pas de phase sourde.

Quatre minutes plus tard, de nouvelles explosions secouaient la coque du porte-avions, ranimant les flammes. De nouveaux nuages de fumée s'élevèrent au-dessus de la coque pendant les dix minutes de son agonie. Le bâtiment finit par s'enfoncer dans les vagues, l'étrave en avant. L'îlot disparut dans une énorme vague, au milieu d'un champ de bulles, d'écume et de feux de gazole. A 260 mètres de profondeur, les compartiments étanches implosèrent. Le système d'imagerie acoustique totale du sonar suivit la descente de la coque jusqu'à ce qu'elle heurte le fond rocheux, 5 000 mètres plus bas, qu'elle se brise en deux et se confonde dans le fouillis des échos de fond.

La flotte avait disparu en même temps que l'enthousiasme de McKee pour sa mission. Ainsi que l'avait prédit le toubib, une journée avait suffi pour que périssent vingt mille hommes, peut-être plus. McKee sentit son estomac se serrer. Il ferma les yeux de dégoût, comme pour essayer d'effacer de sa mémoire les terribles images du naufrage.

— Dietz, faites rompre du poste de combat, vous prenez le quart et la manœuvre.

Il claqua les poignées du périscope et le fit rentrer dans son puits.

— On descend, cap vers le point Zoulou à 5 nœuds. Je serai dans ma chambre, en train de rédiger mon rapport. Restez vigilants et surveillez le sous-marin Severodvinsk. S'il se montre, tenez-vous prêts pour un lancement d'urgence de Mk 58.

Sans ajouter un mot, McKee quitta le CO et se rendit dans sa chambre. Il ferma la porte derrière lui et se laissa tomber dans son fauteuil. Il ne parvenait pas à comprendre pourquoi il n'avait pas vu un seul corps, ni le moindre survivant. Comment cela était-il possible ? Sans doute la puissance des Mk 58 provoquait-elle, à l'impact, un choc mortel pour les hommes, les saisissant sur place. Le bâtiment les entraînait ensuite dans son naufrage. Mais les transports de troupes ? A bord d'un bâtiment contenant des milliers de soldats, il y en avait certainement des dizaines, sur le pont, à prendre l'air ou à fumer une cigarette.

McKee fut interrompu dans ses pensées par la diffusion générale. La voix de Dietz était plus aiguë que d'habitude.

— *Lancement d'urgence tube 1 !*

Dietz donnait l'ordre de lancer d'urgence une torpille contre un sous-marin ennemi.

McKee resta assis une seconde, le visage entre les mains. Puis il fit irruption dans la lumière crue du CO. Il attrapa un casque et l'enfila. Il se glissa dans la cabine VR4, dont l'enveloppe se referma avec une lenteur exaspérante. L'écran s'anima enfin.

McKee cria à l'ordinateur de lui montrer Dietz. Le visage pâle de l'officier, les yeux écarquillés comme des soucoupes, apparut sur l'écran. Dietz commença à rendre compte avant même que McKee ne l'y eût invité.

— Le Severodvinsk, commandant, azimut 2-7-5. Il s'est rapproché pour se placer en portée de lancement. Il est descendu du nord, depuis l'autre côté de la zone du naufrage. Le sonar ne l'a pas détecté car les bulles qui s'échappaient des coques en train de couler masquaient tout contact dans cet azimut.

— Quelle est la source du contact, maintenant ?

— L'imagerie acoustique totale. Rien en bande large ni en bande étroite.

— Où en est-on du rappel au poste de combat ? aboya McKee en essayant de contrôler la panique de Dietz.

La diffusion d'un ordre de lancement d'urgence rappelait automatiquement l'équipage au poste de combat.

— Un instant, commandant. CO ?

— Bâtiment complet au poste de combat, commandant, répondit une voix.

— Second ? appela McKee.

— Oui, commandant, dit-elle. Son visage était sombre, ses sourcils froncés.

— Baptême du but ?

— 26, répliqua-t-elle sèchement.

McKee regardait devant lui. Une fois de plus, il se trouvait au milieu d'un enchevêtrement de courbes de distance, d'azimuts et d'immersions. Sur le côté le plus éloigné de l'espace virtuel, un peu au-dessus de lui, à une quinzaine de mètres de distance, un objet de la forme d'un Zeppelin de 1 mètre de long scintillait. Il clignotait bizarrement, se rapprochant puis s'éloignant. Ce mouvement traduisait l'incertitude de l'ordinateur concernant la distance : entre 20 et 35 nautiques. Au goût de McKee, cette distance était déjà bien trop courte. Il fallait réussir à lancer sur lui sans qu'il s'en rende compte, car le bruit des tubes risquait de dévoiler leur position.

Si McKee respectait les consignes au pied de la lettre, il lancerait une torpille Mk 58 en mode auto-démarrage ultra silencieux. La propulsion de l'arme ne produirait qu'un minimum de bruit, mais la torpille prendrait une allure d'escargot. Il lui faudrait une heure pour parcourir la distance qui les séparait du Severodvinsk. Pendant ce temps, le sous-marin ennemi aurait eu le temps de lancer plus d'une vingtaine d'armes. Ce n'est pas la bonne manœuvre, se dit McKee. On pourrait l'accuser d'impatience ou même de peur, mais cela n'avait aucune importance. La situation exigeait qu'il frappe rapidement.

— CGO, disposez les Vortex 11 et 12 pour un lancement contre sous-marin.

— Missiles 11 et 12 programmés en mode anti-sous-marin, commandant, dit-il après vingt longues secondes de manipulations de la console des armes du système Cyclops.

— Attention CO, s'entendit dire McKee d'une voix assurée et grave.

Il savait parfaitement que cette intonation de sa voix n'était qu'une façade. Il était loin d'avoir confiance en l'avenir. Il avait la gorge serrée et un goût de cuivre sur la langue mais, si l'équipage s'en rendait compte, l'attaque échouerait immédiatement.

— J'envoie deux Delta dans l'azimut du Severodvinsk. En comptant sur une vitesse de transit de 300 nœuds, nous devrions atteindre le but dans cinq à huit minutes. De toute façon, avec le bruit de la propulsion des missiles, le Severodvinsk ne manquera pas de riposter. Je ne pense pas qu'il nous ait déjà détectés mais, dès qu'il entendra les propulseurs, il lancera dans l'azimut. Je vais tirer et dérober immédiatement. Même à bonne distance, nous entendrons le Severodvinsk couler.

McKee prit une inspiration.

— Attention pour lancer, tubes verticaux 11 et 12, missiles Delta en mode ASM, le but est le 26.

— Missiles 11 et 12 sous contrôle du Cyclops,

début de la séquence automatique, commandant, rendit compte Judison.

— Très bien.

McKee attendit, le cœur battant. Quelques secondes plus tard, les tubes de lancement vertical aboyèrent à l'avant. Des éclairs bleus jaillirent de la position de McKee et se dirigèrent lentement vers le Severodvinsk. McKee attendit l'allumage des moteurs des fusées : moins d'une minute plus tard, le grondement violent de la mise à feu envahit le CO puis se dissipa. L'écran du Cyclops montra les trajectoires bleues qui accéléraient et fonçaient vers leur but. McKee restait concentré sur la cible, attentif au moindre signe de réaction de sa part. Les Delta se trouvaient maintenant à moins d'un demi-nautique de leur but et il ne percevait toujours aucun signe de riposte du Severodvinsk. McKee sourit intérieurement. Peut-être cette bataille serait-elle bientôt terminée. Il regarda le premier missile se verrouiller sur la cible, puis le second. Le sous-marin ennemi disparut dans un nuage étincelant.

— *CO de sonar, le 26 est détruit.*

— CO, bien reçu, répondit Dietz. L'équipe du CO laissa exploser sa joie.

— *Gardez votre calme, messieurs.*

La voix de Petri résonna dans le casque de McKee, mais il était trop préoccupé pour s'en rendre compte. Il attendait, concentré sur la position du Severodvinsk. S'il avait eu le temps de lâcher une grenouille, celle-ci allait leur tomber dessus maintenant.

— *CO de sonar, alerte torpille, dans l'azimut du Severodvinsk.*

Bordel de merde, jura intérieurement McKee. L'ennemi avait eu le temps de riposter et, à présent, le *Devilfish* était attaqué.

— Sonar, de commandant, classifiez la torpille,

demanda-t-il d'une voix volontairement agressive afin de stimuler l'énergie de l'équipage. Je prends la manœuvre.

Il pensa à quitter la bulle afin d'avoir l'impression de faire plus corps avec son sous-marin, comme pendant l'attaque de la flotte de surface, mais il avait besoin des informations fournies par le Cyclops. Il compensa son manque en faisant apparaître devant lui l'image des officiers occupant les fonctions clés qui, réciproquement, avaient tous son visage sous les yeux.

— Pilote, en avant toute, barème d'urgence, cavitation autorisée, à droite 10, venir au 0-9-0.

— En avant toute, barème d'urgence, cavitation autorisée, à droite 10, venir 0-9-0.

La voix de Dietz résonna sur la diffusion générale :

— *Alerte torpille ! Alerte torpille !*

— Réglé vitesse maximum, commandant, annonça le visage du pilote sur l'écran du Cyclops.

— Immersion maximum, 500 mètres, ordonna McKee.

Le bâtiment avait une chance d'être un peu plus rapide en immersion profonde. L'eau de mer plus froide augmenterait le rendement de la propulsion et la pression ambiante réduirait la formation des bulles de cavitation sur les pales de la pompe-hélice. D'autre part, la torpille n'avait peut-être pas été conçue pour descendre aussi profond.

— Pilote, affichez 200 % de puissance réacteur, commanda McKee.

En principe, cet ordre devait lui donner 5 nœuds supplémentaires, mais McKee venait de sortir le bâtiment de trois mois de bassin pour remplacer les éléments du cœur détériorés par un appel de puissance trop important. De plus, les niveaux d'irradiation deviendraient très importants dans les deux tiers arrière du sous-marin. Avec une torpille qui leur fonçait dessus, il fallait courir le risque.

— Sonar de commandant, classifiez-moi cette foutue torpille !

Ils n'avaient encore rien annoncé à son sujet. Etait-ce une Severomorsk de 533 millimètres de diamètre ? Ou bien une Révolution Culturelle, également de 533, de conception chinoise ? Ou, Dieu les en garde, une Magnum russe, de 1 mètre de diamètre équipée d'une charge à plasma ?

— *Commandant de sonar, la torpille émet le spectre de fréquences d'une Magnum russe*, annonça la voix du maître principal Henry dans le casque de McKee.

Nous sommes morts, ne put s'empêcher de penser McKee.

— Mais en basses fréquences, elle signe comme une torpille américaine Mk 48 Adcap, commandant.

McKee avala sa salive. Soit ses sonaristes avaient perdu la tête, soit il avait à faire à une variante de la Magnum russe. Mais les Ukrainiens pouvaient très bien avoir récupéré une Adcap vieille d'une vingtaine d'années et l'avoir équipée d'un nouveau moteur. Si c'était le cas, la situation se présentait mal. L'Adcap pouvait filer 55 nœuds, plus que leur vitesse maximum. McKee leva la tête pour lire le loch : 52 nœuds, pas encore assez. La torpille pouvait les rattraper. Même si cela devait prendre une heure, elle les rejoindrait et exploserait.

Le fait qu'il s'agisse d'une Adcap avait quand même du bon. Cette torpille avait un « plancher » de 550 mètres. En dessous, elle imploserait sous l'effet de la pression. Cependant un problème subsistait : l'immersion maximale du *Devilfish* était de 560 mètres.

— *La torpille se rapproche, commandant*, annonça le chef du module sonar.

McKee jeta un coup d'œil sur le paysage virtuel l'entourant. Juste sous lui, une forme représentait son propre bâtiment. Un nuage trouble marquait l'endroit où les Delta avaient touché le Severodvinsk. Entre le lieu du naufrage et le *Devilfish*, une forme rouge sang de la taille d'une banane progressait rapidement et semblait si proche, dans cette réduction de l'environnement.

— *CO de sonar, torpille à 2 700 mètres, elle passe en actif.*

— Sonar, du commandant, la signature de la torpille, avez-vous des éléments nouveaux ?

— *Commandant de sonar... nous... euh...*

Silence.

— Sonar, rendez compte, bordel ! McKee laissa brutalement la colère prendre le pas sur la peur.

— *Commandant, torpille classifiée Mk 48 Adcap certaine.*

— Pilote, faites-nous descendre lentement à 580 mètres, pas plus de 3 mètres par seconde, en assiette nulle.

— Pouvez-vous répéter, commandant ? balbutia le pilote.

La plupart du temps, il obéissait aux ordres par simple réflexe. Mais celui qu'il venait de recevoir pouvait provoquer la destruction du sous-marin.

— Bon sang, faites-nous descendre ! Assiette zéro, vitesse verticale –3 mètres par seconde, immersion 580 mètres !

Petri intervint.

— *Phelps, vous avez entendu le commandant. Démerdez-vous pour faire descendre ce tas de ferraille, en vitesse !*

Etait-ce la voix de McKee ou le vocabulaire inattendu chez un officier féminin ? Le pilote poussa immédiatement son manche.

Le bâtiment prit quelques degrés d'assiette négative et, sous l'effet de la pression, la coque grinça.

D'habitude, McKee ne prêtait aucune attention aux craquements. La coque, épaisse de près de 5 centimètres, était fabriquée dans le meilleur acier à haute résistance, le HY-120. Mais cette fois, il entraînait son sous-marin et ses cent trente-trois hommes jusqu'à une immersion pour laquelle il n'avait aucune garantie. Selon la division Electric Boat de la DynaCorp à Groton, Connecticut, l'immersion maximale autorisée était de 470 mètres. L'immersion de rupture, calculée sans marge, était de 550 mètres. Sans aucune certitude. Ce pouvait être 570, 600 mètres, ou plus. Ou bien la circulation principale, un ensemble de tuyaux de 60 centimètres de diamètre, pouvait éclater à 530 mètres et remplir la coque d'eau en moins d'une minute. Ils descendaient plus vite que ce que les ingénieurs de la DynaCorp avaient prévu dans leurs calculs les plus pessimistes. Une erreur d'un gramme dans la pression appliquée sur le manche pouvait les précipiter instantanément plusieurs dizaines de mètres plus bas, sous l'effet conjugué de la vitesse et des barres de plongée.

Bordel de merde, pensa McKee. En descendant aussi bas, il se débarrasserait de la torpille ou tuerait tout le monde à bord. A cet instant, un chuintement perçant traversa la coque : le bruit du sonar de la torpille. McKee sentit un frisson remonter le long de sa colonne vertébrale.

— Immersion 520 mètres, commandant, on continue à descendre, annonça le pilote d'une voix mal assurée, comme s'il espérait l'annulation de l'ordre.

— On continue à descendre, répéta McKee, la voix tranchante comme de l'acier. Mais son cœur battait la chamade.

La torpille émit un nouveau sifflement strident durant cinq longues secondes.

— Immersion 530 mètres.

McKee attendit un instant et décida de sortir de la cabine VR. Si le bâtiment dépassait son immersion de destruction, il ne voulait pas se trouver coincé à l'intérieur d'un jeu vidéo. Il se tiendrait sur la plate-forme des périscopes, au commandement de son sous-marin et de son équipage. Lorsqu'il sortit, il s'aperçut que Petri et Dietz avaient déjà quitté leurs consoles et se tenaient près de la table traçante tribord, celle qui affichait la situation tactique entretenue par le calculateur. Aucun des deux ne leva les yeux vers lui.

— Immersion 550 mètres, commandant.

— Bien, continuez à descendre jusqu'à 570 mètres.

Cet ordre pourrait bien être le dernier, pensa McKee.

— Immersion 565 mètres, commandant !

McKee acquiesça d'un signe de tête. Douze membres d'équipage se tenaient à l'extérieur des cabines VR et gardaient les yeux fixés sur lui, cherchant à se rassurer. Il était aussi inquiet qu'eux, mais il devait donner le change. Il sortit son dernier Cohiba de sa poche, le coupa et l'alluma. Il avait l'impression de monter à l'échafaud. Il contempla le coupe-cigares de Diana et se dit qu'il aurait dû écouter sa femme, quelques mois plus tôt. Il était, à présent, trop tard.

— 555 mètres, commandant.

— Reçu.

L'immersion maximale de la torpille, s'il s'agissait effectivement d'une Adcap. La raison pour laquelle un sous-marin ukrainien possédait une ancienne torpille américaine demeurait un mystère. Il n'avait pas eu le loisir d'y réfléchir, mais à présent, il n'avait rien d'autre à faire que d'essayer de comprendre.

— *CO de sonar, la torpille effectue une mesure de distance. Elle se trouve à moins de 900 mètres.*

Un demi-nautique, pensa McKee. A une vitesse

de rapprochement estimée à 4 nœuds, il faudrait six minutes pour que la torpille les rattrape.

— 565 mètres, commandant.

La coque continuait à grincer sous l'effet de la pression. Les craquements des couples de la coque faisaient penser à ceux d'une vieille maison au milieu d'une tempête.

— Immersion 570 mètres, commandant.

McKee retint sa respiration. Trente mètres en dessous de l'immersion maximale théorique, avec le *Devilfish* qui poursuivait sa route à 200 % de la puissance nominale de son réacteur. Ils devaient leur survie aux marges de sécurité prises par les concepteurs. Mon Dieu, aide-nous, pensa-t-il. Si nous nous en sortons, je promets d'embrasser l'ingénieur en chef de DynaCorp. Sur la bouche.

— *CO de sonar, la torpille fait des bruits bizarres.*

— Sonar de CO, expliquez-vous, nom de Dieu !

— *Commandant, on dirait des craquements de structures.*

McKee se tut un instant.

— Des craquements de structure, répéta-t-il.

— *Exact, commandant.*

Malgré tous ses efforts, sa manœuvre allait échouer. La torpille l'avait suivi à cette immersion. Si le *Devilfish* pouvait dépasser son immersion maximale, il en était probablement de même pour la torpille.

— Pilote, 595 mètres.

— 595 mètres, bien reçu, commandant. On descend.

Un bruit de déchirure, un gémissement perçant traversèrent la coque. La pression était suffisante pour les écraser tel un œuf sous le pneu d'une voiture.

— *CO de sonar...*

Une explosion projeta McKee contre le puits du périscope. Les lumières s'éteignirent. Une alarme puissante se déclencha, mais le commandant ne perçut qu'un grondement assourdi. Lentement, le local se mit à tourner et se fondit dans un brouillard rouge.

— Chassez rapide partout ! réussit-il à articuler.

— Central, chassez rapide partout ! hurla Petri. McKee entendit sa voix, assourdie et mate. Il ne voyait plus que les tôles de la plate-forme du périscope.

— On chasse rapide à l'avant et à l'arrière, commandant ! Immersion 580 mètres, on remonte.

La tête lourde, la bouche pleine de sang, McKee était incapable de répondre.

— *CO de PCP, alarme réacteur*, annonça le haut-parleur au plafond.

— *CO de sonar, la torpille a explosé, distance 240 mètres.*

— Immersion 460 mètres, on remonte toujours.

— Dietz, rendez compte des avaries, demanda Petri.

McKee essaya de saisir l'une des rambardes de la plate-forme. Sa tête tournait. Il se redressa, la bouche en sang.

— Tu es blessé, commandant ? demanda Petri en posant la main sur son épaule.

D'un geste, il la repoussa.

— Ça va, répondit-il.

Le bâtiment avait pris une forte assiette positive, qui rendait pratiquement impossible la station debout.

— Commandant, pas d'avarie évidente dans aucun des services.

— 300 mètres.

McKee se dit qu'il devait arrêter la remontée d'urgence. Le bâtiment était hors de danger et ils ne devaient pas être aperçus dans cette zone.

— Central, ouvrez les purges des groupes avant

et arrière, cassez l'assiette et maintenez l'immersion sous les 50 mètres.

Le pilote se battit pour reprendre le contrôle de l'immersion. La vitesse ascensionnelle lui donnait assez de puissance sur les barres de plongée, mais le bâtiment commençait à ralentir à cause de la perte du réacteur.

— Immersion 240 mètres, assiette + 10, commandant.

— Cassez l'assiette, central.

— Immersion 180 mètres, assiette –2.

McKee saisit un micro au plafond.

— PCP de commandant, où en est-on de la divergence et de l'allumage d'urgence ?

— *CO de PCP, en cours, propulsion estimée disponible dans deux minutes.*

— Immersion 135 mètres, commandant, nous la contrôlons.

— Restez à 135 mètres, dit McKee.

En quelques minutes, le réacteur était de nouveau opérationnel. McKee ordonna de s'éloigner de cette zone. Quels que soient ses ordres d'opérations, il ne voulait pas se trouver à proximité du lieu du naufrage de la flotte de la mer Noire. Il se rendit dans sa chambre et rédigea un compte rendu rapide de la situation. Il l'apporta au radio, reprit sa place au CO et ordonna une remontée à l'immersion périscopique pour émettre son rapport et obtenir de nouvelles consignes. Curieusement, l'ordre de rentrer à vitesse maximum sur Norfolk lui arriva instantanément. Il prit les mesures nécessaires et retourna dans sa chambre.

Sous le jet de la douche, il évacua la sueur provoquée par le stress. Cependant, il ne se sentit pas mieux, même après avoir passé une combinaison propre. Il était assis dans son fauteuil lorsque Petri frappa à la porte et entra.

Il la regarda, l'œil vitreux. Il prit un cigare dans

l'humidificateur vissé sur son bureau afin de rester en place même lorsque le sous-marin prenait une assiette importante. Ses mains furent prises d'un violent tremblement lorsqu'il porta le cigare à ses lèvres.

— Oui, second ?

— Commandant, je pense que tu as fait un excellent boulot.

McKee approuva de la tête, ne sachant comment interpréter le commentaire. Il essaya de lever son briquet. Ses mains tremblaient si violemment qu'il ne put faire jaillir la flamme. Petri prit doucement le briquet et l'aida à allumer son cigare. Lorsqu'elle eut terminé, elle posa le briquet sur la table. Il se sentit gagné par les larmes. Il leva les yeux vers elle, se demandant si elle y lirait sa gratitude.

— Merci, second.

— Merci à toi, commandant. Sans toi, en ce moment, nous servirions de nourriture aux poissons.

McKee sentit soudainement ses paupières s'alourdir.

— Si ça te va, second, je vais dormir un peu. Il était mort de fatigue. Il garda les mains sous la table pour que Petri ne les voie pas trembler.

— Bonne nuit, commandant.

Elle ferma la porte derrière elle. Il s'effondra sur sa bannette et perdit conscience.

5

Il fut surpris par la sonnerie du téléphone. Diana avait sans doute acheté un nouvel appareil. Il était persuadé que c'était Diana qui l'appelait.

— Salut, marmonna-t-il d'une voix endormie. Le fil du téléphone se balançait au-dessus du lit. Il se souvenait qu'il était fâché contre elle, mais ne savait plus vraiment pourquoi.

— Qu'est-ce que tu veux ? Il laissa tomber le combiné et dut se pencher pour le récupérer sur la moquette. Diana ?

— *Euh, non, l'officier de quart, commandant.* C'était Judison.

McKee fit un effort pour s'extirper de sa torpeur.

— OK, dit-il, la voix encore ensommeillée. Qu'est-ce que vous voulez ?

— *Commandant, il est 22 heures. On nous rappelle à l'immersion périscopique. Un message ELF.*

Les ondes radio très basse fréquence pénétraient sous l'eau, mais leur débit d'information restait très faible. Il fallait dix à vingt minutes pour transmettre un seul caractère. Le code d'appel du *Devilfish* en comportait deux.

— *Je demande l'autorisation de remonter immédiatement à l'immersion périscopique.*

— OK, allez-y, répondit McKee, violant ses propres ordres selon lesquels l'officier de quart devait remonter à 45 mètres et lui rendre compte des contacts avant de poursuivre sa remontée. Et ne me dérangez plus.

McKee laissa retomber le téléphone par terre et replongea dans sa léthargie. Il sentit sa bannette s'incliner vers le haut puis, une fois le bâtiment à l'immersion périscopique, elle se mit à rouler doucement sous l'effet de la houle. McKee s'attendait à un nouveau mouvement, vers le bas cette fois, mais le roulis ne cessa pas.

De nouveau, le téléphone sonna. Il dut retrouver le combiné dans l'obscurité de sa chambre.

— Le commandant, quoi encore ?

— *Commandant, nous avons un message flash réservé commandant.*

On frappa à sa porte. Le radio apportait un Write-Pad. McKee reposa le téléphone et s'assit sur sa bannette. La porte s'ouvrit avec un grincement et la silhouette de l'officier marinier se découpa dans la lumière crue de la coursive.

McKee prit l'ordinateur, donna congé au radio et commença sa lecture. Il s'y attendait. Son compte rendu rapide sur le naufrage de la force ukrainienne ne suffisait pas aux membres de l'état-major. Ils voulaient des détails. Mais, bizarrement, le message lui demandait de revêtir son grand uniforme. Mauvais présage. C'était généralement l'ordre que recevait un commandant qui allait être relevé de ses fonctions. McKee n'avait pourtant rien fait pour mériter cela. Il enfila une combinaison et s'approcha de la cloison la plus éloignée, mitoyenne de la chambre de Petri, le WritePad à la main. Il frappa. Elle lui répondit d'entrer.

Lorsqu'il ouvrit la porte, elle était occupée à traiter une pile de dossiers, assise devant son bureau escamotable. Vêtue d'une combinaison et en chaussettes, elle avait lâché ses cheveux sur ses épaules.

— Oui, commandant ?

— Second, nous sommes conviés à une vidéo-conférence. J'espère que tu as emporté une tenue kaki.

Petri parcourut le message, puis sourit.

— Les patrons veulent se mettre au courant des derniers potins, commenta-t-elle. Ils veulent savoir l'effet que ça fait, de couler une flotte ennemie.

Dix minutes plus tard, ils étaient assis devant la table de conférence de McKee, recouverte d'un drap de feutre vert. McKee portait une veste kaki, les épaulettes noires barrées des trois galons or de capitaine de frégate, les dauphins dorés et l'insigne de commandant de sous-marin au-dessus de la poche. Sous sa veste, il avait enfilé une chemise kaki et noué une cravate noire. Petri avait opté pour une tenue de travail, avec un pantalon au lieu d'une jupe.

Ils étaient assis en face de la caméra et de l'écran vidéo. La caméra pivota pour se placer devant eux et plusieurs images s'affichèrent sur l'écran. La principale présentait l'amiral Bruce Phillips dans son bureau à Norfolk. Les autres étaient des officiers en uniforme que McKee ne reconnut pas.

— Bonsoir, messieurs, commença Phillips en adressant un rapide clin d'œil à Petri. Nous allons débriefer le naufrage de la force navale.

Phillips présenta les participants. L'un d'entre eux appartenait à l'équipe 7 des Seals, un autre au bureau chargé de l'intelligence artificielle, un autre encore aux services de renseignement de la marine. McKee leva les yeux vers Phillips, assis dans un fauteuil en cuir, derrière un bureau en chêne sur lequel était posée sa casquette blanche. Selon les traditions de la marine, seuls ceux qui étaient allés au pôle nord avaient le droit de laisser leur casquette sur une table, jusqu'à ce que les sous-mariniers nucléaires, tous passés sous la banquise, fassent tomber cette habitude en désuétude. La coupe militaire de Phillips l'aidait à masquer le recul de l'implantation de ses cheveux autour d'un visage rond et banal. Dans la rue, il n'attirait pas particulièrement les regards. La musculation lui avait permis de développer ses bras, qui tendaient les manches de sa chemise. Plusieurs années auparavant, McKee avait servi comme CGO sous les ordres de Bruce Phillips lorsque celui-ci commandait le *Piranha,* un sous-marin de type Seawolf. Ils s'étaient liés d'amitié, autant que le permettaient leur grade et leur fonction.

— Messieurs, veuillez patienter un instant pendant que je contacte le chef d'état-major de la marine.

McKee retint sa respiration. L'amiral Pacino n'assistait jamais aux débriefings. Pacino, le numéro un de la marine, était en contact direct avec le secrétaire d'Etat à la Défense et la présidente. Un signe de tête de sa part suffisait à détruire une carrière. McKee sentit la transpiration perler au creux de ses mains. Une partie de l'écran scintilla, sauta, puis la mise au point se fit sur l'amiral Pacino, un homme maigre à l'allure austère, au visage émacié, aux cheveux blancs. L'amiral était à peine plus vieux que McKee, bien que quelque chose dans son regard lui donne l'air d'un homme très âgé. Les sourcils sévèrement froncés, il affichait un masque de concentration. Vêtu d'une chemisette blanche, il portait quatre étoiles, des ancres dorées sur ses épaulettes et huit rangées de barrettes de décoration au-dessus de la poche. Les dauphins des sous-mariniers et le macaron de chef d'état-major apparaissaient à peine dans le coin de l'écran.

— Bonsoir, messieurs, dit Pacino d'une voix grave et rauque. J'ai demandé à l'amiral Phillips de me permettre d'assister à cette réunion avant mon entrevue avec la présidente ce matin. Je vous en prie, poursuivez comme si je n'étais pas là.

Ouais, parfait, pensa McKee en grimaçant mentalement, mais en gardant un visage impassible.

— Commandant McKee, poursuivit Phillips, pourriez-vous en dix ou quinze minutes nous exposer les détails de cette opération ? Du début à la fin.

En quelques phrases nettes et précises, McKee relata le déroulement de sa mission, depuis la descente cap au sud à vitesse maximum jusqu'au dérobement devant la torpille du Severodvinsk.

Lorsqu'il eut terminé, Phillips le regarda attentivement.

— Très bien, commandant McKee. Vous aviez reçu des ordres hautement classifiés pour descendre rapidement en Atlantique Sud, puis un message d'engagement vous enjoignant de couler la flotte de la mer Noire. Est-ce exact ?

— Affirmatif, amiral.

McKee percevait un signal d'alarme, sans parvenir à l'identifier.

— Vous avez coulé la force navale, vous avez détruit un hélicoptère de lutte ASM et le sous-marin d'escorte de la flotte, c'est bien ça ?

— En effet, amiral.

— Et le sous-marin vous a tiré dessus ? Une torpille Mk 48 Adcap ?

— Oui, amiral.

— Avez-vous vu des survivants dans l'eau ?

— Aucun.

McKee avait déjà réfléchi à tout cela.

— Avez-vous trouvé normale cette attaque par une Mk 48 ?

— Non, amiral, mais j'étais trop occupé à l'esquiver. Je n'avais pas le temps d'analyser la situation.

Quelque chose n'allait pas. Phillips et Pacino souriaient légèrement.

— Eh bien, amiral, dit Phillips en s'adressant à Pacino. Il semblerait que le scénario ait été encore meilleur que nous ne l'avions imaginé.

Un scénario ? pensa McKee en regardant Petri qui le fixait, les yeux écarquillés, le regard vide.

— Commandant McKee, cette opération était un exercice. Le niveau 12 code Alfa couvre des informations secrètes relatives aux essais des systèmes. Il s'agissait de tester notre rapidité à mettre en œuvre un sous-marin pour intercepter une flotte hostile en transit rapide et notre efficacité à attaquer un groupe aéronaval avec un seul sous-marin. Nous voulions aussi contrôler le fonctionnement de notre système de commandement et les réactions d'un équipage dans de telles conditions de pression. C'était également un test pour l'état-major de l'escadrille — nous vous avions laissé partir en permission Dieu sait où lorsque le *Devilfish* a reçu l'ordre d'appareiller d'urgence. Nous nous sommes demandés ce que nous allions faire et nous avons décidé de laisser le second appareiller avec le bâtiment et de faire rallier le commandant par hélicoptère. Le succès a été total. Pourtant, nous avons craint que le fait de recevoir vos ordres uniquement par ordinateur n'enlève au scénario une part de réalisme, en particulier parce que l'actualité ne laissait rien présager de cette crise.

McKee sentait la colère monter en lui, mais il parvint à conserver son calme.

— Puis le scénario a commencé à montrer quelques faiblesses. Nous n'avions pas pensé que vous approcheriez aussi près des bâtiments attaqués et nous n'avions pas prévu de victimes. Une erreur majeure. Le sous-marin était un Los Angeles désarmé, équipé d'un simulateur de bruit imitant le Severodvinsk. La torpille était une Mk 48 Adcap équipée d'un bruiteur de Magnum, mais nous pensions que cette anomalie n'apparaîtrait que très tard dans le scénario.

McKee se sentait devenir fou de colère.

— Amiral, au risque de paraître idiot, je peux vous le dire maintenant, nous n'avions pas le moindre soupçon. J'ai poussé mon bâtiment au-delà de ses limites. Nous avons dépassé la puissance maximale du réacteur et descendu le sous-marin loin en dessous de son immersion théorique de destruction.

— Nous savons que vous avez tout essayé, Kelly. Nous avons reçu votre télémétrie lors de votre premier passage à l'immersion périscopique.

— Une émission ? Je n'en ai autorisé aucune, dit McKee en se mordant la lèvre.

Phillips lui lança un regard de sympathie, presque compatissant.

— Votre sous-marin était trafiqué, commandant. Toutes les caméras utilisées par le Cyclops et toutes les données recueillies par le système de combat étaient fournies par les disques durs d'un module de mémoire relié à un système de transmission radio. Les disques ont été chargés lorsque vous avez repris la vue.

— Et pour le franchissement des limites opérationnelles du sous-marin ?

McKee se rendait compte qu'il paraissait encore plus stupide, mais il avait besoin de savoir. Il était perdu et ce que l'on pensait de lui n'avait plus d'importance.

— Nous avions inséré un module de sécurité dans le Cyclops. Si vous essayiez de dépasser la puissance nominale du cœur ou de descendre au-dessous de l'immersion maximale autorisée, nous simulions l'obéissance du sous-marin. Mais nous le maintenions à l'intérieur de ses limites normales de fonctionnement. Vous n'avez, à aucun moment, dépassé 100 % de la puissance et vous n'êtes jamais descendu en dessous de 450 mètres. C'était une simple impression. Le Cyclops comportait un bruiteur pour simuler les craquements de la coque. Et nous avions un espion à bord, par sécurité. Le médecin, Kurkovic. Il est affecté au commandement unifié. Il a également la qualification sous-marin. Il était notre observateur et avait des ordres en cas de défaillance du module de sécurité du Cyclops. Il vous aurait dévoilé la vérité.

— Mais la flotte, l'hélicoptère, comment...

— Voilà une question qui s'adresse au représentant du commandement des systèmes d'intelligence artificielle, dit Phillips.

Un capitaine de vaisseau commença à expliquer la programmation d'une flotte robotisée, composée de bâtiments de la marine américaine repeints, modifiés et équipés des moyens nécessaires pour descendre en formation dans l'Atlantique Sud. Seul le sous-marin avait posé un problème. La maquette du Severodvinsk avait eu une avarie et essayait de rattraper la flotte lorsque McKee l'avait attaquée, le faisant intervenir bien plus tard que ce qui était prévu dans le scénario.

McKee écouta, le visage figé, jusqu'à ce que Phillips termine la réunion. Le silence s'installa dans la chambre. McKee gardait le regard fixé sur le mur. Le téléphone sonna et McKee ne broncha pas.

— Commandant ? Petri le regardait.

— Réponds. Le ton de sa voix trahissait le dégoût.

— Oui, ici le second, dit-elle. Elle écouta puis posa le combiné contre son épaule. L'officier de quart veut descendre et revenir sur le PIM à vitesse maximum.

McKee la regarda, écœuré.

— Parfait. Profond. Plein pot. On rejoint le PIM.

Petri le fixa pendant un moment, puis reprit le combiné.

— Les ordres du commandant, on descend à vitesse max, rejoignez le PIM.

Elle reposa le téléphone.

— Commandant ?

— Laisse-moi seul.

Lorsque la porte se referma derrière elle, McKee resta longtemps le regard fixé sur la cloison, devant lui.

6

— Stoppez, ordonna Dietz dans son micro. Il porta un mégaphone devant sa bouche et cria aux équipes de pont : Passez la garde en premier !

Un officier marinier mécanicien expédia le lance-amarre lesté sur le quai. Il en amarra l'extrémité à la forte aussière en chanvre tournée sur le taquet tribord avant. McKee l'observait depuis la passe-relle volante. Les autres aussières furent ensuite passées, réglées et doublées. Une grue descendit la coupée puis la gouttière qui portait les lourds câbles de terre. McKee descendit par le sas d'accès passerelle jusqu'au pont supérieur de la tranche avant et emprunta une échelle pentue pour rega-gner sa chambre. Il empoigna son sac et s'attarda au CO, avec l'officier de garde.

— Prenez la terre, mettez bas les feux et passez le réacteur en arrêt chaud. Vous pouvez faire rompre du poste de manœuvre et prendre le service au mouillage, demi-bordée C de service. Si vous avez besoin de quelque chose, appelez Petri.

Il escalada l'échelle verticale d'accès au pont. Der-rière lui, la diffusion générale annonça son départ à travers tout le sous-marin : « *Le commandant quitte le bord !* ». Le quai numéro 7 de la base sous-marine de Norfolk était une jetée de béton longue de 600 mètres, aussi large qu'une piste d'atterrissage avec, des deux côtés, les grandes coques noires des sous-marins à quai. McKee marcha avec dignité jusqu'au parking réservé aux officiers supérieurs. Il fourra son sac dans une vieille Porsche et démarra. Il arriva chez lui sans s'en rendre compte. Il habitait une maison à deux niveaux, au cœur des nombreuses zones résidentielles construites à proximité de la plage de Virginia Beach.

Il monta jusqu'à la porte et parla au micro du système informatique de la maison : « *Je suis rentré.* » La porte se déverrouilla et s'ouvrit automatiquement, les lumières s'allumèrent. La maison était silencieuse. Dans l'entrée, il remarqua l'odeur de Diana, un agréable mélange de son parfum, de son shampooing, de ses cheveux, de sa peau. Ici, dans son univers à elle, le sous-marin et la marine avaient disparu, il ne restait qu'elle. Il s'avança vers la pièce de devant, dont il avait fait son bureau. Il jeta un coup d'œil aux e-mails, dont la plupart ne présentaient aucun intérêt, aux factures, automatiquement réglées par la banque. Il leva les yeux vers le mur auquel était suspendue une photo : celle de leur mariage. McKee avait revêtu son uniforme blanc à col montant amidonné, il portait des épaulettes de lieutenant de vaisseau. Diana était ravissante dans sa robe longue. Sa poitrine généreuse et ses hanches étroites, ses cheveux blonds un peu raides et ses yeux pétillants d'un bleu profond n'avaient pas manqué de l'attirer. Mais plus que par son physique, il avait été séduit par son intelligence, son caractère, son esprit de famille et la gentillesse avec laquelle elle avait accepté sa famille à lui, ses projets de bébé et même son tempérament explosif. Soudain, elle lui manquait. Il n'avait plus rien en commun avec la marine, maintenant. Cette dernière mission l'avait écœuré. Il regarda la photo juste à côté, célèbre dans la famille. Son père, son grand-père et son arrière-grand-père se tenaient debout derrière lui, tout juste âgé de huit ans, sur le pont d'un bateau de pêche, à côté d'un requin. Tous étaient officiers de marine — sans doute la raison pour laquelle il avait choisi l'Ecole navale. Triste, il laissa son regard porter au loin. Diana n'avait jamais vraiment compris qu'il ait accepté la carrière vers laquelle le poussait sa famille. A présent, il se disait qu'elle avait peut-être bien raison. Il détourna les yeux de la photo au requin et monta les escaliers.

Il jeta son sac sur le lit défait. Ici, il ressentait encore plus fortement sa présence. Il enleva son uniforme imprégné de l'odeur du sous-marin et se prépara à entrer dans la douche. Il réalisa alors qu'il n'avait pas trouvé de message de Diana sur le répondeur, mais cela n'avait pas d'importance. Il lui dirait que la marine, c'était fini pour lui. Que la vie continuait, qu'ils auraient un bébé. Ils devraient vendre la maison pour déménager là où il trouverait du travail. Il se débrouillerait tout seul, peut-être difficilement, sachant pertinemment bien qu'il serait incapable de travailler pour le père de Diana.

Il ouvrit le robinet et laissa couler l'eau chaude, dont la température atteignait presque la limite du supportable. Puis il s'essuya, enfila un T-shirt et un jean et s'assit sur le lit. En regardant leur chambre, il se demanda si Diana était restée dans le Wyoming.

Tout en déambulant à travers la maison, il jeta un coup d'œil à sa montre. On était samedi et le jour commençait déjà à baisser. Il s'assit à son bureau et allait prendre le téléphone pour tenter de retrouver Diana, lorsque la sonnerie de la porte retentit. Il réfléchit à ce qu'il pourrait dire aux voisins, mais aperçut une Lincoln noire officielle stationnée dans l'allée.

Lorsqu'il ouvrit la porte, il se trouva nez à nez

avec l'amiral Bruce Phillips en tenue kaki et coiffé d'une casquette de travail qu'il enleva.

— Est-ce que je peux entrer ? demanda-t-il. Il avait l'air grave.

McKee l'invita à entrer d'un geste et se passa machinalement la main dans les cheveux et sur la nuque, comme à chaque fois qu'il était nerveux ou qu'il avait un doute.

— Je pense qu'il y a de la bière dans le frigo, dit McKee en s'avançant vers la cuisine.

— J'en ai apporté, dit Phillips avec un grand sourire en s'approchant du chauffeur qui portait une glacière. Ça fait un moment que vous êtes en mer et j'imagine que le placard doit être vide. En tout cas, c'était comme ça quand je rentrais chez moi.

— Ouais, dit McKee en se laissant tomber sur une chaise. Je ne sais même pas si Diana est revenue, encore moins si elle a fait des courses. Je ne lui ai pas encore parlé. Nous étions au beau milieu d'une dispute quand j'ai reçu la visite de vos commandos.

McKee regarda Phillips.

— Ils n'étaient pas venus m'apporter de la bière.

— Désolé de tout ça, Kelly, dit Phillips. C'est d'ailleurs la raison de ma visite. Je veux vous présenter mes excuses pour la façon dont cet exercice a été organisé. Vous savez que nous n'avons pas l'habitude de mentir à nos commandants.

— C'est tout de même ce que vous avez fait, interrompit McKee, d'un ton glacial.

— Ça faisait partie du... scénario, dit piteusement Phillips. C'était une sorte de... marché... ficelé d'avance.

Phillips insinuait que quelqu'un d'autre avait eu l'idée de ce scénario, qui lui était également resté en travers de la gorge, comprit McKee. Mais, en tant que commandant des forces sous-marines, Phillips devait en assumer la responsabilité.

— Pas d'importance, amiral. Je suis content de vous voir. Ça atténuera votre surprise lorsque je vous remettrai ma démission.

Phillips avala une gorgée de bière et reposa la bouteille.

— Vous pouvez répéter ?

— Vous allez recevoir ma démission. Je me barre.

— Vous partez ? A cause de ce foutu exercice ?

— Amiral. Bruce, écoutez-moi.

McKee se pencha en avant, les yeux brillants.

— Je vous en ai réservé la primeur. J'ai abreuvé mes petits gars de beaux discours : le devoir, l'honneur, la nation, le président, tous ont besoin de nous. Tout cela, vous l'avez fait tourner en eau de boudin. A présent, je passe pour un imbécile aux yeux de mon équipage. A l'issue de l'attaque, mon second, Karen Petri, m'a vu dans ma chambre, les mains tremblantes, dans l'incapacité d'allumer un malheureux cigare. Je suis trempé de sueur, rien qu'en pensant aux hommes sensés avoir péri dans l'océan. Amiral, ce n'est pas uniquement devant mon équipage que j'ai perdu la face, c'est vis-à-vis de moi-même. Lorsque cette torpille fonçait vers nous, j'ai eu tellement la trouille que je pense que j'en ai pissé dans mon froc. Mais je me suis convaincu que ce n'était pas grave parce que j'avais sauvé mon bâtiment et rempli ma mission. Ensuite, vous débarquez et me flattez tel un bon vieux toutou et, en présence de ce salopard de chef d'état-major de la marine, vous m'annoncez que ce n'était qu'un foutu exercice !

McKee avait haussé la voix et criait. D'un revers de main, il balaya la bouteille de bière posée devant lui, qui explosa sur le carrelage. Il la regarda fixement pendant un instant, interdit, puis il poursuivit d'une voix cassée.

— Diana avait raison. Il est temps de quitter les

scouts et de commencer quelque chose de sérieux dans la vie.

— Vous avez perdu la foi dans notre métier ?

Le visage de Phillips avait viré au cramoisi.

— Je l'avais, amiral. Mais, aujourd'hui, c'est fini. J'étais sur le point d'annoncer à Diana que j'attachais plus d'importance aux sous-marins qu'à notre mariage.

McKee renifla.

— Dieu merci, je n'ai gâché qu'une semaine supplémentaire à bord de ce foutu bateau.

Phillips fronça les sourcils et répondit, d'un ton ferme et tranchant.

— Bon sang, Kelly, il ne s'agissait pas uniquement d'un exercice. L'Argentine et l'Uruguay sont réellement en proie à une crise majeure, qui empire de jour en jour. Les derniers messages échangés entre l'Argentine et l'Ukraine concernaient le prix de la location de la flotte de la mer Noire. Les autorités ne s'interrogent plus sur l'éventualité de l'utilisation de ces bateaux par l'Argentine pour attaquer l'Uruguay, mais plutôt sur la date. Les Ukrainiens n'ont pas encore appareillé, mais la CIA pense que ce n'est plus qu'une question de jours avant qu'ils mettent le cap vers l'Atlantique Sud. Et, de toute façon, nous avons recueilli plus d'éléments grâce à cette opération que nous n'avions osé l'imaginer. Les caméras du PCNO, leurs images ont été historisées dans un module mémoire. J'ai regardé les disques. Nous sommes en train d'en tirer un film, qui fera partie du cours de commandement. Kelly, je ne suis pas bon pour ce genre de choses, vous devez me croire. Vous avez fait du bon travail. Vous leur avez donné à tous l'exemple à suivre. Vous êtes notre meilleur commandant et vous commandez le meilleur de nos bâtiments. Phillips tendit les mains. Qu'est-ce que je peux dire d'autre ?

Nous ne pouvons pas nous permettre de vous perdre.

— Ecoutez-moi, Bruce. Je crois que chacun a droit à une seule bataille, une seule chance de se surpasser. J'ai utilisé la mienne et, vous avez de la chance, elle est enregistrée sur un vidéodisque. Il se leva. C'est tout ce que j'avais à vous dire. Je dois vous demander de me laisser, Bruce. Il faut que je réussisse à joindre Diana pour lui annoncer ma décision. Vous recevrez ma lettre de démission sur votre messagerie cette nuit.

Phillips fronça les sourcils.

— Je n'accepte pas votre démission, Kelly. Je vous mets en permission afin de vous laisser le temps de réfléchir.

Il se leva et se dirigea vers la porte, l'ouvrit et disparut dans la nuit. Il s'était retourné pour ajouter quelque chose à l'adresse de McKee, lorsqu'une voiture de service identique à la sienne, mais aux marques de l'escadrille, entra dans l'allée. La porte arrière s'ouvrit et un officier descendit. Il s'avança lentement vers les deux hommes, sur le perron. Le nouvel arrivant était un capitaine de corvette. Un placard de décorations couvrait sa poitrine, jusqu'aux ailes dorées, signe de son appartenance à l'aéronavale. Au-dessus des galons de ses manches, au lieu des habituelles étoiles, il portait une croix. Qu'est-ce qu'un aumônier vient faire ici ? marmonna en lui-même Phillips.

L'aumônier s'approcha et salua.

— Capitaine de Frégate Kyle L.E. McKee ?

— Je suis McKee. Que se passe-t-il ?

— Commandant, je suis l'aumônier Glenn Morris. A la suite de vos messages, l'escadrille m'avait chargé de retrouver votre épouse. Ni ses amis ni sa famille ne l'avaient vue sur la côte est. Je suis donc allé jusqu'à votre chalet. J'ai une mauvaise nouvelle, commandant. Nous y avons trouvé le corps de votre femme. Elle a fait une fausse couche et perdu beaucoup de sang dans l'hémorragie. Elle a essayé de s'approcher de la porte pour demander de l'aide. Je n'ai rien pu faire, cela faisait plusieurs heures qu'elle était morte. Je suis sincèrement désolé, commandant. Nous avons organisé le rapatriement du corps.

L'aumônier avait posé la main sur l'épaule de McKee. Ce dernier était livide, le regard perdu. Phillips prit le relais.

— Je m'en occupe, monsieur l'aumônier. Vous pouvez nous laisser.

— Bien, amiral.

L'aumônier se retira. Sa voiture recula silencieusement dans l'allée et s'engagea sur la rue.

McKee la suivait des yeux, puis il regarda Phillips.

— Je ne peux pas y croire. Elle est morte. Oh, mon Dieu, j'aurais dû me trouver auprès d'elle. Oh, Jésus. Sa voix se brisa dans la dernière syllabe et il lui sembla que ses jambes se dérobaient.

Phillips le fit rentrer rapidement et l'assit à la table de la cuisine. McKee accepta le grand verre de whisky que lui servit l'amiral. L'alcool lui brûla l'œsophage. Après un second verre, il résista à peine lorsque son ami l'entraîna à l'étage et l'allongea doucement sur son lit. Après ce qui lui parut des heures, il sombra dans un sommeil agité.

Le téléphone sonna dans la maison de Michael Pacino.

— Allô, répondit-il, en appuyant sur le bouton de l'écran vidéo suspendu au mur de la cuisine. Si c'était la présidente, elle le verrait en jean de coton avec un vieux sweat-shirt de l'Ecole navale taché de graisse et d'huile : il avait travaillé sur le moteur de son voilier toute la journée.

Pacino assurait les fonctions de chef d'état-major

de la marine depuis un an. Il mesurait 1,80 mètre et avait pratiquement réussi à conserver le même poids qu'à sa sortie d'Annapolis. A quarante-neuf ans, il était le plus jeune amiral qui eût jamais assumé cette charge mais, malgré sa silhouette mince et son visage sans rides, il paraissait déjà vieux. A la suite de sévères engelures contractées lors d'une mission en Arctique, il avait gardé un visage tanné et de profondes pattes d'oie aux coins des yeux. Son trait le plus étrange restait la couleur de ses yeux, d'un vert émeraude profond.

Le visage de Bruce Phillips, le commandant des forces sous-marines, se matérialisa sur l'écran. Phillips entra immédiatement dans le vif du sujet.

— Nous avons perdu McKee, dit-il, l'air consterné. Il a décidé de rendre ses galons après ce que nous lui avons fait subir.

— Bon sang, je le savais, répliqua Pacino. Je l'avais dit à Warner.

— Il y a pire, amiral.

Phillips raconta à Pacino la mort de Diana et le manque de coordination du raid des commandos.

— Où êtes-vous ?

— Chez McKee. Je l'ai abruti de whisky. Je reste pour m'assurer qu'il va bien, pour lui préparer un petit déjeuner et l'aider à organiser les obsèques. Demain, à la même heure, nous devrions avoir pris une bonne cuite, ce sera donc inutile de nous appeler.

— Y a-t-il quelque chose que je puisse faire, Bruce ?

— Oui, amiral, mais ça tient plutôt de l'inaction.

— Quoi ? Que puis-je *ne pas faire* ?

— Ces exercices imbéciles, pour une présidente qui ne connaît rien à la marine, à ses machines et à ses hommes.

— Bruce, le prochain à démissionner, ce sera moi. Appelez-moi demain pour me donner de ses nouvelles. Même si vous êtes tous les deux ivres morts.

Pacino raccrocha et resta un long moment assis au comptoir de sa cuisine, les yeux dans le vague.

Livre II

Rafael

7

J'ai soixante-deux ans. Cela fait treize ans que je suis enfermé dans cette prison dont je ne connais pas le nom. Depuis que j'ai débarqué ici, je vis dans un isolement total, quelque part en Sibérie, du moins c'est ce que j'ai toujours cru.

Mes contacts avec les gardes sont réduits au minimum. Je les salue lorsqu'ils m'apportent mes repas ou pendant la promenade dans la cour. Je les interroge parfois sur l'actualité. Durant mes dix premières années d'isolement, les gardes essayaient d'être agréables. Puis, un matin, leurs visages et leurs uniformes changèrent. Je fus transféré dans une cellule plus grande. Les nouveaux gardes se refusèrent à me donner la moindre information sur ce qu'étaient devenus les anciens, mais je réussis à glaner quelques informations. Le gouvernement avait changé. Selon eux, beaucoup de prisonniers avaient été libérés.

Un matin, un garde m'apporta une enveloppe contenant des papiers, en même temps que mon petit déjeuner. Quarante ou cinquante pages de documents officiels en tout. En résumé, il s'agissait d'une remise en liberté conditionnelle, sous réserve que je rédige une confession.

Cinq ans auparavant, j'aurais jeté ces papiers. Mais à présent, les choses ont changé. Cette année, j'ai commencé à respirer avec difficulté durant les promenades. Pendant l'hiver, j'ai ressenti deux fois des douleurs à la poitrine. J'ai été transféré de ma cellule dans un hôpital. Le médecin a dit que ce n'était pas une crise cardiaque, mais il a diagnostiqué une angine de poitrine et je dois suivre un traitement.

Aujourd'hui, j'ai enfin compris que j'étais vieux et que je mourrai bientôt. Eh oui ! Jusqu'à cette année, j'avais toujours cru que le fait de ne pas craindre la mort me rendait différent des autres. Est-ce que je n'avais pas plongé dans l'eau glacée qui envahissait le PCNO du Kaliningrad pendant son naufrage ? Même à ce moment-là, mon cœur battait à peine plus vite que la normale. Mais à présent, je me rends compte que je me suis trompé. A bord du Kaliningrad, je n'avais pas eu peur parce que je ne voulais pas penser à ma propre disparition. Durant soixante-six ans, je me suis leurré. Il a fallu que je me retrouve nu, allongé sur une table métallique glaciale, avec une machine bizarre sanglée sur la poitrine, pour réaliser que la mort était pour moi une peur récurrente, qui nourrissait tous mes cauchemars, une obsession qui me paralysait.

A l'heure du déjeuner, quand j'ai vu un garde, j'ai demandé un crayon et du papier. Je serai libéré à condition d'écrire ma confession. J'ai toujours pensé à une tromperie, j'ai cru qu'ils m'exécuteraient dès qu'ils l'obtiendraient.

Maintenant, ils me promettent de me laisser sortir dès que j'aurai terminé. Je persiste à croire à un marché de dupes. Ce papier finira dans un placard et, dès que le tiroir sera refermé, les balles siffleront dans la cour. Mais cela n'a plus aucune importance. Je ne suis pas seulement vieux. Je suis fatigué. Je ne veux pas finir mes jours ici. Ma confession scellera mon destin.

L'homme aux cheveux gris et au visage osseux,

dont la réclusion avait fait un être décharné, relut les pages qu'il venait d'écrire. Cela ne correspondait pas exactement à la réalité, mais quelle importance ? Pris d'une subite envie de vodka, il se frotta la nuque pour essayer de cesser d'y penser. Peut-être accéderaient-ils à ce dernier désir lorsqu'ils le « libéreraient » dans la cour pour le fusiller. Il reprit le stylo et poursuivit.

Voici ma confession.

Mon nom est Alexi Novskoyy. A l'âge de quarante-huit ans, j'ai été nommé amiral de la flotte du Nord de la République de Russie. A cette époque, cette flotte était désarmée. La Rodina, la mère patrie elle-même, était désarmée. Une commission des Nations unies supervisait la destruction de notre stock d'armes nucléaires qui, jusque-là, nous avaient protégés de l'impérialisme américain.

J'étais convaincu que le désarmement de la Russie était un crime. J'ai agi pour l'empêcher. Le détail de mes actes, qualifiés de crimes de guerre, a déjà été relaté à de nombreuses reprises, souvent par des personnes directement impliquées. Mais pour que ce document soit vraiment une confession, je dois ma version des événements. Je serai bref.

Tout d'abord, j'ai substitué des missiles de croisière factices aux armes qui devaient être détruites par la commission des Nations unies. J'ai fait embarquer ces armes opérationnelles maquillées en missiles d'exercice à bord des cent vingt sous-marins d'attaque de la flotte du Nord. Ces missiles d'exercice étaient en réalité des missiles de croisière SSN-X-27 équipés d'une charge nucléaire. J'ai fait appareiller nos bâtiments des bases sous-marines de l'Arctique pour aller patrouiller à l'immersion périscopique au large de la côte est des Etats-Unis et y attendre de nouvelles instructions. Ces bâtiments représentaient un pistolet chargé, pointé sur le sanctuaire améri-

cain. Pendant ce temps, j'ai emmené sous la glace notre sous-marin le plus récent, le plus révolutionnaire jamais construit dans l'histoire du monde : le Kaliningrad — celui que les Occidentaux appelaient l'Oméga — un bâtiment que j'ai personnellement conçu. Nous avons transité sous la banquise et fait surface dans une polynia, afin d'établir une liaison radio avec les autres sous-marins de la flotte du Nord. Mon intention première était d'adresser un ultimatum aux politiciens américains et à leurs militaires bellicistes, de les contraindre à renoncer à leurs propres missiles nucléaires, de les forcer à assister eux-mêmes à la destruction de leur arsenal par des étrangers, sur leur propre territoire, devant une commission des Nations unies. Mais, sous la banquise, un événement a tout bouleversé.

Je ne sais toujours ni comment ni quand j'ai changé d'attitude. Peut-être avais-je eu cette intention dès le premier instant, peut-être refusais-je simplement d'en prendre conscience. Ou peut-être quelque chose s'est-il produit une fois que j'ai eu tout pouvoir. Au lieu d'utiliser ma radio pour parler aux démons de Washington, j'ai décidé d'envoyer un « molniya » — un mot code — à mes sous-marins pour leur ordonner de lancer leurs missiles de croisière contre les centres stratégiques de la côte est américaine. Malgré la transgression du tabou nucléaire, mon plan aurait pu fonctionner. Une fois le complexe militaro-industriel des Etats-Unis détruit par ces frappes chirurgicales, la Russie aurait tendu la main aux Américains pour les aider à reconstruire et nos deux nations auraient poursuivi leur route vers le futur, côte à côte, dans la paix.

Mais les responsables de la marine américaine ne partageaient pas mon point de vue. Ils ont envoyé un sous-marin d'attaque pour éliminer le Kaliningrad. *Peut-être est-ce ce qui m'a poussé à passer de la menace à l'action. Le* Kaliningrad *avait été torpillé et ses systèmes endommagés. J'ai riposté avec une torpille à charge nucléaire, dans l'intention de couler l'ennemi sous la banquise pour pouvoir reprendre mon attaque, mais la torpille a manqué son but et son explosion a achevé le* Kaliningrad. *Le sous-marin s'est rempli d'eau et a coulé. Nous avons réussi à nous échapper grâce à une sphère de sauvetage et nous nous sommes retrouvés sur la glace, au beau milieu d'une tempête arctique, en compagnie des Américains qui nous avaient attaqués — notre torpille avait détruit leur sous-marin. Nous avons trouvé refuge dans un abri, mais le groupe électro-gène a fini par rendre l'âme. La température chutait rapidement et notre fin approchait. Un seul des membres de mon équipage avait tenu le coup. J'ai appris plus tard qu'il était mort des suites de ses bles-sures. Deux Américains ont survécu, dont le com-mandant du sous-marin.*

Nous avons été secourus malgré la tempête qui fai-sait rage. Les Américains nous ont remis aux autori-tés russes. J'ai été rapatrié en Russie par avion. Nous avons atterri à cinq minutes d'ici. Il n'y a pas eu de procès, uniquement l'isolement. Depuis, je n'ai plus rien vu, que les pins par la fenêtre de ma cellule. J'ai été complètement coupé du monde extérieur.

Novskoyy s'arrêta un instant, la main crispée à force d'écrire. Il relut son texte, incapable de conte-nir la tristesse que ces souvenirs suscitaient en lui. Il laissa son regard se perdre dans le lointain et finit par reprendre son récit.

Toute confession doit comporter une part de regrets. Suis-je désolé de ce que j'ai fait ? Ai-je de la peine pour les hommes qui sont morts dans les deux camps, du conflit dont je suis responsable ?

Bien des années ont passé depuis, j'ai vieilli et j'ai eu le temps de réfléchir sur ce que l'on qualifie de crime de guerre. A cette époque, je pensais être le seul à avoir compris que le désarmement de la Russie signifiait en réalité la disparition de notre civilisation.

Mais sur la banquise, j'ai regardé les yeux des Américains — je suis resté conscient durant une vingtaine de minutes — et j'ai honte de reconnaître que ces hommes nous ressemblent. Des loups de mer. Des sous-mariniers. Des marins. J'ai honte de dire que j'aurais été heureux de partager un verre de vodka avec ces hommes. J'ai eu tort de faire ce que j'ai fait, la cible que j'attaquais n'était rien d'autre qu'une carte dessinée en bleu foncé, sur laquelle étaient écrits des noms étranges, « Norfolk », « Boston », « New York » et « Jacksonville ». Je ne m'attaquais pas à une population. Peut-être les choses se seraient-elles déroulées différemment si j'avais rencontré ces gens plus tôt.

Je ne sais pas si ces regrets suffiront, mais ils viennent du fond de mon âme.

Ma « confession » est à présent terminée. Si elle doit légitimer mon exécution, eh bien, qu'il en soit ainsi. J'espère sincèrement sortir d'ici dès que je l'aurai signée et remise à un gardien. J'espère ne pas passer une nuit de plus dans ce cachot, mais sentir très vite les balles me traverser le corps. Qu'il en soit ainsi. Je suis prêt à mourir. Peut-être n'est-ce pas entièrement juste, mais l'heure est venue.

> *Signé, Alexi Andrieovitch Novskoyy*
> *Prisonnier*

Novskoyy plaça le bloc-notes sur la pile de papiers posés sur le bureau et s'approcha de la fenêtre. Le temps lui parut long jusqu'au coucher du soleil. Les pins s'assombrissaient. Le gardien vint lui apporter le plateau du dîner. Novskoyy lui tendit sa confession, négligea la nourriture et s'assit sur son lit, dans l'attente de l'inévitable.

Il s'attendait à passer une nuit sans sommeil. Mais, après avoir signé, il se sentait mieux. Cette légende selon laquelle une bonne confession est un bienfait pour l'âme semblait, malgré tout, avoir quelque fondement, pensa Novskoyy. A 23 heures, il posa la tête sur l'oreiller et dormit comme un bébé jusqu'au lever du soleil.

D'habitude, lorsqu'il se réveillait, il sombrait dans la routine matinale. Aller aux toilettes, se raser, se déshabiller et pratiquer quelques exercices physiques. Puis il traversait la cellule de long en large, le plus rapidement possible, se repoussant avec les mains d'un mur à l'autre — les murs portaient l'empreinte de ses mains — et finissait par une série de pompes. Ensuite, il se redressait et faisait des étirements. Puis il se lavait dans le lavabo avant d'enfiler sa combinaison et de s'asseoir pour lire. Depuis qu'il était ici, il avait lu entre quatre et huit livres par semaine. Il les terminait, qu'ils lui plaisent ou non, c'était un principe.

Mais aujourd'hui, c'était différent. Il ne voulait pas faire d'exercice. Etre surpris nu, en train d'arpenter sa cellule, lui paraissait trop absurde. On lui apporta et on desservit son petit déjeuner. Son impatience allait croissant. Puis vint le déjeuner, mais il n'avait pas faim. Il essaya de lire, mais les mots ne retenaient pas son attention. Il s'assit sur une chaise en face de la porte et attendit. Dans le milieu de l'après-midi, il perçut enfin des pas. Trois hommes, à l'oreille. Il s'adossa à sa chaise lorsqu'il entendit la sonnerie qui précédait l'ouverture de la porte. Le battant pivota et découvrit en effet trois hommes. Deux gardiens et quelqu'un qu'il n'avait jamais vu auparavant.

Le nouvel arrivant n'avait pas l'air d'un directeur pénitentiaire. Il paraissait d'un tempérament bouillant et agité, comme si son corps ne pouvait contenir toute son énergie. Il portait un costume gris anthracite coupé dans un tissu de qualité, curieusement taillé pour s'adapter à sa lourde stature. Il écartait les mains, comme s'il voulait embrasser l'ensemble de la pièce. Une barbe presque grise et des cheveux blonds encadraient son petit visage aux traits épais et au regard intense. Il paraissait âgé d'une quarantaine d'années.

Il tendit une main énorme.

— Alexi Novskoyy, content de vous rencontrer. Mon prénom est Rafael. J'ai un nom de famille, mais je ne l'utilise jamais. Rafael suffit amplement. Voyez-vous un inconvénient à ce que je vous appelle Al ? Une cellule sacrément petite, si vous voulez mon avis. Enfin, pourquoi avez-vous attendu aussi longtemps pour écrire cette foutue confession ? Cela fait trois ans que j'essaie de vous sortir de ce trou. Ça m'a coûté plus de 2 millions de dollars US. Les fédéralistes russes ont empoché le montant du transfert en 2015 et m'ont dit que vous refusiez d'écrire votre confession. Ils ne vous ont pas autorisé à lire mes lettres, c'est idiot, parce qu'à peine votre confession rédigée, vous êtes dehors. Bon Dieu, vous vous êtes enfin décidé à prendre un stylo.

Un Américain, pensa Novskoyy, malgré l'intonation chantante d'un accent européen, qui rendait impossible la détermination de ses origines exactes. Novskoyy se leva lentement et regarda Rafael avec méfiance. Son discours coulait comme de l'eau de source, pensa-t-il, et l'éloquence n'avait jamais été une qualité qu'il avait apprécié chez ses officiers.

— Alexi Novskoyy, grogna-t-il en serrant la main de l'Américain. De quoi parlez-vous ?

Mais Rafael poursuivit.

— Ils ont fini par m'annoncer que vous aviez signé votre confession. Je l'ai lue juste avant de rejoindre votre cellule. « ... *pour réaliser que la mort était pour moi une peur récurrente, qui nourrissait*

tous mes cauchemars, une obsession qui me paraly-
sait. » Seigneur Jésus, où avez-vous appris à écrire ?
Bon Dieu, où vous ont-ils enseigné un tel sens du
drame ? Rappelez-moi de vous garder loin du traitement de textes, Al. Allons-y. Rafael se tourna vers
la porte. Quand vous voulez, messieurs, dit-il d'une
voix forte.

Novskoyy le regarda d'un air hébété lorsque la
porte s'ouvrit. Rafael fit trois pas dans le couloir
avant de réaliser, incrédule, que Novskoyy restait
dans sa cellule.

— Eh bien, venez, dit-il impatiemment. Vous ne
tenez pas vraiment à rester ici, n'est-ce pas ? Pour
l'amour de Dieu, je doute que les fédéralistes russes
me rendent mes 2 millions. Suivez-moi. Un hélicoptère attend dehors dans la cour et j'ai un avion à
l'aéroport, ou du moins ce qui sert d'aéroport dans
le coin.

— Attendez, dit Novskoyy, retrouvant un instant
un ton autoritaire. D'abord, vous allez m'expliquer
ce qui se passe. Où allons-nous ?

— Ce qui se passe, Al, c'est que tous les deux
nous partons d'ici. Nous serons en Afrique dans une
dizaine d'heures. Je vous expliquerai durant le trajet. Allez, des clients nous attendent.

— Des clients ?

Novskoyy franchit les portes blindées et suivit
l'imposant Américain d'un pas hésitant. Rafael
marchait exactement au milieu du couloir. Bien
qu'il ait été déchu de son grade d'amiral dans la
marine russe depuis plus de dix ans, il avait du mal
à supporter que Rafael ne lui laisse pas une place
à ses côtés. Se sentant ridicule, Novskoyy marchait
deux pas derrière lui. Il ouvrait la bouche pour parler lorsque Rafael lui tendit quelque chose par-dessus l'épaule.

— Tenez, voici votre nouvelle carte de visite.

L'objet ressemblait à un bristol vierge. Mais

lorsque Novskoyy la prit, elle s'éclaira dans un flash de couleurs et de dessins. Surpris, comme s'il avait reçu une décharge, il la laissa tomber.

Rafael s'arrêta et le regarda.

— Qu'est-ce qui vous arrive ? Vous n'avez jamais vu une carte professionnelle ? Seigneur Jésus ! Prenez-la, elle ne vous mordra pas.

Novskoyy regarda la petite carte sur le carrelage. Elle était redevenue parfaitement blanche. Lorsqu'il la reprit, les couleurs et les dessins réapparurent. Cette fois-ci, il la garda dans la main et observa les couleurs défiler en une suite élaborée d'images tridimensionnelles : le schéma d'un ancêtre de l'hélicoptère, puis un homme debout, les bras écartés au milieu d'un cercle, une coquille de crustacé et un bathyscaphe. Les images se figèrent et, sur un fond de ciel bleu, au milieu de nuages, apparurent une série de lettres qui grossirent. Il put enfin lire les mots *Da Vinci Consulting Group* et, en dessous, *Alexi Novskoyy, vice-président, Division des systèmes sous-marins*. Tout en bas de la carte, on lisait : *Filiale de Da Vinci Systems limited, Rome, Milan, Florence, Paris, New York, Berlin, Kiev, Séoul, Jakarta, Bangkok, Kuala Lumpur, Pékin* et ce qui ressemblait à un numéro de téléphone et à une adresse Internet. Novskoyy s'arrêta et regarda Rafael, l'air interdit. Ils avaient rejoint la porte principale de la prison.

Se rendant compte de la surprise de Novskoyy, Rafael s'adoucit. Il se retourna et lui tendit une autre carte. Elle présentait les mêmes animations graphiques que la première, mais portait le nom de Rafael, président, Da Vinci Consulting Group, managing Partner Da Vinci Systems limited, Florence, Italie. Une photo souriante et animée de Rafael apparut à côté du nom. Novskoyy leva les yeux. Son visage devait trahir son incrédulité car Rafael posa la main sur son épaule.

— Ecoutez, Al, dit-il calmement, d'un ton paternel. Maintenant que vous avez signé cette confession, vous êtes un homme libre, mais uniquement jusqu'à un certain point. Vous pouvez sortir d'ici, mais vous êtes à plus de 3 000 kilomètres de toute civilisation. Un enfer pour démarrer une nouvelle vie de citoyen libre de la République fédérale de Russie. En plus de cela, vous me devez presque 3 millions de dollars — en tenant compte des intérêts de mon investissement — que je prélèverai sur votre salaire pendant la première année. Bien entendu, il vous restera quelques millions de dollars. Et ne vous inquiétez pas. L'année prochaine ça ira mieux. Il devrait nous rester 10 ou 15 millions chacun, une fois défalquées les diverses dépenses et taxes.

— Rafael, peut-être n'ai-je plus l'esprit aussi vif qu'autrefois mais, ce matin, lorsque je me suis réveillé, j'étais prisonnier. Et à présent, quelle est ma condition ?

Rafael sourit.

— Jusqu'à ce que vous ayez franchi cette porte, vous restez un prisonnier. Dès que nous aurons quitté le pays, vous deviendrez un businessman, et mon associé.

— Comment me connaissez-vous ?

De nouveau, Rafael esquissa un sourire.

— Les fédéralistes russes ont déclassifié les rapports de l'opération que vous avez menée il y a treize ans. Je les ai vus, je les ai lus et j'ai décidé d'acheter vos services. Plus je lis de choses à votre sujet, plus je réalise que vous êtes l'homme de la situation pour ce que nous essayons de faire en ce moment.

— Vous n'arrêtez pas de citer les fédéralistes. De quoi parlez-vous, exactement ?

— La Russie s'est coupée en deux il y a trois ans, Al. A l'ouest de l'Oural, la Russie européenne s'est constituée en République : la République de Russie. A l'est, et jusqu'à la péninsule du Kamchatka, c'est la République fédérale russe, dans laquelle vous vous trouvez en ce moment. La Sibérie. Il fait bigrement froid. Est-ce que nous pouvons continuer à marcher maintenant ?

— Eh bien... qu'est-ce que vous attendez de moi, exactement ?

— L'endroit n'est pas idéal pour discuter. Disons que je voudrais vous faire reprendre vos anciennes activités.

— Avant, je commandais une flotte de sous-marins et des milliers d'hommes.

— Ce n'était pas tout. Pensez à votre contribution à l'histoire.

— J'ai presque provoqué la troisième guerre mondiale.

— Non. Les Américains avaient pris leurs précautions. Je parle du bâtiment que vous avez conçu. L'*Oméga*.

— L'*Oméga*. Exact, c'est comme cela que les Occidentaux appelaient mon *Kaliningrad*.

— Le plus gros et le meilleur des sous-marins jamais construits, c'est bien ça, Al ? Eh bien à Da Vinci, nous sommes consultants, architectes et concepteurs navals, et nos clients utilisent nos connaissances, nos cerveaux, nos produits, nos plans stratégiques, si je puis m'exprimer ainsi.

Rafael adressa un signe de tête aux gardiens dans le poste de garde vitré. La porte s'ouvrit avec une sonnerie et la lumière du soleil emplit le hall, violente et aveuglante. Novskoyy suivit Rafael en clignant des yeux. L'air vif et froid lui parut agréable. Il s'était promené tous les jours dans la cour, tout près de cette partie du complexe. Mais tout lui paraissait différent. Ils s'approchèrent d'un mur, de l'autre côté de la cour. Une grande grille s'ouvrit lentement, mue par un moteur électrique. A l'extérieur, une Mercedes noire ronronnait. Novskoyy la regarda pendant un long moment. Il n'en avait jamais vu de pareille, aérodynamique et élancée, équipée de phares minuscules. On ne pouvait distinguer la forme des portières. Rafael se mit à parler à la voiture : « Ouvrir la porte arrière gauche » et une fente apparut, juste avant que la portière ne s'ouvre. Novskoyy monta à bord tandis que Rafael contournait le véhicule.

Novskoyy s'installa dans un siège en cuir, face à un écran vidéo.

— Désolé pour cette vieille voiture, s'excusa Rafael, c'est tout ce que j'ai pu trouver ici.

Il effleura une console devant lui et alluma l'éclairage intérieur. Un bourdonnement léger monta des écrans.

— Aéroport, s'il vous plaît, et démarrez les réacteurs du Falcon.

La voiture commença à rouler dans un calme surprenant. Aucun bruit ne troublait la tranquillité de l'habitacle. Il fallut une minute à Novskoyy pour s'apercevoir de l'absence de chauffeur. Il regarda Rafael, la bouche ouverte, en désignant du doigt la place à laquelle il aurait dû se trouver.

— Quoi ? demanda Rafael, qui parut alors remarquer l'uniforme de prisonnier de Novskoyy. Il y a des vêtements dans ce sac. Enfilez donc un costume. Nous ferons une escale à Rome en passant, une courte réunion que j'ai prévue avec un client. Nous ne pouvons pas parler ici — dans ce pays, tout ce que nous disons est écouté et enregistré — mais, dès que nous aurons franchi la frontière, je vous mettrai au courant. De toute façon, j'espère que les longues heures de travail ne vous effraient pas. Nous avons du pain sur la planche d'ici la fin de la semaine. J'ai deux autres clients qui attendent et je compte sur votre coopération. Je vous sers un verre ? Laissez tomber la vodka. Il vaut mieux que vous vous habituiez au vin rouge et au whisky pur malt. Oh, avez-vous de la famille en Russie ou en République fédérale russe ?

— Non, aucune. Ma mère est morte il y a quelque temps.

— OK ! Alors nous parlerons du reste plus tard.

Rafael n'ajouta pas un mot. La limousine arriva dans un espace dégagé où attendait un énorme hélicoptère. Novskoyy commençait à se rendre compte qu'il n'avait pas fini d'être surpris. Il avait intérêt à s'y habituer et à cesser d'écarquiller les yeux, comme un gamin de cinq ans. Il eut encore un sursaut d'étonnement lorsque l'hélicoptère se posa sur la piste fraîchement bitumée, à côté de l'énorme avion de transport dont le nez ouvert révélait un fuselage caverneux. Les rotors de l'hélicoptère furent repliés et l'appareil roulé à l'intérieur de la carlingue tandis que Rafael le guidait jusqu'à un jet privé à ailes delta. Il monta à bord et les réacteurs démarrèrent sans le moindre bruit. Rapidement, il se retrouva dans les airs au-dessus de la Russie orientale, en se demandant ce qui l'attendait.

8

L'amiral Michael Pacino détestait l'idée de perdre du temps à décorer ses bureaux, mais les locaux que lui avait laissés O'Shaughnessy étaient invivables. A l'époque où Dick Donchez occupait les lieux, les murs étaient lambrissés d'acajou. Dans chaque angle, des maquettes de sous-marins étaient exposées dans des vitrines en cerisier. Une bibliothèque remplie des livres favoris de Donchez occupait tout un pan de mur. Lorsque Dick O'Shaughnessy avait investi les bureaux du chef d'état-major de la marine dans l'anneau E du Pentagone, il avait fait démonter les lambris. Il avait commandé une fresque murale représentant l'invasion de l'Iran pendant la guerre contre le Front Islamique Unifié, que les médias avaient considérée comme la Troisième Guerre mondiale. La peinture recouvrait l'intégralité des murs. O'Shaughnessy commandait alors un commando des forces spéciales qu'il avait mené au combat à Cha Bahar. Il avait miraculeusement survécu à une grave blessure à l'abdomen, reçue lors d'un bombardement. Certains affirmaient que sur la gauche de la fenêtre, on pouvait apercevoir un commando se contorsionnant au sol après l'explosion d'une bombe aérosol. Il paraissait surprenant qu'un homme de la sensibilité de Richard O'Shaughnessy affiche des scènes de combat aussi effroyables sur les murs de son bureau. Mais il expliquait que la guerre était son métier et qu'il fallait garder la mémoire de ce genre de drame.

La violence de ce spectacle incommodait Pacino. Pendant que O'Shaughnessy était parachuté au-dessus de l'Iran, il commandait le sous-marin *Seawolf*. Le conflit terrestre paraissait devoir se régler sans l'intervention de la marine, et encore moins des sous-marins. Mais le destin en avait voulu autrement. Le combat décisif avait eu lieu sous la mer et les tubes lance-torpilles du *Seawolf* avaient arraché la victoire. Tout cela ne méritait pas un tableau, pensait Pacino, qui ne prisait pas l'auto-glorification. Il avait fait recouvrir la fresque de quatre couches de peinture acrylique blanche.

Pendant plusieurs mois, l'amiral s'était satisfait des murs blancs de son bureau. Il avait fini par autoriser son adjoint, le vice-amiral Paully White, à faire venir un entrepreneur pour abattre la cloison extérieure et la remplacer par une baie vitrée. Pacino avait toujours affirmé que ce qui manquait à un sous-marinier, c'était de voir le ciel, même pluvieux et nuageux. L'architecte avait eu l'idée d'installer une cheminée, ce qui pouvait paraître saugrenu. Mais lorsque les premières études eurent été réalisées, Pacino accepta. Un mois plus tard, White faisait livrer des canapés et des fauteuils en cuir. Les bureaux commençaient à prendre forme. Colleen, la femme de Pacino, avait commandé une série de superbes tableaux représentant tous les bâtiments à bord desquels il avait servi, depuis les anciens sous-marins nucléaires de type Piranha, le *Hawkbill* et le *Devilfish*, jusqu'au tout récent SSNX, le nouveau *Devilfish*, conçu par Pacino en personne. L'amiral avait fait rapatrier le vieux bureau sur lequel il travaillait à Hawaii, ainsi que la table de sa bibliothèque, en chêne massif. Aujourd'hui,

Pacino se tenait entre la grande fenêtre qui dominait le Potomac et les canapés en cuir. Il réalisait qu'il ne restait plus aucun souvenir du passage de Donchez et O'Shaughnessy dans les lieux, à son grand regret, car ces deux hommes avaient beaucoup compté dans sa carrière et dans sa vie.

Richard Donchez, son mentor, était mort un an auparavant. Depuis, le vieil homme lui manquait. Pacino avait perdu son père, victime d'un « incident » avec les Russes sous la banquise, lorsqu'il était élève à l'École navale. Cette mort avait laissé en lui une douleur profonde, comme une vieille blessure de guerre. L'un des tableaux offerts par Colleen était la reproduction à l'huile d'une vieille photographie : à l'arrière plan, le massif d'un sous-marin de type Piranha qui portait l'inscription DEVILFISH SSN-666, devant lequel se tenaient deux officiers en uniforme de cérémonie, avec leur sabre. L'un d'eux était chauve et âgé, l'autre, aux cheveux noir de jais, paraissait extrêmement jeune : Donchez et Pacino, avant que ses cheveux ne blanchissent et qu'il ne perde dix kilos. Le premier *Devilfish* avait coulé sous la banquise treize ans auparavant, au cours d'un affrontement avec le sous-marin nucléaire d'attaque *Oméga*. Le drame s'était produit à moins de 300 nautiques de l'endroit où le sous-marin de son père avait été torpillé. Pacino avait survécu, mais il portait toujours, sur le visage et les bras, les cicatrices du froid de l'Arctique.

Un second tableau, également peint à partir d'une photographie, représentait un garçon d'une huitaine d'années, debout près d'un homme élancé, toujours devant un sous-marin. L'homme ressemblait à Pacino, sans être aussi maigre. C'était son père, le capitaine de frégate Anthony Pacino. Il passa la main sur le tableau. Repose en paix, papa, pensa-t-il. Au centre du mur, une photo encadrée montrait Pacino en grand uniforme bleu d'amiral, devant le massif du SSNX, le nouveau *Devilfish*, à côté d'un jeune et grand midship aux cheveux bruns, aux traits doux et au visage séduisant : son fils, Anthony Michael Pacino, élève à Annapolis. L'amiral contemplait cette photo lorsqu'on frappa à sa porte.

— Entrez, répondit-il en refoulant les émotions que suscitaient ces images.

Sa secrétaire, Joanna Stoddard, apparut.

— L'amiral Phillips, commandant des forces sous-marines, est ici, amiral.

— Faites-le entrer, dit Pacino, amusé par le ton militaire que tentait de prendre Stoddard.

Elle travaillait pour lui depuis longtemps.

Bruce Phillips commença à parler avant même d'avoir franchi la porte, la casquette sous un bras, le porte-documents sous l'autre.

— Merci de me recevoir, amiral. Waouh ! Vous avez fait refaire le bureau. J'aime bien.

Phillips s'approcha des tableaux, les regarda l'un après l'autre, finissant par le portrait du jeune Anthony.

— Il a bien grandi, n'est-ce pas ?

— Eh oui, répondit Pacino en essayant de contenir sa fierté. Il se pourrait bien qu'il grandisse encore plus vite, s'il se fait renvoyer de l'Ecole.

Phillips se retourna.

— Je doute qu'ils le renvoient, surtout avec ses relations. Papa est le big boss !

— Le directeur de l'Ecole est Sean Murphy, mon vieux camarade de poste. Il y a quelques années, c'est lui qui a emmené le *Tampa* dans les eaux chinoises et qui s'est fait prendre. Avec le *Seawolf*, je l'ai sorti de ce mauvais pas. Il me doit beaucoup, et pas uniquement à cause de cet incident. Je lui ai dit que, s'il manifestait le moindre favoritisme à l'égard du jeune Anthony, je le virerais.

— Mauvaise idée, je vois.

Pacino se mit à rire.

— Exactement. Asseyez-vous. Est-ce que je peux vous offrir quelque chose à boire ? C'est presque l'heure de l'apéritif.

La montre de plongée de Pacino marquait 17 h 30.

— Merci. Excellente idée, étant donné ce que je vais vous proposer.

Pacino ouvrit le bar à gauche de la cheminée et servit généreusement deux verres du whisky single malt que O'Shaughnessy lui avait offert pour son mariage.

— Personnellement, je préfère le Jack Daniel's, amiral, dit Phillips en humant le verre.

— Goûtez, vous aimerez. C'est un ordre.

Phillips s'enfonça dans l'un des fauteuils et Pacino prit place dans le siège voisin. Il offrit un cigare à Phillips et l'observa pendant qu'il l'allumait.

— J'ai l'impression d'être dans un club privé de Londres.

— Bruce, vous seriez surpris de constater à quel point mes résultats s'améliorent dans un tel environnement. Les gens se détendent plutôt que de se bloquer. Dommage que vous n'ayez pas connu l'endroit à l'époque de O'Shaughnessy.

— Chef, c'est exactement pour promouvoir ce genre de choses que je suis ici, dit Phillips en se redressant. Vous avez eu l'idée d'organiser un séminaire des officiers généraux. Et nous pensions inviter nos adjoints, en guise de récompense pour leurs bons et loyaux services. Vous parliez d'une semaine à Hawaii ou aux Bahamas.

— Je me souviens. Nous avions évoqué le mois de juillet, grimaça Pacino.

Il s'était laissé envahir par les tracas administratifs liés à sa fonction.

121

— On pourrait comparer notre petit séminaire à la convention annuelle des aviateurs, comment l'appellent-ils déjà... Tailhook. Ils prennent du bon temps entre deux séances de travail.

— Je sais que vous avez une idée derrière la tête, Bruce. Ce n'est pas la peine d'essayer de me la vendre, venez-en directement au fait.

— Pourquoi ne pas organiser une version maritime de Tailhook, amiral ? Les sous-mariniers, les surfaciers, les Marines et les aéros, tous logés sous le même toit. Les diverses réunions nous permettraient de découvrir les frustrations des uns et des autres. En partageant la vie de tous les jours avec nos jeunes subordonnés, loin du boulot et des tracasseries imposées par les rats d'état-major que nous sommes, nous apprendrions réellement à les connaître. L'absence de contraintes devrait nous permettre de réfléchir sainement. Vous pouvez consacrer une journée entière aux questions de matériel, écouter les officiers exposer les problèmes de leurs bateaux et définir ce dont nous avons besoin pour la marine de demain. La deuxième journée serait réservée aux ressources humaines, on étudierait la façon dont la marine s'occupe de son personnel ou bien le néglige. La troisième journée nous permettrait d'exposer notre vision stratégique : en ce siècle, à quoi peuvent ressembler nos ennemis ? Puis un jour ou deux de détente. Cela ne peut qu'être profitable à tous.

— Rien de neuf dans tout cela, Bruce. Tout se trouve déjà dans mon mémo destiné aux grands commandants des différentes branches de la marine : les forces sous-marines, l'aéronavale, les forces de surface et les Marines.

— J'ai bien compris, amiral. Mais nous ne sommes pas du genre à aller dans un hôtel à Hawaii ou aux Bahamas. Nous devons trouver quelque chose d'autre, quelque chose de plus « maritime ».

— Allez-y.

— Imaginez un peu, amiral. Nous affrétons un paquebot à bord duquel nous pouvons organiser séminaires et festivités. A nos moments perdus, nous pouvons flâner sur le pont ou même prendre le quart. Quelques-uns de nos vieux loups de mer trouveront sans doute le temps de descendre inspecter les cales. Ils critiqueront le commandant sur sa façon de manœuvrer à l'appareillage et pesteront sur sa manière de naviguer au milieu de l'Atlantique. Les gars vont adorer.

Pacino regarda Phillips, l'air amusé.

— Ça fait un moment que vous y réfléchissez.

— Non, pas vraiment. Juste depuis la semaine dernière.

Phillips rougit légèrement.

— Ma compagnie vient d'acheter un paquebot. Le *Princess Dragon* aura terminé ses essais dans trois semaines. Je propose que nous réservions son voyage inaugural.

Pacino savait que Phillips était issu d'une vieille famille de Philadelphie, propriétaire de la compagnie maritime Main Line, pour laquelle s'occuper à autre chose qu'aux œuvres de bienfaisance frisait le scandale. Ses parents l'avaient complètement ignoré jusqu'à ce qu'il soit reconnu, après ses actions d'éclat durant le conflit en mer de Chine orientale. Il était alors devenu un héros et avait reçu en donation l'ensemble des avoirs de la compagnie familiale. Cela ressemblait bien à Phillips d'investir dans un paquebot. Certains considéreraient cela comme futile, mais c'était une qualité que Pacino appréciait. Le visage de Pacino s'éclaira d'un large sourire, trahissant sa pensée.

— Quelle est la meilleure période pour partir ?

Phillips sourit d'un air satisfait.

— L'idée vous plaît, n'est-ce pas, amiral.

C'était une affirmation, pas une question.

— Je veux simplement savoir à quelle date préparer mes bagages.

— Nous quitterons Norfolk le lundi 23 juillet. Ceux du Pacifique arriveront en avion le dimanche soir.

On frappa à la porte.

— Amiral, votre épouse est ici. Je lui ai dit que vous étiez en conférence.

— Non, faites-la entrer.

Colleen Pacino passa la porte. Elle portait un tailleur. Elle sourit à Phillips qui s'était levé. Elle s'avança vers lui et l'embrassa sur la joue.

— Bonjour, Bruce.

Puis elle s'approcha de Pacino et l'embrassa furtivement sur les lèvres.

Colleen Pacino, la fille de Dick O'Shaughnessy, se trouvait à la tête d'une compagnie travaillant pour la défense. Elle avait dirigé la conception du système de combat des SSNX. Pacino l'avait rencontrée sur le chantier. Il en était tombé amoureux avant que son père ne soit nommé chef d'état-major de la marine. Ses fins cheveux noir corbeau tombaient légèrement sur ses épaules et encadraient un visage aux traits doux, aux yeux en amande et aux lèvres pleines.

— Veux-tu boire quelque chose, Colleen ? Nous avons le meilleur cabernet de tout le Pentagone.

— Volontiers.

Elle sourit et se laissa tomber dans un canapé.

— Bruce, je voudrais comprendre pourquoi vous êtes toujours célibataire, dit-elle en prenant le verre de vin que lui tendait son mari. L'une de mes vice-présidentes, à Cyclops Systems, meurt d'envie de vous rencontrer.

Phillips rougit, écrasa son cigare et lança un regard implorant à Pacino. L'amiral remplit les verres et se rassit.

— Nous étions en train de réfléchir au séminaire

124

dont nous avons déjà parlé, dit-il. Bruce vient d'acheter un nouveau paquebot. Il nous propose de tenir cette réunion en mer, au soleil, et d'en profiter pour enquiquiner les marins civils.

— J'espère que les épouses sont invitées ! Quelques-unes de vos officiers féminins me paraissent un peu trop jolies !

— Qu'en pensez-vous, Bruce ? Est-ce que nous emmenons les femmes et les petites amies ?

Phillips se leva.

— Pourquoi pas, amiral.

A son tour Pacino se redressa et demanda à Colleen de patienter, le temps qu'il raccompagne Phillips dans le couloir.

— Et Kelly McKee ? demanda-t-il dès qu'il fut hors de portée de toute oreille indiscrète.

Phillips prit un air contrit.

— Ça ne s'arrange pas, amiral. Son beau-père a transféré les fonds de l'assurance vie de Diana à McKee. Il reste cloîtré chez lui, à regarder des photos d'elle.

Pacino se souvint que, moins d'une heure auparavant, il se morfondait devant les tableaux accrochés sur son mur.

— Vous lui avez rendu visite ?

— Deux fois. Il refuse l'idée de naviguer à nouveau. Je dois prendre une décision. Je ne peux pas garder indéfiniment le commandement du *Devilfish* vacant. Je dois nommer quelqu'un. L'équipage commence à en ressentir les effets.

— Et le second ?

— Karen Petri ? Elle n'est pas prête pour un commandement à la mer. Pas sur un sous-marin.

— Bruce, j'ai vu les enregistrements. Elle a fait un sacré bon boulot lorsque vous avez fait appareiller le *Devilfish* en catastrophe de Norfolk.

— J'y réfléchirai, amiral. Je ne sais pas. La première femme commandant. Il faudrait qu'elle passe par le cours de commandement et les séances de simulateur, comme tout le monde.

— Peut-être, Bruce. Je n'ai pas l'intention de m'immiscer dans vos affaires. Cependant, vous devez reconnaître qu'elle a fait du bon travail en Atlantique Sud. Elle a démontré ses capacités. Vous pourriez nommer un nouveau second et lui attribuer le commandement provisoire, jusqu'au retour de Kelly.

Pacino tendit la main.

— Je sais, c'est de votre ressort. Réfléchissez-y tout de même.

Il serra la main de Phillips et lui dit au revoir. Il réalisa que ses sentiments à l'égard du jeune amiral devaient être assez proches de ceux que ressentaient Donchez et O'Shaughnessy à son égard, un mélange d'affection, de désir de protection et d'encouragement. La vie était un éternel recommencement.

Il se tourna vers Colleen.

— A quand cette fiesta sur le bateau de Phillips ? demanda-t-elle en souriant.

— Le 23 juillet, répondit Pacino. Pourquoi, tu as déjà quelque chose de prévu ?

Son visage se rembrunit.

— Pour le moment oui. Je planche devant le Congrès durant toute cette semaine-là. Le système Cyclops et le budget de l'année 2020.

— Ah, non !

— Oh, ne prends pas cet air déçu, le taquina Colleen. Une semaine en mer avec de jolies hôtesses pour servir des cocktails exotiques décorés de petits parapluies. Ça ne me paraît pas trop dur.

— Tais-toi, femme, répondit Pacino en souriant.

Dans l'antichambre du chef d'état-major de la marine, l'amiral Bruce Phillips adressa un geste de la main à Joanna Stoddard.

— Est-ce que je peux utiliser le téléphone ?

— Je vous en prie.

Après avoir fait défiler quelques numéros sur l'écran de l'ordinateur, Phillips entra en relation avec son correspondant à la direction du personnel, l'amiral David Meeks.

— David, c'est moi, je n'ai pas le temps de vous expliquer. Il me faut un second pour le *Devilfish*.

— Que s'est-il passé avec Petri ?

— Elle prend le commandement provisoire. Il lui faut un second.

— Et McKee ?

— On verra. S'il revient, il reprendra le *Devilfish*. S'il ne donne pas signe de vie d'ici un an, le bateau reviendra à Petri.

— Un an ? Un peu long, vous ne trouvez pas ?

— Petri est solide. Elle peut assumer. Je ne pense pas qu'elle envisage les choses d'une autre manière. Elle était très liée avec McKee.

— Elle pourrait peut-être lui parler.

Phillips marqua une pause.

— Bonne idée. Merci, au revoir.

Il raccrocha, fit un signe à Stoddard et se hâta de regagner la voiture de service qui l'attendait.

9

Ma confession m'a ouvert de nouveaux horizons. J'ai retrouvé la liberté non seulement en quittant les murs de ma prison, mais aussi par l'écriture, en explorant le fond de ma pensée. Je regrette de ne pas avoir compris cela quelques dizaines d'années plus tôt. Retranscrire sur papier ou, dans le cas présent, dans une mémoire magnétique, des idées sans suite et sans signification tant qu'elles ne sont pas rassemblées, me procure une sensation apaisante.

Rafael m'a procuré un appareil étrange, un ordinateur portable de la taille et du poids d'un magazine. J'écris dessus avec un stylo en plastique. Les mots s'enregistrent dans sa mémoire et je peux choisir de les restituer en caractères d'imprimerie, ou avec ma propre écriture. Un programme détecte les erreurs grammaticales, les fautes d'orthographe, suggère les césures entre les paragraphes. Mais je ne le lance jamais. Ceci est mon journal intime. Quelle valeur a-t-il s'il est écrit sur le canevas grammatical d'une machine ? J'ai donc décidé de débuter mon journal aujourd'hui, mercredi 24 juin. Je continuerai à écrire jusqu'à en avoir des crampes dans les mains. Ensuite, peut-être déciderai-je de dicter mes mots à la machine. Absolument incroyable !

Aujourd'hui sera la journée la plus riche en événe-

ments, depuis que Rafael est venu me chercher dans ma cellule, il y a trois semaines. je dois reconnaître que j'ai un profond respect pour lui, pour son énorme appétit de connaissances, pour son immense sagesse. Sagesse au sens matériel du terme, mais aussi sur le plan humain. Jusqu'à ce que je le rencontre, je pensais comprendre l'esprit humain mieux que personne. Rafael m'a prouvé que j'avais tort sur bon nombre de points. Il connaît les machines aussi bien que les hommes et ses analyses en politique internationale sont tout bonnement extraordinaires. Avec lui, tout paraît tellement simple. C'est un pur génie.

Il jouit d'une autre qualité exceptionnelle, que je n'avais jamais appréciée chez un homme avant de le voir à l'œuvre. Je parle de son incroyable aptitude à vendre ses idées. Il sait se montrer persuasif, faire preuve de charme, montrer un réel intérêt et de la rigueur dans l'établissement des marchés. Il obtient des résultats remarquables. Il s'investit complètement auprès de ses clients, comme s'il pouvait lire au fond de leurs pensées et déterminer non seulement ce qu'ils veulent, mais ce dont ils ont besoin. Et il leur vend le tout. Sur le trajet depuis la prison, nous avons fait escale en Libye, où il a rencontré les dirigeants locaux. Une simple visite de courtoisie — du moins je le croyais. Mais Rafael a posé quelques jalons pour de futures réunions, afin de leur vendre une nouvelle idée, quelque chose d'exotique et d'économiquement inaccessible pour le moment. A notre départ, Rafael a reçu une accolade chaleureuse de la part du président libyen et une invitation à revenir. Je ne sais pas comment il fait, mais ses désirs deviennent bientôt ceux de ses clients, qui se sentent soudain incapables de se passer de son aide.

Durant les dernières semaines, j'ai essayé d'en savoir plus au sujet de Rafael. Il n'est qu'un tissu de contradictions. Vis-à-vis de ses clients, il affiche la plus grande courtoisie tandis que, face à moi, il reste fermé comme une huître. Je ne sais rien de son enfance, de l'origine de ses parents, d'où il vient, de ce qui l'a conduit à Florence, vers cette carrière, ni même comment il a pu rassembler autant d'argent pour commencer à travailler. Mais je suis certain d'une chose : ses affaires sont florissantes.

Il m'a laissé deviner l'existence d'un nouveau projet, pour lequel il a déjà investi des dizaines de millions de dollars pendant les quatre dernières années. Il l'avait lancé avant d'entamer les démarches pour me faire sortir de prison. Il est question d'un équipement particulier, relié d'une façon ou d'une autre à une histoire de sabotage sous la mer ou plutôt, ainsi que l'a présenté Rafael, à une projection de puissance dans une direction avantageuse.

A part cela, Rafael m'a simplement dit d'attendre. Jusqu'à présent, je ne sais pas ce que sa société veut de moi. Pour l'instant, je n'ai pas fait grand-chose, mon seul titre de gloire est d'avoir été le concepteur du sous-marin Oméga. Cela me pèse de l'appeler Kaliningrad, je préfère donc employer le vocable utilisé par Rafael. J'assiste aux réunions, j'écoute et j'apprends. Jusqu'à présent, Rafael semble satisfait. Donc, j'apprends tout en devenant riche. Incomparable avec cette attente stérile au fond d'une cellule en prison.

Nous sommes arrivés ce matin en Inde, en Falcon. Rafael avait prévu que nous atterririons sur une base de l'armée de l'air indienne, à proximité du palais présidentiel. Lorsque nous nous sommes posés, plusieurs aides de camp du Premier ministre Nipun Patel nous ont conduits vers nos appartements dans le palais, nous expliquant qu'en raison de la gravité de l'état de santé de son épouse, Nipun ne pourrait nous recevoir que plus tard.

— Finissons-en, dit Patel.

Il se leva et sortit derrière son aide de camp, le

général Prahvin, en direction des escaliers. Tout en bas, sous trois arches supportées par des colonnes massives de bois teinté, des chandeliers éclairaient la salle à manger. Le centre d'une longue table croulait sous les plats et les pichets. Quatre chaises occupaient une extrémité. Des jeunes femmes, plus belles les unes que les autres, reposaient, alanguies, sur des coussins répartis dans la pièce. Deux femmes firent entrer les consultants. Le Russe parut hésiter. Un sourire illumina le visage de Rafael lorsqu'il s'approcha.

— Monsieur le Premier ministre, dit-il. Merci infiniment de prendre la peine de nous recevoir. Son visage s'assombrit. Mais j'ai entendu parler des soucis de santé de votre épouse et j'en suis profondément désolé. Si vous le souhaitez, nous pouvons remettre cette réunion à plus tard.

Patel baissa la tête en serrant la main de Rafael.

— Ce n'est pas un problème, dit-il à voix basse.

— Nous déjeunerons en votre compagnie et nous verrons ensuite comment vous vous sentez, monsieur le Premier ministre. Je comprends, maintenant, que vous traversez un moment très difficile et je compatis. Je n'en avais pas saisi la gravité.

Rafael parut embarrassé.

— Simplement, nous avons trouvé une solution pour ruiner les Républiques Unies d'Arabie Saoudite et vous aider à dominer le marché mondial du pétrole. Mais peut-être vaudrait-il mieux attendre, car vous devrez prendre un certain nombre de décisions capitales.

Le visage de Patel s'assombrit un peu plus avant de s'éclairer d'un large sourire.

— Rafael, vous trompez tout le monde avec vos beaux discours. Mais pas moi. Je devine toutes vos ficelles, vous savez.

Rafael sourit à son tour.

— Un an plus tôt, vous auriez peut-être eu raison. Mais aujourd'hui — il écarta les mains, les paumes tournées vers le haut —, nous avons plus à faire que de vous vendre une vague idée ou de vous faire signer un contrat. Nous disposons de quelque chose qui résoudra vos problèmes. Nous avons ébauché cette idée il y a trois ans, mais elle n'était pas vendable, en l'absence de client. A présent, le monde a changé.

Tous deux savaient de quoi il parlait. Nipun Patel était arrivé au pouvoir quinze ans plus tôt après une révolution sanglante, en exécutant des milliers d'opposants politiques et en se nommant lui-même à la tête d'un parlement fantoche.

Trois ans après la révolution, il avait envahi la Chine Rouge lors de la première guerre civile, mais avait, finalement, été repoussé. Durant la seconde guerre civile entre la Chine Rouge et la Chine Blanche, il avait mené une guerre d'usure aux frontières avant d'envahir la Chine Rouge sur le front est. Cette fois-là, il vainquit et arracha des territoires à la Chine Rouge, conquérant une nouvelle province en forme de demi-lune, au nord de l'Inde continentale.

Seize mois auparavant, les ingénieurs indiens avaient découvert d'importantes réserves de pétrole dans les plaines centrales du nouveau territoire. L'Inde avait immédiatement demandé à la British Petroleum et à des compagnies de travaux publics de les aider à construire rapidement une raffinerie géante, un pipe-line de 1 200 kilomètres et un port pétrolier. Huit mois plus tôt, l'Inde avait commandé aux Japonais une flotte de vingt-deux pétroliers, dont la livraison était prévue dans trois mois. La raffinerie serait opérationnelle dans deux mois. Si le planning des Britanniques était respecté, elle commencerait à pomper du pétrole raffiné dans le pipe-line d'ici trois mois.

Patel accepta le verre de vin que lui présentait

une jeune femme vêtue d'un chemisier de soie, dont les manches bouffantes frôlaient la nappe.

— Que proposez-vous ? demanda Patel.

— Si l'Inde parvient à exploiter son pétrole, en quelques années elle deviendra un géant sur la scène internationale, expliqua Rafael. Elle doit donc se maintenir sur ce nouveau territoire. J'ai cru comprendre que vous aviez fait ce qu'il fallait pour prévenir le retour des Rouges. Encore faut-il que les Saoudiens ne s'en mêlent pas. Ils pourraient faire baisser le prix du baril, bombarder la raffinerie en cours de construction, le pipe-line ou le port pétrolier. Ou même les trois.

Si l'on parvient à contenir les Saoudiens, l'Inde deviendra plus riche que l'Argentine et l'Arabie Saoudite. Vous pourrez réaliser vos projets pour ce pays. Mais nous ne sommes pas venus ici pour vous féliciter de l'exploitation de vos champs pétrolifères ou de vos résultats économiques. Nous vous proposons un moyen d'accélérer votre croissance. L'Inde peut arriver au sommet en écrasant les Saoudiens. Vous comprendrez que ce que je vais vous montrer est strictement confidentiel, réservé à votre usage personnel ainsi qu'à celui du général Prahvin. Je reconnais la beauté de vos employées et je sais qu'elles sont capables de garder un secret, mais vos charmantes amies n'ont pas à être au courant.

Patel frappa deux fois dans les mains et la pièce se vida d'un coup. Il resta seul avec Prahvin et les deux consultants.

— Vous parliez de ruiner les Saoudiens. D'accaparer le marché du pétrole. Et d'une idée qui n'a pas trouvé preneur, jusqu'à maintenant.

— Je suis désolé, dit Rafael. J'ai l'esprit un peu embrumé sous l'effet de cet excellent vin. Il but une gorgée puis regarda Patel dans les yeux. Voici ce que nous proposons.

Rafael sortit un bloc-notes électronique de la

poche de son manteau et le posa sur la table. Pendant qu'il exposait son projet, une image tridimensionnelle se matérialisa au-dessus de la table : une sphère de 50 centimètres de diamètre, bleue, marron, verte et blanche, qui tournait lentement, s'illumina de l'intérieur. Patel l'observait. C'était la première fois qu'il voyait une projection en trois dimensions, mais il s'efforçait de masquer son étonnement. Il remarqua que Prahvin en avait la bouche ouverte et que le second conseiller n'avait pu masquer sa surprise, avant de se reprendre et de retrouver un visage impassible. Patel examina la sphère. La couleur blanche s'estompa. Le bleu représentait les océans, le marron et le vert les continents. La rotation s'arrêta lorsque l'Arabie Saoudite se matérialisa devant Patel. La péninsule s'agrandit et le reste du globe s'estompa. Une carte en relief paraissait suspendue entre Rafael et Patel. Le général Prahvin s'était levé afin de mieux voir.

— Le pétrole produit par les républiques associées à l'Arabie Saoudite est essentiellement exporté par le sud, par voie maritime : 50 % transitent par le golfe d'Aden, 25 % par le golfe d'Oman, 20 % par la Méditerranée, 5 % par le pipe-line iranien.

A cet endroit de la voie maritime occidentale, qui traverse la mer Rouge et le golfe d'Aden, le passage devient très étroit et le chenal prend la forme d'un sablier. Ce « goulot d'étranglement », qui sépare l'Arabie de l'Afrique, est appelé détroit de Bab el-Mandeb. Il mesure 18 kilomètres de large. Le chenal profond, celui qui peut être emprunté par les supertankers, ne mesure que 5 kilomètres de large. Et il est attaquable par les deux côtés. L'un de nos systèmes sous-marins brevetés serait capable de couler tous les pétroliers qui tenteraient de franchir le détroit. Il s'agit, en quelque sorte, de tirer des éléphants dans un couloir.

Observons à présent la voie maritime orientale.

Le golfe Persique communique avec le golfe d'Oman par le détroit d'Ormuz. Le passage est plus large, mais le chenal accessible à la navigation ne fait que 15 kilomètres de large. De la même façon, un de nos systèmes pourrait interdire toute circulation.

En Méditerranée, le trafic part principalement du terminal de Beyrouth. Les voies maritimes s'écartent légèrement, mais un autre de nos dispositifs, installé à 150 kilomètres au large du Liban, devrait pouvoir se charger de la majeure partie des bâtiments.

Notre plan est extrêmement simple. Nous coulons tous les pétroliers en charge qui transiteront par le golfe Persique, le golfe d'Oman et la mer Rouge. Une fois que nous en aurons envoyé une douzaine par le fond, personne ne voudra plus prendre le risque de naviguer dans ces eaux. En revanche, les pétroliers feront la queue à votre terminal et vous prendrez le contrôle du marché très rapidement.

Rafael s'enfonça dans son siège et avala une autre gorgée de vin tout en observant Patel. Il s'attendait à une réaction de sa part, mais ce dernier restait impassible et ne semblait pas vouloir poser de question. Il poursuivit donc.

— Vous vous demandez si je suis devenu fou. Vous pensez que, si tous les pétroliers explosent dans les détroits de Bab el-Mandeb et d'Ormuz, une marine étrangère finira bien par intervenir pour se débarrasser du fauteur de troubles. Vous commencez à passer du « pourquoi » au « comment ». N'abandonnons pas le « pourquoi » trop rapidement. Tout d'abord, Nipun, reconnaissez que, si nous sommes capables de couler les pétroliers en provenance de la péninsule saoudienne, cela ne peut qu'avantager votre pays.

— Bien entendu.

— Vous ne vous demandez pas pourquoi nous n'envisageons pas un blocus des Saoudiens ?

— Je suppose, mon ami, que vous avez étudié avec soin la faisabilité de votre plan. A court terme, cela pourrait servir ma cause. Mais vous avez parfaitement raison. Le lendemain du naufrage du premier bâtiment, la Royal Navy ou les Américains seront sur zone avec tous leurs moyens et ils se chargeront de détruire tout ce que vous aurez mis en œuvre contre les pétroliers. Vos lasers ou tous les gadgets que vous aurez imaginés pour cette opération.

— Aucune puissance étrangère ne comprendra les événements. Voyez-vous, tous les pétroliers franchiront les détroits, mais couleront au large. Nous avons mis au point une méthode nous permettant de couler n'importe quel bâtiment de notre choix sans que personne ne devine comment. Il n'y aura aucun survivant. Les armateurs et les clients mondiaux du pétrole se jetteront à vos pieds et vous supplieront de les approvisionner. Rafael souleva ses lunettes et regarda les hommes présents dans la pièce en levant son verre. A l'Inde et à la future dynastie pétrolière !

Il vida son verre d'un trait.

Patel et Prahvin ne le quittaient pas des yeux. Le deuxième consultant, le Russe Novskoyy, faisait de même. La carte du Moyen-Orient s'estompa, puis disparut. Patel croisa les bras sur la poitrine.

— Vous devriez nous expliquer en deux mots comment vous espérez parvenir à vos fins, mon ami, ou nous levons la séance. Je n'ai jamais été amateur de science-fiction. Et, dans le cas présent, ça tient du délire.

— Certes, mon plan n'a pas encore été testé grandeur nature. Vous connaissez mes conditions et les facilités de paiement proposées : 80 % cash tout de suite, 20 % à la réussite du contrat. Si vous acceptez le marché, vous devrez trouver 150 millions de dollars dans les deux prochaines semaines. Le numéro de mon compte en banque au Crédit Suisse est inscrit sur ma carte, c'est le même que le numéro de téléphone. Pour 150 millions de dollars, durant les six prochains mois, nous coulerons tous les bateaux en provenance de la péninsule saoudienne. Si vous souhaitez une démonstration, je m'exécuterai. Elle ne vous engagera en rien, mais elle me coûtera beaucoup d'argent. Si elle réussit et que le principe vous séduit, alors mon prix augmentera, pour atteindre 500 millions de dollars. Pour couvrir les frais engagés, parce que la valeur du produit aura augmenté, parce que mes honoraires auront été réévalués et pour vous pénaliser de ne pas m'avoir fait confiance.

Rafael sourit et brandit ses lunettes.

— Cette démonstration. Que voulez-vous me montrer exactement, et comment espérez-vous balayer mes doutes ? demanda Nipun.

Rafael remit son ordinateur sous tension et leva les yeux vers Patel.

— Choisissez un journal dans lequel vous avez confiance. N'importe lequel.

Patel cligna des yeux.

— Le *London Daily News*.

— J'aurais choisi le *New York Times*, mais pas de problèmes.

Il tourna l'ordinateur afin que Patel voie l'écran. Après quelques manipulations, l'édition Internet du *London Daily News* apparut.

— Que dois-je regarder ?

— Cherchez quelque chose ayant trait aux affaires militaires américaines.

— Ce titre racoleur, « *L'US Navy ou la croisière s'amuse* » ?

— Cliquez dessus.

Patel prit quelques minutes pour lire l'article. Le

chef d'état-major de la marine américaine organisait un séminaire à bord d'un paquebot dans les Caraïbes.

— Ce sera votre démonstration ? Vous allez utiliser vos joujoux contre ce bâtiment ?

— Exact.

— Couler un paquebot ne me semble guère démonstratif, mon cher Rafael. Ce n'est pas si difficile.

Patel commençait à manifester son agacement.

— Poursuivez votre lecture. Si le *London Daily News* possède les mêmes sources que le *New York Times,* il doit être écrit que des mesures de sécurité draconiennes ont été prises.

Patel reprit le fil de l'article.

— « Selon un communiqué publié par le service d'information du Pentagone, le *Princess Dragon* sera escorté par une petite force navale composée de croiseurs, d'escorteurs et de frégates, ainsi que par un sous-marin d'attaque chargé de la protection du paquebot. »

— Voilà notre démonstration. L'article ne mentionne pas que le navire appareillera de Norfolk, l'une des bases navales les mieux gardées et les mieux protégées de la côte est des Etats-Unis. Nous ne nous contenterons pas de couler le paquebot, nous nous débarrasserons également de toute son escorte. Quelle est votre préférence, le paquebot ou l'escorte en premier ?

— Le paquebot, répondit Patel. Ensuite, lorsque l'escorte sera alertée, vous les coulerez tous les uns après les autres.

Rafael secoua vigoureusement la tête.

— L'un après l'autre. Parfait. Lorsque vous lirez l'article du *Daily News,* vous nous devrez 80 % de 500 millions de dollars US.

— Non. Voici comment cela se passera, interrompit Patel.

Il se renversa contre le dossier de son siège en réprimant un bâillement.

— Je ne vous paierai pas 500 millions de dollars. Cent cinquante millions représentent déjà une escroquerie. Lorsque vous aurez effectué votre démonstration, nous paierons 20 millions. L'opération contre les Saoudiens débutera dans six semaines. Lorsque vous aurez coulé les cinquante premiers bâtiments, nous paierons 100 millions, puis 100 autres millions pour les cinquante suivants. Ensuite, je doute qu'il y ait encore du trafic dans le détroit, mais vous aurez 2 millions par bateau.

Rafael fronça les sourcils.

— Je vois où vous voulez en venir, monsieur le Premier ministre. Vous voulez des résultats en prenant un minimum de risques. A votre place, j'en ferais autant. Permettez-moi de vous proposer une solution qui pourrait sans doute vous convenir et me permettre de m'en tirer financièrement.

Tout en parlant, Rafael s'était approché tout près de Patel et le fixait droit dans les yeux.

— Nous demandons le transfert de 20 millions de dollars tout de suite. Une fois le virement effectué, monsieur Novskoyy et moi-même partirons pour conduire la démonstration. Lorsqu'elle aura abouti, vous nous transférerez 50 millions. Une fois ces formalités remplies, nous pourrons commencer l'opération saoudienne selon votre planning.

Patel approuva d'un signe de tête, tout en bâillant dans son poing.

— Les conditions me paraissent acceptables. Mais je veux encore une chose. Comment allez-vous vous y prendre ? Ne répondez pas, je veux entendre monsieur Novskoyy.

Rafael regarda Novskoyy avec un sourire discret. Le vieux Russe toussa.

— Eh bien, monsieur le Premier ministre, voici comment nous allons procéder.

La voix grave et autoritaire de Novskoyy impressionna Patel.

— Plusieurs de nos nouveaux systèmes sont opérationnels depuis peu. Nous les placerons dans les détroits et les utiliserons contre les pétroliers.

— Des systèmes, interrompit Patel. Des sous-marins ? Des plongeurs ? Un abri sous-marin ?

— J'ai reçu pour consigne de ne pas m'appesantir sur les détails, monsieur, en dehors de locaux où la confidentialité est assurée. Et, même dans ces conditions, nous serions contraints de considérer que toute personne en contact avec le projet pourrait en compromettre la sécurité. Je crains fort que, même en tant que payeur, vous ne deviez vous-même vous soumettre à nos contrôles de sécurité. Et vous ne franchiriez pas nos protocoles internes, monsieur le Premier ministre, car une des conditions pour avoir accès aux informations est le besoin de les connaître. Et, monsieur...

Patel leva la main.

— Non, non, vous avez raison, je n'ai pas besoin de savoir. Laissons les choses ainsi pour le moment. Peut-être me montrerez-vous votre technologie après la démonstration.

Rafael sourit.

— Une fois que nous aurons coulé suffisamment de bâtiments, que nous aurons détourné tout le commerce de la péninsule saoudienne et que vous en aurez tiré profit, alors je vous expliquerai personnellement la façon dont nous avons opéré. Sous condition, bien entendu, de la réception de votre dernier paiement.

Patel se leva et bâilla encore.

— Général Prahvin, faites virer immédiatement 20 millions de dollars sur le compte dont monsieur Rafael va vous communiquer le numéro. Merci de votre visite, Rafael, à vous aussi, monsieur Novs-koyy. Une fois le transfert effectué, vous êtes libres de rester ici aussi longtemps que vous le souhaitez.

— Je vous remercie, mais nous devrons décliner votre invitation, répondit Rafael. Nous avons du pain sur la planche. La démonstration aura lieu dans quelques semaines.

— Je vous laisse avec le général. Je vous prie de m'excuser, mais je dois me retirer. La journée a été longue.

Rafael baissa la tête, présenta ses meilleurs vœux de rétablissement pour Sonja Patel, puis accompagna le général dans les bureaux, suivi de Novskoyy.

10

Jusqu'à ce que le Falcon se trouve loin au-dessus de l'océan, Rafael manifesta son refus de parler en levant la paume de la main. Lorsqu'ils eurent enfin quitté l'espace aérien indien, Novskoyy le regarda fixement tandis qu'il se frottait les sourcils et souriait.

— Formidable, dit-il simplement.

— Pourquoi ? demanda Novskoyy.

Rafael éclata d'un rire convulsif. Il fut pris d'une quinte de toux et avala une gorgée de Perrier.

— Je n'en reviens pas de la façon dont vous vous êtes tiré de cette question piège... « Plusieurs de nos systèmes sont opérationnels depuis peu. Nous les placerons dans les détroits et les utiliserons contre les pétroliers. » Et ensuite, vous avez le toupet de lui dire qu'il n'est pas habilité à en savoir plus ! Je ne sais pas si je dois vous embrasser ou vous frapper, espèce de vieil hypocrite russe. Mais nous avons gagné le marché !

Rafael prit une bouteille de champagne dans un seau à glace en argent et fit sauter le bouchon avec solennité.

Une semaine plus tôt, Novskoyy se serait contenté de le regarder mais, ce soir, à la lumière des derniers événements, il sourit — ce qui était tout à fait inhabituel chez lui. Il prit le verre que lui tendait Rafael et but à petites gorgées. Le goût du vin pétillant le surprit, mais il se sentit immédiatement plus gai.

— Merci, Rafael, dit-il.

— J'ai fait une erreur énorme en ne vous mettant pas au courant, reprit Rafael lorsqu'il eut terminé son verre. Mais, mon ami, j'ai fait une bonne affaire en vous engageant. Amiral, vous êtes un génie. J'ai du mal à comprendre pourquoi vos plans ont échoué, il y a treize ans. Celui que vous aviez face à vous devait être un sacré bonhomme. Mais vous avez remarquablement détourné la question, même si vous avez répondu à côté. Je n'aurais pas fait mieux. Bravo !

— Eh bien, si vous n'avez pas jugé bon de me mettre au courant avant, peut-être allez-vous le faire maintenant.

— Je n'ai rien à vous expliquer.

— Que voulez-vous dire ?

Rafael se servit un autre verre et remplit celui de Novskoyy.

— Il n'existe aucun système particulier, aucun sous-marin, aucune mine mobile. Rien !

— Comment ? Vous avez imaginé cette histoire pour extorquer 20 millions de dollars au Premier ministre indien ?

— Oh, non ! Patel est bien trop dangereux. Sa police secrète a assassiné des gens en Afrique, en Asie et même dans le centre de Londres. Escroquer Patel tiendrait du suicide. Et puis, je compte bien revenir le voir lorsque tout cela sera terminé. Il est entouré d'une cour féminine exceptionnelle. J'ai bien l'intention d'enlever une de ces beautés et de la faire travailler pour moi. Une dame de compagnie personnelle, en quelque sorte.

— Dans mon pays, c'est ce que l'on appelle une épouse, dit Novskoyy le regard vague, se souvenant

144

des fabuleux baisers de la femme qui lui avait rendu visite dans sa chambre.

Il se força à revenir au présent.

— Donc, si nous n'avons ni gadget, ni aucun moyen de couler ces pétroliers, qu'est-ce que nous venons de faire, exactement ?

— Nous venons de conclure un marché.

— Avec quoi ?

— Avec ce que nous avons vendu, bien sûr. Regardez, nous savons combien Patel accepte de payer pour couler le paquebot à bord duquel embarqueront tous les étoilés de la marine américaine et les pétroliers qui desservent l'Arabie Saoudite. Maintenant, il nous reste à trouver comment. Ou, plus précisément, il *vous* reste à trouver. Voilà pourquoi je vous ai embauché. En raison de votre talent. Je me contente de passer le contrat.

Novskoyy sentit son cœur s'arrêter.

— Vous voulez dire que nous partons de rien et que, dans trois semaines, nous devons avoir mis au point un moyen de pénétrer les défenses américaines autour de ce bâtiment et de couler son escorte ?

Novskoyy sentit son visage s'empourprer.

— Ensuite, nous devrons couler tout le trafic pétrolier autour de la péninsule saoudienne ?

— Relax, Al. Vous êtes un génie pour ce genre de choses. Vous en êtes capable.

Les yeux plissés, Novskoyy enleva ses lunettes et regarda Rafael.

— Très bien, Al, vous ne pensiez tout de même pas que nous allions simplement signer des contrats et compter notre argent, n'est-ce pas ?

— Je ne savais rien, répondit Novskoyy. Parce que vous ne m'avez rien dit. Si je dois rester votre partenaire, vous feriez bien de me mettre au courant tout de suite et de cesser ce partage idiot entre nos responsabilités respectives. Et abandonnez vos airs de supériorité. Si je commandais toujours la flotte du Nord, je vous aurais fait fusiller, imbécile.

Novskoyy haussait le ton au fur et à mesure que la colère montait en lui.

— Vous avez raison, dit Rafael. Mais j'ai agi comme vous l'avez instinctivement suggéré. Cette affaire de sécurité. Comment pouvais-je être sûr de vous ?

— Eh bien, bordel de merde, à présent, vous savez !

Excédé, Novskoyy regarda par le hublot.

— J'ai enfin réussi à vous faire jurer, dit Rafael avec un léger sourire. Je commençais à me demander si vous étiez humain. A présent, je suis également fixé là-dessus.

— Et maintenant, je dispose de vingt et un jours pour mettre au point un système d'arme capable de neutraliser tout le commerce saoudien. Est-ce vous avez la moindre idée du temps qu'il m'a fallu pour concevoir et construire le *Kaliningrad* ? Dix ans, en y consacrant chaque jour de ma vie ! Et vous espérez que je vais vous pondre un système capable de couler un paquebot et toute son escorte en moins de trois semaines ?

Novskoyy écumait de colère et respirait bruyamment.

— Faites faire demi-tour à cet avion. Nous retournons en Russie.

— Comment ?

— Ramenez-moi en prison. Je renonce.

Abasourdi, Rafael regarda Novskoyy durant un court instant puis parut comprendre.

— Je ne vous demande pas de faire cela tout seul, vous savez, reprit-il. Avez-vous lu le résumé de l'histoire récente dans les fichiers de l'ordinateur ?

— Oui, répondit Novskoyy avec agressivité.

— Alors, vous savez qu'il y a deux ans, six sous-marins nucléaires japonais, de haute technologie, ont disparu durant leurs essais à la mer. Ils sont brutalement devenus la propriété de la Chine Rouge. Vous êtes-vous demandé comment cela avait pu se produire ?

— Oui.

— Je vais vous expliquer. Les ingénieurs de mon équipe ont conçu un submersible, qui a été livré à la Chine Rouge. Cet engin a permis de pirater un sous-marin nucléaire coréen, en plongée, à la vitesse de 20 nœuds.

Novskoyy écarquilla les yeux.

— Vraiment ?

— Vraiment. Savez-vous combien de temps il a fallu pour le construire ?

— Non.

— Dix jours de travail intense pour cinq cents hommes, vingt-quatre heures sur vingt-quatre, dopés au café et aux amphétamines. Mais nous avons réussi. Et les Rouges nous en ont réclamé une douzaine d'autres. Cette affaire nous a rapporté 500 millions de dollars. Nous renouvelons l'opération aujourd'hui, mais avec un autre pays. Nous ne vendons pas de la poudre aux yeux et des mirages, nous vendons du solide, prouvé au combat.

— Attendez une minute ! Vous avez construit un submersible capable de détourner un sous-marin nucléaire en plongée en route libre ?

— Exact. Et ça s'est bien passé. Mais n'allez pas croire que nous pouvons renouveler l'opération dans les eaux saoudiennes. A présent, les procédures en vigueur dans toutes les marines du monde exigent que les panneaux d'accès soient verrouillés en plongée. Nous sommes victimes de notre propre succès.

— Comment avez-vous fait ? Qui est l'ingénieur responsable de la conception ? Et de la construction ? Qui sont ces hommes ?

— Vous le saurez bien assez tôt. Le cerveau

chargé de l'opération est Suhkhula, le PDG de Da Vinci Maritime, notre compagnie sœur. Personne ne m'en a parlé, mais je crois savoir que Suhkhula a un projet dans ses cartons, un prototype prêt à être testé. Il y a quelques mois, j'avais indiqué à Da Vinci Maritime que ce prototype pourrait m'intéresser. Sous la direction de Suhkhula, les gens de Maritime étudient le problème, exactement comme dans le cas des submersibles destinés à la Chine Rouge. Je voulais vous présenter personnellement, mais j'ai d'autres marchés à traiter.

— D'autres marchés ? Et lesquels ?

— La Libye, puis la Corée et, enfin, la Chine rouge. Je dois rencontrer les dirigeants de ces pays pour savoir s'ils sont intéressés par la petite démonstration que vous allez nous concocter. Et ensuite voir s'il est possible de leur vendre le même genre de service. Si je réussis à la vendre à un ou peut-être même deux sur les trois, nous devrions empocher 20 ou 30 millions supplémentaires. Je suis convaincu qu'avec Suhkhula, vous serez capables de construire le prototype qui nous est nécessaire. Pendant que vous le livrerez, la maison pourra travailler sur les deuxième et troisième engins.

— Emmenez-moi dans votre boutique. Faites-moi rencontrer votre Sou-kou-lah, ou je ne sais comment il s'appelle. Tout de suite, bon sang, ajouta Novskoyy, dont la voix tremblait légèrement.

Il fixait le plancher du jet. Rafael le regarda attentivement

— Vous vous sentez capable de le faire ?

— Je suppose que je vais y être contraint.

— Je dois vous dire autre chose.

— Encore ? Je vous avoue que je meurs d'impatience...

— Arrêtez, Al. Je vous ai dit que je ne possédais aucun atout pour tester votre réaction. La bonne nouvelle, c'est que Suhkhula dispose déjà du moyen de couler les pétroliers saoudiens. Le problème a été résolu il y a un mois.

— Et comment comptez-vous faire ?

— Suhkhula vous expliquera. Des systèmes biologiques, je crois.

— Biologiques ? Parfait, dit Novskoyy sans cacher son écœurement.

— Mais nous sommes incapables de réaliser notre démonstration contre le bâtiment américain. C'est pour cela que nous avons besoin de vous.

— Vos agents biologiques. S'ils sont suffisamment efficaces contre les pétroliers saoudiens, peut-être peuvent-ils l'être également contre un bâtiment américain.

— Demandez à Suhkhula. Vous avez peut-être raison. Calculateur, commença Rafael en s'adressant au système de pilotage automatique de l'avion, nouvelle destination. Milan.

La voix synthétique de l'ordinateur accusa réception, tandis que les ailes s'inclinaient et que l'avion mettait le cap au nord-ouest.

La Mercedes s'arrêta devant une gigantesque tour de verre et d'acier, haute de quatre-vingts étages, qui dominait le centre de la ville. Une partie du gratte-ciel s'avançait, telle une étrave, vers le sud. En lettres lumineuses rouges, on lisait : DA VINCI MARITIME.

Alexi Novskoyy descendit lentement de la limousine. Debout sur le trottoir de marbre, il leva les yeux vers le mur noir puis s'attarda sur l'architecture des bâtiments environnants. Les voitures paraissaient glisser silencieusement, sans émettre de gaz d'échappement. Pas une n'avait de chauffeur, ni même de volant. La foule se pressant autour de lui était composée de superbes femmes bizarrement accoutrées et d'hommes vêtus de costumes aussi étranges que ceux que portait Rafael. Une bonne odeur s'échappait d'un restaurant proche. Novskoyy réalisa qu'il mourait de faim. Derrière lui, la Mercedes avait disparu. Pour la première fois depuis qu'il avait quitté la prison, il se retrouvait seul.

Il sentit un frôlement sur son avant-bras. En baissant les yeux, il aperçut de longs doigts aux ongles vernis posés sur sa veste. Il laissa son regard remonter et découvrit une femme de type asiatique. Il leva un peu plus la tête et contempla le visage d'une Chinoise aux yeux en amande, très beaux, aux pommettes saillantes, à la bouche ronde et voluptueuse. L'extrémité de ses cheveux noirs et brillants coupés juste au-dessus des épaules se recourbait vers l'extérieur. Elle portait un tailleur noir sur un corsage crème et un collier de perles de culture noires autour du cou. Elle mesurait une tête de moins que le Russe. Ses longues jambes étaient minces et musclées. Il vit qu'elle lui tendait la main. Il la prit et sentit la douceur de sa peau, sa chaleur quasi électrique. Novskoyy resta sidéré et, lorsqu'il comprit la raison de son émotion, il sentit son visage s'empourprer. Elle représentait la clé d'un verrou de son cerveau, son idéal, un rêve longtemps désiré. Il chassa cette idée de son esprit et se força à replonger dans le présent.

— Amiral, commença la femme dans un anglais teinté d'un accent chinois, je suis honorée de vous rencontrer. Je suis Suhkhula, directeur général, concepteur et chef de projet de Da Vinci Maritime, S.A. Bienvenue à Milan.

Novskoyy la regarda fixement en s'efforçant de retrouver sa voix.

— *Vous* êtes Suhkhula ?

Il jura intérieurement. Une femme ! En omettant de l'avertir, Rafael avait triché, une fois de plus. Il essaya de se reprendre et de cesser de la regarder. Il s'inclina profondément.

— Alexi Novskoyy. Je suis également heureux de faire votre connaissance. Je suis désolé d'écorcher votre nom, Sou-koulah ? Est-ce correct ?

Elle sourit.

— Oui, Suhkhula. L'accent tombe sur la dernière syllabe. Mon père prétend avoir inventé ce nom. En réalité, il s'agit d'un nom très ancien, celui de la concubine d'un empereur, il y a trois mille ans. Entrez. Nous avons beaucoup de travail devant nous.

Novskoyy gravit les marches en marbre derrière elle et pénétra dans le hall d'entrée puis dans un ascenseur qui monta rapidement au soixante-dix-huitième étage.

Le bureau de Suhkhula se trouvait dans l'angle aigu du bâtiment. Deux murs entiers de trois mètres de haut étaient entièrement vitrés. Novskoyy s'assit dans le canapé de cuir placé devant l'une des fenêtres et accepta la tasse d'espresso que lui proposait l'élégante Chinoise. Novskoyy avala une gorgée du café fort qui lui brûla la langue.

— Je me demandais... commença-t-il. J'ai passé un certain temps à examiner les dossiers des travaux effectués par Da Vinci Maritime pour la marine ukrainienne. Les projets de sous-marin Severodvinsk des trois dernières années sont stupéfiants. Le bâtiment correspond exactement à ce dont nous avons besoin pour cette opération contre le navire américain et son escorte.

Suhkhula fronça les sourcils, mais Novskoyy poursuivit :

— Il dispose d'un système de masquage actif, qui lui donne une signature semblable à celle de bruits biologiques. Même son sonar actif imite le grogne-ment d'une baleine ou le claquement d'un banc de crevettes. Il est équipé d'un sonar de navigation discret à très haute définition qui lui permet de se faufiler dans les ports. Et, par-dessus tout, il emporte des mines mobiles Barrakuda qui se fixent sur la coque des bâtiments de surface. Elles sont programmées pour exploser avec un certain retard, lorsque le but est loin de l'endroit où a été menée l'attaque. Donc, nous disposons des moyens nécessaires. Il ne reste plus qu'à les mettre en œuvre.

Satisfait de son plan, Novskoyy s'adossa dans son siège.

— Amiral ? Suhkhula leva l'index vers le plafond. Il y a une chose que vous devriez savoir.

— Heu... Ne m'appelez pas amiral, mais plutôt Al. C'est plus... normal.

— Très bien, Al. Il est temps que vous commenciez à m'écouter, dit-elle d'une voix tranchante.

Déconcerté, Novskoyy cligna des yeux. Il était persuadé que Suhkhula avait été désignée pour le seconder dans sa tâche de directeur de projet. La colère se lut sur son visage.

— Oubliez les systèmes mécaniques. Oubliez les sous-marins. Oubliez les mines métalliques avec des explosifs solides. Et, d'une façon générale, oubliez tout ce qui est métallique et qui contient de l'air.

— Pourquoi ? De quoi parlez-vous ?

— Les nouveaux systèmes ASM, en service chez les Britanniques et les Américains, sont capables de détecter des objets fabriqués par l'homme à plus d'une centaine de kilomètres de distance.

— Non, c'est impossible, répliqua Novskoyy, fort de ses années de lecture des magazines de physique.

— Avez-vous entendu parler de l'imagerie acoustique totale ?

— Pardon ?

— L'imagerie acoustique totale, Al. Le sonar tel que vous le connaissez est complètement dépassé.

Les marines les plus modernes utilisent des senseurs plats qui détectent le son de la même façon que la rétine de votre œil détecte la lumière. Le bruit ambiant de l'océan peut entourer un bâtiment, ou le bâtiment peut bloquer le bruit des vagues, ou le dévier, ou le concentrer, exactement comme un objet bloque ou dévie la lumière. Tout comme votre rétine perçoit un objet comme l'altération d'un champ lumineux, les capteurs plats interprètent les modifications du champ acoustique. Voilà, vous savez tout sur l'imagerie acoustique totale. Il ne s'agit plus d'écoute mais de vision. Tout ce qui a une densité différente de l'eau de mer apparaît aussi nettement qu'une tache d'encre sur une jupe blanche. Un sous-marin métallique avec des mines mobiles, par exemple.

Novskoyy n'en croyait pas ses oreilles.

— Rien que ça ? Un système acoustique capable de « voir » dans l'eau ? Vous êtes certaine de ce que vous avancez ?

— Parfaitement certaine. Passez-moi votre ordinateur.

Il le lui tendit. Elle lança un programme avant de le lui rendre. Vingt sites Internet décrivaient l'imagerie acoustique totale. Il en consulta quelques-uns et se rendit compte que Suhkhula avait raison. Il se pencha sur son écran et elle dut patienter une bonne vingtaine de minutes dans un silence complet pendant qu'il assimilait les détails.

— Cela change tout. Si les Britanniques et les Américains disposent de ce système, ils pourraient détecter notre arrivée.

— Exactement. Nous avons même essayé de concevoir des contre-mesures à l'imagerie acoustique totale dans les modifications faites sur le Severodvinsk : le sous-marin apparaîtrait avec une forme indistincte, comme un banc de poissons. Mais un banc de poissons de cette taille paraîtrait pour le moins suspect. Bienvenue dans la nouvelle ère de la technologie sous-marine.

— Alors, que faisons-nous, à présent ? demanda-t-il.

— Suivez-moi, répondit-elle.

Une carte d'accès électronique permit à l'ascenseur de s'arrêter au quarante-troisième étage. Lorsque la porte s'ouvrit, Novskoyy se retrouva dans une zone haute de plafond, encombrée de labyrinthes et de tunnels semblables à ceux d'un parc de jeux pour enfants. Suhkhula se tenait près de lui. Pour la première fois depuis plusieurs heures, il oublia la femme et son parfum, ne sentit plus son contact et ne se demanda plus de quoi elle avait l'air sans son tailleur. Un chimpanzé apparut juste devant lui, le sommet du crâne pris dans une sorte de filet chirurgical.

La scène devint surréaliste lorsque l'animal s'inclina devant lui en un profond salut. Novskoyy remarqua un fil qui sortait de son crâne. Un pansement couvrait l'implantation du cordon. Le singe se redressa et lui tendit la patte. Devant la stupéfaction de Novskoyy, le singe lui saisit la main et la serra. Puis il s'approcha d'une petite table, prit un paquet de cigarettes, en sortit une, l'alluma et souffla la fumée vers le plafond.

Novskoyy se tourna vers Suhkhula, l'air interrogateur.

Le chimpanzé écrasa sa cigarette et leur fit signe de le suivre. Ils passèrent dans une alcôve faiblement éclairée, où se trouvait une grande cuve cylindrique, de verre ou de plastique, remplie d'un liquide bleu et entourée de consoles électroniques. Un homme, vêtu d'un scaphandre, flottait dans le liquide, les bras et les jambes complètement relâchés. Il était coiffé d'un casque d'où partaient des câbles et des tuyaux.

— Ça va, répondit-elle. Je me sens stupide, mais

j'ai toujours éprouvé ce genre de chose à l'égard des animaux. Je ne peux pas supporter de les voir souffrir. Mais ces expériences sont indispensables à nos activités.

— Pourquoi ?

— Parce que la seule façon de contrer l'imagerie acoustique totale, c'est d'utiliser des systèmes biologiques.

— Vous allez utiliser le singe pour couler des bâtiments en provenance d'Arabie Saoudite ?

Suhkhula le regarda fixement avant de sourire.

— Non, pas exactement. Des dauphins.

— Oh ciel, dit Novskoyy irrité. Pas ça. J'ai passé un nombre incalculable d'heures de réunion au sujet de l'utilisation des dauphins à des fins militaires, lorsque j'appartenais à la flotte du Nord. C'est ridicule.

— Depuis, nous avons appris à commander leurs mouvements grâce à une extension de leur système nerveux central.

— Un dauphin, aussi bien entraîné soit-il, même si on parvient à le dresser, ne peut remplir une mission de combat. Ils n'ont pas de mains, aucun moyen de manipuler des objets. Même si les dauphins ne sont pas détectés par l'imagerie acoustique totale...

— Oh si, ils sont détectés, mais le système ne voit que des dauphins.

— Très bien. Ils n'attirent pas l'attention des sonars modernes, mais les mines qu'ils transportent, à coup sûr.

— Non, Al. Nous utiliserons des explosifs D-1.

— Qu'est-ce que c'est que ça ?

— L'imagerie acoustique totale détecte instantanément les objets métalliques et les objets remplis d'air. Toute différence de densité se traduit par un écho ou une focalisation du bruit de fond de l'océan. Mais un objet ayant la même densité que l'eau reste invisible pour l'imagerie acoustique totale, car le son qui le traverse n'y est pas dévié ou déformé. Nous disposons d'explosifs ayant la même densité que l'eau, d'où leur nom de D-1, pour densité 1, et nous les utiliserons contre les pétroliers. Le D-1 sera placé sur la coque du bâtiment enveloppé dans un sac en polymère. Le matériau du sac a lui-même une densité de 1, mais ne reste étanche que pendant peu de temps. Il contient le liquide D-1 jusqu'à ce qu'il explose.

— Le chimpanzé est contrôlé par cet homme. Le cordon implanté dans son crâne transmet des stimuli à son cerveau. L'autre extrémité est reliée à l'homme par l'intermédiaire de la console. Le contrôleur, un ingénieur et concepteur expérimenté du nom d'Emil Toricelli, a, lui aussi, subi une intervention chirurgicale pour recevoir l'interface de l'ordinateur dans plusieurs points de son cerveau. Il est ainsi possible de faire faire à l'animal tout ce qui lui est physiquement possible. Donnez-lui un ordre.

Novskoyy était subjugué. Il avait lu des articles concernant les progrès de la chirurgie du cerveau, mais il n'imaginait rien de tel.

— Cours sur place, dit-il au chimpanzé.

L'animal obéit immédiatement.

— Souris, dit Novskoyy.

Le singe se fendit d'un large sourire.

— Saute.

Le chimpanzé s'exécuta.

— Arrête maintenant. Traverse et embrasse Suh-khula.

Curieusement, la Chinoise posa un genou à terre et laissa la créature l'embrasser sur les lèvres. Elle lui caressa le visage puis se redressa, l'air triste.

— Venez avec moi, dit-elle.

Ils reprirent l'ascenseur et regagnèrent son bureau. Novskoyy sentait que quelque chose n'allait pas. L'idée du contrôle mental d'un mammifère supérieur lui paraissait tellement étrange qu'il nota à peine le changement d'humeur de Suhkhula. Il se mit à arpenter la pièce, essayant de faire le rapprochement entre son discours et le chimpanzé. Au bout d'un certain temps, il finit par réaliser combien elle paraissait agacée.

— Que se passe-t-il ? lui demanda-t-il.

— L'expérience, dit-elle. J'aime les animaux, tous les animaux.

— Et alors ? Ça n'a pas l'air de le faire souffrir.

— Il a mal, dit-elle. Tant que le cordon est connecté, la personnalité de l'animal est supprimée et la conscience du contrôleur la repousse. Mais lorsque le cordon est déconnecté, à la fin de l'essai ou de la mission, l'animal meurt dans une horrible agonie, comme si son cerveau avait pris feu. Je peux à peine en parler.

Suhkhula baissa les yeux pendant quelques instants. Novskoyy l'observait, incapable de réprimer son attirance envers elle.

— Ça va ? demanda-t-il.

— Quelle est la nature de cet explosif et combien en faut-il pour détruire un pétrolier ?

— Savez-vous ce qui se passe quand du sodium entre en contact avec de l'eau ?

— Par malheur, oui, je le sais. Les premiers réacteurs nucléaires en service dans la marine soviétique étaient réfrigérés au sodium liquide, d'une conductivité thermique excellente, idéal pour transférer la chaleur produite par un réacteur nucléaire, mais explosif au contact de l'eau. Nous avons eu une fuite de sodium dans la cale de l'un de nos sous-marins qui contenait plusieurs centaines de litres d'eau de mer, une violation grave des procédures en vigueur. La pompe d'assèchement était arrêtée et les détecteurs de niveau d'eau hors service. Le sodium s'est trouvé en contact avec l'eau de mer et a ouvert une brèche dans la coque. Le bâtiment a coulé corps et biens. Depuis, nous avons interdit l'utilisation du sodium dans la marine. Voilà l'étendue de mes connaissances sur ce métal. Mais, de toute façon, le sodium est dense, ce qui nous ramène au point de départ.

— Nous avons mis au point une solution à base de sels de sodium et d'un précurseur chimique. Quand un catalyseur binaire, lui aussi proche de la densité de l'eau de mer, est mélangé à la solution, il provoque la décomposition des sels et le dépôt du sodium naturel, et la formation de peroxyde d'hydrogène liquide. Un second catalyseur provoque le ramollissement puis la dissolution des parois de l'enveloppe, qui laissent l'eau de mer entrer en contact avec le sodium. Le métal réagit violemment, une petite explosion, si vous voulez, pour former de l'hydroxyde de sodium, la bonne vieille soude caustique de nos grands-mères. L'énergie dégagée agit comme une allumette et met en condition le peroxyde, qui explose quelques milliseconds plus tard.

Il lui sourit.

— Juste une petite objection. Si ce D-1 a la même densité que l'eau, soit 1 tonne par mètre cube, j'imagine qu'il faudra amener de l'ordre de 50 mètres cubes d'explosif sous la coque. Un dauphin est incapable de transporter 1 tonne, encore moins 50. Il mourrait avant de remonter un seul sac de D-1 depuis le fond jusqu'à un bâtiment.

— Peut-être une démonstration sera-t-elle plus probante qu'une longue explication, dit Suhkhula. Mais je suis fatiguée et le système de visualisation en réalité virtuelle se trouve dans mon appartement. J'ai beaucoup travaillé dessus, récemment, mais j'ai un rythme un peu bizarre. Je peux faire le tour du cadran mais, lorsque je suis fatiguée, il faut que je me couche immédiatement. Je m'effondre littéralement. J'ai pris l'habitude de quitter mon bureau au coucher du soleil et de poursuivre mon travail chez moi. Elle regarda sa montre. Il est 20 heures. Si je passe commande tout de suite, le temps que nous arrivions chez moi, le repas sera livré. Nous pourrons dîner et boire un verre de vin. Je vous ferai ensuite une démonstration.

— Vous avez beaucoup réfléchi à tout cela, dit-il, d'un ton volontairement posé. Je suis désolé d'avoir montré un certain scepticisme. Je suis surpris et satisfait. Selon moi, vous êtes un génie.

Il détourna le regard quelques secondes. Lorsqu'il releva les yeux, elle le fixait, l'air vulnérable.

— Nous savions que nous devrions fabriquer quelque chose de ce genre lorsque notre dernier produit a cessé de se vendre, dit-elle, ignorant le compliment. Mais les capteurs à imagerie acoustique totale nous ont mis sur la touche. Non seulement les services des biologistes, des chirurgiens et des spécialistes du comportement animal sont hors de prix mais, en plus, ces gens sont généralement bourrés de principes et ils répugnent à utiliser des animaux pour des recherches sur les armes.

— Tout comme vous.

Suhkhula avait fermé la porte de son bureau et ils avaient traversé le hall. Elle se tenait si près de lui que son épaule effleurait parfois son bras. Lorsqu'ils entrèrent dans la cabine, il jeta un coup d'œil de côté pour apercevoir son profil. Ses cheveux encadraient son visage au type asiatique marqué. Ses bras étaient minces, ses épaules musclées, sa poitrine menue et tonique, le renflement de ses lèvres délicat, la courbe de ses reins si parfaite qu'il ne pouvait s'empêcher d'être tenté de prendre ses fesses dans le creux de ses mains. Il haletait de désir lorsqu'il remarqua le regard de Suhkhula.

— ... sandwich ?

— Excusez-moi, Suhkhula ?

— Vous paraissez distrait, Al.

— Je dois vous avouer que je n'ai jamais travaillé avec une femme, auparavant... De votre intelligence, de votre élégance et de votre beauté. Il faut que... je m'habitue.

Elle sourit et son visage s'illumina.

— Vous venez de passer une douzaine d'années enfermé. Un homme à sa libération de prison a toujours été un de mes fantasmes sexuels. Ne vous inquiétez pas, Al. Je prendrai bien soin de vous.

Alexi Novskoyy faillit s'étrangler.

11

Novskoyy, submergé par un désir oublié depuis plus d'une dizaine d'années, pensait qu'il lui serait difficile de se retenir une fois parvenu dans l'appartement de Suhkhula. Mais l'endroit se révéla aussi romantique qu'un magasin de bricolage. Suhkhula habitait un loft situé au-dessus d'une ancienne usine, un lieu spacieux et sombre, mais tellement encombré que Novskoyy en conçut un mal de tête immédiat. Près de la porte d'entrée se trouvait un immense bureau arrondi sur lequel étaient disposés plusieurs ordinateurs en arc de cercle. De l'autre côté, des câbles et tout un tas d'appareils reliés à une sorte d'énorme coquille d'œuf noire étaient connectés aux ordinateurs du bureau. Derrière, on distinguait une petite table et une kitchenette. Le coin le plus éloigné de l'immense pièce, près des fenêtres, était occupé par un grand lit aux draps défaits et froissés. Des vêtements jonchaient le sol.

— Je reconnais que c'est un vrai foutoir, dit-elle en glissant un verre de cabernet dans la main de Novskoyy. Mais c'est plus propre qu'il n'y paraît. Elle reprit un ton sérieux. Entrez dans la bulle de réalité virtuelle, Al, et enfilez les lunettes.

Il pénétra dans l'appareil par une ouverture pratiquée sur la face arrière. La faible hauteur du plafond le força à se baisser. Il se trouva plongé dans l'obscurité lorsque le panneau d'accès se referma. Il entendit la voix amplifiée et grave de Suhkhula, qui paraissait lui parvenir de l'au-delà.

— Mettez le casque, Al. Ensuite, vous pourrez tout voir.

A tâtons dans l'obscurité, il trouva une barre capitonnée de cuir à laquelle était accroché un casque relié à un fil torsadé. Il l'enfila et se trouva immédiatement suspendu 1 000 mètres au-dessus d'une étendue d'eau bordée de plages de sable. Le réalisme de la représentation tridimensionnelle le surprit. Un rire nerveux résonna sur la liaison acoustique.

— Réaliste, n'est-ce pas ? demanda-t-elle. C'est le détroit d'Ormuz.

Novskoyy se sentit plonger. Il flottait maintenant à 50 mètres au-dessus du niveau de la mer, survolant un bâtiment gigantesque dont le sillage semblait aussi net que s'il avait été filmé avec une caméra. Il distinguait jusqu'aux points de rouille sur les rambardes et la coque.

— Sur votre droite, vous voyez un supertanker. Ce sera notre cible. En dessous, en rouge, sur la gauche, un cargo à l'ancre. Il appartient à Da Vinci.

L'image continuait à évoluer et il se retrouva rapidement sous le cargo rouge. En regardant vers le haut, il remarqua une ouverture carrée sous la coque, léchée par les vagues, éclairée depuis l'intérieur par de puissants projecteurs. Une ombre bloquait la lumière.

— Notre dauphin téléguidé se trouve dans l'eau, à l'intérieur du cargo. Vous le voyez ?

— Oui, il a un fil ou un câble dans la bouche.

— Le câble est relié à une bobine. Au bout se trouve un dispositif de fixation et un amortisseur de chocs en plastique.

Fasciné, Novskoyy regarda le dauphin nager en déroulant le câble sous-marin en dessous du supertanker. Il avait l'impression de suivre le mammifère comme s'il nageait derrière lui. Le dauphin atteignit le pétrolier. Les gigantesques hélices de bronze tournaient avec un bruit caractéristique, qui perturbait l'environnement sonore. Le dauphin avança jusqu'au milieu du pétrolier, la ventouse en plastique dans la bouche, puis il s'approcha de la coque du navire et fixa le câble. Après en avoir vérifié l'accrochage, il revint au cargo en suivant le câble qu'il venait de dérouler. L'animal en prit un second et répéta l'opération.

Le dauphin disparut alors de la scène et un grand sac sphérique tomba de la cale du cargo et coula lentement.

— C'est un sac d'explosif liquide D-1, expliqua la voix surnaturelle de Suhkhula. Le sac est déplacé le long du câble par un chariot.

Novskoyy regarda les sacs défiler l'un après l'autre jusqu'au pétrolier.

— Comme vous pouvez le voir, tous les sacs sont arrimés sous le pétrolier. Maintenant, déclenchons l'explosion. Le catalyseur se trouve dans un petit conteneur fixé au chariot du câble, qui contient également le détonateur, commandé par une minuterie.

Le dauphin s'éloigna, comme s'il avait été prévenu, tandis que l'image restait focalisée sous la vaste coque du pétrolier.

— Passons au ralenti. J'active le mode qui vous permettra de voir chacune des espèces chimiques dans une couleur différente.

Novskoyy remarqua que le catalyseur, un liquide teinté de brun, avait été libéré et se diffusait comme une tache dans le sac, dont le contenu parut virer au rouge. En réalité, Novskoyy s'aperçut qu'il voyait de petites particules de poussière rouge. Puis le liquide vira entièrement au bleu, constellé de poussières rouges en suspension.

— Je fige l'animation. Les particules rouges sont les grains de sodium. Le bleu est du peroxyde d'hydrogène. Ralenti.

Les parois du sac commencèrent à se dissoudre sous les yeux de Novskoyy. Un éclair fulgurant jaillit du sac et se transforma en une boule de feu de 10 mètres de diamètre, qui se développa lentement. Sous l'effet de l'explosion, l'image resta floue pendant un moment. Lorsque la boule de feu blanc orangé se dissipa, une brèche s'était ouverte dans la coque du pétrolier.

— Dans la simulation, le pétrole est invisible. La fuite vous empêcherait de distinguer la déchirure de la coque. J'arrête la simulation. Dans la réalité, si la cuve n'est pas entièrement pleine ou en cas d'apport d'oxygène, si les superstructures se brisent, par exemple, le pétrole pourrait s'enflammer et ajouterait sans aucun doute à la puissance de l'explosion.

— Extraordinaire, s'entendit dire Novskoyy, impressionné.

— Nous avons beaucoup travaillé là-dessus, commenta Suhkhula.

— Vous avez fait un superbe travail. Je suis épaté. Par votre travail et par vous.

Novskoyy retint sa respiration. Elle ne répondit pas. Il sentit une douleur à l'estomac, comme s'il avait reçu un coup de poing. Il interprétait son silence comme un refus. Lorsque les images s'effacèrent à l'intérieur de la bulle et que la porte s'ouvrit, Novskoyy cligna des yeux, ébloui par la lumière, puis incrédule. Suhkhula se tenait devant lui, nue, et le regardait, les yeux humides, un sourire timide sur les lèvres. Un instant plus tard, il sourit à son tour. Il s'approcha d'elle, la prit dans ses bras et la porta sur le lit.

12

Lorsque je me suis réveillé, elle était partie.

Le soleil pénétrait jusqu'au lit par les volets ouverts. Je me trouvais au milieu d'un véritable chaos. Les draps étaient roulés en boule, les vêtements éparpillés par terre, les plats du dîner chinois de la veille traînaient sur la table. Mais le plus insupportable était la sensation de vide. Elle était partie. Je fourrageai dans les oreillers à la recherche d'un message, mais ne trouvai rien.

Je me redressai dans les draps de satin froissés, le cœur battant. Je posai les pieds sur le carrelage froid et me passai la main dans les cheveux. La valise que m'avait donnée Rafael était posée devant moi. La veille, lorsque Suhkhula m'avait emmené dans son appartement, j'avais complètement oublié mes affaires. Je trouvai la salle de bains, une vaste pièce en marbre, avec de la robinetterie dorée. Après avoir enfilé le costume italien acheté en compagnie de Rafael, je descendis par l'ascenseur. Je sortis dans la chaleur du matin. Une limousine Mercedes noire stationnait dans le virage. Je tendis le cou en quête d'un taxi mais, brusquement, la porte de la Mercedes s'ouvrit en coulissant.

— Bonjour, monsieur Novskoyy, annonça une voix synthétique.

Indécis, je regardai autour de moi et montai dans le véhicule. La porte se referma et la voiture m'emmena à grande vitesse vers le building de Da Vinci Maritime. Pendant que je m'installais, un panneau coulissa et laissa apparaître une tasse d'espresso fraîchement passé. Avant de me souvenir que je parlais à un ordinateur, j'avais déjà marmonné un « spassiba ». Lorsque j'eus terminé mon café, la porte s'ouvrit devant l'entrée majestueuse de Da Vinci Maritime.

Un jeune homme attendait dehors. Il m'accueillit avec la même déférence que celle que j'avais remarquée chez les autres employés et une austérité qui me rappelait les gardes de la police militaire lors de mon arrestation. Il me conduisit jusqu'à un ascenseur et m'invita à le suivre dans une salle de conférence.

Lorsque la porte s'ouvrit, des clameurs en italien et en anglais se répercutèrent sur les murs du couloir. J'entendais la voix de Suhkhula sans comprendre ce qu'elle disait. J'entrai et vis les ingénieurs et les directeurs de Da Vinci Maritime qui s'invectivaient. Instinctivement, je me baissai lorsqu'une tasse à café lancée à travers la pièce me passa au ras du visage avant de s'écraser sur le mur. D'une voix furieuse et autoritaire qui me transperça jusqu'à la moelle des os, Suhkhula finit par dominer le tumulte et la cacophonie cessa. Je la regardai, mais elle m'ignora. Aucune tendresse, aucun souvenir des moments passés ensemble la veille au soir.

— Bonjour, Al, dit-elle d'une voix parfaitement impersonnelle. Je dois vous mettre au courant de la nouvelle du jour. Toricelli est mort.

Elle me regarda comme si ce nom devait m'évoquer quelque chose.

— Toricelli ? répétai-je, interrogateur.

— L'homme qui commandait le chimpanzé, dans le laboratoire, hier.

— Que s'est-il passé ?

— Une opération, hier soir, pour retirer les implants de son cerveau. Après l'opération, son cerveau a commencé à enfler. Apparemment, l'œdème a pris une ampleur catastrophique et Toricelli s'est trouvé en état de mort cérébrale. Le respirateur artificiel a été débranché. Il a continué à respirer seul pendant quelques minutes avant de mourir.

Elle prononça ces derniers mots les yeux humides, mais ne détourna pas le regard, ne porta pas les mains devant son visage, ne fit aucun des gestes habituels chez la plupart des femmes qui pleurent, du moins celles que je connais.

Je restai là, à la contempler. Je ne voulais pas trahir mes sentiments devant les autres participants à la conférence, ni même devant elle. Avais-je simplement été l'aventure d'une nuit ? Est-ce que je ne représentais rien pour elle ? Je devais travailler avec elle durant les mois suivants pour continuer les études sur les mammifères marins.

— Je suis désolé et vous prie tous d'accepter mes sincères condoléances. Cela n'aurait jamais dû se produire et nous chercherons à comprendre ce qui s'est passé. Suhkhula, est-ce que Rafael est au courant ?

— Je l'ai prévenu ce matin. Il arrive. Il a dit qu'il voulait vous rencontrer immédiatement. En attendant, je vais vous montrer votre bureau.

Sans un mot, Suhkhula me fit traverser le couloir jusqu'à l'ascenseur. Elle ne prononça pas une parole pendant que la cabine montait du quarantième au soixante-dix-huitième étage. Elle me conduisit à travers le hall jusqu'à un bureau situé en face du sien, dans l'« étrave » du bâtiment. Une double porte en acajou s'ouvrit à notre approche sur un bureau à l'aspect luxueux. Un secrétaire installé à un grand bureau en cerisier travaillait sur un ordinateur portable. Une seconde série de portes permettaient d'accéder à une pièce en angle, vitrée sur deux côtés.

La vue était aussi spectaculaire que celle du bureau de Suhkhula. Le mobilier était dépouillé et fonctionnel : une grande table de conférence, un bureau aussi grand qu'une limousine, une rangée de grands écrans de télévision. Seule concession au confort, deux fauteuils profonds, séparés par une table en cerisier.

Toujours silencieuse, Suhkhula s'approcha d'un placard encastré dans lequel étaient rangés des verres et une série de carafes à décanter. Elle choisit une carafe remplie d'un liquide foncé, en versa 10 ou 15 centilitres dans un verre qu'elle avala d'un trait. Elle se resservit deux fois puis s'avança vers moi. D'un geste de la main, je repoussai son offre, surpris que quelqu'un puisse boire avant 8 heures. Je l'observai. Cette fois, elle pleurait vraiment, s'essuyait les yeux et sanglotait. Je la pris dans les bras et la serrai contre moi. Elle s'abandonna contre ma poitrine et s'y blottit, tel un enfant malheureux. J'essayais de trouver les mots pour la consoler, mais elle se taisait toujours. Elle finit par renifler et s'essuyer le visage avec un mouchoir en papier qu'elle sortit de son sac.

— Ça va, dit-elle. Mais le programme est annulé, évidemment.

— Etiez-vous proche de lui ?

Elle acquiesça.

— je l'ai recruté. je l'ai entraîné, j'ai passé des années avec lui. Je le considérais comme un frère. Je ne peux pas croire qu'il soit mort.

Je la gardai contre moi durant un long moment, jusqu'à ce que le secrétaire entre.

— Monsieur Rafael est là. Il vous attend en salle de conférence.

Je lâchai Suhkhula, puis l'enlaçai de nouveau. Je déposai un baiser sur sa joue et essuyai sa lèvre inférieure.

— Je suis absolument désolé, dis-je, puis je me retournai et sortis.

Rafael accueillit Alexi Novskoyy avec un plaisir non dissimulé et lui tendit une main vigoureuse, typique d'un commercial. Puis il l'attira près de lui, posa l'autre main sur son épaule et lui donna l'accolade.

— Entrez et asseyez-vous, dit chaleureusement Rafael. Une grande assiette de pâtisseries était posée sur la table à côté d'un service à café. Deux tasses d'espresso fumaient.

Novskoyy regarda Rafael, qui avait attaqué un gâteau. Il en profita pour prendre la parole.

— Vous savez au sujet de Toricelli.

— J'ai été prévenu, répondit-il en haussant les épaules.

— D'après Suhkhula, c'est une très mauvaise nouvelle. Toricelli était la pierre angulaire de l'étude des systèmes de commande des mammifères. Et si ce genre de désastre se produit à chaque fois qu'on déconnecte le système de contrôle, nous n'aurons pas beaucoup de volontaires pour piloter les dauphins.

Rafael fit un signe de la main en avalant une dernière bouchée de gâteau.

— Je sais.

Il s'essuya les mains et la bouche avec une serviette puis choisit un autre gâteau.

— Vous devriez essayer ceux-ci, dit-il, la bouche pleine. Ce sont les meilleurs de toute la ville. Peut-être les meilleurs d'Europe, du moins en dehors de Paris. Hmm !

— Alors, dit Novskoyy. Qu'en pensez-vous ? Le programme paraît compromis.

Novskoyy se douta qu'il se passait quelque chose. Rafael ne manifestait ni regret, ni surprise à l'annonce de la mort de Toricelli et de l'arrêt du programme.

— Permettez-moi de vous fournir quelques explications dont vous ne disposez pas encore, dit calmement Rafael. Premièrement, Toricelli nous posait un problème. Nous avions découvert qu'il était en rapport avec un de nos concurrents potentiels. Il n'a pas donné suite à ces propositions, mais nous savons qu'il essayait de se mettre à son compte et qu'il exportait des informations par Internet. Nous devions nous débarrasser de lui. Il paraissait logique que cela se produise durant une intervention délicate, comme la déconnexion du système de communication. C'est une opération difficile, qui touche à la chirurgie du cerveau. Il ne faut pas la prendre à la légère. Vous savez ce que disent les médecins : pendant une intervention, tout peut arriver. Et la nuit dernière, nous nous sommes débarrassés d'un employé indélicat.

Un tel procédé ne choquait pas Novskoyy. Peut-être était-ce inhabituel en Occident mais, dans son pays, ce n'était que routine. Plus d'une fois, il avait lui-même été contraint de donner plus d'importance à l'intégrité d'une organisation qu'à la vie d'un simple individu. D'une certaine façon, la réaction de Rafael suscitait sa confiance. Il prenait le temps de se débarrasser d'un adjoint véreux. C'était la preuve de son implication et de son sens des responsabilités.

Novskoyy s'adossa dans son fauteuil.

— Je comprends. Suhkhula était-elle au courant ?

— Non, pas du tout. Elle était très proche de Toricelli. Elle le parrainait, le préparait à prendre sa place pour pouvoir accéder elle-même à d'autres responsabilités dans l'organisation. Je ne lui en veux pas, mais je suis sûr que Suhkhula réagirait mal si elle apprenait la vérité. Il est indispensable de la protéger des aspects sordides de la gestion d'une organisation comme la nôtre.

170

Rafael marqua une pause pour avaler une gorgée de café.

— A présent, c'est à vous de reprendre les expériences sur le contrôle des mammifères. Vous y croyez ?

Novskoyy se leva et commença à parler tout en arpentant la pièce.

— Suhkhula m'a convaincu. Je pense que contre les pétroliers, cela devrait fonctionner. Contre des bâtiments de guerre, j'ai des doutes, à cause de leur vitesse. Il y a un problème que je n'ai pas abordé devant Suhkhula : les sous-marins. Il sera impossible de fixer une ventouse sur leurs tuiles anéchoïques. Un dauphin ne pourra jamais découper le revêtement et revenir fixer le câble au bon endroit.

— Alors, que suggérez-vous ?

— Avant la mort de Toricelli, nous avions l'intention de tenter une simulation sur un caboteur qui nous appartient, lors de son arrivée en escale à Fort Lauderdale, en Floride. Le 1er juillet, à l'aube, le dauphin d'expérimentation devait fixer la charge de D-1 sur le bâtiment, le faire exploser et tester la même opération sur la coque d'un sous-marin britannique en escale, un type Astute. Nous voulions voir s'il était possible de fixer une ventouse sur ce genre de revêtement.

— D'accord, faites-le. Mais souvenez-vous, si cela échoue, le paquebot américain appareille de Norfolk le 23 juillet, ce qui nous laisse peu de temps.

Novskoyy s'arrêta de marcher et regarda Rafael.

— Je ne suis pas optimiste. Suhkhula pense que ses systèmes biologiques sont la solution ultime, mais j'ai des doutes. C'est la raison pour laquelle j'ai choisi de contrôler moi-même le dauphin pour l'essai du 1er juillet.

— Non, c'est trop dangereux. Votre dossier médical ne vous le permet pas. Vous avez souffert d'une angine de poitrine, ce serait une épreuve physique trop pénible. Laissez ça aux autres.

— Après l'histoire de Toricelli, vous allez avoir des problèmes pour trouver des volontaires. D'un autre côté, si nous devons nous trouver face à une escadre de bâtiments de guerre américains, je veux être absolument certain que notre méthode fonctionne.

— Très bien. Demandons à Suhkhula de le faire elle-même.

— C'est impossible. Elle est le cerveau de l'opération. Jusqu'à présent, je me contente de suivre le mouvement. Si j'avais un problème, Suhkhula prendrait ma suite.

— Non, vous êtes un élément essentiel du plan et...

— C'est moi qui ferai l'essai. J'ai décidé.

Rafael soupira.

— OK, mais si ça ne marche pas, quelle solution envisagez-vous ?

Novskoyy s'assit en face de Rafael. Il se pencha au-dessus de la table et le regarda fixement dans les yeux.

— J'ai étudié les dossiers concernant les modifications apportées par Da Vinci Maritime aux sous-marins ukrainiens de type Severodvinsk. Le Severodvinsk est peut-être vieux, il est beaucoup plus évolué que n'importe quel bâtiment en projet au moment où mes Oméga naviguaient. Il dispose de torpilles ultra silencieuses, d'une portée sans précédent, et de mines mobiles qui peuvent se fixer sous la coque d'un bateau et exploser loin du lieu de l'attaque. Il a un périscope non pénétrant, un équipement optronique installé à l'arrière, dans un pod, au-dessus du safran supérieur de la barre de direction, qui permet d'observer l'extérieur alors que le bâtiment est stoppé à une immersion de

500 mètres. Il est équipé d'entrées d'eau sur le dessus de la coque, de façon à pouvoir se poser sur le fond sans polluer les circuits de condensation. Il possède un sonar 3D haute fréquence, à très haute résolution, pour naviguer en eaux côtières et peut rentrer dans un port en plongée sans prendre le risque de déchirer sa coque sur les rochers. Et, en plus, il est équipé de ce sonar actif que vous avez conçu, dont l'émission ressemble au bruit d'un banc de crevettes, même aux oreilles d'un biologiste marin ! Vous vous rendez compte, Rafael, un sonar actif qui émet des bruits de poissons ! Le sous-marin possède également un système de contre-mesure efficace contre l'imagerie acoustique totale, le simulateur de signature qui permet au bâtiment d'apparaître comme un banc de poissons sur les écrans. Nous pourrions le faire appareiller discrètement, puisque vous avez vendu cette maquette de coque aux Ukrainiens. Les satellites espions croiront que le sous-marin est au bassin alors que le vrai bâtiment se trouvera à quai, dans les alvéoles enterrées. Et comme il est possible de sortir de la base en plongée, nous pouvons mettre le bateau à la mer sans que personne n'en sache rien, pour autant que nous puissions garantir le silence de l'équipage. Si nous disposons un Severodvinsk dans les eaux de Norfolk, nous pouvons torpiller le paquebot et son escorte avant de nous échapper, ni vu, ni connu. C'est parfait.

Rafael regarda fixement Novskoyy pendant un moment.

— On dirait que vous avez déjà tout prévu.

— Bien sûr. Je ne veux pas que le monde entier apprenne que nous utilisons un sous-marin ukrainien. Donc, pour faire appareiller discrètement le Severodvinsk, nous mettrons la coque factice en cale sèche et commencerons à travailler dessus. Les Américains penseront qu'il est en réparation et ne se méfieront pas. Nous consignerons l'équipage et le commandant dans l'abri souterrain, et, lorsque nous serons prêts, j'embarquerai et nous prendrons la mer par le tunnel. Douze jours suffiront pour traverser l'Atlantique et nous prendrons vingt-quatre heures pour pénétrer le port de Norfolk. Ça sera aussi simple que de voler sa sucette à un bébé.

— Vous semblez avoir envisagé toutes les éventualités, Al. Ça me plaît.

— Eh bien, voilà sans doute ce qui vous a poussé à m'engager. Suhkhula est brillante mais, comme toute scientifique, elle attache trop d'importance aux détails et n'a pas de vue d'ensemble d'une opération militaire. Moi, c'est ma spécialité.

Rafael sourit.

— Je n'ai rien à redire Bonne chance, mon ami. Appelez-moi immédiatement après l'essai de Fort Lauderdale.

Rafael sortit. Novskoyy resta dans la salle de conférence, debout devant la baie vitrée. Il pensait à Suhkhula et aux sous-marins Severodvinsk.

13

Pour lui, en cet instant, le monde se résumait à deux sensations. Un martèlement insupportable dans le cerveau et un goût de cuivre dans la bouche.

Il fut pris de nausées, puis de violentes douleurs. Son dos le faisait souffrir. Il lui semblait que sa tête allait éclater. Soudain, il ressentit un vertige, comme s'il flottait et tombait en arrière. Il entendit un grondement qui lui évoqua le bruit d'un torrent, mais il finit par identifier le ronflement d'un réacteur. Il se trouvait à l'intérieur d'un avion. Il essaya de sentir son corps, son dos. Il était allongé sur un matelas confortable. Le sang revenait dans ses membres avec des picotements douloureux. Il voulut s'asseoir, mais le vertige le reprit. Le monde se mit à tourner autour de lui et une série de nausées lui tordit l'estomac. Quelque chose d'anormal se produisait dans sa tête. Il se sentait bizarre. Il porta lentement la main à son front et rencontra un épais bandage au niveau des yeux et de l'arrière du crâne. Une douleur fulgurante lui déchira la tête et le cou.

On lui parlait. Il entendait une voix bizarre, très basse, et une seconde voix, plus aiguë, mélodieuse. En faisant un gros effort de concentration, il finit par les comprendre.

— Eh bien, Al, vous avez décidé de vous réveiller de votre sieste prolongée.

Rafael, pensa-t-il.

— N'essayez pas de bouger. Vous vous sentirez mieux très bientôt. Est-ce que vous m'entendez ?

C'était Suhkhula.

— J'... entends. Il avait la langue pâteuse.

— Est-ce que vous vous souvenez de quelque chose ? De nouveau Rafael.

— Ils m'ont enfilé un casque. Je me souviens d'une checklist, puis j'ai été drogué. C'est tout. Il y a eu un problème ?

— Non, Al. La voix de Suhkhula était douce à son oreille. Ses doigts, en saisissant sa main, provoquèrent en lui une profonde émotion. Vous allez bien.

— Le bandage ? demanda-t-il.

— Vous avez subi une opération pour retirer la partie terminale du biosystème. Nous le remplacerons ce soir par un pansement plus petit.

— Que s'est-il passé ?

Suhkhula fut la première à répondre.

— Le dauphin a été tué dans l'explosion. Nous étions inquiets de ce qui se passerait lorsque vous reviendriez à vous mais, selon nos médecins, vous ne garderez aucune séquelle, hormis une perte de mémoire partielle. Comment vous sentez-vous ? Est-ce que vous vous rappelez quelque chose ?

Novskoyy grimaça.

— Que s'est-il passé *exactement* ?

— Vous avez réussi, Al, répondit Rafael. Vous avez pulvérisé notre caboteur. Mais le sous-marin a posé un problème. Votre dauphin a perdu ses repères et il n'est pas revenu au bateau. Nous n'avions pas de temps. Le D-1 a explosé et vous a pulvérisé ou, du moins, le dauphin que vous commandiez.

Il retrouvait des sensations dans la bouche et dans les membres. Il récupérait peu à peu le sens de l'équilibre.

— Je veux m'asseoir et vous voir. Pouvez-vous relever mon bandage ?

Quelques instants plus tard, il se trouvait face à Rafael et Suhkhula, élégants, comme d'habitude, mais les yeux profondément cernés de noir, comme s'ils n'avaient pas dormi depuis plusieurs jours. Il regarda son lit et remarqua qu'il portait une chemise d'hôpital. De l'autre côté du hublot, le ciel était noir.

— Le sous-marin, dit Novskoyy d'une voix rauque et insistante à l'adresse de Rafael. Le sous-marin britannique.

— Impossible de faire adhérer les ventouses. Les tuiles du revêtement anéchoïque sont trop caoutchouteuses. C'est un sérieux revers. Cela signifie qu'on ne peut pas utiliser l'explosif liquide contre le sous-marin chargé de la protection du paquebot américain. Malheureusement, ce n'est pas notre seul problème.

Rafael se frotta les yeux, c'était la première fois que Novskoyy le voyait perdre son assurance.

— Pourquoi ? Nous pouvons attaquer le paquebot sans nous préoccuper du sous-marin. Notre démonstration pour Nipun sera faite, nous transportons notre matériel dans le golfe Persique et nous sommes gagnants sur tous les tableaux.

— Ça ne marchera pas. Cette solution a été étudiée dans nos bureaux de Milan à l'aide d'un programme de simulation politique sur notre super ordinateur DynaCorp 180. L'analyse a prédit que le gouvernement américain interpréterait la situation comme une attaque terroriste et pas comme une menace militaire. Souvenez-vous qu'il s'agit d'un paquebot qui transporte tous les amiraux de l'US Navy. La riposte sera totalement différente. Les enregistrements électroniques du système d'imagerie acoustique totale du sous-marin, qui aura survécu, seront passés au crible. Les Américains finiront par faire le rapprochement entre le dauphin, les explosifs liquides et la proximité du cargo à bord duquel est installé le système qui contrôle l'opération. Dix minutes après le début de nos activités contre l'Arabie Saoudite, la marine américaine nous tombera dessus.

Novskoyy recommençait à souffrir de la tête.

— Si j'ai bien compris, nous ne pouvons pas utiliser les dauphins et les explosifs D-1 contre le paquebot américain et son escorte, uniquement parce que, d'après votre jeu vidéo, les Américains pourront rassembler toutes les pièces du puzzle et les interpréter. Ils interviendront alors en Arabie Saoudite, feront échouer notre opération et nous jetteront derrière des barreaux. C'est bien ça ?

— Parfaitement. Ça ne vous suffit pas ?

Novskoyy gardait le silence. Il savait pertinemment que son avis ne compterait pas. Rafael s'était formé sa propre opinion et il n'en démordrait pas. C'était lui qui menait le jeu. Bien qu'il sût sa cause perdue d'avance, Novskoyy tenait à défendre sa position.

— En admettant que je me laisse convaincre par votre petit jeu informatique, où est-ce que cela vous mène ?

— Cela nous conduit à appliquer le plan B, celui que vous avez personnellement suggéré avant même de connaître notre programme biologique.

— A quoi faites-vous allusion ?

— Un sous-marin ukrainien, un Severodvinsk, appareille secrètement et s'infiltre dans le port de Norfolk avec une charge de mines mobiles au plasma. Lorsque le *Princess Dragon* appareille avec les autorités de la marine américaine, nous l'attaquons avec ces mines. Le temps qu'il explose avec son escorte, le Severodvinsk reprend une position en Atlantique ouest, où débute la seconde partie de la mission.

— Et l'imagerie acoustique totale de la marine américaine ?

— Le système n'est pas suffisamment performant à l'intérieur d'un port, Al, expliqua Suhkhula.

Il sentait l'odeur délicate de son parfum, dont la fragrance lui rappelait la nuit passée avec elle. Pourtant, leur aventure amoureuse lui paraissait s'être déroulée dans une autre vie.

— J'aurais dû vous écouter la première fois.

— Ces mines mobiles ? Ne sont-elles pas bruyantes, ne peut-on pas les détecter ?

— Nous les lancerons de très près, dit Rafael.

— Mais elles se collent aux bâtiments à l'aide d'un dispositif magnétique. Elles rencontreront le même problème avec la coque que mon dauphin face au sous-marin britannique.

— Vous attaquerez le SSNX avec des torpilles à plasma. Personne ne fera le rapprochement entre le naufrage de la force américaine et celui des pétroliers saoudiens. Les scénarios présenteront trop de différences.

— Encore une question, pourquoi un sous-marin ukrainien ? Pourquoi pas russe ? Ou un autre, que nous pourrions emprunter sans faire appel aux services d'un gouvernement étranger ?

— Pour nous, pas de problème, Al. Nous respectons notre promesse à Nipun en coulant le paquebot américain avec les autorités à bord et nous récoltons les fruits de l'opération. Nous mettons en œuvre le système « dauphin » dans les eaux saoudiennes et instaurons le blocus. Suhkhula se rendra dans le golfe Persique pour gérer cette affaire, en admettant que nous obtenions notre prochain contrat.

— Quel contrat ?

— Nous nous rendons en Ukraine pour rencontrer le président Vladimir Dolovietz. Nous essaierons de tirer profit de l'attaque contre les Américains. Cela devrait lui plaire. Il est en train de préparer une opération en Atlantique Sud et voudrait éviter que les Américains s'en mêlent. Deux pays d'Amérique du Sud sont prêts à en venir aux mains et Dolovietz vend ses services à l'un d'entre eux.

— J'ai des doutes, Rafael. Que dit votre simulation quand vous y entrez les mines mobiles à plasma tirées d'un sous-marin ukrainien posé sur le fond de la baie, facilement détectable par le système d'imagerie acoustique totale ?

— D'après nos résultats, le Severodvinsk devrait pouvoir accomplir sa mission en l'absence du SSNX américain. Dans le cas contraire, le SSNX le couperait en deux, et c'est pourquoi nous devons lui tendre une embuscade et l'envoyer, lui aussi, par le fond. Il ne subsistera aucun enregistrement à bord du SSNX, qui coulera avec le reste de l'escorte.

Novskoyy ferma les yeux et approuva d'un hochement de tête.

— Donc, si le Severodvinsk réussit à surprendre la force américaine, poursuivit Rafael, nous gagnons sur tous les tableaux. Si toutes nos entreprises réussissent, la démonstration chez les Américains, l'affaire ukrainienne en Atlantique Sud et notre opération saoudienne, ce sera une grande année pour les entreprises Da Vinci.

— Pourquoi m'emmenez-vous en Ukraine ?

— Vous êtes un expert éminent en matière de sous-marins. Vous embarquerez à bord du Severodvinsk pour vous assurer que le SSNX n'interfère pas dans notre opération. Et pour vérifier que ce commandant de sous-marin ukrainien sorti de je ne sais où travaille comme il faut.

Livre III

Le Vepr

14

La puissante sonnerie du téléphone le tira brusquement d'un sommeil profond. Il sursauta et, d'un coup de poing, fit voler l'appareil, qui rebondit sur le sol de la chambre avec un grand bruit. Il se jeta hors du lit, le cœur battant, et essaya de le retrouver à tâtons. Il finit par mettre la main sur le gros combiné en plastique, mais la ligne était coupée. Le fil s'était débranché. Il resta assis par terre au milieu de la chambre, dans la pénombre, fixant la cloison d'un regard stupide.

Il se gratta la tête, se leva et reposa le téléphone sur la table de nuit. Il alluma la lampe de chevet, rebrancha la prise murale et s'assit sur le lit. Sur le mur, la vieille pendule qui avait appartenu à son arrière-grand-père égrenait solennellement les secondes, les deux aiguilles sur le trois, en ces petites heures du dimanche matin. A côté de lui, une jeune femme dormait profondément, ensevelie sous une couette de plumes et quelques oreillers. Pendant un long moment, il la regarda en souriant. Cela faisait trois ans qu'il avait épousé Mélanie, fille d'un vieil ami de la famille qu'il avait vue faire ses premiers pas. L'idée de devoir s'éloigner d'elle ne lui plaisait pas. Il savait que le téléphone n'allait pas tarder à sonner de nouveau et que, selon toute vraisemblance, il devrait la quitter rapidement. A cet instant, l'appareil grésilla. Cette fois, il prit la communication.

— Grachev, grogna-t-il d'une voix encore enrouée des excès de boisson de la veille.

Ils avaient fêté le trentième anniversaire de sa femme la nuit précédente.

— Une voiture vous attend dehors, annonça une voix familière. Son correspondant paraissait en pleine possession de ses moyens, comme s'il n'avait pas été 3 heures. Vous disposez de quatre minutes pour monter dedans.

Un cliquetis se fit entendre lorsque l'homme raccrocha.

Pavel Grachev ferma les yeux et reposa le téléphone. Il s'approcha de la fenêtre, écarta les rideaux et fouilla du regard la rue bordée de maisons de grès du quartier de Balaklava, à 15 kilomètres de Sébastopol. Partiellement masquée par un rideau d'arbres, une Volvo attendait juste devant la maison.

— Qu'il aille au diable avec ses quatre minutes, grommela Grachev en se dirigeant vers la salle de bains.

Le miroir lui renvoya l'image d'un homme à la gueule de bois, âgé de trente-six ans, extrêmement grand, mince à en paraître décharné, aux cuisses démesurées. Des épis blonds se dressaient sur sa tête et une barbe grise ombrait son visage aux joues creuses et au menton carré. Il avait la peau très claire, presque comme de la porcelaine, le visage étroit et les pommettes proéminentes. Ses sourcils étaient si blonds qu'ils paraissaient inexistants, tout comme ses cils. Ses yeux injectés de sang étaient d'un bleu délavé, de la teinte d'un blue jeans usé. Il avait l'air hagard et épuisé. La pâleur de ses cheveux et de sa peau lui donnait l'air d'avoir passé sa vie dans une grotte, loin des rayons du soleil, ce qui d'ailleurs n'était pas très loin de la vérité. Une fois rasé, douché et habillé, il semblerait toujours plus vieux que son âge, mais en meilleure forme physique.

Il ouvrit à fond le robinet d'eau chaude, s'avança sous le jet et termina à l'eau complètement froide, sautant presque à l'extérieur de la cabine. Après un rasage rapide, il se brossa les dents pour tenter de chasser de sa bouche le mauvais goût dû à l'alcool, sans beaucoup de succès. Il s'habilla dans le noir, griffonna un message pour Mélanie, qu'il embrassa doucement en couvant d'un regard de tendresse son beau visage endormi, à moitié caché par ses boucles auburn. Elle grogna faiblement. A nouveau, il se pencha pour l'embrasser et ferma la porte silencieusement avant de se diriger vers la chambre où dormait le jeune Pavel. Lorsqu'il poussa la porte de la chambre obscure, le petit garçon se tenait debout, agrippé aux barreaux de son lit, un grand sourire aux lèvres.

— Papa ! cria-t-il joyeusement.

— Bonjour, marin, répondit Grachev en le prenant dans les bras. Il serra contre lui le corps léger et chaud de son fils et l'allongea sur la table à langer. Il changea sa couche et reboutonna son pyjama.

— Papa joue ? réclama l'enfant de sa voix pointue.

— Pas maintenant, mon garçon, papa doit aller en ville.

— Oh ! répliqua le jeune Pavel, achète jouet ?

Grachev éclata de rire.

— Non, jeune guerrier, pas aujourd'hui. La prochaine fois peut-être.

— Papa part pas. Reste.

— Rendors-toi, bonhomme.

L'enfant bâilla et s'allongea gentiment en fermant les yeux.

Grachev se pencha par-dessus les barreaux du lit pour l'embrasser délicatement. Il s'attarda un instant sur le seuil de la chambre, hésitant à s'en aller.

Il finit par fermer la porte et descendit les escaliers en direction de l'entrée. Attaché-case et casquette à la main, il s'engouffra à l'arrière de la Volvo. Vingt minutes plus tard, ils approchaient de la place de l'Amirauté, au centre de Sébastopol.

Grachev descendit lentement de la limousine et coiffa sa casquette. Il dépassa les colonnes de granit de l'entrée du bâtiment, franchit les quatre postes de sécurité successifs en produisant à chaque fois son badge d'identification électronique, avant d'entrer dans la cabine de l'ascenseur. Commandé par les gardes, celui-ci n'avait pas de boutons. Après une longue descente, les portes s'ouvrirent sur une petite pièce décorée de marbre et de bois de cerisier. Une jolie blonde vêtue d'un pull-over moulant se tenait derrière un bureau, l'air aussi fraîche et réveillée que son patron, un peu plus tôt, au téléphone.

— Bonjour, Karina. L'amiral est dans son bureau, je présume ?

— Salle de conférence numéro 1, commandant Grachev.

Elle lui adressa un grand sourire, ses lèvres pleines et rouges s'écartant pour révéler de grandes dents très blanches.

— Vous prendrez bien un café de Colombie, commandant ?

— Un café, oui, répondit Grachev, et une grande bouteille d'eau.

— Avec deux aspirines ? Vous n'avez pas vraiment l'air dans votre assiette.

— Volontiers. Un jour, vous serez une épouse modèle.

— Je sais. Elle sourit de nouveau et son regard s'attarda un peu trop longtemps sur lui.

Il grimaça et contourna son bureau pour emprunter le couloir aux murs lambrissés conduisant à la lourde porte de la salle de conférence, où attendait l'amiral Youri Kolov, assis dans un fauteuil en cuir à haut dossier, le regard fixé sur l'écran d'un ordinateur portable. L'amiral se leva et sourit lorsqu'il aperçut Grachev.

Grachev salua l'homme vieillissant à la calvitie naissante et s'approcha, la main tendue. Kolov lui broya les phalanges avant de l'attirer contre lui, dans une accolade virile. Les deux hommes s'étaient connus il y a plus de vingt ans, quelques années après l'effondrement de la République de Russie, alors que Kolov n'était qu'un simple capitaine de frégate de la flotte ukrainienne de la mer Noire. Contre son gré, Kolov avait été désigné volontaire pour parcourir les écoles et présenter le programme de sous-marins de la marine ukrainienne. Grachev, un adolescent de seize ans un peu excité, aux notes plus que moyennes, s'était enflammé pour les récits de Kolov, le danger, la camaraderie, l'excitation des combats sous la mer. Après l'exposé, Grachev avait approché l'officier de marine. De leur conversation était née une grande amitié.

Au cours des discussions qui suivirent, Kolov expliqua à Grachev que la marine ukrainienne avait hérité d'une vaste flotte de navires de haute mer, abandonnée par la République de Russie. Personne ne savait vraiment qu'en faire. Elle ne comprenait alors que huit sous-marins nucléaires, mais les amiraux de l'état-major avaient l'ambition d'en augmenter le nombre. Tous deux fêtèrent l'engagement de Grachev dans la marine ukrainienne et, lorsqu'il reçut son brevet de l'Institut naval de Sébastopol, ce fut Kolov qui le fit officier.

Depuis ce temps, Grachev s'était élevé dans la hiérarchie, parallèlement à Kolov, jusqu'au jour où ce dernier prit le commandement des forces sous-marines. Il avait attendu toute une année, espérant recevoir le commandement d'un sous-marin malgré son jeune âge. Mais, après une période d'entraînement intensif, rien ne semblait se produire. Puis, le jour de son trente-sixième anniversaire, une semaine après que Kolov eut été le témoin de son mariage, Grachev entra dans le bureau de son supérieur. Une enveloppe portant le sceau de la marine ukrainienne — un missile surgissant de la mer et un dauphin bondissant, sur un fond composé de deux sabres de cérémonie entrecroisés — était posée sur une table. On pouvait y lire : « Affectation/A n'ouvrir que par le destinataire, le capitaine de frégate Pavel I. Grachev/Marine de l'Ukraine-/Flotte de la mer Noire ».

Grachev leva les yeux, l'air hésitant.

— Vas-y, ouvre, lui dit Kolov.

Mais Grachev avait déjà deviné. L'enveloppe contenait sa nomination au commandement du K-898, le tout nouveau sous-marin de la flotte de la mer Noire, un type Severodvinsk. Le bâtiment avait reçu le nom de *Vepr*, ce qui, en russe, signifiait « sanglier ».

Grachev se présenta une semaine plus tard à Severomorsk, dans la péninsule de Kola, en Russie du Nord, accompagné de son futur équipage. Ils rentrèrent six mois plus tard et Grachev retrouva Mélanie enceinte et triste. Depuis ce temps, il avait mûri dans son commandement et Mélanie avait accouché du petit Pavel. Alors qu'il serrait la main de Kolov à 3 h 30 ce dimanche, Grachev réalisa qu'il était heureux et que la vie semblait combler toutes ses espérances.

— Amiral, bonjour, heureux de te voir. Même à cette heure indue, un dimanche matin. Je pense que tu vas me dire de quoi il s'agit.

Le sourire de Kolov s'effaça lorsqu'il lui fit signe de s'asseoir.

— Nous aurons de la compagnie dans quelques minutes. Deux personnes, qui visitaient les services du président Dolovietz, ont quitté Kiev à peu près au moment où je t'ai appelé chez toi et...

— Kiev est à plus de trois heures d'ici.

— Ils ont un avion privé.

— OK. Et qui sont ces gens ?

— Des consultants, ils appartiennent à une société qui s'appelle Da Vinci. Ceux-là mêmes qui ont supervisé la construction des alvéoles des sous-marins et du tunnel de sortie. Ils ont également imaginé la fausse coque pour le Projet 885. Enfin, ils ont conçu et installé le senseur Antay et le système Shchuka.

Grachev leva les sourcils. Le *Vepr* était rentré au bassin un peu plus tôt que d'habitude, pour que le chantier remplace le sonar arrière par le capteur Antay, un dispositif optronique qui pouvait remonter à la surface — une sorte de périscope monté sur une bouée, relié au bâtiment par des fibres optiques. Le système Shchuka déployait une grande antenne sonar à partir d'un tube lance-torpilles. Sa vaste structure gonflable utilisait les techniques révolutionnaires de l'imagerie acoustique totale. Les deux équipements avaient paru parfaitement inutiles à Grachev puisqu'ils ne pouvaient être employés que sans erre, le sous-marin posé sur le fond ou en stabilisation, ce qui n'arrivait jamais en opération. Passe encore pour le sonar arrière, mais perdre un tube lance-torpilles lui paraissait impardonnable. Grachev pensait secrètement à se débarrasser du Shchuka dès l'arrivée en haute mer pendant la prochaine mission, mais il avait fait attention à ne pas y faire allusion devant Kolov.

— Où est la fausse coque ?

— A l'ancien quai des sous-marins, où se trouvait le *Vepr* avant que les alvéoles ne soient achevées, au début du mois. Nous avons même ouvert les panneaux. Les officiers et l'équipage vont et viennent à bord. De l'extérieur, il est pratiquement indiscernable du vrai *Vepr*.

Grachev sourit.

— Les ouvriers du chantier savent-ils que c'est un leurre ? Moi, je ne tomberais pas dans ce piège.

— On dit que seules les mères font la différence entre de vrais jumeaux. Personne d'autre ne le peut. Tant qu'aucun des ouvriers ne réussit à pénétrer à bord, ce leurre reste un sous-marin du Projet 885.

— Quelles précautions pour assurer notre sécurité !

— Quoi qu'il en soit, les consultants arriveront sous peu. Je crois devoir te dire quelque chose avant leur arrivée. La mission qui t'était dévolue, la sortie avec la flotte en direction de l'Atlantique Sud, est annulée. Tu vas à Hampton Roads.

— Au large de la Virginie ? Sur la côte est de l'Amérique ?

— Exact.

— Et la mission en Atlantique Sud ? Qui part à notre place ? J'espère que ce n'est pas ce salaud de Dimitri avec son *Tigr* ! Ce bateau a beau appartenir au Projet 885, ce n'est qu'un tas de tôles et Dimitri est en moins bonne forme que son sous-marin.

— Ce n'est pas ton affaire. Les consultants viennent pour te briefer sur ta prochaine mission, Pavel. Elle est classifiée ultra secrète. Je dois te dire que l'un d'entre eux partira avec toi.

— Un passager ? Appartenant à une boîte de consulting ?

Le téléphone posé sur la table basse se mit à sonner. Kolov prit le combiné, écouta son correspondant et raccrocha sans un mot.

— Ils sont là.

Ils se levèrent.

Karina fit entrer deux hommes et une femme. L'un des hommes, lourdement charpenté, à la barbe tirant sur le gris, portait un costume gris anthracite.

Il avait le regard vif et intelligent. Le deuxième homme, bien plus mince, avait une constitution d'athlète, un visage sec sous une crinière grisonnante, un regard perçant et une attitude un peu rigide, presque militaire. Il portait un costume Armani, à veste croisée. La femme était une Chinoise, habillée d'un tailleur noir. Kolov fit les présentations.

L'homme nommé Rafael sourit.

— Ravi de vous rencontrer enfin, commandant Grachev. J'ai la chance de savoir qui vous êtes. Malheureusement, les services de renseignement américains le savent aussi. C'est pourquoi vous êtes ici.

— Vraiment ?

— Commandant Grachev, Da Vinci Consulting trempe dans de nombreuses affaires. Le renseignement électronique en fait partie. Nous travaillions sur un contrat au profit de votre gouvernement lorsque nous nous sommes aperçus que nous entendions beaucoup parler de votre sous-marin. Ce qui nous ennuie le plus, ainsi que votre président, d'ailleurs, c'est que les services américains et britanniques connaîtront l'instant d'appareillage de votre *Vepr*. Ils en sauront même beaucoup plus : où il va, pour quelle mission, le nombre d'armes qu'il emporte et j'en passe.

Grachev parut désappointé.

— Comment est-ce possible ?

— Je vous le prouve.

Rafael tendit une disquette à Kolov, qui l'inséra dans son ordinateur.

Choqué, Grachev regarda les images d'un film pornographique, mettant en scène plusieurs hommes et deux femmes. La conversation des acteurs tournait autour du *Vepr* et de sa date d'appareillage pour un exercice de lancement de torpilles. Grachev reconnut l'un des hommes, son patron machines. Il se mordit les lèvres, se demandant comment il parviendrait, dorénavant, à regarder l'officier en face. La disquette semblait donner raison à Rafael. Celui-ci finit par arrêter les images, mais pas avant que Grachev n'ait entendu l'une des femmes demander à un autre de ses hommes comment fonctionnait le sonar du bâtiment. L'homme avait commencé à le lui expliquer, lui donnant des informations ultra secrètes. Grachev sentait la colère monter.

— Ceci est inacceptable, grogna-t-il. Je pense que je vais avoir une sérieuse explication avec mon équipage.

Rafael repoussa l'intervention d'un geste.

— Ne vous inquiétez pas, commandant, ces femmes travaillent pour nous. Comme je vous l'ai déjà dit, nous trempons dans de nombreuses affaires, dont le renseignement. Nous avons pas mal de contrats en cours et l'un d'entre eux consiste à essayer de trouver la nature de la prochaine mission du *Vepr*. Mais avant de vous en prendre à votre équipage, vous devez savoir que nous, ainsi que les services de renseignement étrangers, obtenons le plus souvent nos meilleures informations de la bouche même des commandants de bâtiments. A ce propos, tous nos vœux pour le trentième anniversaire de votre charmante épouse.

— Quoi ?

— Voici d'où proviennent les fuites.

Rafael changea la disquette. Grachev se regarda pousser la porte de sa propre maison, embrasser sa femme et discuter avec elle. Quand Grachev annonça à sa femme qu'il allait appareiller la semaine suivante pour rejoindre le reste de la flotte avant un déploiement en Atlantique Sud, ajoutant même à quel point il trouvait stupide l'idée de soutenir l'invasion de l'Uruguay par l'Argentine, Rafael arrêta les images.

Grachev avait le visage couleur de cendre et se

leva de la table de conférence. L'amiral Kolov lui fit signe de se rasseoir.

— Détends-toi, Pavel, dit-il. S'ils ont pu filmer ceci, imagine ce qu'ils doivent avoir sur moi...

— Amiral, ces salauds ont envahi mon domicile. Ils ont...

— Ceci est la disquette originale, annonça Rafael en la tendant à Grachev. Nous n'avons pas fait de copie. Elle n'a été analysée que par le système informatique, qui a identifié des mots clé et a porté cette séquence à notre attention. Heureusement que nous procédons comme cela, d'ailleurs, sinon nous devrions regarder des milliers d'heures d'images sans intérêt. Ce sont les seules images que nous ayons vues. Avant de vous rencontrer, nous avions simplement écouté la bande son. Et cette séquence est la seule que l'ordinateur nous a signalée. Je n'aurais pas l'audace de vous espionner en dehors de cette petite démonstration, commandant. Et au cas où vous vous poseriez la question, le matériel a été installé chez vous juste après que vous ayez reçu vos ordres pour la mission en Atlantique Sud. Il n'est resté en place que deux jours.

— Bien, dit Grachev qui transpirait abondamment. Etes-vous venus pour me montrer les insuffisances de mon équipage et me mettre personnellement dans l'embarras ?

— Du calme, intervint Kolov, une main sur l'épaule de Grachev. Ecoute encore.

— Ce n'est pas tout ?

Pour la première fois, la Chinoise prit la parole. Sa prononciation étrange du Russe lui donnait une diction à la fois gaie et mélodieuse.

— Nous avons mis cinq ans à développer nos moyens d'interception électroniques. Téléphones cellulaires, faisceaux hertziens, transmissions militaires dans les bandes UHF et VHF. Nous disposons de stations d'écoute dans des lieux adaptés, qui nous ramènent d'incroyables quantités d'informations. Nos ordinateurs trient tout cela et établissent des corrélations.

Elle devait sûrement avoir rôdé ce discours, pensa Grachev en remarquant que la Chinoise butait sur les phrases en russe.

— Excellent, dit Grachev, d'un ton un peu moins lugubre que celui qu'il venait d'employer, quelques instants auparavant. Kolov leva la main et Grachev se tut.

— En ce qui vous concerne directement, continua Suhkhula, nous avons appris que les services de renseignement américains savent tout du déploiement prévu du *Vepr* en Atlantique Sud. Ils savent que vous appareillerez lundi 30 juillet à 4 heures, heure locale, que vous vous dirigerez vers Gibraltar à la vitesse moyenne de 35 nœuds et rejoindrez le reste de la flotte 200 nautiques au sud-ouest de Brest, France. Ils savent également que le rendez-vous est prévu le vendredi 3 août à 14 heures GMT, soit 13 heures heure locale.

Grachev essaya de rester impassible mais son regard trahissait son ahurissement. A leur niveau, seuls Kolov et lui-même connaissaient ces informations, et il n'en avait jamais parlé à Mélanie.

— Comment avez-vous appris tout cela ? Est-ce le président Dolovietz qui vous a renseigné ?

La jeune femme resta silencieuse.

— Je crois qu'il va falloir que je vous donne des preuves, dit Rafael en souriant. Jetez donc un coup d'œil à ceci, continua-t-il en lui tendant son ordinateur portable. Passez en revue les fichiers à la date de vendredi.

Grachev afficha la date du vendredi 29 juillet 2018. Un message apparut à l'écran, celui de Kolov lui donnant ses ordres d'appareillage pour le lundi suivant. Il était pareil au souvenir que Grachev en avait. Pourtant, Dolovietz pouvait le leur avoir donné.

— Vous n'êtes toujours pas convaincu. Regardez donc le fichier suivant.

Grachev cliqua sur l'icône d'un fichier vidéo, qui commença à s'animer après quelques instants. Sur la moitié gauche de l'écran, il reconnut le chef d'état-major de la marine américaine, dont le nom lui échappait. L'homme se trouvant à sa droite avait la peau olivâtre et portait un uniforme d'officier de la marine. L'amiral portait un sweat-shirt et l'on pouvait voir derrière lui les lambris en bois de cèdre d'une cuisine rustique. En bas de l'image, une incrustation affichait « 30/06/18 — Samedi — 15 h 34 GMT — 10 h 34 EDT ». Le lendemain du message de Kolov donnant les ordres pour le *Vepr*.

— Bonjour, Paully, commença l'amiral. J'allais justement partir à bord de mon voilier.

— Ton moteur te fait toujours des ennuis ?

— Je sors la culasse tribord aujourd'hui.

— Tu as besoin d'aide ?

— Non, merci, ça me fera du bien de bricoler.

— Je crois que je vais avoir besoin de quelque chose pour me calmer les nerfs, en particulier après ce que Numéro 4 vient de trouver.

— Passons en chiffré dans cinq minutes.

— OK, je te rappellerai.

L'écran devint noir tandis qu'un compte à rebours de dix secondes s'égrenait en bas de l'image. Les deux hommes réapparurent. L'amiral avait quitté sa cuisine et semblait parler depuis un bureau. L'autre personne ne paraissait pas avoir bougé. Leurs voix étaient déformées et le mouvement des lèvres désynchronisé, comme s'ils jouaient dans un vieux film mal monté. Ce curieux effet était évidemment dû à la transmission chiffrée. L'amiral parla le premier.

— Que se passe-t-il ? Je suis paré pour la réception.

— Voilà, je l'envoie sur ton écran maintenant.

Une troisième image apparut devant Grachev,

montrant le corps de message de Kolov, surmonté d'un en-tête rédigé par un certain Mason Daniels IV, à destination du contre-amiral Paully White. Le sujet du message tenait en une phrase : UKRAINE — INTERCEPTION DU 29/06/2018.

— La National Security Agency nous a encore trouvé quelque chose, intervint le deuxième homme.

Grachev pensa qu'il s'agissait probablement de Paul White.

— Daniels est sur l'affaire, commenta l'amiral en sweat-shirt. Et le Severodvinsk appareille lundi 30 juillet pour un rendez-vous avec la flotte de la mer Noire. C'est ainsi que les ennuis commencent.

— Juste après le retour de notre croisière. Nous allons devoir faire des heures supplémentaires, je le crains. Pas moyen d'avoir la paix cinq minutes.

— En fait, Paully, cela pourrait bien marcher. Je vais mettre nos meilleurs esprits sur le problème. Nous pourrons discuter tranquillement avec notre état-major et préparer notre stratégie.

— Cela ne pourrait-il pas être une manœuvre de déception de la part de l'Ukraine ? Pour nous déstabiliser et nous forcer à dévoiler nos intentions ?

— Toujours possible, évidemment, Paully. Mais Numéro 4 nous aurait sans doute prévenus de quelque chose. Je crois que nous devons tenir ce document pour authentique. L'amiral commandant la flotte de la mer Noire n'a pas de raisons de penser que nous lisons son courrier.

— Kolov, dit White, un malin celui-là.

— Savons-nous quelque chose du pacha du Severodvinsk ?

— Simplement ce que nous a raconté la prostituée que Numéro 4 avait infiltrée chez son commandant en second, qui enterrait sa vie de garçon. Il est capitaine de frégate, conditionne pour le grade de capitaine de vaisseau et s'appelle Pavel

Grachev. Il paraît droit comme un I, n'a pas participé aux ébats. Il a une femme jeune et un bébé de deux ans à la maison. Il s'est contenté de discuter avec ses hommes et de boire dans une autre pièce. Il descend bien la vodka, mais rien d'inhabituel. Il doit avoir autour de trente-cinq ans. Un peu jeune pour commander un super sous-marin comme le Severodvinsk. Il pourrait avoir des relations. C'est l'un des protégés de Kolov.

— Numéro 4 l'a-t-il sous surveillance ?

— Vingt-quatre heures sur vingt-quatre. Nous saurons quand le Severodvinsk sera paré. Il partira de chez lui avec un sac de mer et sa femme l'embrassera sur le pas de la porte. A propos, où est Colleen ?

— Elle se prépare à témoigner devant le Congrès.

Rafael intervint.

— Le reste n'a pas d'intérêt, uniquement des conversations privées. Comme vous pouvez le constater, ils sont prévenus chaque fois que le commandant Grachev se mouche.

— Voilà pourquoi tu es ici, tiré de tes draps chauds à cette heure matinale, Pavel, dit Kolov à Grachev. Prépare-toi. J'ai de graves nouvelles à t'apprendre.

Grachev regardait de côté, un sourcil levé.

— Tu ne rentres pas chez toi, tu quittes ce bureau en direction des alvéoles des sous-marins. Le K-898 *Vepr* appareillera dans deux heures environ, selon les procédures d'urgence. Il passera par le tunnel de sortie, le réacteur aussi froid qu'un bloc de pierre, sur la batterie, jusqu'à ce qu'il ait atteint l'immersion de 100 mètres. Tu démarreras le réacteur, franchiras le Bosphore, les Dardanelles et Gibraltar, et prendras une route indirecte vers Hampton Roads, au large de la Virginie, à vitesse maximum, en longeant les côtes de Terre-Neuve. Là, tu exécuteras une mission secrète, dont les détails te seront communiqués après ton appareillage. Des questions ?

— Questions ? Plus de mille. Mais on me donnera les détails nécessaires une fois en haute mer.

— Exact. De plus, M. Novskoyy embarquera à bord du *Vepr*. Il te conseillera sur l'emploi des systèmes d'armes et te fera passer les renseignements. Tu le traiteras avec tous les égards.

Grachev se raidit. Il ne pensait pas avoir besoin d'un consultant pour mener son sous-marin au combat. Il en parlerait avec Kolov.

— Bien, amiral, commenta-t-il simplement. A propos, pourquoi les nouvelles que vous m'apprenez sont-elles si graves ?

Kolov jeta un coup d'œil en coin à Rafael, mal à l'aise.

— Peut-être M. Rafael devrait-il répondre à cette question.

— Commandant Grachev, le lundi 2 juillet dans l'après-midi, au milieu de la mer Noire, vous mourrez. Ainsi que votre équipage.

Décidément, ce briefing allait de mal en pis, pensa Grachev. Sa tête lui faisait à nouveau mal. Il but une longue gorgée d'eau minérale et fixa Rafael.

— Pas vraiment, évidemment, continua Rafael. Voyez-vous, lundi, le *Vepr* et vous-mêmes serez partis depuis longtemps et bien loin d'ici. En revanche, la fausse coque appareillera lundi matin. Nous l'avons équipée d'un diesel et de safrans de direction. Elle peut filer 10 nœuds sans assistance et même plonger sur sa batterie, sous le contrôle de son ordinateur de bord. Peu de temps après la prise de plongée, la coque coulera en fanfare. Une bouée remontera à la surface et transmettra les dernières images vidéo prises à l'intérieur du sous-marin avant le naufrage. L'amiral Kolov lancera une opération de sauvetage ce soir-là et les journaux du monde entier diffuseront la nouvelle : le sous-marin *Vepr*, de la marine de l'Ukraine, a été porté disparu. Il est présumé perdu corps et biens, avec tout son équipage. Une cérémonie funèbre sera organisée le vendredi 6 juillet.

— On dira la vérité aux familles, bien sûr, gronda Grachev d'une voix grave et menaçante, imaginant Mélanie assistant au service funèbre alors que lui était bien en vie, sous la mer. Quelles conséquences cela aurait-il pour le jeune Pavel ?

— Non, répondit Rafael. Les familles ne sauront rien. Elles seront veuves et orphelines. Les caméras des journalistes du monde entier filmeront leurs larmes, la meilleure méthode pour camoufler l'appareillage du *Vepr*. Il est vital que notre plan reste secret...

Rafael n'était pas préparé à la réaction de Grachev, qui se rua par-dessus la table. Kolov ne fut pas assez rapide pour stopper le jeune commandant, qui saisit la cravate en soie indienne de Rafael et tira jusqu'à l'étrangler. De l'autre main, Grachev appuya sur la tête de Rafael et le força à se pencher jusqu'à ce que son front touche la table. Les grandes mains de Rafael battaient l'air comme des moulins à vent, dans un effort désespéré pour se libérer.

— Ma femme et mon fils connaîtront la vérité, cracha Grachev. Autrement, le *Vepr* n'ira nulle part.

Kolov tira Grachev en arrière. Rafael luttait pour reprendre sa respiration, tandis que Novskoyy regardait les deux hommes d'un air glacé. Suhkhula contemplait la scène, incrédule.

— Mes excuses, M. Rafael. J'aimerais m'entretenir un moment en privé avec le commandant Grachev, si vous n'y voyez pas d'inconvénient.

Kolov parlait d'une voix de fer, le visage écarlate, les mains accrochées aux épaules de Grachev. Rafael, le souffle court et les yeux exorbités, accepta d'un signe et sortit, suivi de Novskoyy et de Suhkhula. La porte se ferma derrière eux.

— Qu'est-ce que tu fous, nom de Dieu ? hurla Kolov. Est-ce que tu te rends compte que ces gens ont l'oreille du président ? Que feras-tu quand Dolovietz m'appellera pour me demander de t'enfermer ? Tu ne comprends pas, Pavel ? Tu pars pour la mission du siècle et, si tu es bon, tu reviendras. Ton sous-marin protégera notre opération en Atlantique Sud. Nous ne pourrons rien faire sans toi. Si tu pars en mission avec le *Vepr*, tu rentreras chez toi couvert de médailles, au son de la fanfare. Si tu vas en prison, tu n'as rien d'autre à attendre que la disgrâce. Ne t'ai-je donc rien enseigné pendant ces vingt dernières années ?

Grachev gardait les yeux baissés.

— Je suis désolé, amiral. Tu avais raison, c'est un gros sacrifice que tu me demandes là.

— Ne t'excuse pas devant moi, imbécile. Excuse-toi auprès de ces foutus consultants et, nom de Dieu, assure-toi que Novskyy se sente bien à bord du *Vepr*.

— Je voulais t'en parler, justement. Pourquoi dois-je embarquer un consultant ? Je peux mener ce bâtiment au combat mieux que personne.

— C'est pourquoi tu le commandes, Pavel. Novskyy vient avec toi parce qu'il te donnera les détails de ta mission une fois que tu auras appareillé. Il aura la responsabilité de l'opération d'ensemble.

— Quelle opération d'ensemble ?

— Ce n'est pas ton problème, pas encore, du moins. La seule chose importante, pour le moment, est l'appareillage du *Vepr*. Ce sont tes ordres. Ils viennent directement du président Dolovietz lui-même. Tu les trouveras par écrit dans ton ordinateur personnel. Maintenant, si tu attaches une quelconque importance à ta carrière, tu fais ce que je t'ai dit. Quand les consultants reviendront, tu leur lèches le cul comme tu n'as jamais léché de cul auparavant.

Grachev réajusta sa cravate.

— Amiral, c'est ce que je fais le mieux...

Kolov retint un sourire et ouvrit la porte.

15

Le capitaine de frégate Pavel Grachev ramena sa casquette en arrière. Ses cheveux blonds se libérèrent une seconde, juste avant qu'il ne replace la casquette très en avant sur son front, la visière plus bas que les yeux. Il jeta un coup d'œil à sa montre en bâillant. Elle indiquait 4 h 30.

— Bonjour, commandant, dit son second, le capitaine de frégate Mykhailo Svyatoslov.

Svyatoslov avait l'âge de Grachev, mais tout les différenciait. En vrai Ukrainien de souche, il avait la peau sombre, le cheveu noir, était très grand et fort. Il descendait en ligne directe d'un duc ukrainien qui avait gagné une guerre contre la nation du Danube, en 967, l'un des fondateurs de la marine, dont le portrait en pied ornait l'Institut naval de Sébastopol. Svyatoslov venait de se marier avec une petite blonde mince, une amie de Mélanie.

A bord du *Vepr*, Svyatoslov n'était plus le buveur, coureur de jupons, qu'il était à terre. Il se révélait l'officier le plus professionnel avec lequel Grachev ait jamais servi. Il entraînait les officiers sans relâche, leur servant tour à tour de mentor ou d'examinateur. Il connaissait mieux les sous-marins du Projet 885 que leurs concepteurs. Affecté au centre Sevmash pour la construction des sous-marins à propulsion nucléaire, le chantier 402, à Severodvinsk, il avait suivi le montage du *Vepr* depuis le jour de l'arrivée des premières tôles d'acier amagnétique jusqu'au premier appareillage du bâtiment et sa première plongée à l'immersion maximale. Lorsqu'il était arrivé au chantier 402 six ans plus tôt, encore lieutenant de vaisseau, le Projet 885 *Vepr* devait être affecté à la flotte du Nord russe et recevoir le nom d'*Amiral Chebanenko*. Bien des choses s'étaient produites depuis. L'*Amiral Chebanenko* avait été vendu à l'Ukraine un an après le début de sa construction et son nom avait aussitôt été changé en *Vepr*. Le lieutenant de vaisseau Svyatoslov avait insisté, trouvant que le nom « Sanglier » convenait parfaitement à un bâtiment que les ouvriers du chantier avaient surnommé le « cochon de sous-marin export », dès que la rumeur de sa vente à l'étranger s'était répandue.

Svyatoslov débordait d'énergie et travaillait pratiquement toutes les nuits à la mer pour préparer les exercices du lendemain. Il vivait au rythme de son sous-marin comme jamais Grachev n'avait vu de commandant en second le faire, lui-même inclus. Son seul défaut avait été de se rendre tellement indispensable dans le rôle de second que cela risquait de le retarder pour obtenir son propre commandement.

— Bonjour, second. Les gendarmes maritimes t'ont-ils tiré d'un gros dodo ou bien d'un bar sur le front de mer ?

Grachev usait souvent d'un ton sarcastique avec son volumineux second et l'officier répondait souvent de la même manière. Ce petit jeu n'était généralement pas de mise entre commandant et second, dans la marine, mais semblait leur convenir parfaitement.

— D'un bar, évidemment, commandant. Je rendais les honneurs à quelques officiers de la Royal

Navy en escale. J'étais sur le point de les envoyer rouler sous la table.

Le briefing de Rafael revint à la mémoire de Grachev et il se dit qu'il devait être facile d'obtenir la date d'appareillage du sous-marin de quelqu'un comme Svyatoslov. Il avait beau être un excellent officier, il représentait néanmoins un risque. Mais, ainsi que l'avait démontré Rafael, Grachev se dit qu'après tout, lui également.

— T'ont-ils dit pourquoi ils venaient te chercher ?

— Pas un mot, commandant. J'espère seulement qu'ils ne t'ont pas fait parvenir un rapport. Ma conduite manquait un peu de savoir-vivre.

— Tu as frappé un gendarme ?

— Non, juste un peu poussé un ou deux d'entre eux.

Grachev réprima un sourire. Son second n'était pas un bibelot de porcelaine, mais qui voudrait d'un sous-marinier de ce genre ?

Les deux hommes restèrent silencieux un moment, appuyés à la rambarde d'aluminium qui courait tout autour du bassin, dans la moiteur froide de l'immense caverne qui contenait les alvéoles des sous-marins. Le plafond de béton armé et renforcé de la grotte artificielle s'élevait à une cinquantaine de mètres au-dessus du niveau de la mer. Malgré cela, l'espace intérieur semblait réduit par l'entassement des bâtiments, des quais, des grues, des câbles électriques, des passerelles métalliques, des machines à souder, des faisceaux de tuyautages qui transportaient l'eau de réfrigération, l'eau déminéralisée pour les réacteurs, l'eau potable, l'eau distillée pour la machine, l'huile de graissage, l'hydrogène et l'oxygène liquide, et même de l'hélium superfroid pour les enroulements supraconducteurs des moteurs électriques de propulsion à haut rendement. L'agencement des alvéoles des sous-marins représentait un exploit en matière de génie civil. L'ensemble avait été construit par des ouvriers disposant d'une habilitation spéciale et avait demandé cinq ans, depuis les travaux de déblaiement jusqu'à la mise en service.

La rambarde sur laquelle s'appuyaient Grachev et Svyatoslov surplombait la seule alvéole à peu près dégagée. Le niveau du sol restait invisible, masqué par l'éclat des projecteurs à vapeur de sodium et des lampes halogènes qui éclairaient le sous-marin. Loin vers la gauche, de larges portes d'acier commencèrent à rouler, dans un grondement puissant qui résonna dans toute la caverne. Les deux vantaux s'écartèrent très lentement, laissant apercevoir l'obscurité de la nuit.

— Et l'équipage, second ? demanda Grachev sans regarder Svyatoslov.

— Lorsque les gendarmes maritimes m'ont ramené à bord si gentiment, ils m'ont dit qu'ils laisseraient les hommes dormir encore quelques heures avant d'aller les chercher. Lorsque le niveau de l'eau aura atteint la flottaison, ou à peu près, l'équipage sera rassemblé en salle de briefing. Il attendra tes explications.

— On ne tire pas tous les jours un équipage du lit à 5 heures !

— On pourrait même dire jamais, commandant. Est-ce que nous partons plus tôt pour l'Atlantique Sud ?

Il sortit de sa poche un briquet en argent et un étui à cigarettes, en prit une et l'alluma, les mains tremblantes. L'idée de lui rappeler l'interdiction permanente de fumer en ces lieux effleura Grachev, mais il se tut, sachant que Svyatoslov passerait outre.

Il laissa la question en suspens quelques instants, décidant finalement de ne rien dire à l'équipage avant que le *Vepr* ait plongé. Kolov allait devoir recourir aux grands moyens pour couvrir la sortie du sous-marin et il serait stupide de gâcher tous ces efforts simplement parce qu'un ouvrier du chantier aurait entendu quelque rumeur à propos de leur mission.

— Je t'expliquerai plus tard.

Les deux portes de l'alvéole adjacente continuèrent leur mouvement. Il leur fallut encore une dizaine de minutes pour s'ouvrir complètement. Grachev se releva et regarda, se contentant d'échanger quelques phrases en style télégraphique avec Svyatoslov, jusqu'au moment où il aperçut le dôme sonar du gigantesque sous-marin. Lentement, le *Vepr* apparut.

Grachev se pencha pour l'admirer, l'air presque amoureux. Le bâtiment mesurait 111 mètres de long pour 12 mètres de diamètre au fort et déplaçait 8 200 tonnes en plongée. Son avant avait la forme d'un ellipsoïde parfait, la transition avec la partie cylindrique de la coque s'effectuant au droit de l'avant du massif. Le bord d'attaque de celui-ci était fortement incliné et l'ensemble ne comportait pas une seule surface plane ni un angle vif. Le bord de fuite s'incurvait lentement vers l'arrière jusqu'à rejoindre le plénum d'expansion des gaz d'échappement du moteur diesel de secours, qui semblait prolonger la longueur du massif d'une bonne trentaine de mètres. La coque demeurait cylindrique jusqu'au niveau de l'arrière du compartiment des turbines, avant de se terminer en un cône allongé, jusqu'à la pompe-hélice. Les barres de direction apparurent. Le safran supérieur, de grande taille, était surmonté d'un pod en forme de goutte d'eau, de 2 mètres de diamètre pour 4 mètres de long, qui contenait le système Antay. Le safran inférieur, sous la coque, présentait une forme identique, mais beaucoup plus réduite. Les barres de plongée arrière saillaient à l'horizontale, de part et d'autre de l'axe du navire. Le bâtiment était uniformément noir, de la couleur des tuiles anéchoïques anti-sonar dont il était entièrement revêtu. Lorsque l'arrière du sous-marin dépassa les portes d'acier, elles commencèrent à se fermer. Le bâtiment s'immobilisa face à lui, la coque posée sur d'énormes tins en acier montés sur une gigantesque plate-forme métallique. Grachev savait que celle-ci allait bientôt s'abaisser, déposant le sous-marin à l'embouchure du tunnel de sortie.

La coque était faite de plaques d'acier amagnétique de 5 centimètres d'épaisseur et avait été conçue autour du réacteur à eau pressurisée KPM-II, qui produisait plus de 400 mégawatts thermiques. La machine à vapeur délivrait 65 000 chevaux à l'unique pompe-hélice, composée d'un rotor à aubages multiples tournant dans un stator de forme hydrodynamique. Le *Vepr* était équipé de quatre tubes lance-torpilles de 650 millimètres de diamètre et de deux de 533. Ils pouvaient lancer des torpilles Berkut, à suivi de sillage, contre les bâtiments de surface, des torpilles acoustiques anti-sous-marines Bora, des torpilles Bora II, équipées d'une charge à plasma, ainsi que des mines mobiles à plasma, les Barrakuda. Le *Vepr* pouvait emporter trente armes de gros diamètre, plus huit de diamètre réduit. Dans les ballasts avant, il abritait huit tubes verticaux contenant des missiles de croisière, les SS-NX-28, munis d'une charge à plasma, et les SS-N-26, à charge conventionnelle. Ces tubes pouvaient également emporter les drones de surveillance Azov, qui permettaient au sous-marin de connaître son environnement au-delà de l'horizon sans l'aide d'un satellite espion.

Le bâtiment entier n'était qu'un superbe système d'armes ultra moderne. Depuis la mer, il pouvait conduire une guerre capable de modifier des frontières, ce qui était précisément sa mission actuelle.

Il pouvait s'approcher de ports étrangers et écouter les téléphones mobiles ou les réseaux UHF. Véritable croiseur sous-marin, ce bâtiment représentait la machine de guerre la plus puissante jamais construite.

Le *Vepr* avait déjà commencé à s'enfoncer dans l'alvéole. D'énormes vis tournaient aux quatre coins de la plate-forme, entraînées par des moteurs électriques à bain d'huile de 20 000 chevaux de puissance unitaire. Tandis que la coque descendait doucement, la plate-forme avait déjà commencé à disparaître dans l'eau noire. En moins d'une minute, le niveau atteignit l'arrondi inférieur de la coque.

Svyatoslov revint. Perdu dans ses pensées, Grachev n'avait même pas remarqué son absence. Il plaça d'autorité une tasse de café bouillant dans les mains du commandant.

— Merci. Pas de nouvelles de l'équipage ?

— Si, les hommes sont arrivés il y a quelques minutes. Ils sont rassemblés à la cafétéria.

Grachev se détacha du spectacle du *Vepr* et regarda son second. Svyatoslov se frottait les yeux.

— Tu devrais prendre quelque chose pour soigner ce mal de tête, dit Grachev en pensant que le sien allait soudain beaucoup mieux.

— C'est déjà fait, commandant. Je suppose que tu ne sais pas combien de temps nous serons partis.

— Pourquoi, Mykhailo ? Quelque chose ne va pas ?

— Rien d'important. Je me disais simplement qu'il était temps que je me calme un peu et que je m'occupe sérieusement d'Irina. Elle me voudrait plus souvent à la maison et elle aimerait que j'arrête de boire avec les copains. Peut-être même faire un bébé. Ce qui m'inquiète, c'est que j'ai moi aussi envie de tout cela.

Grachev se tourna et fixa son second.

— Toi ? Si je m'attendais...

Svyatoslov rougit, regardant le bout de ses chaussures.

— Je vous vois vivre, Mélanie et toi, vous avez l'air si heureux. Elle semble avoir... rempli ta vie.

Grachev attrapa son second par l'épaule.

— Je te donnerai quelques conseils utiles lorsque nous serons sortis des eaux resserrées. Viens, le bateau est presque dans ses lignes d'eau. Rappelons l'équipage à bord.

Grachev et Svyatoslov s'éloignèrent de la plate-forme d'observation et rejoignirent une passerelle métallique. Cette coupée motorisée s'étendait du quai jusqu'au pont du sous-marin. Du côté quai, elle était reliée à un mécanisme qui permettait de la garder horizontale en compensant le mouvement d'enfoncement du sous-marin dans la mer. Grachev la traversa et marcha sur le revêtement spongieux, jusqu'au panneau d'accès avant, un cercle d'acier de 1 mètre de diamètre. La surface en était parfaitement lisse, un peu huileuse et le métal luisait d'un éclat argenté. Grachev descendit dans la pénombre du sas d'accès avant. Le panneau inférieur débouchait sur une échelle en acier inoxydable, qui conduisait à une coursive revêtue d'une sorte de linoléum gris clair, comme celui que l'on trouve dans les compartiments des trains transcontinentaux. Trois portes s'ouvraient à proximité de la descente sur les bureaux des chefs de service. La coursive s'enfonçait ensuite vers l'arrière, en direction de l'escalier très raide qui menait au PCNO.

— Second, je vais faire un tour du bord. Mais maintenant, il faut que je te dise quelque chose. J'ai de mauvaises nouvelles pour Tenukha et Zakharov, commença Grachev en citant les noms du CGO et du chef mécanicien. Ils devront abandonner leur chambre et iront dormir dans les deux bannettes libres du poste des majors. Le passager qui embarque avec nous prendra leur chambre.

— Qui est-ce ?

— Un consultant. Appartenant à la boîte qui a construit ce tunnel de sortie et quelques-unes des petites merveilles ajoutées à ce bateau.

— Très bien, commandant. Je me chargerai de l'accueillir. Et si Tenukha monte à bord avant notre hôte, il pourra même lui faire les honneurs du bateau.

— Je commence par le PCNO. Pendant ce temps, fais donc vider la chambre de notre passager.

— Si je peux me permettre, commandant, que vient faire cet homme à bord du *Vepr* ?

— Du tourisme, probablement. Je t'en reparlerai plus tard.

Grachev regarda en haut de l'échelle qui menait au PCNO, au-dessus de lui. Le local était aménagé dans un volume de forme ovoïde, entièrement en titane, monté sur un supportage en acier et relié au niveau supérieur de la tranche D par un escalier court traversant une double porte étanche. Le PCNO dépassait de la coque épaisse et s'étendait à l'intérieur du massif. Sa forme avait été étudiée pour résister à la pression extérieure à l'immersion maximum. Tous les câbles et tuyaux des servitudes — électricité, hélium liquide et eau de refroidissement, ventilation et fibres optiques — pouvaient être déconnectés à distance en cas d'urgence. Le supportage en acier et le massif étaient équipés de boulons explosifs et de charges de séparation qui permettaient la libération du PCNO, le transformant ainsi en une vaste sphère de sauvetage. Grachev n'approuvait pas cette conception, qui réduisait l'espace disponible à l'intérieur du PCNO. De plus, la présence d'une sphère de sauvetage lui apparaissait comme une sorte de siège éjectable pour le commandant, traduisant un manque d'engagement personnel pour la mission. A de nombreuses reprises, il avait été tenté de ne pas signer les bons de travaux relatifs à la maintenance des systèmes de largage du PCNO, mais il avait toujours fini par rester fidèle aux intentions des concepteurs du sous-marin, qu'elles lui conviennent ou non.

Grachev grimpa les échelons deux à deux et passa les portes étanches. Le PCNO baignait dans un éclairage réduit. Un silence total y régnait. Même la ventilation était arrêtée. En ce moment, le bâtiment était complètement inerte. Son réacteur ne fournirait de la puissance qu'une fois la prise de plongée effectuée. Kolov avait explicitement ordonné que les satellites d'observation infrarouge ne puissent pas détecter les émissions de chaleur du cœur nucléaire.

Le PCNO se divisait en un labyrinthe de locaux plus petits. Les quatre cabines de réalité virtuelle tribord affichaient la situation tactique pour les officiers qui armaient le système de combat tridimensionnel. Les quatre autres, à bâbord, étaient réservées à la commande des armes. Au centre du compartiment, un puits abritait les blocs optiques des périscopes. Celui de bâbord, un instrument classique, était relié au mât extérieur non pénétrant par un faisceau de fibres optiques. L'autre, à tribord, pouvait soit afficher les images produites par le système Antay, soit celles provenant d'un mât optronique muni d'un capteur observant dans les bandes spectrales non perceptibles à l'œil nu.

Le poste de pilotage était implanté le long de la cloison avant ainsi que le tableau de sécurité-plongée et les consoles navigation et transmissions. A l'arrière du puits des périscopes, un compartiment séparé du PCNO, le module senseurs, abritait une série de consoles sur lesquelles les opérateurs analysaient les contacts obtenus par les sonars et les systèmes Shchuka et Antay. Sur l'avant du puits se trouvait un grand fauteuil de cuir, la place de l'officier de quart en navigation normale ou du commandant en cas de combat. Les écrans de la console devant ce fauteuil permettaient d'accéder à toutes les images importantes : situation tactique, sécurité-plongée, sonars, armes, navigation et transmissions. Dans le coin arrière bâbord, une petite chambre de veille, à peine plus large que la minuscule bannette qui en occupait presque tout l'espace, avait été aménagée pour le commandant, lorsque celui-ci ne voulait pas quitter le PCNO pour rejoindre sa chambre, deux ponts plus bas.

Satisfait de son inspection, Grachev retourna en tranche D et descendit l'échelle jusqu'au pont milieu, où un local à environnement contrôlé abritait les ordinateurs du bord. Il n'était possible d'y entrer que par un sas, à l'avant, et uniquement lorsque l'on y était admis par l'un des spécialistes, qui portaient une combinaison adaptée au travail en salle blanche. Juste à côté, un autre local hermétiquement clos abritait la batterie. Les éléments, énormes, stockaient dix fois plus d'énergie à volume égal que les anciennes batteries au plomb qui avaient été initialement mises en place à bord, avant la refonte qui avait amené l'installation du nouveau système informatique. Le poste torpilles se trouvait juste sur l'arrière de ces deux locaux et contenait un total de trente-six armes stockées sur rances. Un système informatisé commandait leur insertion dans les six tubes en barbette. Il restait à peine assez de place pour passer à travers une étroite coursive au milieu des rances et atteindre un escalier qui conduisait au niveau inférieur, celui des locaux vie. Sa chambre, le long de la cloison arrière à tribord, faisait face à celle de Svyatoslov. A l'avant se trouvaient celles des chefs de groupement et de service, celles des jeunes officiers, celles des majors, puis celles des officiers mariniers. Une rangée de douches et de toilettes, ainsi que quelques lavabos, étaient installés dans un local étroit situé entre les logements des majors et ceux des officiers mariniers. La cafétéria et la cuisine, qui servaient également de salle de cinéma, la salle de briefing, le local réservé aux parties d'échecs et un petit salon de détente pour les officiers occupaient l'avant des locaux vie.

Grachev enjamba le surbau de la porte étanche menant au tunnel d'accès de la tranche C, un petit compartiment qui abritait les armoires électroniques de commande du réacteur et de la machine, ainsi que des capacités diverses et un petit local bourré d'auxiliaires. Au pont milieu, une porte étanche permettait de pénétrer dans un second tunnel, protégé celui-là, qui passait à travers la tranche B, le compartiment réacteur, toujours inoccupé à la mer en raison de la forte radioactivité ambiante.

Le commandant arriva en tranche A. Il déboucha juste devant le diesel de secours, qui sentait le gazole, les gaz d'échappement et l'huile de vidange. Il emprunta une échelle pour monter d'un pont, dans le compartiment machine le plus propre qu'il lui ait jamais été donné de voir. Des tuyautages de vapeur de gros diamètre serpentaient à travers la tranche pour alimenter les turboalternateurs qui fournissaient l'énergie électrique du bord puis, plus loin sur l'arrière, les deux turbogénératrices chargées de produire le courant continu nécessaire aux moteurs de propulsion. Les turbines occupaient toute la hauteur des trois ponts et tiraient le maximum d'énergie possible de la vapeur saturée fournie par le réacteur pour faire tourner deux génératrices à supraconducteurs réfrigérées à l'hélium liquide, reliées aux enroulements du moteur de propulsion à bain d'huile implanté à l'extérieur de la coque épaisse, dans les ballasts arrière. A l'extrémité de la tranche, Grachev redescendit une échelle vers le pont milieu. Il passa au PCP, le local d'où l'on commandait l'ensemble du réacteur, de la machine et de la propulsion et inspecta les frigo-air avant de descendre au niveau inférieur, celui des condenseurs et des pompes. Les stations d'huile et les équipements de régénération d'air, les usines à oxygène et à CO_2 ainsi que les brûleurs catalytiques s'y trouvaient installés. L'usine de production d'hélium liquide était implantée à l'avant, sous le local diesel. Grachev y jeta un coup d'œil rapide et remonta d'un pont, en direction du tunnel d'accès, avant de revenir au PCNO.

Svyatoslov se tenait debout derrière la console du commandant. Sur l'écran central, il appela l'image d'une caméra vidéo montée sur la plate-forme d'observation qu'ils avaient quittée un peu plus tôt. Le sous-marin y apparaissait dans ses lignes d'eau normales. Il suffisait maintenant que Grachev reçoive l'ordre d'appareiller.

Alexi Novskoyy marcha sur le revêtement spongieux du pont. Il jeta un coup d'œil à sa surface, qui semblait se courber dangereusement en direction de l'eau noire. Une odeur forte, familière, se dégageait du bord, lui rappelant des souvenirs. Novskoyy mit le pied sur le premier barreau de l'échelle et se laissa glisser doucement jusqu'en bas. Il y a bien trop longtemps... pensa-t-il, alors que le bonheur de retrouver un sous-marin l'envahissait. Cette mission serait excellente pour lui.

Novskoyy se dirigea vers la chambre qui lui avait été affectée. Les cloisons étaient recouvertes du même revêtement gris clair que les coursives. Des baguettes d'acier inoxydable encadraient la porte et les placards. La pièce ne mesurait pas plus de 3 mètres sur 3 et donnait dans la coursive centrale, au niveau inférieur de la tranche D. Un petit lavabo, un miroir et quelques patères étaient installés à proximité de la porte. Deux chaises en acier inconfortables se trouvaient installées devant deux bureaux, repliables dans la cloison avant, dont presque toute la surface était occupée par des placards et des étagères. En face de la porte se trouvaient deux bannettes superposées, semblables à des couchettes de wagon-lit, isolées du reste de la pièce par d'épais rideaux. Chacune d'elles disposait d'un petit placard individuel et d'une lampe de chevet. Un affichage à la tête des bannettes présentait la route, la vitesse et l'immersion du sous-marin. Actuellement, le cap indiquait 2-2-0, la vitesse 0 et l'immersion 8 mètres.

Soudain, quelqu'un frappa à la porte. Novskoyy ouvrit et se trouva face à face avec le lieutenant de vaisseau Tenukha.

— Monsieur, le commandant vous souhaite la bienvenue et vous invite au PCNO pour suivre la manœuvre de prise de plongée. Je vous conduis, si vous le souhaitez.

Novskoyy sourit au jeune officier.

— Je vais d'abord ranger mes affaires. Remerciez le commandant et dites-lui que, si son invitation tient toujours, je trouverai mon chemin moi-même.

Tenukha tendit une disquette.

— Voici un fichier qui contient un briefing pour les passagers et des plans du bord. Vous devez porter ceci sur vous, continua-t-il en donnant à Novskoyy un petit objet noir. Un dosimètre intégrateur, à mettre à la ceinture. S'il vous plaît, respectez les avertissements. Aucun visiteur n'est admis à l'arrière du couple 107, là où se trouvent le réacteur et la machine. La salle blanche de l'ordinateur ne vous est pas non plus accessible, ni le compartiment batterie. Le commandant préfère que vous ne pénétriez au poste torpilles qu'accompagné. Le reste du bâtiment est à vous. Nous espérons que vous apprécierez le voyage.

Le jeune officier se retira.

— Pour un peu, je me croirais embarqué pour une croisière sur la mer Noire, murmura Novskoyy pour lui-même. Regardons le contenu de ces placards.

Grachev cala le combiné au creux de son épaule. Il utilisait un réseau privé digital qui reliait le sous-marin au poste de commandement des alvéoles. Un ombilical, branché sur le flanc du *Vepr* au niveau de l'un des tins en acier, serait débranché lorsque le bâtiment atteindrait l'extrémité du tunnel de sortie. Jusqu'à ce moment, la liaison transmettait données, voix et images en duplex vers le poste de contrôle.

— Le *Vepr* est en tenue de veille, toutes purges ouvertes, tous panneaux fermés, câbles de terre largués, le bord est alimenté par la batterie.

Une voix accusa réception et la communication s'interrompit. Grachev raccrocha le combiné sur son support, au-dessus de la console du commandant, et se leva, les mains posées sur la rambarde qui entourait le puits des périscopes.

L'écran montrait le sous-marin s'enfonçant progressivement dans l'eau noire et huileuse des alvéoles. Grachev regarda la mer recouvrir le sommet de l'arrondi de la coque. La surface du bassin se couvrit d'un peu d'écume, formée par les bulles d'air qui s'échappaient encore des ballasts et des superstructures. Puis le massif s'enfonça encore, avant de disparaître complètement. L'interphone grésilla. Grachev décrocha le combiné.

— Tous systèmes nominaux, annonça-t-il.

Le bâtiment était étanche et la manœuvre de sortie pouvait continuer.

Svyatoslov brancha le répétiteur de la caméra du massif, conçue pour fonctionner à l'immersion maximum, mais généralement utilisée uniquement en eaux peu profondes. Le tunnel serait largement éclairé par des projecteurs durant leur sortie, ce qui leur permettrait de suivre leur progression.

Grachev attendait, attentif au ronflement de la plate-forme qui descendait le sous-marin à une immersion de 200 mètres, le niveau du tunnel de sortie. La descente dans la fosse dura quinze minutes. Lorsque le bâtiment atteignit le fond, le pont vibra imperceptiblement et trembla à nouveau lorsque la plate-forme entama sa translation par le tunnel sous-marin, long de 500 mètres, jusqu'à la mer Noire. Ce transit s'effectuait beaucoup plus rapidement que la descente. Ils sauraient que leur voyage sur la plate-forme était terminé lorsqu'ils sentiraient une décélération. Tandis que Grachev s'y préparait, Svyatoslov fit démarrer le système de combat du *Vepr*, puis il prit le micro de l'interphone et appela le PCP à l'arrière, pour leur demander de prendre les dispositions préparatoires à la divergence du réacteur. Les dix minutes qui suivirent parurent durer une heure. Grachev lorgnait fréquemment sa montre, sachant que l'autonomie de la batterie était faible et qu'il devait réserver beaucoup d'énergie électrique pour la divergence.

Le bâtiment tressauta enfin lorsque la plate-forme ralentit pour parcourir les derniers mètres de son trajet.

— Message urgent réservé commandant sur la liaison câble, commandant, avertit Svyatoslov, debout derrière la console transmission, à la droite de celle de Grachev. Ils étaient toujours reliés à la plate-forme et, donc, au centre de communication de la base.

— Je vais le lire ici, répondit Grachev en paraphant l'accusé de réception sur le gestionnaire de messages. Il le parcourut et fronça les sourcils. Le message venait de Kolov et lui indiquait que tout ordre donné par le consultant devrait être considéré comme provenant de lui en personne.

— Un problème, commandant ? demanda Svyatoslov.

— Ça m'en a tout l'air. Kolov signe un chèque en blanc au consultant. Nous devons lui obéir.

— Et ce type y connaît quelque chose en matière de sous-marins ?

Grachev leva la tête en entendant des bruits de pas sur l'échelle d'accès au PCNO, dans le coin avant tribord.

— Permission d'entrer au PCNO ? demanda une voix grave.

— Accordée, répondit Grachev en levant les yeux vers le nouvel arrivant.

— Bonjour, commandant Grachev. Merci de me recevoir à bord de votre si remarquable bâtiment, dit Novskoyy.

Discours convenu, pensa Grachev.

— Il me semble bien tenu et propre. Mes compliments.

Grachev ne savait quelle attitude adopter. L'idée de laisser ce civil penser qu'il commandait le *Vepr* le répugnait. D'un autre côté, un manque d'hospitalité pourrait lui porter préjudice auprès de Kolov ou du président Dolovietz.

— Merci, répondit-il poliment. Je vous présente mon second, le capitaine de frégate Mykhailo Svyatoslov. Vous avez déjà rencontré le CGO Tenukha, qui manœuvrera le bâtiment lorsque nous serons parés à appareiller.

— Où en sommes-nous de la séparation avec la plate-forme ?

— Nous rejoindrons l'aire de départ à l'extrémité du tunnel dans deux minutes. Nous allons larguer la liaison de données, chasser aux régleurs puis jouer les ludions jusqu'à ce que nous ayons pris l'autonomie électrique.

— Non, intervint Novskoyy. D'abord, nous allons lancer un Shchuka pour voir s'il y a quelqu'un dans le coin. Nous ne pouvons pas nous permettre d'être pistés.

— Dans ce cas, le Shchuka devra attendre la prise de l'autonomie électrique.

— Pas question. Il faut le déployer pendant que nous sommes encore complètement silencieux. Pas de réacteur ni de vapeur jusqu'à ce que le Shchuka nous confirme que nous sommes bien seuls au fond de l'océan.

— Cela va consommer des ampères-heures supplémentaires de ma batterie, monsieur Novskoyy. Pouvez-vous justifier ce « désir » ?

Grachev se forçait à garder un ton neutre. Suivre cet homme à l'aveuglette pouvait les conduire au désastre. Bizarrement, quelque chose en lui lui paraissait familier et son anglais était teinté d'un léger accent moscovite.

Novskoyy ne manifesta aucune surprise.

— Un observateur extérieur ne peut sans doute pas faire la différence entre le *Vepr* et la plate-forme tant que nous reposons dessus. La sortie de la plate-forme pourrait ne correspondre qu'à un simple essai à vide. Mais avant de vous en séparer, il est vital que vous vous assuriez de ne pas être pisté. Il est possible qu'un sous-marin britannique, américain ou français soit posé au fond et observe la sortie du tunnel. Si vous démarrez des pompes et envoyez de la vapeur dans les collecteurs, vous ferez du bruit. Et un sous-marin planqué ne manquerait pas de vous entendre.

— En comptant une dizaine de minutes de temps d'observation avec le Shchuka, dans les fréquences de l'imagerie acoustique, votre affaire va me coûter quelque chose comme trente minutes en tout, dit Grachev, d'un ton volontairement ironique.

Il pianota sur sa console.

— Au régime de décharge actuel, il ne me restera plus assez d'ampères-heures pour diverger. Une autre idée, Novskoyy ?

Le consultant fronça les sourcils.

— Ecoutez pendant seulement cinq minutes puis débarrassez-vous du Shchuka.

Grachev sentit la chaleur lui monter au visage.

— Nous ne disposons que de quatre Shchuka. Si nous en larguons un, il ne nous en restera plus que trois.

— Ce sera suffisant. Vous en utiliserez un ici, un à Gibraltar et un autre dans le port de Norfolk. Cela vous en laisse un en réserve.

Ainsi, Novskoyy était au courant de la mission et, dans ces conditions, sa position se défendait. De plus, Grachev sentait que le consultant était en position de force à bord de son propre bâtiment. Il détestait devoir laisser ce passager lui voler son commandement.

— Une situation pour le moins inhabituelle. Je vais en référer à mon chef d'escadrille, dit Grachev en se levant. Second, appelle Kolov, s'il te plaît et passe-le-moi dans ma chambre.

Grachev dépassa Novskoyy, l'air indifférent, comme s'il n'était pas là, et descendit l'échelle pour regagner sa chambre.

La chambre du commandant se divisait en deux parties, une sorte de petite cabine de mer et un bureau. Une longue table en chêne en occupait la diagonale. Un petit bureau, également en chêne, se trouvait au fond de la pièce, le long de la cloison. Six élégantes chaises ergonomiques en cuir, de conception suédoise, étaient disposées autour de la table. Les cloisons étaient lambrissées de noyer récupéré dans la cabine du commandant d'un ancien trois-mâts ukrainien. L'ouverture dans la cloison avant était masquée par un rideau et permettait d'accéder à la petite chambre à coucher :

une simple bannette dans un coin avec une lampe de chevet et un écran, qui permettait de recevoir les images de n'importe quelle caméra placée dans le bord ainsi que n'importe quelle donnée dont le commandant pouvait avoir besoin. Grachev pianota sur le terminal posé sur le petit bureau pour établir la liaison vidéo avec Kolov.

Karina le lui passa immédiatement. L'amiral affichait un grand sourire.

— Pavel, je pense que tu dois être sur le point de te déconnecter de la plate-forme. Je suis content que tu appelles. Je dois te dire quelque chose à propos du consultant.

— C'est également à cause de lui que j'appelle, répondit Grachev en fronçant les sourcils. Ce salopard de civil de Novskoyy essaie de me donner des ordres. Il vient de me demander de tirer un Shchuka pour vérifier que nous sommes bien seuls dans la mer avant même d'avoir pris l'autonomie électrique. Quand j'aurai fini de jouer avec le Shchuka que ces enfoirés ont conçu, je ne serai plus qu'une épave au fond de la mer Noire et je bloquerai la sortie de votre foutu tunnel à 10 milliards de roubles. Je demande l'autorisation de l'envoyer se faire foutre.

Kolov rit franchement.

— Permission accordée, Pavel. Mais quand tu auras fini, tu lui présenteras tes excuses et feras ce qu'il te demande. Novskoyy vend des renseignements et, malheureusement, nous ne sommes pas ses seuls clients.

— Comment est-ce possible ? Il est sous contrat avec Dolovietz pour lui fournir des informations. Je vais me charger de lui faire cracher le morceau.

— Il y a une bonne raison qui justifie mon ordre, Pavel. Personne à terre, même pas moi, ne sait exactement en quoi consiste le plan de Novskoyy. Cela protège votre opération de toute compromission ou infiltration. Tu dois faire confiance à Novskoyy, jusqu'à un certain point. Fais ce qu'il te demande. S'il met en péril la sécurité du sous-marin ou la réussite de la mission, c'est toi le commandant. A toi d'apprécier la situation, c'est ta responsabilité. Mais pour la vie de tous les jours, tu dois t'efforcer de satisfaire Novskoyy et de rentrer sain et sauf. Pas facile, commandant Grachev.

Kolov regarda fixement l'écran.

— D'ailleurs, si ça l'était, nous n'aurions pas besoin d'hommes comme toi.

Grachev soupira intérieurement.

— Très bien, amiral. Désolé de vous avoir dérangé.

— Bonne chance Pavel. Reviens-nous vivant.

La vidéo vacilla et le visage de Svyatoslov remplaça celui de Kolov. Le second l'appelait depuis le CO.

— Commandant, nous sommes sortis du tunnel, parés à appareiller.

— J'arrive tout de suite.

16

Le capitaine de frégate Pavel Grachev attendit une demi-heure après le coucher du soleil, en ce lundi 2 juillet, deuxième jour de mer, pour remonter à l'immersion périscopique. Il hissa le mât optronique tribord au passage à 70 mètres, alors que le *Vepr* filait 8 nœuds, avec une assiette positive de 3 degrés. La tête du périscope s'éleva d'environ 4 mètres au-dessus du sommet du massif. A 65 mètres, le sous-marin pénétra dans la couche isotherme chaude de surface et les senseurs infrarouge et visible ainsi que le laser bleu-vert effectuèrent automatiquement un balayage complet de l'hémisphère supérieur, à la recherche d'un bâtiment proche.

Dans quelques heures, le *Vepr* serait si proche des voies maritimes qui desservaient le Bosphore qu'un retour à l'immersion périscopique révélerait plusieurs dizaines de bâtiments de surface, sur la route de la Méditerranée à la mer Noire. Mais ce soir, les écrans restaient vides, le trafic marchand se trouvant bien au-delà de l'horizon.

Satisfait de l'absence de danger, Grachev ordonna la remontée. L'assiette augmenta rapidement jusqu'à 15 degrés et le périscope fendit la mer, se rapprochant des vagues. L'amplification de lumière permit bientôt de distinguer la surface, baignée dans la clarté de la lune. A travers le bloc optique binoculaire, semblable à celui d'un périscope classique, Grachev voyait comme en plein jour, mais ne disposait que des informations perceptibles par l'œil humain. Le « commandant bis », le système informatique omniprésent dans le bord, avait simultanément accès aux données fournies par tous les senseurs. Si l'officier de quart ne remarquait pas un bâtiment dangereux, le « commandant bis » ne manquerait pas de le lui signaler.

— Zakharov, prenez le périscope, établissez la réception vidéo et faites envoyer les images du satellite directement dans ma chambre. Ne les passez pas à la cafétéria.

Si Zakharov trouva cet ordre bizarre, il n'en laissa rien paraître.

— Bien, commandant, tout de suite.

— Grossissement faible, site sur l'horizon, gisement avant.

— Relève périscope effectuée, commandant.

Grachev jeta un coup d'œil à Svyatoslov et lui montra discrètement la sortie du compartiment. Le second acquiesça imperceptiblement de la tête et suivit son commandant. Les deux hommes restèrent silencieux jusqu'à ce que la porte de la chambre de Grachev soit fermée et verrouillée.

— Allume la BBC, demanda Grachev.

Le second appela les programmes d'informations et sélectionna BBC One. L'image présentait un groupe de personnes sortant de l'amirauté, à Sébastopol. La plupart d'entre elles pleuraient ou se cachaient le visage tandis que quelques officiels tentaient d'éviter les micros de la presse. Grachev trouvait surréaliste de voir à la télévision le bâtiment dans lequel il travaillait, spécialement dans un programme d'actualités internationales.

— ... *naufrage du sous-marin nucléaire* Vepr, *de la marine de l'Ukraine, au cours de ce que l'amirauté a qualifié de « plus grand désastre naval de l'histoire maritime moderne ». L'amiral Youri Kolov a promis une conférence de presse plus tard dans la journée. Nous sommes maintenant en direct avec la salle de presse de la marine ukrainienne...*

— Nous sommes morts, camarade, grimaça Svyatoslov en hochant la tête.

L'image montra la salle de presse, les rideaux couleur crème en arrière-plan, l'insigne de la marine et Youri Kolov au pupitre, les yeux gonflés et injectés de sang, le visage figé dans un masque de douleur.

Quelqu'un frappa à la porte de Grachev tandis qu'à l'écran, Kolov rassemblait ses notes.

Svyatoslov entrebâilla la porte et aperçut Novskoyy.

— Puis-je entrer ? J'ai entendu dire que vous aviez fait prendre la télévision.

Grachev jeta un regard glacial à Novskoyy. Lors du briefing à l'équipage, le consultant n'avait pas ouvert la bouche. Il avait laissé Grachev décider seul de ce qu'il dirait à ses hommes. Il pensait que l'équipage devait en savoir le moins possible. Il se dit que ses hommes pourraient surmonter la situation, mais qu'ils risqueraient de perdre de leur efficacité. Finalement, Grachev avait froidement annoncé que le *Vepr* avait dû appareiller d'urgence et que les ordres arriveraient plus tard, lorsqu'ils auraient rejoint leur zone de patrouille.

— Quand connaîtrai-je les détails de cette mission ? demanda Grachev.

— J'ai l'autorisation de vous donner une route à suivre lorsque nous aurons passé Gibraltar, répondit Novskoyy en posant une botte contre la cloison. Même une fois en Atlantique, nous prendrons une route détournée pour rejoindre notre zone d'opérations. Croyez-moi, commandant Grachev, j'agis comme vous : moins vous en savez, moins vous

vous inquiétez. Lorsque le temps sera venu, je vous dirai tout. D'ici là, profitez du voyage.

Grachev grimaça, agacé de ne rien savoir de sa propre mission, mais réussit à garder son calme. Il reporta son regard à l'écran lorsque Kolov commença à parler.

— *Cet après-midi*, commença Kolov d'une voix rocailleuse si peu audible que Svyatoslov dut augmenter le volume, *le sous-marin* Vepr *de la marine de l'Ukraine a coulé en eau profonde en mer Noire. Après avoir dépassé son immersion de destruction, le sous-marin a éjecté une bouée de détresse, qui contient l'historique de la dernière heure du bâtiment. La bouée a été repêchée ce soir et l'enregistrement projeté à bord du bâtiment de sauvetage* Tucha. *Les données n'ont pas encore toutes été analysées mais nous avons pu établir une série de conclusions préliminaires...*

— Vas-y, tonton Youri, crache le morceau, murmura Svyatoslov.

— Tais-toi, interrompit Grachev, agacé.

— *... le bâtiment a subi la rupture fragile d'un tuyautage en Monel qui amène l'eau de mer au condenseur bâbord. Ce tuyautage est soumis à la pression d'immersion et mesure 60 centimètres de diamètre. Une voie d'eau par ce circuit est catastrophique, surtout si elle n'est pas stoppée en quelques secondes. Le bâtiment est équipé de fermetures d'urgence qui permettent normalement d'isoler le circuit de la mer et donc de juguler la voie d'eau. Nous pensons que le sectionnement s'est fermé correctement mais s'est rouvert par la suite, l'eau de mer, en pénétrant dans le compartiment, ayant court-circuité les commandes des fermetures d'urgence. L'entrée d'eau a également alourdi l'arrière du sous-marin et a provoqué une forte prise d'assiette positive. L'envahissement par l'eau, l'assiette et les courts-circuits de systèmes vitaux ont entraîné la perte du réacteur* *nucléaire et, avec lui, de toute capacité de propulsion du navire. A ce moment, l'équipage a mis en œuvre les dispositifs pyrotechniques de déballastage, sortes de charges explosives implantées dans les ballasts qui...*

— Nom de Dieu, tonton Youri réussit même à être ennuyeux lorsqu'il décrit notre mort prématurée.

— Ta gueule, second, c'est sérieux.

— *... autant de poids que possible, permettant au sous-marin de remonter vers la surface malgré l'alourdissement en tranche A. Nous pensons qu'une troisième avarie s'est produite au cours de cet accident, après la rupture du tuyautage et la réouverture des fermetures d'urgence. Les charges de déballastage arrière, au lieu de produire un grand volume de gaz sous forte pression pour expulser l'eau des ballasts, a provoqué leur destruction. Les gaz des générateurs se sont échappés à la mer en pure perte. Le* Vepr, *très lourd de l'arrière et avec une voie d'eau non isolée, a perdu son erre en avant et a commencé à couler par l'amère. Nous pensons que le bâtiment avait acquis environ 25 nœuds d'erre en arrière au moment où il a passé son immersion de destruction. La tranche A, le compartiment machine, se trouvait déjà à la pression d'immersion en raison de la voie d'eau, mais les tranches B, C et D implosèrent de façon cataclysmique. La coque du* Vepr *a percuté le fond rocheux et a éclaté en morceaux.*

La voix de Kolov se brisa durant la dernière phrase. Il luttait visiblement pour reprendre le contrôle de lui-même et s'essuyait les yeux. Il finit par lever le regard de ses notes.

— *Je suis désolé, mesdames et messieurs. Les hommes du* Vepr *étaient tous mes amis, de vieux camarades, spécialement choisis et entraînés pendant des années. Je vais reprendre ma déclaration.*

— Faites donc, grogna Svyatoslov.

Grachev le foudroya du regard tandis que Novskoyy restait impassible.

— *Les sous-marins d'attaque du type Severodvinsk modifié ont été conçus avec un PCNO largable, qui peut servir de moyen de sauvetage. La quatrième et dernière avarie est survenue lorsque les boulons explosifs du massif ont été mis à feu et ont séparé celui-ci du reste du bâtiment, ainsi qu'ils étaient supposés le faire. Toutes les connexions se sont bien dégagées, à l'exception d'un jeu de câbles. Les douze conducteurs de 3 centimètres de diamètre suffirent à empêcher la séparation du PCNO à temps. L'enregistrement de la bouée se termine avec l'implosion du compartiment.*

Kolov renifla. L'assistance, dans la salle de presse, demeura parfaitement silencieuse. On n'entendait que le léger cliquetis des obturateurs des appareils photo numériques.

— *Nous disposons de quelques images des derniers instants du sous-marin, que nous avons extraites de la bouée. J'avais ordonné qu'elles ne soient pas diffusées, par respect pour les familles. J'ai rencontré leur représentante, Mélanie Grachev, la femme du commandant. Elle m'a demandé de les rendre publiques, afin que les familles connaissent toute la vérité, si difficile soit-elle. Elle a spécifiquement mentionné la presse.*

J'ai l'autorisation du président Dolovietz de vous montrer ces images. Mesdames et messieurs les journalistes, vous voudrez bien m'excuser si je quitte la salle pendant que vous regardez l'enregistrement. Je l'ai déjà vu une fois, et c'est bien assez.

Kolov quitta le podium et Karina prit sa place, en longue robe noire, les yeux gonflés de larmes. Elle commanda la lecture de l'enregistrement sur le grand écran plat.

— Ça devrait être intéressant, dit Svyatoslov d'une voix acide. Comment vont-ils réussir ce faux ?

228

Mélanie et Irina vont s'en apercevoir. Impossible de faire jouer des acteurs à notre place, nos femmes, nos familles, nos amis vont détecter la supercherie.

— Vraiment ? demanda Novskoyy. Vous souvenez-vous de la séance d'entraînement dans le simulateur au mois d'avril dernier ? Lorsque l'équipe du poste de combat a dû combattre une voie d'eau PCNO ? Nous avons tout filmé.

Grachev se retournait pour fixer Novskoyy lorsqu'il se vit à l'écran, en compagnie de Svyatoslov, dans le simulateur de PCNO, en pleine lutte désespérée contre la voie d'eau.

Les images, prises hors contexte, montraient des hommes riant presque pendant un exercice conduit dans un simulateur plutôt ludique, une sorte de Disney World appliqué au sous-marin. Tous les équipages succombaient à une voie d'eau majeure, mais l'exercice augmentait leurs facultés de raisonnement dans ces conditions extrêmes. Les sourires passaient maintenant pour les grimaces de douze hommes luttant pour leur survie.

Tous regardèrent la vidéo jusqu'à ce qu'un mur d'eau vienne s'écraser sur l'objectif de la caméra, la renversant sur le côté, et l'on n'entendit plus que des hurlements étouffés. Grachev s'entendit crier « mon Dieu » et le rouge monta à ses joues. La voix était bien la sienne, mais il avait prononcé cette phrase au cours d'un épisode intime avec Mélanie, la nuit où sa maison avait été espionnée par les consultants de Da Vinci. Clairement, ceux-ci avaient menti à Kolov lorsqu'ils lui avaient dit ne pas avoir visionné la totalité des enregistrements. Les derniers mots de Svyatoslov parurent être « foutu *Vepr* », des paroles qu'il avait dû prononcer chez lui dans un moment de frustration.

L'image s'effaça dans un ultime rugissement d'eau.

— Eteins-moi ça, demanda Grachev qui n'en pouvait plus.

L'écran s'éteignit. Grachev attrapa l'interphone.

— Pour l'officier de quart du commandant, venez à 100 mètres, vitesse 22 nœuds, prévenez-moi du trafic commercial à l'approche du détroit.

Il attendit que Zakharov accuse réception puis raccrocha le combiné. Il clignait violemment des yeux.

— Vous avez eu raison de ne pas montrer ceci à l'équipage, commandant, dit Novskoyy, lui-même troublé. Si vous voulez bien m'excuser.

Il quitta la chambre en fermant la porte derrière lui.

Grachev regarda Svyatoslov.

— Ça va, Mykhailo ?

— Pas vraiment, commandant.

Il renifla, regardant par terre.

— Pourquoi Kolov a-t-il laissé faire cela ? Quelle mission peut être si importante pour que nous torturions nos familles de cette façon ? Et nous-mêmes ?

— Je ne sais pas, Mykhailo, vraiment pas. Et je ne suis même pas certain d'avoir envie de savoir. Secoue-toi, second, va prendre une douche, une longue, une vraie, comme à l'hôtel, puis retourne au PCNO. Il nous faudra éviter à peu près cinq cents bâtiments de surface pour franchir le détroit. Nous devons faire bonne figure devant nos hommes. Nous leur devons bien cela.

Mykhailo Svyatoslov, effondré, paraissant la moitié de sa taille normale, hocha la tête et quitta la pièce. Grachev jeta un coup d'œil à l'écran maintenant éteint. Il s'assit à son bureau, devant son ordinateur portable, et commença à dicter une lettre pour Mélanie. Il la chargerait dans la bouée de détresse avant d'atteindre la zone d'opérations pour qu'elle apprenne la vérité et, plus important, lui dire son amour au cas où la réalité rejoindrait la fiction.

A 22 heures en Europe de l'Est, il était 15 heures à Alexandria, en Virginie, où l'amiral Michael Pacino venait de regarder l'enregistrement des derniers instants du *Vepr*, confortablement installé dans son canapé en cuir, devant sa télévision.

— Coupe le son, Paully, demanda Pacino à Paul White, assis sur une chaise à côté du canapé.

— J'ai du mal à y croire, commença White. Un PCNO largable, un système informatique qui contrôle tout le bâtiment en permanence et qui surveille l'intégralité des paramètres du bord, et ce sous-marin coule à cause d'une simple rupture de tuyautage.

— Sans une maintenance efficace, la meilleure conception ne sert à rien, répondit Pacino, perdu dans ses pensées. Ils ne sont pas morts à cause d'une voie d'eau, d'un éclatement de ballast ou d'une mauvaise déconnexion de câbles mais d'un mauvais entretien. Avec une seule avarie, ou peut-être même deux simultanées, le *Vepr* aurait continué sa route.

White resta silencieux un moment, regardant les familles portant deuil de l'équipage du sous-marin au destin tragique.

— Crois-tu que tout ceci pourrait n'être qu'un montage, une couverture pour permettre au *Vepr* de se faufiler en Atlantique ?

— Difficile d'imaginer pourquoi ils devraient recourir à un tel stratagème, Paully, répondit Pacino. J'ai l'impression que tout ceci est bien réel.

— Peut-être même trop.

— Allez, Paully. Si tu veux, demande à Numéro 4 d'analyser la vidéo. Essayez de trouver une carte avec le mauvais océan, une pendule à la mauvaise heure, ou une montre qui n'indique pas la même chose que l'horloge sur la cloison, ou encore des discontinuités dans la bande son. Si les Ukrainiens ont manipulé l'enregistrement, ils ont forcément laissé des traces.

— Très bien, amiral, je m'en occupe.

— En attendant, je pense que nous n'avons plus besoin du *Piranha*. Dis à Bruce Phillips de le faire rentrer.

White acquiesça d'un signe de tête et sortit. Le dernier sous-marin du type Seawolf, le *Piranha*, patrouillait à l'ouvert de Gibraltar en attendant que le *Vepr* quitte la Méditerranée vers l'Atlantique pour son rendez-vous avec la flotte de la mer Noire. Le *Piranha* de Bruce Phillips naviguait depuis des mois, son équipage était épuisé et le sous-marin en retard pour un passage au bassin. Le garder à la mer ne servait plus à rien.

Livre IV

Détente

17

Mélanie,

Je me sens si loin de toi en ce vingt-deuxième jour de mer. De toi et de notre fils. Tu me manques, tout de toi me manque. La façon dont tu me regardes, les boucles de tes cheveux, l'éclat de ton regard quand tu contemples le petit Pavelyvich, la courbe de tes seins quand tu te penches au-dessus du lavabo pour te laver les cheveux, la chaleur de ton corps contre le mien dans notre lit. Ta voix, ton rire, ton amour me manquent.

Peut-être plus que tout, ton esprit me manque, ma chérie, la façon dont tu vois les choses et ta manière d'aller droit au but. J'aimerais t'avoir à mes côtés ici, à bord, et je voudrais connaître ton sentiment à l'égard de notre passager, le consultant Novskoyy.

Depuis notre appareillage, il m'a suivi comme une ombre, sauf pendant le briefing à l'équipage. La seule fois où j'aurais vraiment eu besoin de lui, au milieu de mes hommes qui exigeaient de savoir pourquoi ils avaient été kidnappés de chez eux en pleine nuit, il n'était pas là. Mais, bien que méfiant de prime abord, je me sens à présent proche de lui. C'est un Russe Blanc de Moscou, qui parle avec un accent très fort. Il est grand, un peu ours, plus vieux que moi, autour des soixante ans, avec une voix grave et des manières un peu brusques. Avec les gens, il se comporte comme s'il commandait, pas vraiment en supérieur, mais comme s'il n'y avait pas d'autre alternative que d'être d'accord avec lui. Techniquement, il en connaît autant que moi ou même que Mykhailo, bien qu'il ignore complètement quelques détails du bateau, comme le système d'annulation active du bruit rayonné. Cependant, il a très vite appris. Novskoyy me donne l'impression d'être le premier concepteur du Severodvinsk, de retour à bord d'un bâtiment auquel de nombreux systèmes ont été ajoutés. Pourtant, il ne se comporte pas comme un scientifique ou un ingénieur, mais comme un militaire. Je lui ai demandé s'il avait appartenu à la marine mais il ne répond jamais et fait même semblant de ne pas entendre la question. Il veut rester un mystère.

Il passe le plus clair de son temps avec Mykhailo et moi, comme si nous étions de la même espèce. J'arrive tout juste à m'échapper assez longtemps pour t'écrire cette lettre. Depuis qu'il a mis le pied à bord, il a adopté à notre encontre une attitude plus aimable, ou peut-être sommes-nous devenus plus compréhensifs. Quoi qu'il en soit, nous cohabitons sans problème, nous jouons aux échecs, nous discutons des capacités du sous-marin et nous nous penchons ensemble sur les écrans de navigation du « commandant bis » pour suivre notre progression. Novskoyy, ou plutôt Al, comme il souhaite se faire appeler, ne nous a toujours pas divulgué nos ordres, ni même les prochains points tournants après le suivant. Lorsque nous approcherons du point M, Novskoyy me tendra un morceau de papier avec les coordonnées du prochain point, le point N, ainsi que le PIM qu'il souhaite. Il insiste également pour que la carte ne soit accessible qu'à nous trois et pour qu'aucun des officiers ne connaisse notre position. J'ai joué le jeu jusqu'à maintenant.

Je ne sais pas si cette lettre sera censurée, ni si elle

te parviendra un jour. Si tout se passe bien, le fichier sera effacé et personne ne le lira jamais. Mais si les censeurs le laissent passer et si tu trouves une carte qui montre tous ces lieux aux noms étranges, sache que la route que nous a fait prendre Novskoyy nous a amenés nord vers les côtes du Labrador puis sud-ouest, juste un peu au large du plateau continental nord-américain, vers les Etats du Maine et du Massachusetts, puis nous sommes descendus le long de Long Island, dans l'Etat de New York, où nous avons traversé les voies de navigation commerciales et, enfin, vers le sud, au large du New Jersey. Nous avons ensuite dépassé la péninsule constituée du Maryland, du Delaware et de la Virginie, en direction de l'entrée de la grande baie, la Chesapeake. L'ouvert de la baie s'appelle Hampton Roads et la ville au sud de la passe Virginia Beach, qui jouxte Norfolk, juste à l'intérieur de la baie. Tu m'as déjà entendu parler de Norfolk auparavant, mon amour. C'est le port base de la plus puissante marine du monde. Et même si les Américains ont perdu plus de la moitié de leurs navires durant la guerre en mer de Chine orientale et pendant le blocus du Japon, ils restent une puissance formidable, en nombre comme en capacité de chaque bâtiment.

Hier soir, dimanche, Novskoyy m'a ordonné de pénétrer dans le dispositif de séparation du trafic, environ 90 nautiques dans notre ouest. Je ne sais pas si tu réalises à quel point ceci est important. D'abord, il m'a ordonné de pénétrer dans les eaux territoriales d'un autre pays, à l'intérieur de la limite des 12 nautiques. Le trafic commercial à Hampton Roads est incroyablement dense, plus encore qu'à Gibraltar, si cela est possible. Peut-être souhaite-t-il que ces bâtiments de commerce masquent notre signature. Pourtant, avec le système de masquage actif mis en œuvre par le « commandant bis », nous ne risquons pas grand-chose. Le Vepr est plus discret qu'un trou dans l'océan, hormis les bruits d'écoulement le long de la coque, que nous réduisons en naviguant à petite vitesse, et les transitoires produits par l'équipage, comme la chute d'une casserole sur le plancher de la cuisine. Dans ce cas, la règle est simple : celui qui commet une indiscrétion perçue par le « commandant bis » nettoie tous les WC du bord ce jour-là. Entrer dans le port de Norfolk par un chenal de moins de 50 mètres de profondeur est une affaire dangereuse, qui ressemble un peu au cambriolage d'une maison. Si les Américains, avec tous leurs systèmes ASM, parviennent à nous détecter, ils auront toutes les raisons du monde pour nous tirer dessus avec intention de nous couler. Encore une raison de plus pour t'écrire cette lettre. Dans le passé, je n'ai jamais conduit mon bâtiment au cœur d'un danger aussi grand.

Notre sondeur acoustique tridimensionnel discret a dessiné le profil du fond à l'approche du pont-tunnel de la Chesapeake, là où le fond est à peine suffisant pour maintenir sous l'eau le sommet du massif. J'ai ensuite posé le sous-marin sur le fond de sable et de roches, en utilisant les propulseurs additionnels pour manœuvrer et en passant les réfrigérations sur les prises d'eau montées à la partie supérieure de la coque, pour éviter d'obstruer les circuits avec les sédiments du fond. J'ai isolé les turbines de propulsion, réduisant encore l'indiscrétion du bâtiment, ainsi que le turboalternateur bâbord. J'ai enfin fait prendre la situation supersilence et les dispositions de grenadage. Le Vepr est maintenant un bâtiment fantôme, posé sur le fond à proximité du pont-tunnel, à l'entrée de la baie de Chesapeake. Le périscope de l'Antay est sorti, à côté de quelques piliers en bois abandonnés. Personne ne peut soupçonner la présence d'un sous-marin hostile à cet endroit, mais si les Américains venaient nous chercher et nous trouvaient, c'en serait fini de nous.

Dieu seul, ou plutôt Novskoyy seul sait ce que nous faisons là. Toutes les deux ou trois minutes, j'éprouve le besoin de jeter un coup d'œil, pour être sûr que nous n'avons pas été découverts. Dans ma chambre, l'image fournie par l'Antay est affichée en permanence. En réalité, si nous sommes découverts, je ne pourrai m'échapper.

J'espère que bientôt, peut-être au lever du soleil ce matin du lundi 23 juillet, Novskoyy voudra bien me dire ce que mon sous-marin fait ici.

J'ai hâte de remplir la tâche que l'on attend de moi, quelle qu'elle soit, et de filer d'ici. Pour l'instant, je ne peux qu'attendre et, en t'écrivant, sentir ta présence à mes côtés.

Je pense à toi très fort, ainsi qu'à notre fils. Embrasse-le pour moi et dis-lui que son papa l'aime.

Je t'aime, ma très chère Mélanie. S'il te plaît, ne m'oublie jamais, ne nous oublie jamais.

Pavel

Michael Pacino avança le bras à travers le lit, sentant la chaleur du corps de Colleen à côté de lui, dans l'obscurité. Il l'attira doucement vers lui, contre sa poitrine, et s'approcha pour l'embrasser. Une langue râpeuse lui lécha alors le visage et il se réveilla en sursaut, nez à nez avec Jackson, son labrador noir.

— Berk ! cracha-t-il en s'asseyant sur le lit, dans sa chambre située au dernier étage de la maison de bois qui dominait la rivière Severn, à Annapolis, et offrait une vue splendide de l'Ecole navale.

La propriété, entourée d'eau de trois côtés, avait été surnommée « la péninsule » par Pacino, les amiraux et les généraux du Pentagone qui se rassemblaient là, un week-end par mois, pour un barbecue arrosé de bière et une partie de football américain. Il regarda le lit, réalisant soudain qu'il était seul avec Jackson. Il se souvint alors, avec une certaine déception, que Colleen avait dû s'absenter pour être entendue par la commission de la Défense à propos du système de combat Cyclops. Il bâilla avant de regarder le réveil. Il indiquait 3 h 15, quelques minutes avant l'heure qu'il avait programmée. Il se leva, suivi de Jackson qui remuait la queue, prêt à commencer sa journée par l'habituel cross de 10 kilomètres à travers la ville d'Annapolis et le campus de l'École navale.

— Pas aujourd'hui, vieux frère, tu restes ici avec Lucille, je pars une semaine en mer.

Pacino prit une douche, passa son uniforme blanc, attrapa son sac de mer et son attaché-case. Marla, son chauffeur, buvait un café à la cuisine avec une Lucille mal réveillée. La jeune fille avait été embauchée par Colleen pour tenir la maison. Il les salua toutes les deux, prit sa tasse de café et suivit Marla en direction de la Lincoln de service. Les règles de sécurité lui interdisaient de prendre l'une des nouvelles limousines automatiques sans chauffeur. Marla conduisait le véhicule d'un noir brillant, aux pare-chocs duquel flottaient les marques à quatre étoiles sur fond bleu. L'emblème de l'état-major de la marine s'affichait sur les portières. Pacino s'arrêta un instant. Quelques mois plus tôt, les mêmes portières arboraient l'insigne du commandement unifié des sous-marins. Il frissonna en réalisant combien le temps passait vite et monta dans la voiture.

Une fois sur la route 50 en direction du périphérique, à une vitesse stable de 200 kilomètres/heure, il ouvrit son WritePad. Les lettres lui paraissaient floues et il sortit ses lunettes pour pouvoir passer ses messages en revue. Un premier e-mail vidéo provenait de Colleen. D'origine irlandaise, brune et jolie, elle était le portrait tout craché de son père, l'amiral de la flotte Dick O'Shaughnessy. Depuis une suite de son hôtel, elle lui souriait et lui disait qu'elle aurait souhaité rester à Annapolis et faire le trajet tous les jours, mais que ses adjoints étaient installés dans l'immeuble du Watergate et travaillaient tard tous les soirs pendant la période des auditions. Aucune chance de terminer en avance, mais elle espérait pouvoir le rejoindre dans les Caraïbes, si le programme se maintenait. En attendant, elle le priait de se tenir loin des hôtesses et elle s'évanouit dans un ultime baiser lancé à la caméra.

Les autres e-mails n'étaient pas aussi légers. Pacino activa le module cryptographique où l'attendaient plusieurs messages de niveau 12. Un bulletin de renseignement présentait les sinistres développements de l'actualité à Sébastopol. Pendant la nuit, deux nouveaux escorteurs avaient allumé leurs machines. Deux autres, ceux qui avaient allumé deux jours plus tôt, paraissaient parés à appareiller. Apparemment, le deuil de la marine ukrainienne n'avait pas annulé les plans de la flotte.

Pendant les vingt-quatre heures précédentes, une dizaine de grues avaient entouré le porte-avions *Amiral Kuznetzov* et avaient hissé à bord des centaines de palettes. Les photographies satellite donnaient la chair de poule. Les palettes ne contenaient pas uniquement des pièces de rechange pour le bâtiment ou le groupe aérien. La plupart d'entre elles embarquaient des vivres et des munitions. L'*Amiral Kuznetzov* ne remettait pas simplement son stock de rechanges à niveau, il se préparait à appareiller dans un futur proche. Les détecteurs infrarouges embarqués sur les satellites surveillaient la divergence du réacteur, qui devait intervenir d'ici quelques heures.

Les services de renseignement gardaient également un œil attentif sur les sous-marins à quai, mais il paraissait n'y avoir que peu d'activité de ce côté. Tous les bâtiments devaient être bloqués au port en attendant une expertise de leur entretien, pensa Pacino. Ce qui voulait dire que la force de surface naviguerait sans escorte sous-marine lorsqu'elle rejoindrait l'Atlantique Sud. Il se dit qu'il demanderait à la NSA de tenter de confirmer si les sous-marins ukrainiens étaient bien collés à quai pour des raisons de maintenance.

Mais, hormis le calme apparent qui régnait du côté des sous-marins, il paraissait évident que la totalité de la flotte de la mer Noire aurait appareillé d'ici à la semaine prochaine, pour une mission de combat.

Pacino retira ses lunettes et regarda Washington encore plongé dans l'obscurité, tandis qu'il approchait le périphérique par le sud. Cette fois-ci, c'était la bonne. Il s'était maintes fois demandé si une crise mondiale se produirait pendant la durée de son poste comme chef d'état-major de la marine. Il s'interrogea : était-ce bien là ce qu'il désirait ? Une guerre ? Ou bien préférerait-il une retraite heureuse après un poste sans histoire ? Etait-il capable de tenir quatre ans comme chef d'état-major en ne se battant que contre les politiques et les autres armées ? Ou commanderait-il la marine en temps de guerre, comme ses prédécesseurs l'avaient fait avant lui ? Et, une fois de plus, le voulait-il vraiment ? Il approchait maintenant la cinquantaine. Sa destinée devait-elle être de combattre et de tuer des êtres humains ? Pourquoi doutait-il aujourd'hui, alors qu'il occupait le poste de commandement le plus élevé dans la marine ?

Malgré la nature inquiétante des messages, Pacino avait du mal à imaginer les Ukrainiens comme des ennemis. Ils traînaient derrière eux comme un parfum d'innocence. Ils ne représentaient absolument pas la même menace que les Soviétiques, qui dominaient plus de la moitié du monde lorsque Pacino était commandant en second du *Cheyenne*. Ils ne possédaient rien de la rage du Front Islamique Unifié, cette détermination à exterminer les infidèles qui peuplaient l'autre partie du monde. Ils n'avaient pas non plus cette volonté de revanche des Chinois Rouges, lorsqu'ils tentèrent de pousser les Blancs à la mer, réduisant trente-cinq villes en cendres et envahissant le territoire avec des dizaines de divisions d'infanterie et mécanisées. Ces gens n'étaient que des Ukrainiens, héritiers d'une immense flotte de guerre sans mission. Leur jeune président nouvellement élu avait eu le tort de louer ses services, prêt à obliger des citoyens de son pays à se battre en contrepartie d'une facture libellée en dollars américains. Le monde perdait vraiment la raison, se dit Pacino. Et si la marine ukrainienne devait se révéler l'ennemi pour lequel Pacino s'était entraîné à combattre toute sa vie, alors le scénario devenait totalement absurde. Pourrait-il se motiver, lui-même ainsi que ses troupes, pour abattre l'équivalent militaire d'un garde du corps rétribué à l'heure ? Il soupira et éteignit son ordinateur.

Quelque chose de bizarre et d'inquiétant empoisonnait l'atmosphère, pensa Pacino. Il ne ressentait aucune excitation à l'idée d'emmener ses principaux adjoints en croisière aux Caraïbes, pendant une semaine, à bord d'un paquebot de luxe. Quelque chose le dérangeait, quelque chose de très grave. Un événement allait se produire, très bientôt, dont il serait la victime. Il n'arrivait pas à deviner ce qui allait se passer et, pourtant, il ne doutait pas que l'Ukraine et les Etats en conflit en Amérique du Sud y soient impliqués. Un instant, il se réjouit que Colleen n'ait pas pu l'accompagner.

Cette dernière pensée le fit tressaillir. Non, tout ceci ne reposait sur rien, il devait se calmer. Cette façon de se dire que quelque chose de diabolique le guettait au détour du chemin avait un côté maladif. La marine et sa carrière ne s'étaient jamais mieux portées. Sur tout le globe, la seule menace était constituée par une flotte mercenaire, qu'un unique sous-marin américain suffirait à éliminer, ainsi que l'avait démontré Kelly McKee. Si Pacino avait été honnête avec lui-même, il aurait admis qu'il vivait aujourd'hui les meilleurs moments de son existence. Après un demi-siècle de lutte et de difficultés, la vie le récompensait. Profondément marqué par les nombreux conflits dans lesquels il avait été impliqué, il était incapable de reconnaître la paix tant espérée lorsqu'elle se présentait. Aucun danger, aucun diable ne le guettait, se dit-il. Il ressentait simplement une certaine anxiété après le combat, comme un opérateur radar scrutant son écran vide après la bataille, à qui l'absence de menace paraît de mauvais augure.

Il n'y avait pas lieu de s'inquiéter. Il regarda par la fenêtre le soleil se lever. La limousine avait atteint l'entrée principale de la base de Norfolk, où deux gardes en tenue d'apparat se figèrent dans un garde-à-vous impeccable de chaque côté de la chaussée. La base avait été avertie de la venue du chef d'état-major. La voiture roula jusqu'au quai à peu près désert. Pacino avait prévu d'arriver très tôt, bien avant ses officiers, de façon à les accueillir lorsqu'ils monteraient à bord.

Il passa l'heure suivante à serrer des mains, à donner des tapes amicales sur des épaules et à discuter avec les officiers de la force navale de sécurité qui escorterait le *Princess Dragon*. Une fois à bord, il prit quelques minutes de repos dans sa suite, immense, même selon les standards des paquebots de luxe. Il défit ses bagages et retrouva son aide de camp, le lieutenant de vaisseau Eve Cavalla, un pilote de chasse. Il descendit cinq ponts jusqu'au grand salon où débouchait la coupée qui allait à terre. Eve y avait fait préparer des rafraîchissements pour les officiers qui embarquaient. Pour le moment, l'amiral n'avait rien d'autre à faire qu'attendre.

Pacino partageait une tasse de café avec Eve Cavalla lorsque l'amiral Bruce Phillips fit son entrée sur le quai. Un détachement d'officiers sous-mariniers défilait avec lui, en grand uniforme blanc de cérémonie à col montant, toutes médailles pendantes. Pacino se retint pour ne pas rire de cette facétie. Ils partaient pratiquement pour une semaine de vacances et Phillips défilait en tête de sa section, comme à la parade, sur la place d'armes de l'Ecole navale. Il ne manquait plus que les sabres ! En y regardant à deux fois, Pacino s'aperçut que Phillips et sa garde d'honneur portaient bien leurs sabres ! Il hocha la tête tandis que Phillips faisait effectuer un virage à droite à sa troupe rangée en colonne par huit et approchait de la coupée. Après un « halte » impeccable, Phillips passa la coupée, salua du sabre le pavillon américain qui flottait à l'arrière, effectua un demi-tour réglementaire, salua Pacino de la même façon, le visage impassible. Pacino lui rendit son salut.

— Je demande l'autorisation de monter à bord, amiral, aboya Phillips en appuyant sur le dernier mot de la formule réglementaire.

— Accordée, amiral, répondit Pacino, amusé. Il fallut un certain temps pour que tous les hommes de Phillips embarquent en saluant au sabre. Ils remirent enfin leur arme au fourreau pour s'approcher du bar et trinquer avec les pilotes en chemises hawaïennes et les surfaciers coincés.

Kelly McKee marchait lentement sur la jetée habituellement fréquentée par les pêcheurs, le vent dans les cheveux. Ses pommettes rougissaient sous le chaud soleil de juillet et la force du vent. Le ponton rejoignait le port, perpendiculairement au pont-tunnel à l'entrée de la baie de Chesapeake, à proximité du premier tunnel qui passait sous le chenal des Thimble Shoals. Cette voie maritime desservait le port militaire de Norfolk ainsi que le terminal international, et conduisait aux eaux libres de l'océan Atlantique. Le chenal, si rectiligne qu'on l'aurait cru tiré à la règle, bordé de bouées lumineuses de chaque côté, ressemblait à une piste d'atterrissage lorsqu'on le voyait la nuit, depuis la passerelle d'un sous-marin nucléaire.

Il n'avait pas prévu de venir ici et ne savait pas ce qui avait guidé ses pas. Depuis un mois — était-ce possible, déjà un mois depuis la mort de Diana —, il avait vécu son deuil cloîtré dans sa maison, s'attendant à chaque instant à ce qu'elle entre. Il s'abîmait dans la contemplation de photos d'elle. Il avait exhumé de vieux albums poussiéreux, oubliés depuis longtemps, et restait prostré dans son canapé, en proie à ses souvenirs. Il écoutait les vieux disques qu'ils passaient tous deux pendant leur lune de miel, il enfonçait son visage dans l'oreiller, à la recherche de son odeur. Au cours du mois, celle-ci s'était évanouie de la maison, laissant un grand vide. Il avait vaporisé un peu de son parfum dans la pièce mais, à présent, le flacon était vide.

Il se rendit sur sa tombe. Elle avait souhaité être enterrée dans le cimetière proche de l'église où ils s'étaient mariés et, depuis un mois, il avait vu le site changer. Au début, un monticule de terre marquait la tombe, recouvert de gazon artificiel et surmonté d'une tente. Puis la tente et le gazon artificiel avaient disparu et le monticule avait été arasé. Les jardiniers avaient semé des graines sur la terre nue. Aujourd'hui, il distinguait à peine la nouvelle pelouse de l'ancienne. A chaque visite, il apportait des roses, ses fleurs préférées. Et tandis qu'il se penchait pour les déposer, il se souvenait de la première fois où il lui en avait offert. Et de la dernière. Et de toutes les fois entre ces deux-là.

Il avait commandé la pierre tombale en granit la semaine suivant sa mort. Elle lui avait été promise pour le premier anniversaire du décès, jusqu'à ce qu'il aille voir le marbrier et double le prix. La stèle serait en place dans moins d'un mois, du moins était-ce ce qu'il avait promis.

Quand il n'arpentait pas la maison à la recherche d'un souvenir de Diana ou qu'il ne se recueillait pas sur sa tombe, il zappait sur les chaînes de télévision, passant en revue chacun des deux mille canaux. Il mangeait à peine et n'achetait que les plats préférés de Diana.

Au début, il avait reçu quelques visites. Son beau-père, George Marchese, était passé dans sa Lexus, vêtu d'un costume qui devait bien coûter trois mois de la solde de McKee. Il l'avait pris par l'épaule, lui avait annoncé qu'il avait modifié la police d'assurance vie de Diana en sa faveur et s'était assis pour regarder des photos avec lui. La fois suivante, ils s'étaient rendus ensemble sur la tombe, n'échangeant que peu de mots. McKee avait bien senti le malaise qui habitait Marchese. Il n'y avait pas eu de troisième visite.

Ses amis de l'ancien temps, les copains de l'Ecole navale, étaient également venus. Ils avaient eu l'impression de rendre visite à un prisonnier enfermé derrière une vitre. Puis ses collègues du bord : Karen Petri d'abord, puis le chef, le CGO, le chef du service intelligence artificielle, l'officier ASM et le chef énergie. Bizarrement, il associait ces gens à leurs fonctions à bord. Karen Petri était son second avant d'être une amie. Ces visites le fatiguaient. La semaine dernière, le téléphone avait sonné et la voix de l'officier sonar avait simplement annoncé « alerte verte », ce qui signifiait une arrivée imminente de visiteurs qui viendraient boire sa bière et vider son réfrigérateur. Sauf que, cette fois, ils ne faisaient pas confiance à McKee pour le stock de bière et en apportaient trois cartons, ainsi que des hamburgers et du charbon de bois. Quelques minutes plus tard, une grande réception animait la maison. Les femmes et les petites amies de ses officiers avaient beaucoup parlé avec lui, lui avaient présenté leurs condoléances et s'étaient enquises de ses projets. Elles avaient respecté son mutisme lorsqu'il avait avoué n'avoir aucun plan pour l'avenir. L'une d'entre elles lui avait demandé quand il comptait revenir à bord. Il avait répondu qu'il avait démissionné de la marine un mois plus tôt.

Bruce Phillips passait toutes les semaines, apportant à chaque fois une bouteille de Jack Daniel's. Et, chaque semaine, ils s'asseyaient ensemble sur la terrasse, un verre à la main, presque sans rien dire. Lorsque Bruce lui rappela que le poste de commandant du *Devilfish* lui était réservé, McKee garda les yeux baissés, sans un mot.

La nuit précédente, quelqu'un avait frappé à la porte au moment du coucher du soleil. Il était allé ouvrir, vêtu d'un jeans et d'un polo de golf, et s'était aperçu dans le grand miroir de Diana. Il avait le visage encore plus décharné que lors de son retour de l'Atlantique Sud, ses cheveux avaient poussé et sa frange lui tombait devant les yeux. Il avait commencé à laisser sa barbe pousser, mais ça le démangeait et il avait repris le rasage. Il ouvrit à Karen Petri, qui le regardait de ses yeux noirs, noyés de sympathie. Elle apportait une bouteille de vin rouge. Elle n'avait pas dit grand-chose, se contentant de servir deux verres. A un moment, elle lui avait rappelé que le poste de commandant l'attendait toujours. Comme avec Phillips, il était resté silencieux et avait refusé d'un signe de tête.

Lorsqu'ils eurent fini la bouteille, McKee avait

l'air épuisé. Karen l'avait accompagné jusqu'à sa chambre. Elle était restée debout près du lit et l'avait déshabillé avant de l'aider à se glisser entre les draps. Puis elle s'était assise sur le couvre-lit, les yeux dans les siens, lui caressant doucement le visage. Assommé par le vin, il se rendait à peine compte de ce qui se passait.

— Ferme les yeux, Kelly, murmura-t-elle.

Il sentit qu'elle l'embrassait sur le front. La lumière s'éteignit et elle partit.

Au petit matin, la lueur du soleil lui rappela qu'il fallait se lever, fatigué ou pas, gueule de bois ou pas. Il avait couru jusqu'à la plage. La douleur de l'exercice physique lui faisait oublier pour un temps celle de la perte de Diana. Après une douche, il s'assit devant la télévision et commença à zapper jusqu'à ce que, par une sorte de miracle, il aperçoive le *Devilfish*. Il regarda le bâtiment, puis Karen Petri, resplendissante dans son uniforme kaki amidonné, qui répondait aux questions d'un journaliste.

Il augmenta le volume, mais l'image se changea en une vue aérienne des navires de la base navale de Norfolk.

— ... une flottille de bâtiments de surface chargés d'escorter le paquebot *Princes Dragon* à bord duquel appareille cet après-midi tout le gratin de la marine, pour une semaine de « détente », selon l'amiral Michael Pacino.

Le reportage continuait en décrivant la croisière par le menu. McKee avait essayé d'oublier tout cela et avait démarré sa voiture sans même en avoir conscience. Il s'était dirigé vers le pont-tunnel et s'était arrêté à la jetée des pêcheurs, du côté de la terre. Autour du cou, il portait les jumelles que les officiers du carré lui avaient offertes pour son trente-huitième anniversaire. Il attendait là, appuyé à la rambarde d'acier, le regard fixé en direction du port, guettant l'approche des bâtiments.

18

Au-dessus d'eux, en cette fin de matinée du 23 juillet, les eaux de la baie de Chesapeake étaient lisses comme un miroir. Le capitaine de frégate Pavel Grachev regardait à travers le périscope optique numéro 1 au lieu d'utiliser l'Antay, car il voulait voir la surface de ses propres yeux. La baie était calme, rien de visible à l'horizon hormis, dans le lointain, une barge équipée d'une grue qui mettait en place des piles de béton destinées au nouveau pont en construction. Les ouvriers se concentraient sur leur tâche et personne ne remarquait l'objet qui émergeait de l'eau, 3 kilomètres plus à l'est.

— Commandant, appela la voix de Zakharov, l'officier de quart.

— Je vous écoute, répondit-il sans cesser de regarder à travers son périscope.

— Le second vous transmet ses respects et vous fait demander dans votre chambre pour un déjeuner avec lui et M. Novskoyy.

— Bien, prenez le périscope, grossissement faible, site sur l'horizon, azimut 2-2-0.

— Relève périscope effectuée, commandant.

Grachev essuya la sueur autour de ses yeux et descendit dans la coursive avant de la tranche D en faisant le moins de bruit possible. L'odeur de la nourriture lui donna soudain faim. Il avait fait afficher l'heure locale lorsque le *Vepr* était entré dans le dispositif de séparation du trafic d'Hampton Roads, de façon à retrouver instinctivement le jour et la nuit du lieu. A cause des sept heures de retard, il s'était senti décalé pendant deux jours. En entrant dans sa chambre, le parfum du ragoût se fit plus puissant. Novskoyy et Svyatoslov levèrent la tête vers lui tandis qu'il fermait la porte.

Il s'assit en bout de table et se servit une bonne assiette de civet de lapin et de sauce épaisse. Svyatoslov lui passa un panier rempli de biscuits de mer puis un ramequin de beurre. Il étala sa serviette sur ses genoux et beurra un biscuit, avant d'attaquer le civet, excellent, bien chaud et épicé, comme Mélanie le faisait.

— Quoi de neuf dehors ? demanda Svyatoslov entre deux bouchées.

— Rien, un beau jour d'été ensoleillé. Nous devrions être à la pêche.

— Ce civet ferait drôlement bien sur une table de pique-nique, hein, commandant !

Novskoyy repoussa son assiette et s'essuya la bouche, sans un mot. Puis Grachev appela le maître d'hôtel, qui desservit la table. Grachev versa trois tasses d'un café préparé spécialement pour lui.

— Il est temps que je vous parle de notre mission, commença Novskoyy.

Grachev reposa sa tasse et jeta un coup d'œil en direction de Svyatoslov.

— Alors je suppose qu'il est temps que nous vous écoutions.

— Notre situation n'est pas simple. Cet après-midi, la marine américaine fera appareiller plusieurs bâtiments, une petite task force, composée de deux frégates, le *Tom Clancy* et le *Christie Whitman,* suivis d'un croiseur Aegis-II, l'*Amiral Hyman Rickover.* Un sous-marin escortera les bâtiments, le

Devilfish, un sous-marin nucléaire d'attaque de la classe SSNX, équipé d'un sonar à imagerie acoustique totale. Enfin, un paquebot, le *Princess Dragon*, se trouvera au centre de la flotte. Les bâtiments de guerre assureront la sécurité du paquebot, qui part à la mer avec des passagers inhabituels, presque tous les amiraux et les officiers les plus importants de l'US Navy. Ils partent vers les Caraïbes pour une semaine de séminaires de « détente », comme ils disent, dont le but est de réfléchir ensemble à l'avenir de leur marine.

Grachev regarda Novskoyy dans le blanc des yeux.

— Et cela signifie...

Il laissa sa question en suspens pour faire réagir le consultant.

— Le *Vepr* torpillera le sous-marin et lancera deux mines mobiles Barrakuda contre chaque bâtiment de surface puis quatre contre le paquebot.

Grachev but calmement une gorgée de café en regardant Novskoyy du coin de l'œil.

— Laissez-moi résumer. Vous voulez nous faire tendre une embuscade non seulement aux bâtiments de guerre, mais également à un paquebot civil désarmé qui, d'après vous, grouille des officiers les plus anciens de l'US Navy.

— Les Américains ont prévu de détruire la flotte qui se dirige vers l'Argentine. Nous lançons simplement une attaque préventive.

Novskoyy montra une disquette.

— Votre amiral vous fait parvenir ce message. Peut-être le trouverez-vous instructif.

Il la déposa sur la table et sortit brusquement.

Grachev regarda Svyatoslov.

— Qu'est-ce que nous avons à perdre ? Autant la regarder.

Grachev sortit le lecteur et y inséra le disque. L'image montrait le bureau de Kolov.

— Pavel, je suis désolé de ne pas pouvoir te parler en direct, mais émettre là où tu te trouves en ce moment ne serait pas raisonnable. J'ai donné ce disque à Novskoyy au cas où tu trouverais que cette mission ne sent pas bon et je lui ai dit que ce serait très probablement le cas. Mes commandants de sous-marins sont des hommes, pas des monstres. Aucun, et particulièrement pas toi, Pavel, ne prendrait à la légère des instructions l'enjoignant de commettre des crimes de guerre, comme de couler un navire-hôpital ou un paquebot désarmé. Encore moins si ces ordres ne provenaient pas de la chaîne hiérarchique habituelle. C'est pourquoi je suis là, essayant de t'expliquer tes ordres. Je peux seulement te les commenter, Pavel. Je ne puis les exécuter à ta place.

Comme tu le sais, le président Dolovietz s'est attaché les services des meilleurs consultants d'Europe, ou même du monde, les hommes de Da Vinci, en l'occurrence. Ils sont capables d'intercepter les communications, e-mails, vidéos, appels téléphoniques. Tu as vu ce dont ils sont capables. Eh bien, leurs activités ne se bornent pas à la sécurité intérieure de l'Ukraine. Ils ont dépensé des ressources considérables pour espionner les militaires et le gouvernement américain pour notre compte.

Voici ce qu'ils ont trouvé. Dans quelques instants, je te montrerai l'enregistrement qu'ils ont intercepté. Il est trop détaillé pour que ce soit un faux. Regarde ces extraits et je reprendrai la parole à la fin.

L'image vacilla et la coque du sous-marin SSNX américain, l'USS *Devilfish*, apparut en fond d'écran. Une femme aux cheveux bruns, vêtue d'un uniforme kaki, passa la coupée. Puis la caméra pénétra à l'intérieur du bâtiment où la femme, manifestement le commandant du sous-marin, parlait à ses hommes rassemblés au PCNO. Son discours était sous-titré. D'après une incrustation en bas de l'écran, l'enregistrement avait été réalisé six semaines plus tôt. Puis un hélicoptère apparut, filmé par la caméra placée au sommet du massif. Un homme aux cheveux noirs fut hélitreuillé à bord. Les scènes se succédèrent, briefing des officiers, sprint vers le sud pour intercepter la flotte ukrainienne, attaque de la flotte par le sous-marin, apparition et naufrage du Severodvinsk de l'escorte et manœuvres d'évasion face aux torpilles lancées par l'adversaire. Le film se terminait par une vidéoconférence entre le commandant du *Devilfish* et ses supérieurs.

Grachev et Svyatoslov échangèrent un regard. Le commandant en second était livide. Kolov réapparut à l'écran.

— *Pavel, me revoici. Comme tu peux le constater, les Américains ont des plans pour contrer la flotte en route vers l'Atlantique Sud ainsi que le sous-marin de l'escorte, toi, en l'occurrence.*

Ta mission, aujourd'hui, est de couler le paquebot qui emmène les têtes pensantes de l'US Navy, pour les empêcher de mener à bien cette attaque contre notre flotte, de te retirer vers le centre de l'Atlantique et de couler tous ceux qui te poursuivraient, jusqu'à ce que tu puisses rentrer tranquillement à la maison. Tout ceci pour sauvegarder notre opération en Atlantique Sud. Ce n'est évidemment pas une perspective agréable de devoir couler un paquebot désarmé. Moi aussi, j'aurais hésité. Mais sache ceci : ces hommes n'auraient pas hésité à massacrer des Ukrainiens, par dizaines de milliers. Que disait le commandant du sous-marin américain, déjà ? Je tiens mes ordres directement du président des Etats-Unis. Et quelque chose à propos d'un serment d'obéissance. Toi aussi, Pavel, tu as prêté ce serment. Et moi également. Je te supplie de suivre tes ordres, Pavel.

Et maintenant, voici la partie la plus difficile de mon petit discours. Si tu décides de ne pas remplir ta mission, tu ne rentreras jamais chez toi. Tu es déjà mort et le naufrage du Vepr ne fera plus la une des journaux. J'ai quelque chose à te montrer.

Kolov tourna son portable vers la caméra qui montra un communiqué de presse Internet, daté du premier août 2018, soit dix jours plus tard. Le gros titre disait : l'équipage du Vepr sauvé. Juste en dessous, en caractères plus petits, on pouvait lire : « Des naufragés non identifiés ont été recueillis par un chalutier et soignés dans un hôpital en Grèce. Le commandant du sous-marin sort du coma et raconte toute l'histoire. »

— Voilà comment nous comptons vous ramener en Ukraine, pour éviter de provoquer une crise cardiaque à vos familles lorsque vous rentrerez chez vous. Vous avez finalement pu vous sortir du PCNO, mais vous avez souffert du froid en attendant des secours en surface. Un vieux chalutier rouillé vous a finalement repêchés, mais la barrière de la langue et votre état de santé ont empêché votre rapatriement avant un traitement médical à Athènes. Tu rentreras à la maison pour y être reçu en héros.

Kolov s'arrêta un instant pour laisser ses paroles faire leur effet, avant de reprendre en grimaçant.

— En revanche, si tu n'acceptes pas la mission, Novskoyy a ordre de détruire le bâtiment. Les explosifs classiques des charges de sabordage dans les ballasts ont été remplacés par des charges à plasma. Si elles sont mises à feu, il ne restera du Vepr que des fragments de la taille de ton petit doigt. Cette mission est si sensible et sa compromission embarrasserait tellement l'Ukraine que nous n'avons pas le choix. Il ne peut en être autrement.

Kolov avala sa salive et prit une expression triste.

— Je te connais, Pavel, et je sais à quoi tu penses. Tu cherches un moyen de te tirer de ce mauvais pas. Tu es confronté aux règles de ce monde, qui ne sont pas toujours très morales. De temps en temps, nous devons accomplir des choses dont nous ne sommes *pas particulièrement fiers. Nous vivons dans un monde injuste. Je sais que si tu étais là, tu te précipiterais dans mon bureau et tu me jetterais ta lettre de démission à la figure. J'aimerais que les choses soient aussi simples.*

Je te présente mes excuses pour t'avoir mis dans une situation si inconfortable, Pavel. J'aurais aimé pouvoir faire autrement. Nous avions pensé attribuer cette mission au Tigr, mais tu es le meilleur. Toi seul auras le cran et l'intelligence pour réussir et revenir sain et sauf. Fais ton devoir et rentre vite.

Kolov montra l'écran de son portable.

— *Les gros titres n'attendent que toi.*

L'enregistrement se termina brusquement. Grachev garda les yeux fixés sur l'écran, sachant que Svyatoslov le regardait. Grachev grimaça avant de laisser tomber :

— Je ne suis pas stupide, je sais reconnaître quand je suis acculé.

19

Vingt nautiques à l'ouest du pont-tunnel de la baie de Chesapeake, les quais de la base navale de Norfolk s'étiraient vers l'ouest, à l'abri d'une langue de terre. Une demi-douzaine de ro-ro[1] et autant de pétroliers se trouvaient au terminal international, à proximité immédiate. Karen n'avait jamais vu les quais du port militaire aussi pleins. Le porte-avions *John Paul Jones* était amarré au nord du *Devilfish*. Les quais des sous-marins regorgeaient des anciens Los Angeles. Seul le poste à quai de l'unique type Seawolf encore à flot, le *Piranha*, restait vide. Le bâtiment aux nombreuses médailles patrouillait quelque part en Atlantique. Pendant que les étoilés prenaient leur petite semaine de détente, la flotte elle-même se reposait un peu, à l'exception des deux frégates du type Bush, le *Christie Whitman* et le *Tom Clancy*. L'USS *Amiral Hyman Rickover*, un croiseur Aegis de seconde génération à propulsion nucléaire, dont le déplacement avoisinait celui d'un cuirassé de la Seconde Guerre mondiale, avait rejoint les deux frégates pour assurer la protection du paquebot lors de sa sortie, cet après-midi-là.

---

1. Ro-ro : *roll-on roll-off,* cargos spécialisés dans le chargement de camions qui entrent par un côté du bateau et ressortent par l'autre, pour minimiser le temps passé à quai.

Le capitaine de corvette Karen Petri avait observé l'appareillage des bâtiments de surface depuis un poste au nord de son sous-marin. Les deux frégates avaient exécuté des manœuvres impeccables, arrière toute puis avant toute. Un instant, elles étaient à quai, les pavillons flaccides sur leurs drisses sans vent. L'instant d'après, elles s'étaient mises à culer simultanément, en s'accompagnant de trois coups de sirène prolongés. Même leurs radars paraissaient synchronisés et tournaient à l'unisson. Après avoir remis en avant, les deux frégates s'éloignèrent et leurs silhouettes s'estompèrent dans la brume légère avant d'atteindre le premier point tournant. Elles laissèrent derrière elles la rivière Elizabeth et embouquèrent le chenal de Thimble Shoals, en direction du large.

Tandis que les frégates disparaissaient, le *Rickover* appareillait à son tour. Si le départ des deux premiers bâtiments avait été impressionnant, celui du *Rickover* le fut plus encore. Dans un hurlement de sirène à faire éclater les tympans, l'énorme navire commença à reculer dans le chenal en accélérant rapidement. Une fois écarté du quai d'une longueur de bateau, il ralentit brusquement et les vibrations de sa structure s'entendirent jusqu'à terre. Il parut suspendu au milieu du chenal, immobile, avant de reprendre de l'erre en avant, l'étrave pointée vers le quai en béton qu'il venait de quitter. Frôlant la catastrophe, le bâtiment répondit enfin à la barre et rasa l'extrémité du quai. Le croiseur accéléra et disparut bientôt dans le lointain, les pavillons flottant sur les drisses, laissant derrière lui un sillage bouillonnant.

Petri soupira, sachant que l'appareillage du *Devilfish* n'aurait rien de spectaculaire. Comme elle regagnait son sous-marin, elle aperçut deux pousseurs amarrés à l'avant et à l'arrière, pour l'écarter doucement. A proximité d'un quai, le sous-marin avait du mal à manœuvrer et risquait une collision. Petri avait servi comme commandant en second à bord d'un croiseur du même type que le *Rickover* et elle réalisa que l'excitation de l'appareillage arrière toute avant toute lui manquait. Si elle avait choisi de rester à la surface, elle aurait son bâtiment, à cette heure. Elle ne commanderait pas simplement par intérim, mais en titre.

Elle se retourna et, en apercevant la coque du *Devilfish*, ses regrets s'évaporèrent. Bizarrement, ce bâtiment l'attirait bien plus que tous ceux à bord desquels elle avait servi auparavant. Elle avait beau ne pas être vraiment commandant de ce sous-marin, elle n'y était pas moins attachée. La coque d'un noir profond luisait au soleil. Les tuiles anéchoïques, sortes de carrés en mousse de néoprène qui la recouvraient, lui donnaient l'apparence de la peau de requin. En absorbant les impulsions des sonars actifs au lieu de les renvoyer et en masquant les bruits produits à l'intérieur de la coque, ces tuiles contribuaient à faire du *Devilfish* un sous-marin furtif, au moins face aux systèmes de détection encore en service dans la plupart des marines du monde. Le massif, en forme de goutte d'eau, très allongé sur l'arrière, sans aucune surface plane ni angle vif, ressemblait à ceux que les Soviétiques construisaient bien des années plus tôt. Le reste de la coque ressemblait à un gros cigare court, d'un diamètre si important que sa courbure paraissait faible. L'avant s'enfonçait assez rapidement dans la mer tandis que l'arrière présentait une pente plus douce. Un peu plus loin, le safran supérieur de la barre de direction semblait émerger de nulle part. Un pod oblong le surmontait et abritait les bases des divers systèmes acoustiques. Depuis la surface, on apercevait moins de 10 % du bâtiment, les barres de plongée avant et tout l'arrière restant invisibles dans la mer.

A l'avant du massif, un grand panneau était béquillé ouvert. Deux autres panneaux s'ouvraient également sur le pont arrière. Les équipes du poste de manœuvre avaient déjà dédoublé les aussières et les électriciens débranchaient les câbles de terre. Ils avaient commencé à retirer la longue gouttière dans laquelle couraient toutes les alimentations électriques. Petri s'avança jusqu'à l'extrémité du quai pour observer les courants et le niveau de la marée. Deux officiers, vêtus comme elle d'une tenue de travail kaki à manches courtes, sortirent sur le pont, passèrent la coupée et s'avancèrent vers elle. L'un d'entre eux, à l'air un peu raide et taciturne, était Paul Manderson, le commandant en second par intérim. Si travailler sous les ordres d'un commandant de sexe féminin lui posait des problèmes, il n'en avait rien laissé paraître. Manderson et Dietz, l'autre officier, parlaient entre eux, mais Petri ne pouvait entendre leur conversation. Ils la rejoignirent et la saluèrent. Manderson prit la parole le premier.

— Bonjour commandant, le bâtiment est paré à appareiller, tous les services ont rendu compte du poste de combat de vérification, pas d'avaries sérieuses.

Sauf que le commandant n'est pas là, pensa-t-elle.

— Très bien, second, répondit-elle d'un ton neutre.

Elle se tourna vers le chef du service intelligence artificielle, Bryan Dietz.

— Et du côté de l'officier de quart ?

— Commandant, commença Dietz d'une voix calme, le réacteur est en puissance, quatre pompes primaires en petite vitesse, autonomie électrique prise, configuration normale. Propulsion disposée sur le moteur principal, turbogénérateurs de propulsion lancés, ils débitent sur le banc de résistances, nous sommes parés à manœuvrer. Le système de combat Cyclops est en marche, réseaux de neurones initialisés, autotests en cours en mode continu. Le poste torpilles est en situation croisière, toutes les armes au repos, réchauffages isolés. La navigation GPS est accrochée sur les canaux militaires et vérifiée sur les canaux civils. Les centrales inertielles de navigation sont initialisées et suivent bien. L'inspection de coque est terminée, rien de suspect. L'équipage est aux postes de manœuvre, toutes aussières dédoublées. Nous avons reçu le message nous autorisant à appareiller.

Dietz tendit son WritePad à Petri pour qu'elle signe le message.

— Les pousseurs sont pris à l'avant et à l'arrière, celui de l'avant en tableau et l'autre à couple. La route est tracée pour sortir de Norfolk, le PIM est entré dans le Cyclops.

— Je demande l'autorisation de manœuvrer les mâts, d'émettre au radar, de faire retirer la coupée et d'appareiller, commandant.

Petri apposa sa signature sur l'écran du Write-Pad. D'une voix assurée, elle répondit :

— Affirmatif, autorisation de manœuvrer les mâts et d'émettre au radar. Attendez que nous soyons tous à bord pour retirer la coupée, si vous n'y voyez pas d'inconvénient.

— Bien, commandant.

Dietz se figea dans un garde-à-vous rapide et salua avant de tourner les talons et de retourner à bord, suivi de Manderson.

Petri regarda les abords du quai une dernière fois puis passa la coupée au-dessus de l'eau sombre du port. Ses chaussures de mer s'enfonçaient doucement dans le revêtement anéchoïque du pont.

— Le commandant monte à bord ! hurla le haut-parleur extérieur de la diffusion générale.

Son cœur se serra un instant à la pensée de Kelly

McKee, mais elle se reprit et monta à la passerelle par l'échelle métallique qui pendait à tribord.

— Le commandant monte à la passerelle ! cria-t-elle en montant les échelons avec précaution.

Par-dessus le pavois, elle apercevait Dietz, vêtu d'un blouson kaki et portant des jumelles autour du cou, l'officier marinier veilleur et le téléphoniste.

Petri escalada le bordé, remarquant que les hommes regardaient ostensiblement de l'autre côté quand elle passa ses longues jambes à l'intérieur. Elle arriva sur le caillebotis métallique qui protégeait la descente dans le sas d'accès et grimpa les quatre marches qui menaient à la passerelle volante. De là-haut, Petri dominait la mer de plus de 12 mètres. Ce nid lui donnait une vue superbe sur Norfolk. A sa droite, de l'autre côté des postes des croiseurs, elle pouvait apercevoir le paquebot qui se préparait à appareiller. Le *Princess Dragon* embouquerait le chenal le premier, suivi du *Devilfish* qui fermerait la marche.

— Dietz, faites mettre la coupée à terre ! commanda Petri tandis que le veilleur lui tendait une radio VHF et une paire de jumelles.

Elle porta les jumelles à ses yeux et regarda vers le nord pour observer les épis des porte-avions, devant lesquels les remorqueurs s'affairaient autour du *John Paul Jones*. Le bâtiment appareillerait bien plus tard, plusieurs heures après le passage du *Devilfish*. Une fois en haute mer, sous la protection des escadrilles de F/A-18, F-22 et F-45, le paquebot transportant les officiers généraux serait autant en sûreté qu'un bébé dans les bras de sa mère.

Dans un ronflement de moteur diesel, la grue déposa la coupée à terre. Petri pouvait presque sentir physiquement l'appel de la mer.

— Dietz, vous pouvez appareiller, ordonna Petri.

— Bien, commandant, répondit Dietz aussi calmement que si on lui passait le sel à table.

Il prit son porte-voix et cria aux équipes de pont :

— Plage arrière, larguez partout, plage avant larguez tout sauf la garde.

Petri observa les hommes du poste de manœuvre rentrer les lourdes aussières de chanvre que l'équipe de quai venait de décapeler des bollards. Proprement lovées et amarrées par de la garcette, elles rejoignirent leur poste de repos, dans des paniers non étanches aménagés en superstructures et fermés par de solides panneaux. Bientôt, il ne resta plus que la garde sur le quai. Les diesels des pousseurs montèrent en régime et leur grondement rendit toute conversation impossible à la passerelle. Dietz regarda sa montre, jeta un coup d'œil à la page navigation de son WritePad et reprit le porte-voix :

— Larguez la garde, plage avant !

Lorsque la dernière aussière toucha l'eau, il se tourna vers le veilleur qui avait rejoint Petri sur la passerelle volante et lui cria :

— Effectuez le changement de couleurs.

Le *Devilfish* avait officiellement appareillé. Le veilleur hissa les couleurs en haut d'un mât en acier inoxydable de 3 mètres de haut. Le pavillon pendait sur sa drisse, en l'absence de vent, dans l'après-midi calme. A côté du drapeau américain, le veilleur hissa le pavillon du commandement unifié des forces sous-marines, un pavillon pirate sur lequel était inscrite la devise de la force en lettres gothiques. Une demi-seconde après le changement de couleurs, Dietz tira un levier placé sur la cloison avant de la passerelle et le sifflet émit un hurlement assourdissant, qui se prolongea pendant huit secondes. Pendant ce temps, le sous-marin avait un peu dérivé et s'écartait lentement du quai. Dietz attrapa sa VHF et ordonna :

— Les deux pousseurs, arrière lente.

Dans un fracas de diesels, les deux pousseurs

embrayèrent et commencèrent à tirer à toute petite vitesse le sous-marin de 8 000 tonnes. L'espace entre la coque et le quai s'agrandit petit à petit, laissant apparaître l'eau noire du port.

— Deux pousseurs, stop ! commanda Dietz dans sa VHF, une fois le bâtiment suffisamment écarté. Machine avant 2, à droite toute.

— A droite toute, machine avant 2. La barre est toute à droite, la ligne d'arbres est partie en avant, en cours de réglage à 30 tours... La barre est toute à droite, machine réglée avant 2.

— Bien, répondit Dietz automatiquement.

Les diesels des deux pousseurs avaient repris le ralenti maintenant que le sous-marin avançait sans leur aide.

— Passerelle de central, la barre est toute à droite, pas de cap ordonné.

— Venir au 0-0-5.

Dietz se pencha par-dessus le pavois pour vérifier que la barre avait bien été mise à droite puis il jeta un coup d'œil à la carte sur l'écran avant de regarder à nouveau dehors. Le quai sembla se déplacer vers la droite tandis que le bâtiment amorçait sa giration vers le nord. Le bâtiment vibrait doucement sous les pieds de Petri. Elle était satisfaite.

— Manque-t-il quelqu'un ? demanda Pacino à Paully White. Les deux hommes, venant de la chambre de l'amiral, marchaient d'un pas pressé pour rejoindre la réception de bienvenue organisée pour l'arrivée des officiers.

— J'en ai bien peur, amiral. Je viens juste d'avoir l'état-major de NavSea au téléphone. Un accident vient de se produire au chantier des constructions neuves de DynaCorp, chez Electric Boat. Apparemment, un ouvrier soudait sur la coque du Virginia et a dû oublier qu'il se tenait sur un échafaudage.

Il est tombé de la plate-forme sur le sol, 25 mètres plus bas. Il est mort.

Pacino s'arrêta instantanément.

— Oh, non ! Où se trouve le capitaine de vaisseau Patton ?

Jonathan George S. Patton avait commandé le *Devilfish* pour son voyage inaugural pendant le conflit en mer de Chine orientale. Le bâtiment avait coulé six sous-marins japonais de la classe Soleil Levant, détournés par les Chinois, et avait subi un incendie catastrophique au poste torpilles pendant la bataille. Une fois le bateau réparé, Patton avait reçu la charge de superviser le développement du nouveau type de sous-marin, le NSSN. Maintenant que l'étape du prototype avait été franchie, le bâtiment avait reçu le nom de *Virginia*. Peu de temps auparavant, Patton avait fait part à Pacino de son insatisfaction. Même s'il ne l'avait jamais clairement exprimé, Pacino savait que Patton estimait que le commandement des sous-marins aurait dû lui revenir à lui, plutôt qu'à Bruce Phillips. Pacino avait choisi Phillips car leur coopération était plus ancienne, puisqu'elle avait commencé à l'époque du blocus du Japon. Patton avait été le deuxième meilleur candidat. Son héroïsme durant le dernier conflit lui avait fait gagner la Navy Cross, mais il lui manquait un peu d'expérience par rapport à Phillips. Malheureusement, Patton en concevait un tel ressentiment que Pacino avait peur qu'il ne démissionne.

Pacino savait que Patton prendrait très mal la mort de l'ouvrier et il demanda :

— Où se trouve John ?

— Dans sa voiture, en route vers nous, répondit White. Quelqu'un l'a prévenu, il a fait demi-tour et est rentré à Electric Boat. Il a dit qu'il voulait aller rendre visite à la famille.

— Il n'avait pas envie de participer à notre petite

semaine de vacances. Pas après ce qui vient de se produire.

— Exactement, amiral.

— A part lui, tout le monde est là ?

— Il ne manque que Sean Murphy, votre copain de chambrée à Annapolis.

— Sean m'a appelé. Il ne viendra pas.

— Que se passe-t-il ? demanda White, légèrement indiscret.

— Disons qu'il s'agit d'une affaire personnelle, répondit Pacino. Il ne peut pas nous accompagner pour le moment.

En réalité, Murphy souffrait d'un cancer du poumon. Après une rémission de quelques années, la maladie frappait à nouveau. Sa femme et ses enfants le pressaient d'entrer en chimiothérapie, mais il hésitait. La seule chose dont il était certain, c'était de ne plus avoir la force nécessaire pour cette croisière.

Pacino se mordit les lèvres. Un cancer en phase terminale à cinquante ans, après tout ce à travers quoi Murphy était passé... Cela lui semblait injuste. S'il avait pu offrir à son vieil ami dix ans de sa propre vie, Pacino l'aurait fait volontiers.

Pacino essaya d'oublier les malheurs qui frappaient ses deux amis et se força à sourire en revenant vers la réception. Il commença à saluer ses officiers et, peu à peu, l'enthousiasme prit le pas sur sa nostalgie. La présence de ces grands professionnels autour de lui le réconfortait. Il accepta une des Anchor Steams recommandées par Phillips, se félicitant de la clémence de la météo. Lorsque l'heure fut venue, tandis que dans le ciel le soleil indiquait l'approche de l'après-midi, quelques officiers se rassemblèrent à la passerelle pour regarder l'équipage civil faire appareiller le navire.

20

Une fois de plus, Pavel Grachev se sangla dans le siège devant la console du commandant, à l'avant du puits des périscopes, et ajusta ses écouteurs.

— Attention CO, appela-t-il dans son micro.

Sur l'écran auxiliaire numéro 7, il pouvait apercevoir les visages de ses officiers, concentrés sur leurs propres moniteurs de télévision, qui scrutaient son visage.

— Nous avons reçu l'ordre d'attaquer une force navale qui quitte le port de Norfolk en route vers l'Atlantique, puis vers le sud. Elle sera constituée de trois bâtiments de guerre et d'un sous-marin escortant le but prioritaire, un paquebot de croisière peint en blanc, baptisé *Princess Dragon*. Nos ordres, confirmés par le capitaine de frégate Svyatoslov, sont d'anéantir ces bâtiments.

Grachev laissa ses paroles s'imprégner dans l'esprit de ses subordonnés avant de continuer.

— Le paquebot, notre objectif principal, a pour passagers les officiers les plus anciens de l'US Navy. Le but de leur croisière est de descendre sud vers les eaux calmes des Caraïbes pour planifier la destruction de la flotte de la mer Noire de la marine ukrainienne. Vous avez tous connaissance de la mission de notre flotte en Atlantique Sud. Apparemment, les Américains en ont également entendu parler. Nous avons reçu l'ordre d'exécuter une frappe de décapitation pour éliminer les commandants en chef de l'US Navy. En théorie, leur mort devrait nous permettre de gagner le temps nécessaire pour accomplir notre mission en Atlantique Sud.

Il se tourna vers Svyatoslov.

— Second, fais disposer un Shchuka pour lancement immédiat.

— Bien, commandant.

En moins de dix minutes, un Shchuka avait quitté un tube lance-torpilles, délovant derrière lui le câble de la liaison de données. Il se posa dans la vase du fond de la baie et s'ancra avant de gonfler sa structure recouverte d'hydrophones. Quelques secondes plus tard, des données commencèrent à inonder le système de combat du « commandant bis ».

— Commandant, Shchuka 4 déployé, fonctionnement nominal. Le « commandant bis » dispose d'une image tridimensionnelle de la zone de combat.

— Bien, répondit Grachev. Disposez les tubes de gros diamètre 1 à 4 pour un lancement de mines mobiles Barrakuda, câbles de téléréglages connectés.

— Reçu, commandant, acquiesça Svyatoslov. Début de chargement des mines dans les tubes 1 à 4.

Il faudrait quelques minutes pour refouler les mines dans les tubes et connecter leurs câbles aux prises sur la face intérieure des portes culasses, puis encore quelques minutes pour remplir les tubes, réchauffer les piles des mines et aligner les gyroscopes laser des centrales de navigation des engins. Pendant ce temps, Grachev aurait pu se dessangler de son siège et passer dans l'une des cabines de visualisation en réalité virtuelle, mais il décida de rester à sa place et de laisser le second filoguider les mines.

— Commandant, mines Barrakuda 1 à 4 parées.

— Bien, second. Prends la cabine de visualisation numéro 1. Au bon moment, et seulement sur mon ordre, tu lanceras les quatre mines en direction des bâtiments de guerre, une pour chaque escorteur et deux contre le croiseur. Quand tu les auras lancées, recharge les tubes 1 et 2 avec deux Barrakuda pour le paquebot et les tubes 3 et 4 avec des torpilles ASM Bora-II.

Grachev se dit qu'il y avait une insuffisance de moyens matériels. Tant qu'il devrait filoguider ses mines, Svyatoslov devrait garder les câbles connectés et ne pourrait pas recharger ses tubes. Grachev avait choisi intentionnellement de frapper les bâtiments de guerre en premier, pensant que n'importe quoi pouvait se produire avant que le paquebot ne passe le pont-tunnel.

— Bien, commandant. Je prends la cabine numéro 1.

Ils ne pouvaient rien faire d'autre que d'attendre que la task force américaine sorte de la baie. Grachev jeta un coup d'œil aux images à transparence acoustique totale délivrées par le Shchuka numéro 4. Il tira une paire de lunettes VR d'une poche sur le côté de sa console et les chaussa. Le système de rendu de réalité virtuelle à la console commandant n'avait pas la même qualité que celui des cabines, mais Grachev préférait rester à son poste.

Quelques heures, se promit Grachev, dans quelques heures tout serait terminé.

Le commandant du *Princess Dragon* paraissait amusé mais attentif en manœuvrant l'immense paquebot, utilisant ses propulseurs additionnels pour l'écarter du quai, reculer dans le chenal et se

271

placer dans l'axe de sortie sans l'aide de remorqueurs, malgré la force du courant. Le sillage blanchit à l'arrière lorsque les six puissantes turbines à gaz montèrent en régime et que le bâtiment accéléra sous la poussée de ses deux hélices jumelles.

Pacino sentit le bâtiment rouler doucement lorsqu'ils prirent le premier virage. Hormis ce léger roulis, le pont du paquebot paraissait aussi stable que le sol de l'hôtel Hyatt. Il regarda le paysage tandis que le *Princess Dragon* descendait le chenal. Sous l'effet de la vitesse, le vent soufflait plus fort. Les bruits du bâtiment et l'odeur de la mer effacèrent ses derniers doutes. Ici, à bord avec ses officiers les plus anciens et une provision de bouteilles d'Anchor Steam bien fraîches, il n'existait plus d'ennemis, plus d'Ukrainiens, plus de forces du mal.

Il se souviendrait toute sa vie de cette belle journée, pensait-il.

Le *Devilfish* accéléra et prit sa place dans le sillage scintillant du paquebot. Petri sourit intérieurement en voyant plusieurs officiers lui faire signe depuis la plage arrière du *Princess Dragon*. Le convoi prit route à l'est en direction de la Chesapeake et les bâtiments passèrent à l'extrémité des pistes de la base aéronavale d'Oceana, masquée derrière un rideau de pins rabougris.

— *Passerelle du CGO au CO, top pour évolution par la droite pour venir au 0-3-5,* grinça le haut-parleur.

— A droite 30, venir au 0-3-5, ordonna Dietz, toujours d'une voix très calme, tendant le cou au-dehors pour s'assurer que la barre partait dans le bon sens.

Le monde parut tourner autour d'eux et le pont-tunnel de l'Interstate 64 apparut.

— *La barre est 30 à droite, venir au 0-3-5...*

Dietz accusa réception, explora le chenal devant lui avec ses jumelles puis se tourna vers Petri, qui redescendait à l'intérieur de la passerelle étroite.

— Vous pouvez faire démonter la passerelle volante et régler à 15 nœuds.

— Veilleur, démontez la passerelle volante. Central, machine avant 4.

Le niveau de la mer s'éleva doucement sur le dôme sonar et la vague d'étrave recouvrit progressivement le pont avant jusqu'au pied du massif. Le grondement de l'eau de mer se faisait plus puissant et rivalisait avec le sifflement du vent. Le tunnel de l'Interstate 64 approchait rapidement. Dietz observait le tableau arrière du paquebot qui descendait le chenal, quelques nautiques sur l'avant. Derrière lui, les deux périscopes tournaient frénétiquement et, au CO, les hommes de Judison prenaient des points optiques.

— *Passerelle du CGO au CO, pour moi nous sommes 50 mètres à droite du milieu du chenal. Je recommande de venir au 0-3-4. Je demande la permission de hisser le radar et d'émettre.*

— Central, gouvernez 0-3-4, hissez le radar, répondit Dietz.

Le haut-parleur aboya des paroles qui se perdirent dans le sifflement du mât. Les rivages du quartier huppé de Ocean View défilèrent à leur tour. Devant eux, la mer lisse reflétait le soleil de l'après-midi. Le CGO leur fit prendre cap à l'est, en direction du pont-tunnel de la Chesapeake et de l'entrée du chenal des Thimble Shoals. Ils croisèrent trois énormes supertankers, chargés de brut saoudien.

Le paquebot avait accéléré et se trouvait maintenant à une distance de 4 nautiques. Petri ordonna de régler à 25 nœuds. Le clapotis de la vague d'étrave se brisant sur le massif ainsi que le sifflement du vent sonnaient à ses oreilles comme une musique. Quelques dauphins se mirent à sauter à proximité de l'étrave, disparaissant ensuite dans l'écume blanche. Petri sourit à ces animaux, réputés porter chance aux sous-mariniers, et examina la mer avec ses jumelles.

Les travées du pont de l'Interstate 64 s'étendaient devant eux, leur barrant la route, sauf à l'endroit où la chaussée s'enfonçait dans la mer et disparaissait dans un tunnel. Ils franchirent l'ouverture et passèrent au-dessus du tunnel. Petri pouvait maintenant apercevoir l'immense ruban du pont-tunnel de la Chesapeake, qui marquait l'entrée dans l'océan Atlantique. Elle se fit monter un café, qu'elle savoura en contemplant la beauté du paysage.

Sur le quai des pêcheurs, un marchand ambulant sortit McKee de sa rêverie en lui proposant un hot-dog. McKee laissa tomber ses jumelles et se laissa tenter. Quand il reprit son observation, les premiers bâtiments étaient nettement visibles : deux escorteurs élancés suivis d'un croiseur Aegis, labourant la mer en une ligne de file impeccable. Sur les escorteurs, McKee pouvait même apercevoir des hommes sur les ponts et des officiers affairés à l'intérieur des passerelles et sur les ailerons. Le croiseur, encore éloigné, descendait lentement le chenal. Deux nautiques derrière le croiseur, une coque très blanche apparut, probablement le paquebot, se dit McKee.

Il observa le bâtiment tandis qu'il s'approchait et réalisa que ce paquebot devait être le plus gros qu'il ait jamais vu. McKee regarda un peu plus haut et aperçut une rangée d'hommes, accoudés aux rambardes du pont-promenade, qui se distinguaient nettement des autres passagers. Ils portaient des chemises hawaïennes et des shorts tandis que les autres arboraient des uniformes blancs impeccables, aux épaulettes dorées. Des amiraux. A cette distance, McKee ne pouvait pas les reconnaître et il n'avait pas non plus envie de porter les jumelles à ses yeux pour essayer. A cet instant, il décida de tourner le dos au paquebot et de reprendre sa voiture.

Il ne vit pas le salut du pavillon, cette marque de respect et de considération dont l'origine se perd dans la nuit des temps.

Tandis que le *Princess Dragon* approchait du premier tunnel du pont de la Chesapeake, Pacino avait cru apercevoir Kelly McKee sur la promenade des pêcheurs et avait immédiatement envoyé son aide de camp à la passerelle pour demander au commandant du paquebot de faire saluer le pavillon. Mais juste au moment où le bâtiment passait au-dessus du tunnel, McKee s'était retourné et avait rejoint sa voiture.

Pacino l'avait suivi du regard, déconcerté, se demandant ce qu'il pourrait faire pour ramener l'homme à la vie. Il se souvenait de sa propre expérience, du choc qu'il avait éprouvé lors de la perte en Antarctique du *Devilfish*, son premier commandement. Il avait quitté la marine pour prendre un poste de professeur à l'Ecole navale et essayer d'oublier. Mais ces moments tragiques demeureraient à jamais ancrés dans sa mémoire. Un commandant de sous-marin restait marqué à vie. Comme pour un astronaute dont la vie gravite autour de son voyage dans l'espace, il se souviendrait toujours de cette période durant laquelle il aura été le seul maître à bord après Dieu.

Kelly McKee reviendrait, se dit Pacino, juste comme lui-même était revenu. Un jour. Et jusqu'à cet instant, Pacino devrait faire son devoir, qui consistait, ce jour, à partir en mer sur un paquebot tellement luxueux que c'en était un péché.

— La bière est bonne, amiral ? demanda Phillips à l'oreille de Pacino.

— Elle n'est pas bonne, elle est excellente ! répondit-il en faisant tinter sa bouteille contre celle de Phillips. Mais je vous en veux, amiral, vous auriez dû y penser depuis bien longtemps ! ajouta-t-il avec un sourire.

— Amiral, j'assume ma faute, dit Phillips, employant la formule traditionnelle pour répondre aux critiques injustes d'un entraîneur mal luné.

Pacino contemplait la mer, regardait les bâtiments à l'ancre, les dauphins qui jouaient autour du paquebot, et goûtait les sensations que lui procuraient le soleil et le vent.

— Commandant, nous prenons les bâtiments de la force sur le Shchuka 4, annonça l'officier chargé du système informatique, le lieutenant de vaisseau Gezlev Katmonov, qui occupait la cabine VR numéro 2, derrière celle de Svyatoslov.

Katmonov était un jeune homme brillant, mais il avait l'air d'avoir été arraché à son lycée le matin même.

— Bien. Second, tu vois les buts ?

— Les deux escorteurs se trouvent au niveau du passage, au-dessus du tunnel. Le premier l'a déjà franchi, j'estime le second 500 mètres de l'autre côté du pont.

— Lancez Barrakuda 1 en mode autodémarrage.

— Barrakuda 1... partie !

Grachev enfila ses lunettes VR et se rejeta en arrière dans son fauteuil. Il avait l'impression de regarder à travers le trou d'une serrure. Ses lunettes affichaient l'image recueillie par l'autodirecteur à laser bleu-vert de la mine mobile. Le propulseur de la mine démarra et elle quitta le tube. Son champ de vision s'élargit à la baie, qui paraissait se déplacer lentement, peut-être à la vitesse d'un homme au pas. Loin devant, Grachev apercevait la coque du premier escorteur, sur laquelle l'engin était guidé.

— Paré pour lancer la mine numéro 2, commandant, annonça Svyatoslov. Linski assurera son guidage.

— Reçu, lancez sitôt paré.

La deuxième mine mobile quitta à son tour le bâtiment, pilotée par le major Linski depuis la cabine VR numéro 3. En poussant un bouton sur l'écran auxiliaire numéro 1, Grachev passait alternativement d'une mine à l'autre. Il observa les deux engins se placer lentement sur la trajectoire des escorteurs qui approchaient. Le premier bâtiment passa exactement à la verticale de la mine, qui remonta brusquement, se colla à la coque et arrêta son propulseur. Un électroaimant la maintint en place suffisamment longtemps pour que deux bras automatiques se dégagent et soudent directement le corps de la mine aux tôles de la coque. Les deux composants d'une colle époxy ultrapuissante passèrent dans un mélangeur avant d'être injectés à proximité des soudures, pour parfaire la fixation de la mine à l'escorteur. La première Barrakuda coupa définitivement l'alimentation de ses électroaimants, pour économiser l'électricité afin d'assurer le fonctionnement de l'ordinateur de bord et de la mise à feu.

— Barrakuda 1 en place, commandant.

— Bien, réglez le détonateur pour le point Alpha, rajoutez le retard prévu et larguez le câble.

Le point Alpha se trouvait à peu près à 50 nautiques au large. La centrale de navigation inertielle à gyrolaser mesurerait la latitude et la longitude jusqu'à atteindre le point Alpha, puis déclencherait un chronomètre. Les retards étaient calculés pour que le paquebot explose en premier.

— Fin de filoguidage Barrakuda 1. On recharge le tube 1 avec la mine Barrakuda 5.

Le deuxième engin se fixa à son tour sous la coque du second escorteur. En peu de temps, les hommes de Svyatoslov avaient mis en place six mines, une sous chacun des escorteurs, deux sous le croiseur et deux autres sous le paquebot.

Les tubes avaient été rechargés avec des torpilles Bora-II, pour l'attaque contre le sous-marin.

Grachev reconfigura sa console pour observer l'extérieur à travers le senseur de l'Antay, qui dépassait à peine de 50 centimètres au-dessus de la surface lisse de la baie. Tandis qu'il regardait, l'énorme paquebot franchit la passe et salua du pavillon. Bizarre, pensa Grachev, qui changea de position dans son fauteuil. Maintenant que les mines étaient posées, il n'y avait rien d'autre à faire que d'attendre et vérifier si elles explosaient comme prévu.

— Commandant, demanda Svyatoslov, et le sous-marin ?

A son tour, le *Devilfish* approchait de la passe dans le pont-tunnel. Grachev observa son image sur l'écran numéro 1. Il avait fière allure, avec son massif à la russe et son pod sur l'aileron arrière.

— Quoi, le sous-marin ?

— Quand vas-tu l'attaquer ?

— Plus tard. Je te préviendrai.

21

— Perdu dans vos pensées, amiral ?

Pacino était appuyé à la rambarde, sur le pont-promenade tribord, les yeux plissés pour atténuer l'éblouissement dû au soleil. Le bateau se situait 30 nautiques au large de Norfolk. Derrière lui, les hôtels et les buildings de Virginia Beach s'estompaient. Le jeune capitaine de corvette Eve Cavalla l'avait rejoint. Elle avait troqué son uniforme blanc contre une jupe et un chemisier de soie. Dans la lumière, des reflets clairs se mêlaient au roux de ses longs cheveux auburn, qui tombaient librement sur ses épaules. Le vent les faisait voler devant son visage. Elle avait échangé ses lunettes contre des lentilles de contact et portait une paire de Ray Ban. Pacino la regarda avec un sourire mélancolique.

— Je pensais à la dernière fois que j'ai vu ce spectacle. C'était lors de mon dernier appareillage comme commandant du *Seawolf*, dit-il, la voix cassée.

— Et alors ? s'enquit-elle, en relevant la tête.

— C'était pendant la guerre. La grande, la Troisième Guerre mondiale. Jusqu'au dernier moment, le *Seawolf* était en cale sèche, pour recevoir les premiers missiles Vortex. La guerre en Iran approchait de sa conclusion et je ne pouvais que rester assis au chantier, un casque sur la tête, pour assister aux travaux à bord de mon sous-marin.

Il fit une nouvelle pause et accepta une bière que lui présentait un maître d'hôtel, Eve prit un verre de vin.

— Vous avez reçu l'ordre d'appareiller ?

— Je ne me souviens pas, répondit Pacino dans un sourire. L'opération est restée hautement classifiée et rien n'a filtré dans la presse. Ni dans les livres d'histoire.

Il éclata de rire, se moquant de lui-même.

— Alors, que s'est-il passé ? Eve avait remonté ses Ray Ban dans sa chevelure et elle plongeait son éblouissant regard vert droit dans le sien.

— Oh, Seigneur, Eve, c'était il y a longtemps et cela n'a plus aucune importance. Je dois me changer.

Elle le regarda partir, à la fois surprise et irritée. Une fois dans sa cabine, Pacino retira son uniforme, prit le temps de contempler sa Navy Cross, celle que Donchez, l'ancien chef d'état-major de la marine, lui avait remise pour la mission durant laquelle le *Seawolf* avait disparu. D'une certaine façon, cette décoration aurait dû le consoler de cette perte, pensa-t-il.

Mais il ne devait pas céder à la mélancolie soudaine qui l'envahissait. Il suspendit son uniforme et enfila une tenue légère, décontractée, espérant que cela contribuerait à lui remonter le moral. Inutile. Sans Colleen auprès de lui, il n'était que la moitié de lui-même. Il se regarda dans le miroir, se mordit la lèvre, lissa ses cheveux ébouriffés par le vent et sortit. Lorsqu'il revint sur le pont-promenade, il s'aperçut qu'Eve s'était éloignée et qu'elle était en pleine conversation avec un ami pilote. Pacino s'accouda à la rambarde et fixa la mer, sous le regard de Cavalla qui lui souriait.

— Prudence, amiral, lui souffla à l'oreille une voix traînante.

Pacino leva les yeux et vit le contre-amiral Paully White. White était un peu plus âgé que Pacino, il mesurait quelques centimètres de moins et pesait quelques kilos de plus, mais il avait gardé sa chevelure noire d'adolescent. Il avait pris du poids lorsqu'il avait cessé de fumer mais, depuis l'année précédente, il s'était remis au sport. Il expliquait qu'à présent, il pouvait enfin profiter de la nourriture. White était originaire du quartier de Kensington, à Philadelphie. Jamais Pacino n'avait entendu un accent aussi prononcé. La première fois qu'il avait rencontré White, cet accent l'avait profondément agacé, mais ils étaient rapidement devenus amis et, aujourd'hui, cette voix chantait à son oreille.

— Pourquoi, Paully ?

— Cavalla ne te quitte pas des yeux.

— C'est absurde. Je suis marié. Elle a vingt-cinq ans de moins que moi.

— Elle, elle ne l'est pas. Et la façon dont elle te regarde... On dirait un tigre devant un quartier de bœuf.

— Paully.

— Belle journée, n'est-ce pas, amiral ?

White changeait de sujet.

— Superbe.

— Vodka orange, s'il vous plaît, et une autre Anchor pour le grand chef, demanda-t-il au maître d'hôtel. Tu ne regrettes pas que nous n'ayons pas laissé les téléphones, radios et autres ordinateurs à quai ?

— Si. Mais pourquoi me poses-tu cette question ?

White prit un air navré et vérifia qu'ils étaient seuls.

— Eh oui. Tu devrais remettre ton casque lourd pendant quelques instants, amiral. L'*Amiral Kuznetzov* a appareillé il y a une demi-heure. Les Ukrainiens vont réellement faire ce que notre simulation avait prévu.

Pensif, Pacino secoua la tête.

— Du neuf sur les Severodvinsk de la mer Noire ?

— Rien, amiral. Depuis le naufrage du *Vepr*, leurs sous-marins ne sont plus que de la tôle glacée.

— Ils doivent être au bassin.

— Je préférerais en être sûr, plutôt que de me contenter de suppositions.

— Nous devrions prendre contact avec Numéro 4, à la NSA.

Numéro 4 était leur ami Mason « Jack » Daniels IV, le directeur de l'agence nationale de sécurité.

— Daniels devrait pouvoir nous fournir de bons tuyaux, il a dû intercepter les communications de la marine ukrainienne. Il faut que nous sachions ce qu'ils sont en train de magouiller.

— Je vais voir si je peux joindre Numéro 4 sur la vidéo ce soir.

Pacino réfléchit. L'emploi du temps de la journée était presque vide, essentiellement consacré à la détente. Les premiers séminaires n'étaient pas prévus avant le lendemain matin.

— OK, vois ce que nous pouvons faire.

White s'éclipsa sans un mot, laissant Pacino à sa contemplation. Norfolk était déjà loin. Autour d'eux, la mer, le ciel... et les trois bâtiments de leur escorte, plus ou moins éloignés et dans des azimuts variés, qui surveillaient le paquebot avec la même attention que si c'était un porte-avions. Quelques nautiques sur l'arrière, on distinguait à peine le sillage que laissait la superstructure du nouveau SSNX, le *Devilfish*. Une mouette plongea. Sur l'avant, un dauphin solitaire bondissait dans la vague d'étrave. Pacino sourit. Devant un tel paysage, il n'avait aucune raison de s'inquiéter. Il sentit une vague de volupté l'envahir.

Il ne savait pas si c'était à cause de la bière ou de la mer, mais il jouissait du moment.

— Est-ce que tu veux enregistrer le son directement dans l'hélicoptère ?

Dans son casque, la voix forte du cameraman résonnait, éraillée et parasitée.

— Non, répondit-elle en criant. Je ferai la bande son en studio. Avec tous ces bruits, j'ai du mal à entendre ma propre voix et j'aurais l'air d'une idiote.

Victoria Cronkite secoua ses longs cheveux bruns pour les dégager de ses épaules pendant qu'elle se concentrait. Elle était journaliste, envoyée spéciale de Satellite News Network. Elle était descendue de Washington à Norfolk pour filmer l'appareillage des bureaucrates de la marine à bord d'un paquebot, la dilapidation d'argent public la plus flagrante dont elle ait été témoin. Elle ne comptait pas effectuer un reportage quotidien, car cette croisière n'avait pas un impact suffisant pour faire partie du journal du soir. Son producteur lui avait demandé de couvrir l'ensemble de la traversée. Ensuite, un reportage diffusé dans l'émission *Correspondance : Confidentiel* conviendrait parfaitement pour dénoncer le gaspillage. Il n'y avait donc aucune urgence pour la bande son.

Elle leva les yeux vers Doug, qui lui hurlait quelque chose.

— Comment ?

— Vicky, fais quand même l'enregistrement ici. Avec le bruit de fond de l'hélicoptère, ça aura un effet plus dramatique. Tu sais, un truc du genre : « Nous nous trouvons actuellement à 600 mètres au-dessus de la flotte américaine qui ne transporte pas vraiment de quoi faire respecter les engagements de la politique étrangère américaine, mais plutôt une grande valise de maillots de bain et de chemisettes hawaiiennes. » Ça aura l'air plus authentique qu'une version aseptisée, enregistrée en studio.

— OK. Mais tu sais que je ne peux pas travailler ma voix ici. Si j'ai l'air d'une mongole, on efface la bande et on recommence, même si tu dois rajouter les bruits d'hélicoptère.

Doug éclata de rire dans l'interphone.

— Paré à enregistrer dans 3, 2, 1.

Immédiatement, la voix de Cronkite se transforma et elle adopta l'intonation du reporter aguerri, qu'elle appelait, en plaisantant, sa « voix de télévision ».

— Ici Victoria Cronkite pour SNN. Comme vous le voyez, nous survolons les eaux d'Hampton Road. Cinq bâtiments appareillent en ce moment du port de Norfolk pour une mission secrète. Parmi eux, les deux frégates de premier rang *Tom Clancy* et *Christie Whitman,* le gigantesque croiseur lance-missiles à propulsion nucléaire *Hyman Rickover* et le sous-marin *Devilfish,* qui ferme la marche. Mais vous vous interrogez sur la nature de cette mission confidentielle ? Quel est le motif de cette sortie hautement classifiée ?

Elle continua sur le même ton pendant un moment, tandis que le paquebot approchait du pont-tunnel de la baie de Chesapeake.

La première mine mobile Barrakuda s'était fixée sur la coque du *Princess Dragon,* au tiers avant, environ 5 mètres sur l'arrière de la passerelle. La soudure avait résisté lorsque les électroaimants s'étaient coupés et la composition à base d'époxy s'était maintenant solidifiée.

La mine attendait patiemment. Seul le système de navigation inertiel à gyros laser et le calculateur embarqué restaient sous tension, mesurant le temps et la position du navire. Lorsque le module de navigation indiqua que le bâtiment se trouvait à

45 nautiques au sud-est de Norfolk, l'engin vérifia le délai qui lui avait été imposé pour déclencher l'explosion après le passage au point indiqué. Sa mémoire indiqua un retard nul.

Le calculateur activa le dispositif d'armement, qui commença une série de tests. Après vérification du bon fonctionnement de tous les organes, le calculateur ordonna la mise à feu des détonateurs à l'avant et à l'arrière de la charge. A moins de dix microsecondes d'écart, les deux inflammateurs reçurent une impulsion de courant très intense. Par effet Joule, leur température augmenta brutalement et ils commencèrent à se volatiliser, transmettant leur énergie à deux petites charges relais peu puissantes, de la taille du pouce. Ne pouvant se diffuser vers l'extérieur en raison de la solidité des parois métalliques environnantes, les ondes de choc se focalisèrent vers l'intérieur, en direction des deux plaques de sécurité. En temps normal, les tôles d'acier étaient disposées de façon à séparer la charge principale des inflammateurs, pour éviter toute explosion accidentelle. Au cours de la séquence d'armement, un barillet avait tourné et découvert un orifice de 2 centimètres de diamètre, en face de chacune des charges relais. Les trous libéraient le passage de l'onde de choc vers les charges intermédiaires, cinq fois plus puissantes que les relais mais bien moins sensibles.

Les fronts de flamme des relais mirent à feu les charges intermédiaires, de la taille d'une cannette de bière. Comme les relais, elles étaient entourées de parois solides sur tous les côtés sauf un, en direction du centre, où attendaient les explosifs principaux, encore inertes.

Les charges principales, en forme de chevron, étaient également disposées de façon à focaliser simultanément leur énergie vers le milieu. De part et d'autre de l'arme, les explosifs projetèrent une demi-coquille de plutonium en direction d'une autre pièce de plutonium, de forme toroïdale, au centre de l'arme. Les trois pièces métalliques se compactèrent en une seule sphère dense pour former l'allumette de la charge principale à plasma.

Le plutonium n'était pas vraiment différent de ce qu'il était avant la détonation de l'explosif chimique. La même masse de métal se trouvait présente, mais les trois pièces formaient maintenant une sphère unique et comprimée. Pour un physicien nucléaire, cet état revêtait une importance toute particulière. La surface libre du plutonium avait soudainement diminué et sa densité augmenté. Les neutrons issus des fissions spontanées ne pouvaient plus s'échapper aussi facilement dans l'espace libre environnant. Au lieu de cela, chaque neutron produit provoquait d'autres fissions et le cycle recommençait, en une réaction en chaîne exponentielle. L'explosion nucléaire transforma une partie de la masse de métal en énergie thermique, tandis que la température du cœur passait presque instantanément d'une vingtaine de degrés centigrade à plus de 20 millions de degrés. L'explosion libéra le contenu de réservoirs d'eau lourde, fabriquée à partir de deutérium, un isotope stable de l'hydrogène, dont le noyau contenait un neutron supplémentaire. Les noyaux de deutérium commencèrent à fusionner deux à deux. Deux noyaux de deutérium disparaissaient pour former un noyau d'hélium, dont la masse finale était inférieure à celle des deux noyaux de deutérium initiaux. La masse perdue se transformait en énergie pure. Du plutonium, il ne resta bientôt plus que les fragments de fission.

A ce stade, la charge était passée d'une simple bombe A, une arme à fission, à l'état de bombe H, la bombe à hydrogène, à fusion. Si sa conception s'était arrêtée là, elle aurait provoqué un champignon radioactif de 2 kilomètres de diamètre ainsi que d'importantes retombées.

Mais tout comme l'étage à fusion avait profité de l'étage à fission pour s'allumer, la charge à plasma avait besoin de l'énergie dégagée par la bombe H pour exploser à son tour. Un ensemble de corps disposés à la périphérie de l'arme, entre les réservoirs d'eau lourde, ajoutèrent alors au déchaînement du feu nucléaire. La boule de feu de l'explosion thermonucléaire ne mesurait encore que 50 centimètres de diamètre et les températures extrêmes initièrent ce que les physiciens appelaient l'effet « Star Dust », découvert dans les grands accélérateurs de particules construits au début du XXIe siècle et mis en service dans les années 2010. Au lieu de se propager immédiatement vers l'extérieur, l'énergie produite par l'explosion nucléaire restait enfermée dans un tout petit volume, sous l'effet de champs magnétiques intenses. La formation de ces champs intervenait instantanément, dès que l'explosion thermonucléaire atteignait les éléments spéciaux implantés sur l'enveloppe de l'arme. Confinée à l'intérieur de cette bouteille magnétique, l'explosion convertissait la matière en énergie, qui atteignait 200 millions de degrés. La matière s'échappait alors du confinement, sous la forme d'un plasma brûlant, suivi d'une bouffée de rayonnements gamma intenses.

Un mètre cube de plasma brillait à cet instant dans l'espace. Ses coordonnées indiquaient la position exacte de ce qui avait été le dessous de la coque d'un paisible paquebot de luxe.

Les accords du début de ce siècle prohibaient les armes à fission et à fusion. Elles avaient été retirées des arsenaux militaires du monde entier jusqu'à ce que les physiciens testent la première charge à plasma dans les fameux laboratoires de DynaCorp, à Los Alamos, au Nouveau Mexique. Placée à l'intérieur d'un bâtiment, dans une ville factice, la charge avait démontré les progrès de la technologie dans la maîtrise de l'atome. L'explosion, au lieu de transformer la totalité de la cité en un vaste champ de ruines, avait dégagé toute l'énergie à l'intérieur d'une seule pièce et ouvert une sphère parfaite dans les murs de béton. Seul le bâtiment visé s'était effondré, dévoré par l'élévation de la température, mais sans les horreurs des retombées radioactives étendues et des effets de souffle, qui avaient précédemment conduit à l'interdiction des armes nucléaires. La charge à plasma ne présentait guère de point commun avec ses ancêtres, la bombe atomique et la bombe à hydrogène, armes de destruction massive. Cet engin détruisait par le feu, avec une précision chirurgicale. Dans les mois qui suivirent, les charges conventionnelles des missiles de croisière et des bombes guidées laser furent remplacées par des charges à plasma.

Le premier tir sous-marin en grandeur réelle s'était déroulé sur le polygone d'essais des Bahamas. Michael Pacino, alors capitaine de vaisseau, avait assisté à l'explosion de la charge à plasma emportée par un missile Vortex, durant les premiers jours de la Troisième Guerre mondiale contre le Front Islamique Unifié.

Pacino avait utilisé la nouvelle arme pour la première fois, quelques semaines plus tard, contre le sous-marin du FIU, en mer du Labrador. Touché par des torpilles Nagasaki, le *Seawolf* avait coulé, mais l'explosion de la charge à plasma des Vortex avait provoqué la mort du dictateur du FIU, alors contraint à signer la paix. L'aventure en mer du Labrador était restée secrète.

Quelque temps plus tard, au cours de l'opération « Voile illuminé », Pacino, alors contre-amiral, avait tiré des missiles Vortex Mod Bravo équipés de charges à plasma contre les sous-marins japonais de type Destiny II, les envoyant presque tous au fond du Pacifique.

Puis, pendant la seconde guerre civile chinoise, alors que la Chine Rouge organisait l'invasion de la

Chine Blanche, des charges à plasma furent utilisées pour bombarder Shanghai et Hong Kong. Lors de ce même conflit, la contre-attaque conduite par le vice-amiral Michael Pacino avec des missiles Vortex Mod Bravo et Charlie avait permis de gagner le conflit.

Michael Pacino avait été un pionnier de l'utilisation de charges à plasma dans un système d'armes. Certains soutiendraient plus tard qu'il était fatal qu'il en soit victime un jour.

Fatalité, ironie du sort ou simple coïncidence, le front de plasma remonta à l'intérieur de la coque du *Princess Dragon* et déclencha un spectacle semblant issu de l'Enfer de Dante. En quelques instants, le paquebot disparut et il ne resta plus, à la surface de la mer, que des flammes et des débris éparpillés.

Lorsque la mine se déclencha, l'amiral Michael Pacino regardait la mer caresser la coque sur l'arrière du paquebot, captivé par le scintillement des vagues.

Il y eut un premier éclair. Au niveau du milieu du bâtiment, la mer vira du bleu sombre souligné de blanc au rouge incandescent. Pacino écarquilla les yeux de surprise tandis que l'éclat rouge de l'explosion se propageait dans l'océan et formait un gigantesque cercle autour d'eux. Il eut l'impression que le reste du monde était figé. Les vagues, le vent, l'écoulement du temps. Une mouette qui volait à 3 mètres de lui s'immobilisa. Avec épouvante, Pacino réalisa ce qui était en train de se produire. Le temps ne s'était ni arrêté, ni ralenti. Sous l'effet de la peur, l'adrénaline avait simplement submergé son cerveau.

La lueur s'était étendue et évoluait lentement vers l'orangé pâle. Simultanément, quelque chose était en train de changer. La surface de la mer devint brutalement blanche et l'océan explosa autour de lui en un immense champignon d'écume.

Pacino réalisa vaguement qu'il n'entendait aucun

bruit. Ce fantastique cataclysme se déroulait dans le silence le plus total. Peut-être était-il devenu sourd. Il n'eut pas le temps de se poser d'autres questions. La mouette se trouva lentement projetée vers le haut et violemment ballottée.

Pacino sentit le pont s'incliner de 5, puis de 10 degrés sur bâbord, puis la rambarde se trouva au-dessus de lui. Il réussit à jeter un coup d'œil par-dessus bord et eut l'impression d'une fenêtre ouverte sur l'enfer. L'océan s'était transformé en une boule de feu. Des flammes jaillissaient en un nuage orangé et noir qui remontait lentement le long de la coque.

Il se sentit tomber lentement, probablement soufflé par l'onde de choc de cette explosion qu'il ne comprenait pas. Il assista, impuissant, à la rupture de la coque. Sous ses yeux, une ligne de fracture s'ouvrit sur le pont. Le bâtiment se coupa en deux fragments, qui s'éloignèrent de lui. A l'intérieur de la partie arrière, il distingua le pont inférieur. Les hommes, secoués comme des dés sur une table de craps, tombaient à la renverse, au ralenti.

Devant lui, il distingua plusieurs personnes qui rebondissaient lentement dans leur chute. Une femme vêtue d'une jupe de soie courte heurta une cloison de la tête, les jambes en l'air. Du sang gicla en même temps que la matière grisâtre et visqueuse de son cerveau. Elle s'immobilisa, une main coincée dans le dos, les jambes brisées et écartées, la tête éclatée en une large tache sanguinolente contre la surface blanche. Pacino réalisa que le bâtiment chavirait lorsqu'il s'aperçut que la surface sur laquelle il se trouvait était une cloison, encore verticale quelques fractions de seconde plus tôt.

Jusqu'à cet instant, tout s'était déroulé sans un bruit. Une violente explosion lui déchira les tympans.

Rapidement, la partie arrière de la coque s'était éloignée et Pacino ne vit plus que le bleu des superstructures puis le noir des œuvres vives et, enfin, le métal carbonisé de ce qui avait été la coque. L'instant d'après, un nuage épais masqua l'horreur du spectacle qui s'offrait à lui. Les flammes et les volutes de fumée noire limitèrent son horizon à 3 ou 4 mètres, quelle que soit la direction où se portait son regard.

Puis il percuta violemment le pont. Le choc avec le bois poli le ramena à la réalité. Deux corps volèrent au-dessus de lui et s'écrasèrent avec une force irréelle près du cadavre fracassé de la femme. Pacino lutta et se hissa péniblement le long du pont, au milieu de l'amas de corps. Sa tête heurta une cage thoracique. Sa vue se troubla et un malaise l'envahit, pas uniquement à cause de l'abominable odeur de brûlé ni du contact des trois corps, mais parce que le bâtiment chavirait. Le pont était à présent vertical. Le *Princess Dragon* continuait à basculer. En levant les yeux vers la rambarde contre laquelle il se tenait quelques secondes auparavant, il distingua le ciel à travers quelques déchirures entre les épais nuages de fumée qui s'élevaient de l'épave du paquebot. La coque continuait de chavirer et le plancher devint bientôt le plafond. Le ciel disparut, il ne vit plus que de la fumée, et les rambardes touchèrent la surface de l'eau dans une gerbe d'éclaboussures.

Pacino comprit que si les rambardes atteignaient l'eau, c'était que le bâtiment devait avoir chaviré complètement et qu'il devait se trouver sous l'eau. Instinctivement, il emplit ses poumons d'une goulée d'air plein de fumée. Comme pour confirmer ses conclusions, une vague d'eau noire déferla sur lui. Sous l'eau, le bruit des flammes et des explosions se fit plus grave. Mais quelque chose se produisait au niveau de ses oreilles. Elles semblaient battre dans son crâne. La pression. Il était entraîné vers le fond. Il faut remonter ! hurlait une voix dans sa tête.

En bloquant sa respiration, il agita désespérément les bras pour essayer de se dégager de la cloison. Alors qu'un sentiment de panique l'envahissait, il attrapa la rambarde de la main et toucha le pont de la tête. Sans réfléchir plus longtemps, en s'aidant des pieds, il se hissa à la force des bras le long de la rambarde, conscient que c'était probablement sa dernière chance. S'il échouait, le bâtiment l'entraînerait certainement dans son naufrage. Puis il lâcha la rambarde et nagea dans l'obscurité.

Il se força à ouvrir les yeux : s'il prenait une mauvaise direction, il se noierait. Il devait se trouver entre 30 et 50 mètres sous l'eau et son seul espoir était de remonter rapidement vers la surface.

Lorsqu'il ouvrit les yeux, il ne vit rien. Les grondements des explosions dans l'obscurité étaient effroyables. Il craignait de perdre la raison et luttait pour retrouver le contrôle de lui-même.

Puis il perçut une série d'éclairs qui illuminèrent l'espace environnant d'un éclat effrayant. Au-dessus de lui, pendant un court instant, il vit la coque gigantesque s'enfoncer, déchirée en son milieu, complètement chavirée, l'étrave tournée vers la surface. Pacino distingua confusément les vagues, très loin au-dessus de sa tête. Le paquebot était tellement énorme que l'étrave lui paraissait éloignée, dans le flou de la mer. Il devait se trouver à 60 ou 70 mètres d'immersion et il se sentait aspiré vers le fond par la grande coque, à 15 mètres sur sa gauche. Il ne savait pas ce qu'il redoutait le plus : apercevoir ce paquebot déchiré dans la lumière effrayante des explosions et se rendre compte de l'immersion inquiétante à laquelle il se trouvait, ou ne rien voir du tout.

Soudain, Pacino fut saisi d'une peur panique, tel un enfant au milieu d'un cauchemar. Il essayait de hurler de terreur et ses yeux lui semblèrent soudain bizarres, comme s'il pleurait dans l'eau. Il pensa que son heure était venue et qu'il allait bientôt mourir. Souvent, il avait essayé d'imaginer ses derniers instants. Et même s'il avait réussi à sortir du *Devilfish* en train de couler sous la banquise et s'il avait survécu au naufrage du *Ronald Reagan*, il ne s'était jamais senti aussi proche de la fin. Dans un éclair, il revécut tous les moments où il avait frôlé la mort. Il s'en était toujours sorti plus fort. A cet instant, il se dit qu'il ne lui restait plus aucune chance de s'en sortir. Un brusque élan de fureur l'envahit soudain et il refusa de mourir. Il se mordit les lèvres jusqu'au sang et lutta pour remonter vers la surface, rassemblant la plus petite parcelle d'énergie qui restait dans son corps.

Il nagea dans la direction où il se souvenait avoir vu les vagues, poussant énergiquement des bras et des jambes. Il sentait sa poitrine comprimée sous l'effet de la pression. Il avait l'impression que ses tympans avaient éclaté. A court d'oxygène, il pensa qu'il devait nager depuis déjà plusieurs minutes. Il se demandait s'il résistait à l'aspiration ou si le paquebot l'entraînait toujours vers le fond, maintenant que les explosions s'étaient éteintes et qu'il ne distinguait plus rien autour de lui. La diminution de pression aurait dû soulager ses oreilles et ses poumons, pensat-il. Il serait bientôt trop tard pour s'en soucier. Il lui restait peut-être soixante secondes à vivre.

Il nagea en comptant les brasses. Jusqu'à soixante, se donna-t-il pour but. Il arriva à quarante, puis cinquante, et rapidement soixante, sans avoir l'impression de s'être approché de la surface. Il persévéra. Soixante-dix, quatre-vingts, quatre-vingt-dix. Il était épuisé. Il pouvait à peine bouger les jambes, ses bras étaient de plomb. Il ne parvenait plus à relever la tête. Il essaya de garder les yeux ouverts, de voir la surface, mais il ne distinguait rien dans l'obscurité. A court d'air, il ne pouvait plus retenir sa respiration. Il savait qu'à l'instant où l'eau envahirait ses poumons, il paniquerait et ce serait la fin.

Sa rage s'était évanouie et avait laissé place à l'épuisement. Il avait l'impression d'avoir cent ans et d'être vaincu par la fatigue, il se résignait. Il était perdu. Peut-être était-ce écrit, la réponse à ses questions, son destin.

Il tenta une dernière fois de lutter contre la fatalité, mais son corps fonctionnait à présent en automatique. Il ouvrit la bouche et respira. Ses poumons se remplirent d'eau. La panique le saisit aussitôt. Il poussa sur les bras et les jambes, se débattit, désespéré. Il ne distinguait toujours rien, dans l'obscurité. La douleur dans sa poitrine lui arracha un hurlement, comme s'il avait été déchiré par un hameçon géant, mais, par chance, la partie de son cerveau qui réagissait à la douleur s'inhibait peu à peu. Sa raison déclinait rapidement, comme un récepteur de télévision que l'on éteint, sur lequel l'image finit par se réduire à un unique point de lumière. Une minuscule clarté perçait encore dans une mer d'obscurité, avant de finir par disparaître complètement. Puis il entendit des voix, faibles pour commencer, puis plus fortes et de plus en plus distinctes. Mais elles n'appartenaient plus à ce monde. C'étaient celles de son père, de Dick Donchez, de l'équipage de son vieux *Devilfish* et des disparus du *Seawolf*. Ils étaient tous vivants. Il apercevait son père, debout devant lui, jeune. Vêtu d'une robe blanche tellement éblouissante qu'elle lui blessait presque les yeux, il paraissait tellement grand, tellement imposant, comme lorsque Pacino était enfant.

Il sentit ses bras l'entourer et il entendit sa voix. A son contact, une paix intérieure l'envahit. De l'autre côté, se tenait Dick Donchez, jeune et vigoureux. Ils marchaient avec lui et le portaient. Il s'entendit prononcer le nom de son père. Il appela Donchez, qui lui répondit en riant. Il comprit qu'il était arrivé quelque part, qu'il avait atteint une destination, un lieu meilleur, et que la tristesse qui pesait sur ses épaules depuis de nombreuses années, depuis le naufrage du *Devilfish*, s'était finalement évanouie.

22

Victoria Cronkite, qui n'avait pas quitté la scène des yeux — elle savait qu'elle ferait des coupes en studio —, s'arrêta brusquement au milieu d'une phrase lorsque l'océan qui entourait le paquebot prit bizarrement une couleur rouge sang. Le temps d'un battement de cœur, le rouge s'étala sur toute la longueur du navire. Cronkite regardait, abasourdie, en essayant de comprendre. Mais la lueur s'estompa aussi rapidement qu'elle était apparue. La mer bouillonna, comme si une charge nucléaire avait explosé sous la coque. L'eau jaillit dans un geyser blanc et une vague gigantesque enveloppa le bâtiment. En une seconde, la coque du superbe paquebot disparut avant de réapparaître, encerclée par une boule de feu qui se transforma rapidement en un énorme nuage en forme de champignon, dont le sommet noir montait lentement vers leur hélicoptère.

Elle entendit alors un coup de canon, une détonation effroyable qui l'assourdit complètement, suivie d'un grondement qui couvrit le vacarme du rotor.

L'hélicoptère remonta brusquement de 15 mètres, puis plongea de 30, ballotté comme un fétu de paille. Cronkite arracha son casque et se pencha vers le hublot, essayant de regarder par-dessus la caméra de Doug. En dessous d'eux, elle distinguait à peine le *Princess Dragon* au milieu de la fumée et des flammes. Elle réussit à voir que la coque était coupée en deux, que l'avant basculait sur la gauche, l'arrière vers la droite, et que les deux parties chaviraient. La coque bleue n'était plus qu'une épave déchirée. L'arrière s'enfonça rapidement. A la surface de l'eau, des flaques de gazole et les débris de l'explosion se consumaient. Il fallut plus de temps pour que la partie avant sombre à son tour. La cheminée explosa, puis les restes du bâtiment basculèrent jusqu'à ce que la coque apparaisse, noire et écorchée. Elle coula aussitôt.

— Tu as tout filmé ? Entre le bruit de l'hélicoptère et des explosions, qui se calmaient peu à peu, sa voix était à peine audible. Mais elle était à moitié sourde.

— J'ai tout pris, cria Doug. Fais-nous un commentaire sur le vif ! Nous allons faire du direct. Laisse-moi quinze secondes.

Cronkite gardait le regard fixé sur la mer bouillonnante, dans laquelle un paquebot plus grand que les tours du World Trade Center venait de disparaître en moins d'une minute. Pendant qu'elle commençait à réfléchir à son commentaire, les bâtiments de l'escorte, qui s'étaient précipités à la rescousse, explosèrent à leur tour dans les mêmes conditions abominables. La caméra de Doug n'avait pas perdu une seconde de la catastrophe.

Les explosions secouèrent le *Devilfish* quelques instants après que l'éclair aveuglant eut jailli de l'endroit où se trouvait le paquebot.

Le commandant Karen Petri regardait vers l'arrière pour essayer d'apercevoir le porte-avions qui sortait de Norfolk, lorsqu'un premier éclair déchira le ciel derrière elle. Le flash lumineux se réfléchit sur les mâts et les antennes qui émergeaient du massif. Les cris de l'officier et des personnels de quart furent couverts par le bruit de l'onde de choc, une puissante vibration qui résonna dans leur poitrine. Devant les yeux ébahis de Petri, le paquebot disparut dans une boule de feu qui s'éleva vers le ciel. Puis le champignon de fumée se dissipa un peu, le navire réapparut, complètement brisé. Petri resta bouche bée : le paquebot se coupa en deux et chavira, avant de sombrer en quelques secondes. Il semblait avoir été happé par une pince géante surgie des profondeurs.

Elle était sur le point d'ordonner de se rapprocher du bâtiment agonisant, pour tenter de porter secours aux survivants, lorsque les deux frégates explosèrent à leur tour, l'une après l'autre. Les mêmes grondements se répercutèrent à travers la coque et se muèrent en coups de poings géants qui les assommèrent à moitié contre le bordé de la passerelle. Des champignons de fumée marquèrent bientôt les positions des bâtiments. Dans ses jumelles, Petri ne reconnut rien d'autre que le nom sur la coque du second bâtiment. L'espace de quelques secondes, elle lut USS TOM CLANCY en lettres capitales, avant que l'arrière ne disparaisse dans les flammes. Lorsque l'horizon s'éclaircit, il ne restait rien.

— Je prends la manœuvre ! En avant toute, vitesse maximum ! ordonna Petri par réflexe en arrachant le micro des mains de Dietz. Annoncez l'azimut du paquebot.

— Azimut 1-0-5, répondit la voix effrayée du CGO.

— Central, gouvernez 1-0-5, ordonna Petri.

La visibilité revenait dans l'azimut du paquebot, environ 1 nautique sur l'avant. A la vitesse de 30 nœuds, elle serait sur place en deux minutes.

Sur l'avant se détachait la silhouette massive du

Hyman Rickover, qui faisait demi-tour. Lorsqu'il se trouva cap à l'ouest, un éclair éblouit Petri : il disparut dans une fantastique boule de feu et commença à couler.

Dietz assistait bouche bée à ce terrifiant spectacle. Petri ne comprenait pas comment elle arrivait à conserver son sang-froid alors que tous les hommes qui l'entouraient étaient pétrifiés. Elle remercia intérieurement le Seigneur dans une courte prière et amena son sous-marin jusqu'au lieu du naufrage du *Princess Dragon*.

L'amiral Richard O'Shaughnessy, le chef d'état-major des armées, leva les yeux pour regarder le bombardier supersonique, venu de la base aérienne d'Andrews pour l'inspection. Les généraux Nick Nickers et Paul Gugliamo, les chefs d'état-major des armées de terre et de l'air se tenaient de part et d'autre de O'Shaughnessy et détaillaient fièrement les capacités de l'avion. Ils s'apprêtaient à escorter l'amiral à bord lorsque quatre Lincoln noires de service, gyrophares en fonction, foncèrent vers eux.

Nickers tendit le cou pour voir ce qui se passait, les sourcils soulevés derrière ses lunettes de soleil. Le premier, Gugliamo se précipita en direction des Lincoln. Les véhicules roulaient à plus de 150 kilomètres/heure sur la piste. Ils pilèrent au dernier moment et s'arrêtèrent en dérapant juste devant le bombardier. Avant même leur immobilisation totale, les portes des quatre voitures s'ouvrirent et des commandos en jaillirent, pistolets automatiques à la main et grenades en bandoulière. D'une main, le commandant tenait un pistolet automatique MAC-12, de l'autre un Uzi. En un instant, les trois officiers généraux se trouvèrent cernés par les membres du commando.

— Code 7, se contenta de prononcer le chef du

groupe en saisissant O'Shaughnessy par le bras et en le poussant dans une voiture.

Les quatre portes claquèrent et les pneus crissèrent à l'accélération. Les deux généraux furent embarqués de la même façon dans deux autres voitures, qui prirent des directions différentes. O'Shaughnessy retira sa casquette et regarda l'officier assis à la place avant.

— Que se passe-t-il ?

— Code de sécurité 7, c'est la seule chose que je suis autorisé à vous dire, amiral, jusqu'à ce que vous ayez regagné le bunker de commandement NMCC[1].

Cela ne fournissait guère d'éléments concrets au chef d'état-major des armées. « Code 7 » impliquait le rappel des autorités militaires, un plan d'urgence dont l'initiative revenait aux troupes de sécurité chargées de la protection des officiers généraux. O'Shaughnessy patienta, les lèvres crispées d'exaspération, jusqu'à ce que le véhicule s'arrête devant un hélicoptère Sea Serpent CH-88D. Les commandos le hissèrent à bord. Les roues s'arrachèrent du sol avant même que la porte ne soit refermée.

— Que se passe-t-il ? demanda O'Shaughnessy à l'un de ses ravisseurs.

L'officier le plus ancien, un capitaine de frégate, lui tendit un WritePad. L'amiral se connecta sur le site Internet de SNN. Une fenêtre présentait une vidéo tandis que, dans une autre partie de l'écran, une journaliste commentait la tragédie qui venait de se produire. En découvrant les images, O'Shaughnessy blêmit.

— Voilà qui explique mon enlèvement.

— Nous manquons d'informations concernant l'ampleur de l'attaque, amiral, dit le capitaine de frégate. Mais tout officier d'un rang supérieur ou

1. NMCC : National Military Command Center.

égal à celui de général de brigade constitue une cible potentielle et doit être conduit à un point de sécurité. Nous vous emmenons au bunker de Crystal City, près de Washington.

— Non, je refuse de me terrer dans un quelconque bunker. Conduisez-moi au Pentagone.

— Désolé, amiral, c'est impossible. Pour le moment, Washington n'est pas l'endroit idéal. Nous considérons que le Pentagone représente le second objectif. Il a été évacué, sauf pour les autorités de quart au NMCC et une équipe de garde, appartenant au commandement des opérations spéciales. Le pavillon a été transféré au bunker de NorVa[1], le centre de commandement militaire souterrain, à Crystal City.

— Bon Dieu, j'ai dit non. Si le Pentagone est neutralisé, emmenez-moi à la Maison Blanche et cessez de raconter n'importe quoi, commandant, sinon je prends moi-même les commandes de l'hélicoptère. Vous m'avez bien compris ?

O'Shaughnessy n'avait pas eu l'occasion d'user ainsi de son autorité depuis la bataille d'Iran et manquait d'entraînement, mais il parvint à impressionner son interlocuteur.

— Bien. Major, vous avez entendu l'amiral ? Pelouse sud de la Maison Blanche, rapidement.

L'hélicoptère vira sèchement lorsque le pilote mit le cap vers le périphérique. Durant quelques instants, tous se turent, jusqu'à ce que l'amiral O'Shaughnessy s'adresse au commandant des Seals.

— La présidente a-t-elle été mise au courant ?

— Le secrétaire d'Etat à la Défense se trouvait avec elle lorsque l'événement s'est produit, amiral. Le secrétaire d'Etat à l'Information est venu personnellement les avertir.

---

1. NorVa : Northem Virginia, Virginie du Nord.

O'Shaughnessy garda le silence un moment, en repassant les terribles images du naufrage du *Princes Dragon*. Des hommes, ses hommes, étaient en train de mourir sous ses yeux, dont son gendre. Il pensa à sa fille.

— Je me demande comment elle reçoit la nouvelle, dit-il à voix haute.

Le capitaine de frégate secoua la tête, pensant que l'amiral faisait allusion à la présidente Warner.

La salle était immense et impressionnante. Une longue table surélevée, en forme de fer à cheval, faisait face à la table des témoins. Les sénateurs et les députés de la commission des forces armées occupaient des fauteuils en cuir, à dossier haut, attentifs à la présentation du système de combat tridimensionnel Cyclops. Colleen Pacino en était à la quarantième page de son exposé.

Elle allait reprendre son discours, après avoir marqué une pause pour avaler une gorgée d'eau, lorsque le président de la commission, Arlen Ridge, sénateur de Pennsylvanie, l'arrêta d'un geste de la main. Un lieutenant de vaisseau venait d'entrer précipitamment et de lui glisser quelques mots dans l'oreille. Colleen tendit la tête, essayant de comprendre ce qui se disait. A l'air inquiet du sénateur, Colleen pensa que l'événement devait avoir un certain caractère de gravité. Tout écoutant l'officier, Ridge levait régulièrement les yeux pour lancer des coups d'œil furtifs à Colleen. L'officier posa un Write-Pad en face de Ridge, qui le regarda pendant quelques instants et devint blême.

— Heu... nous allons ajourner cette séance, annonça Ridge, d'une voix anormalement forte. Madame Pacino, puis-je vous parler un instant ?

La salle se vida pendant qu'elle s'approchait de la table.

— Colleen, il s'agit de votre mari, dit Ridge calmement en retournant le WritePad l'écran contre la table.

Colleen O'Shaughnessy Pacino, ayant hérité du sang-froid de son père, rendit à Ridge un regard d'acier.

— Montrez-moi cet écran, dit-elle d'une voix grave et autoritaire, semblable à celle qu'aurait prise son père face à un subordonné indiscipliné.

— Colleen, je pense qu'il vaudrait mieux...

— Donnez-moi cet ordinateur.

Ridge le poussa devant elle. Son visage ridé la couva du regard affectueux d'un grand-père lorsqu'elle changea d'expression. Des larmes emplirent silencieusement ses yeux et coulèrent sur ses joues, elle pressa son poing contre sa bouche.

— Oh, mon Dieu ! furent les seuls mots qu'elle prononça, d'une voix tremblante.

L'élève de dernière année Anthony Pacino s'avachit dans l'un des sièges du « Yankee Stadium » de Michelson Hall, la salle en forme de ballon de football, déjà à moitié pleine d'aspirants récemment promus, qui avaient pris la place des anciens, diplômés quelques semaines auparavant. La conférence portait sur la prochaine campagne, qui devait emmener la promotion 2021 de l'Ecole navale en Méditerranée, à bord des bâtiments de la sixième flotte. Le groupe d'Anthony devait rallier par avion l'USS *George Washington,* un porte-avions nucléaire déployé au sein du cinquième groupe d'action navale.

Tandis que le capitaine de corvette débitait son exposé, Pacino s'enfonça dans son siège, les yeux mi-clos. L'ennui et le manque de sommeil lui rendaient le discours insupportable. La veille au soir, le jeune Pacino avait profité d'une de ses premières sorties en ville après six semaines de consigne, conséquence de ses écarts de conduite. Il n'avait rien fait de très grave, plutôt une succession de petits manquements. Il avait fait le mur durant la semaine précédant les examens, pratique courante chez les midships, malgré le règlement. Un restaurant, le Chick's, restait ouvert toute la nuit pour « alimenter » ce genre d'aventure. Malgré la fréquence de telles escapades, l'infraction appartenait à la classe A, c'est-à-dire qu'elle était considérée comme suffisamment grave pour entraîner le renvoi de l'Ecole. Anthony avait cité John Paul Jones en rassemblant ses camarades : « Messieurs, celui qui ne risque rien n'a rien. » Ils avaient enfilé leurs jeans et étaient sortis par la fenêtre des vestiaires du sous-sol.

Ils avaient pris un petit déjeuner conséquent chez Chick's à 3 heures, savourant le plaisir de la liberté interdite, puis avaient essayé de rentrer incognito à l'Ecole. Mais Anthony avait eu la malchance de tomber sur le pacha de l'Ecole, l'amiral Murphy en personne, qui souffrait d'insomnie et promenait son dalmatien à des heures indues. Piégé, Anthony avait ralenti pour marcher tranquillement, essayant de se donner une contenance et avait prononcé un « Bonsoir, amiral » sonore, comme s'il était parfaitement normal d'arpenter les trottoirs à 3 heures. Malheureusement, il était déjà trop tard. Murphy le connaissait trop bien et avait détecté quelque chose d'anormal dans l'expression de son visage. Bien que Murphy fût un ami de la famille, Anthony avait été prévenu que son père avait donné des instructions strictes pour qu'il ne profite d'aucun favoritisme. Durant un instant, il se demanda si le vieil homme le laisserait simplement passer, mais il lui demanda de s'arrêter. Il ne lui fit aucune remontrance et ils échangèrent quelques paroles aimables, notamment au sujet du chien. Anthony mit même un genou à terre pour caresser l'animal et se laissa lécher le visage. Il dit au revoir à l'amiral, lui serra la main puis se pressa de regagner Bancroft Hall, persuadé de la clémence de son supérieur et de l'absence de sanction à son égard. Jusqu'à ce qu'il trouve dans sa chambre trois aspirants en peignoir, affichant des mines sombres.

— Vous venez de commettre une infraction de classe A et vous êtes passible de renvoi, Pacino ! avait vociféré son chef de compagnie en le mettant aux arrêts de rigueur.

La punition s'était enfin terminée la veille à midi. Anthony avait pu aller en ville. Il s'était assis chez Riordan, avait commandé une Harp et avait discuté avec ses amis jusqu'à ce qu'une délicieuse blonde s'installe à côté de lui. Elle s'appelait Helen et montrait beaucoup d'intérêt à son égard. Elle l'avait même embrassé à l'heure de la fermeture. Le souvenir de ce baiser le hantait tandis que se poursuivait le briefing assommant dans l'auditorium surchauffé.

Anthony avait des traits plaisants et harmonieux, les lèvres pleines, les pommettes saillantes de son père, mais le nez plus fin de sa mère et ses yeux bleus. Il avait même hérité de ses cheveux légers et raides, plus longs que ne le permettait le règlement de la marine. Il était plus grand que la moyenne, mais n'avait pas la stature imposante de son père. Il ne savait plus très bien où il était lorsqu'il sentit une main sur son épaule. Surpris et saisi d'un sentiment de culpabilité, il se redressa immédiatement sur son siège en se disant qu'il aurait dû rester plus vigilant. Pour s'être endormi durant une conférence, il était passible de quelques jours d'arrêts. Il serait contraint de rester à bord pendant que les autres profiteraient des escales à l'étranger. Il se refusait à croire qu'il venait à nouveau de plonger dans le pétrin et se dit qu'un jour, il allait finir par tirer la plus courte paille.

— Monsieur Pacino, l'interpella un lieutenant de

vaisseau. Anthony avala difficilement sa salive. A l'Ecole navale, les aspirants étaient respectés comme des dieux. Quant aux lieutenants de vaisseau, ils appartenaient au ciel étoilé. Le commandant veut vous voir tout de suite.

Ça y était. Ses notes médiocres et sa mauvaise conduite le rattrapaient, pensa-t-il. Même son père ne lui serait d'aucun secours, à présent. Que dirait-il lorsqu'il apprendrait que son fils avait été renvoyé d'Annapolis ? Anthony suivit l'officier sous les regards de ses condisciples, tandis qu'un sous-lieutenant des Marines murmurait quelques mots à l'oreille du conférencier. Mais Anthony ne remarqua rien. La marche jusqu'à Leahy Hall, derrière le lieutenant de vaisseau en uniforme blanc, lui parut durer une éternité.

Le bureau du directeur se trouvait au rez-de-chaussée et occupait presque tout le bâtiment. Aides de camp et secrétaires s'affairaient dans le hall d'accueil lambrissé de cerisier. Anthony était trop inquiet pour remarquer quoi que ce soit jusqu'à ce que les grandes portes en bois s'écartent et qu'il se retrouve dans le bureau de l'amiral Sean Murphy. Anthony entra lentement, les épaules basses, le cœur battant, se demandant comment il pourrait expliquer la situation à son père. Il regarda Murphy. Les rides de son visage formaient des pattes d'oie au coin de ses yeux. Le vieil homme l'accueillit cependant avec un regard bienveillant, et peut-être un peu triste. Etait-ce parce qu'il allait lui demander sa démission ? Anthony sentit son estomac se serrer d'anxiété. Murphy s'extirpa de derrière son bureau, lui tapa sur l'épaule et, de sa main libre, le secoua. Déconcerté, Anthony accrocha le regard bleu sombre de Murphy.

— Assieds-toi, mon garçon, dit-il d'une voix enrouée.

— Oui, amiral, répondit Pacino, en s'asseyant

sur le bout de sa chaise, au risque de la faire basculer.

Murphy se pencha contre le bord du bureau.

— Je crains d'avoir de mauvaises nouvelles pour toi, Anthony. Le bâtiment à bord duquel se trouvait ton père a subi une attaque, un acte barbare que nous pensons d'origine terroriste. D'après le journal télévisé, il n'y a aucun survivant. Nous pourrions être contraints de considérer que ton père est mort. Je suis absolument désolé...

La tête entre les mains, Anthony Michael Pacino n'entendait déjà plus rien. Des larmes commencèrent à couler le long de ses joues. Il entendit un cri puis s'aperçut que ce cri était le sien.

23

— Stoppez ! ordonna Petri.

Le sous-marin perdit de la vitesse en glissant lentement sur l'eau. Autour d'eux, l'océan était en feu et les flammes les empêchaient de respirer.

— Faites monter des Fenzy, ordonna-t-elle à l'officier de quart.

Les respirateurs autonomes se composaient d'un poumon de caoutchouc souple, d'un générateur d'oxygène et d'une cartouche, destinée à absorber le gaz carbonique. L'appareil était bien plus léger et maniable que les systèmes à bouteilles employés par les pompiers pour combattre un incendie à bord.

— Prendre la tenue de navigation, ouvrir tous les panneaux d'accès. Les équipes de manœuvre sur le pont. Prendre les dispositions d'homme à la mer. Nous resterons dans cette situation jusqu'à ce que j'aie récupéré tous les corps qui flottent dans le coin.

— Oui, commandant, murmura Dietz.

— Et nous ramènerons *toutes* les victimes à bord, est-ce clair ?

— Oui, commandant.

— Dietz ?

— Commandant ?

— Bougez-vous le train. Reprenez-vous. On a du pain sur la planche.

Durant l'heure qui suivit, l'équipe de pont remonta les corps l'un après l'autre. Certains d'entre eux étaient horriblement mutilés, d'autres paraissaient simplement endormis. Lorsqu'ils étaient hissés sur le pont, le chef infirmier, Richard Keiths, les examinait pour vérifier s'ils étaient encore en vie. Il écoutait leur poitrine, examinait leurs yeux et, de temps en temps, secouait la tête en direction du massif. Le bruit d'un hélicoptère de la presse qui les survolait et filmait la scène se mêlait aux cris sur le pont. Un second puis un troisième hélicoptère les rejoignirent, puis deux cutters des Coast Guards et trois aéronefs à rotors basculants, spécialisés dans la recherche et le sauvetage en mer, des V-55 Sea Witch. Les Coast Guards se concentrèrent sur les lieux des naufrages des frégates et du croiseur tandis que le *Devilfish* poursuivait sa récolte macabre des passagers du paquebot.

Petri fit évoluer lentement son sous-marin en cercles concentriques pour récupérer les corps. Devant le petit nombre de cadavres remontés, elle avait la gorge serrée. Plus de mille trois cents officiers supérieurs et subalternes, et plus de quarante amiraux se trouvaient à bord du *Princess Dragon* lorsqu'il avait coulé. Ils avaient arraché moins d'une centaine de victimes aux flammes qui dévoraient l'océan. Seules dix-neuf personnes présentant encore des signes de vie furent évacuées par les V-55 sur l'hôpital naval de Portsmouth. Les autres corps furent descendus à bord. Le vent se leva enfin, les feux s'éteignirent et la fumée se dissipa, laissant une odeur âcre et des milliers de débris à la dérive, mais plus un seul corps. Petri ordonna de se préparer à plonger et le bâtiment mit le cap sur Norfolk avec son triste chargement.

Comme dans un cauchemar, elle descendit par le

panneau du sas passerelle et se rendit jusqu'au niveau supérieur, à la cafétéria. Les tables avaient été déboulonnées et débarrassées. Les corps reposaient dans des couvertures. Le local était transformé en morgue. L'odeur de brûlé lui envahit les narines et lui donna l'impression d'étouffer. Elle s'agenouilla près de chaque corps et le découvrit, essayant de l'identifier. Au troisième cadavre, elle sursauta : le chef, l'amiral Phillips en personne, le visage gris, la gorge à moitié arrachée. Le quatrième corps était celui d'un autre amiral. Elle lut PAUL WHITE sur sa plaquette nominative. Le suivant, auquel il manquait toute la partie inférieure du corps, lui parut vaguement familier, le vice-amiral David « Sugar » Kane, ancien commandant du Phœnix. Les amiraux devaient se trouver sur le pont-promenade, pensa Petri, étant donné le nombre de corps d'officiers généraux récupérés.

Petri recouvrit lentement le visage de Kane et souleva la couverture suivante. Elle se trouva face au visage tanné et sans vie du chef d'état-major de la marine, l'amiral Michael Pacino. Elle tendit la main pour caresser son front, comme pour prendre la température d'un enfant aimé, en se demandant qui avait pu commettre une telle abomination.

Celui qui avait été Michael Pacino était entouré de lumière, une clarté si brillante que ses yeux auraient dû le faire souffrir. Un sentiment familier de chaleur et de joie le traversait tandis qu'il regardait son père et Richard Donchez. Mais ils cessèrent de lui sourire, comme s'il leur était arrivé quelque chose de grave. Son père s'adressa à lui sans ouvrir la bouche.

Mon fils, tu dois repartir.

— Non, dit Pacino. Je ne peux pas. Je ne repartirai jamais. Je veux rester ici. Avec toi et Dick.

Ton heure n'est pas venue, mon fils. Tu as encore des choses à faire.

— Non, Papa, je n'ai plus rien à accomplir. J'ai fait tout ce que j'ai pu.

Non, mon fils.

Le monde nouveau, lumineux et heureux s'évanouit instantanément. De toute évidence, ce n'avait été qu'un rêve.

La main du capitaine de frégate Karen Petri effleura le front de l'amiral Pacino. A son étonnement, il était chaud. Il remua imperceptiblement une paupière.

— Infirmier ! cria-t-elle. Keiths ! Un des hommes est vivant, nom de Dieu ! Faites quelque chose, vite !

Keiths bondit, une sacoche dans les mains. Petri se précipitait déjà au CO.

Cinq minutes plus tard, le V-55 des Coast Guards se présentait au-dessus du *Devilfish* et remontait une dernière victime dans une civière hélitreuillable. Les rotors basculèrent à l'horizontale et l'aéronef accéléra en direction de la base aéronavale de Norfolk.

Katrina Murphy avait quarante-six ans, mais on lui en donnait quinze de moins. Elle avait de longs cheveux blonds ondulés et un corps tonique à force d'exercice physique. Ses yeux bleus se tournèrent vers le hall lorsque Sean ouvrit la porte et entra en chancelant, à peine capable de tenir sur ses jambes. Elle se précipita vers lui et le soutint. Il se dirigea vers son bureau. Elle le poussa doucement dans son fauteuil préféré puis s'empressa de lui apporter de l'eau. Lorsqu'elle revint, il était trempé de sueur. Elle lui enleva sa veste et desserra sa cravate.

— Merci, articula-t-il.

— Comment va Tony ?

— Il a du mal à accepter la nouvelle, répondit Murphy de sa voix rocailleuse. Et bon sang, c'est dur pour nous tous. Toute notre marine reposait sur Pacino. Sans lui, je ne sais pas où je serais. Quelque part dans une prison chinoise ou dans une tombe anonyme à Pékin. Je ne peux pas croire qu'il soit mort.

Elle lui frotta le dos pendant un moment. Elle cessa lorsqu'elle se rendit compte qu'il s'était endormi. Après avoir demandé de l'aide pour le coucher, elle descendit dans le salon pour regarder les informations. Toutes les chaînes couvraient le naufrage du *Princess Dragon*. Elle remerciait le ciel que Sean n'ait pas été à bord lorsque la sonnerie de la porte retentit. Elle laissa un maître d'hôtel ouvrir. Probablement une livraison, pensa-t-elle. Mais le maître d'hôtel introduisit un homme portant un uniforme de l'armée de terre, cinq étoiles sur les épaules et une plaquette au nom de NICKERS. Il enleva sa casquette, la glissa sous le bras, se présenta et parla lentement.

— Madame, je suis venu chercher l'amiral Murphy pour l'emmener à la Maison Blanche. Il vient d'être nommé chef d'état-major de la marine et la présidente désire le voir immédiatement.

— Il n'ira pas, répliqua Katrina. Trouvez quelqu'un d'autre.

Nickers la regarda fixement.

— Madame, l'officier de marine de plus haut rang après lui n'est que capitaine de vaisseau.

— Très bien, répondit Katrina. Dites à la présidente qu'elle peut lui coller des étoiles. Sean reste ici. Il est trop mal en point pour...

Murphy apparut dans l'encadrement de la porte, vêtu de son uniforme kaki, appuyé sur une canne, le pas hésitant.

— Allons-y, général, dit-il.

— Sean !

— Warner a besoin de moi, dit-il. Je serai de retour dans quelques heures.

Le général Nickers saisit la sacoche de Murphy et le conduisit jusqu'à la voiture de service, en regardant la résidence de l'amiral par-dessus son épaule.

— Vous venez de faire une promesse que vous ne tiendrez pas, dit-il.

— Que voulez-vous dire, mon général ?

— Nick, appelez-moi Nick. Vous venez d'assurer à votre femme que vous serez de retour dans quelques heures. Vous vous trompez. Nous sommes en guerre contre le responsable de cet acte de terrorisme. A présent, vous êtes chef d'état-major de la marine et c'est vous qui menez la danse.

Murphy acquiesça d'un signe de tête en se laissant lentement tomber sur la banquette arrière. Pendant que la limousine démarrait, il jeta un coup d'œil vers sa maison. Katrina devait le guetter par la fenêtre.

— Dites-moi encore une fois pourquoi vous n'avez pas attaqué le SSNX américain.

La voix de Novskoyy était sévère et accusatrice, mais ses yeux noirs ne laissaient paraître aucune expression.

— Oh, allez-vous faire foutre, Novskoyy, répondit Grachev en souriant, d'un ton léger. Ce n'était pas une faute de ma part, vous le savez très bien. Je vous ai répondu noir sur blanc la dernière fois que vous avez posé cette question.

Grachev poussa un ordinateur portable devant Novskoyy. Ce dernier ne prit même pas la peine d'y jeter un coup d'œil et continua de fixer Grachev. Grachev se leva, saisit l'ordinateur et le lui mit sous les yeux.

— Comme vous pouvez vous en rendre compte par vous-même, Novskoyy, vous avez là une vue tirée du capteur Shchuka numéro 4. Vous vous souvenez que nous avons tiré un Shchuka, n'est-ce pas ?

— Continuez, commandant, dit Novskoyy.

— Le grand objet oblong dans la partie basse, à droite de l'écran, c'est nous. Nous sommes très photogéniques, n'est-ce pas ? Mais, bon Dieu, on nous distingue parfaitement ! Le contraste de l'image est surprenant, même à l'œil nu, sans traitement par ordinateur. Si quelqu'un nous avait découvert avec un système d'imagerie acoustique totale, nous nous serions trouvés dans la merde !

Novskoyy regarda la table.

— Ah ! sourit Grachev, vous commencez à m'écouter. Donc, si vous êtes capable d'entendre, peut-être pouvez-vous également raisonner, même si vous n'êtes qu'un consultant. Et si vous pouvez raisonner, peut-être admettrez-vous avec moi que cela aurait pu se produire si le SSNX était passé par là, équipé de son système d'imagerie acoustique totale, fou de rage et nous cherchant partout. Ne croyez-vous pas qu'il était finalement plus sage de nous faufiler hors de la baie tandis que le SSNX récupérait les survivants ?

— Commandant, vous aviez une occasion idéale de couler ce sous-marin pendant qu'il était complètement sourd, au milieu des explosions des charges à plasma. Quatre ou cinq torpilles Berkut à suivi de sillage ou la moitié moins de Bora II, et le SSNX aurait rejoint le fond de l'océan. Au lieu de cela, vous avez déployé toute votre énergie à fuir comme un voleur dans la nuit. La voix de Novskoyy était résignée, fatiguée.

Grachev tapa sur l'épaule du vieil homme.

— Bien, heureux que vous ayez fini par voir les choses de la même façon que moi. Nous nous occuperons du SSNX lorsqu'il quittera le port de

Norfolk, ce qu'il ne manquera pas de faire, à un moment ou à un autre.

— Qu'est-ce qui te fait croire ça, commandant ? demanda Svyatoslov.

— Parce que les rares officiers qui restent, probablement quelques amiraux en retraite qui ont été rappelés, suspectent à présent l'attaque d'un sous-marin. Ils enverront le SSNX pour essayer de nous trouver.

— Peut-être, dit Svyatoslov. Peut-être enverront-ils avec lui une flopée de 688 refondus et un groupe de frégates et d'hélicoptères ASM.

— Peut-être même une armada. Second, monsieur Novskoyy, je souhaiterais prendre un peu de repos, dit Grachev, presque gaiement. Si vous voulez bien m'excuser, messieurs.

Les deux hommes sortirent. Grachev se déshabilla et se glissa dans ses draps. Il fixa le plafond de la pièce sombre pendant un certain temps. Le lendemain, ou dans les prochaines heures, il devrait affronter la vengeance américaine, justifiée, agressive et fatale.

Il devrait pousser son bâtiment au-delà de ses limites car le SSNX le poursuivrait, il n'en doutait pas. D'ici quelques jours, l'un des deux finirait au fond de l'océan.

Grachev bâilla, s'étira et ferma les yeux. Sa respiration se fit lente et profonde. Il s'endormit d'un sommeil sans rêves.

24

Jonathan George S. Patton IV était éveillé depuis quarante-six heures lorsque le V-44 Bullfrog à rotors basculants atterrit sur la pelouse de son jardin, réveillant des voisins inquiets. D'une main, Patton prit son WritePad et de l'autre son sac. Devant la porte d'entrée, les grands rotors de l'aéronef ralentirent à peine. Le souffle provoqué par l'énorme engin balayait les arbres et secouait même sa voiture qui bougeait sur ses suspensions. Marcy le regardait, partagée entre la colère et la peur.

— Je sais que tu es obligé de partir, hurla-t-elle, les cheveux dans le visage. Mais s'il te plaît, sois prudent. Tu es tout pour moi.

Patton la regarda, l'air impassible mais la gorge serrée, sachant que ces mots résonneraient dans son esprit jusqu'à ce qu'il lui revienne. Il accentua le froncement de ses sourcils, durcissant encore son expression. Puis il posa sa casquette sur ses cheveux noirs, ébouriffés par le vent, et enfonça la visière brodée de feuilles de chêne très bas sur ses yeux.

— Au revoir, ma chérie, répondit-il, abrégeant son départ avant que sa voix ne trahisse son émotion. Je t'appellerai.

Des mots banals, il le savait, mais elle comprendrait. Il s'était déjà éloigné de la maison d'une

dizaine de pas et avait retiré sa casquette qui mena-
çait de s'envoler. Il courut vers l'aéronef.

Les trois hommes à l'intérieur, coiffés de leur
casque de vol, le saluèrent et le hissèrent à bord.

— Bonjour, amiral, commença l'un d'entre eux.

Patton fut surpris de s'entendre appeler « amiral », alors qu'il n'était que capitaine de vaisseau. Il
répondit machinalement d'un signe de tête et s'installa sur un siège tandis que l'aéronef décollait à la
verticale. Il fut violemment secoué lorsque les
rotors basculèrent. L'avion mit rapidement le cap
au sud-ouest. Alors que la côte du Connecticut
s'estompait dans le lointain, le WritePad de Patton
se mit à biper. Il démarra la machine et parcourut
les menus.

240658ZJUL2018
IMMÉDIAT
FM : DIRECTION DU PERSONNEL MILITAIRE, WASHING-
TON, DC
TO : J.G.S PATTON IV, CAPITAINE DE VAISSEAU, US NAVY
OBJET : AFFECTATION
NON PROTÉGÉ
//BT//
1 — VOUS ÊTES DÉSIGNÉ COMMANDANT DES FORCES
SOUS-MARINES. REJOIGNEZ NORFOLK IMMÉDIATEMENT.
2 — VOUS ÊTES PROMU AU GRADE DE CONTRE-AMIRAL.
LA CONFIRMATION DE CETTE NOMINATION PAR LE
CONGRÈS INTERVIENDRA ULTÉRIEUREMENT.
3 — FÉLICITATIONS. BON VENT ET BONNE MER.
4 — SIGNÉ : CAPITAINE DE VAISSEAU C.B. MACDONNE
//BT//

Donc, pensa Patton, l'équipage était au courant.

— Amiral, appela le pilote depuis son cockpit.
L'amiral Murphy a envoyé ceci.

Il lui tendit une enveloppe brune, habituellement
réservée au courrier interne.

Lorsque Patton l'ouvrit, il découvrit une paire d'épaulettes ornée de deux ancres en passementerie dorée et deux étoiles. Dans le paquet, il trouva également deux insignes de col, des étoiles doubles en argent et un message : « John, désolé de vous promouvoir officier général sans cérémonie ni fanfare, mais notre pays n'a jamais eu autant besoin de vos compétences et de votre courage. Je suis profondément honoré de vous avoir sous mes ordres comme commandant des forces sous-marines. Nous avons à présent de quoi nous occuper. Je vous retrouverai à votre nouveau quartier général. Sean Murphy, chef d'état-major de la marine. »

Voilà donc comment les choses arrivent, pensa-t-il, renfrogné. Il obtenait enfin le poste qu'il espérait depuis qu'il était midship à l'Ecole navale, celui vers lequel il avait orienté toute sa carrière. Mais il l'obtenait par défaut, à cause du décès dramatique de presque tous ses supérieurs hiérarchiques.

La déception qu'il ressentait n'était rien par rapport à la tristesse suscitée par la tragédie de la veille. L'ensemble de l'état-major avait péri, y compris son mentor, Michael Pacino, son rival, Bruce Phillips, ses amis et ses camarades des cinq dernières années.

Patton s'était distingué durant le blocus du Japon en tant que commandant du sous-marin *Tucson*, lors de la riposte contre la meute de sous-marins japonais qui avait torpillé le groupe aéronaval du porte-avions *Lincoln*. Deux des sous-marins ennemis avaient coulé et le troisième, un sous-marin nucléaire japonais de type Destiny, avait fait surface, silencieux et inerte. La photo prise au périscope de Patton en train de pénétrer à bord du sous-marin ennemi en découpant le panneau au chalumeau, l'air agressif, le pistolet à la main, lui avait valu sa réputation. Ce film avait été diffusé dans le monde entier et Patton était devenu le symbole de la marine. La photo avait fait la une de *Time Newsfile* avec le titre : LE COUTEAU ENTRE LES DENTS, UN EXEMPLE DE COURAGE : LE CAPITAINE DE FRÉGATE JOHN PATTON. Il avait ensuite été transféré du *Tucson* sur l'*Annapolis,* un des derniers 688-1, récemment refondu. Il avait reçu la mission d'observer la force d'invasion en route vers la Chine Blanche le lendemain du déclenchement des hostilités par la Chine Rouge. L'*Annapolis* avait été touché par une torpille à plasma et l'océan aurait dû être sa tombe, mais le premier maître Byron DeMeers l'avait retrouvé, était parvenu à l'extirper du sous-marin en perdition et à le hisser sur un radeau de survie. De nouveau, les médias avaient vu en lui le courage incarné lorsqu'il mena l'assaut contre les sous-marins Rouges, alors qu'il commandait le *Devilfish.*

Après la victoire en mer de Chine orientale, il avait été chargé du programme du nouveau sous-marin nucléaire d'attaque de la marine, le NSSN. Il supervisait la construction du premier bâtiment de la série dérivé du prototype SSNX, le SSN-780, USS *Virginia.*

A présent, il était en route vers son nouveau commandement, une affectation qui lui permettrait de venger la mort de ses camarades. Eh bien, qu'il en soit ainsi ! pensa-t-il.

Le pilote se retourna et le regarda agrafer ses nouvelles épaulettes.

— Pas mal, amiral. On dirait que vous les avez toujours portées. Il sourit. Nous vous avons trouvé quelque chose pour l'occasion. Après le naufrage du *Princess Dragon,* nous avions pensé la boire en hommage aux victimes mais finalement, nous vous l'offrons pour arroser vos étoiles. C'est probablement une meilleure occasion.

Il lui tendit une bouteille de Jack Daniel's. Patton

la regarda fixement durant un instant, se demandant s'il ne rêvait pas.

— Trouvez-moi des gobelets, en carton, plastique ou n'importe quoi, dit Patton.

Le copilote attrapa une pile de gobelets en carton près de la petite fontaine fixée sur la cloison et regarda Patton comme s'il était devenu fou.

— Buvez tous, dit Patton, d'une voix sèche et cassante en versant quatre rations généreuses de whisky, pour l'équipage et lui-même. A votre santé, messieurs. Et à l'opération que nous allons conduire pour retrouver les fils de pute qui ont coulé le *Princess Dragon*. Qu'ils brûlent en enfer pour l'éternité !

Les membres de l'équipage prirent les gobelets et le regardèrent, l'air penaud.

— Euh, amiral, nous ne sommes pas autorisés à boire ça en vol. Vous le savez.

— Et pourquoi pas ? demanda Patton, avec assurance.

— Eh bien, pour commencer, le règlement...

— Rien à foutre du règlement, répondit Patton. Ordre de l'amiral. Garde-à-vous, bordel !

— Bien, amiral, dit le copilote, à vos ordres. A la mort des fils de pute qui ont coulé le *Princess Dragon* !

— A la vôtre ! Le copilote et le mécanicien trinquèrent avec leurs gobelets en carton, puis ce fut le tour du pilote, qui ne retint pas un mouvement de tête réprobateur.

Patton avala le whisky, leva son verre et le lança dans un coin. Puis il posa la bouteille à côté de sa sacoche. Il se pencha contre le hublot et ferma les yeux, sachant qu'il avait besoin de dormir, même une heure. Tandis qu'il sentait le sommeil l'envahir, il lui sembla entendre le pilote dire quelque chose au copilote.

— Est-ce que vous vous rendez compte ? Boire en vol ?

Le copilote répondit immédiatement.

— Vous avez entendu l'amiral. Rien à foutre du règlement. Nous avons à bord l'officier de marine qui a le plus de couilles depuis l'amiral Nelson ! J'ai même pitié des salopards qui ont coulé le *Princess Dragon*. Ils ne soupçonnent pas l'enfer qui les attend. Ils ne vont pas tarder à regretter.

— Tu as sûrement raison, dit le pilote. Washington contrôle, ici Navy Foxtrot zéro deux au niveau 33, poursuivit-il en adoptant un ton professionnel.

Et John Patton, contre-amiral de la marine des Etats-Unis, commandant les forces sous-marines, sombra dans un sommeil profond, souriant pour la première fois depuis un mois.

25

Le capitaine de corvette Karen Petri parcourut le couloir du bâtiment de l'état-major des forces sous-marines aussi rapidement que possible. Elle avait revêtu son uniforme blanc avec une veste à col officier, ornée de larges boutons dorés. Ses épaulettes étaient barrées de deux galons larges, séparés par un troisième, plus fin. Elle portait toutes ses décorations, dont la plus haute était la médaille des corps expéditionnaires de la guerre d'Iran, gagnée au cours de son affectation comme second du *Port Royal,* pendant la Troisième Guerre mondiale. Mais elle attachait bien plus d'importance au macaron épinglé au-dessus de ses décorations : les dauphins de sous-marinier. En dessous de sa veste longue ajustée à la taille, elle portait la ceinture de son sabre, dont on ne distinguait, de dos, que le crochet et les bélières, qui sortaient par une petite boutonnière sur le côté gauche. Au crochet était suspendu le fourreau noir du sabre, dirigé vers l'arrière, la poignée en avant.

Elle avait été retardée par la cérémonie des couleurs : la lente montée du pavillon et la sonnerie du clairon dans la lumière du matin. Le grand pavillon avait été hissé en tête de mât puis redescendu à mi-hauteur. Le pays était en deuil après la perte du *Princess Dragon* et des forces qui l'escortaient. Puis le pavillon des forces sous-marines avait rejoint le drapeau américain à mi-drisse. Selon la rumeur, il avait été dessiné par le précédent chef d'état-major de la marine, ancien commandant des forces sous-marines, Michael Pacino, l'homme qui avait été transféré du pont du *Devilfish* à l'hôpital naval de Portsmouth la veille. Le pavillon affichait deux tibias croisés surmontés d'un crâne au sourire menaçant, au-dessus duquel on pouvait lire en lettres gothiques la devise « Profond, discret, rapide et mortel » et, en dessous, « Commandement des forces sous-marines ».

Lorsque le clairon se tut, Petri avait laissé retomber la main en se demandant si c'était la dernière fois qu'elle saluait le pavillon américain revêtue de son uniforme d'officier. La convocation qu'elle avait reçue ce matin-là lui laissait imaginer qu'elle devrait restituer son macaron et son sabre pour faute grave, son incapacité à protéger la force de surface contre une attaque sous-marine. Elle avait toutes les chances de sortir civile du bâtiment de l'état-major.

Elle arriva enfin devant la porte en chêne massif de la salle de conférence numéro 1, au rez-de-chaussée du bâtiment. D'un coup d'œil sur sa montre, elle vit qu'il était 8 h 07, en ce matin du 24 juillet. Elle avait presque treize minutes de retard. Les ordres reçus stipulaient qu'elle devait se présenter avant 8 heures, pour arriver avant les nouveaux amiraux. Sans qu'elle sache vraiment pourquoi, puisque sa carrière était fichue, son retard la contraria, comme si son incompétence se manifestait dans les plus petits détails. La nuit précédente, aussitôt après l'accostage et l'amarrage du *Devilfish*, une commission d'enquête avait investi le bord. Elle avait réclamé les enregistrements de l'attaque, récupéré les fichiers du Cyclops et interrogé individuellement chacun des officiers sous l'objectif de caméras vidéos, comme des suspects.

Petri avait quitté le bâtiment à 1 heure et regagné sa grande maison vide, en banlieue. Collé sur la porte d'entrée, elle avait trouvé un message écrit à la main par Kelly McKee : « Karen, s'il te plaît, appelle-moi dès que tu rentres, Kelly. » Mais elle était trop fatiguée. Le message devait se trouver là depuis plusieurs heures et Kelly dormait sans doute depuis longtemps. Lasse, elle s'était assise pour regarder les images prises par l'hélicoptère qui avait couvert le naufrage du *Princess Dragon*. Elle finit par cesser de se torturer et par aller se coucher. Le corps trempé de sueur, elle passa une partie de la nuit à se battre avec ses draps.

Elle frappa trois fois à la porte et une voix irritée lui répondit d'entrer. Lorsqu'elle ouvrit la porte, elle comprit. Le milieu de la pièce était occupé par une table en T couverte d'un drap vert. Deux hommes se levèrent lorsqu'elle entra. Celui de gauche était un amiral aux cheveux blonds grisonnants, assez âgé, qu'elle ne connaissait pas. Sur une plaquette de cuivre placée devant lui elle lut AMIRAL S. MURPHY, CEMM. Celui de droite était John Patton. Il portait deux étoiles et la plaquette devant lui indiquait CONTRE-AMIRAL J. PATTON, COMUSUBCOM. Patton avait manifestement été nommé à la place de Phillips. De l'autre côté de la table au drap vert se trouvait une seule chaise, ainsi que le voulait la légende lorsque le sabre d'un officier allait être brisé.

— La commission d'enquête numéro 2-0-1-8/0-1-2 entre en session, sous l'autorité des amiraux Murphy et Patton, dit l'amiral le plus âgé en frappant un coup de marteau. Sa voix paraissait fatiguée et plus aimable, ce qui, pensa-t-elle, pouvait se révéler de plus mauvais augure que la sécheresse de Patton.

— Levez la main droite, ordonna l'amiral Patton d'un ton impératif. Il poursuivit et lui fit prêter serment. En répétant les phrases, son estomac se remplissait de bile et sa bouche lui semblait pleine d'acide.

— Asseyez-vous, commandant, commença Murphy. Votre nom et votre grade.

Elle retira sa casquette et décrocha son sabre, qu'elle posa sur ses genoux. Elle regarda fixement les deux hommes et l'objectif de la caméra vidéo entre eux, avant de répondre : « Karen Elizabeth Petri, capitaine de corvette de la marine des Etats-Unis d'Amérique, commandant par intérim du sous-marin de type SSNX, USS *Devilfish*, numéro de coque SSNX-1. » Elle était surprise de l'assurance de sa voix, dont elle était sans doute la seule à percevoir une trace de tremblement.

Elle perdit tout espoir lorsque Patton lança une seule question :

— Qu'est-ce qui a bien pu se passer ?

Durant les vingt minutes qui suivirent, elle relata les événements. Les mots coulaient, comme si elle avait répété son intervention pendant des jours et des jours, bien qu'elle eût à peine pris le temps de réfléchir à son plaidoyer. Elle continua son récit jusqu'au moment où elle s'était aperçue que Pacino était en vie, relata son évacuation sanitaire et le retour à quai du *Devilfish*, au milieu de la nuit.

Lorsqu'elle eut terminé, Murphy lui demanda de se lever.

— La séance est levée, conclut-il en frappant un coup de marteau.

— Commandant, dit Patton, pouvez-vous attendre dehors quelques instants ?

Petri remit sa casquette, raccrocha son sabre et salua les amiraux. Elle sortit et referma la porte derrière elle.

Dans le couloir se trouvait un banc de bois inconfortable, qu'elle ignora, préférant faire les cent pas tandis que des voix assourdies filtraient depuis la salle d'audience. Qu'on en finisse rapidement, pensa Petri, que je puisse repartir vers une nouvelle vie et oublier ce cauchemar.

— Qu'en pensez-vous, John ? demanda Murphy en s'adossant dans son fauteuil.

— Elle ne pouvait rien faire, répondit laconiquement Patton, fidèle à son habitude. Vous avez vu vous-mêmes les enregistrements. Le Cyclops n'a rien détecté au-dessus du seuil. Pas plus que les opérateurs, bien qu'en état d'alerte maximum. Les enregistrements audio en font foi. L'officier de quart et Petri ont fait ce que l'on attendait d'eux. Amiral, elle commande le bâtiment le plus sophistiqué qui soit. Son équipage l'apprécie, ils se seraient jetés au feu pour elle. Avec McKee, ils ont réalisé un boulot remarquable. J'avais déjà entendu parler d'elle il y a quelques mois et tout se révèle exact. Nous ne pouvons pas la démettre. Elle est la meilleure après Kelly McKee en personne.

— Et cette anomalie, près du pont-tunnel ? Le point sur l'enregistrement de l'imagerie acoustique ? Vous croyez que cela pourrait être un sous-marin ?

— J'ai remarqué, amiral. Je vous rappelle que j'ai commandé ce bâtiment et que j'ai passé des heures et des heures sur les consoles VR du Cyclops. Je peux vous affirmer que ce genre d'écho peut provenir d'un rocher ou de débris de coffrages laissés au fond par l'entreprise de construction. Ils n'ont perçu aucun bruit de machine, à peine une petite trace thermique. Est-ce que ça pouvait être un sous-marin diesel posé sur la vase du fond ? Peut-être. Mais la force a coulé très loin du pont. Je pense que les bâtiments ont été touchés par des mines dérivantes, sans doute larguées depuis plusieurs jours ou même plusieurs semaines. Et vous avez vu l'enregistrement du naufrage par le Cyclops.

Patton grimaça. L'imagerie acoustique montrait en détail la coque du paquebot en train de couler, brisée en trois fragments principaux, la cheminée arrachée.

— Ils étaient seuls dans le coin. Personne autour d'eux. Le *Devilfish* ne pouvait rien contre celui qui a coulé la flotte. Petri est parfaitement innocente.

— Je suis d'accord. Murphy regarda par la fenêtre pendant quelques instants. Est-ce que vous croyez à la théorie du groupe antiterroriste du FBI ?

— Je n'en ai pas entendu parler.

— Je vous en enverrai une synthèse par e-mail. Ils parlent d'une bombe qui aurait pu être posée par des terroristes.

— Evidemment, ils justifient leur existence...

— L'hypothèse paraît acceptable.

— Non, répondit Patton. Avant chaque appareillage, nous inspectons la coque des bâtiments pour prévenir tout risque de ce genre. Les quatre navires qui ont coulé n'avaient pas échappé à la règle et des plongeurs avaient visité les coques juste avant leur départ. Pour placer une bombe sous un bateau en route, il faudrait utiliser un locoplongeur, que le *Devilfish* n'aurait pas manqué de repérer.

— Les engins auraient pu se trouver dans les cales ou dans les mailles vides de la double coque.

— Impossible. Les bâtiments étaient amarrés à l'intérieur de la base navale, sous la plus haute surveillance. Le paquebot avait été passé au peigne fin juste avant l'appareillage. Les explosifs utilisés étaient des charges à plasma. Un groupe terroriste n'aurait pas pu placer quatre ou cinq charges sans laisser de traces de leur passage.

— Alors, qu'est-ce que c'était ? Une attaque à la torpille ?

— Plus probablement des mines mobiles. Très difficiles à détecter. Elles ne bougent pas, elles reposent au fond et, lorsqu'un bateau passe par là, elles se dégagent du fond et se collent à la coque.

— Et le *Devilfish* ne pouvait pas les détecter ?

— Peut-être, peut-être pas. Bon sang, amiral, je n'en sais rien. De toute évidence, le Cyclops n'a rien vu. Mais je crois à l'hypothèse des mines mobiles.

— Alors pourquoi le *Devilfish* n'a-t-il pas coulé ?

— Deux raisons envisageables. Il a un revêtement anéchoïque. Rien ne s'accroche là-dessus, pas même les berniques. Une mine mobile, même à fixation électromagnétique, tomberait au fond.

— Exact. Quelle est l'autre raison ?

— Le *Devilfish* aurait détecté une mine mobile proche ou bien la plate-forme de lancement. Ces mines avaient sans doute été mises en place avant que le SSNX n'ait franchi le chenal des Thimble Shoals.

Murphy réfléchit aux arguments de Patton.

— OK, je vous suis. Mais la présidente ?

— Elle n'écoutait qu'un seul homme, Pacino.

— Je lui parlerai. En attendant, que faisons-nous ?

— Je suis d'avis de faire appareiller Petri avec le *Devilfish* pour la zone VaCapes, afin de fouiller complètement le secteur avec le Cyclops. Si nécessaire, je la laisserai un mois sur zone, mais je suis prêt à parier mon macaron de sous-marinier qu'elle ne trouvera rien.

— Vous renvoyez le *Devilfish* à la mer sous le commandement de Petri ou vous allez essayer de convaincre McKee de revenir ?

— Je suis passé chez lui tôt ce matin, amiral, juste après vous avoir quitté.

Ils s'étaient séparés sur le perron du carré des officiers à 5 heures, après avoir passé plusieurs heures à boire du café et à discuter des diverses options pour les opérations des jours et des semaines à venir.

— Vous y êtes allé ? Et alors ?

— Il dit qu'il n'a plus rien à voir avec la marine. Que Petri doit commander le *Devilfish* et qu'il ne prendrait plus jamais la mer, même sur un voilier. Il est fini. Il m'a pratiquement jeté son sabre à la figure lorsque je suis reparti.

— Pauvre garçon, dit Murphy. Vous avez su ce qui lui est arrivé ?

— Oui, amiral. Il va plutôt mal. Il ne s'est pas rasé ni coupé les cheveux depuis un mois, il a les yeux injectés de sang. Je pense qu'il était à moitié ivre à 4 heures.

— Je passerai le voir après avoir rendu visite à Patch Pacino, dit Murphy.

— Laissez-le tranquille, amiral. Il lui faut du temps.

Murphy approuva de la tête puis revint sur la mission de nettoyage de la zone VaCapes.

— Est-ce que d'autres bâtiments pourraient aider le *Devilfish* ?

— J'y ai pensé, amiral. L'imagerie acoustique totale est indispensable pour cette opération et, hormis le NSSN en construction, le *Virginia*, l'unique bâtiment équipé aujourd'hui reste le *Devilfish*. Avec quelques senseurs déportés, les yo-yo, il pourra couvrir à lui seul l'ensemble de la zone VaCapes. Sa seule limite reste la capacité de calcul de son ordinateur et l'endurance de son équipage.

— Et le *Virginia* ? demanda Murphy. Dans combien de temps pourra-t-il naviguer ?

Patton se rengorgea, comme s'il parlait de son propre enfant.

— Le bâtiment est terminé, à l'exception de quelques modifications en cours sur les tubes lance-torpilles bâbord et d'un problème avec le rotor de la turbine principale bâbord, en cours de réparation. Les deux brèches de la coque ont été fermées. Le calculateur est installé et testé avec un logiciel ancien, celui qui équipe aujourd'hui le Cyclops du *Devilfish*. Mais faire appareiller le *Virginia* dans cet état, ce serait un peu comme si vous portiez les vêtements de votre fils : ils vous tiennent chaud mais ne vous vont pas.

Murphy grommela.

— Le calculateur du *Virginia* est bien plus performant que celui du SSNX, il crée une visualisation en trois dimensions du champ de bataille. Il peut traiter les images d'un véhicule aérien robotisé, le drone Predator, les signaux des capteurs d'imagerie acoustique yo-yo, largués par les avions de patrouille maritime Pegasus P-5 et les informations du satellite CombatStar, qui retransmet les détections des systèmes Mk 8 et Mk 5 Sharkeye. Il est également capable d'exploiter le nouvel engin de reconnaissance sous-marine, le Mk 23 Bloodhound. Le calculateur intègre toutes les données en temps réel et les fournit à l'équipage qui « survole » le champ de bataille. L'illusion est tellement parfaite que la plupart des sujets souffrent du mal de mer lorsqu'ils émergent de la cabine VR. Pensant avoir débuggé le logiciel, nous l'avions embarqué à bord et il a parfaitement bien fonctionné jusqu'aux essais de l'ATT Doberman et du relayage des signaux des yo-yo par le satellite CombatStar. Ces deux modules ont lamentablement foiré. Nous avons débarqué les deux sous-programmes pour reprendre leur développement à terre.

— ATT ? Doberman ?

— Le système de torpille antitorpille Mk 17, ATT, baptisé Doberman. Probablement parce qu'il se comporte comme un chien de garde face aux torpilles assaillantes. Jusqu'à présent, il n'y a guère qu'un foutu ordinateur qui puisse guider cet engin et aucun calculateur embarqué ne possède la vitesse et la puissance suffisantes pour faire ce travail. Ça équivaut à essayer d'arrêter une balle de fusil avec une autre balle de fusil. Même la technologie développée pour les systèmes de défense contre les missiles balistiques ne convient pas. Il faut repartir d'une feuille de papier blanc. De toute façon, l'ancienne version du Cyclops embarquée sur le SSNX ne permettrait pas d'exécuter les calculs de guidage du Doberman. Le système de calcul n'est simplement pas assez performant.

— Vraiment ? Si je comprends bien, le NSSN est prêt à prendre la mer avec un système de combat légèrement dégradé, mis à part quelques soudures à terminer.

— Oui, mais il y a un autre problème. Le *Virginia* ne dispose que de son équipage d'armement, des petits jeunes sans expérience, et d'aucune arme, car les problèmes de calculateur ne doivent pas être réglés avant un an ou plus. Une semaine me suffirait pour fermer les trous de la coque et le mettre à l'eau avec un Cyclops amputé, son équipage d'armement, quelques missiles Vortex Mod Delta et quelques torpilles Mk 58, mais ce serait sacrément risqué. Pourquoi prendre autant de risques alors que je dispose du *Devilfish* à Norfolk, avec un réacteur chaud, un système de combat qui fonctionne et un équipage confirmé ?

— C'était une simple question, John.

Murphy se leva lentement et péniblement, en s'appuyant sur sa canne. Patton essaya de l'aider mais le chef d'état-major de la marine refusa d'un geste de la main.

— Je vais voir Patch à l'hôpital naval de Portsmouth. Ensuite je me rendrai à la Maison Blanche pour rendre compte à Warner, puis je retournerai au Pentagone.

— Quelles sont les dernières nouvelles de Patch Pacino, amiral ?

Murphy secoua la tête.

— Il est peut-être en état de mort cérébrale.

— C'est terrible, amiral. Je lui dois la vie.

— Moi aussi, John.

Murphy lui donna une tape sur l'épaule.

— Je lui transmettrai votre meilleur souvenir. Appelez-moi ce soir.

Murphy sortit. Il aperçut le capitaine de corvette Karen Petri qui s'écartait et le regardait fixement. Instinctivement, il s'approcha lentement d'elle et lui prit la main.

— Bonne chance, commandant, dit-il d'un ton aimable en lui serrant la main aussi fort qu'il put avant de se retourner pour gagner la porte réservée aux VIP.

Petri le regarda, abasourdie.

Lorsqu'elle se retourna, elle vit l'amiral Patton qui la regardait.

— Amiral ? demanda-t-elle.

— Retournez à bord du *Devilfish*, dit Patton, la voix aussi coupante que dans la salle d'audience. Un ordre d'opération vous y attendra. Vous serez chargée de rechercher activement tout intrus sous-marin dans la zone VaCapes, ou tout type de mine. Les avions de patrouille maritime mouilleront autant de yo-yo que nécessaire. Je veux que cette zone soit explorée, passée au crible, ratissée, nettoyée et sécurisée. Et c'est *vous* qui allez le faire. Compris ?

Petri se mit au garde-à-vous et le regarda en fronçant les sourcils.

— Oui, amiral. Bien, amiral.

Patton approuva de la tête et lui rendit son froncement de sourcils.

— Repos.

Elle salua et le regarda se retourner pour marcher rapidement vers l'ascenseur. Durant un instant, elle fut tentée de lui demander quel avait été le verdict, mais elle réalisa la stupidité de la question. Elle avait fait cinq pas dans le couloir lorsqu'elle entendit la voix acide de Patton derrière elle.

— Et Petri, encore une chose.

Elle se retourna vers lui.

— Oui, amiral ?

— En allant sur votre bateau, arrêtez-vous à la boutique d'uniformes et achetez-vous des épaulettes de capitaine de frégate. Et un macaron de commandant. Vous êtes nommée capitaine de frégate et commandant en titre du *Devilfish*. Désolé, nous n'avons pas le loisir de vous concocter une cérémonie de prise de commandement. Ces jours-ci, le temps presse un peu.

Sa voix s'était largement adoucie, malgré une trace persistante d'agressivité. Peut-être était-ce juste sa personnalité, pensa Petri.

— Bien, amiral. Merci, amiral, dit-elle, mais Patton s'était déjà éloigné d'une vingtaine de pas et avait disparu au coin du couloir.

26

— *Communication générale, ici le commandant,* commença la voix du capitaine de frégate Karen Petri sur la diffusion générale à travers tout le *Devilfish,* amarré au quai 27.

Les hommes du poste de manœuvre avaient déjà dédoublé les aussières, débranché les câbles de terre, et mis le réacteur en puissance. Les équipes de pont étaient parées à larguer les lourdes amarres pour permettre l'appareillage du *Devilfish,* conformément à l'ordre d'opération 2018-0724-TS-001, chargé dans le WritePad de Petri.

241537ZJUL2018
IMMÉDIAT
FM : COMUSUBCOM NORFOLK VA
TO : USS *DEVILFISH* SSNX-1
OBJET : ORDRE D'OPÉRATION 2018-0724-TS-001
INFO : CHEF D'ÉTAT-MAJOR DE LA MARINE, WASHINGTON, DC
COMUSURFCOM, NORFOLK, VA
COMUAIRCOM, NORFOLK, VA
TASK FORCE 2018-07-02
TOP SECRET
//BT//
1. USS *DEVILFISH* AUTORISÉ À APPAREILLER À 1600Z.
2. USS *DEVILFISH* PLONGERA DÈS QUE POSSIBLE À LA

SORTIE DU CHENAL DES THIMBLE SHOALS, CONFORMÉ-
MENT AU PLAN D'OPÉRATIONS EN EAUX LITTORALES
NUMÉRO 2017-1202, EN GARDANT AU MINIMUM 4 MÈTRES
D'EAU SOUS LA QUILLE.

3. MISSION PRIORITAIRE : NETTOYER LES APPROCHES
DU PORT DE NORFOLK DE TOUT CONTACT SOUS-MARIN
HOSTILE. LA ZONE DE RECHERCHE INCLUT LA RIVIÈRE
ELIZABETH, LE CHENAL DES THIMBLE SHOALS, LE DISPO-
SITIF DE SÉPARATION DU TRAFIC DE NORFOLK, LA ZONE
D'OPÉRATION VACAPES DÉFINIE DANS LE PLAN D'OPÉRA-
TIONS DE COMUSUBCOM 2200 VERSION 4, EN DATE DU
22/11/17.

4. LA TASK FORCE 2018-07-02 INTERDIRA LES ZONES
DÉCRITES DANS LE PARAGRAPHE 3 À TOUT BÂTIMENT DE
SURFACE. LE TRAFIC CIVIL ET MILITAIRE SERA MAINTENU
À L'INTÉRIEUR DU PORT DE NORFOLK ET DE LA BASE DES
BÂTIMENTS AMPHIBIES DE LITTLE CREEK, ET À 5 NAU-
TIQUES AU LARGE DE LA LIMITE EST DU DISPOSITIF DE
SÉPARATION DU TRAFIC.

5. RÈGLES D'ENGAGEMENT : DÈS QU'UN CONTACT HOS-
TILE A ÉTÉ DÉTECTÉ, LE COMMANDANT A AUTORISATION
DE FAIRE USAGE DE SES ARMES POUR LE DÉTRUIRE.

6. EN CAS DE RENCONTRE D'UN CONTACT HOSTILE, LE
DEVILFISH POURRA LARGUER UNE BOUÉE SLOT CODE 1,
CONFORMÉMENT AU PLAN D'OPÉRATIONS CITÉ CI-DES-
SUS. UNE FOIS L'ENGAGEMENT TERMINÉ, LE *DEVILFISH*
RENDRA COMPTE AU PLUS VITE À COMUSUBCOM. EN CAS
DE NON-RENCONTRE DE TRAFIC HOSTILE, LE *DEVILFISH*
RENDRA COMPTE EN ÉMETTANT UN SITREP PAR BOUÉE
SLOT TOUTES LES DOUZE HEURES.

7. DISCRÉTION IMPÉRATIVE.

8. BONNE CHASSE ET À LA GRÂCE DE DIEU, KAREN.

9. SIGNÉ : AMIRAL J.G.S. PATTON.

//BT//

Elle avait liberté de manœuvre pour l'emploi des
armes ! Petri n'en revenait pas. C'était un chèque en
blanc que n'avait jamais reçu aucun commandant

de sous-marin. Elle n'aurait jamais espéré autant. Petri se tenait sur la plate-forme des périscopes, au CO. Elle poursuivit son discours.

— Comme vous le savez tous, hier, le *Princess Dragon* a été détruit sous notre nez, à seulement quelques nautiques au large du port de Norfolk. Nous n'avons rien vu venir. C'est la raison pour laquelle nous avons tous été interrogés par la commission d'enquête. On nous envoie dans les eaux côtières devant Norfolk pour explorer la zone et la nettoyer de toute menace, pour voir si celui qui a coulé le *Princess Dragon* rôde encore dans le coin. Vous devez tous considérer qu'à partir de maintenant, ce bâtiment est en état de guerre.

Petri marqua une pause.

— Si nous détectons un contact hostile, les règles d'engagement nous autorisent à tirer. Et j'ai bien l'intention d'employer mes armes. Je veux que vous soyez parés à toute éventualité. Nous larguerons les amarres dans cinq minutes et ne rentrerons pas avant d'avoir coulé celui qui a envoyé le *Princess Dragon* par le fond.

Elle s'arrêta de nouveau.

— Une dernière chose, messieurs. Ce matin même, j'ai été promue au grade de capitaine de frégate et nommée commandant en titre du *Devilfish*. Mon seul regret est que le commandant McKee ait décidé de quitter la marine. Je tiens à vous faire part de la fierté que je ressens à naviguer avec chacun d'entre vous et à vous commander. Je propose de dédier cette patrouille au capitaine de frégate Kelly McKee et de rentrer avec la silhouette du sous-marin ennemi peinte sur le massif. Terminé.

A la passerelle, le capitaine de corvette Bryan Dietz avait entendu le discours dans son casque. Il poussa un sifflement et jeta un coup d'œil à son adjoint de quart, Toasty O'Neal.

— Nom de Dieu, nous sommes en état de guerre,

Toasty. Ça devrait remuer un peu pendant cette sortie, jeune homme.

— Où en est l'Azov ? demanda Grachev depuis sa console de commandement, au CO du *Vepr*. A environ 90 nautiques dans le sud-est de Norfolk, le bâtiment était posé sur une remontée de fond rocheuse de la dorsale de Nags Head Majoris, à une immersion de 428 mètres, quelques nautiques au large de la limite du plateau continental qui laissait place aux profondeurs de l'Atlantique. Il se trouvait suffisamment loin du dispositif de séparation du trafic de Norfolk pour rester hors de portée des senseurs du SSNX, mais cependant assez proche de la sortie du port pour que les torpilles ASM Bora II demeurent en limite de portée, à condition qu'elles soient lancées avec une vitesse de transit faible et à immersion réduite, pour optimiser leur portée.

L'Azov auquel Grachev faisait référence se trouvait dans l'un des quatre conteneurs logés dans les tubes de 53 centimètres de diamètre, à l'avant. Chaque conteneur abritait un drone aérien de reconnaissance robotisé, un missile de croisière modifié qui pouvait survoler une zone et fournir des images aériennes. Ses avantages étaient évidents. L'engin permettait de recueillir des informations sur la situation tactique au-delà de l'horizon, sans dépendre de satellites coûteux et peu fiables. Ses inconvénients étaient plus subtils : la détection d'un Azov pourrait conduire à celle du *Vepr* ou, au moins, confirmerait la présence d'un sous-marin hostile dans les parages, déclenchant une opération ASM de grande envergure.

— Azov 1 paré, annonça Svyatoslov. L'autotest de la liaison de données est correct. Je demande à sortir l'Antay.

— CO, faites remonter l'Antay jusqu'à la surface, ordonna Grachev.

Tout à l'arrière, le pod se détacha du sommet du safran de direction supérieur et commença son ascension vers la surface. Quelques minutes plus tard, il perçait les vagues et regardait vers le ciel. Il déploya ensuite l'antenne d'un émetteur récepteur EHF indispensable pour commander l'Azov et recevoir ses images. Deux canaux séparés permettaient de réaliser les deux fonctions simultanément. Le câble de l'Antay redescendrait les signaux à bord du *Vepr*, environ 450 mètres plus bas, où ils seraient exploités par les modules du « commandant bis ».

— L'Antay a pris la vue, annonça Tenukha depuis la console des senseurs. Fonctionnement correct, temps partiellement nuageux dehors, pas d'avion en vue.

— L'antenne EHF est sortie ?

— Affirmatif, commandant. L'image montre que l'antenne est bien dégagée.

— Rappelez-moi la programmation de l'Azov 1.

— Transit initial au 0-4-0, avec une montée en assiette faible, 10 degrés, jusqu'à atteindre l'altitude de 7 000 mètres. Ensuite, virage vers l'ouest pour aller survoler Norfolk puis nouveau virage pour décrire une trajectoire au-dessus de la baie de Chesapeake et d'Hampton Roads.

— Second, appela Grachev dans l'interphone de son casque.

Il se tenait debout derrière le siège de la console du commandant, trop excité pour pouvoir s'asseoir.

— Lance l'Azov 1 sitôt paré.

Svyatoslov avait armé la cabine VR numéro 2, à tribord arrière du PCNO. La cabine en forme de cube mesurait 1,50 mètre de côté, pas assez pour tenir debout, mais Svyatoslov ne se plaignait pas. En ce moment, il ne voyait rien. Bientôt, l'Azov s'élèverait dans le ciel et lui donnerait une vue du monde autour de lui.

— Ouverture de la porte avant du tube 1, commandant, annonça Svyatoslov. Membrane en place, étanche. Début d'armement du générateur de gaz de chasse. Le « commandant bis » commence le compte à rebours, je demande le lever de sécurité.

— Sécurité effacée, répondit Grachev en pianotant son mot de passe sur sa console, permettant ainsi au « commandant bis » et à Svyatoslov de lancer l'Azov.

— Bien reçu le mot de passe. Lancement en mode automatique. Attention... 3, 2, 1, feu !

Trente mètres à l'avant du PCNO, à la base du tube 1 implanté dans les ballasts avant, une charge propulsive se mit à feu. Le générateur de gaz se composait d'une petite charge de propergol solide surmontant un réservoir d'eau déminéralisée. Les gaz chauds émis par la combustion du propergol pénétrèrent dans le réservoir d'eau et vaporisèrent instantanément le liquide, produisant de la vapeur surchauffée qui pressurisa le fond du tube. Le seul obstacle de la vapeur sur le chemin de la liberté se trouvait être le lourd conteneur de l'Azov. Comme un obus dans un canon, la vapeur poussa violemment sur le fond du conteneur. Un peu de gaz s'échappa sur les côtés, entre le tube et l'engin, et vint pressuriser la fine membrane de plastique qui obstruait la partie supérieure du tube. La membrane se déchira dans un jaillissement de vapeur. Dans le même temps, la poussée qui s'exerçait sur le fond du conteneur s'était établie à 4 tonnes. L'engin accéléra rapidement et, en moins d'une seconde, franchit la porte supérieure à plus de 100 kilomètres/heure. Le conteneur ralentit un peu tandis qu'il s'élevait dans sa grosse bulle de vapeur, qui commençait déjà à se refroidir lorsqu'elle atteignit la surface.

L'engin sortit à moitié hors de l'eau, luisant dans le soleil du matin. Le capot avant se sépara sous l'effet de boulons explosifs, un petit moteur fusée comparable à celui d'un siège éjectable d'avion de chasse s'alluma à son tour et éjecta un second conteneur. Tandis que celui-ci s'élevait dans l'air, il se fragmenta soudain le long de douze lignes de rupture et les pièces, qui avaient formé un étui étanche pour l'Azov, s'en éloignèrent rapidement.

Après la séparation, il ne resta plus en l'air qu'un objet ressemblant à un missile de croisière sans ailes. La voilure se trouvait repliée dans le fuselage et les trois gouvernes dans l'arrière, à proximité de la tuyère. L'allumeur se déclencha et le moteur fusée propulsa l'engin exactement à la verticale sur une vingtaine de mètres, le temps de disposer de suffisamment de vitesse pour assurer le pilotage. Aussitôt après, l'engin bascula sur son axe et rejoignit sa pente de montée, inclinée de 10 degrés sur l'horizontale. Les ailes du missile restaient repliées mais les gouvernes se déployèrent pour stabiliser la trajectoire, comme les plumes d'une flèche. L'engin continua à monter et atteignit l'altitude de 40 mètres. L'émetteur radio implanté dans le dôme avant se réveilla et transmit en EHF un signal codé indiquant que tout allait bien à bord. Le missile attendit une réponse du pod Antay. Au bout d'une seconde, n'ayant rien reçu, l'engin, qui avait gagné 50 mètres d'altitude, transmit son message une seconde fois, sans plus de résultat. Trois tentatives infructueuses de transmission vers le lanceur déclenchaient la procédure d'autodestruction. Une seconde après la troisième émission, l'engin orienta ses gouvernes à piquer. Il percuta la surface de la mer trois secondes plus tard, dans un petit geyser blanc, à plus de 500 kilomètres/heure, toujours poussé par son moteur fusée. A cette vitesse, la mer était aussi dure que du béton et le missile se désintégra. Le propulseur d'accélération se détacha de la structure et se mit à tournoyer dans les profondeurs avant de s'éteindre, à court de propergol. Tandis que les restes de l'engin s'enfonçaient, une seconde procédure d'autodestruction se déclencha. Plusieurs petites charges temporisées à trente secondes explosèrent au niveau de la section milieu de l'engin, afin que d'éventuels plongeurs ne puissent récupérer des fragments utiles de l'Azov. Bientôt, il ne subsista de l'engin que des morceaux noircis, plus petits qu'une boîte à chaussures.

— Qu'est-ce qui a bien pu se passer ? demanda Grachev.

— On regarde, commandant, répondit Svyatoslov depuis la cabine VR numéro 2. Nous n'avons reçu aucun signal de l'Azov. A priori, l'avarie se situe dans le missile ou dans les liaisons. Si c'est le missile ou la liaison descendante, nous pouvons lancer un deuxième engin avec de bonnes chances de succès. En revanche, s'il s'agit de la liaison montante, j'ai bien peur que nous ne soyons dans la merde.

— Bordel ! jura Grachev. Disposez l'Azov numéro 2. Et, nom de Dieu, CGO, testez-moi cette foutue liaison ! Allez, vite !

— Le « commandant bis » dispose le tube 2. Autotests missile corrects, avionique et propulsion correctes, navigation entrée et vérifiée. Nous sommes parés à lancer, commandant.

— Bien. CGO, merde ! Alors ? Et cette saloperie de liaison EHF avec l'Antay ?

— Comme tout à l'heure, commandant, rien de plus, annonça Tenukha. L'Antay est bien en surface, la caméra montre l'antenne EHF correctement déployée. Les circuits sont bons, continuité vérifiée, commandant.

— Je vous vois tous hésiter, commença Grachev en jetant un coup d'œil à Novskoyy, qui se tenait à côté de la console de commandement. Je vous demande de vérifier la bonne disposition de vos circuits, l'activation des bons modules de programme, les résultats des autotests et des continuités. Vérifiez l'ensemble du système, une fois de plus. Bien. Second, alors, l'état des lieux ?

Svyatoslov ne put rien lui annoncer de plus. Il ne restait plus qu'à lancer un deuxième Azov, à 10 millions d'euros l'unité, sans avoir la moindre idée de ce qui avait causé la destruction prématurée du premier. Le même problème pouvait se reproduire.

— Porte supérieure ouverte, le « commandant bis » a pris le compte à rebours, je demande le lever de sécurité.

— Mot de passe entré, répondit Grachev une seconde fois.

— OK, séquence enclenchée, 3, 2, 1, feu !

Comme précédemment, le générateur de gaz s'alluma et éjecta le conteneur vers la surface. Le missile se libéra, le propulseur s'alluma, les gouvernes se déployèrent et l'engin monta à 50 mètres d'altitude avant de transmettre son signal de bon fonctionnement en direction de l'antenne EHF de l'Antay.

Il n'y eut pas de réponse. Au troisième essai infructueux, le missile plongea vers la mer.

Quatre cents mètres plus bas, le capitaine de frégate Grachev arracha son casque et le jeta à terre.

Le vent sifflait à la passerelle tandis que le *Devilfish* descendait le chenal à 15 nœuds. Les embruns jaillissaient de la vague d'étrave formée par le nez arrondi du sous-marin. Dans l'étroite passerelle, en haut du massif à la russe, en forme de goutte d'eau, Bryan Dietz et Toasty O'Neal faisaient le quart. Karen Petri était assise derrière eux, sur la partie supérieure du massif. Tous trois portaient un uniforme de travail kaki, un blouson léger, des Ray Ban et une paire de jumelles autour du cou. Petri se sentait plus libre qu'elle ne l'avait été depuis des années. Les vibrations du bâtiment lui remontaient le long de la colonne vertébrale et la réjouissaient, bien qu'elle parte pour une mission de guerre, ou bien, peut-être, justement parce qu'elle s'en allait combattre un ennemi bien réel.

Le haut-parleur de l'interphone et les écouteurs des trois officiers résonnèrent de l'accent de Houston de Kiethan Judison.

— *Passerelle du GCO au CO, venir par la droite au 0-8-5.*

— A droite 30, venir au 0-8-5 ! ordonna Toasty O'Neal dans son micro tandis que Dietz le regardait.

Le *Devilfish* embouqua l'entrée du chenal des Thimble Shoals.

— Que s'est-il passé, cette fois ?

— Commandant, nous n'en savons pas plus que tout à l'heure, répondit Svyatoslov.

— Voici ce que nous allons faire. CGO, terminé avec l'Antay. Vous arrêtez tout et vous le ramenez à bord. Et assurez-vous qu'il est bien accroché.

— Mais, commandant...

— Tais-toi, second ! CGO, exécutez mon ordre.

— Bien commandant, je commence la séquence de mise hors tension de l'Antay, l'antenne EHF est rentrée. La trappe extérieure est fermée, le pod est paré pour l'immersion. Début de ravalage du câble. L'Antay a quitté la surface et descend. Dans deux minutes, il sera à poste, accosté et verrouillé. Souhaitez-vous que je chante les longueurs de câble ?

— Négatif, CGO, répondit Grachev, le regard fixé sur les écrans auxiliaires.

Le pod rejoignit son poste de repos au sommet du safran supérieur de la barre de direction et le dispositif de préhension le verrouilla en place.

— L'Antay est à poste, commandant, verrouillage effectué.

— Bien, répondit Grachev. CGO, disposez l'Antay et ramenez-le à la surface.

— Qu'est-ce que vous faites ? demanda Novskoyy.

— En cas de doute, rien de tel qu'un bon arrêt-marche pour tout remettre d'aplomb ! Si ça ne fonctionne toujours pas, je passe au plan B, ce qui veut dire que je m'introduis dans la baie pour tirer sur tout ce qui bouge.

— Une sorte de suicide, au point où en sont les choses, fit remarquer Novskoyy calmement.

— Très juste, Al, murmura Grachev tout aussi calmement. Vous avez l'art d'enfoncer les portes ouvertes, mon cher.

Il cria presque.

— CGO, nom de Dieu, où en est-on ?

Quinze minutes plus tard, l'Antay flottait à nouveau en surface, la trappe ouverte, l'antenne EHF sortie dans l'air tiède du dehors.

— Commandant, annonça le CGO, Antay en surface, antenne sortie, vérifiée à la caméra, continuité des liaisons montantes et descendantes vérifiées et correctes.

— Bien. Exécutez un test d'émission réception EHF.

— Test en cours. Nous recevons le signal émis, mais cela ne prouve pas grand-chose, commandant.

— Second, tu es paré à voler une troisième fois ?

— Affirmatif, commandant.

— Bien. Croisez les doigts ! Second, lance l'Azov 3, tube 3, dès que paré. J'ai levé la sécurité.

— Oui, commandant, compte à rebours par le « commandant bis », dans dix secondes. Cinq secondes, doigts croisés, commandant, 3, 2, 1, feu !

L'Azov 3 quitta le sous-marin dans sa bulle de vapeur. Le missile aux ailes repliées alluma son propulseur d'accélération et monta verticalement pendant une fraction de seconde avant de reprendre une pente de montée plus faible. Le signal du missile parvint à l'antenne EHF de l'Antay qui, cette fois, répondit au premier appel. Le calculateur de bord de l'Azov enregistra l'information et continua à guider le missile sur sa trajectoire.

— Ça a marché ! Le missile 3 est en vol, nous avons reçu le signal de bon fonctionnement ! La liaison descendante est bonne, commandant ! annonça le CGO.

Un hourra rapide parcourut le PCNO. Grachev bougonna.

— Second, tu as la vue ?

— Affirmatif, commandant, je retourne à Norfolk.

Dans la cabine VR, Svyatoslov avait fait pivoter son fauteuil de cuir. Il était maintenant suspendu, le visage vers le sol. S'il avait retiré ses lunettes VR, il se serait trouvé le nez à 20 centimètres du sol de feutre noir de la cabine, regardant par terre. Rien de passionnant. Avec les lunettes, au contraire, Mykhailo Svyatoslov se sentait voler, comme s'il avait chevauché le missile. La mer défilait sous lui à toute vitesse. L'horizon s'étendait au fur et à mesure que l'engin gagnait de l'altitude. Pour le moment, il n'y avait rien d'autre à voir que l'océan mais, sur sa gauche, il aperçut bientôt la côte.

Lorsque le propulseur d'accélération s'éteignit, à court de propergol, le missile amorça un vol plané pendant lequel la vitesse acquise entraîna les ailettes du compresseur de son petit turboréacteur. Six boulons explosifs séparèrent le propulseur à poudre, maintenant inutile, du reste de la structure. Le moteur tomba en tourbillonnant et finit par produire un petit geyser blanc à la surface de la mer.

De l'air chaud sous pression inonda bientôt la chambre de combustion annulaire du turboréacteur. Il était temps d'injecter le kérosène. Une vanne s'ouvrit et plusieurs bougies s'allumèrent, enflammant le mélange air-carburant. Les températures et les pressions s'envolèrent. Les gaz de combustion passèrent à travers la roue motrice de la turbine, qui tournait à pleine vitesse sur ses paliers lisses bien huilés. A son tour, elle entraînait le compresseur, à l'avant, par l'intermédiaire de l'axe central. La turbine tournait de plus en plus vite et le compresseur avalait de plus en plus d'air. Les pressions et températures de la chambre de combustion augmentaient rapidement et, en une demi-seconde, le moteur atteignit son régime de croisière.

Les ailes, jusqu'alors repliées sous le ventre de l'engin, s'ouvrirent vers l'extérieur. Elles paraissaient fragiles et ressemblaient à celles d'un planeur, mais elles étaient construites en composite à base de fibres de carbone dopées en matériau absorbant radar. Il fallut plusieurs secondes au missile pour stabiliser sa trajectoire après le déploiement de sa voilure, mais il reprit bientôt sa course, droite comme un I, montant toujours en assiette faible.

L'Azov continua en direction du nord-ouest, poussé par son turboréacteur, jusqu'à atteindre l'altitude de 7 000 mètres. L'engin prit cap à l'ouest, en direction de l'ouvert de la baie de Chesapeake et d'Hampton Roads.

Loin au-dessus de la surface, Mykhailo Svyatoslov regardait la beauté du soleil du matin qui inondait les plages de Caroline du Nord et de Virginie. A l'horizon, il apercevait la péninsule formée par le Delaware, le Maryland et la Virginie. Dans la brume du lointain, il distinguait clairement le pont-tunnel de la baie de Chesapeake. La longue ligne ne s'interrompait qu'à deux reprises, là où le pont s'enfonçait profondément sous la mer pour laisser passer les gros bâtiments militaires et les navires civils à fort tirant d'eau.

— Commandant, toujours aucun contact, annonça Dietz, 5 nautiques avant le pont-tunnel.

— Stoppez, Dietz.

— Oui, commandant. Central, arrêtez. Sonar et CO, on arrête !

— *Passerelle de central, stop affiché !* brailla l'interphone.

— *Passerelle de sonar, bien reçu,* répondit Cook.

La vague d'étrave se calma tandis que les 7 700 tonnes du sous-marin nucléaire ralentissaient au milieu du chenal des Thimble Shoals.

— Que se passe-t-il, commandant ? demanda Dietz en regardant Petri.

Elle ne pouvait pas avouer qu'elle ressentait comme un pressentiment. Elle prit ses jumelles et regarda l'horizon.

— Demandez au sonar d'explorer la zone, en bande large, en bande étroite et en imagerie totale. Donnez-leur dix minutes.

— Bien, commandant, répondit Dietz en donnant les ordres nécessaires dans son micro.

Petri sauta de son perchoir au sommet du massif et rejoignit les deux officiers à l'intérieur de la passerelle. Elle prit le WritePad qui affichait la carte électronique. Elle l'examina et pointa du doigt une position, 10 nautiques plus loin, puis parcourut les menus pour afficher la fenêtre des indicatifs radio de la force de surface. Elle décrocha la liaison UHF satellite crypto Nestor, un vieux combiné de téléphone en plastique rouge avec un bouton d'émission au milieu de la poignée. Dans l'interphone, elle demanda :

— Radio du commandant, est-ce que la liaison Nestor est disposée à la passerelle ?

La réponse lui parvint de « M. Propre » lui-même, le maître principal Morgan Henry.

— *La liaison est disposée, commandant, fréquences en place.*

— Bien reçu, radio !

Elle retira ses écouteurs et approcha le combiné de son oreille avant de parler.

— November Uniform, de Tango Sierra, parlez.

Le haut-parleur du combiné cracha un flot de parasites. Petri réduisit le volume de l'appareil sur le tableau rouge, sous le bordé avant de la passerelle. Le bruit statique se transforma en une sorte de bêlement tandis que le dispositif de chiffrement se synchronisait sur le signal reçu.

— *Tango Sierra, ici November Uniform, le commandant, je vous reçois 5 sur 5, parlez.*

Elle venait d'entendre le commandant de la Task Force qui empêchait tout trafic marchand dans le port de Norfolk, un capitaine de corvette promu au grade de capitaine de frégate cinq heures plus tôt. L'homme était sous les ordres de Petri, qui commandait le *Devilfish* mais également le groupe de surface, au moins jusqu'à ce que le sous-marin ait atteint la zone VaCapes.

— November Uniform de Tango Sierra. Exécutoire immédiatement. Passez au supermarché acheter un paquet de Smarties. Parlez.

— *Bien reçu, passer au supermarché acheter un paquet de Smarties.*

Karen Petri venait simplement de lui ordonner d'éloigner encore un peu plus les bâtiments de commerce jusqu'à un point baptisé S comme Smarties, où ils seraient à l'abri des deux engins qu'elle allait lancer dans le chenal.

— Dietz, dans cinq minutes, faites charger un Mk 5 Sharkeye dans le tube 1.

— Un Sharkeye tube 1, oui commandant.

Elle avait décidé de maintenir le *Devilfish* à sa position actuelle et de placer un capteur d'imagerie acoustique totale exactement à l'endroit où elle le voulait, pour augmenter la portée de ses senseurs.

Dietz donna les ordres nécessaires avant de demander :

— Ne serait-il pas plus efficace de faire larguer un yo-yo Mk 12 par un Pegasus, commandant ?

— C'est vrai, Dietz, mais je préfère économiser les yo-yo pour les utiliser en eaux profondes. Pour ce que j'ai l'intention de faire, un Mk 5 suffira.

Ils attendirent, immobiles au centre du chenal, tandis que le patron torpilleur supervisait le chargement du Sharkeye dans le tube 1.

Vingt mille pieds au-dessus de la tête de Petri, un petit avion survolait la scène. Huit fois plus petit qu'un Cessna monomoteur, l'engin présentait une signature radar équivalente à celle d'une mouette. Tandis qu'il observait le chenal, l'Azov transmettait un mince pinceau d'ondes EHF à un récepteur éloigné, qui flottait à la surface de la mer. Les signaux étaient ensuite relayés à travers une fibre optique jusqu'au *Vepr*, 400 mètres plus bas, où une douzaine d'officiers examinaient les images parfaites d'un sous-marin nucléaire d'attaque immobile au milieu du chenal, un but superbe et bien juteux.

27

— Torpilles Bora II parées dans les tubes de gros diamètre numéros 1 à 4, commandant, annonça le major Lynski, l'adjoint armes, depuis sa cabine VR.

— Bien, répondit Grachev toujours debout derrière sa console au PCNO.

Curieusement, il se sentait un peu claustrophobe à l'intérieur du local minuscule de la cabine de réalité virtuelle. Il préférait sentir son sous-marin sous ses pieds, pouvoir croiser les bras, regarder les écrans et marcher de long en large dans le PCNO, s'il en ressentait le besoin. Il pensa soudain qu'il portait peut-être en lui les gènes d'un commandant de trois mâts, plus heureux de déambuler sur le pont de son navire dans le vent et la mer qu'enfermé dans une cabine VR reliée au système de combat d'un sous-marin.

— Préparez le lancement des torpilles des tubes 1 à 4. Connectez les Bora II au système de commande des armes du « commandant bis ».

— A vos ordres, commandant. Connexion en cours...

— Remplissez les tubes 1 à 4.

— Début de remplissage, commandant... Tubes 1 à 4 pleins.

— Equilibrez et ouvrez les portes avant.

— Toutes portes avant ouvertes. Torpilles parées. Quel est le but, commandant ?

— Entrez la position du SSNX détenue par le « commandant bis ». Le SSNX sera le but 1.

— Bien, commandant.

— Réglages torpilles. Vitesse de transit : lente. Immersion de transit : faible. Navigation : routes recommandées par le « commandant bis ».

L'écran auxiliaire numéro 2 de Grachev montrait la carte de la zone, avec le *Verp* en bas à droite et l'ouvert de la baie de Chesapeake ainsi que le chenal des Thimble Shoals en haut à gauche. Différentes nuances de couleur indiquaient la profondeur de la mer. L'Azov, qui orbitait au-dessus du SSNX à une altitude de 7 000 mètres, n'avait toujours pas été détecté et continuait à transmettre la position du SSNX.

— Téléréglages effectués, commandant. Je demande le lever de sécurité des charges à plasma.

— Je lève la sécurité des charges des torpilles 1 à 4, répondit Grachev en jetant un regard à Novskoyy, avant de pianoter son mot de passe sur le clavier de la console. Les détonateurs des charges à plasma étaient maintenant devenus actifs.

— Bien reçu. Sécurité des torpilles 1 à 4 vues déverrouillées, commandant.

— Bien.

Grachev retira ses écouteurs et se frotta les yeux, se tournant vers Novskoyy.

— Ça va bien, maintenant, Al ? Nous allons faire entrer les Bora dans le chenal et réduire le SSNX en limaille de fer pour tapisser le fond de la baie. Puis nous nous éloignerons un peu plus dans l'est.

— D'accord, mais vos ordres vous commandent d'empêcher quiconque de gagner la haute mer depuis la côte est des Etats-Unis. Cette force de surface dispose de capacités qui m'inquiètent. Et ils pourraient bien détecter les torpilles pendant leur transit.

— Puisque vous aimez tant vous faire du souci, Al, pourquoi ne pas envisager une crise cardiaque qui vous tuerait là, maintenant, dans vos bottes de mer ?

Vraiment, le consultant était indécrottable, décida Grachev en replaçant ses écouteurs.

Novskoyy ignora le commentaire désobligeant.

— Et vous devriez garder un tube disponible pour mettre en œuvre le dernier Shchuka qui nous reste. Nous devons disposer de l'imagerie acoustique totale au cas où nous serions approchés par quelqu'un disposant des mêmes capacités.

— Aucune chance, Al. Le seul bâtiment qui la possède va bientôt couler.

Grachev parla dans le micro de son casque.

— Attention CO, nous allons lancer nos quatre Bora II dans la baie, pour attaquer le but 1. Une fois qu'il aura été envoyé par le fond, nous ramènerons l'Antay et détruirons l'Azov avant de nous retirer au milieu de l'océan. Intervalle entre deux lancements : une minute. Je ne veux pas que les torpilles se gênent mutuellement par leur sillage.

Trente secondes plus tard, les quatre Bora II étaient parées à lancer. Grachev hocha la tête.

— Lancez tube 1 sitôt paré.

— Reçu, commandant, le « commandant bis » a pris le compte à rebours. Dans dix secondes.

La première Bora se trouvait engoncée dans son tube en monel rempli d'eau de mer, au milieu de la coque. L'énergie électrique produite par la pile à combustible inondait ses circuits et le calculateur de bord, une version simplifiée du « commandant bis » du *Vepr*, complètement opérationnel, attendait calmement l'ordre de feu. La trajectoire avait été programmée. Les ordres lui enjoignaient de remonter avec une assiette de 30 degrés dès que le propulseur avait atteint sa pleine puissance pour rejoindre l'immersion de 20 mètres avant de ralentir à 35 nœuds, la vitesse de transit lent. La torpille prendrait cap au nord vers un point plein est du dispositif de séparation du trafic de Norfolk avant de faire route à l'ouest pour rejoindre son but. Au moment de l'interception, le but serait certainement sorti de la baie et les renseignements de l'Azov permettraient d'amener les armes au but.

Le calculateur de bord reçut le compte à rebours. Une seconde avant le lancement, il démarra la propulsion. Une électrovanne s'ouvrit, injectant le peroxyde liquide de son réservoir pressurisé jusque dans la chambre de combustion. Une bougie alluma le carburant hypergolique qui porta la chambre à plusieurs milliers de degrés. Les gaz chauds en expansion violente se dirigèrent vers la turbine, qui entraînait la pompe-hélice par un arbre, puis vers le clapet d'échappement, avant de rejoindre l'intérieur du tube. Lorsque le compte à rebours arriva à zéro, la turbine avait atteint un peu moins de 100 tours par minute et la pression avait commencé à s'élever dans le tube, derrière la torpille. Tandis que la pression augmentait toujours, un gros sectionnement à boisseau rotatif s'ouvrit à l'arrière du tube et laissa passer un flot d'eau de mer en surpression d'une centaine de bars par rapport à la pression d'immersion. La puissance du jet propulsa les 5 tonnes de la torpille dans la mer, hors de son tube de lancement. Le fil de télécommande se déroula depuis le capot arrière de la pompe-hélice. Il permettait au « commandant bis » de dialoguer avec la torpille, au cas où il faudrait changer les paramètres de l'arme en cours de mission ou actualiser la position du but. La structure du tube défila en un éclair devant la caméra implantée à l'avant de la torpille.

La turbine dépassa sa vitesse de ralenti de 1 200 tours par minute et accéléra, sous l'effet de l'électrovanne de régulation qui s'ouvrit un peu plus. Températures et pressions augmentèrent. La turbine entraîna son arbre de sortie qui s'engrenait sur les deux rotors contrarotatifs de la pompe-hélice. La poussée s'établit, propulsant la torpille à 10, 20, 30, puis 40 nœuds. La torpille accéléra encore pendant sa remontée vers l'immersion de transit ordonnée de 20 mètres. Puis elle reprit une assiette nulle, stabilisa sa vitesse à 35 nœuds et prit cap au nord.

L'arme continua à ce cap pendant un certain temps, sans rien détecter d'autre que les vagues, la mer étant trop profonde pour qu'elle puisse percevoir le fond. Sur les côtés, elle ne distinguait rien d'autre que le ronflement de son propre propulseur et l'écoulement de l'eau le long de ses flancs.

— Torpille 1 partie, commandant ! annonça Lynski.

— Bien, faites attention à l'intervalle de lancement.

— Affirmatif, commandant, la torpille 2 est parée.

Les tubes 2, 3 et 4 lancèrent leurs armes durant les trois minutes suivantes. Les quatre Bora II filaient à travers la mer, en route au nord, reliées au *Vepr* par leurs minces fils de cuivre qui se délovaient kilomètre après kilomètre.

— Dans combien de temps le virage, Lynski ?

— A cette vitesse, nous devrons attendre quatre-vingt-dix minutes, commandant. Ensuite, les torpilles prendront cap à l'ouest en direction de l'ouvert de la baie de Chesapeake.

— Je pense que c'est le prix à payer en raison de notre éloignement de Norfolk. Messieurs, nous allons attendre un bout de temps, essayez de décompresser un peu mais restez extrêmement vigilants.

Grachev retira ses écouteurs et ramena en arrière ses cheveux trempés de sueur. Il se leva et jeta un coup d'œil à Novskoyy, qui le regardait fixement.

— Quoi ?

— Rien, répondit Novskoyy.

— Vous voulez un peu de café en attendant ? Nous avons les meilleurs grains, de ce côté-ci de l'Amérique du Sud.

Novskoyy sourit.

— Ça me plairait bien !

Grachev hocha la tête et pressa une touche sur sa console, appelant la cuisine, au pont inférieur.

— *Tango Sierra du commandant de November Uniform, parlez.*

Petri attrapa le combiné.

— November Uniform de Tango Sierra, parlez.

— *J'ai acheté les Smarties, parlez.*

La force navale avait écarté les bâtiments marchands loin du Sharkeye.

— Reçu, November Uniform, répondit Pétri, je lâche le chien.

— *Bien reçu, Tango Sierra lâche le chien. Terminé.*

— Dietz, faites lancer le Mk 5, ordonna Petri.

— Lancez le Mk 5, bien commandant. CO de l'officier de quart en passerelle, lancez le Mk 5 du tube 1.

La voix de Paul Manderson, qui assumait la fonction de coordinateur armes au poste de combat, se fit entendre dans les écouteurs et le haut-parleur de la passerelle.

— *Attention...*

— Feu ! ordonna Dick Van Dyne, l'officier torpilleur.

Même à la passerelle, loin au-dessus du pont du sous-marin, on ressentait parfaitement le transi-

354

toire violent du fonctionnement d'un tube lance-torpilles. Petri regarda l'eau du chenal pour tenter d'apercevoir le départ de la torpille emportant le Mk 5. Elle ne vit rien d'autre que l'eau grise et bleue.

— Tube 1, torpille partie ! rendit compte Van Dyne.

— *Passerelle de sonar, lancement nominal, j'ai la torpille à l'écoute,* annonça le premier maître Cook.

Le Mk 5 descendait le chenal à 30 nœuds, en direction d'un point 10 nautiques à l'ouest du pont-tunnel. Une fois à cette position, il déploierait son capteur d'imagerie acoustique totale. Petri maintiendrait le *Devilfish* immobile au milieu du chenal jusqu'à ce moment. Elle conduirait cette exploration de la façon la plus rigoureuse possible. Aucune commission d'enquête ne pourrait l'accuser d'avoir négligé quelque chose.

— Que fait le SSNX ? demanda Grachev en buvant une gorgée de café, à côté de Novskoyy.

Sur l'arrière du PCNO, dans la cabine VR numéro 2, le capitaine de frégate Mykhailo Svyatoslov survolait la baie de Chesapeake à 7 000 mètres d'altitude et observait les bâtiments de guerre qui escortaient le trafic marchand et le sous-marin, toujours stoppé au milieu du chenal.

Svyatoslov enclencha le grossissement le plus fort de sa vision binoculaire gyrostabilisée, ce qui lui donna l'impression de se tenir suspendu dans le vide, 50 mètres au-dessus du massif du *Devilfish*. Il distinguait nettement les trois officiers en kaki sur la passerelle, qui discutaient entre eux, penchés sur une carte puis regardaient vers la sortie du chenal.

— Rien, commandant, il reste là où il est.

— Bizarre, s'étonna Grachev. J'aurais cru qu'ils allaient plutôt se précipiter vers le large à notre recherche.

— Ils pensent peut-être que leurs bâtiments ont été coulés par les bombes terroristes embarquées avant le départ. Peut-être que le SSNX a une avarie.

— Non, si le SSNX était en panne, on verrait des remorqueurs arriver pour l'aider. Il n'y a pas de remorqueurs. De plus, le trafic marchand est maintenu en dehors de la zone. C'est très curieux. Et cette force de surface... Hé, second, de quoi est-elle composée, cette force ?

— Un croiseur Aegis II, trois frégates ASM type Bush et trois escorteurs.

— Pas de bâtiment porte-hélicoptères. Les frégates, elles ont des hélicos sur le pont ?

— Oui, toutes les trois, mais les rotors sont repliés.

— Hmmm. Toujours rien du côté du SSNX ?

— Négatif, commandant.

— Lynski, faites évoluer les quatre Bora II vers le nord-ouest, cap 3-3-0.

— Elles sont déjà très justes en carburant, commandant, répondit Lynski, inquiet.

— Je les fais tourner plus tôt. J'ai l'intention de couper le coin plutôt que de les faire attaquer en route plein ouest.

— Pourquoi ? demanda Novskoyy.

— J'ai le sentiment que, si ces torpilles sont détectées pendant leur transit, nous préférons que les bâtiments de surface et le SSNX croient qu'elles proviennent de l'est-sud-est. Ils vont probablement lancer une centaine de contre-mesures dans l'azimut !

Novskoyy acquiesça d'un signe de tête.

Le Mk 5 Sharkeye ralentit lorsque sa centrale inertielle de guidage équipée de gyros laser lui indiqua qu'il rejoignait la zone souhaitée. Le propulseur stoppa, jusqu'à ce que l'engin n'ait pratiquement plus d'erre, juste assez pour maintenir son cap à l'approche du fond sableux, par 40 mètres d'immersion. La torpille prit de plus en plus d'assiette positive au fur et à mesure que la vitesse diminuait et finit par se poser doucement sur le sable du fond.

La section avant s'ouvrit et dix hydrophones de la taille d'un ballon de basket se déployèrent. Chaque sphère avait une flottabilité différente et toutes étaient reliées entre elles et au véhicule par des fils très minces. En quelques secondes, les sphères s'élevèrent dans l'eau et prirent leurs positions définitives, à différentes immersions. L'ensemble formait un unique capteur d'imagerie acoustique totale qui fouillait l'océan tout proche, 10 nautiques au large de l'ouvert de la baie de Chesapeake. Lorsque le Mk 5 commença à fournir des données, il transmit tout d'abord la position du groupe de bâtiments de surface, un peu plus haut et dans le sud. Explorant le secteur ouest, le Mk 5 trouva les piles du pont-tunnel. Et, loin dans le sud-ouest, quatre torpilles en route vers la baie.

Les capteurs transmirent fidèlement les contacts au corps du Mk 5, qui contenait le processeur. Sans émotion, celui-ci renvoya les signaux à travers la fibre optique qui le reliait au poste torpilles du *Devilfish* puis au système de combat Cyclops. L'ordinateur central afficha les détections sur un écran plat au CO, devant lequel se tenait Paul Manderson, le second. Dietz, O'Neal et Petri aperçurent simultanément les mêmes informations sur un répétiteur à l'avant de la passerelle.

— Alerte torpille ! bafouilla Dietz. Non, quatre torpilles ! Azimut 1-0-2, distance 20 nautiques ! Commandant !

— Je les vois, répondit Petri d'une voix incroyablement calme. Dietz, sortez-nous de la baie, à toute vitesse.

Dietz cria dans son micro.

— Je prends la manœuvre, central de passerelle, en avant toute, gouvernez 0-8-5. A tous de passerelle, alerte torpilles, plusieurs torpilles se dirigent vers nous.

— Passerelle de central, en cours d'accélération vers la vitesse maximale. Gouvernez 0-8-5... On passe 100 tours, en route au 0-8-5 ! Puissance réacteur, 80 %.

Le bâtiment prit de l'erre, lentement tout d'abord, puis de plus en plus vite. La vague d'étrave se forma et le bâtiment se mit à vibrer sous la poussée des 60 000 chevaux.

— Tiens bon annoncer, central.

Dietz se tourna vers Petri.

— Commandant, ne devrions-nous pas plutôt faire route vers l'intérieur de la baie plutôt que vers le large ? Nous fonçons droit sur ces torpilles !

— Je vais vous expliquer pourquoi, Dietz. Sonar du commandant, analysez les torpilles assaillantes.

— *Passerelle de sonar, torpilles de fabrication russe, de type Bora, équipées d'une pompe-hélice. Elles font route à environ 40 nœuds, très loin, plus de 40 000 mètres, mais avec un Doppler haut très marqué. Elles sont en rapprochement, c'est certain.*

— Sonar du commandant, pouvez-vous distinguer s'il s'agit de Bora I ou II ?

— *Commandant de sonar, Bora II, à 100 %.*

Petri regarda Dietz.

— Quatre torpilles équipées de charges à plasma nous courent après, Dietz. Si nous nous retournons, elles nous suivront dans le port de Norfolk. Elles pourraient raser tout le centre ville si elles explosaient près du front de mer. Nous rejoignons l'océan avec le *Devilfish* pour attirer les torpilles vers le nord. Dans le même temps, nous allons riposter. Mais d'abord, prenez la tenue de veille à la passerelle. Dès que nous aurons franchi le pont-tunnel, plongez. C'est clair ?

— Affirmatif, commandant, répondit Dietz, le regard presque vitreux.

— Le commandant descend ! hurla Petri en ouvrant la trappe du caillebotis métallique de la passerelle, avant de se glisser à travers le sas d'accès et d'atteindre le pont supérieur de la tranche avant.

28

— Il se passe quelque chose, annonça Svyatoslov.

— Quoi ? demanda Grachev en posant sa tasse de café vide.

— Les hélicoptères se préparent à décoller sur les ponts des escorteurs. Les bâtiments de surface commencent à se disperser. Ils s'éloignent des navires marchands.

Grachev se pencha pour regarder l'écran au centre de sa console. Il fit tourner une molette pour grossir l'image du pont de l'un des escorteurs sur lequel l'équipage préparait l'hélicoptère. Grachev passa à un second bâtiment, où il vit le décollage de l'hélicoptère qui piqua du nez en prenant de la vitesse.

— Trois hélicoptères en l'air, annonça Svyatoslov. Le groupe de surface commence à se disperser. Le croiseur se met en ligne derrière les escorteurs.

— Les frégates ?

— Devant les escorteurs. Elles sont en ordre dispersé et font route au sud-est.

— Le SSNX ?

— C'est bizarre. Il ne rentre pas dans la baie. Il accélère et s'éloigne. Et il fonce plein pot. Je distingue une grosse vague d'étrave sur son avant.

— Il est peut-être en train de plonger.

— J'en doute, il ne doit pas avoir plus de

5 mètres d'eau sous la quille, répondit le second, sceptique.

— Pourtant, on dirait bien qu'il s'enfonce.

— Sainte Mère de Dieu, mais qu'est-ce qu'il fait ?

— Je n'en ai rien à foutre, aboya Petri. Faites-moi plonger ce sous-marin !

— A vos ordres, commandant. Central, ouvrez les purges du groupe arrière. Maintenez 2 mètres sous la quille avec le sondeur haute fréquence, en mode non discret.

— Commandant, à cette vitesse-là, c'est impossible, je vais toucher le fond.

— Faites de votre mieux. S'il faut choisir entre faire une baignoire et racler le fond, prenez la baignoire.

— Bien commandant.

— Ici le commandant, annonça Petri d'une voix forte sur la diffusion générale. Nous avons quatre torpilles Bora en approche et il semble qu'elles soient programmées pour remonter dans le chenal et nous trouver. Nous nous situons actuellement à l'entrée du chenal des Thimble Shoals et nous faisons route vers l'est. Nous allons lancer des torpilles Mk 58 dans l'azimut des armes qui nous arrivent dessus.

Petri lâcha le micro, se redressa sur la plate-forme des périscopes et regarda l'équipage qui s'affairait au poste de combat.

— Attention, CO, dit-elle. Je vais lancer trois Mk 58 dans l'azimut des torpilles qui foncent vers nous. Tant que nous resterons entiers, nous lancerons des Mk 58, une douzaine au moins.

Elle savait qu'elle risquait la vie de tout son équipage, mais elle devait absolument préserver les zones résidentielles de la baie de ces armes à plasma.

— Allez-y.

— Sonar du commandant, est-ce que nous avons quelque chose sur le lanceur ?

— *Commandant de sonar, négatif.*

— Dietz, où en sommes-nous avec la bouée slot ?

Elle avait ordonné l'éjection d'une bouée radio avec un simple message « *Devilfish* attaqué par des torpilles à cette position ».

— Bouée slot larguée, commandant.

— Les tubes ?

— Tubes 2 à 6 chargés avec des Mk 58. Armes sous tension, réchauffage des gyros en cours, les gyros démarrent maintenant.

— Surveillez-les. Rendez compte dès qu'ils seront prêts. Je veux qu'on lance dès que possible.

Le pont vibrait sous l'effet de la puissance du moteur qui les propulsait à 50,8 nœuds avec tout juste 2 mètres d'eau sous la quille. L'espace d'un instant, Petri envisagea de dépasser les limites normales de la machine. Mais elle abandonna cette idée. Il était déjà très difficile de maintenir l'immersion à cette vitesse. De plus, le sondeur petit fond n'était pas prévu pour fonctionner à cette allure et ils risquaient encore plus de toucher le fond ou de faire une baignoire s'ils accéléraient encore.

Elle jeta un coup d'œil sur la carte et vit qu'ils étaient sortis de la baie.

— Central, à gauche 1, venir au 0-4-5. Un grand coup de barre aurait pu les faire chavirer. A cette vitesse un seul degré de barre suffirait à les faire évoluer sans problème.

— A gauche un, venir au 0-4-5, bien reçu, la barre est 1 à gauche.

Petri vérifia le sondeur. Le Cyclops donnait maintenant 3 mètres d'eau au-dessus du sommet du massif et 10 mètres sous la quille. En surface, le *Devilfish* devait laisser un sillage incroyable, pensat-elle en se demandant si une caméra de télévision le remarquerait.

— Sonar, du commandant, les torpilles nous poursuivent ?

— *CO de sonar, affirmatif, commandant.*

— Bon sang !

— Commandant, torpilles 2 à 6 réchauffées, parées à lancer. Peut-on remplir les tubes ?

— Préparez le lancement des torpilles des tubes 2 à 6. Rendez compte.

— A vos ordres, commandant, répondit Van Dyne depuis sa console de commande des armes. Tubes bâbord pleins, tribord en cours de remplissage. Peut-on ouvrir les portes avant bâbord ?

— Ouvrez les portes avant bâbord.

— Bien commandant. Portes extérieures ouvertes, tubes 2, 4 et 6 parés à lancer.

— Second, les solutions sont rentrées ?

— Affirmatif, commandant, répliqua Manderson.

Si seulement ils avaient pu lancer quelque chose contre les Bora qui arrivaient, pensa-t-elle. Mais ils avaient autant de chances de détruire une torpille qui leur fonçait dessus que d'arrêter un éléphant avec une balle en mousse.

— Annoncez les distances de recherche.

— Mk 58 tube 2, programmée pour 9 000 mètres. Elle nous sert de sécurité. Tube 4, 13 000 mètres. Tube 6, 18 000 mètres. Recherche circulaire, mode passif avec quelques émissions actives aléatoires.

— Bien. Attention pour lancer une salve de Mk 58, tubes 2, 4 et 6.

— Sous-marin paré, annonça Dietz.

— Torpilles parées, dit Van Dyne.

— Solution recalée, ajouta Manderson.

— Tube 2, lancez sur le but futur, ordonna Petri.

Dix minutes après sa première plongée comme commandant du *Devilfish*, elle lançait déjà des armes de combat.

— Feu ! répéta Van Dyne en appuyant sur la touche de fonction codée de son clavier.

Un sifflement d'un quart de seconde précéda le vacarme brutal de la chasse de la torpille. Le pont trembla violemment, comme un bus qui passerait sur un ralentisseur à 80 kilomètres/heure. Les tympans de tous les membres d'équipage claquèrent sous l'effet de la surpression due à la détente de l'air comprimé utilisé pour actionner la turbopompe de lancement.

Deux ponts plus bas, la torpille Mk 58 fila hors de son tube. Son moteur démarra et elle rendit compte de son fonctionnement normal par la liaison fibre optique.

— *CO de sonar.* La voix du maître Cook résonna dans l'oreille de Petri. *Les Bora se rapprochent. Toujours en phase de recherche, azimut constant, 1-6-0. Une triangulation approximative avec notre sonar de coque et le Sharkeye nous donne la première torpille à 3 600 mètres.*

— Sonar du commandant, émettez, une seule émission pour confirmer la distance.

Un « ping » sonore retentit soudainement dans le silence du CO.

— *Un écho dans l'azimut des torpilles, Doppler fort en rapprochement. Distance 3 000 mètres.*

— Commandant bien reçu, répondit Petri.

Avec une première torpille aussi proche, elle devait réagir.

— Dietz, est-ce que nous avons de l'eau pour mettre la torpille directement sur l'arrière et foncer au nord-ouest ?

— Négatif, commandant. Nous nous échouerions dans... cinq minutes.

Petri se mordit la lèvre.

— Central, en avant toute, vitesse maximum d'urgence.

— Vitesse maximum d'urgence, oui commandant. PCP de central, en avant toute, vitesse maximum d'urgence, rendez compte dès que parés. Commandant, le PCP se prépare à exécuter.

Grouillez-vous, bordel, pensa Petri.

La première des torpilles Bora II se rapprochait inexorablement de son but qui tentait de fuir. Le bruit de sillage important et la cavitation produite par la propulsion à une si faible immersion permettaient de le poursuivre aisément. Le niveau de carburant était bas, mais encore largement suffisant pour permettre à la torpille de rejoindre son but.

La Bora II avait accéléré à 125 kilomètres/heure, contre le *Devilfish* qui en atteignait à peine 95. Le but se rapprochait peu à peu. Il était temps de commencer l'armement de la charge militaire. Le barillet des plaques de sécurité tourna d'un quart de tour, libérant le passage entre les charges relais et les explosifs intermédiaires. Le calculateur ferma plusieurs contacts dans le circuit de mise à feu de la lourde charge à plasma, au milieu du corps de la torpille.

Cela ne devrait plus durer longtemps.

— Début de montée en allure, 55 nœuds, 56, 57...

— Tiens bon annoncer, central, demanda Petri.

Elle avait besoin de réfléchir. Que se passerait-il si elle virait sec juste au moment où la torpille approchait ? L'arme de 5 tonnes était certainement plus manœuvrante qu'un sous-marin de 7 700 tonnes. Ce serait comme essayer d'écarter une moto de la roue d'un autobus. Avait-elle une chance de sortir le *Devilfish* du cône de recherche de la torpille ?

— Vitesse stable, 64,9 nœuds, commandant, annonça le pilote.

— Bien, répondit-elle, distraite.

Durant les trois minutes qui suivirent, Petri ordonna le lancement des torpilles 4 et 6. Elle largua les gaines et fit disposer les tubes tribord. Mais il faudrait un moment avant qu'ils puissent lancer.

— Dietz, demanda-t-elle, qu'est-ce que nous avons comme fond, ici ?

— Pardon, commandant ?

— De la boue, de la vase, de l'argile, du sable ou des rochers ?

— Du sable, d'après la carte.

— Ça ne me suffit pas. Recherchez dans le rapport de la mission hydrographique de 2017. Vite ! Je veux connaître la nature *exacte* des fonds à un demi-nautique sur notre avant ! Central annoncez la hauteur d'eau sous la quille et au-dessus du massif !

— 9,60 mètres en dessous, 8 au-dessus, commandant.

— Descendez jusqu'à 3 mètres du fond et faites attention à ne pas vous faire aspirer vers le bas ! On va s'approcher très près !

— Oui, commandant, mais nous sommes à vitesse max. Le sondeur ne verra rien si un obstacle surgit devant nous.

— Descendez ! Comment sommes-nous pesés ?

— Correctement, je pense, à moins de 100 tonnes près. Nous n'avons pas eu le temps de vérifier, commandant.

— Remplissez les régleurs 1 et 2.

— Remplir les régleurs 1 et 2, bien.

Le bâtiment fendait la mer à près de 65 nœuds, l'avant incliné vers le fond. De l'autre côté du CO, la sueur perlait sur le front de Bryan Dietz, qui pianotait sur les touches d'un WritePad.

— Alors ?

— Pas encore, commandant.

— Allez, vite !

— C'est presque bon, j'ai le rapport, j'entre la latitude et la longitude.

— Dépêchez-vous !

— Du sable, commandant, rien que du sable jusqu'aux fonds de 50 mètres.

— Excellent. Central, gardez 3 mètres sous la quille.

— Reçu, 3 mètres sous la quille. Immersion 30 mètres, commandant.

— Très bien. Attention CO. Lorsque la torpille sera proche de nous, à moins de 450 mètres, nous descendrons sur le fond, dans le sable, pour nous arrêter brutalement. Avec un peu de chance, nous nous enfoncerons et la torpille nous dépassera. Nous arrêterons le réacteur et tous les systèmes à bord, à l'exception du Cyclops. Dietz, vérifiez la disposition du circuit de refroidissement de secours du Cyclops. PCP, vous avez tout pigé ?

— *De PCP, bien reçu, commandant.*

— Dietz ?

— Refroidissement de secours du Cyclops disposé, commandant.

— Bien, sonar, distance de la torpille ?

— *630 mètres, commandant, mais très approximativement.*

Maintenant ou jamais, pensa Petri.

— Agrippez-vous tous ! Elle prit une profonde inspiration. Pilote, descendez, assiette –1. PCP, au moment où nous toucherons le fond, mettez le réacteur en alarme et ouvrez tous les disjoncteurs ! Central, si on ricoche sur le fond, vous gardez l'assiette négative.

Elle avait envie de fermer les yeux aussi fort que possible mais savait qu'elle devait montrer un regard déterminé et courageux. Comment diable Kelly McKee gérerait-il cette situation ?

— Dans quelle direction la force de surface se dirige-t-elle ? Et les hélicoptères ? demanda Grachev à son second.

— Ils remontent l'azimut des torpilles, vers le sud-est, dit Svyatoslov, avec une pointe d'ironie dans la voix. Nous les avons bernés, commandant.

Pour le moment, pensa Grachev.

— D'autres menaces dans les environs ?

— Rien, commandant.

— Rien qui puisse indiquer que l'Azov a été détecté ?

— Non, commandant. Nous nous sommes sauvés en emportant les joyaux de la couronne.

— Avons-nous la position précise du SSNX ?

— Tu vois l'espèce de plume, là ? Je l'ai entourée sur ton écran.

Un cercle apparut sur l'écran zéro de la console du commandant. Une vague apparaissait à la surface de l'océan, là où l'on ne voyait aucun bâtiment.

— Surprenant, commenta Grachev, étonné de sentir la victoire aussi proche.

A une centaine de nautiques au nord-nord-est du *Vepr*, le *Devilfish* toucha le fond à 64 nœuds. A cette vitesse, le sous-marin ricocha sur le sable compact du fond comme sur du rocher. Sous l'effet du choc, de nombreux disjoncteurs s'ouvrirent, dont ceux qui alimentaient les mécanismes d'accrochage des croix de contrôle du réacteur. Poussées par leurs puissants ressorts, elles tombèrent dans le cœur, étouffant le flux neutronique qui chuta brutalement. Tandis que le réacteur passait en alarme, l'opérateur du pupitre Ke, qui commandait toute l'installation électrique du bord, sanglé dans son siège, parvint à ouvrir trois disjoncteurs avant d'être rejeté en arrière par le rebond sur le fond.

L'arrière s'était soulevé, donnant à nouveau au bâtiment une assiette négative. Le *Devilfish* heurta de nouveau le fond de sable, à une vitesse de 48 nœuds. Cette fois, le dôme sonar en fibres de verre se désintégra en emportant l'antenne sphérique du BQQ-10. Le choc fendit les ballasts avant et arracha les quatre tubes de lancement vertical de leur bâti en acier. La tôle des ballasts éclatés s'enfonça dans le sable comme une pelle. Le sable pénétra à l'intérieur et commença à enfouir tout l'avant sous une grande vague minérale. La masse accumulée ralentit brutalement le bâtiment et le sous-marin s'arrêta en deux secondes, sous une décélération de 2 g, avec une légère gîte de 4 degrés.

A l'arrière au PCP, l'opérateur Ke, inconscient, s'était effondré sur sa console. L'ingénieur de quart et le chef, Todd Hendrickson, qui s'étaient agrippés à une poignée du plafond jusqu'à ce que le bâtiment s'arrête, le tirèrent en arrière. Puis ils ouvrirent les disjoncteurs restants, continu et alternatif, finissant d'isoler les circuits du sous-marin. Le *Devilfish* devint totalement inerte. Seuls restaient alimentés l'éclairage de secours et le Cyclops, dont le circuit de refroidissement assurait vingt minutes d'autonomie. Ensuite, le calculateur chaufferait et s'arrêterait automatiquement.

Au CO, Karen Petri lâcha la poignée qu'elle avait agrippée. La décélération l'avait presque amenée à l'horizontale. A présent, seul le ronronnement du calculateur du Cyclops résonnait dans le silence du local.

— Sonar ? appela-t-elle dans son micro, mais il ne fonctionnait plus. Elle le lâcha et ouvrit le rideau qui masquait le royaume du maître Cook dans le coin tribord avant du CO.

— Alors ?

— Elle continue à nous venir dessus, répondit Cook. Nous n'avons même plus besoin du sonar pour l'entendre...

Le local sonar était éclairé uniquement par la lueur verte des écrans situés entre les cabines de réalité virtuelle, dans l'autre coin.

— Des dégâts sur le sonar ?

— Nous avons perdu la sphère. La moitié des antennes de coques sont encore en état. Celles qui se trouvent au-dessus du sable doivent suffire. Evidemment, nous avons perdu le fil du Sharkeye.

Petri s'éclipsa et retourna vers Dietz.

— Des voies d'eau ?

Dietz se frotta la tête. Ses doigts se trempèrent du sang d'une coupure sur le dessus du cuir chevelu.

— Nous redisposons les téléphones autogénérateurs. Les comptes rendus commencent à arriver. Central, du nouveau ?

— Bâtiment étanche, aucune voie d'eau signalée dans tout le bord.

Le bruit de la torpille qui fonçait vers eux était à présent audible à travers la coque. C'était un sifflement aigu qui commençait à s'affaiblir, comme si l'engin hésitait. Il les dépassa, ralentit immédiatement, puis le bruit s'atténua avant de disparaître complètement.

Petri lança un coup d'œil dans la direction de Dietz, qui esquissait un sourire.

— Ce n'est pas encore fini, Dietz. La première est passée mais il en reste trois.

Dietz approuva d'un signe de tête puis leva les yeux. Petri réalisa brutalement que la surface se trouvait 30 mètres plus haut.

29

— Il y a un problème, commandant, annonça Linsky depuis sa cabine VR. Grachev monta jusqu'à la porte coulissante qui permettait d'y accéder.

— Je suis derrière vous, je vous écoute. Allez-y.

— Grand bruit sur le but, le champ de l'auto-directeur de la première torpille s'est modifié, puis plus rien. J'ai perdu le but.

— Reçu, CGO, prenez la torpille en manuel et faites-la tourner. Ramenez-la lentement.

Tenukha répondit depuis sa propre cabine de réalité virtuelle.

— Reconfiguré. Le « commandant bis » m'a rendu le contrôle de la torpille et je suis à vitesse minimale.

— Faites-la évoluer, ordonna Grachev.

— En cours, 3-5-0, nord, 0-1-0... Alarme niveau bas carburant, commandant.

— La charge militaire est armée, CGO ?

— Affirmatif, commandant, armement effectué.

— La route ?

— Elle a viré au sud, commandant, elle évolue lentement. Aucun contact en passif, ni en bande large, ni en bande étroite.

— Bien, passez la torpille en actif.

— Début d'émission maintenant, commandant.

— Démarrez la caméra de l'avant et le laser bleu. Prenez un profil du fond.

— Elle revient lentement vers nous. Pas de Doppler mesuré. Pas de grande zone à Doppler nul. Le laser bleu montre un fond plat. Alarme carburant, niveau très bas, commandant.

— Encore combien de temps ?

— Une vingtaine de secondes, commandant.

— Qu'est-ce que vous voyez ?

— Toujours rien, si ce n'est un fond de sable plat. Des roches à plusieurs centaines de mètres au sud.

— Allez par là, CGO.

— Dix secondes, commandant. La turbine ralentit.

— Posez la torpille sur le fond et gardez-la en attente.

— Bien, commandant. Elle ralentit, le fond se rapproche... Torpille posée dans le sable. La vitesse diminue, elle passe à zéro. La torpille est sur le fond et stoppée, je la passe en attente. OK, Bora 1 en attente, c'est bon pour le fil, continuité correcte.

— Qu'est-ce que vous faites ? demanda Novskoyy.

Grachev lui intima le silence en levant le doigt et s'adressa à Tenukha.

— Reprenez la torpille 2 en manuel.

— Bien, je reprends la 2... Torpille 2 en manuel. Elle se trouve à 1 000 mètres des roches, environ.

— Niveau de carburant ?

— Bas, commandant, pas loin de l'alarme.

— Faites remonter la 2 jusqu'aux rochers, au nord, presque sans erre, allumez le laser bleu, le projecteur et la caméra.

— Laser bleu, projecteur et caméra de nez démarrés. Vous devriez avoir les images sur vos écrans, commandant.

— OK, je les ai. Maintenant, rapprochez-vous lentement en restant près du fond.

Grachev et Novskoyy se penchèrent sur l'écran et regardèrent les images qui montraient la torpille s'approcher du sable. Le fond sans relief défilait sous la caméra à la vitesse de 6 nœuds.

— Ça y est, je le vois, dit Grachev en tapotant l'écran. Une sorte de falaise émergeait du fond, à moitié recouverte de sable. En haut et à droite de l'image, la forme rocheuse paraissait parfaitement rectiligne. Amenez-nous plus près, tournez autour.

— Oui, commandant, je suis allé un peu trop loin, je reviens vers le sud, alarme carburant bas. Je la perds.

— Quelle distance, cette protubérance ?

— 500 mètres, peut-être 600.

— Bien, posez la 2 dans le sable.

— Distance ?

— 450 mètres. Torpille 2 en attente.

— Prenez la 3 en manuel, vitesse très lente. Amenez-la aussi près que possible.

— Je suis trop loin pour voir quoi que ce soit, la 3 n'a plus de carburant du tout, elle est finie, commandant. Je la pose tout de suite... 3 sur le fond, en attente, distance 1 800 mètres.

— Trop loin. Essayez la 4.

— Je ne peux pas, commandant, il est trop tard pour passer la 4 en attente. La turbine est arrêtée, elle n'a plus d'énergie et ne répond plus.

— Continuité ?

— Pas de retour sur la 4, commandant.

— Gardez quand même le filoguidage en fonction.

Grachev enleva son casque et se passa la main dans les cheveux, comme à chaque fois qu'il se trouvait à court d'idées.

— Et maintenant, commandant ? demanda Novskoyy.

— Je réfléchis. Soit je fais exploser ces torpilles maintenant, soit je coupe les fils et je lance d'autres armes. Je ne peux pas faire les deux. Cette chose dans le sable est peut-être le SSNX. Il peut s'agir d'une vieille coque coulée, d'un gros morceau de béton ou de déblais de construction transportés et mouillés au large. Je n'ai pas la certitude que ce monticule est bien le SSNX. Mais si c'est lui qui joue à cache-cache et que je coupe les fils, il parviendra à s'échapper. Si je fais exploser les armes, je remplis la mer de bruit et de bulles et je ne pourrai plus rien lancer par la suite.

— Et si vous programmiez l'explosion des charges à plasma avec un certain retard, que vous coupiez les fils et que vous lanciez quatre autres torpilles ?

— Je ne peux pas. Les Bora n'acceptent pas de retard. Ce serait facile à programmer, mais personne n'y a pensé au moment de la conception de la torpille.

— Et vu du dessus ? L'Azov a quelque chose ?

— Second ! Tu as entendu monsieur Novskoyy. Que vois-tu dans ce coin ?

— Commandant, je suivais la flotte, mais les caméras surveillaient toujours le secteur nord.

— Reviens en arrière sur l'enregistrement vidéo, jusqu'à retrouver la vague de tout à l'heure. Que devient la flotte ?

— Elle a pris une formation ASM et progresse à 40 nœuds environ, à peu près 10 nautiques au sud-est du port de Norfolk. Ils remontent l'azimut des torpilles.

— A quelle distance de nous ?

— 80 nautiques, dans le 3-4-9.

— Dans ce cas, ils s'éloignent de nous, marmonna Grachev. De toute façon, ils ne nous menacent pas vraiment. A moins que nous ne nous trahissions.

— Et de quelle façon nous trahirions-nous ? demanda Novskoyy.

— En faisant exploser trois charges à plasma.

— Vous avez déjà commis une indiscrétion majeure, le lancement des quatre torpilles. Mais personne ne sait où nous nous trouvons, il me semble. Et l'explosion de trois charges à plus de 100 nautiques d'ici ne devrait pas compromettre notre position.

— Ça suffit ! « Commandant bis », remontez l'historique des images prises par l'Azov sur le SSNX et tracez la route du sous-marin depuis son point de plongée jusqu'à maintenant.

— *Bien, commandant,* répondit la voix synthétique.

— Maintenant, regardons !

Grachev et Novskoyy se penchèrent sur l'écran et observèrent la coque du SSNX s'enfoncer dans la mer à vitesse maximum. Bientôt, l'ensemble du bâtiment disparut, sauf le sommet du massif. Au bout de quelques minutes, il ne resta plus qu'un sillage en surface. La vague continua, sortit de la baie et se dirigea vers le nord-est, puis disparut complètement et la surface de l'océan redevint uniforme.

— Là, dit Grachev. C'est juste à cet endroit que nous perdons la trace du SSNX. Il peut avoir ralenti, viré, s'être posé au fond ou avoir changé de direction.

— Donc, il peut se trouver n'importe où.

— Non. Les torpilles le suivaient. Second, envoie-nous l'image. « Commandant bis », affichez la carte et calculez la zone dans laquelle le SSNX est susceptible de se trouver compte tenu de la vitesse maximale observée et du point où nous l'avons perdu.

Une carte s'afficha sur l'écran. Le « commandant bis » désigna la dernière position connue du SSNX. Un cercle centré sur ce point s'agrandit rapidement avec le temps et s'étendit très vite jusqu'à la baie de Chesapeake.

— Eh bien, ça ne nous aide pas vraiment. « Commandant bis », en tenant compte du fait que le SSNX tentait d'échapper à quatre torpilles, quelle pourrait être sa position ?

Grachev se tourna vers Novskoyy.

— Cela devrait restreindre la probabilité de présence aux secteurs du nord.

Une ellipse apparut sur la carte. Le point le plus bas était l'endroit où le SSNX s'était évanoui et la figure s'étendait vers le nord-est.

— Maintenant, comparez la probabilité de présence que nous venons d'établir avec les détections des Bora.

Il s'adressa à Novskoyy.

— Ces torpilles ont poursuivi le SSNX longtemps après que nous l'ayons perdu de vue, lui et son sillage.

Sur l'écran, l'ellipse se rétrécit notablement et se sépara du point de disparition. Puis elle disparut avant de se tracer un peu plus loin dans le nord-est, puis de se réduire à un point qui se déplaçait à environ 60 nœuds, dans le prolongement du sillage observé par l'Azov. Le point progressa encore vers le nord-est et s'arrêta soudain. Une nouvelle ellipse, plus large, se dessina et s'agrandit progressivement, toujours vers le nord-est.

— Nous ne sommes pas plus avancés, remarqua Novskoyy.

— Je pense que nous n'avons pas à nous soucier de la zone comprise entre le point où le sillage a disparu et celui où les torpilles ont perdu le SSNX. Mais après cela, ce foutu sous-marin pourrait se trouver n'importe où dans cette zone. Mais étant donné que l'ellipse de probabilité s'étend vers le nord-est, il serait bien au-delà de la portée de nos armes. Si cette tête de roche n'est pas le SSNX qui se cache posé sur le fond, alors il est parti depuis longtemps.

— Ce qui signifie que nous devrions nous rapprocher et envisager de lancer d'autres torpilles, dit Novskoyy.

— Attendez une minute, dit Grachev. L'Azov a encore une dizaine d'heures d'autonomie...

— Dix heures et quarante minutes, commandant, précisa Svyatoslov.

— Donc le second peut garder un œil sur la baie. Au moins jusqu'à ce que l'Azov tombe à court de carburant. Combien de temps avant le coucher du soleil, second ?

— Six heures. Mais je verrai le SSNX à l'infrarouge, s'il réapparaît après la tombée de la nuit.

— Cette protubérance rocheuse est cernée de charges à plasma, se dit Grachev en se penchant au-dessus de la console de commandement. Je pourrais lancer un Shchuka pour voir exactement de quoi il s'agit.

— Vous devriez vous écarter du fond et vous rapprocher, dit Novskoyy.

— Mauvaise idée. Il ne me reste qu'un Shchuka. Je n'ai pas besoin d'explorer l'océan à courte distance de notre position. Donc nous attendons et nous comptons sur la perspicacité du second pour trouver le SSNX.

— Quel est votre sentiment profond ? Vous croyez que cet affleurement est le SSNX ?

— Je ne sais pas, Al. Si je le souhaite, je peux réveiller les trois Bora en attente et commander l'explosion des charges à plasma, que je peux synchroniser. Nous en avons deux dans le nord et une dans le sud. Si nous sommes effectivement en présence du SSNX, je peux le toucher.

— Avec des charges à une telle distance, vous pensez le couler ou simplement l'endommager ?

— Si c'était nous, je pense que nous devrions

nous attendre à des voies d'eau majeures dans trois compartiments, peut-être plus. Notre coque pourrait même se casser en deux. Est-ce que cela répond à votre question ?

Novskoyy se frotta les yeux.

— Comment le SSNX peut-il se trouver à un certain endroit à un instant donné et disparaître dans la seconde qui suit ?

— En se posant sur le fond, dit Grachev. C'est pourquoi il y a toutes les chances pour que ce soit lui.

— Mais nous n'en avons pas la certitude. Et si vous ordonnez l'explosion des charges à plasma, vous allez peut-être faire sauter une vieille épave rouillée.

Le silence régna pendant quelques minutes.

— Je vais me reposer dans ma chambre, dit Novskoyy.

— A tout à l'heure.

Grachev se pencha de nouveau sur la console de commandement et essaya de réfléchir.

Petri scruta le CO faiblement éclairé.

— Cook, les torpilles ?

— Deux stoppées au nord, une au sud et — attendez une minute — la quatrième aussi. Nous sommes seuls dans le coin, pour autant que je puisse en juger.

— Bien. Dietz, demandez au PCP de faire diverger le réacteur et de me redonner la puissance électrique.

Elle saisit le casque d'un téléphone autogénérateur et sélectionna le PC radio.

— Radio du commandant.

— *Radio, oui, commandant,* répondit la voix de baryton du maître principal Henry.

— Apportez-moi une bouée slot et le codeur.

— *Tout de suite.*

— Combien de temps pour relancer, Dietz ?

— Autonomie électrique dans dix minutes.

— La bouée slot, dit le chef radio, en laissant tomber un objet de la taille d'une batte de base-ball sur la table traçante arrière.

La bouée était conçue pour être lancée depuis un petit tube lance-torpilles, remonter à la surface et transmettre un message radio vers un satellite en orbite.

— Codeur, ajouta-t-il en tendant un objet qui ressemblait à un agenda électronique.

Petri tapa : « Le *Devilfish* a échappé aux torpilles en se posant sur le fond, à la position suivante... »

— CGO, annoncez la position CIN[1].

Judison la lut à haute voix tandis que Petri continuait à taper. « Les quatre torpilles ont stoppé lorsque le *Devilfish* s'est posé sur le fond. Antenne sphérique BQQ-10 arrachée au moment du choc. Capteurs latéraux d'imagerie acoustique toujours disponibles. Redémarrage réacteur en cours pour poursuivre la mission. Vous demande un P-5 avec des yo-yo à 1730 Z. »

— Lancez la bouée, maître principal, ordonna Petri. Dietz, le réacteur ?

Elle commençait à se sentir de nouveau elle-même. Après l'arrêt des torpilles, elle se reprenait en main.

— Commandant, réacteur critique, on réchauffe le primaire, ouverture des vannes closes dans une minute.

— Bien. Radio, du commandant, la bouée slot ?

— *Nous sommes en train de la charger dans le sas.*

Petri arpentait la plate-forme, impatiente de commencer la recherche.

---

1. CIN : centrale inertielle de navigation.

— Quelle est la torpille qui dispose de la plus grande quantité de carburant ? demanda Novskoyy.

— La 3, mais c'est la plus éloignée, répondit Grachev.

— Si nous réveillons les senseurs juste assez longtemps pour jeter un coup d'œil, nous pourrons voir s'il se passe quelque chose.

— Si je réveille la torpille, je vais consommer de l'énergie. Nous pourrions ne plus avoir suffisamment de jus pour commander l'explosion.

— Gardez les deux torpilles les plus proches en attente. Vous pourrez toujours les faire sauter. Servez-vous de la 3 comme senseur avancé.

— Nous ne verrons peut-être rien. Dans ce cas, nous aurons simplement réussi à gaspiller une charge à plasma.

— Alors faites-les exploser tout de suite. Non, réfléchissez, vous avez un micro avec un très long fil à l'endroit précis où le but a de bonnes chances de se trouver. Utilisez-le.

— CGO, réveillez la 3, autodirecteur en passif.

— Les turbines principales réchauffées, nous sommes parés à manœuvrer.

— Attention CO, commença Petri.

Sa voix, généralement grave et autoritaire, avait pris un accent plus aigu et moins assuré. Elle serra la mâchoire pour maîtriser sa peur et tenta de s'éclaircir la voix.

— Nous allons essayer de battre en arrière pour sortir du sable, ce sera plus facile. Dietz, surveillez l'écran des CIN et prévenez-moi dès que nous bougeons.

Sa voix avait retrouvé son autorité naturelle, du moins pour le moment.

— Je prends la manœuvre, moteur arrière 3.

Le sous-marin frémit.

— Vitesse nulle, dit Dietz, nous sommes toujours coincés.

— Attendez un peu.

— Commandant, réglé arrière 3, 60 tours par minute.

— Bien, central, chassez au régleur numéro 1.

— Je chasse au 1, commandant.

— Central, mettez 10 degrés de barres de plongée à descendre.

— Vitesse toujours nulle, commandant.

Petri attendit. Le pont vibrait, mais sans résultat. Elle avait besoin de plus de puissance.

— Régleur 1 vide, commandant.

— Chassez au 2.

— On chasse au 2.

— Bien.

Petri patienta encore.

— Dietz, est-ce que nous bougeons ?

— Négatif, commandant.

— Commandant, régleur 2 vide, chasse isolée.

— Bien. Dietz, alors ?

— Toujours rien.

— Central, nous allons chasser rapide dans les ballasts arrière, mais tenez-vous paré à ouvrir les purges immédiatement.

— Oui, commandant.

— Chassez rapide au groupe arrière, moteur arrière 5 !

— On chasse rapide au groupe arrière, répondit le pilote d'un ton sec, en poussant un levier en acier vers le haut tout en ramenant la commande des ordres moteur en butée vers lui. Affiché arrière 5...

— On décolle ! 15 centimètres par seconde, 30, 60... Dietz couvrait la voix du pilote.

Petri jeta les ordres suivants d'une seule traite :

— Tiens bon chasser rapide ! Ouvrir les purges du groupe arrière ! Admettre en grand aux régleurs !

— Chasse rapide isolée, purges du groupe arrière ouvertes, on admet aux régleurs 1 et 2 par le by-pass.

— Stoppez !

— Stoppez !

— Vitesse 1 mètre par seconde en arrière, assiette négative 2 degrés, dit Dietz.

— Les barres de plongée toutes à descendre ! ordonna Petri. Moteur avant 4.

— Vitesse 60 centimètres/seconde en arrière, annonça Dietz, 30, 0, on part en avant.

— Central, reprenez vos barres de plongée, 30 mètres, moteur avant 3, à droite 5, venir au 1-8-0. Dietz, tenez bon annoncer la vitesse, reprenez le quart et la manœuvre.

— Réveillez la 3 dès que paré, CGO, ordonna Grachev en jetant un coup d'œil sur sa montre.

— Bien, commandant. Ordre transmis, le processeur central est en fonction, autotest des hydrophones, continuité bonne...

— Niveau de carburant ? demanda Grachev.

— Deux minutes de fonctionnement. Elle devrait tenir une vingtaine d'heures en attente. Attendez une minute... Commandant ? Je pense que nous avons quelque chose.

Durant les trois secondes qui suivirent, Grachev écouta dans son casque les bruits transmis par les hydrophones de la torpille et ses yeux s'écarquillèrent.

— Réveillez la 1 et la 2 et envoyez également un signal à la 4 ! Disposez les quatre charges pour une explosion synchronisée.

— Bien, commandant, répondit le CGO en pianotant à toute allure sur son clavier virtuel. Les calculateurs des torpilles 1 et 2 sont en fonction, pas de réponse de la 4.

— Allez, vite ! lança Grachev.

Dans son casque, il reconnaissait distinctement des bruits d'hélice, des bulles d'air et le son du métal raclant sur le sable.

— 1, 2 et 3 opérationnelles, commandant.

— Début de séquence d'explosion, levée de sécurité effectuée. Code commandant entré.

— Le « commandant bis » prend les unités, et 2, 1, 0.

Dans le casque de Grachev, les bruits de propulseur, de bulles d'air et de raclement sur le sable disparurent. Il ne resta que le silence.

En raison des trajets différents suivis par les torpilles, la longueur de chacune des fibres optiques qui les reliaient au *Vepr* variait de plus de 2 000 mètres. En revanche, chaque fibre mesurait la même longueur totale, au dixième de millimètre près. Les ordres du « commandant bis » voyagèrent dans ces fibres à la vitesse de la lumière et atteignirent simultanément les calculateurs des trois torpilles à plasma, qui commandèrent ensemble la mise à feu des trois charges.

Bien qu'éloignées l'une de l'autre, les trois torpilles formaient un triangle à l'intérieur duquel se trouvait le *Devilfish*. Et le sous-marin américain le plus récent, fierté de son concepteur, se trouva au point de convergence de trois ondes de choc terribles, capables de déchirer l'acier comme une vulgaire feuille de papier. Les trois explosions frappèrent la coque du *Devilfish* quasi simultanément. La première arrêta le réacteur en provoquant l'ouverture brutale des disjoncteurs de sécurité. Elle seule aurait suffi à mettre le SSNX hors de combat. Les croix de contrôle commencèrent à descendre dans le cœur du réacteur, la puissance chuta brutalement. Le sous-marin roula violemment d'un bord sur l'autre puis la surpression sur le massif lui imprima une forte gîte sur bâbord, exposant la partie supérieure de la coque aux deux ondes de choc suivantes, qui arrivèrent simultanément. Le double impact suffit à déchirer l'acier à haute limite élastique HY 180 de la coque épaisse entre deux couples en I, le long d'une soudure. La déchirure s'amplifia lorsque la puissance des charges à plasma s'exerça sur les deux extrémités de la coque. Les structures se brisèrent. Le massif reposait à l'horizontale, sur une montagne de sable formée par le poing géant des charges à plasma.

La coque s'était déchirée au bas du compartiment réacteur, qui avait été immédiatement envahi par l'eau de mer. Le cœur de ce qui avait été l'un des plus puissants bâtiments de guerre de l'histoire s'était arrêté de battre.

Bryan Dietz ne pouvait pas soupçonner que le bâtiment venait d'être frappé par les ondes de choc de trois charges à plasma en moins de deux secondes. Un instant plus tôt, il se trouvait debout près du répétiteur des centrales inertielles de navigation, sur bâbord du CO, parfaitement calme même s'il ne se sentait pas vraiment en sécurité. Les deux secondes qui suivirent resteraient gravées dans sa mémoire.

Il tournait la tête pour s'approcher de la plateforme du périscope et prendre la suite du commandant Petri pour s'éloigner des hauts fonds lorsque le cauchemar commença. Une incroyable secousse ébranla soudain le sous-marin. Il se remémora les séances d'entraînement dans les simulateurs de Norfolk, montés sur des vérins hydrauliques qui reproduisaient de façon réaliste les gîtes les plus sévères. Mais jamais, au cours d'un entraînement, il n'avait été secoué ainsi. En moins d'un quart de seconde, le pont bascula de 90 degrés et se déroba sous ses pieds, le laissant littéralement suspendu dans le vide, au milieu du compartiment, avant de remonter avec une force incommensurable, le heurtant violemment à la tête. Il reconnut le revêtement du sol qui se précipitait à sa rencontre puis son champ de vision sembla basculer vers l'avant. Dans une sorte de brouillard, il se rendit compte que le PCNO tournait autour de lui. Les lumières s'éteignirent et les consoles clignotèrent avant de s'arrêter définitivement. Il rebondit sur le dos, les jambes en l'air. L'objet sur lequel il était tombé avait une forme bizarre : la console de navigation inertielle sur laquelle il se penchait quelques instants auparavant. Il heurta de la tête une surface verticale derrière lui : le pont. Un instant plus tard, le corps d'un officier s'écrasa sur son épaule, roula sur lui, lui comprima l'estomac et s'immobilisa au niveau de ses genoux. Un autre corps atterrit sur une armoire à sa gauche, puis il ressentit le choc puissant d'une des tables traçantes qui s'effondrait.

A cet instant seulement, Dietz perçut les premiers bruits. Une cataracte, comme une lance d'incendie ouverte en grand, comme s'il avait mis la tête dans la tuyère d'un réacteur de chasseur F-22 au moment du décollage. Le bruit était si fort et si puissant qu'il ne dura que le temps d'un battement de cœur. Soit ses tympans avaient claqué, soit son cerveau était saturé et il ne pouvait en percevoir plus.

Les secondes suivantes passèrent dans l'obscurité totale. Des objets tombaient : des manuels, des livres, des règles, des tasses de café, un autre corps. Il entendit de nouveau un bruit. Ce n'était plus un rugissement, mais deux explosions qui se succédèrent rapidement. Elles furent suivies d'un grondement sourd, différent, plus proche, qui provenait de sa gauche, un mugissement tout d'abord, qui se transforma en un faible bruit d'eau, puis les hurlements des hommes. Un des cris provenait du corps au niveau de ses genoux.

Il tendit la main, rencontra un visage, une tête,

de longs cheveux. Après un instant de surprise, il reconnut le commandant.

— Commandant ! Commandant ?

A deux mains il tenta de dégager Petri de ses genoux. Il risquait de lui briser la nuque ou de la paralyser, mais il devait absolument bouger. Ils étaient peut-être tous en train de mourir. Saisissant quelque chose au-dessus de sa tête, une pièce métallique qu'il ne parvenait pas à identifier, il se redressa en essayant de ne pas marcher sur elle et s'efforça de se souvenir de la position des fanaux de secours. Lorsqu'il y parvint, il dut mentalement imaginer le local qui avait subi une rotation de 90 degrés et reconnut le répétiteur des CIN à ses pieds, mouillé et glissant. Il tendit la main dans le noir et finit par trouver un fanal, qu'il alluma. Le rond de lumière marqua la fin du premier cauchemar pour en faire débuter un autre. En découvrant le spectacle autour de lui, il commença à réaliser à quel point la mort était proche.

L'ingénieur de quart au PCP, le capitaine de corvette Todd Hendrickson, chercha instinctivement à agripper une poignée dans son local situé au niveau supérieur du compartiment machine. Il leva les yeux à temps pour voir l'opérateur réacteur éjecté de son siège atterrir contre la porte du local. Il traversa le verre épais et disparut. L'ingénieur réalisa que le pont n'était plus horizontal.

Tandis que la porte de verre volait en éclats, le collecteur de vapeur tribord se rompit. Ce tuyautage de 40 centimètres de diamètre, qui contenait de la vapeur sous 50 bar, libéra le fluide brûlant dans ce qui avait été le compartiment machine. En quelques secondes, les générateurs de vapeur se dépressurisèrent dans l'arrière et portèrent l'espace entier sous forte pression. La vapeur s'engouffra dans le PCP à travers la brèche de la porte, ouverte par le corps de l'opérateur. Hendrickson emplit ses poumons d'air pour hurler. Son cri s'étouffa au fond de sa gorge, son cœur cessa de battre, son sang commença à bouillir dans ses veines alors qu'il était encore debout dans ses bottes. Sa chair devint aussi rouge que la carapace d'un homard, avant de carboniser.

Comme Hendrickson, les autres hommes présents au PCP moururent avant d'avoir pu pousser un cri, la chair brûlée en quelques secondes par la vapeur qui s'échappait du collecteur rompu. La tranche arrière restait attachée au compartiment réacteur par la partie de la coque épaisse qui ne s'était pas déchirée sous l'effet des ondes de choc. Des milliers de câbles, fils et fibres optiques, y compris les circuits téléphoniques, de diffusion générale et de téléphones autogénérateurs restaient toujours en état de fonctionner et continuaient à transmettre leurs informations d'un compartiment à l'autre.

A une trentaine de mètres du corps d'Hendrickson, le capitaine de corvette Bryan Dietz se tenait debout et regardait le local dans lequel il se trouvait. Il venait de remarquer qu'il avait un pied sur l'armoire de la centrale inertielle et l'autre sur la jambe gauche du commandant Petri. Il se déplaça et tendit machinalement la main vers la console de commandement. Il trouva un des téléphones autogénérateurs à temps pour entendre un dernier hurlement et l'épouvantable sifflement de la vapeur.

Il baissa lentement les yeux vers le capitaine de frégate Petri, à présent visible à la lueur de l'éclairage de secours. La manche gauche de sa combinaison avait été à moitié arrachée et son épaule était profondément entaillée. Un œil au beurre noir très enflé et fermé la défigurait, elle avait perdu une dent à la mâchoire inférieure mais, au moins, elle le regardait fixement et elle était en vie. Il la releva, soulagé qu'elle puisse tenir debout. Il commença à débiter les informations :

— Commandant, je pense que nous avons perdu l'arrière. Fuite de vapeur majeure si je peux encore faire confiance à mes oreilles.

Mais Petri le fixait d'un air étonné, l'œil gauche à présent complètement invisible. Elle le regarda intensément et dit :

— Papa ? Papa ? Où sommes-nous ?

Dietz posa une main sur l'épaule de Petri et l'autre autour de sa taille. Il la fit asseoir sur l'armoire de la centrale inertielle, en se demandant ce qu'il allait bien pouvoir faire ensuite.

30

— Commandant, perte de la liaison avec les torpilles 1 à 3.

Bon signe, ça, pensa Grachev. Toutes les charges doivent avoir explosé. Le *Vepr* se trouvait bien trop éloigné pour percevoir instantanément les explosions. Le son devait parcourir au moins une centaine de nautiques dans l'eau avant d'être capté par les hydrophones du bâtiment.

— Très bien, second, envoie l'image de la position des Bora.

Il attendit. Il fallut un certain temps avant que la liaison fût établie. Grachev aperçut les images sur son écran avant que le second ne les commente.

— Commandant, trois grandes zones d'écume blanche à la surface. Je te branche le son.

Le rugissement détecté par les senseurs de l'Azov résonna dans le casque de Grachev.

— Maintiens l'Azov à la verticale mais garde un œil de l'autre côté de l'horizon, pour surveiller les mouvements de la force de surface.

— Je viens de le faire, commandant, et j'ai vu que les bâtiments de surface ont fait demi-tour.

— Excellent, nous ne craignons plus rien, dit Grachev en retirant son casque. CGO, remplacez le second et gardez l'Azov en l'air. Faites rompre du poste de combat et dites à l'équipage de prendre un peu de repos. Second, rejoins-nous dans ma chambre et fais préparer un repas chaud pour l'équipage.

Bryan Dietz se pencha au-dessus de la table traçante qui avait atterri sur le dessus de la console du radio, à bâbord du CO du *Devilfish*. Compte tenu de sa stabilité, le bâtiment ne devrait pas pouvoir rester couché, pensa Dietz. Il devait être enfoncé dans le sable, en partie inondé ou bien coupé en deux.

Une main portant une chevalière de l'Ecole navale dépassait de la table traçante. Dietz repoussa la table et découvrit le CGO, Keithan Judison qui le regardait fixement, les yeux écarquillés.

— Ça va, CGO ?

— Le mieux du monde, grommela Judison en se redressant. Où est le pacha ?

— Tu ne vas pas aimer la réponse, répondit Dietz.

A ce moment, Judison aperçut Petri assise sur l'armoire de navigation, adossée à une forêt de tuyaux. De son œil droit, elle regardait attentivement autour d'elle. Judison se pencha au-dessus d'elle, regarda son œil droit et écarta sa paupière gauche. Il se tourna vers Dietz.

— Les pupilles n'ont pas la même taille. Ce n'est pas bon signe.

Dietz montra le compartiment dans un grand geste.

— Essaie de trouver un signe encourageant dans ce bordel, CGO.

Dix officiers se trouvaient là avant l'explosion. Pour le moment, Judison et Dietz étaient sur pieds, le commandant Petri et Dick Van Dyne restaient à moitié conscients, Paul Manderson et David Dayne étaient couverts de sang. Dietz et Judison firent ensemble le tour du CO. Ils s'attardèrent auprès de

Manderson et de Dayne. Manderson avait le nez cassé, il ne respirait pas et n'avait pas de pouls. Dayne avait perdu du sang par une blessure au cou et l'hémorragie s'était arrêtée. Il ne respirait plus et sa peau grise devenait froide. Toasty O'Neal était allongé sur le bras gauche mais paraissait entier. Evans, Horner et Daniels respiraient encore mais avaient perdu conscience. Daniels, vraisemblablement victime d'une hémorragie interne, devenait livide. Un bien mauvais jour pour le CO, pensa Dietz.

— Tu réalises qu'avec une gîte pareille, le sas de sauvetage ne fonctionnera probablement pas, dit Dietz à Judison. Pas plus que la chasse rapide. Et même si on réussit à remplir les ballasts d'air, nous risquons de nous retourner, ce qui ne peut qu'aggraver la situation. Nous sommes condamnés à attendre les secours ici.

— Ecoute, dit Judison en abandonnant sa voix tonitruante habituelle pour prendre un ton normal. Le sas de sauvetage fonctionnera, même s'il se transforme en un simple sas et que nous devons retenir notre respiration pendant qu'il se remplit d'eau. Tant que les panneaux intérieurs et extérieurs peuvent s'ouvrir, nous restons dans le coup. Nous devons transporter tous ceux qui sont encore en vie jusque là-bas. Je vais monter au pont supérieur pour récupérer les gars qui y sont. Tu t'occupes des ponts milieu et inférieur. Prends ça, dit Judison en tendant à Dietz une radio VHF portable. Canal 1. Tu me tiens au courant de ce que tu trouves.

Dietz prit le codeur de message de la bouée slot au milieu de débris amoncelés sur la table à cartes. Il semblait en état de marche.

— Nous devrions envoyer un de ces engins avant de commencer, dit-il. Ça serait sympa que quelqu'un nous attende là-haut. Surtout si tu te trompes au sujet du sas de sauvetage.

Pas contrariant, Judison approuva.

— Cherche une bouée slot au PC radio en descendant au pont inférieur. La combinaison est K-L-E-M. Les initiales du pacha. Du moins de l'ancien.

Dietz approuva d'un signe de tête, saisit un fanal de secours, glissa le codeur de bouée slot à l'intérieur de sa combinaison, accrocha la radio à sa ceinture et agrafa le micro à son col.

— Judison de Dietz, pour essai radio, dit-il dans le micro.

— C'est bon. Allons-y.

— Nous n'avons pas intérêt à rester ici, dit Grachev à Svyatoslov tandis qu'ils attendaient Novskoyy. Nous avons coulé leur unique plate-forme équipée de l'imagerie acoustique et vraisemblablement leur seul sous-marin opérationnel. Nous devons nous méfier des bâtiments de surface, mais nous pouvons tous les couler en utilisant nos armes.

La porte s'ouvrit avant que le second n'ait pu répondre. Novskoyy entra et s'affala dans un fauteuil. Il prit une assiette de poisson qu'il avala goulûment. Grachev n'avait pas faim. Même le café lui paraissait avoir mauvais goût.

— Eh bien, dit Grachev. Est-ce que nous pouvons enfin partir d'ici ? Ou avez-vous d'autres mauvaises surprises en réserve pour nos copains américains ?

— Que donne la reconnaissance aérienne ? demanda Novskoyy.

Svyatoslov prit la télécommande et alluma un des grands écrans. Il sélectionna les images transmises par le drone Azov qui volait toujours, guidé par l'officier de quart au CO. La force de surface avait mis le cap au nord-ouest, s'était dispersée et avait ralenti à la vitesse de recherche.

— Agrandissez la position à laquelle la torpille a explosé, dit Novskoyy en avalant une cuillerée de soupe pleine à ras bord.

Au-dessus du lieu de l'explosion des trois charges à plasma, une tache de gazole irisait la surface de l'océan jonchée de débris.

— Pas de radeaux, pas de survivants. Svyatoslov cessa de mâcher et regarda l'écran.

— Nous l'avons eu, à ce que je peux en juger, dit Grachev. Et maintenant ?

Novskoyy s'essuya la bouche et s'adossa dans son siège.

— Cette partie de la mission est terminée. Nous partons discrètement vers le sud-est, doucement, pas plus de 15 nœuds et pas en route directe. Personne ne doit pouvoir nous pister. Dépêchons-nous et partons avant que les recherches des bâtiments de surface ne deviennent plus sérieuses.

Grachev repoussa son assiette sans y avoir touché.

— Et après ?

— Cap vers l'équateur, sur le 25e degré de longitude ouest. Nous y retrouverons la flotte de la mer Noire et nous lui servirons d'escorte durant son transit vers l'Uruguay. Votre bâtiment a pour mission de la protéger jusqu'aux plages. A présent que les amiraux américains et leur plate-forme d'imagerie acoustique ont disparu, cette mission devrait n'être que... simple routine.

Grachev ne répondit pas. D'un signe de tête, il demanda à son second de sortir et se précipita vers l'escalier qui menait au PCNO. Il s'installa derrière sa console et lança une série d'ordres à l'adresse de l'officier de quart.

— Rappelez au poste de combat. Commandez l'autodestruction de l'Azov. Confirmez quand c'est fait, puis rentrez l'Antay. Disposez les hydroréacteurs et dites au PCP de se tenir paré à manœuvrer.

Quatre-vingt-dix nautiques dans le nord, l'Azov plongea vers la mer et se désintégra en touchant la surface. Trente secondes plus tard, les charges d'autodestruction explosèrent et réduisirent le reste du fuselage en petits fragments.

Quatre cents mètres au-dessus, l'antenne EHF de l'Antay rentra dans son logement et la trappe se referma derrière elle. Le pod retrouva son étanchéité. Quelques secondes plus tard, il disparut, commença à s'enfoncer et finit par se verrouiller à son poste de repos, au-dessus du safran supérieur de la barre de direction. A cet instant, les turbines étaient parées et les hydroréacteurs démarrés. Le sous-marin décolla du fond rocheux et mit le cap au sud-est.

Bryan Dietz se hissa sur le poste de pilotage et attrapa la poignée de la porte qui menait aux locaux techniques. Il l'ouvrit brutalement et prit appui sur le chambranle pour se glisser dans la coursive. Le fanal de secours entre les dents, il rampa sur les cloisons pour rejoindre la coursive avant. Par la porte ouverte du local sonar, Dietz aperçut le maître Cook. Dietz se redressa et constata qu'il respirait toujours. L'homme souffrait de nombreuses contusions mais paraissait à peu près intact. Dietz le dégagea de la porte et l'allongea sur le revêtement en faux bois de la cloison. Puis il se leva pour examiner l'intérieur du local. Recroquevillé dans un coin, les yeux grands comme des soucoupes, un jeune sonariste poussait de petits cris plaintifs. Les deux autres étaient allongés, immobiles, mais respiraient encore.

— Allez, dit Dietz au jeune homme, aidez-moi.

L'homme ne broncha pas. Dietz s'avança pour le prendre par le bras mais il se recroquevilla dans un coin. Dietz, plus à l'aise dans ses relations avec les ordinateurs qu'avec les hommes, pinça les lèvres de dégoût, sortit du local sonar et poursuivit son exploration quelques mètres plus loin jusqu'au PC radio. Il tapa la combinaison. La porte tomba dans la pièce obscure.

A tâtons, Dietz trouva l'éclairage de secours et l'alluma. Le local était sens dessus dessous. Les deux radios de quart avaient été grièvement blessés par la chute de tiroirs arrachés de leur support. Dietz se hissa dans la pièce et s'approcha d'eux. Ils étaient sans vie. Chaque seconde, le cauchemar empirait, pensa-t-il en soulevant énergiquement le plus jeune des deux radios et en l'allongeant doucement sur le côté pour dégager la porte du placard de stockage. Dietz trouva une bouée slot en état de marche au milieu du désordre indescriptible qui régnait à l'intérieur. Il jeta un dernier coup d'œil autour de lui et descendit. Il dépassa la porte du local ESM et passa sous celle du local calcul pour rejoindre l'échelle. Dans le halo du fanal de secours, les marches abruptes de l'escalier couché sur le côté prenaient une allure surréaliste.

— *Dietz, tu es là ?* grésilla sa radio. Dietz baissa le volume en se faufilant vers le pont inférieur.

— Vas-y, CGO, je t'écoute, répondit-il dans son micro.

— *Où es-tu ?*

— J'ouvre le panneau du poste torpilles. Il est lourd. Attends une seconde.

Dietz éclaira le panneau d'accès au poste torpilles, priant pour qu'aucune arme ne fuie ou ne soit détachée de sa rance. Un feu ou une atmosphère contaminée tuerait certainement les survivants et Dieu savait qu'ils avaient déjà eu leur part de malchance. Pas de problème apparent. Il posa sa lampe et la bouée slot, débloqua le verrou et poussa le lourd panneau coupe-feu jusqu'à ce qu'il s'accroche sur son linguet, au-dessus de sa tête. Il dirigea le faisceau de lumière dans le compartiment et pria une nouvelle fois pour que les réservoirs de carburant des torpilles soient en bon état. Tout paraissait à peu près intact. Dietz se hissa à l'intérieur, referma le panneau derrière lui et le verrouilla, au cas où une fuite se déclarerait pendant qu'il était dans le compartiment.

Un passage étroit traversait le local entre les armes, qui semblaient inertes malgré la position du sous-marin. Dietz escalada prudemment les torpilles, toujours attentif à une éventuelle fuite de carburant. Il lui fallut dix minutes pour atteindre la cloison arrière en rampant centimètre par centimètre le long du cylindre froid d'une des Mk 58. Il ferma le panneau du poste torpilles derrière lui et pénétra dans le local des auxiliaires avant, là où se trouvait le diesel de secours et le panneau inférieur du sas de sauvetage.

Il détecta immédiatement une odeur anormale. Il se tourna vers l'avant et vit le panneau du compartiment batterie, une ouverture de 1,80 mètre de côté pratiquée en dessous du poste torpilles. A la seule lueur du fanal, le panneau paraissait normal malgré son inclinaison. Mais le bruit d'un goutte-à-goutte lui fit découvrir une fuite. Dietz appuya sur le micro de sa VHF.

— Ohé, CGO. Nous avons un problème majeur ici, aux auxiliaires avant. De l'acide s'échappe de la batterie. Dans quelques minutes, il aura rongé le joint et quand il entrera en contact avec l'eau de mer et l'huile de la cale, nous aurons un dégagement de chlore et d'acide chlorhydrique. Pas besoin de te faire un dessin, tout ceci n'est pas vraiment bon pour nos petits gars qui vivent encore dans le coin.

— *Bien reçu, Dietz. De combien de temps penses-tu que nous disposions ?* répondit la voix de Judison.

— Enfile un masque à air respirable et équipe tous ceux qui sont autour de toi. Je nous donne dix minutes pour foutre le camp d'ici. Et puis, CGO ?

— *Oui, Dietz.*

— Si tu as des idées sur la façon de faire retenir sa respiration à une personne inconsciente le temps de la faire passer à travers le sas de sauvetage, tu peux les écrire et les soumettre à l'approbation des patrons pour recevoir une médaille !

— *Gros malin, je te donne 4/20 pour cette blague idiote.*

— Oh, pour l'instant, ça me suffit amplement.

Dietz chargea le sas et y plaça la bouée radio en position horizontale. En l'absence d'air comprimé, il espérait que la cartouche de CO_2 permettrait l'éjection et que la bouée ne rencontrerait pas un banc de sable. Lorsqu'il eut appuyé sur le bouton de lancement, il ferma la porte extérieure, vidangea le tube et ouvrit la porte intérieure. Le sas était vide. Au moins la bouée avait-elle quitté le bâtiment.

Il entama alors son retour vers le PCNO pour aider Judison et les autres. Cette fois il emprunta l'accès arrière du local des auxiliaires. Il n'allait pas tenter le destin en traversant le poste torpilles une seconde fois.

— Amiral, vous avez un message flash relayé par satellite ComStar sur votre WritePad, dit le radio.

Le contre-amiral John Patton lui adressa un signe de tête et fourragea dans sa sacoche pour trouver son WritePad tandis que sa voiture de service filait sur la bretelle à deux voies reliant l'autoroute à l'hôpital naval de Portsmouth. Il espérait y voir Patch Pacino, qui semblait manifester une certaine activité cérébrale, selon les rumeurs qu'il avait entendues. L'amiral Murphy avait appelé et lui avait donné rendez-vous dans la chambre d'hôpital.

Patton lança son programme et trouva un message en attente, dont l'en-tête clignotait.

241945ZJUL2018
FLASH FLASH FLASH
FM : USS *DEVILFISH* SSNX-1
TO : COMUSUBCOM
OBJET : SOS
TOP SECRET
//BT//

1. LE *DEVILFISH* A COULÉ À CETTE POSITION APRÈS L'EXPLOSION DE MULTIPLES CHARGES À PLASMA.

2. POSITION LATITUDE 37 DEG 47 MIN 36 SEC NORD — LONGITUDE 75 DEG 04 MIN 54 SEC OUEST — IMMERSION 37 MÈTRES.

3. LE BÂTIMENT REPOSE AVEC UNE GÎTE DE PLUS DE 95 DEGRÉS RENDANT LE BON FONCTIONNEMENT DU SAS DE SAUVETAGE INCERTAIN. VINGT-SEPT (27) HOMMES BLESSÉS ET INCONSCIENTS, Y COMPRIS LE COMMANDANT, QUARANTE (40) MORTS, DEUX (2) HOMMES CONSCIENTS ET INDEMNES À L'AVANT DU COUPLE 110 : LE CGO ET L'OFFICIER CHEF DU SERVICE INTELLIGENCE ARTIFICIELLE.

4. AVARIES : AVONS PERDU TOUTE PROPULSION. FUITE D'ACIDE DANS LE COMPARTIMENT BATTERIE. LES TORPILLES PARAISSENT INTACTES. L'ATMOSPHÈRE COMMENCE À ÊTRE CONTAMINÉE. COMPARTIMENT RÉACTEUR SUPPOSÉ INONDÉ. PAS DE CONTACT AVEC LE PERSONNEL DE QUART SUR L'ARRIÈRE DU COUPLE 110.

5. DURANT LES DIX MINUTES QUI SUIVRONT L'ENVOI DE CE MESSAGE, LES RESCAPÉS DE L'AVANT ESSAIERONT DE SORTIR PAR LE SAS DE SAUVETAGE.

6. NOUS DEMANDONS DES SECOURS IMMÉDIATS EN SURFACE POUR L'ÉVACUATION SANITAIRE DES BLESSÉS. NOUS DEMANDONS L'ENVOI IMMÉDIAT DE MOYENS POUR INVESTIGUER LA ZONE ARRIÈRE ET RÉCUPÉRER LE PERSONNEL.

//BT//

— Nom de Dieu, marmonna Patton en empoignant un téléphone satellite sécurisé.

Il fallut quarante-cinq minutes pour amener les blessés jusqu'au panneau du sas de sauvetage. Le goutte-à-goutte d'acide de la batterie s'était transformé en un petit filet. Dietz vérifia son évolution à travers son masque à air respirable, conscient que l'acide chlorhydrique lui brûlerait les poumons s'il en inhalait. Quelques minutes suffiraient à faire monter les deux groupes de survivants jusqu'au panneau. Quel que soit leur état de conscience, ils étaient tous équipés d'un masque à air respirable et conduits en dessous du panneau d'accès. Judison remonterait avec le premier groupe et les radeaux de sauvetage.

Dietz et Judison manœuvrèrent le lourd panneau inférieur, un grand espace hermétique conçu pour sasser en une seule fois neuf commandos avec leur équipement. Si les occupants ne portaient que de petites bouées-cagoules, leur nombre pouvait être multiplié par deux. Mais le faire fonctionner à l'horizontale au lieu de la verticale serait sans doute une autre paire de manches, pensa Dietz, sans puissance ni hydraulique, et peut-être même sans air comprimé.

Les deux hommes hissèrent les blessés et ceux qui étaient inconscients dans le sas et les équipèrent de bouées-cagoules. Les capuchons de plastique transparent recouvraient la tête et étaient sanglés sur le torse. Avant de quitter le sous-marin, on les remplissait d'air comprimé en équipression avec la mer et l'homme pouvait ainsi rejoindre la surface dans une bulle. Au fur et à mesure de la remontée, l'air se détendait et s'échappait par-dessous la cagoule.

Tous les survivants étaient enfin équipés. Dietz

brancha le tuyau d'air et le tendit au CGO, puis lui passa le matériel de sauvetage. En s'approchant du panneau, Dietz se retourna pour regarder Judison. Il réalisa que, si les choses se passaient mal, c'était la dernière fois qu'ils se voyaient. Il lut le même sentiment sur le visage de son vieux camarade. Tous deux jouaient ensemble au poker depuis leurs premiers jours à bord, lorsque Kelly McKee avait pris le commandement à la suite du légendaire John Patton. Ils avaient fondé l'équipe de base-ball du bâtiment. Dietz se dit que, s'il accordait la moindre importance à cet instant, la malchance s'abattrait sur eux.

Il se contenta d'adresser un simple signe de tête à Judison en ramenant le panneau de quelques centimètres. Puis il dit :

— A tout de suite, Kiethan.

Il claqua le panneau et le verrouilla avant que le CGO n'ait pu répondre. Il tapa deux fois sur le métal et attendit. Durant les dix minutes suivantes, qui parurent interminables, Judison gonfla les bouées-cagoules des blessés et remplit le compartiment en ouvrant une vanne d'eau de mer et une purge d'air. Normalement, le compartiment aurait dû conserver de l'air piégé derrière une jupe en acier afin que le panneau supérieur puisse s'ouvrir sans que l'espace ne soit entièrement inondé. La gîte du sous-marin ne permettait pas ce genre de précaution. Judison devait remplir complètement l'intérieur, ouvrir le panneau supérieur et faire sortir les blessés. Leurs bouées-cagoules les ferait remonter à la surface. Il resterait le dernier, devrait refermer le panneau extérieur et s'assurer de son verrouillage. Si sa propre bouée-cagoule le faisait remonter avant qu'il n'y parvienne, Dietz et les autres n'en sortiraient jamais vivants.

Dietz se redressa. Il portait toujours son masque à air et attendait que le panneau extérieur se referme. Il entendit l'eau envahir le compartiment, puis le claquement de l'ouverture du panneau supérieur, qui fut suivi d'un long silence. Pendant ces minutes qui lui parurent durer une éternité, il étudia le local autour de lui et les blessés qui restaient.

Le commandant Petri était glacée, allongée contre l'échappement du diesel de secours. Les autres étaient alignés près d'elle, leurs masques à air respirable reliés l'un à l'autre par des tuyaux et connectés sur une arrivée d'air au plafond. Dietz vérifia une fois de plus le panneau batterie, dont s'échappait à présent un filet d'acide qui se répandait dans la cale. Un nuage verdâtre commençait à se former. Il regarda sa montre, sachant que les joints des masques ne résisteraient pas longtemps à une certaine concentration de chlore. Si Judison ne se dépêchait pas, ils mourraient tous dans d'affreuses souffrances avant de pouvoir atteindre l'intérieur du sas.

Dietz commença à paniquer lorsqu'il eut l'impression de sentir quelque chose à l'intérieur de son masque. Une douleur aiguë lui déchira la poitrine, sans doute l'acide qui brûlait ses poumons. Il commença à frapper contre la cloison du compartiment de sauvetage avec sa lampe. Aucune réponse. Il essaya de se convaincre que Judison était déjà sorti et avait refermé le panneau supérieur, mais il entendit frapper deux coups.

— Dépêche-toi ! hurla Dietz d'une voix rauque.

Il décida qu'il ne pouvait plus attendre. Il ouvrit les deux sectionnements de vidange du sas. L'eau de mer s'engouffra aux auxiliaires. Avec la gîte, seule la moitié du sas se viderait mais ce serait suffisant, si Judison avait pu refermer le panneau supérieur.

— Je t'en prie, mon Dieu, fais que le CGO ait refermé ce foutu panneau.

Le sas continuait à se vider mais Dietz devait agir. Il déverrouilla le panneau inférieur et essaya de le pousser pour l'ouvrir. Il ne bougea pas d'un milli-mètre. Dietz luttait contre un mur d'eau haut de 1 mètre, qui exerçait une force de plusieurs cen-taines de kilos. En équilibrant la pression, il pour-rait surmonter le poids de l'eau. C'était ça ou vidan-ger complètement le sas. Il regarda le circuit d'assèchement. Le niveau montait aux auxiliaires et Petri avait déjà les cuisses dans l'eau. Les autres barbotaient dans l'eau de cale — et dans l'acide de la batterie — jusqu'à la taille. Dietz s'arc-bouta, mais le panneau ne bougeait toujours pas.

La peur le prenait à la gorge et ses mouvements commençaient à devenir désordonnés, il agissait par réflexe et perdait la raison. Il trouva une clef de chasse, un morceau d'acier de 2 centimètres d'épaisseur, de 1,80 mètre de long avec une griffe d'un côté et une poignée en T de l'autre. Il essaya de s'en servir comme d'un levier pour entrebâiller le panneau de quelques millimètres. Il lutta de toutes ses forces, inutilement.

Il commençait à hurler de désespoir lorsqu'il sen-tit une main sur son épaule. Il se retourna et se trouva face au commandant Petri. Son œil gauche était noir et fermé mais, de l'autre, elle le foudroyait de colère. Sa voix d'acier était déformée par son masque.

— Dietz ! Jetez votre truc et utilisez ceci ! Nous pousserons ensemble.

De l'autre main, elle tenait un pied-de-biche. Dietz la regarda d'un air stupide jusqu'à ce qu'elle le dépasse et engage l'outil entre le panneau et le surbau.

— Faites-le rentrer avec ça, cria-t-elle en tirant une boîte à outil de l'eau. Non, tenez le pied-de-biche, plutôt !

Dietz saisit la barre de fer tandis qu'elle fouillait dans la boîte à outils. Elle finit par la repousser rageusement. La lourde boîte disparut dans l'eau sombre, hors du halo de l'éclairage de secours.

— Maintenant, aidez-moi à pousser, ordonna-t-elle.

Dietz agrippa la barre à deux mains, les forces décuplées par la peur. Le pied-de-biche commençait à plier sans que rien ne bouge, lorsqu'une mince fente s'ouvrit enfin. L'eau du compartiment gicla entre le panneau et le surbau, avec une puissance qui l'aurait précipité à terre sans l'adrénaline qui l'avait envahi. Tandis que l'eau déferlait, il maintint le pied-de-biche en place jusqu'à ce que flot se tarisse suffisamment pour que Petri puisse écarter le panneau de quelques centimètres. A présent, l'eau coulait lentement. Dietz s'arc-bouta une dernière fois et le panneau s'ouvrit complètement.

— Allez, hurla-t-il, en agrippant le premier des hommes inconscients. Il les traîna l'un après l'autre dans le sas avec l'aide de Petri. Lorsqu'ils furent tous à l'intérieur, Dietz ferma les sectionnements de vidange, fit un signe à Petri et jeta un dernier coup d'œil autour de lui. L'eau était bien montée et arrivait maintenant à quelques centimètres de la partie inférieure du sas de sauvetage. Elle léchait déjà le panneau batterie. L'air devenait rapidement mortel. Il saisit son fanal de secours et s'apprêtait à déconnecter son tuyau d'alimentation d'air respirable lorsqu'il s'aperçut que Petri ne bougeait pas, se contentant de regarder l'eau qui lui arrivait à la taille.

— Commandant, dépêchez-vous, cria-t-il. Il faut y aller ! Le chlore va nous tuer si nous restons. Allez !

Petri leva lentement la tête et le regarda. Des larmes coulaient de ses yeux et elle était prise de tremblements. Un instant, Dietz pensa qu'elle était intoxiquée par le chlore, mais il lut quelque chose d'autre dans son visage.

— Commandant ! Bougez-vous, bordel ! hurla-t-il de nouveau. Mais elle secoua la tête.

— Non, répondit-elle, calme et triste. Rejoignez les autres en surface. Je suis le commandant. J'ai perdu mon bateau. Je reste ici. Je mourrai en même temps que le *Devilfish*.

Elle prononça ces mots d'un ton déterminé et tourna le dos à Dietz. A cet instant, le panneau du compartiment batterie céda. L'acide envahit le local et le chlore fusa. Sans réfléchir, Dietz leva son fanal et, d'un mouvement précis, il assomma Petri qui s'effondra dans l'eau comme une poupée de chiffon. Il jeta la lampe dans le sas de sauvetage d'une main et empoigna Petri de l'autre. En un tournemain, il avait fermé et verrouillé le panneau inférieur.

Dietz remplit le sas tout en remplaçant les masques à air respirable des blessés par des bouées-cagoules. Puis il gonfla les cagoules, en terminant par celle de Petri et la sienne. Il regarda l'eau monter. Il sentit sa gorge se serrer lorsque le niveau dépassa sa tête. Il ferma la purge d'air, nagea jusqu'au panneau extérieur et le poussa énergiquement. Il s'attendait à une épreuve aussi difficile que celles qui avaient ponctué le reste de l'après-midi. Mais il s'ouvrit sans effort, l'expulsant pratiquement dans la mer. Il se retint au verrou et se tira à l'intérieur du compartiment. Il fit sortir les hommes l'un après l'autre. Leur cagoule les remontait vers la surface.

Pétri était la dernière. En la poussant à travers le panneau, il marmonna : « Le commandant quitte le bord. » Puis il explora une dernière fois le sas, afin de s'assurer qu'il n'avait oublié personne. Lorsqu'il fut certain d'être le dernier, il frappa deux fois sur la coque avec sa chevalière de l'École navale et se laissa remonter.

Il regarda vers le haut et aperçut une clarté diffuse. Il souffla de toutes ses forces en criant « Ho !

Ho ! Ho ! » comme il l'avait appris lors des exercices d'entraînement au sauvetage dans la tour de Groton. L'air contenu dans ses poumons se dilatait au fur et à mesure que la pression diminuait. Loin au-dessus de sa tête, il commençait à distinguer les rayons du soleil qui filtraient depuis la surface puis il sentit le dessous des vagues. Sous l'effet de la bouée-cagoule, son corps sortit entièrement de l'eau, comme un bouchon. Puis il retomba et se sentit ballotté au gré des vagues. Il retira sa bouée-cagoule et s'en débarrassa. Il sentit les bras de Judison l'extraire de l'eau. Un radeau de sauvetage noir flottait au milieu de l'Atlantique. Dietz avait vaguement conscience de la présence de rescapés autour de lui.

Epuisé, à moitié asphyxié par l'atmosphère suffocante du compartiment des auxiliaires avant, Dietz aperçut les superstructures d'un croiseur de type Aegis II à l'horizon. Malgré la distance, il distinguait parfaitement le pavillon américain. Un hélicoptère surgit de nulle part, vira et se plaça en stationnaire au-dessus d'eux. Et Dietz, jeune capitaine de corvette de la marine des Etats-Unis d'Amérique, officier en cinquième du sous-marin *Devilfish*, se mit à rire et à pleurer en même temps. Son visage était inondé de larmes et son nez coulait à flots, mais cela n'avait pas d'importance.

Parce que, malgré tout ce qu'il avait subi ce jour-là, il était encore en vie.

31

L'amiral Sean Murphy se leva lentement lorsque John Patton entra par la porte tournante. Patton se tourna vers son principal adjoint et chef d'état-major, le capitaine de corvette Byron DeMeers, qui venait de recevoir une promotion du temps de guerre. Il lui demanda d'attendre dans le hall du service de soins intensifs de l'hôpital naval de Portsmouth. D'attendre et d'assurer les communications. Patton se dirigea vers Murphy, salua et lui serra la main.

— Amiral, je suis venu aussi vite que possible, commença Patton, vous avez entendu les nouvelles ?

— On ne peut pas parler ici, John, répondit Murphy en jetant un coup d'œil par-dessus son épaule. J'ai fait placer la chambre de Patch sous haute sécurité et double garde. Nous pourrons discuter là-bas.

— Et Colleen Pacino ? Elle n'est pas dans la chambre ?

— Elle est habilitée. Il a bien fallu car elle ne laissait personne approcher Patch hors de sa présence. Elle envoie paître les médecins comme s'ils étaient des midships de première année.

— J'ai toujours bien aimé cette fille, admit Patton.

Les deux hommes marchèrent jusqu'à l'ascenseur

puis parcoururent le long couloir jusqu'au service de soins intensifs. Une aile du bâtiment avait été complètement évacuée de ses patients et envahie par une compagnie de Marines. Les gardes vérifièrent leurs badges d'identification, les firent passer à travers un détecteur de métal et les escortèrent vers une grande chambre remplie de matériel médical. Patton et Murphy rencontrèrent d'abord Colleen Pacino, assise dans un fauteuil. De taille moyenne, cette brune piquante portait un tailleur cintré. Elle paraissait épuisée, comme si elle avait été privée de sommeil durant une semaine, ce qui devait être proche de la réalité. Les deux amiraux lui serrèrent la main.

— Comment va-t-il ? demanda Patton.

— Aussi bien que possible, répondit-elle en forçant la voix. Son activité cérébrale est excellente. Les médecins pensent qu'il peut sortir du coma d'un instant à l'autre.

Elle hésita un instant.

— Voudriez-vous, tous les deux, rester un instant avec lui ? Je prendrais bien une tasse de café.

— Allez-y, Colleen, bien sûr, répondit Murphy d'un ton paternel. Reposez-vous un peu. Nous veillerons ce vieux loup de mer pour vous et l'empêcherons de pincer le derrière des infirmières.

— Merci, Sean, dit Colleen sans sourire.

Epuisée, elle se retira. Patton et Murphy passèrent de l'autre côté du rideau. Au milieu de la chambre reposait un vieil homme livide vêtu d'une chemise d'hôpital, perdu au milieu de tuyaux, de tubes et de fils, les cheveux en bataille et collés par la transpiration. Patton reconnut à peine Patch Pacino. Une boule lui serra la gorge quand il le vit allongé là, impuissant, entre la vie et la mort.

— Qu'en pensez-vous ? Il se réveillera un jour ? finit par demander Patton qui ne savait comment parler de son ami devant lui.

— Les médecins le disent, assura Murphy. D'une certaine façon, je me sens mieux en sa présence, même s'il ne peut pas encore nous entendre.

— Vous vous connaissez depuis très longtemps, continua Patton.

— Nous partagions la même chambre à l'Ecole navale, du bizutage au dernier jour. Il a fait sa carrière en essayant de sauver la mienne.

Patton hocha la tête. Quelques minutes passèrent sans que Pacino ne bouge. Patton jeta un coup d'œil à sa montre et demanda :

— Alors, amiral, vous avez entendu les nouvelles ?

— Je viens juste de parler avec la présidente au téléphone. Les hélicoptères devraient être ici dans moins d'une demi-heure avec les survivants.

— A peine une vingtaine. Nous avons perdu encore une centaine d'hommes cet après-midi, avec tous ces pauvres types grillés à l'arrière par la fuite de vapeur.

— Et vous avez perdu votre meilleure plateforme, le seul sous-marin équipé du sonar à imagerie acoustique totale.

— Non, amiral, répondit Patton d'une voix claire. Le nœud dans sa gorge avait maintenant disparu. J'ai affecté toutes nos ressources au NSSN, le *Virginia*. Avez-vous déjà entendu parler d'un chef de chantier nommé Emmit Stephens ?

— Oui, Patch m'a déjà parlé de lui. Il paraît qu'il a fait appareiller le *Seawolf* en quatre jours quand il aurait normalement fallu un mois.

— Stephens travaille pour moi, maintenant. Le *Virginia* embarque ses armes en ce moment même. Cette nuit, Electric Boat mettra le sous-marin à l'eau et, vers minuit, le réacteur divergera. Demain, à cette heure-ci, le *Virginia* aura appareillé.

Patton serra les mâchoires.

— Et dans une semaine, ceux qui ont coulé le

Princess Dragon et le *Devilfish* nourriront à leur tour les poissons.

— *Devilfish,* articula Pacino lentement d'une voix rauque.

Surpris, les deux hommes se retournèrent instantanément.

Son regard était parfaitement lucide. Il passa lentement sa langue sur ses lèvres gercées. Médecins et infirmières se précipitèrent à son chevet et repoussèrent les deux amiraux pour l'examiner. Les deux hommes attendirent quelques minutes jusqu'à ce qu'un médecin leur demande de quitter la chambre, juste au moment où Colleen revenait. Ils essayèrent également de la faire sortir, mais sans y parvenir.

Patton passa l'heure suivante avec les survivants du *Devilfish,* rapatriés par hélicoptère. Le CGO du bâtiment, un capitaine de corvette nommé Kiethan Judison, et le chef du service intelligence artificielle, le capitaine de corvette Bryan Dietz, étaient les deux seuls blessés qui pouvaient encore marcher. Patton les fit installer dans la salle d'attente du service des urgences tandis qu'il accompagnait le médecin de garde de lit en lit. Quatre hommes se trouvaient en salle d'opération. Au bout d'une demi-heure, il arriva auprès du capitaine de frégate Karen Petri, qui semblait avoir perdu un match de boxe contre un gorille. Elle avait l'œil gauche fermé, complètement noir, le visage tuméfié, les lèvres enflées, la tête partiellement prise dans un plâtre. Une écharpe immobilisait l'un de ses bras et des pansements lui enveloppaient la poitrine.

— Commandant Petri, murmura Patton.

Pas de réponse. Patton s'éloigna et rejoignit Dietz et Judison dans la salle d'attente. Patton commença par la question qu'il avait posée à Petri le matin même.

— Qu'est-ce qui a bien pu se passer là-bas ?

Judison et Dietz lui relatèrent calmement les événements. Patton venait de se lever pour retourner voir les blessés lorsqu'il entendit une voix derrière lui.

— John, appela Murphy, Patch vous demande. Vous feriez mieux de vous dépêcher. Je vous rejoins dans quelques minutes.

Patton courut jusqu'aux ascenseurs.

Kyle Liam Ellison « Kelly » McKee avait passé le plus clair de son temps à boire depuis qu'il avait quitté la promenade des pêcheurs, trente heures plus tôt. Patton l'avait interrompu dans sa beuverie juste avant le lever du soleil, en s'arrêtant pour lui parler. McKee avait fini par se lever et lui ouvrir la porte, pas rasé, pas lavé, au bord du vomissement. Il faisait semblant de comprendre et répondait par oui ou par non tandis que Patton lui débitait une sombre histoire de naufrage de paquebot et de désastre. Finalement, Patton l'empoigna de force, le fourra sous la douche et lui enfila un pyjama, avant de le pousser jusqu'à son lit. Il éteignit la lumière et sortit. La porte d'entrée se referma en claquant, laissant McKee dans le silence.

Le soleil se leva en diffusant dans la chambre une clarté glauque à travers les rideaux diaphanes que Diana avait suspendus. McKee les avait toujours détestés mais, maintenant, ils lui rappelaient sa femme. Il sombra à nouveau dans un demi-sommeil agité, certain que la pile d'oreillers à côté de lui était Diana, revenue de là où elle était partie. Après l'avoir longuement serrée et embrassée, il avait fini par se rendre compte de son erreur.

Lorsqu'il ouvrit à nouveau les yeux, la nuit tombait. Il descendit l'escalier vers la pièce qui avait été son bureau. Les cadres poussiéreux accrochés aux murs représentaient son père, son grand-père et son arrière-grand-père. Il entra dans la pièce, passa devant le portrait à l'huile de Diana et s'arrêta devant une photographie de famille. Il passa de longues minutes à la contempler. Il lui sembla entendre la voix de ses ancêtres qui l'appelaient, peut-être pour lui hurler qu'il détruisait sa vie. Il s'éloigna, prenant juste le temps de décrocher le tableau représentant Diana et quelques autres photographies qu'il empila dans un coin. Seuls les portraits des hommes de la famille restèrent accrochés au mur et le regardaient fixement. Tandis qu'il restait cloué là, quelque chose commença à se produire en lui.

Le contre-amiral Jonathan George S. Patton IV glissa sur le sol trop ciré de l'unité de soins intensifs à l'extérieur de la chambre de Pacino en essayant de ralentir sa course depuis la sortie de l'ascenseur. Il se rattrapa de justesse au chambranle de la porte, s'attirant le regard réprobateur de deux internes et du médecin de garde. Il les ignora et s'approcha du lit de Pacino.

L'amiral avait les yeux profondément enfoncés dans les orbites. Un tube fin, passant au milieu de son visage, l'alimentait directement en oxygène. Une perfusion avait été posée dans son bras gauche. Un drap lui couvrait le reste du corps. Patton se força à sourire.

— Vous avez l'air en forme, amiral. Comment allez-vous ?

— Plaisantin, répondit Pacino lentement, d'une voix rauque et faible, pâteuse comme s'il sortait d'une sérieuse anesthésie dentaire.

Patton eut un serrement de cœur lorsque Pacino tenta de sourire.

— J'espère que vous faites un meilleur boulot à commander les sous-marins qu'à rassurer les malades...

414

Le sourire de Patton se fit sincère, cette fois.

— Asseyez-vous ici et racontez-moi tout, demanda Pacino. Depuis le moment où le paquebot a explosé.

Patton se lança dans le récit des faits tandis que le jour diminuait et que les lampadaires du complexe hospitalier s'allumaient. Lorsque Patton termina son exposé, il faisait complètement nuit. Patton se retourna en entendant Murphy entrer discrètement dans la chambre. Pacino lui fit signe d'avancer. Le chef d'état-major de la marine s'approcha, lui serra la main et s'assit dans un coin.

— Donc, résuma Pacino, Petri est blessée, le *Devilfish* et notre force de surface ont coulé et nous avons perdu la plupart de nos officiers généraux. Nous n'avons jamais perçu les saboteurs ou le sous-marin intrus avec nos sonars conventionnels et l'imagerie acoustique totale n'a rien détecté non plus, jusqu'au lancement des torpilles. Vous pensez que le bâtiment lanceur devait se trouver au-delà de l'horizon pour les deux attaques ou bien que le paquebot a sauté sur une mine. Quelle que soit la façon de prendre le problème, nous sommes dans une sacrée merde. Toute la flotte est bloquée à Norfolk par peur de l'attaque d'un sous-marin impossible à détecter.

— C'est exactement cela, amiral.

— Et vous avez une idée sur la façon de vous y prendre pour éliminer ce type ?

— Le NSSN, amiral, répondit Patton. J'ai travaillé sur le *Virginia* depuis la fin de mon commandement du SSNX. Si cette agression était survenue trois mois plus tard, nous aurions été prêts. Nous aurions coulé ce salopard.

— Ou alors il aurait envoyé le *Virginia* par le fond. Ecoutez, John, tout ceci se résume une fois de plus à une affaire de discrétion, de surprise.

Quoi que vous fassiez, vous devez retrouver l'avantage de la surprise.

Pacino commença à tousser et Colleen se précipita pour lui tenir la tête et lui essuyer les lèvres.

— Pas plus de quelques minutes, dit-elle à son mari.

Avec un signe de la main, Pacino reprit :

— John, je ne sais pas quoi vous dire, il vous faut trouver quelque chose pour surprendre ces types. Et, John ?

— Oui, amiral ?

— Ramenez McKee. Trouvez-le et donnez-lui le NSSN. Poussez ce rafiot en Atlantique et dites à McKee de rentrer avec un balai amarré au périscope ou de ne pas rentrer du tout.

Le balai, une vieille tradition de la marine, symbolisait une victoire totale, un nettoyage complet.

— Prenez des menottes s'il le faut pour le faire monter à bord. McKee est le seul commandant capable de réussir cette mission.

Pacino recommença à tousser et Colleen implora Patton du regard. Celui-ci toucha l'épaule et la main valide de Pacino et salua avant de lui dire :

— Remettez-vous vite, amiral.

En retrouvant Byron DeMeers, Patton lui jeta un flot d'ordres à la tête, parmi lesquels celui de ramener le capitaine de vaisseau Kelly McKee.

— Il n'est que capitaine de frégate, corrigea DeMeers après un coup d'œil à son WritePad.

— Plus maintenant, il vient juste d'obtenir son galon et de recevoir le commandement du sous-marin le plus récent de la flotte. Il n'est simplement pas encore au courant.

La photographie avait été prise sur la plage arrière d'un chalutier pour touristes. L'arrière-grand-père de McKee, Kyle, quatre-vingt-huit ans, brandissait fièrement une grande canne de pêche sportive d'une main, gardant l'autre posée sur l'épaule de son fils Liam McKee, soixante-cinq ans. Ce dernier tenait Ellison, trente-sept ans, de la même façon. Ellison avait, à son tour, posé la main sur l'épaule de Kelly McKee, âgé de huit ans, accroupi, qui caressait le corps d'un énorme requin-marteau à la tête repoussante. Les quatre générations de McKee regardaient fièrement l'œil métallique de l'appareil photo, vainqueurs de l'un des animaux les plus vicieux de la création. La photo avait un cachet particulier car Kyle avait servi à bord du sous-marin USS *Hammerhead* pendant la Seconde Guerre mondiale et portait l'emblème de son bâtiment, un requin-marteau grimaçant, tatoué sur l'avant-bras. Son petit-fils Ellison avait, lui aussi, embarqué à bord de l'USS *Hammerhead*, cette fois un bâtiment de la classe Piranha, le SSN-663, à l'époque de la guerre froide. Le McKee de la génération intermédiaire, Liam, avait préféré l'aéronavale et avait servi dans une escadrille de F-4 Phantom au Vietnam, avant de prendre sa retraite en 1967. Tandis que Kelly contemplait les portraits de ses ancêtres décédés, il crut entendre Diana. Elle avait toujours détesté cette photographie et disait qu'à cause d'elle, Kelly s'était laissé attirer par cette vie de macho à la Hemingway. Il restait debout sur ses jambes flageolantes. La voix de Diana se perdit et il lui sembla que les voix de ses pères se mélangeaient dans sa tête. Il sentait l'odeur du cigare de son grand-père, de la Coors dans l'haleine de son père, il se souvenait du soleil de cette journée dans les Keys en Floride, lorsque le guide s'était emparé de l'appareil photo. Il baissa la tête et ferma les yeux.

Une heure plus tard, McKee rasa deux semaines de barbe et se brossa les dents. Il ouvrit son placard et trouva un uniforme kaki, suspendu dans une housse en plastique, tel qu'il l'avait laissé avant ses vacances dans le Wyoming. Il l'enfila et récupéra ses barrettes de décoration et son macaron de sous-marinier sur la tenue froissée qu'il avait jetée en boule dans un coin à son retour de l'Atlantique Sud pour les épingler sur sa poitrine. Enfin, il agrafa ses épaulettes de capitaine de frégate sur sa chemise.

La sonnette de la porte d'entrée le surprit. Il regarda l'heure à la pendule : 19 h 15. Deux gendarmes attendaient dehors et deux voitures stationnaient dans l'allée.

— Etes-vous bien le capitaine de vaisseau Kelly McKee, monsieur ? demanda l'un des gendarmes.

— Capitaine de frégate. Capitaine de frégate McKee, corrigea Kelly.

— Vous devez nous suivre. L'amiral Patton vous demande.

McKee pensa d'abord insister pour rejoindre la base navale dans sa propre voiture puis changea d'avis. Il alla jusqu'à la coupe de cristal dans l'entrée et y prit ses clefs ainsi que ses papiers, il attrapa l'attaché-case contenant son WritePad et sortit.

Il s'assit à l'avant de la première voiture et ne prononça pas un mot jusqu'au poste de garde de la base aéronavale d'Oceana, dans la partie sud-ouest de Virginia Beach. McKee rejoignit alors la limousine stationnée de l'autre côté de l'entrée et un officier marinier en tenue de combat l'invita à s'asseoir à l'arrière. La voiture roula jusqu'à un grand hangar où un V-44 Bullfrog était en train de démarrer ses deux énormes rotors.

Il descendit de la voiture et monta dans l'avion où l'attendait le contre-amiral John Patton, l'air sévère. Lorsque McKee se raidit et salua, décidant d'adopter une expression de circonstance, Patton fronça les yeux.

— Bonsoir, amiral, vous m'avez fait demander, commença McKee sèchement.

Patton se détendit à peine.

Un peu avant 22 heures, le Bullfrog atterrit sur l'héliport du chantier des constructions neuves Electric Boat de DynaCorp, à Groton. Les rotors avaient à peine commencé à ralentir quand l'amiral Patton et le capitaine de vaisseau McKee descendirent dans la douceur de l'air de la côte du Connecticut.

Pendant le vol, Patton avait informé McKee du sort de Karen Petri et de son équipage. McKee, absolument furieux, avait plusieurs fois demandé des nouvelles de Karen et hoché tristement la tête à l'annonce de la mort de ses subordonnés et du naufrage de son bâtiment. Après avoir regardé à travers le hublot pendant une demi-heure, McKee se décida enfin à demander à Patton quelle était leur destination et pourquoi il se trouvait là.

Patton sortit de sa mallette deux épaulettes de capitaine de vaisseau ainsi qu'un insigne de commandement en or massif. Il tendit à McKee une feuille de papier, une affectation en provenance de la direction du personnel militaire de la marine. McKee prit le document et le parcourut à la lumière de la petite lampe de lecture :

250235ZJUL2018
IMMÉDIAT
FM : DIRECTION DU PERSONNEL, WASHINGTON DC
TO : K.L.E. MCKEE, CAPITAINE DE FRÉGATE, US NAVY
OBJET : AFFECTATION
SECRET DÉFENSE
//BT//

1 — RALLIEZ IMMÉDIATEMENT LE CHANTIER DE CONSTRUCTIONS NEUVES DE DYNACORP, À GROTON, ET PRENEZ LE COMMANDEMENT DU USS *VIRGINIA*, SSN-680, NON ENCORE ADMIS AU SERVICE ACTIF.

2 — PAR LA PRÉSENTE, VOUS ÊTES AUTORISÉ À PORTER

LES GALONS DE CAPITAINE DE VAISSEAU. NOMINATION PERMANENTE DANS CE GRADE À CONFIRMER PAR LA COMMISSION DE CLASSEMENT.

//BT//

Après un instant de silence, McKee échangea ses épaulettes et agrafa le macaron de commandant sur son uniforme. Mais il n'avait toujours pas ouvert la bouche. Etonné, Patton ne put s'empêcher de demander :

— Et alors ?

— Et alors quoi ?

— Cela ne vous fait rien de recevoir le commandement du NSSN ? Vous n'êtes pas curieux de savoir quelle sera votre mission ?

— En ce qui concerne la mission, je pense que vous m'envoyez pour chasser ce sous-marin hostile, correct ?

— Bingo. Mais que pensez-vous du *Virginia* ?

— Le *Virginia*, cracha McKee plein de dégoût, vous avez baptisé un SNA le *Virginia* ? Comment est-ce possible ? *Virginia* est un nom de croiseur ou de sous-marin nucléaire lanceur d'engins. Je ne vais pas partir à la mer à bord d'un SNA qui porte ce putain de nom. Il va falloir trouver quelque chose d'autre, et de bien mieux que ça.

Patton parut décontenancé.

— Mais qu'est-ce qui vous prend ? Ce bâtiment s'appelle le *Virginia* depuis maintenant quatre ans. Tout le programme connaît ce nom.

— Il est idiot, s'entêta McKee. Ce n'est pas un nom pour un sous-marin d'attaque et je ne prendrai pas le commandement de ce bateau tant qu'il le portera.

Le visage de Patton resta crispé. Il croisa les mains sur sa poitrine couverte de décorations.

— Juste pour l'intérêt de la discussion, McKee, que proposeriez-vous ?

420

— Un nom qui a une vraie histoire dans la communauté des sous-marins d'attaque. Le USS *Hammerhead*.

— *Hammerhead,* hein... laissa tomber Patton en fronçant les sourcils.

Il parut prendre une décision.

— C'est votre dernier mot ?

— Je n'ai pas dit ça. Qu'est-ce que vous me donnez comme armes ?

Patton soupira.

— Le NSSN emporte vingt-six torpilles stockées sur rance. Vous avez vingt torpilles Mk 58, deux UUV[1] de reconnaissance Mk 23 et quatre ATT Doberman Mk 17. Ne posez pas la question, je vous en parlerai dans une minute. Le système de lancement vertical est chargé de deux capteurs Sharkeye Mk 5, deux drones aériens de reconnaissance Predator Mk 94 et de huit missiles sous-marins Vortex Mod Delta.

— Et l'équipage ?

— Nous avons un équipage d'armement complet...

— Pas suffisant. Faites venir Kiethan Judison, il sera mon second, et Brian Dietz comme CGO. Je veux le premier maître Cook comme chef sonar. Vous venez de lui accorder une promotion, même si vous ne le savez pas encore. Et le maître principal Henry au PC Radio. Harry Daniels sera le commissaire, Toasty O'Neal le chef du service électricité, Dick Van Dyne l'officier armes. Et si d'autres du *Devilfish* sont en état, je les veux également.

— Ce sera tout ? demanda Patton, qui commençait à apprécier le style de McKee.

— Encore deux choses. Je voudrais que vous

1. UUV : Unmanned Underwater Vehicle, véhicule automatique sous-marin.

demandiez à Judison de passer chez moi prendre la photo sur le mur de mon bureau.

— Un gri-gri ?

— Si vous voulez, amiral.

C'était la première fois que McKee appelait Patton par son titre depuis qu'ils avaient embarqué dans l'avion.

— D'accord. Et ensuite ?

— Que peut bien être un ATT Doberman Mk 17 ?

— Venez par ici, mon ami, dit-il en l'entraînant vers le bâtiment de construction du NSSN. Je vais tout vous expliquer.

— Oh, j'ai oublié une dernière chose !

— Quoi encore, nom de Dieu ?

— Un balai de paille, à suspendre au périscope, pour mon retour.

Patton le regarda fixement pendant un instant avant de se fendre du plus beau sourire que l'on ait jamais vu sur ce visage généralement renfrogné.

— C'est bon, Kelly, vous l'aurez.

32

Peu après minuit, en ce matin du 25 juillet, le
NSSN reposait sur les tins de la plate-forme de translation latérale, dans le hall du bâtiment des constructions neuves. A l'origine, le NSSN avait été conçu
pour ressembler de près au SSNX. Il avait même été
fortement question d'éliminer les différences entre
les deux types de bâtiment. Mais l'amiral Patton
avait décidé que le NSSN apporterait un progrès par
rapport au SSNX. La coque elle-même reprenait la
conception de celle du *Devilfish,* sauf pour le massif
qui abandonnait ses formes arrondies à la russe pour
revenir aux lignes plus verticales des Los Angeles. Le
poste torpilles avait été agrandi et rendu plus sûr,
depuis l'incendie qui avait bien failli causer la perte
du *Devilfish* pendant le conflit en mer de Chine. Les
modifications au PCNO étaient les plus visibles, en
particulier la suppression des périscopes et de leur
plate-forme, remplacés par des appareils optro-
niques dont les capteurs étaient montés au sommet
de mâts non pénétrants. Ils pouvaient afficher simultanément les 360 degrés de l'horizon sur une batterie d'écrans plats, au plafond du PCNO. Pour pouvoir observer ces écrans plus facilement, le plancher
du pont milieu, où se trouvait situé le PCNO, avait
été abaissé de 50 centimètres et le plafond relevé
d'autant. La hauteur du local paraissait inhabituelle

aux sous-mariniers rompus aux précédentes générations de bâtiments. Le poste de pilotage, qui avait été
initialement conçu pour un seul opérateur, avait
retrouvé deux sièges et un troisième barreur de
réserve servait de rondier et de planton. La console
du commandant avait été installée au centre du local
et largement agrandie. Les œufs de visualisation du
système de combat Cyclops du SSNX avaient disparu, remplacés par des cabines VR munies de
portes, mesurant 1 mètre de côté et 3 mètres de haut.

Le Cyclops lui-même avait été amélioré. Les compartiments machine avaient été simplifiés et permettaient une puissance plus forte à volume égal,
en employant moins de composants. Les capteurs
de l'imagerie acoustique totale s'étaient largement
améliorés et permettaient maintenant de reconnaître ami ou ennemi sans confirmation extérieure.
Le système autorisait l'emploi des UUV de reconnaissance Mk 94, qui se faufilaient dans une baie,
un mouillage ou une zone dangereuse sans risque
pour le sous-marin.

Malgré ces modifications, Patton avait affirmé à
McKee qu'un commandant de SSNX devait être
capable de prendre totalement possession d'un
NSSN après quelques heures passées à compulser
les fichiers de l'ordinateur.

McKee se tenait debout sur un échafaudage à
mi-hauteur de la coque. Tout l'avant du bâtiment
était enveloppé d'un grand pavillon fabriqué en hâte
par DynaCorp, sur lequel on pouvait lire : SSN-780
USS *Hammerhead*. Deux autres pavillons couvraient
les grandes lettres capitales blanches qui formaient
les mots SSN-780, USS *Virginia* de chaque côté de la
coque. Un pupitre équipé de microphones se trouvait
à côté de McKee. En bas, sur le sol de l'immense bâtiment, l'équipage avait été rassemblé. Les hommes de
l'équipage d'armement de ce qui avait été le *Virginia*
avaient été arrachés de leur lit par des gendarmes. A

côté d'eux se trouvait la demi-douzaine de survivants du *Devilfish* suffisamment en forme pour venir de Portsmouth à Groton avec l'avion de service de Patton. Parmi eux, Judison et Dietz semblaient vivre dans un rêve.

Au cours d'une brève cérémonie, McKee lut ses ordres et rebaptisa le sous-marin de son nouveau nom, l'USS *Hammerhead*. Il n'imaginait pas être déçu en entendant résonner le nouveau nom de son bâtiment à travers le hall immense. Pourtant, en regardant l'équipage, il n'aperçut que quatre-vingt-dix paires d'yeux dans lesquels se reflétait l'incompréhension la plus totale. Il tenta d'évacuer son malaise en levant une bouteille de Dom Pérignon millésimé 2001 au-dessus de sa tête et en la lançant de toutes ses forces contre la plaque de tôle astucieusement collée derrière le pavillon pour éviter tout dommage de la paroi en fibre de verre. La bouteille explosa dans une cataracte de mousse qui éclaboussa McKee et son piédestal.

L'équipage se dispersa dans les bureaux, abandonnant McKee seul et stupide, en haut de son échafaudage. Même Patton était déjà parti, en ne laissant qu'un minimum de consignes. McKee connaissait son chargement d'armes, avait reçu quelques disques décrivant les particularités du NSSN — y compris ses faiblesses, qui résidaient pour la plupart dans le système de combat et de commandement. Ainsi que dans l'équipage. Et dans la stratégie à employer. Et dans les règles d'engagement. Et, bien sûr, dans le manque total de renseignements à propos de l'ennemi. Où pouvait-il bien se trouver, et, nom de Dieu, qui pouvait-il bien être ?

Patton suspectait les Ukrainiens, peut-être l'un des Severodvinsk rattachés à la flotte de la mer Noire. Ils en avaient les moyens et la possibilité, faisait-il remarquer.

McKee regarda autour de lui une dernière fois et

tira la cordelette pour affaler le pavillon du dôme sonar. Le tissu, de la taille d'un parachute, tomba. McKee prit un tube de solvant et entreprit de dissoudre les quatre points de colle époxy qui tenaient la plaque de tôle utilisée pour protéger la coque de l'impact de la bouteille de champagne. Il laissa la colle ramollir, arracha la plaque, qu'il posa sur l'échafaudage, et descendit sur le sol du bâtiment de construction.

Il jeta un coup d'œil à sa montre : 1 heure. Bientôt, la plateforme de translation amènerait le sous-marin à l'autre extrémité du hall, avant de le mettre à l'eau pour la première fois. Il pourrait rester là, à regarder la manœuvre, ou bien faire preuve de bon sens et aller dormir dans la chambre qui lui avait été réservée au carré des officiers supérieurs. A 6 heures, le sous-marin, qui se déplaçait à la vitesse de 2 centimètres par minute, serait tout juste à moitié dans l'eau. McKee pourrait même rester dormir jusqu'à 7 ou 8 heures, heure à laquelle le bâtiment approcherait des tirants d'eau en surface. L'équipage devait embarquer à 9 heures. Décidément, il avait tout intérêt à aller dormir.

Mais Kelly McKee restait debout, à quelques mètres de la coque du sous-marin dont il venait de recevoir le commandement, et le regardait s'éloigner très lentement de l'endroit du baptême. Il avait d'abord eu l'intention de ne rester là que quelques minutes. Mais il changea d'avis et décida d'accompagner son sous-marin jusqu'à l'heure de monter à bord. Il aurait tout le temps de dormir une fois la mission accomplie.

Il réalisa alors qu'il éprouvait pratiquement les sentiments d'un homme amoureux. Le regard dont il caressait le *Hammerhead* avait quelque chose de sensuel.

33

Vingt-cinq mètres sous la surface de la mer, au milieu des eaux bleu-vert du Sound de Long Island, le capitaine de vaisseau Kelly McKee, assis dans sa chambre, lisait son ordre d'opération.

251400ZJUL18
IMMÉDIAT
FM : COMUSUBCOM, NORFOLK, VA
TO : USS *HAMMERHEAD* SSN-780
OBJET : ORDRE D'OPÉRATION N° 2018-725-TS-002
COPIE : CEMM, WASHINGTON DC
TOP SECRET
//BT//

1. L'USS *HAMMERHEAD* APPAREILLERA À 14 HEURES Z.

2. LE *HAMMERHEAD* PLONGERA DÈS QUE POSSIBLE DANS LE SOUND DE LONG ISLAND, CONFORMÉMENT AU PLAN D'OPÉRATIONS CÔTIÈRES NUMÉRO 2017-1202 EN GARDANT PLUS DE 60 (SOIXANTE) MÈTRES D'EAU SOUS LA QUILLE.

3. REJOIGNEZ LA ZONE D'EXERCICE DES CAPS DE VIR-GINIE (VACAPES) À VITESSE MAXIMALE DE SÉCURITÉ SELON LES ROUTES DE TRANSIT HABITUELLES À PARTIR DU POINT MONTAUK. NETTOYEZ LES EAUX PROCHES DE NORFOLK DE TOUT CONTACT SOUS-MARIN HOSTILE. VOTRE ZONE DE RECHERCHE COMPREND LA RIVIÈRE ELIZABETH, LE CHENAL DES THIMBLE SHOALS, LE DISPO-

SITIF DE SÉPARATION DU TRAFIC DE NORFOLK JUSQU'À LA LIMITE DE LA ZONE VACAPES TELLE QUE DÉFINIE DANS LE PLAN D'OPÉRATIONS RÉFÉRENCE COMUSUBCOM 2200 QUATRIÈME ÉDITION EN DATE DU 22/11/2017.

4. RÈGLES D'ENGAGEMENT : DÈS LA DÉTECTION D'UN CONTACT SOUS-MARIN CLASSIFIÉ HOSTILE, LE COMMANDANT DE L'USS *HAMMERHEAD* EST AUTORISÉ À EMPLOYER LES MOYENS DONT DISPOSE SON BÂTIMENT POUR DÉTRUIRE CE CONTACT.

5. UNE FOIS LA ZONE VACAPES NETTOYÉE, L'USS *HAMMERHEAD* FERA ROUTE VERS L'ATLANTIQUE SUD À LA POURSUITE DE LA FLOTTE UKRAINIENNE DE LA MER NOIRE QUI SE DIRIGE VERS LES CÔTES DE L'URUGUAY. SI NÉCESSAIRE, VOUS AVEZ L'AUTORISATION D'ENGAGER LA FLOTTE UKRAINIENNE POUR PROVOQUER LA RÉACTION DE SOUS-MARINS HOSTILES.

6. APRÈS INTERCEPTION DE TRAFIC HOSTILE ET AVANT TOUT ENGAGEMENT, L'USS *HAMMERHEAD* LANCERA UNE BOUÉE SLOT CODE 1 (RÉFÉRENCE PLAN D'OPÉRATIONS COMUSUBCOM DÉJÀ CITÉ). UNE FOIS L'ATTAQUE EFFECTUÉE, L'USS *HAMMERHEAD* TRANSMETTRA AU PLUS VITE UN SITREP À COMUSUBCOM. EN CAS DE NON-DÉTECTION DE BÂTIMENTS HOSTILES, L'USS *HAMMERHEAD* RENDRA COMPTE PAR BOUÉE SLOT TOUTES LES DOUZE HEURES.

7. DISCRÉTION ABSOLUE IMPÉRATIVE.

8. BONNE CHANCE ET BONNE CHASSE, KELLY.

9. SIGNÉ : AMIRAL JOHN PATTON.

//BT//

McKee lut le message quatre fois. Il lui semblait que sa mission se décomposait en deux phases, d'abord une exploration de la zone VaCapes pour s'assurer du départ du sous-marin hostile, puis un transit vers l'équateur et l'Amérique du Sud pour couler la flotte de la mer Noire. McKee pensait que le sous-marin ennemi devait avoir quitté la zone depuis longtemps. Depuis que le SSNX reposait au fond de la mer, il n'avait plus aucune raison de rôder dans les parages. Sans sonar à imagerie acoustique totale, l'ennemi était invisible. Sa mission accomplie, la flotte de la mer Noire arriverait intacte au large de l'Uruguay. Pour dénicher le sous-marin ukrainien, McKee devait intercepter la flotte de la mer Noire.

L'équipage du *Hammerhead* l'inquiétait plus encore que le sous-marin ennemi. Pendant la phase de construction, d'une durée estimée de trois à six ans, l'équipage d'armement n'était constitué que de personnel n'ayant qu'une faible expérience à la mer, encadré par quelques sous-mariniers anciens. Aujourd'hui, la cohésion et la performance de l'équipage reposaient intégralement sur les rescapés du *Devilfish* que McKee avait fait venir. Lui-même et ses sept officiers et officiers mariniers devraient mener le *Hammerhead* au combat.

McKee décrocha le téléphone mural et appela l'officier de quart au PCNO. Van Dyne répondit aussitôt.

— Demandez au second et au CGO de me rejoindre dans ma chambre dans dix minutes et dites au maître d'hôtel de me monter deux cafetières et trois tasses.

— Bien, commandant, acquiesça Van Dyne.

McKee s'étonna d'éprouver tant de plaisir à entendre la réponse de l'officier de quart, à sentir le bâtiment vibrer doucement sous ses pieds, à contempler la carte nautique où clignotait le point lumineux qui indiquait leur position, à sentir les odeurs étranges du sous-marin, à entendre le ronflement sourd de la ventilation, à goûter le café servi 100 mètres sous la surface, bref, à retrouver toutes les sensations de la vie à bord. Ses blessures cicatrisaient et il redevenait lui-même.

— Commandant ? appela Judison.

— Entre, second, répondit McKee.

Un sentiment étrange l'envahit lorsqu'il donna à

Judison l'appellation qui revenait normalement à Karen Petri, et à Dietz celle de Judison. McKee se dit qu'il éprouverait sans doute bien d'autres surprises pendant cette mission.

— Au poste de combat ! hurla la diffusion générale à travers tout le bâtiment.

Le capitaine de vaisseau Kelly McKee se tenait debout derrière sa console de commandement, au PCNO. Le fauteuil du commandant avait été démonté et rangé dans un magasin. McKee l'avait essayé plusieurs fois, mais il se sentait trop tendu pour rester assis. De toute façon, il ne souhaitait pas que ses officiers s'assoient pendant leur quart. Un bon fauteuil au milieu d'un 0 à 4 durant lequel il ne se passait rien constituait une véritable invitation au sommeil.

Le Hammerhead se trouvait à 80 nautiques dans l'est-nord-est de Norfolk, en route au sud, pour accomplir la première phase de sa mission, le nettoyage de la zone VaCapes. McKee sortit de sa poche un Cohiba si gros que l'on aurait dit une torpille et le tapota contre sa joue. Le gros cigare, dont l'odeur traversait la fine enveloppe de cellophane, ne demandait qu'à être fumé mais McKee le replaça dans sa poche poitrine en attendant l'arrivée de l'équipage au PCNO. Une fois que Dietz, l'officier de quart du poste de combat, eut rendu compte : « Bâtiment complet au poste de combat », McKee s'adressa à l'équipage.

— Attention CO, commença-t-il.

Toutes les conversations se turent instantanément.

— Notre première mission sera de nous assurer que le sous-marin hostile qui a coulé le *Princess Dragon* et le *Devilfish* ne se trouve plus dans la zone VaCapes ni dans les environs d'Hampton Roads. Je pense que cette partie de notre activité ne sera qu'une formalité. L'ennemi est probablement parti depuis longtemps. Mais nous devons nous en assurer. Jusqu'à ce que nous en ayons la preuve formelle, nous devons tous prendre pour hypothèse de départ qu'il est encore là. Nos ordres nous permettent d'utiliser nos armes dès que nous aurons détecté ce salopard. Et c'est ce que nous ferons !

Premièrement, nous disposerons deux torpilles Mk 58 dans les tubes 1 et 2, réchauffage en fonction, tubes pleins et équilibrés, portes avant ouvertes. Deuxièmement, nous chargerons un leurre antitorpilles Mk 17 Doberman dans le tube 3, même si nous ne disposons pas du logiciel nécessaire pour le guider. En cas de besoin, nous le piloterons à la main. Permettez-moi de vous dire, messieurs, que ce ne sera pas une mince affaire. Si nous devons tirer ce leurre en mode manuel, j'ordonne à tous de prier aussi fort qu'ils le peuvent jusqu'à ce que nous prenions le contact, et je ne plaisante pas.

McKee s'arrêta un instant et décida d'allumer son cigare. Il débarrassa la torpille de tabac sombre et odorant de sa pellicule de cellophane.

— Troisièmement, nous préparerons le lancement d'un UUV de reconnaissance dans le tube 4. Le Mk 94 me servira d'hydrophone télécommandé, au bout de sa laisse. Je le ferai remonter jusque dans le port de Norfolk en mode ultra discret. Si quelque chose de plus bruyant qu'un voilier se trouve dans les parages, nous le trouverons.

Quatrièmement, dans dix minutes, un avion de patrouille maritime Pegasus P-5 de la base aéronavale d'Oceana survolera Hampton Roads et larguera deux capteurs yo-yo Mk 12, le premier du côté ouest du pont-tunnel de la Chesapeake, le second du côté est. Nous recevrons les signaux des deux yo-yo sur l'antenne filaire UHF. Avec les deux

Mk 12 et le Mk 94, le port de Norfolk sera totalement couvert.

— Cinquièmement, tout ce que nous détecterons devra être classifié. Ce ne serait sans doute pas une bonne idée de lancer une torpille à plasma contre un porte-conteneurs. La marine me mettrait sûrement à terre pour au moins une semaine.

Les hommes sourirent poliment. McKee, ayant tranché l'extrémité de son cigare, l'alluma avec son briquet à l'emblème du *Devilfish*.

— Supposons que nous ayons classifié un contact comme hostile. Nous le tirerons comme un lapin avec les Mk 58, en faisant très attention de ne pas nous payer une pile de pont ou de ne pas faire sauter une maison sur la plage à coup de torpille. Et enfin, messieurs, si le méchant nous tire dessus, nous lancerons en urgence le leurre Mk 17 Doberman, qui sera piloté par le capitaine de corvette Dietz. Si la torpille nous arrive en mode passif, nous fuyons à toute vitesse pour maintenir la distance. Si elle est active, nous arrêtons tout, pour présenter un Doppler nul. Avec un peu de chance, Dietz détourne la torpille et gagne une place dans nos cœurs. Dans le cas contraire, Dietz loupe son coup et ne vit pas assez longtemps pour subir notre colère.

McKee laissa tomber ses dernières paroles en tirant fortement sur son Cohiba.

— Des questions à propos de notre mission du jour ? Non... Très bien. Allons-y, messieurs. Van Dyne, êtes-vous paré à disposer mes tubes ?

Pendant les cinq heures qui suivirent, McKee explora les moindres recoins du port et des abords de Norfolk. L'UUV fouilla l'intérieur du port, le chenal d'accès, Hampton Roads et la partie occidentale de la zone VaCapes, sans rien trouver d'autre que le *Hammerhead* lui-même. Les deux Mk 12 largués par les P-5 donnèrent le même résultat négatif. Déçu, McKee demanda la mise en place de deux nouveaux yo-yo, pour explorer le reste de la zone VaCapes, sans obtenir la moindre détection. Au moins McKee était-il maintenant certain que cette partie de l'océan n'abritait aucun sous-marin hostile.

McKee ne s'était pas préparé à la déception qu'il ressentait actuellement. Il réalisa soudain qu'un désir de vengeance puissant l'avait envahi, tout à fait hors de proportion avec son implication personnelle dans le déroulement des événements. Il avait dormi pendant l'essentiel de la crise. Les combattants comme Dietz, Judison et Petri avaient souffert dans leur chair et la revanche leur appartenait. Pourtant, chaque fois que le nom de Karen Petri effleurait l'esprit de McKee, il sentait augmenter le besoin de punir ses agresseurs. Le sous-marin ennemi l'avait presque tuée et maintenant, McKee se sentait prêt à tout, même à violer ses ordres, pour couler ce salopard. En l'espace de quelques heures, l'affaire avait pris pour lui un tour très personnel. Eh bien, qu'il en soit ainsi ! Le commandant du sous-marin ennemi a intérêt à être bon, pensa McKee, sinon il se retrouvera bientôt aussi froid qu'il est possible de l'être.

McKee avait pensé rencontrer la flotte de la mer Noire à l'endroit où il avait intercepté le plastron pendant l'exercice, très loin au sud, dans l'Atlantique. Il fonça vers l'équateur, envoyant consciencieusement ses Sitreps[1] toutes les douze heures. La teneur des messages ne variait pas. Tous annonçaient simplement « situation normale ». Pour l'instant, le *Hammerhead* n'avait reçu aucun message

---

1. Sitrep : *situation report* : position du bâtiment et synthèse de la situation tactique.

ELF le rappelant à l'immersion périscopique. McKee avait évité de reprendre la vue autant que possible. Il n'avait pratiquement plus besoin de prendre des points satellites car le NSSN était équipé d'un nouveau système de navigation gravimétrique et d'un sondeur passif qui mesurait le profil du fond. Les deux équipements permettaient de corriger la dérive des centrales inertielles.

McKee avait choisi une orthodromie[1] semblable à celle qu'il avait prise avec le *Devilfish*. Sa route en arc de cercle coupait l'équateur autour du 25e degré de longitude ouest. A vitesse maximale, McKee approcha la latitude 0 au matin du 30 juillet.

McKee avait fait passer l'heure du bord en Zoulou, l'heure de Greenwich. Trois jours après l'opération devant Norfolk, il se sentait encore fatigué par le décalage horaire. Il se glissa dans sa bannette, en caleçon et T-shirt, après une longue journée passée à entraîner les hommes et les officiers chaque fois que cela était possible sans entraver la progression vers le sud. Exercices incendies, voies d'eau, lancements d'armes simulés, avaries de réacteur... McKee n'en pouvait plus. L'ampleur de la tâche était beaucoup plus importante que ce qu'il avait imaginé au premier abord. Les vétérans n'étaient pas assez nombreux. Il lui paraissait impossible que, dès leur première sortie à la mer, les jeunes de l'équipage connaissent parfaitement le bateau, même avec dix-huit heures d'exercice par jour.

Le commandant avait prévu encore six jours d'entraînement avant d'atteindre la zone de

---

1. Orthodromie : route la plus courte d'un point à un autre sur la sphère terrestre. Le cap à suivre évolue constamment. La loxodromie est la route à cap constant qui relie deux points à la surface de la terre, toujours plus longue que l'orthodromie.

patrouille en Atlantique Sud. Il ne s'attendait certes pas au coup de téléphone qui le réveilla à 00 h 20.

— Le commandant, commença McKee.

— *L'officier de quart, commandant, annonça Dietz en allant droit au but. Le sonar annonce des contacts multiples, classifiés bâtiments de guerre, azimut 1-6-5. Apparemment ukrainiens. Dix bâtiments de guerre, estimés à l'écoute comme navires à fort tirant d'eau, accompagnés de quinze commerces, des cargos ou des transports de troupes. Les contacts sont lointains, largement au-delà de l'horizon. Estimation des éléments buts en cours, une première estimation du Cyclops donne une distance de plus d'une centaine de nautiques.*

McKee s'assit dans son lit en se frottant la tête.

— A quelle distance sommes-nous de l'équateur ?

— *110 nautiques, commandant.*

— Est-il possible que ces types attendent quelque chose sur l'équateur ?

— *En effet, le premier maître Cook pense qu'ils sont à vitesse moyenne nulle, ils tournent en rond autour d'une position moyenne sur ou proche de l'équateur.*

— Bien, rappelez votre équipe du poste de combat CO et ralentissez à 15 nœuds. Pistez ces contacts et analysez leurs évolutions. Essayez de déterminer s'ils se comportent de façon prévisible ou s'ils zigzaguent de façon aléatoire. Et, Dietz ?

— *Oui, commandant.*

— Si ces contacts sont bien nos amis de la flotte de la mer Noire, je pense qu'ils pourraient bien attendre le ralliement d'un sous-marin. Peut-être même de notre copain de Norfolk. Si c'est le cas, il se trouve sur la même orthodromie que nous ou à peu près. Faites gaffe et cherchez-le avec une attention toute particulière.

— *Bien reçu, commandant. J'en parle immédiate-*
ment avec Cook.

— Encore une chose. Faites prendre la situation
supersilence et mettez bas les feux sur bâbord.

— *Situation supersilence, bas les feux sur bâbord,*
bien, commandant.

— Attendez une minute, Dietz. Faites disposer le
drone Predator. Au lever du soleil, nous rappellerons au poste de combat et ferons survoler la force
navale. Le Cyclops confirmera nos buts et les iden-
tifiera sans ambiguïté. Nous ne pouvons utiliser les
données des satellites de reconnaissance pour charger le Predator car le module logiciel ne fonctionne
pas.

— *Reçu, disposer et préparer le lancement du Pre-*
dator. Je propose de garder l'engin hors tension
jusqu'à 5 heures, commandant. Autrement, il risque
la surchauffe.

— D'accord. Réveillez-moi à 5 h 30.

— *Bonne nuit, commandant.*

McKee raccrocha. Devait-il prendre quelques
précieuses heures de sommeil ou monter au
PCNO ? Avec Dietz au PCNO, il pouvait dormir. Il
se réveillerait reposé à 5 h 30, ou plus tôt s'il se produisait quelque chose. S'il décidait d'arpenter le
PCNO de long en large, il donnerait l'impression
d'être inquiet et nerveux. McKee se retourna et
sombra aussitôt dans un sommeil sans rêve.

Tôt le matin suivant, dans le bâtiment en situation supersilence, les téléphonistes transmirent le
rappel au poste de combat. Le planton avait fait circuler le bruit que le quart de 0 à 4 avait détecté le
convoi à une centaine de nautiques devant eux.
Quand sonna l'heure du poste de combat, les
hommes étaient déjà tous debout et habillés et
quelques dizaines de secondes leur suffirent pour
rallier le PCNO, au lieu des deux ou trois minutes

habituelles. Tous, à part Dietz et Judison, paraissaient nerveux, peut-être même angoissés. Les deux officiers restaient impassibles. McKee prévoyait que le quart du matin leur apporterait la vengeance et chasserait les fantômes du fond de la zone VaCapes.

Le capitaine de vaisseau Kelly McKee avait bien dormi après le coup de fil. Il avait enfilé une combinaison de Nomex noire, propre et repassée, sur laquelle on pouvait lire son nom en lettres d'or, encadré par son macaron de sous-marinier et son insigne de commandement. Les deux aigles d'argent, insignes de son nouveau grade de capitaine de vaisseau, ornaient les pointes de son col. Il portait un pavillon américain à l'épaule gauche et rien à l'épaule droite, là où se trouvait habituellement le patch à l'emblème du bâtiment. Le changement de nom trop récent n'avait pas permis à la marine de produire les nouveaux insignes.

Il jeta un coup d'œil circulaire dans le PCNO. Malgré la climatisation, l'air habituellement frais du local commençait déjà à se faire un peu moite. McKee ressentait une impression bizarre, remarquant pour la première fois qu'avec la disparition de la plate-forme des périscopes, il ne disposait plus d'un point de vue avantageux sur son CO, d'où il pouvait suivre la situation et observer ses hommes. Le centre du local était maintenant occupé par la console du commandant. Deux tables traçantes la séparaient du central. Un espace libre, à l'arrière, permettait aux officiers debout d'observer les images des senseurs optiques, projetées sur le plafond. Les écrans pouvaient également recevoir les sorties en deux dimensions du système de combat Cyclops, les cartes de navigation ou l'une des caméras de surveillance du circuit vidéo intérieur. McKee se mordit les lèvres. Il n'était pas suffisamment habitué à ce nouveau CO, dans lequel ses réactions n'étaient pas encore instinctives. De plus, au lieu de disposer de sa propre console VR, le commandant devait enfiler une sorte de casque de pilote de chasse sans ouverture. Deux mini-écrans projetaient des images devant chaque œil, créant l'illusion d'un champ de bataille virtuel en trois dimensions. McKee serait complètement isolé de son CO, alors même qu'il se tiendrait à la console du commandant, au centre du local. Il lui était possible de voir le personnel au CO à l'aide d'une petite caméra montée sur le côté du casque, mais il lui faudrait fermer un œil. McKee se dit qu'il aurait l'air ridicule. Et comment les hommes pourraient-ils percevoir l'humeur de leur commandant ? Il s'était entraîné des années pour que ses subordonnés puissent lire confiance, colère ou concentration sur son visage. Au combat, cela pouvait faire toute la différence.

Il se souvint qu'il n'avait pas non plus aimé le PCNO du *Devilfish* au premier abord. Il posa le casque intégral sur la console, brancha le cordon et regarda ses hommes.

— Attention CO !

Il avait décidé de proposer son idée de manœuvre sous la forme d'un exposé, dès que le bâtiment serait complet au poste de combat. Le commandant annonçait toujours ses intentions et ses décisions avant la bataille mais, cette fois, McKee voulait présenter un briefing complet. A regarder ses hommes danser nerveusement d'un pied sur l'autre, il sentait bien qu'il avait toute leur attention.

— Comme vous le savez tous, nous avons pris de multiples contacts de bâtiments de surface au-delà de l'horizon. Des bâtiments de guerre ukrainiens, selon toute probabilité. Le premier maître Cook pense que nous avons trouvé la flotte de la mer Noire. Cette force navale est encore loin de nous, estimée à 38 nautiques. Toute la nuit, les bâtiments ont parcouru une trajectoire en forme de losange, à PIM nul. Nous pensons qu'ils vont continuer. Malheureusement, nous ne disposons pas de photos satellite pour confirmer nos déductions parce que le module logiciel ne peut recevoir les données. Nous sommes donc limités à nos propres senseurs, internes et externes.

Un drone Predator attendait son heure dans un tube du système de lancement vertical, ainsi qu'un capteur d'imagerie acoustique totale Mk 5 Sharkeye. Avec ces deux équipements, McKee pouvait lui-même déterminer la configuration du champ de bataille.

— Nous lancerons le Mk 94 Predator dès que possible pour reconnaître la force navale. Si le drone réussit à échapper à la détection, nous le garderons en l'air pour la seconde phase de la bataille. Tout de suite après, nous tirerons le Mk 5 Sharkeye. Ainsi, nous disposerons simultanément de données d'origine aérienne et sous-marine. Nous positionnerons le Mk 5 de l'autre côté de la force navale, à environ 15 nautiques, car nous imaginons qu'elle fera route au sud dès qu'elle aura retrouvé le sous-marin. Pour ne pas risquer une contre-détection, j'ai décidé de lancer maintenant. Nous dégagerons vers l'est après les lancements et approcherons la force navale par le nord-est. Les deux engins feront le tour de la force pour la rejoindre depuis le sud, à l'opposé de leur point de lancement. Le Mk 5 est programmé pour parcourir 50 nautiques vers l'est, puis 100 nautiques vers le sud et 50 nautiques vers l'ouest avant de ralentir et de faire route au nord pour larguer le capteur à 15 nautiques au sud de la force. Le Predator accomplira une trajectoire du même type mais dans le sens contraire des aiguilles d'une montre.

En plus des deux senseurs, je compte également lancer un UUV Mk 23 Bloodhound. Le Mk 23 n'est qu'une torpille Mk 58 dont on a remplacé la charge utile. Il produit donc le même bruit qu'une vraie torpille. Pour cette raison, j'ai décidé de ne pas l'utiliser. Si la force ou le sous-marin se rendent compte qu'une torpille les attaque, ils seront immédiatement alertés et établiront un dispositif ASM qui dispersera les bâtiments. Et vous pouvez parier votre solde qu'ils se mettront à nous chercher comme des malades !

Un petit rire nerveux secoua l'assistance.

— Aucun d'entre nous ne le souhaite. Comme vous le savez, nos ordres sont de ne pas nous faire détecter. Pour autant, messieurs, je ne veux pas rester aveugle. C'est pourquoi j'ai décidé de lancer un Bloodhound. Il accomplira une trajectoire en spirale décroissante, centrée sur la force, à vitesse faible. Le mouvement circulaire du Mk 23 évitera tout retour Doppler fort vers un éventuel sonar actif haute fréquence. Le Bloodhound devrait percevoir les fréquences émises par leur sous-marin, s'il se trouve sous la couche, et j'ai l'intention de le laisser cercler pendant toute l'attaque.

Le Predator sera programmé sur sa trajectoire. Je ne veux pas avoir à émettre pour le télécommander, même en EHF sécurisé. Nous nous contenterons d'écouter avec nos senseurs passifs. Ceci vaut pour le Bloodhound, en mode écoute seulement, le Predator, qui nous transmettra les données visuelles, infrarouges et les interceptions radar uniquement, et le Sharkeye qui, de toute façon, ne peut que recevoir. S'il nous faut guider le Predator, nous devrons réduire nos émissions EHF au strict minimum. Evidemment, pas de liaison avec les satellites de transmissions pendant l'attaque. Nous resterons aussi discrets que possible.

Maintenant, écoutez-moi bien. Ce sera peut-être la seule occasion qui me sera donnée de vous dire cela. Lorsque nous aurons lancé le Predator, le

Sharkeye et le Bloodhound, nous nous trouverons en situation d'engagement. Ma seule préoccupation sera de mettre mes armes au but. Je ne veux pas avoir à réexpliquer à l'un ou à l'autre pourquoi je fais ceci ou cela. Avez-vous tous bien compris ?

McKee aurait entendu une mouche voler. Tous les yeux étaient tournés vers lui. Seuls deux visages affichaient le plus grand calme : ceux de Judison et Dietz.

— Bien. Maintenant, j'ai l'intention de confirmer la nationalité ukrainienne de la force navale. Une fois cette information acquise, nous attaquerons les bâtiments, conformément aux ordres que j'ai reçus au départ de cette mission, en réponse à l'agression du *Princess Dragon*. Cependant, nous ne disposons que de peu d'armes pour de nombreux buts.

McKee pianota sur sa console et une longue liste apparut sur un écran, à l'avant tribord du local.

— Cela peut vous paraître beaucoup, mais avec nos quatre Doberman, deux Predator, deux Bloodhound et deux Sharkeye, il ne nous reste que vingt torpilles Mk 58 et huit missiles Vortex Mod Delta. Vingt-huit armes, contre vingt-cinq bâtiments de surface et un sous-marin. De plus, nous devons garder au moins quatre torpilles et quatre missiles contre le sous-marin. Sans cette réserve, nous pourrions ne pas réussir à le couler. Si j'avais le choix, je garderais toutes mes armes pour le sous-marin. Vous devez tous bien comprendre cela, je me fiche éperdument des bâtiments de surface. Nous voulons simplement qu'ils fassent demi-tour et rentrent chez eux pour nous laisser plus d'armes à consacrer à ce sous-marin. Nous attaquons leur flotte pour attirer le feu du sous-marin, pour le forcer à se montrer. S'il apparaît sur nos écrans, nous suspendons l'attaque des bâtiments de surface et nous essayons de lui régler son compte.

Cependant, peut-être ne le verrons-nous pas d'ici

un bon bout de temps. Une fois que nos senseurs déportés nous auront transmis les données dont nous avons besoin, nous effectuerons une attaque simultanée sur les bâtiments de combat de la flotte. Pour l'instant, nous estimons qu'elle comprend dix bâtiments de combat, escorteurs, croiseurs, un porte-avions et un porte-hélicoptères, ainsi que quinze bâtiments de transport divers, bâtiments d'assaut amphibies, transports de troupes et, peut-être, un bâtiment de commandement. Nous engagerons les gros combattants en premier puis nous essaierons d'identifier le bâtiment de commandement, pour l'épargner. Vous vous demandez probablement pourquoi le pacha ne veut pas couler ce bateau. Si l'amiral commandant cette flotte assiste au naufrage de quelques-uns de ses bâtiments, il aura peut-être l'idée d'ordonner de faire demi-tour. Nous engagerons simultanément les dix bâtiments de combat avec dix Mk 58, de façon à ce que les torpilles explosent toutes au même moment. Ainsi, nous ne leur donnons pas de préavis. Nous ne voulons pas non plus qu'ils puissent se déployer pour lancer une recherche ASM. Nous devons tous les détruire, non pas les endommager ni en laisser un ou deux intacts. Vous m'avez bien compris ? Donc, voilà dix Mk 58 parties. Il ne nous restera donc que dix autres Mk 58 et les huit Mod Delta. Compte tenu de la réserve stratégique que je veux garder, cela nous laisse six Mk 58 et quatre Delta disponibles.

Bien. Nous nous relaxons et regardons couler les bâtiments de combat. La phase suivante de la bataille commence alors. Si j'ai bien deviné, le sous-marin d'escorte apparaît à ce moment pour nous empêcher de continuer notre attaque de la force navale. S'il y a un Severodvinsk dans le coin, il devrait foncer sur nous dès qu'il entend le premier lancement de torpille.

Du moins McKee l'espérait-il.

— Si nous ne détectons pas le sous-marin à ce moment, il nous faudra prendre une décision. Si les transports de troupe et les cargos ne rebroussent pas chemin, nous les coulerons un par un jusqu'à ce que l'amiral abandonne et fasse demi-tour. Cette tactique donnera également au sous-marin le temps de nous rejoindre. Nous coulerons un transport toutes les vingt minutes jusqu'à ce qu'ils se retirent ou qu'ils soient tous au fond, en utilisant au plus six Mk 58. Si le sous-marin ne s'est pas montré, nous pistons les restes de la force pendant un jour ou deux. Si rien ne s'est produit à ce moment-là, nous coulons ce qui reste, appelons du renfort et rentrons à la maison, en gardant deux torpilles en cas de mauvaise rencontre. Je ne pense pas que ce scénario soit très probable.

Bien reçu, tout le monde ?

McKee jeta un coup d'œil circulaire à ses hommes. Judison acquiesça d'un signe de tête, ainsi que Dietz. Son second et son CGO avaient compris. Dick Van Dyne avait l'air calme, mais les autres jeunes officiers avaient pâli. Bientôt, ce serait pire pour eux, se dit McKee.

— Très bien. Exécution. Second, j'ai quelques mots à te dire.

McKee s'éloigna des hommes de quart, suivi de près par Judison.

— Oui, commandant.

— Ces Mk 17 Doberman, ils fonctionnent ?

Judison haussa les épaules.

— La doc du bord dit que oui.

— Mais nous ne disposons pas du module logiciel pour les piloter.

— Exact.

— Pouvons-nous les afficher sur les consoles VR et les piloter manuellement ?

— Oui, commandant, mais les chances de toucher quelque chose sont vraiment très minces.

McKee regarda longuement Judison.

— Tu t'es entraîné, n'est-ce pas ?

Le commandant en second regardait fixement le pont.

— Oui, commandant, j'ai essayé.

— Et alors ?

Judison leva les yeux, le visage rouge de confusion, et parla d'une voix feutrée.

— Je n'ai jamais réussi l'interception. J'ai ramassé la torpille à chaque fois, droit dans le cul.

McKee adopta de nouveau un visage dur.

— J'ai joué au football américain, au lycée. Quarterback. Cette année-là, nous sommes revenus du fin fond du classement pour gagner le championnat. Un coup tordu, qui n'avait pas fonctionné une seule fois à l'entraînement. Tu vois où je veux en venir ?

Le visage de Judison reprit une couleur normale et s'éclaira d'un large sourire.

— Oui, commandant, très bien.

— Parfait. Attention CO, préparer le lancement des trois senseurs déportés.

Tandis que l'équipage s'affairait, McKee observait Judison en se demandant si son second savait qu'il n'avait jamais touché un ballon de sa vie.

34

La surface de l'océan Atlantique, à plus de 1 400 nautiques à l'est de l'embouchure de l'Amazone, ne présentait vraiment rien d'extraordinaire. Soulevées par une légère brise d'ouest de 10 nœuds, les vagues bleu sombre roulaient doucement. D'un horizon à l'autre, la mer paraissait complètement vide.

Ce paysage tranquille se troubla d'une tache d'écume et un objet blanc jaillit des flots. En un clin d'œil, une colonne de fumée s'éleva dans le ciel immaculé, accompagnée d'un rugissement assourdissant, qui s'atténua avant de disparaître dans le lointain. La colonne s'arrêtait net à 600 mètres d'altitude. Quelle que soit son origine, celle-ci avait maintenant disparu et le vent léger balaya rapidement les traces de fumée.

Vingt secondes plus tard, un deuxième objet blanc apparut et s'éleva, lui aussi, au sommet d'une mince colonne de fumée, dans un grondement qui disparut très vite. En moins d'une minute, toute trace de l'objet s'était effacée.

Juste sous la surface, la mer était tiède, brassée par le vent et chauffée par le soleil. La couche isotherme superficielle s'étendait jusqu'à environ 60 mètres d'immersion. Plus bas, la mer passait brutalement à une fraction de degré au-dessus du point de congélation, autour de –3,8 degrés Celsius. Les bruits des profondeurs glacées ne pénétraient que très rarement la couche superficielle et se réfléchissaient sur la thermocline avant de replonger vers les abysses. De la même façon, les bruits de la surface ne pouvaient traverser la couche et se réfléchissaient vers le haut, comme la lumière sur un miroir. Cent mètres au-dessous de la couche, un projectile de 7 mètres de long fendait la mer comme un grand requin. La peau de la machine était caoutchouteuse, semblable à celle d'un dauphin. Deux écopes placées de chaque côté de l'engin aspiraient l'eau de mer qui était ensuite refoulée dans une tuyère par les aubages d'une pompe-hélice ultra silencieuse. L'ensemble constituait une sorte de version sous-marine d'un réacteur.

La turbine à gaz, actionnée par la combustion d'un propergol auto-oxydant à base de peroxyde, émettait un signal à la fréquence de sa rotation. L'engin émettait également des harmoniques d'ordre supérieur, multiples de la fréquence de base de la turbine à gaz, ainsi que des vibrations de structure, dues aux perturbations de l'écoulement fluide. Des paires d'hydrophones, implantées à la surface de l'engin, émettaient exactement les mêmes signaux mais déphasés, en opposition parfaite avec ceux produits par les appareils mécaniques. A quelque distance de l'engin, la résultante des bruits émis s'annulait complètement. Cette technique avait reçu le nom de neutrodynage.

Les inventeurs de l'objet avaient longtemps observé les requins et les dauphins. Ils avaient remarqué que la peau de ces animaux se déformait lorsqu'ils avançaient dans l'océan. De petites ondulations la parcouraient et réduisaient la traînée, permettant aux animaux de nager plus vite en consommant moins d'énergie. L'imitation artificielle de cette peau était nommée « revêtement à traînée réduite ».

L'engin avait été baptisé Mk 23, code sans intérêt, et avait reçu un surnom, Bloodhound — le limier —, qui datait de l'époque des premiers essais. Il déroulait derrière lui une fibre optique extrêmement fine qui le reliait à son tube de lancement. Le Bloodhound avait une mission : s'approcher discrètement de la force navale et écouter de tous ses hydrophones. Les fréquences recueillies étaient transmises au calculateur implanté dans la section milieu, chargé du neutrodynage.

Le Bloodhound naviguait en route au sud-est, décrivant une spirale de rayon décroissant centrée sur la flotte. En moins d'une heure, le Bloodhound s'approcherait, par le sud, à 5 nautiques des bâtiments. Sa centrale inertielle de navigation à gyros laser lui permettait de connaître sa propre position tandis que le *Hammerhead* actualisait régulièrement celle de la force. Mais les bâtiments de surface, bruyants, se trouvaient au-dessus de la couche tandis que le Bloodhound orbitait à cent mètres au-dessous de celle-ci, présentant son flanc droit à un éventuel sonar actif.

Cinquante nautiques à l'ouest de la force, un missile propulsé par un turboréacteur volait à deux cents nœuds, à quelques mètres au-dessus des vagues. L'engin, recouvert d'un matériau absorbant, offrait une silhouette équivalente radar plus petite que celle d'une mouette ou d'un sommet de vague. Dans sa section avant, il emportait un objet de la taille d'une petite malle, le capteur d'imagerie acoustique totale Mk 5 Sharkeye. Dans moins de vingt minutes, il rejoindrait un point situé à 15 nautiques dans le sud de la force navale, couperait son moteur et entamerait une ressource destinée à le freiner. Au passage à vitesse nulle, le missile éjecterait le Sharkeye qui tomberait lentement vers la surface, sous un parachute couleur de brume.

Loin dans l'ouest, un objet de taille identique fendait l'air moins rapidement, à peine 90 nœuds, et à une altitude bien plus élevée. Ses capteurs infrarouge et visible à visée stabilisée scrutaient l'ouest, à la recherche de la flotte. Quand le Sharkeye toucherait l'eau, le Predator se trouverait presque à la verticale de la force.

Une petite antenne gyrostabilisée transmettait les images aux hommes du sous-marin. Elle pointait précisément en direction du récepteur, rendant presque impossible l'interception des signaux EHF cryptés.

A 30 nautiques de là, un petit objet, de la taille et de la forme d'un ballon de football américain, dansait à la surface des vagues. A l'intérieur, une petite antenne recevait les signaux transmis par le Predator. La bouée était reliée au *Hammerhead* par un câble qui se déroulait dans l'océan en décrivant une courbe, pénétrait la thermocline et continuait à s'enfoncer avant de disparaître en haut du massif du sous-marin nucléaire d'attaque. Lorsque le Mk 5 Sharkeye pénétrerait à son tour dans les profondeurs, il larguerait une bouée identique, reliée par un câble aux hydrophones implantés sur une sphère de la taille d'un ballon de basket. La sphère descendrait sous la couche, à la recherche d'un éventuel sous-marin en approche du convoi. Les données du Sharkeye transiteraient par la bouée en direction d'un relais radio implanté sur le Predator, avant de rejoindre le *Hammerhead*.

Le Cyclops constituait le centre nerveux du système. Il accumulerait toutes les informations et les assemblerait en une seule image tridimensionnelle du champ de bataille, reconstituée dans les cabines VR du PCNO ou dans le casque du commandant.

A 11 heures exactement, le missile emportant le

Sharkeye coupa l'arrivée de carburant de son turboréacteur et entama sa ressource. L'engin s'éleva, s'arrêta un instant, comme suspendu, et commença à redescendre doucement lorsque son enveloppe explosa. La charge utile se dégagea et éjecta un petit parachute de stabilisation. Le parachute principal, en forme d'aile, s'ouvrit presque aussitôt et ralentit le Sharkeye pendant sa descente vers la surface. Dans une petite gerbe d'écume blanche, le Mk 5 largua son parachute et s'enfonça dans l'océan.

A l'immersion de la couche, la charge s'ouvrit et déploya un réseau tridimensionnel de petites sphères reliées entre elles horizontalement et verticalement par des fibres optiques. Tandis que les sphères s'enfonçaient toujours plus profondément, la bouée rejoignit la surface. Bientôt, le Mk 5 rendit compte, par l'intermédiaire du Predator, qu'il était paré.

Le casque du capitaine de vaisseau Kelly McKee affichait des images sur les deux petits écrans situés derrière deux oculaires en caoutchouc noir et souple. Il cligna des yeux lorsque le monde de la réalité virtuelle s'ouvrit devant lui, le transportant dans un espace qui lui semblait aussi tangible que celui observé par le Predator.

Il se trouvait au milieu d'un océan transparent et infiniment profond. Quand il regarda vers le bas, il aperçut ses pieds qui reposaient sur la coque d'un sous-marin jouet, d'environ 1 mètre de long, en route au sud-ouest. Loin au-dessus de lui, il pouvait apercevoir le dessous des vagues. Il lui semblait pouvoir nager jusque-là mais une seconde surface, la couche thermique, également agitée, apparaissait plus proche de lui. Il se sentait comme immergé dans une bouteille de vinaigrette non remuée.

Au-dessus de sa tête, en direction du sud-ouest, il apercevait les vingt-cinq bâtiments de la flotte qui naviguaient en formation, en route au sud-est. Il pouvait les détailler, s'approcher d'eux, observer leurs flancs.

Grâce à la version E du système de combat Cyclops, plus moderne que la version D qui équipait le SSNX, McKee pourrait survoler la force navale pour observer ses objectifs virtuels. Au début, il avait douté de l'intérêt de cette fonction, ayant entendu dire qu'elle pouvait provoquer des vertiges. Il haussa les épaules et leva la main en toute conscience, se disant qu'il devait avoir l'air d'un clown pour ses subordonnés. Il oublia instantanément ces considérations : son corps virtuel s'envola en direction de la surface. Il sentit sa tête pénétrer la couche thermique et continua son vol dans l'air, au-dessus des vagues. En dessous de lui, il apercevait la coque du *Hammerhead.* Il leva la tête en direction du sud-ouest et accéléra encore avant de ralentir et de faire du surplace à 3 mètres au-dessus des vingt-cinq bâtiments de la flotte ukrainienne.

McKee observa d'abord le porte-avions du type Kuznetsov. Il paraissait aussi réel et détaillé que le vrai bâtiment. Le Cyclops avait stocké des photographies à très haute résolution prises sous différents angles par le Predator et les assemblait maintenant pour reconstituer une image en trois dimensions. Le porte-avions présentait une piste oblique et une piste à tremplin, un ski-jump pour la mise en œuvre des aéronefs à décollage court. Le bâtiment apparaissait large et plat et l'îlot supportait plusieurs antennes à balayage électronique, une énorme cheminée centrale et une haute antenne cylindrique. La passerelle de navigation se situait en dessous. Une dizaine d'avions se trouvaient saisinés sur le pont d'envol, des chasseurs Flankers, Frogfoot et Fulcrum, ainsi que deux des chasseurs-bombardiers Firestar en version export, récemment achetés au Japon.

— Identification, murmura McKee dans le microphone de son casque en s'adressant au Cyclops.

Un affichage apparut devant lui, présentant les principales caractéristiques du bâtiment.

NOM : AMIRAL DE LA FLOTTE KUZNETSOV
NUMÉRO DE COQUE : 113
DÉPLACEMENT À PLEINE CHARGE (TONNES) : 67 500
DIMENSIONS (MÈTRES) : 229 × 76
PROPULSION : 8 CHAUDIÈRES, 4 TURBINES, 200 000 CV/147 MÉGAWATTS
VITESSE MAX : 30 NŒUDS
ÉQUIPAGE : 1 700 (200 OFFICIERS)

— Pays d'appartenance ? demanda McKee.

UKRAINE. BÂTIMENT AFFECTÉ À LA FLOTTE DE LA MER NOIRE.

— Attention CO, annonça McKee dans le micro à l'intérieur de son casque. Cette force navale est bien la flotte de la mer Noire. Je recherche le bâtiment de commandement, s'il existe... A part les cargos et les transports de troupe, je ne vois que le porte-avions, deux croiseurs, deux frégates ASM, deux frégates antiaériennes et trois escorteurs rapides. Nous allons donc attaquer ces dix bâtiments de guerre de façon à réaliser une explosion simultanée de nos Mk 58. Des questions ?

Judison ouvrit la bouche.

— Mais commandant, si nous coulons tous ces bâtiments, qui donnera l'ordre à la flotte de faire demi-tour ? Que fais-tu de ton idée de manœuvre précédente ?

— Le second vient de soulever une objection valable, répondit McKee à la cantonade. Je pense que je ne peux pas courir le risque de laisser le porte-avions continuer avec les transports. Trop dangereux. Les flottilles embarquées pourraient bien inclure quelques avions ASM, qui pourraient venir nous chercher des noises. Un dernier mot. Malgré le travail que vous allez avoir pour lancer toutes ces armes, je vous demande de rester vigilants et de surveiller l'arrivée du sous-marin ukrainien. Rien d'autre ? Bien, continuons.

McKee spirala au-dessus de la flotte pendant encore quelques minutes tandis que le CO se préparait à attaquer.

— Commandant, appela la voix de Kiethan Judison dans l'oreille de McKee tandis que celui-ci passait entre deux croiseurs et remontait à une altitude suffisante pour apercevoir la coque en forme de cigare du *Hammerhead*. Le bâtiment est paré à lancer. Les Mk 58 sont parées et réchauffées dans les tubes 1, 2 et 4, portes avant ouvertes. Le tube 3 est chargé avec un Doberman. Souhaites-tu le remplacer par une Mk 58 ?

— Non, répondit McKee. Même si cela doit nous imposer de faire orbiter les Mk 58 un peu plus longtemps avant de foncer vers la flotte de la mer Noire, je veux garder un Doberman dans ce tube. Tu te souviens de notre petite conversation, second ?

— Le coup tordu pendant les championnats de football ? Oui, parfaitement, commandant.

McKee se fendit d'un large sourire sous son casque.

— Cyclops du commandant, commença McKee.

— *Oui, commandant*, répondit le système de sa voix de basse.

— Attention pour désigner les dix bâtiments de surface. Le porte-avions sera le but 1, le croiseur à cette position — McKee survola le croiseur le plus au sud —, le but 2.

McKee entra dans le système chacun des bâtiments, l'un après l'autre.

— *Buts désignés,* confirma le Cyclops.

— Bien, Cyclops, programmez les torpilles pour une explosion simultanée sur les dix buts. L'attaque s'effectuera sans filoguidage.

— *Quel sera l'intervalle de détonation, commandant ?*

Le système voulait savoir de quelle marge il disposait pour faire exploser les torpilles toutes ensemble. Devaient-elles détoner dans la même seconde, dans la même minute ou trois minutes suffisaient-elles ?

— Intervalle dix secondes. Pas assez pour que les bâtiments puissent réagir mais pas non plus trop de contraintes, qui nous feraient perdre de la portée torpille.

Le Cyclops passa la seconde suivante à calculer la vitesse à laquelle il pouvait lancer, fermer la porte avant, assécher le tube, ouvrir la porte culasse, recharger, brancher le prolongateur, démarrer le gyro, remplir le tube, remplir d'eau et pressuriser le réservoir de lancement, avant d'équilibrer et d'ouvrir la porte avant. Il fallait encore exécuter les autotests de la torpille et de la charge de combat, programmer la trajectoire et confirmer le bon déroulement du réchauffage avant de pouvoir lancer l'arme et recommencer un nouveau cycle. Le Cyclops calcula que l'heure de détonation se situerait bien longtemps après le tir de la première Mk 58, en particulier à cause de la distance, 38 nautiques, et de la vitesse de transit, réglée à 30 nœuds pour des raisons de discrétion.

— *Commandant, une heure dix-sept minutes du premier lancement à l'explosion.*

— Attention pour lancer, Mk 58 1 à 10 sur les buts 1 à 10, pour une explosion simultanée, sous contrôle du Cyclops.

— Sous-marin paré ! annonça Dietz.

— Torpilles parées ! rendit compte Van Dyne, l'officier armes.

— Solution confirmée ! dit Judison à son tour.

— *Cyclops paré !* annonça enfin le système.

— Lancez sur les buts futurs ! ordonna McKee.

— Feu ! confirma Van Dyne.

— Le Cyclops a pris le contrôle du poste torpilles, commenta Judison.

— *Tube 3, lancement dans... 3, 2, 1... feu !*

Le Cyclops prononça le mot « feu » au moment où le rugissement d'un tube lance-torpilles résonnait au pont inférieur.

Pendant les quinze minutes suivantes, le Cyclops lança ses torpilles. La première arme quitta le sous-marin en laissant derrière elle une trace orange. McKee survolait la scène. Il commença à orbiter à faible vitesse et haute altitude, le long d'un cercle d'un kilomètre de diamètre. Les torpilles suivantes émergèrent à leur tour du *Hammerhead* et rejoignirent leurs trajectoires circulaires d'attente, séparées d'un millier de mètres, jusqu'à l'arrivée de la dixième Mk 58. Celle-ci ne cercla pas, mais prit cap directement vers la force navale. Simultanément, les neuf autres torpilles adoptèrent un comportement identique.

— *Quarante minutes avant l'explosion plasma, commandant,* annonça le Cyclops.

— Bien, répondit McKee.

Fermant les yeux, il retira son casque et le posa sur la console. La réalité le rattrapa d'un bond. Mer et ciel disparurent et il se retrouva brutalement au PCNO. Un vertige soudain s'empara de lui. Le local chavira autour de lui et une nausée lui tordit l'estomac. Il ferma les yeux et s'agrippa aux rambardes de sa console. La nausée ne semblait pas vouloir disparaître. Il pensa remettre le casque, mais ne voulait pas rester là, avec ce stupide aquarium sur la tête.

— Tu trouveras une bouteille d'eau dans une poche latérale, le long de la console, dit Judison sans le regarder. Ainsi que quelques pilules contre le vertige.

McKee avala une gorgée d'eau, mais ignora les médicaments. Enfin, il se força à ouvrir les yeux.

— C'était comment, commandant ?

— Un vrai parc d'attractions ! répondit McKee.

Il jeta un œil aux écrans inclinés au plafond. Celui de l'avant bâbord montrait la force navale, symbolisée par des petits losanges rouges, rattrapés par les ellipses vertes des torpilles. L'écran central affichait l'image diffusée par le Predator qui orbitait discrètement dans le ciel un peu plus loin dans le sud.

— Cyclops, dans combien de temps l'impact ?

— Huit minutes, commandant.

— Bien. Accrochez-vous tous. L'explosion des torpilles est imminente et nous devons nous attendre à ce que nos armes soient contre-détectées dans les minutes qui viennent. Notre copain le sous-marin pourrait bien nous rendre une petite visite.

Où pouvait bien se trouver ce foutu sous-marin ukrainien ? se demandait McKee, frustré.

35

— Echec, annonça Novskoyy en déplaçant sa tour de l'autre côté de l'échiquier.

Grachev fixa le jeu.

— En plein dans mon piège, marmonna-t-il en bloquant la tour avec son fou.

— Que disiez-vous ?

— Rien, rien, murmura Grachev.

Novskoyy étudia la partie avant de déplacer sa reine sur une diagonale pour menacer le fou.

Grachev déplaça sa propre reine avant de se lever.

— Où allez-vous ? Vous tenez tellement à perdre la partie ?

— Vraiment ? Cela me paraît difficile puisque vous êtes échec et mat !

Grachev quitta sa chambre et marcha vers le PCNO, un petit sourire aux lèvres.

Derrière lui, Al Novskoyy rejoua mentalement les cinq derniers coups et perdit. Il essaya une autre combinaison et perdit encore, en quatre coups, cette fois. Dégoûté, il renversa son roi d'un revers de main et se rejeta en arrière dans son fauteuil.

Les chaussures de Grachev résonnaient doucement sur l'échelle qui montait au PCNO. Il passa les doigts sur la surface fraîche, lisse et un peu huileuse du surbau de la porte étanche avant d'entrer dans le local.

Il se plaça derrière sa console et, en quelques pressions de touches, afficha la page navigation. Le *Vepr* se trouvait à 66 nautiques de l'équateur, juste sur le 25e méridien, en route au sud. Grachev avait quitté l'orthodromie qu'il avait prise le long des côtes américaines pour aborder le point de rendez-vous avec la force navale par le nord. Cet axe d'approche avait été défini comme sûr et si la flotte détectait un sous-marin dans cet azimut, elle l'identifierait comme ami.

Le planton apporta un pot de café et la tasse personnelle de Grachev, à l'emblème du *vepr*, une tête de sanglier, dessinée par Svyatoslov en personne. Un sanglier, songea Grachev... Seul Svyatoslov pouvait baptiser ainsi un sous-marin nucléaire d'attaque. Il sourit pour lui-même, se disant que chaque nautique parcouru depuis Norfolk lui donnait une meilleure chance de rentrer à la maison.

Une bien belle journée, pensa-t-il en sirotant son café bouillant et en regardant autour de lui avec satisfaction.

Il entendit entrer Svyatoslov.

— Second, dit Grachev, ça va ?

— Rien de bien excitant, commandant. Je viens juste jeter un coup d'œil à la carte. Je préfère la regarder ici que sur l'écran de ma chambre.

— Tu as raison, comme au bon vieux temps.

D'un seul coup, le signal de rappel au poste de combat du « commandant bis » retentit dans tout le bâtiment.

— Que se passe-t-il ? demanda Grachev au « commandant bis ». Faites taire ce klaxon !

Le hurlement s'arrêta aussitôt.

— *Commandant, le système a détecté une torpille possible, azimut 1-0-1, défile droite, lointaine*, répondit la voix aseptisée du « commandant bis ».

La synthèse tactique ne donnait guère plus d'informations.

— Rappelez au poste de combat CO, ordonna Grachev en pianotant sur sa console pour afficher les images 3D reconstituées par les sonars. L'écran auxiliaire numéro 1 montrait l'état du *Vepr* et de ses armes, le numéro 2 présentait la vidéo brute des sonars et le numéro 3 la vidéo synthétique traitée. Il avait laissé les autres écrans auxiliaires au « commandant bis » pour que le système lui présente les données qu'il estimait utiles.

— Echec, dit-il.

— Je vois ce que tu veux dire, commandant, ajouta Svyatoslov.

— Attention CO, commença Grachev, le « commandant bis » a détecté une torpille lointaine dans le secteur est. Nous ne savons pas si elle se dirige vers notre flotte. J'attends, pour manœuvrer, que le « commandant bis » ait mesuré un bon défilement sur cette branche. Dès que possible, j'ai l'intention de faire une baïonnette pour mesurer une distance parallaxe grossière. Dès que j'aurai cette estimation, je remonterai au-dessus de la couche pour analyser les bruiteurs. Si cette torpille est peu profonde, le rapport signal sur bruit augmentera. Dans le cas contraire, il diminuera. Nous allons aussi essayer de trouver le bâtiment lanceur, ce qui arrivera, je pense, lorsque nous traverserons la couche.

Il sentit son estomac se nouer. La situation se détériorait rapidement.

— « Commandant bis », préparez le lancement de quatre Bora II dans les tubes 1 à 4, remplissez, équilibrez et ouvrez les portes avant des deux tubes supérieurs. Préparez les torpilles 1 à 4 pour un lancement d'urgence.

L'arme ennemie se dirigeait peut-être vers eux. Ils devaient de toute urgence déterminer sa direction pour savoir s'il fallait dérober[1]. Et si elle ne visait

1. Dérober : réaliser une manœuvre d'évasion.

pas le *Vepr*, alors vers quoi fonçait-elle ? Il fallait prévenir la flotte pour lui faire prendre d'urgence une formation ASM très lâche afin d'éviter les torpilles assaillantes.

Et s'il y avait une torpille dans la mer, c'est que quelqu'un l'avait lancée. Un avion ? Très peu probable, à cette distance de la flotte, avec tous ses radars et ses capacités antiaériennes. Non, elle avait dû être tirée depuis un sous-marin. Un sous-marin hostile ne pouvait être qu'américain. Qui d'autre aurait intérêt à attaquer la formation ? Pourtant, Grachev avait coulé le bâtiment le plus perfectionné de l'US Navy peu de temps auparavant. Il devait donc supposer que l'Américain qui se trouvait dans les parages était bien moins performant que le SSNX. Mais, moins performant ou non, il avait quand même réussi à se faufiler jusqu'ici et à lancer une arme. Ce sous-marin devait être détruit dès que possible. Grachev se demandait si son visage trahissait l'inquiétude qui l'envahissait.

— Commandant, nous sommes réglés avant 1, rendit compte Tenukha, ramenant brutalement Grachev dans le présent.

Grachev regarda l'image de la situation tactique. La torpille se trouvait loin dans l'est, dans l'azimut 1-0-1, défilant lentement droite, probablement en route vers le secteur sud. Le *Vepr* faisait également route au sud. Mais Grachev voulait accorder encore quelques secondes au « commandant bis » pour mesurer un défilement précis. Ensuite, il viendrait vers le nord-est et observerait les réactions de la torpille.

— « Commandant bis », où en est-on de la branche ?

— *Qualité de la mesure, 54 %.*

Suffisant, se dit Grachev. Grachev regarda Tenukha et ordonna :

— Réglez 20 nœuds, à gauche toute, venir au 0-3-0 !

Cette route ferait défiler franchement la torpille et leur donnerait une distance presque instantanément.

— La barre est 30 à gauche... 0-4-0... 0-3-0.

— Réglez la vitesse à 18 nœuds.

— En route au 0-3-0, 18 nœuds affichés.

— « Commandant bis », annoncez la distance de la torpille !

La question de Grachev était superflue — le « commandant bis » aurait annoncé le résultat de la mesure, qu'il le demande ou non — mais le fait de la poser lui fit du bien. Il attendit encore une minute tandis que les calculs du « commandant bis » convergeaient lentement. La barre d'incertitude diminua de 200 % à 80 % avant de se réduire à 50 % puis à 30 %, valeur à laquelle le résultat devenait crédible. L'écran affichait une distance de 20 kilomètres et une vitesse de 17 nœuds. Bien faible pour une torpille, se dit Grachev. Le « commandant bis » annonça une route au 165, ce qui lui parut très étrange.

— CO, central, attention pour traverser la couche, commanda Grachev. Central, 30 mètres !

— 30 mètres, commandant, collationna Tenukha.

Grachev attendit, le regard rivé sur l'écran auxiliaire numéro 4 qui montrait l'évolution de l'immersion du *Vepr*.

Le sonar d'étrave traversa la couche à 62 mètres. Sur l'écran auxiliaire 3, le rapport signal sur bruit de la torpille s'effondra immédiatement à zéro. L'arme s'était évanouie dès qu'ils étaient passés au-dessus de la couche.

— En bas, cria Grachev, 300 mètres ! Assiette –20 !

Tenukha repoussa la commande des barres

jusqu'à la cloison avant et le bâtiment redescendit vers les eaux glacées des profondeurs. La torpille réapparut à l'endroit où le « commandant bis » l'estimait.

— « Commandant bis », quelque chose sur le sous-marin lanceur ?

— *Négatif, commandant.*

— Remontez l'azimut de la torpille, elle fait route au 1-6-5... Explorez le secteur du 3-4-5 !

— *Toujours rien, commandant.*

— D'autres torpilles ?

— *Négatif, commandant.*

— Mais où peut bien aller cette saleté de torpille, se demanda Grachev à voix basse. Elle fait route vers le sud-est. La flotte se trouve à 16 nautiques dans son sud-ouest. Si elle attaque le convoi, pourquoi suit-elle ce cap ?

Svyatoslov regarda la synthèse tactique, debout à côté de Grachev.

— Commandant, ce n'est pas nous qu'elle vise, ni la flotte.

— Attends un peu... Ça sent le piège à plein nez. « Commandant bis », évaluez la probabilité d'interception du convoi par cette torpille.

Grachev attendit.

— Alors, ça vient ? aboya-t-il au bout d'un moment, excédé.

— *0 %, commandant.*

— On ne peut pas faire beaucoup moins, ajouta Novskoyy.

— Calculez une interception de la flotte au point le plus est de leur trajectoire et annoncez route et vitesse de la torpille pour y parvenir.

— *Route, 1-7-8, commandant, vitesse 53 nœuds.*

— Alors pourquoi cette saloperie se traîne-t-elle en route au sud-est alors qu'elle devrait foncer plein pot vers le sud ?

— Elle ne se dirige pas vers le sud-est, intervint Svyatoslov. Elle file vers l'est-nord-est, maintenant.

— Quoi ?

— Elle cercle.

— Bordel de merde ! cracha Grachev.

Il ne pouvait pas déterminer l'axe de lancement de cette arme. Le sous-marin ennemi pouvait se trouver n'importe où.

— « Commandant bis », classification de cette torpille ? Peut-elle avoir été lancée par hélicoptère ?

— *Aucune classification, commandant.*

— Immersion de la torpille ?

— *Sous la couche, commandant.*

— Commandant, nous devrions nous éloigner, commença Svyatoslov. Si elle est bien sur une trajectoire circulaire, elle pourrait nous revenir dessus et nous entendre.

— Est-ce que nous nous rapprochons de son cercle ?

— Non, mais nous sommes toujours en route au 0-3-0 et nous nous éloignons de la flotte.

— Central, à droite toute. venir au 2-1-0, vitesse 20 nœuds.

— Régler la vitesse à 20 nœuds, à droite toute... la barre est toute à droite... 20 nœuds affichés...

— Tiens bon les comptes rendus !

— Et maintenant, qu'est-ce qu'on fait ? demanda Svyatoslov qui avait repoussé son micro et parlait à l'oreille de Grachev, afin que l'équipage ne puisse entendre leur conversation.

— Nous allons fouiller la zone jusqu'à entendre quelque chose de plus.

— Tu ne crois pas que tu devrais prévenir la flotte ? En plus, tu es en dehors de la zone de sécurité.

— Si je remonte à l'immersion périscopique pour émettre, je vais perdre la torpille à l'écoute, dans la couche. C'est trop risqué.

— Mais la flotte continue son parcours d'attente. Dans dix minutes elle viendra au 0-4-0. Ils vont se diriger droit vers l'autodirecteur de cette torpille. Ecoute, maintenant, les bâtiments se trouvent à 23 000 mètres du cercle décrit par la torpille. Leur prochaine évolution les amènera à 13 000 mètres. Ils vont presque diviser la distance par deux. La torpille va percevoir une énorme augmentation du rapport signal sur bruit. Vraiment énorme, commandant !

— Tu as raison. Attention CO, central, nous allons là-haut pour prévenir la flotte. Nous remonterons en vitesse pour passer un message rapide et nous redescendrons aussitôt. Tenukha, faites disposer les liaisons radio. Second, écris le message, chiffre-le conformément aux ordres d'opération et entre-le dans le « commandant bis » pour une émission en HF, UHF, VHF et EHF. Dis-leur que nous avons détecté une menace torpille et qu'ils doivent prendre immédiatement une formation large, route préférentielle de dérobement vers le sud. OK ?

Svyatoslov, qui griffonnait furieusement sur une tablette graphique, acquiesça d'un signe de tête.

— Voilà le message, commandant.

Grachev le lut rapidement.

— D'accord !

Il cria dans le PCNO :

— Tout le monde est paré ?

Il aperçut Novskoyy debout à côté de lui, affichant un calme olympien.

— Al, vous feriez mieux de vous cramponner, ça va chauffer !

Sans un mot, Novskoyy agrippa une rambarde qui courait autour de la console de commandement. Grachev jeta un dernier coup d'œil à la synthèse tactique avant de crier dans son micro :

— « Commandant bis », reprise de vue d'urgence, avec l'antenne multifonction parée.

Presque immédiatement, le sous-marin prit une brusque assiette positive. En une seconde, la surface sur laquelle se tenait Grachev s'inclina avec un angle comparable à celui d'un escalier raide. Sous l'effet de la poussée des machines, le pont vibra nettement. A l'arrière, le réacteur atteignit sa pleine puissance et le ronflement sourd des turbines se mua en un sifflement aigu.

Grachev, Svyatoslov et Novskoyy s'agrippaient aux rambardes de la console du commandant tandis que le sous-marin remontait de plus de 250 mètres en moins d'une minute. L'accélération se transforma rapidement en une décélération tout aussi franche lorsque le « commandant bis » introduisit des résistances de charge de plus en plus importantes à la sortie des turbogénératrices, avant de renverser la polarité du courant appliqué au moteur de propulsion principal et de retirer ces résistances. La manœuvre provoqua le changement de sens de rotation de l'hélice, qui passa de sa pleine vitesse en avant à sa pleine vitesse en arrière. Le bâtiment tout entier vibra violemment sous l'inversion de poussée brutale. Les tremblements se calmèrent au bout de quelques instants, lorsque le « commandant bis » réduisit la puissance, et le pont retrouva soudain son horizontalité. Grachev sentait le léger roulis provoqué par la houle. Le « commandant bis » pilotait le *Vepr* à l'immersion périscopique et à faible vitesse pour éviter d'endommager les mâts.

Au moment opportun, le « commandant bis » hissa l'antenne multifonctions. Sa surface détecta l'air humide et commença aussitôt à émettre.

— Tu comptes rester là combien de temps, commandant ? demanda Svyatoslov.

— Je ne sais pas encore. J'aimerais bien obtenir un accusé de réception de la flotte, ainsi qu'établir une situation sonar au-dessus de la couche. Comment se déroule l'envoi du message ?

— Nous émettons sur toutes les fréquences, commandant.

— Pas de contact sonar au-dessus de la couche ?

— Négatif, rien au-dessus du seuil de signal sur bruit fixé.

— Attention CO, central, j'ai l'intention de rester à l'immersion périscopique jusqu'à obtenir un accusé de réception de la flotte ou, au maximum, pendant dix minutes.

Si la force navale ne réussissait pas à recevoir son message, émis pendant dix minutes consécutives, elle devrait en subir les conséquences.

— Après cela, nous descendrons pour décrire une trajectoire circulaire autour de cette torpille, à bonne distance, pour essayer d'en trouver le lanceur.

Il pensa soudain que les choses pouvaient être en train d'évoluer en bas, sous la couche, tandis qu'il naviguait, sourd, à l'immersion périscopique. Quand ils finiraient par redescendre, la situation pourrait se révéler... différente.

Au PCNO du sous-marin qui se trouvait à 32 nautiques dans le nord-est du *Vepr*, le commandant en second, Kiethan Judison, face à la table traçante avant, regarda sa montre et leva les yeux vers son commandant.

— Il va être temps de boucler les ceintures, commandant.

Le capitaine de vaisseau Kelly McKee acquiesça d'un signe de tête, enfila son gant de commande et son casque VR. Il ferma les yeux pour placer correctement les oculaires en caoutchouc et les rouvrit une fois prêt.

De son casque, il pouvait voir le PCNO, mais un curieux effet se produisait lorsqu'il tournait la tête.

Il aperçut Judison qui disparaissait dans l'une des cabines VR. Maintenant seul dans la partie ouverte du PCNO, il configura son casque pour faire partie intégrante du système de visualisation 3D du Cyclops.

Une fois de plus, il se retrouva debout sur la maquette du *Hammerhead*, dans l'eau transparente du champ de bataille, sous la couche. Au sud, il distinguait les traces orange des dix Mk 58.

McKee leva sa main gantée et s'éleva immédiatement au-dessus du niveau de la mer. La force navale apparut en limite de son champ de vision, loin dans le sud, au milieu d'une branche de son pattern en forme de losange. Il cligna des yeux lorsque la trace des bâtiments s'inscrivit en rouge à la surface de la mer virtuelle.

Les torpilles approchaient la force navale en un éventail de presque 5 nautiques de large. Toutes faisaient cap vers le sud-ouest, en route vers le convoi. L'attaque se déroulait sans problème. McKee se sentit rassuré, mais une inquiétude l'envahit soudain. Il n'assistait qu'au prélude des événements. L'acteur principal, le sous-marin, n'était pas encore entré en scène. Prudent, McKee avait programmé le Mk 23 Bloodhound pour qu'il remonte précautionneusement au-dessus de la couche pendant trente secondes toutes les dix minutes — probablement une perte de temps : les bâtiments de combat, avec leurs hélices et leurs machines bruyantes, saturaient tout un secteur du champ de bataille.

Pourtant, cette fois, tandis que le Mk 23 franchissait la couche, il détecta les fréquences d'une imposante machine tournante et les bruits d'écoulement autour d'un objet qui se propulsait dans la mer. Le calculateur de bord reçut un flot d'informations et créa, quelques secondes plus tard, un trait clignotant rouge dans l'espace virtuel où baignait McKee. Quelque chose se trouvait dans cet azimut, au sud-ouest du *Hammerhead* mais bien au nord des trajectoires des Mk 58.

— Attention CO, contact au-dessus de la couche, origine Bloodhound, azimut apparent dans le nord-ouest de la position du Mk 23. Commencez la détermination des éléments buts avec le Bloodhound et laissez-le au-dessus de la couche pour le moment. Je vais remonter moi aussi. Central, à gauche toute, réglez la vitesse à 20 nœuds, venir à l'ouest. Immersion 50 mètres, assiette + 20 !

Le pilote répondit aussitôt depuis sa console à deux opérateurs et l'assiette augmenta rapidement jusqu'à 20 degrés, avant de s'annuler à nouveau.

— Immersion 50 mètres, en route à l'ouest, 20 nœuds affichés.

— Bien. Stoppez. Annoncez le passage à 4 nœuds.

— Stoppez, annoncez le passage à 4 nœuds, bien reçu.

Le *Hammerhead* avait foncé dans la couche et s'était retourné, en route vers l'ouest.

— Sonar du commandant, nous sommes au-dessus de la couche. Avez-vous un contact avec l'imagerie acoustique totale ? Vous devriez apercevoir le Bloodhound et quelque chose d'autre, plus loin dans son nord-ouest.

— *Affirmatif, commandant. Nous avons un contact sur un objet sous-marin, azimut 2-6-8, lointain. Il devrait apparaître dans votre VR maintenant,* répondit le premier maître Cook dans l'interphone du casque de McKee.

Un trait de lumière rouge fusa de la maquette du *Hammerhead,* presque droit vers l'ouest, et rencontra le rayon clignotant en provenance du Bloodhound. A l'endroit du croisement, un losange violet se mit à clignoter, à la position du nouveau contact.

— Sonar du commandant, baptême du nouveau contact, le 26. Analysez le 26.

— *Bien, commandant. Le 26, une pompe-hélice à 42 aubes, à 30 tours. Le contact n'est pas un bâtiment américain ou allié. Probablement un sous-marin de quatrième génération, de fabrication russe. Le contact est à immersion faible. Je perçois des transitoires, il doit naviguer à l'immersion périscopique.*

— Commandant, interrompit Judison qui regardait les images en provenance du Predator, nous avons quelque chose à l'intersection des deux relèvements, très léger, un périscope ou un mât. Ce salaud est à l'immersion périscopique !

— Attention pour lancer, tubes 1, 2 et 4, trois Mk 58, le but est le but 26, vitesse de transit rapide, mode passif, avec filoguidage ! Rendez compte !

McKee changea la configuration de son casque pour visualiser les signaux du Predator. Devant lui, clair comme de l'eau de roche, il aperçut l'image d'un périscope au milieu des vagues, traînant un petit sillage blanc. Il fit apparaître, à l'aide de son gant, un panneau lumineux, suspendu dans l'espace, sur lequel apparaissait l'état des armes. Les deux tubes étaient chargés de Mk 58 réchauffées, gyros lancés. Les deux torpilles avaient reçu une solution sur un sous-marin du type Severodvinsk. Alors pourquoi hésitait-il encore ? C'était sa mission.

— Sous-marin paré ! annonça Dietz.

— Tubes 1, 2 et 4, parés ! rendit compte Van Dyne.

— Solution recalée ! confirma Judison.

— *Cyclops paré !* dit la voix de la machine.

— Lancez sur le but futur ! ordonna McKee.

— *Le Cyclops a pris le contrôle du poste torpilles ! Lancement paré !*

— Lancez ! commanda McKee une seconde fois.

— Feu ! confirma Van Dyne au moment où la chasse fit trembler le bâtiment.

— *Tube 1 mis à feu électriquement,* annonça le Cyclops.

— *CO de sonar, torpille partie, lancement nominal, j'ai la torpille à l'écoute.*

Le bâtiment tressauta lorsque la deuxième torpille lourde quitta son tube.

— *CO de sonar, deuxième lancement correct.*

La litanie continua jusqu'à ce que les trois Mk 58 foncent vers le Severodvinsk.

— Nous allons finir par rentrer en avance à la maison, murmura McKee.

— Commandant, toujours pas de réponse de la force navale ? demanda Svyatoslov à Grachev.

— Rien, répondit Grachev depuis sa console de commandement.

— Nous émettons depuis huit minutes, maintenant. Nous devrions vraiment redescendre et voir que ce deviennent nos torpilles, là en bas.

— Tu as raison. Rentrez tous les mâts, immersion 300 mètres, assiette –10. A droite 1, venir au 0-6-0, réglez la vitesse à 20 nœuds. Une fois à 300 mètres, revenez à 30 tours.

Grachev attendit impatiemment, tandis que le *Vepr* traversait une fois de plus la couche et retrouvait les profondeurs. Il regarda les écrans auxiliaires deux et trois et ses yeux sortirent presque de ses orbites lorsqu'il aperçut les images. La première torpille ne cerclait plus et se trouvait maintenant quelques kilomètres plus loin dans le sud-ouest. Elle semblait avoir été rejointe par une douzaine d'autres, toutes en route vers la force navale. La découverte d'une torpille en route directe vers le *Vepr* le frappa comme un coup de poing. Elle provenait de l'est, bien plus nord que le groupe d'armes qui se dirigeait vers la flotte.

— Alerte torpille ! cria Grachev, d'une voix à demi étouffée.

— *Quatre torpilles, commandant,* annonça le « commandant bis » de son ton égal, couvrant le cri de Grachev. Azimut 0-8-8, 0-8-7...

— Attention pour un lancement d'urgence des Bora II des tubes 1 et 3, azimut de feu 0-9-0, vitesse moyenne, pas de phase sourde. Disposez également les tubes 2 et 4 pour un lancement d'urgence. Central, en avant toute, 180 % de puissance réacteur, immersion 600 mètres, à gauche 2, venir au 3-3-0 !

Le *Vepr* évolua rapidement vers le nord-ouest et s'enfonça dans les profondeurs, presque jusqu'à son immersion opérationnelle maximale. Tandis qu'il passait par le nord, le tube un cracha une première Bora II. Une fois presque arrivé au 3-3-0, le tube 3 tira à son tour une seconde Bora II, qui dut contourner largement le *Vepr* avant de revenir vers l'est, lui donnant ainsi beaucoup plus de route à parcourir.

Maintenant stable au 3-3-0, le « commandant bis » largua les gaines automatiquement, ferma les portes avant et vidangea les tubes, puis ouvrit les portes avant de la rangée de tubes du milieu et lança les Bora II des tubes 2 et 4. Le bâtiment commença à vibrer fortement en dépassant 45 nœuds, sa vitesse maximale, réacteur à 100 %. Le réacteur débitait maintenant presque deux fois sa puissance nominale. L'installation vapeur avait été conçue pour supporter un temps une telle débauche d'énergie. Malgré la forte augmentation de la puissance sur l'arbre, le *Vepr* ne gagnerait pourtant que quelques nœuds, peut-être six ou sept, au maximum. Dans l'eau, la traînée augmentait comme le carré de la vitesse. Pour aller deux fois plus vite, il aurait fallu quadrupler la puissance réacteur, et même plus, car la consommation des auxiliaires électriques augmentait elle-même très rapidement avec la vitesse.

Quatre torpilles à plasma remontaient maintenant l'azimut du sous-marin lanceur.

Le cœur de Grachev cognait si fort dans sa poitrine qu'il se demanda s'il pouvait encore parler. Il se retourna vers Svyatoslov mais le commandant en second avait abandonné la console pour l'une des cabines VR, dont il avait laissé la porte ouverte. Manifestement, il gardait un œil dehors puisqu'il répondit aussitôt au signe de Grachev. Les deux hommes échangèrent un regard lourd de sous-entendus.

Grachev enfonça les mains dans ses poches. Si ces maudites torpilles se rapprochaient trop, il pourrait toujours éjecter le PCNO. Evidemment, il ne resterait plus alors de la force de surface que des fragments de métal. Il jeta un coup d'œil à Novskoyy, qui s'était approché de la table traçante et se penchait pour tenter d'apercevoir la trajectoire des torpilles.

Qui pouvaient bien être ces hommes qui s'étaient si perfidement infiltrés jusqu'ici et avaient lancé une douzaine de torpilles contre la flotte ? La force navale n'avait commis aucun acte répréhensible, elle s'était contentée de transiter de la mer Noire jusqu'au milieu de l'Atlantique. Et maintenant, voilà qu'ils s'en prenaient à lui...

36

— *Evolution du but possible, commandant !* annonça la voix du Cyclops à l'oreille de McKee.

En dessous de lui, le but 26 venait de manœuvrer et sa signature acoustique se modifiait.

— *Le but présente une diminution de fréquence. Il s'éloigne et accélère. Vitesse estimée 32 nœuds, 35, il accélère toujours.*

— Attention CO, le but 26 dérobe. J'ai l'intention de l'attaquer avec les missiles Vortex Mod Delta.

— *Alerte torpille, commandant !* rendit compte le Cyclops de sa voix monotone et crispante. *Deux torpilles, dans l'azimut du but, toutes les deux à vitesse d'attaque, extrêmement élevée...*

— Cyclops, silence ! commanda McKee.

Le système parlait trop lentement et n'avait pas été programmé pour accélérer son débit pendant une situation d'urgence. Les concepteurs avaient estimé à tort que cela risquait de stresser un peu plus les opérateurs. En réalité, les rapports trop lents du Cyclops énervaient le commandant et rendaient la situation, déjà difficile, encore plus irritante. McKee regarda devant lui. Le but 26 fonçait vers le nord, à une immersion supérieure à la sienne. L'imagerie acoustique totale du sonar sphérique avant montrait parfaitement les torpilles assaillantes. Il s'en voulait d'avoir mouillé le Mk 5

Sharkeye de l'autre côté de la force navale car, se trouvant trop loin dans le sud, il ne permettait pas d'obtenir une distance fiable sur ces armes. De plus, la triangulation sur le but 26 se faisait de moins en moins précise. Il n'avait pas eu le temps et n'en avait certainement pas plus maintenant. Le commandant du sous-marin ennemi devait avoir lancé ses torpilles dans l'azimut et McKee devait faire face à une, non, deux armes.

McKee prit une profonde inspiration, prêt à donner l'ordre de fuir vers l'est, mais il réalisa soudain qu'il allait perdre la vision de la situation tactique. S'il plaçait son sous-marin entre les capteurs acoustiques et le but 26, il allait forcément le perdre. Mais il devait savoir ce que manigançait l'ennemi. Si, pour une raison quelconque, le Severodvinsk réussissait à éviter les torpilles de McKee, il pourrait disparaître et sa recherche demanderait de nouveaux efforts et plus de temps. McKee était venu jusqu'ici pour détruire l'agresseur du *Princess Dragon* et du *Devilfish* et il n'allait pas faire demi-tour maintenant.

Cette réflexion le ramena à la réalité. Le *Hammerhead* avait de l'erre, encore 5 nœuds. Il devait immobiliser le bâtiment pour ne pas risquer un Doppler positif et réduire autant que possible les bruits rayonnés. Sans un bon Doppler, l'autodirecteur de la torpille pouvait les confondre avec un retour de mer et se détourner d'eux.

— Central, stoppez ! ordonna McKee.

Pendant un instant, il se sentit heureux de ne pas pouvoir regarder les visages de ses officiers du PCNO. Tous devaient avoir l'air horrifié. La procédure habituelle voulait que le commandant place la torpille dans l'arrière, à la limite du baffle, et qu'il accélère au maximum des possibilités de son bâtiment, à 200 % de puissance réacteur. Au lieu de cela, McKee restait droit dans ses bottes, attendant que les torpilles lui arrivent dessus. Un vrai suicide.

— Central, passez en stabilisation à cette immersion, vérifiez très vite la situation supersilence et passez le réacteur en circulation naturelle.

Si ne pas fuir constituait déjà un péché, passer le réacteur en circulation naturelle était un péché mortel. Il faudrait de précieuses minutes pour disposer à nouveau de la puissance maximale, minutes qui pouvaient faire la différence entre la vie et la mort. Mais l'arrêt des pompes primaires rendrait le *Hammerhead* infiniment plus silencieux.

— Stabilisation, commandant. Passer le réacteur en circulation naturelle.

— Heu, commandant, intervint Judison, nous devrions plutôt dérober...

— Négatif, nous allons combattre sur place ! Van Dyne, attention pour lancer le Doberman du tube 3. Second, prends une cabine VR et amène ce Doberman vers les torpilles.

— Le coup tordu du championnat de football, je sais... Je veux Dietz avec moi dans la cabine VR numéro 3. Je prends la 2. Il sera là pour me donner un coup de main en cas de besoin.

— Très bien. Central ?

McKee demandait encore des informations au central. Un opérateur confirmé aurait pu en disposer plus rapidement en interrogeant le Cyclops mais McKee préférait les obtenir directement de ses hommes et leur donner ses ordres à eux, plutôt qu'à un ordinateur.

— Le réacteur est en circulation naturelle et nous sommes passés en stabilisation sur les caisses.

— Bien. Van Dyne ?

— Tubes 1, 2 et 4 en cours de chargement avec trois Doberman. Tube 3, porte avant ouverte, Doberman paré à lancer.

— Second, lance le Doberman du tube 3 à ta

convenance. Et descends-moi ces foutues torpilles. Quand les tubes 1, 2 et 4 seront parés, toi et Dietz les utiliserez comme vous le souhaitez. Lancez deux Doberman et gardez-en deux autres en réserve.

— Bien, commandant.

— Van Dyne, préparez les missiles Vortex Mod Delta des tubes 9 à 12 du système de lancement vertical pour un lancement immédiat.

— Commandant, notre immersion est trop faible, nous devons être à plus de 260 mètres.

— Central, remplissez la caisse de manœuvre et descendez-nous à 300 mètres.

— 300 mètres, bien commandant.

— Attention CO, dit McKee dans le micro de son casque. Nous allons riposter avec une torpille anti-torpille Mk 17 Doberman et nous allons balancer une salve de Mod Delta dans le trou du cul de cet enfoiré.

Pendant un long moment, le local baigna dans un calme précaire. McKee se dit soudain qu'il pourrait bien ne pas sortir de cette aventure en un seul morceau et que cet ordre d'augmenter l'immersion du *Hammerhead* pourrait ne pas accroître ses chances. En dessous d'eux, le fond s'étendait 5 kilomètres plus bas. Si Judison et Dietz manquaient leur coup, cette étendue de roche pourrait bien devenir leur dernière demeure.

— Commandant, immersion 300 mètres, annonça le pilote.

— Bien.

— Commandant, dit Van Dyne, les tubes des Vortex 9 à 12 sont pressurisés, je demande l'autorisation d'ouvrir les portes.

— Ouvrez les portes supérieures des tubes 9 à 12 du SLV[1].

---

1. SLV : système de lancement vertical.

— Reçu. Missiles 9 à 12 affectés au but 26. J'ouvre les portes.

Allez, plus vite, pensa McKee avec impatience. Le bâtiment trembla sous ses pieds quand Judison lança le Mk 17 du tube 3. Une minute plus tard, le second Doberman quitta à son tour le tube. Un troisième aboiement lui parvint, de l'avant cette fois, beaucoup moins violent.

— Missile 9 parti ! annonça Van Dyne.

— Bien !

En dessous de lui, McKee voyait le champ de bataille virtuel se remplir des traces des missiles Vortex et des deux premiers Doberman. N'ayant rien d'autre à faire qu'attendre, il se retourna pour observer la progression de l'attaque contre la force navale. A sa grande surprise, les bâtiments avaient rompu leur formation et s'égaillaient en tous sens, la plupart d'entre eux s'éloignant vers le sud ou le sud-ouest. Apparemment, le Severodvinsk avait réussi à les prévenir pendant son passage à l'immersion périscopique. Il cligna des yeux et fit apparaître les éléments des dix Mk 58. Elles auraient un temps de chasse plus long, maintenant. Elles auraient dû commencer à exploser à cet instant précis, mais les évolutions des bâtiments de surface avaient brisé la figure de lancement. Heureusement, les autodirecteurs des Mk 58 pourraient encore retrouver leurs buts respectifs.

— Missile 10 parti !

Les torpilles ennemies avançaient toujours. La plus proche se trouvait maintenant à environ 17 nautiques et filait 45 nœuds. L'impact aurait lieu dans vingt-deux minutes. Cependant la priorité de McKee était d'empêcher le but 26, le Severodvinsk, de lancer d'autres armes.

— Missile 11 parti !

Devait-il tirer toutes ses armes contre le sous-marin ? Missiles et torpilles ? S'il décidait de lancer d'autres Mk 58, il ne pourrait plus filoguider les Doberman en direction des torpilles assaillantes. Non, décida-t-il. Tout ce qu'il pourrait encore lancer contre le but 26 viendrait du SLV. Des missiles Vortex. Quatre fendaient déjà la mer et il lui en restait quatre en réserve. Soudain, le moteur-fusée du premier Vortex s'alluma. La flamme du moteur apparut comme une petite traînée brillante dans le champ de bataille virtuel.

— Missile 12 parti, allumage normal du moteur du Vortex numéro 9, commandant.

— Bien reçu, Van Dyne.

— *Commandant, la Mk 58 numéro 3 passe à la vitesse d'attaque*.

McKee jeta un coup d'œil rapide en direction du sud et aperçut une Mk 58 qui se rapprochait rapidement de l'un des escorteurs rapides qui, malgré leur nom, étaient probablement les bâtiments les plus lents de la force navale. Mais il n'avait pas le temps de s'attarder à ce genre de considération. Il l'avait déjà annoncé à ses hommes au PCNO : il se fichait éperdument de la flotte de surface.

— Cyclops, maintenez le silence, dit-il. Ta gueule, nom de Dieu !

— *Missile 10, allumage normal du moteur de propulsion*.

— Tiens bon annoncer, aboya McKee. Je vois très bien tout seul !

Deux minutes plus tard, les quatre missiles sous-marins Vortex Mod Delta fonçaient vers leur but à plus de 300 nœuds, emportant leur charge à plasma. Temps de vol, quatre minutes trente-six secondes. Après cela, il serait trop tard pour le Severodvinsk. Comme pour confirmer cette réflexion, la première explosion d'une charge à plasma résonna, en provenance du sud. La première frégate se transforma en limaille de fer, causant les premiers morts de cette longue matinée.

— Allez, vite, disposez les tubes 1 à 4, je veux plus de torpilles sur le but ! hurla Grachev.

La contre-attaque se présentait mal. Le *Vepr* perdait la partie. Quatre torpilles seulement remontaient l'azimut. Selon les normes d'entraînement de la flotte, il aurait dû pouvoir en tirer au moins douze dans le même temps. Il n'était plus temps d'essayer de comprendre pourquoi, mais le « commandant bis » mettait un temps infini à vidanger les tubes, sans doute en raison d'une corrosion ou d'un tuyau partiellement bouché.

— Second, appela Grachev, que donne le « commandant bis » sur les torpilles assaillantes ?

— Nous avons une distance triangulée très approximative sur une baïonnette, commandant, ce n'est pas comme l'imagerie acoustique totale.

— Dommage que nous ne puissions remonter pour utiliser un Shchuka, hein, second !

— Commandant... répondit Svyatoslov, la plus proche se trouve à moins de 15 000 mètres, 18 000 pour la seconde. Quatre autres viennent d'être lancées durant la dernière minute.

— Quatre de plus ?

— Affirmatif, commandant.

Une trace large et menaçante apparut sur les écrans auxiliaires numéros 2 et 3. Grachev la fixait du regard. Il réalisa soudain que Novskoyy s'était matérialisé à ses côtés et la regardait également.

— « Commandant bis », annoncez les nouvelles détections dans l'ouest.

— *Nouvelles détections secteur ouest classifiées torpilles, baptisées 5 à 8, présentent une signature acoustique très forte, au moins 45 décibels de plus.*

— « Commandant bis », êtes-vous certain qu'il s'agit de torpilles ?

— *L'analyse indique la présence de moteurs-fusées.*

— De... moteurs... fusées...

— Je crois que, cette fois, nous sommes vraiment dans la merde, intervint Svyatoslov.

— *Commandant*, appela la voix de synthèse du « commandant bis », *j'ai une vitesse estimée pour les torpilles en approche.*

Le système marqua un temps d'arrêt.

— Eh bien ! Annoncez !

— *Commandant, la vitesse de rapprochement est confirmée à 337 nœuds.*

— Comment ? cria Grachev. Qu'est-ce qui se passe avec cet ordinateur ?

Le « commandant bis » répéta sa phrase.

— Ce sont des missiles sous-marins, explosa Svyatoslov. Plus de 500 kilomètres/heure, propulsion par moteur-fusée, guidage par laser bleu-vert. Ils rattrapent les torpilles les plus rapides en quelques secondes et ils sont sur vous avant même que vous ayez réalisé ce qui vous arrive.

Les dix secondes suivantes furent les plus agitées de la vie de Grachev. Novskoyy grimaça. Svyatoslov se précipita à l'avant. Grachev fixait l'écran de la synthèse tactique. Les torpilles les plus proches étaient déjà dépassées par le premier missile. Grachev hurla dans son micro :

— « Commandant bis », dans combien de temps l'impact du premier missile ?

— *Commandant, l'impact aura lieu à 9 h 27 et 32 secondes, soit dans dix-sept secondes exactement.*

Durant la seconde suivante, Pavel Grachev, âgé de trente-quatre ans et père d'un bébé, commandant le sous-marin nucléaire d'attaque le plus moderne de la marine de l'Ukraine, réalisa qu'il allait mourir et qu'il ne vivrait jamais son trente-cinquième anniversaire. Et, bien que déjà disparu pour Mélanie et le petit Pavelyvich, il ne pouvait s'y résigner. Il n'avait même pas pu leur dire au revoir quand Kolov et ses hommes l'avaient tiré du lit au cœur de la nuit.

Grachev poussa Svyatoslov de côté et se précipita pour monter les cinq marches qui menaient au central. Il arracha la protection du panneau de commande manuelle de la séparation du PCNO, le siège éjectable, celui qu'ils appelaient entre eux le « bouton panique ».

C'était leur seule chance.

Grachev tira le levier d'ouverture du panneau de commande, entendant à peine le hurlement d'un klaxon d'alerte dans le compartiment, et rejeta le couvercle derrière lui. La pièce eut à peine le temps de tomber de quelques centimètres que Grachev avait déjà empoigné le troisième levier et le tirait à fond vers le bas. Le processus de séparation du PCNO commença alors. Dix charges reçurent l'ordre électrique de mise à feu. Les dix explosions coupèrent tous les câbles et les tuyaux reliant le PCNO au reste du sous-marin, si rapidement que, lorsqu'il lâcha le troisième levier pour remonter vers le premier, les lumières s'étaient déjà éteintes, plongeant le local dans l'obscurité totale.

Grachev saisit le premier levier. Sa vision périphérique enregistrait les premiers éclats des fanaux de combat qui s'allumaient puis s'éteignaient, lançant des flashes comparables à ceux d'un stroboscope. Comme au ralenti, il aperçut Svyatoslov qui se précipitait vers lui.

Grachev actionna le levier supérieur, celui qui isolait le compartiment. Des deux côtés des portes étanches, des obturateurs tombèrent, comme des lames de guillotine. Des vannes isolèrent également les conduits de ventilation, rendant le PCNO totalement étanche.

Grachev saisit et tira le second levier, qui commandait l'explosion des soixante charges disposées sur les structures de titane et d'acier qui liaient le

PCNO au reste de la coque épaisse. Le levier activait également les circuits de deux cents boulons explosifs destinés à découper le massif et à le séparer du PCNO, pour lui permettre de remonter à la surface. Les fanaux de combat cliquetèrent encore une fois avant de s'éteindre, révélant que Svyatoslov s'était approché de plus de 50 centimètres. La main de Grachev atteignit enfin le levier inférieur. Celui-ci mettrait à feu les charges de propulsion qui éloigneraient le PCNO du reste de la coque épaisse et lui donneraient l'impulsion nécessaire pour remonter rapidement vers la surface.

Les quatre leviers tirés, Grachev chercha une rambarde à proximité du panneau de commande. Le local vibrait d'un tremblement puissant — ce n'était que les obturateurs de portes étanches qui tombaient à poste et les conduits de ventilation qui se fermaient à grand bruit. Les explosions provoquées par le deuxième levier se produisirent alors.

Les fanaux de combat s'allumèrent enfin et Grachev aperçut Svyatoslov déjà presque sur lui. Loin au-dessus, il entendit la mise à feu des boulons explosifs qui produisirent de petits tintements métalliques, comme une plaque de tôle bombardée par de la mitraille.

Grachev ne s'attendait pas à ce qui se passa par la suite. Il entendit un grondement énorme. Il crut que ses tympans avaient explosé et que le sang jaillissait de sa tête. Quelques secondes plus tard, il comprit qu'il venait d'entendre l'explosion de la première des charges à plasma contre les bâtiments de surface qu'il devait protéger.

Grachev avait lâché la rambarde et tentait de placer ses mains sur les oreilles lorsque l'explosion suivante secoua le bâtiment. Une autre détonation se produisit avant qu'il ne réussisse à se couvrir les oreilles. Il s'effondrait doucement sur le sol quand les charges propulsives réparties sous le plancher du compartiment s'allumèrent, séparant le PCNO du reste de la coque épaisse.

Grachev esquissa un sourire quand il se sentit propulsé vers le haut, écrasé sur le pont par l'accélération des impulseurs. Cela avait fonctionné ! Il avait réussi à éjecter le PCNO. Son sourire s'effaça lorsqu'il se rendit compte qu'il avait probablement réagi trop tard. Il avait trop traîné. Dans quelques battements de cœur, le premier missile trouverait la coque. L'explosion de la charge à plasma déchirerait le métal du compartiment et tuerait tous les hommes qui restaient à bord.

Kiethan Judison ne se tenait pas debout sur le pont du *Hammerhead*. Il faisait corps avec la torpille antitorpille Mk 17 Doberman et son but virtuel clignotait devant lui. Il suffit de vouloir y arriver, pensa-t-il. Le Cyclops ne possédait pas le module de pilotage des Mk 17 ? Et alors ? De toute façon, ce module n'avait jamais fonctionné correctement. Au lieu de cela, il disposait de Kiethan Judison. Il se sentait un peu comme un cow-boy de rodéo, mais il garda son excitation pour lui.

— Alors, second ? demanda McKee.

— Je me rapproche de la première, la plus proche, répondit Judison. Détonation estimée dans moins de trente secondes.

— Vas-y tout de suite.

— Reçu commandant, je commande la mise en œuvre maintenant.

Judison entra l'ordre d'explosion de la charge utile du Doberman alors que la torpille assaillante se trouvait à 1 nautique environ. C'était un peu tôt mais, comme le lui avait demandé le commandant, il prenait de l'avance sur la séquence.

Quelque part dans l'Atlantique, à 16 nautiques dans l'ouest du *Hammerhead*, le calculateur de bord du Doberman déclencha la charge militaire à la réception de l'ordre transmis par la fibre optique.

Loin dans le sud, les premières explosions retentissaient alors que les Mk 58 rattrapaient les bâtiments de surface. La partie active du Doberman avait une structure très dense de microfibres de carbone enroulées autour d'un noyau central composé d'un explosif puissant, comprimée à l'intérieur d'une enveloppe munie de quatre cordeaux découpeurs. Sur l'ordre du calculateur, les cordeaux découpeurs séparèrent proprement l'enveloppe en quatre fragments tandis que l'explosif central détonait, augmentant la vitesse d'éloignement des fragments et déployant la structure en fibres de carbone. Les gaz en expansion de la boule de feu propulsèrent la structure vers l'extérieur, dans la mer. De petits moteurs à poudre, jusqu'alors cachés dans les fibres, s'allumèrent à leur tour et déployèrent encore un peu plus la structure, de plus en plus loin de l'explosion centrale. En moins d'une seconde, les intentions des concepteurs du Doberman apparurent clairement. L'engin venait de mettre en place une sorte de filet en fibres de carbone, aux mailles très fines. Les moteurs à poudre continuèrent à déployer la structure qui se transformait rapidement en une sorte de toile d'araignée sous-marine, exactement sur la trajectoire de la torpille assaillante.

La Bora II, n'ayant aucun système de perception suffisamment sensible pour détecter le filet tendu devant elle, le pénétra sans s'en douter. Le filet s'enfonça comme une peau de tambour puis se tendit. L'énergie cinétique de la torpille de gros diamètre lancée à 65 nœuds étira de plus en plus les fibres de carbone jusqu'à ce qu'elles approchent puis dépassent leur limite élastique. Au-delà de ce point, si l'on relâchait la tension, le carbone ne reprenait plus sa forme initiale. Le matériau restait définitivement étiré et perdait une partie de ses propriétés mécaniques. Le filet s'allongea encore un peu plus, absorbant toujours l'énergie de la torpille, jusqu'à ce que les fibres atteignent leur point de rupture. La résistance du filet n'avait pas été suffisante, il s'en fallait de beaucoup, pour capturer la grosse Bora II. La toile d'araignée se déchira et l'arme continua sa route.

Si la torpille avait endommagé les aubages de son propulseur pendant la traversée du filet, elle n'aurait probablement pas filé tout droit vers le *Hammerhead*. Si elle avait été déviée de sa trajectoire de 30 ou 40 degrés, le gyro aurait pu se décrocher, provoquant la perte du pilotage de l'arme et épargnant ainsi le *Hammerhead*. Mais la torpille ne dévia que d'une petite dizaine de degrés et corrigea facilement. Après une courte période d'instabilité, elle retrouva son but et reprit son cap d'interception.

Au PCNO du *Hammerhead*, le capitaine de corvette Kiethan Judison n'en crut pas ses yeux.

L'accélération provoquée par les impulseurs à la base du compartiment refuge diminuait avec l'épuisement de leur propergol solide. Elle s'annula complètement lorsque le premier missile trouva la coque du *Vepr*, environ 200 mètres plus bas. Le PCNO était remonté rapidement dans la couche chaude sous l'effet des impulseurs de séparation, des ballasts aménagés tout autour du fond et du déploiement de ballons gonflés à l'azote. Il n'était plus qu'à 20 mètres d'immersion quand la première charge à plasma explosa. L'onde de choc se propagea vers le haut et atteignit la capsule.

Elle prit une gîte de 40 degrés mais continua à remonter, toujours étanche. L'explosion de la charge à plasma du second missile se produisit alors que la capsule parvenait à la surface. Sous l'effet des deux dernières explosions, le compartiment refuge roula à la surface de la mer.

La première charge à plasma vaporisa plus de 60 % de la coque épaisse du *Vepr*, transformant l'acier amagnétique en molécules et atomes de fer et de carbone. Le plasma fondit la coque dans un rayon de 50 mètres et broya tout ce qui restait de l'arrière. Les fragments qui avaient survécu commencèrent leur lente descente vers le fond. Le laser bleu de l'autodirecteur du second missile trouva les restes de l'arrière et les transforma en une parcelle de soleil. En moins d'une minute, il ne restait plus rien. Le troisième missile arriva à son tour et trouva une bulle de gaz en expansion. A cause d'un défaut du système de guidage terminal, si le premier missile de la salve était détourné par un leurre, les autres allaient automatiquement se verrouiller sur la boule de feu produite par l'explosion. Heureusement, rien n'était capable de détourner un Vortex de son but. Le Mod Delta représentait l'aboutissement de bien des années d'efforts. Le quatrième engin perçut les restes des explosions précédentes et ajouta son énergie au chaos ambiant. Aucun des quatre missiles ne perçut la capsule, loin au-dessus.

Une minute après la dernière explosion, la mer s'était calmée. Les trois torpilles tirées plus tôt par le *Hammerhead* poursuivaient leur route, mais leurs sonars passifs détectèrent une saturation, qui aveugla les sonars. Dix minutes plus tard, les torpilles arrivèrent sur place et se mirent à cercler autour de la zone des explosions, qu'elles percevaient comme un rideau de bruit impénétrable. Le calculateur de bord des Mk 58 avait des instructions pour un tel cas, car les charges à plasma rendaient les autodirecteurs acoustiques passifs inutilisables. Les réglages actuels leur imposaient de déclencher leur charge militaire sur présence confirmée d'une saturation, pour ne rien laisser au hasard en situation de combat. On supposait que l'explosion ajouterait aux dommages subis par le bâtiment ennemi, s'il avait réussi à quitter le voisinage immédiat de la zone de saturation. Des essais avaient montré qu'une explosion à moins de 1 nautique du but suffisait généralement à endommager gravement ou à couler celui-ci. Quand la première torpille confirma la saturation, elle prit la décision pour laquelle elle avait été programmée et déclencha sa charge militaire, à peu près à l'endroit des derniers instants du *Vepr*.

Les deux autres torpilles explosèrent à leur tour, ajoutant leurs ondes de choc à celles qui avaient déjà secoué la capsule qui flottait à la surface. Tout bon physicien à qui on aurait demandé d'évaluer les chances de survie des hommes à l'intérieur aurait baissé la tête par respect pour les morts.

A l'intérieur de la capsule, les désastres succédaient aux désastres. Les explosions des charges à plasma furent si violentes que tous avaient perdu conscience avant la troisième. La quatrième détonation se réverbéra à travers la mer. Mais aucun cerveau n'enregistra l'information. A la cinquième, la capsule avait été si violemment balayée par les ondes de choc que le cœur du capitaine de corvette Gregory Tenukha, le maître de central au poste de combat, cessa de battre.

Tandis que les explosions se succédaient, le corps du capitaine de frégate Pavel Grachev restait coincé entre le fauteuil de Tenukha et la cloison sur laquelle se trouvait la commande de séparation. L'éclairage s'était éteint dès la première détonation. Enfin, la mer se calma. Seules les bulles de gaz des explosions sous-marines remontaient le long de la paroi de la capsule dans un bruit d'eau bouillante. Au bout d'une vingtaine de minutes, ce phénomène cessa à son tour. On n'entendait plus que la respiration laborieuse des survivants dans l'atmosphère moite du pod. Au bout d'un certain temps, un gargouillis léger s'ajouta au souffle des hommes. La capsule commençait à se remplir.

Le capitaine de corvette Brian Dietz s'essaya à son tour aux commandes du second Doberman.

— Cette fois, pas de mise à feu avancée, ordonna McKee, dont la voix sonnait toujours calme et claire à l'oreille de Dietz.

Lui-même pensait avoir besoin d'un miracle : il lui fallait arrêter les deux premières torpilles assaillantes, puis les deux autres qui les suivaient. Mais il ne restait que trois Doberman, dont deux encore au tube, en réserve, ainsi que l'avait demandé McKee.

Dietz voyait arriver les torpilles devant lui, dans l'espace virtuel. Un affichage décomptait la distance entre elles et le Doberman. La plus proche se trouvait maintenant à 2 500 mètres, puis 2 200, puis 1 000 et enfin 400 mètres, la bonne distance pour activer la charge utile.

Comme précédemment, l'enveloppe se sépara en quatre pétales et le noyau d'explosifs poussa le filet vers l'extérieur avant qu'il ne finisse de se déployer sous la poussée des petits moteurs à poudre. La torpille Bora II pénétra dans la toile.

Mais, comme précédemment, la résistance du filet se révéla très insuffisante pour arrêter la torpille lancée à pleine vitesse. Les fibres s'étirèrent et se rompirent. Ralentie, la Bora II regagna lentement de la vitesse et prit son but dans son autodirecteur acoustique.

— Toujours en route vers nous, commandant, annonça Judison avec une pointe d'inquiétude dans la voix.

— Ça suffit, fini de jouer avec les Doberman ! dit McKee et arrachant son casque de dégoût. Préparez le lancement d'urgence des missiles Vortex des tubes 5 à 8. Van Dyne, pressurisez les tubes, ouvrez les portes et disposez les buts fictifs que je vais afficher sur ma console.

McKee pianota rapidement sur son clavier multifonction et afficha la synthèse tactique, le *Hammerhead* au centre, les torpilles assaillantes dans l'ouest. Il désigna quatre points sur l'écran tactile et demanda au Cyclops de transmettre leurs coordonnées à Van Dyne. McKee disposait les points d'explosion des quatre derniers Vortex. La distance de chaque point se traduirait par un temps de vol différent. Au moment de choisir le dernier point, McKee hésita. Pour garantir la destruction des quatre torpilles, il devait programmer l'explosion du dernier missile Vortex à moins de 1 nautique du *Hammerhead*. Mais à cette distance, la charge à plasma avait toutes les chances de détruire le sous-marin et la grande immersion ne ferait qu'aggraver la situation. La pression des profondeurs contraignait déjà la coque et l'onde de choc qui allait s'y ajouter pourrait la faire éclater en deux, comme un fruit trop mûr. Finalement, il se résigna à disposer un point d'explosion à 1 600 mètres du *Hammerhead*, qui se trouverait à l'intérieur de la zone dangereuse.

— Entrez les buts désignés et lancez sitôt paré ! cria McKee.

— Mais commandant, la distance du dernier point est trop...

— Lancez, nom de Dieu ! interrompit brutalement McKee.

Les tubes 5 à 8 du SLV aboyèrent les uns après les autres tandis que leurs générateurs de gaz de chasse propulsaient les Vortex hors du sous-marin. McKee compta les lancements et se mordit les lèvres à l'instant du dernier. A 300 nœuds et avec un point d'explosion réglé à moins de 1 nautique, il ne lui restait qu'une seconde après la mise à feu du moteur-fusée de propulsion avant la détonation de la charge à plasma.

— Missile 5, allumage du moteur-fusée, annonça Van Dyne quand le premier propulseur se mit à feu, quelques centaines de mètres plus à l'ouest.

— Commandant, nous sommes toujours en stabilisation à forte immersion, intervint Judison.

McKee regarda son second. La sueur avait complètement détrempé sa chemise et un éclat bizarre brillait dans ses yeux. McKee tira délibérément un cigare de sa poche poitrine, priant pour que ses mains ne tremblent pas.

— Je sais.

— Missile 6, allumage !

— Bien !

— Commandant, nous devons dérober !

McKee avait retiré l'enveloppe de cellophane de son cigare.

— Central, ordonna McKee, le cigare entre les dents, chassez rapide à l'avant !

— Chassez rapide à l'avant, on chasse !

L'air comprimé, qui forçait l'eau de mer hors des ballasts du groupe avant, emplit le PCNO d'un sifflement assourdissant. Le bâtiment prit rapidement de l'assiette positive et commença à remonter depuis sa position stoppé à vitesse nulle, presque à l'immersion maximale.

McKee alluma son cigare, les yeux fixés sur l'indicateur d'immersion, une main sur la rambarde de sa console. L'assiette atteignit 10 degrés, 15, puis 20. Le PCNO se remplissait peu à peu de condensation en raison de la détente de l'air comprimé qui refroidissait les tuyautages de la clarinette de chasse rapide. Avec son cigare, McKee contribuait également à l'obscurcissement du local.

Kyle Liam Ellison McKee distinguait autour de lui les silhouettes de ses ancêtres, son père, son grand-père et son arrière-grand-père, et se demandait pourquoi ils ne s'accrochaient pas à une rambarde dans ce foutu PCNO en assiette forte. Il eut soudain conscience qu'ils n'étaient que des fantômes, des apparitions, dans ses derniers instants de conscience avant la mort. Il chassa ces ombres de son esprit et tira sur son Cohiba.

— Missile 7, allumage, commandant !

— Immersion 200 mètres, commandant.

— Central, chassez rapide partout, commanda McKee, toujours aussi calme.

— On chasse rapide partout !

Le sifflement dans le local augmenta encore lorsque l'air comprimé commença à circuler dans les collecteurs de chasse du groupe arrière.

— Missile 8, allumage !

— Immersion 130 mètres, commandant, assiette + 30 !

— Tiens bon chasser à l'avant, ouvrir les purges du groupe avant ! En avant toute, puissance maximum, barème d'urgence !

— Tiens bon chasser à l'avant, purges du groupe avant ouvertes, avant toute affiché !

Le bâtiment fut pris d'une violente vibration tandis que les hommes de quart au PCP relançaient la ligne d'arbres avec toute la puissance dont ils disposaient et redémarraient les pompes primaires.

— Tiens bon chasser, ouvrir les purges du groupe arrière !

— Chasse terminée, toutes purges ouvertes !

McKee prit une bouffée de son cigare avant d'ordonner :

— Central, venez à 30 mètres, route 0-9-0.

— 30 mètres, 0-9-0, bien.

Puis les charges de plasma détonèrent, à commencer par le missile Vortex le plus proche. Pris entre l'enclume de la mer et le marteau de l'explosion, le bâtiment subit l'onde de choc de plein fouet. Malheureusement pas sans dommages.

38

Le capitaine de frégate Pavel Grachev gisait, la joue sur le revêtement de vinyle du pont, à proximité du poste de pilotage. La porte du panneau de commande de séparation avait atterri sur sa tête. Son bras droit, le poignet fracturé, était allongé devant lui. Il aurait pu rester ainsi encore un certain temps si le niveau de l'eau de mer ne s'était pas élevé jusqu'à atteindre ses narines. Il inspira de l'eau et se mit à tousser, par pur réflexe. Relevant la tête, il sentit le monde tourner autour de lui. Son poignet brisé lui faisait atrocement mal. Il sentit l'eau le long de ses doigts, de ses genoux, dans ses vêtements et jusque dans ses chaussures.

Il se releva en s'aidant de sa main valide et tâtonna jusqu'à la cloison où se trouvait la commande du dispositif de séparation. Un peu à tribord, un panneau permettait d'activer les fanaux de secours. Ils auraient dû s'allumer automatiquement, mais les chocs répétés des explosions avaient dû ouvrir le disjoncteur. Dans le noir, il trouva la boîte, l'ouvrit, déclencha le disjoncteur avant de l'enclencher à nouveau. Les fanaux se transformèrent en stroboscopes pendant quelques secondes avant de s'allumer complètement, révélant l'une des scènes les plus horribles que Grachev eût jamais vues.

L'intérieur de la capsule n'avait pas bien résisté aux multiples explosions des charges à plasma. Les écrans avaient éclaté, les cloisons légères s'étaient effondrées, des sectionnements pendaient au bout des tuyautages décrampés. L'eau montait lentement. Grachev ne parvint pas à déterminer l'origine de la fuite. De toute façon, cela n'avait pas d'importance. Ils devaient sortir.

Grachev trouva l'échelle mobile pliante, qui donnait dans le sas annexe, celui qui servait normalement à monter dans les superstructures du massif pour effectuer le graissage et la maintenance des mâts. De sa main valide, il déplia l'échelle et se hissa sur le premier barreau pour atteindre le volant de manœuvre. La panique le submergea un instant quand il se demanda si les explosions n'avaient pas coincé le panneau en position fermée. Heureusement, celui-ci avait été conçu avec des jeux importants, de façon à pouvoir absorber les déformations de la structure de la capsule. Le volant tourna et dégagea les verrous. Grachev ouvrit le panneau inférieur du sas, un simple cylindre d'acier nu qui menait au panneau supérieur. Le second volant de manœuvre tourna tout aussi aisément. Grachev repoussa le panneau et l'accrocha sur son linguet. Un soleil brûlant inonda le sas et dessina un rond de lumière dans le compartiment dévasté. L'air frais de la mer semblait provenir d'un autre monde. Pendant quelques secondes, il s'offrit le luxe de respirer l'air du large et de sentir sa caresse puis il se força à redescendre en bas, en enfer.

La faible clarté et la moiteur ambiante paraissaient bien pires après ces quelques instants à l'extérieur. Grachev se dirigea vers Svyatoslov, qui respirait difficilement et gémissait, couché sur le dos, les yeux fermés par la douleur.

— Tu es blessé ?

— Ma jambe, cassée, grogna le second.

— Allez, viens.

Malgré la corpulence de Svyatoslov, Grachev réussit à tirer l'homme hors de l'eau, profonde maintenant de 5 centimètres, l'aida à se relever sur sa jambe valide et le poussa jusqu'au panneau supérieur.

— Tu peux sortir tout seul ?

— Oui, commandant.

Grachev trouva Novskoyy allongé, le visage dans l'eau. D'un coup de pied, il retourna le consultant qui se mit à tousser, toujours inconscient. Grachev décida de s'en occuper en dernier. Il tira les officiers hors des décombres des cabines VR et les poussa jusqu'à l'échelle tandis que Svyatoslov les hissait d'en haut pour les aider à passer le panneau supérieur du sas. Tenukha, déjà froid et raide, avait perdu la vie dans son fauteuil. Sa peau avait déjà pris une teinte grise. Avec respect, Grachev déboucla le harnais du siège et transporta le corps dans le sas d'accès, refusant de laisser son compagnon d'armes dans le compartiment. Finalement, il se tourna vers Novskoyy et le traîna jusqu'à l'échelle, puis vers le panneau de sortie.

Seul dans l'épave de ce qui avait été le PCNO de son bâtiment, il prit le temps de jeter un dernier coup d'œil. L'eau atteignait maintenant ses genoux. Il trouva un paquet de la taille d'un gros sac de mer, qui passait juste à travers le panneau de secours, et le transporta à grand peine avant de le hisser dans le sas. L'eau continuait à monter et il ne pouvait toujours pas localiser la fuite. Une fois le sac à l'extérieur, Grachev n'avait plus rien à faire dans la capsule. Il parcourut le local des yeux une dernière fois.

— Au revoir, *Vepr*, murmura-t-il en montant l'échelle.

Il émergea au grand jour et aspira une grande

goulée d'air frais. La surface extérieure de la capsule était couverte d'aspérités et de morceaux de métal aux angles vifs — les restes des pièces qui liaient la capsule au massif. Svyatoslov avait commencé à ouvrir le gros sac, qui contenait des radeaux de survie, des rations de nourriture, des fusées à main et plusieurs radios. Le commandant en second avait ouvert l'emballage de l'une d'entre elles et venait d'activer la balise de détresse.

— Commandant, si un bâtiment de surface a survécu, il devrait pouvoir nous récupérer.

Pour l'instant, ils ne pouvaient qu'espérer, se dit Grachev.

— Pourquoi es-tu si pressé, second ? Tu es en vacances, maintenant.

Novskoyy reprit conscience à cet instant.

— Qui êtes-vous, demanda-t-il à Grachev, et, au nom du ciel, où suis-je ?

Grachev jeta un coup d'œil à Svyatoslov et sourit.

— Quelles avaries ? demanda McKee à Judison.

— Le réacteur s'est mis en alarme sous le choc. Nous avons une voie d'eau sur la circulation principale bâbord, isolée par les fermetures d'urgence. Des difficultés avec le disjoncteur des pompes primaires tribord. Une fuite de carburant torpille. Le Cyclops a isolé le local et injecté l'azote. Il continue à arroser avec de l'azote liquide par intermittence...

Le bâtiment trembla sous le choc du lancement d'une torpille.

— Et il se débarrasse de toutes les armes aussi vite que possible.

— Ce qui nous laisse sans torpilles, et nous n'avons plus de missiles Vortex, intervint McKee.

— Exact, commandant.

Le bâtiment tressauta à nouveau au départ d'une seconde Mk 58.

— Encore combien ?

— Trois après celle-ci. Ensuite, il faudra ventiler le poste torpilles. Mais nous aurons d'abord besoin de puissance.

— Bien, fais démarrer la boucle bâbord et diverger le réacteur. Tu allumeras ensuite la machine tribord. Nous nous traînerons loin d'ici. Pas d'autre entrée d'eau ?

— Celle de la circulation principale suffisait amplement, commandant. Il y a 80 centimètres d'eau à l'arrière. La pompe d'assèchement menace de vider complètement la batterie et le moteur électrique de secours utilise autant d'énergie que la divergence du réacteur.

— Bien, dans ce cas, va à l'arrière et aide-les à faire diverger ce foutu réacteur. Pas d'excuse, je veux de la puissance. Si tu dois arrêter la pompe d'assèchement, fais-le, mais remets-moi tout ce bazar en marche. Et prends Dietz avec toi. Fonce !

Les deux officiers expérimentés filèrent à l'arrière. Le cigare de McKee s'était éteint. Il en contempla l'extrémité, humide et complètement mâchonnée, avant de jeter le Cohiba dans une poubelle. Il décida qu'il venait de fumer son dernier cigare. Il l'avait d'ailleurs allumé en pensant qu'il serait le dernier, le cigare du condamné en quelque sorte.

Mais la salve de Vortex lancée contre les torpilles assaillantes avait fonctionné ! Les armes avaient disparu. La plupart des dommages au *Hammerhead* avaient été causés par l'explosion de son propre missile. Une voie d'eau importante et quelques problèmes électriques n'étaient rien comparé à ce qui aurait pu se produire. Un bâtiment moins perfectionné ne se serait pas non plus sorti d'un incendie au poste torpilles et serait en train de couler. Mais les réactions instantanées du Cyclops, qui avait isolé le local, injecté l'azote et lancé toutes les autres armes en inerte leur avaient sauvé la vie.

Commandant, du second au PCP, résonna une voix dans l'interphone au plafond.

McKee attrapa le micro.

— Le commandant, j'écoute.

— *Nous avons besoin de temps, commandant. Je te propose de remonter à l'immersion périscopique et de faire du schnorchel.*

— Bien, tu me donneras les détails lorsque le diesel alimentera le réseau.

— *Reçu, commandant.*

— Central, 23 mètres, disposer le tube d'air ! ordonna McKee.

Une fois à l'immersion périscopique, le maître de central appela le PCP :

— PCP de central, tube d'air disposé, lancez le diesel !

Quelques secondes plus tard, le grondement du moteur résonna dans tout le bâtiment. Le diesel aspirait l'air extérieur à la surface à travers le tube d'air et refoulait ses gaz d'échappement dans un plénum d'expansion, à l'arrière du massif. Une fois en température, le moteur produirait assez de courant continu pour alimenter les barres, ce qui laisserait du temps à Judison pour faire diverger le réacteur et allumer tribord.

— A droite 10, venir au 2-7-0.

— La barre est 10 à droite !

McKee fut tenté de se diriger vers la position du Severodvinsk pour voir s'il avait été touché. Il jeta un coup d'œil aux images en provenance du Predator, qui allait tomber à court de carburant d'une minute à l'autre. Les données étaient maintenant reçues par l'antenne du mât optronique, la bouée en forme de ballon de football ayant été endommagée durant la bataille. Un écran montrait la force navale, loin dans le sud, en train de se regrouper.

Les bâtiments de combat avaient presque tous disparu. Une torpille avait coulé un transport de troupes et un seul escorteur accompagnait maintenant les autres navires. Celui qui commandait cette frégate venait d'hériter du commandement de la force navale. Les bâtiments prenaient maintenant cap vers le nord-ouest, ce que McKee trouvait curieux. Pour rentrer chez eux, ils auraient plutôt dû venir au nord-est.

McKee regardait les écrans au plafond, en regrettant la sensation du périscope contre son visage. Dans le gisement 0, le mât optronique montrait la mer qui avançait vers eux, le tube d'air à l'arrière et quelque chose de bizarre dans le lointain.

— Cyclops, agrandissez l'image dans le secteur ouest.

Une sorte de bateau très bas sur l'eau apparut sur l'écran.

— Cyclops, amenez le Predator à la verticale du contact.

— *Commandant, les réserves de carburant du Predator sont au niveau très bas.*

— Amenez-le aussi près que permettra le carburant puis faites-le planer jusqu'au contact.

— *A vos ordres, commandant,* dit la voix électronique.

— Arrêt du moteur du Predator. Commandant, s'il continue à émettre, il sera impossible de lui faire exécuter les manœuvres prévues pour la séquence d'autodestruction.

— Je me fous de l'autodestruction ! Amenez le Predator au plus près de ce truc et continuez à me donner les images aussi longtemps que possible.

— A vos ordres, commandant.

McKee observa l'image qui grossissait au fur et à mesure du rapprochement. L'objet paraissait de forme arrondie.

— *Commandant de PCP, charge prise sur le diesel.*

Je demande l'autorisation de commencer la divergence.

McKee attrapa le micro.

— Commencez la divergence !

L'image grossit toujours, jusqu'à ce que McKee distingue un objet flottant avec des hommes dessus.

Une sorte de capsule de sauvetage ! Des survivants du naufrage du Severodvinsk ! Et il n'avait plus d'armes ! Il lui restait bien quelques pistolets-mitrailleurs dans sa chambre, mais quel intérêt y aurait-il à les descendre ?

D'un autre côté, pourquoi les laisser vivre, après ce qui était arrivé au *Princess Dragon* et au *Devilfish* ? Et à Karen Petri.

— *Central de PCP, réacteur critique !*

— PCP du commandant, bien reçu.

McKee fixait l'écran du mât optronique tandis que l'objet grossissait.

— *Commandant, arrêt du Predator,* annonça le Cyclops tandis que l'écran correspondant s'éteignait.

— Avons-nous un contact sur cette chose avec le Bloodhound ou le Sharkeye ?

— *Négatif, commandant. Contact perdu durant la bataille.*

— Commandant, demanda le pilote, quel est le cap ordonné ?

— Comme ça, répondit distraitement McKee, absorbé dans la contemplation de son écran.

Les hommes se rapprochaient, nettement visibles, à présent.

— Distance du pod, Cyclops ?

— *3 900 mètres, commandant.*

Je m'approche encore, pensa McKee.

— Radio du commandant, appela McKee par l'interphone.

— *Radio, j'écoute.*

— Le patron radio au CO !

Le maître principal Morgan Henry ne mit pas plus de quatre secondes pour arriver.

— Vous voulez envoyer un Sitrep, commandant ?

— Un Sitrep ? demanda McKee d'un air stupide.

— Oui, pour rendre compte du nombre de bâtiments de surface coulés et du naufrage du sous-marin ennemi.

Un Sitrep, se dit McKee. Il finirait probablement ses jours en prison pour avoir délibérément attaqué les bâtiments de surface en violation de ses ordres.

— Non, je vous ai fait venir pour que vous m'établissiez une liaison avec le système des téléphones cellulaires de la côte est. Appelez l'hôpital naval de Portsmouth et demandez des nouvelles de Karen Petri.

— A vos ordres, commandant.

— Et dépêchez-vous !

Vingt minutes plus tard, le PCP avait allumé tribord et pris la charge sur le turboalternateur. Le diesel tournait toujours au ralenti et refroidissait lentement. Le *Hammerhead* tenait l'immersion périscopique, stoppé à 10 mètres de la capsule de sauvetage du Severodvinsk.

— Radio du commandant, où en êtes-vous de votre appel à l'hôpital naval ?

— *Je les ai au bout du fil, commandant, ils m'ont mis en attente.*

— Tenez-moi au courant. Central, préparez-vous à faire émerger le massif, surface sans erre et sans chasser.

A ce moment, Judison revint de l'arrière et regarda les écrans.

— Second, dit McKee à voix basse, voici les clefs du caisson des armes portatives. Va dans ma chambre et remonte cinq MAC-12.

Judison contempla un moment l'image, l'air mauvais, et prit la clef.

— Avec plaisir, commandant.

— Qu'est-ce que c'est que ça ? demanda Svyato-slov en pointant l'index vers un poteau surmonté d'une sorte de demi-sphère, qui dépassait de la surface de la mer.

— De façon évidente, nous n'avons pas descendu ce sous-marin, dit Grachev en crachant dans l'eau. Le voici qui s'approche de nous.

— Et s'il tente de nous faire prisonniers ?

— Passe-moi ce 9 millimètres, demanda Grachev.

Il prit le pistolet et engagea un chargeur. Il visa la sphère et tira jusqu'à vider le chargeur.

— Tu crois que je l'ai eu ?

— Oui, commandant, répondit Svyatoslov en s'asseyant sur la capsule et en étendant sa jambe blessée, je crois que oui.

— Commandant, paré à faire surface sans erre ! annonça le maître de central.

— Attendez un peu, dit McKee au moment où l'image du mât optronique s'éteignait sur l'écran avant. Eh, Cyclops ! Où est passée mon image ?

— *Avarie du système optronique, commandant,* répondit l'ordinateur. *Coupure des liaisons avec le capteur.*

— Merde ! Et on croit que ces matériels sont durcis pour le combat ! Je mettrai ça dans mon rapport !

Il sourit, se demandant s'il rédigerait son compte rendu de mission depuis le fond d'un cachot.

Judison remonta avec les pistolets-mitrailleurs. McKee en prit un.

— Commandant, intervint une voix derrière lui.

C'était Morgan Henry, le patron radio.

— Ils veulent vous parler.

McKee saisit le combiné. L'antenne multifonction le reliait au réseau des téléphones cellulaires.

— Second, prépare-toi près du panneau. A mon ordre, nous ferons surface sans erre. Tu ouvriras les volets de fosse de veille et tu commenceras à tirer sur ces salauds.

— Bien, commandant.

— Bonjour, aboya McKee dans le combiné, ici le capitaine de vaisseau Kelly McKee, passez-moi la chambre de Karen Petri.

— *Vous y êtes,* répondit une voix d'acier trempé, pas celle d'une infirmière ou d'un médecin, mais celle de l'amiral John Patton.

— Oh, bonjour amiral, comment va-t-elle ?

— *Elle va bien, maintenant.*

— Laissez-moi lui parler.

Un silence s'installa un instant sur la ligne. Puis la voix de Karen Petri. La douce voix de Karen Petri.

— *Allô ?* commença-t-elle, hésitante.

— C'est moi, tu vas bien ?

— *Pour le mieux, ils envisagent même de me faire sortir aujourd'hui.*

— Je suis si content, dit-il, soulagé.

— *McKee,* appela de nouveau la voix de John Patton.

— Quoi ? attaqua McKee.

— *Pourquoi appelez-vous ici dans la chambre de Petri ? Pourquoi pas par les réseaux protégés ?*

— J'ai été un peu pris, ces derniers temps.

— *Faites attention, la ligne n'est pas chiffrée, mais dites-moi, avez-vous terminé ?*

McKee soupira et appuya sur le bouton d'émission.

— Le boulot est fini, et bien fini.

— *Et vos petits copains ?*

— Honnêtement, je peux dire qu'ils sont finis eux aussi.

— *Bien, rentrez à la maison aussi vite que vous pouvez.*

— Je vous reverrai très bientôt, amiral.

— Alors, commandant ? demanda Judison, on fait surface ?

McKee regarda son second, prêt à monter dans le massif et à vider son chargeur sur les survivants du Severodvinsk.

Pour quoi faire, se demanda-t-il ?

— Non, laissa-t-il finalement tomber. Laissons leur une chance de se faire récupérer par les bâtiments de surface. Je n'ai plus de temps à leur consacrer. Fais donner l'alerte, descends à 200 mètres et trace une route vers Norfolk. Nous rentrons à la maison.

Dix minutes plus tard, McKee était penché sur la table à cartes lorsque Judison le rejoignit.

— Commandant ?

— Oui, second ?

— A propos de ces Doberman qui nous ont donné tant de soucis.

— Ne t'inquiète pas, second, nous nous en sommes bien tirés, même sans eux.

— Ce n'est pas ce que je voulais dire, commandant. Je parlais de ton coup tordu pendant le championnat, celui qui ne marche jamais à l'entraînement.

— Oui, et alors ?

— Tu n'as jamais touché un ballon de ta vie, commandant.

Un sourire illuminait le visage de Judison.

— Là, tu m'as eu, second. Comment le sais-tu ?

— J'ai accès à tous les dossiers des hommes du bord, et même au tien. C'est mon boulot.

— Alors pourquoi n'as-tu rien dit, si tu savais depuis le départ ?

— Je suppose que tu avais une bonne raison de me tromper.

— Evidemment, je voulais te donner confiance.

— Eh bien voilà, tu as la réponse, maintenant...

— Monsieur Kiethan, savez-vous qu'un jour vous ferez peut-être un commandant acceptable ?

Judison sourit.

— Tout comme toi, commandant, tout comme toi.

McKee hocha la tête et se replongea dans l'étude de la carte. Il releva la tête un moment et regarda le PCNO. Il commençait à se rendre compte qu'il se sentait bien et que le trou béant laissé par la mort de Diana avait commencé à se refermer. En arrivant, il irait boire une Anchor Steam.

— Merci, Bruce, murmura-t-il pour lui-même.

EPILOGUE

La présidente Jaisal Warner se pencha pour déposer une gerbe au pied du monument que surmontait la sculpture d'un paquebot. Les noms des disparus du *Princess Dragon* étaient gravés en dessous. Les ombres des alignements de pierres tombales du cimetière d'Arlington s'allongeaient dans le soleil. L'amiral Michael Pacino, les manches barrées de galons or jusqu'aux coudes et les barrettes de décorations placardées sur la poitrine depuis l'épaule jusqu'à la taille, assistait à la cérémonie, assis dans un fauteuil roulant. Une larme coula de son œil, qu'il essuya rapidement. Des milliers d'officiers et de marins les entouraient. Les médias couvraient l'événement avec force caméras, appareils photos et micros. La cérémonie dura une heure. Pacino insista pour rester encore, jusqu'au départ de la majorité des photographes.

Il finit par se retourner vers Colleen.

— Ramène-moi, demanda-t-il.

L'amiral embarqua dans l'hélicoptère Sea King pour regagner l'hôpital naval de Bethesda.

Kelly McKee se tenait à la passerelle, en haut du massif, lorsque le *Hammerhead* vira pour entrer dans le chenal de l'Elizabeth River et dépassa les quais des porte-avions, puis celui des croiseurs pour rejoindre la base sous-marine. Il avait refusé l'aide de remorqueurs. Lorsqu'il accosta son sous-marin, il vit les officiers de l'état-major de ComU-SubCom sur le quai, revêtus de leurs uniformes blancs de cérémonie, en sabre et gants blancs, toutes médailles pendantes. Ils étaient douze et se tenaient en rang.

Patton était face à la formation en triangle, le dos tourné à la grue parée à installer la coupée dès que le sous-marin serait amarré.

— Le voilà, dit l'adjoint de Patton, Byron DeMeers. Miss America.

L'USS *Hammerhead*, premier de la série des NSSN, venait de contourner la jetée. L'équipage s'affairait sur le pont et se préparait à passer les aussières.

— A mon commandement, garde-à-vous ! ordonna l'amiral Patton.

Les officiers se raidirent. Douze paires de chaussures claquèrent en même temps. Ils restèrent figés jusqu'à ce que la coupée se trouve au-dessus du sous-marin et que les quatre premières amarres soient passées. Une fois la coupée en place, la grue recula et une haute silhouette, vêtue d'une tenue kaki, l'emprunta lentement : le commandant Kelly McKee, l'uniforme gonflé par le vent, les yeux plissés à cause de la luminosité ambiante.

— Rendez les honneurs, ordonna Patton lorsque McKee se trouva sur la coupée.

Dans un ensemble parfait, les officiers portèrent leur main gantée à la visière de leur casquette. McKee s'avança vers Patton et rendit le salut.

— Capitaine de vaisseau McKee, commandant le USS *Hammerhead*, à vos ordres, amiral.

— Repos ! ordonna l'amiral. Les officiers baissèrent la main.

L'amiral sourit. Il retira son gant droit et saisit la main de McKee, qu'il secoua vigoureusement.

— Mes compliments, Kelly, dit-il. C'est du beau travail. Avec votre bâtiment, vous avez vengé nos morts. Nous sommes ici pour vous remercier. Une cérémonie, à laquelle assistera la présidente, aura lieu ici en votre honneur à 13 heures.

— La présidente ?

— Et Karen Petri.

McKee sourit.

— OK, amiral. Je serai là.

Michael Pacino regarda la cérémonie sur SNN depuis son lit d'hôpital. Colleen se trouvait à ses côtés, ainsi que le jeune Tony, affalé sur une chaise. Près de la fenêtre, l'amiral Sean Murphy s'appuyait sur sa canne, les yeux rivés à l'écran. La présidente Warner, tout juste sortie de la cérémonie d'Arlington, se tenait sur le quai près du *Hammerhead* et passait le ruban de la Navy Cross autour du cou de Kelly McKee.

— Bon travail, Kelly, commenta Pacino d'une voix faible. Je savais que vous pouviez le faire.

— Eh bien, sa mission est terminée, dit Murphy. Comme la mienne, amiral. Je suis fatigué. J'abandonne.

— Et alors, Sean, demanda Pacino, qui te remplacera comme chef d'état-major de la marine ?

— Tu vois ce gars-là en blanc, l'amiral deux étoiles ?

— Patton ?

— Exact.

— Il est un peu jeune. Tu penses que c'est dans ses cordes ?

— Oui, Patch, je crois.

Pacino éclata de rire.

— OK. Et comme chef d'état-major des forces sous-marines ? Qui va faire tourner la boutique une fois que Patton sera parti ?

Murphy pointa de nouveau le doigt.

— Tu vois cet autre gars en blanc, le cinq galons à côté de Patton, celui qui porte la Navy Cross ?

— Le capitaine de vaisseau Kelly McKee ? Oui, je le vois.

— C'est le bon.

— Sean, tu devrais penser à leur offrir de nouvelles épaulettes. Ils ne sont pas en uniforme.

— C'est parti, amiral.

— Et je suppose que tu as une idée de celui qui peut prendre la suite de McKee sur le *Hammerhead* ?

— J'ai une petite idée. Mais je ne suis pas certain qu'il accepte.

— Pour quelle raison ?

— Regarde toi-même. Je ne sais pas s'il accepterait de la mettre à la passerelle.

Sur l'écran, Kelly McKee tenait la main d'un officier féminin à quatre galons assis dans une chaise roulante, Karen Petri.

Pacino partit d'un grand éclat de rire.

— Je suppose que cela dépendra de celui qui portera la culotte dans le couple. Moi, je gère mon mariage d'une main de fer.

— Tais-toi, amiral, intervint Colleen en souriant.

Pavel Grachev ouvrit la porte de sa maison avec précaution, soutenant son poignet en écharpe. C'était le soir et il en avait enfin fini des interminables debriefings à l'état-major.

— Chérie ? appela-t-il. Mélanie ?

Elle se jeta dans ses bras et l'embrassa si fort qu'il faillit s'écraser contre la porte. Elle le serrait, le couvrait de baisers et les larmes inondaient son visage.

— Pavel ! Pavel ! Tu es vivant ! Ils nous ont avertis cet après-midi ! Je ne peux pas y croire ! Pavel !

Une petite voix se joignit à la cacophonie.

— Papa ! Papa !

Grachev sourit et éloigna sa femme et son fils pour les regarder.

— Eh bien, demanda-t-il avec une grimace. Est-ce que je vous ai manqué ?

Sa femme se colla à lui, l'étouffant à moitié, et son fils lui serra si fort la jambe qu'il ne sentit plus son pied.

L'avion qui avait atterri sur l'aéroport de Milan roula jusqu'au hangar, où un homme vêtu d'un costume italien attendait dans la lumière déclinante du crépuscule.

La porte s'ouvrit. Alexi Novskoyy descendit en clignant des yeux, visiblement mal à l'aise.

Rafael s'approcha et lui serra la main.

— Excellent travail. Mes félicitations.

— Pourquoi dites-vous ça ? demanda-t-il tandis qu'ils se dirigeaient ensemble vers une limousine. La flotte est rentrée la queue entre les jambes. L'opération a échoué.

— Ça a suffi pour que nous soyons payés. Dolovietz avait signé un contrat. Son opération en Uruguay a été un échec, mais cela ne nous concernait pas.

— Il a respecté sa part du contrat ? demanda Novskoyy en montant dans la voiture.

— Il ne pouvait pas faire autrement, ou alors la presse serait entrée en possession de quelques enregistrements vidéo compromettants. J'ai cru comprendre qu'il se présentait aux élections l'an prochain. Et j'ai aussi entendu dire que ce n'était pas gagné d'avance. Un certain Pavel Grachev a l'air de vouloir se présenter contre lui.

— Je ne savais pas.

— J'espère que vous vous êtes montré sympathique avec lui, Al. Nous ferons des propositions à son état-major de campagne d'ici un mois ou deux. Nous pourrions même y contribuer de façon conséquente. Un jour ou l'autre, il se peut qu'il ait besoin de nous. A propos, vous êtes devenu un homme très riche. Regardez ça.

Rafael posa un ordinateur devant Novskoyy. Le relevé de son compte en banque.

— Vous êtes sérieux ?

— C'est à vous, mon ami. Avec ça, vous pourriez acheter Moscou tout entier. J'espère simplement que votre fortune ne va pas vous inciter à mettre fin à notre coopération. Nous avons besoin de vos compétences.

— Et maintenant ?

— Maintenant ? Pourquoi ne pas aller donner un coup de main à Suhkhula pour son opération saoudienne ? Vous prendrez le train en marche, mais vous semblez bien vous entendre.

— Je prendrai l'avion ce soir.

— Pas avant que nous ayons fêté cela. J'ai réservé une table dans le meilleur restaurant de la ville.

— Allons-y, dit Novskoyy.

— Tu es belle. Comment va ta tête ? demanda McKee à Karen Petri, en regardant les vagues qui caressaient le sable de Sandbridge Beach.

— Ça va presque bien. Ils disent que je souffrirai de maux de tête pendant un certain temps.

— J'aurai une petite explication avec monsieur Dietz pour t'avoir assommée avec le fanal de secours.

Karen sourit prudemment, sa tête la lançait toujours.

— Non, tu n'en feras rien, Kelly. Il m'a sauvé la vie. Nous devons organiser une fête en son honneur.

— Nous ? C'est-à-dire toi et moi ?

— Ça te pose un problème ?

— Non, pas du tout. McKee sourit et leva son verre de vin. A nous.

— A nous, répéta-t-elle en souriant, et à Bryan Dietz.

McKee but, le regard plongé dans ses yeux sombres. Il réalisa que c'était la première fois depuis un an qu'il se sentait réellement heureux.

— Et à Bryan Dietz, ajouta-t-il.

— Amiral, appela Byron DeMeers.

De retour à l'état-major à Norfolk, il préparait le déménagement vers le Pentagone, à Washington, où Patton prendrait le poste de chef d'état-major de la marine.

— Oui, Byron ?

— Nous venons de recevoir un compte rendu bizarre. Deux pétroliers en provenance d'Arabie Saoudite ont explosé et coulé en pleine mer.

— Quand cela s'est-il produit ?

— Cet après-midi. Et un autre pétrolier était porté disparu ce matin.

— Montrez-moi ça, dit Patton.

— Amiral ? appela le secrétaire. Un certain capitaine de vaisseau McDonne, des services de renseignement de la marine, au téléphone.

— Passez-le sur la vidéo ici, dit Patton.

Le visage bouffi de McDonne apparut sur l'écran plat fixé au mur.

— Amiral.

— Carl. Qu'est-ce qui motive votre présence au bureau à cette heure tardive ?

— Des ennuis, amiral. Un pétrolier saoudien vient encore d'être porté disparu et le satellite a détecté une explosion et un naufrage sur la route prévue pour un autre supertanker saoudien. Je pense que nous avons une nouvelle affaire sur les bras.

Patton approuva d'un signe de tête et commença à lancer une série d'ordres, comprenant soudain qu'il faisait ce pour quoi il était né. Et il aimait ce métier.

Cent soixante-dix nautiques au nord-est de Sand-bridge Beach en Virginie, quatre bâtiments mouillèrent dans les eaux peu profondes de l'océan Atlantique, au large des côtes de la péninsule du Delaware, du Maryland et de la Virginie. Les quatre gigantesques bâtiments de sauvetage se mettaient en place pour une opération qui devait commencer au lever du soleil : le renflouement de la coque du sous-marin *Devilfish*.

GLOSSAIRE

Abattée d'écoute : le sous-marin entend mal sur son arrière (voir *Baffle*). Afin de s'assurer qu'il n'est pas suivi (« pisté »), il effectue à intervalles irréguliers un changement de cap d'au moins 60 degrés durant lequel il explore son ancien secteur arrière.

Accident de prompt-criticité : accident de type Tchernobyl, dans lequel le réacteur devient incontrôlable par l'apparition brutale d'un excès de réactivité. Ce type d'accident se traduit par une « petite » explosion nucléaire, une désintégration du cœur et une dissémination de matière fissile.

Acier HY 80 : acier spécial à haute limite élastique, soudable, dont on fabrique les coques épaisses des sous-marins.

Adjoint de quart : officier adjoint à l'officier de quart en cas de surcharge de celui-ci ou en situation particulière. (Voir *Officier de quart*.)

ADV : vannes qui régulent l'admission de vapeur dans les turbines et donc la puissance qu'elles produisent. Ces vannes sont commandées du pupitre Km au PCP. (Voir *Km* et *PCP*.)

Aegis : système de défense antiaérienne très performant équipant les bâtiments de l'US Navy qui participent à la défense des porte-avions.

Air respirable : réseau d'air de secours alimentant des masques individuels qui permettent de respirer dans une atmosphère polluée, par exemple après un incendie ou une contamination radioactive.

Alarme : arrêt d'urgence du réacteur nucléaire, réalisé en insérant très rapidement les barres de contrôle dans le cœur du réacteur, à l'aide de ressorts.

ALR (antenne linéaire remorquée) : ensemble d'hydrophones passifs, remorqués derrière un sous-marin sur un câble dont la longueur peut atteindre plusieurs kilomètres. La partie active, l'antenne proprement dite, mesure environ 300 mètres de long. Cette antenne est utilisée pour détecter des bruits de très basse fréquence à de très grandes distances.

Ampère-heure : unité d'énergie électrique qui permet de mesurer la capacité d'une batterie.

Antenne filaire : les ondes radio ne se propageant pas dans l'eau, le sous-marin tire derrière lui un câble flottant qui remonte à la surface et capte les messages.

Antenne multifonction : antenne radio capable d'émettre et de recevoir dans une très large gamme de fréquences. Elle ressemble à un poteau téléphonique et dépasse du massif d'environ 6 mètres.

Antenne sphérique : sphère recouverte d'hydrophones, située dans le dôme avant du sous-marin, capable d'écouter dans toutes les directions (hormis dans le baffle). Cette antenne ne délivre pas seulement l'azimut d'un bruiteur mais également le site d'arrivée des rayons sonores, ce qui permet de déterminer leur type de propagation (réflexion sur le fond ou sur la surface) et même, si le bruiteur est proche, de savoir s'il est au-dessus ou au-dessous du sous-marin.

Arme de combat : arme utilisée en temps de guerre qui emporte de l'explosif, par opposition à arme d'exercice, dont la charge militaire est habituellement remplacée par un enregistreur destiné à restituer les performances de l'arme.

Assiette : inclinaison longitudinale du bâtiment. Pour faire descendre un sous-marin, on oriente les barres de plongée arrière pour donner de l'assiette négative (l'avant du sous-marin est alors plus profond que l'arrière).

Attention pour lancer : ordre du commandant vers les opérateurs de la DLA (voir ce mot), leur indiquant de se préparer à lancer une arme lors d'une attaque délibérée, par opposition au lancement réflexe en cas de menace détectée tardivement. La solution est alors envoyée à la torpille et le sous-marin prend les dispositions préparatoires au lancement.

Auxiliaire : a) élément mécanique qui concourt à une fonction plus complexe (pompe, compresseur, etc.) ; b) par extension, compartiment du bâtiment où sont regroupés la plupart des auxiliaires.

Avoir une solution sur un but : avoir déterminé la distance, la route et la vitesse de la cible. On peut obtenir une solution manuellement ou automatiquement à l'aide du calculateur de lancement des armes.

Azimétrie passive : ensemble de moyens permettant de déterminer la solution (distance, route et vitesse d'un but) en utilisant seulement un sonar passif. Le sous-marin manœuvre pour créer des vitesses radiales et latérales. Plusieurs manœuvres successives (ou branches) permettent de déterminer rapidement les éléments du but, tout en restant discret. La méthode fonctionne mal si le but fait lui-même de l'azimétrie passive. Le résultat en est une sorte de mêlée, dans laquelle aucun des bâtiments ne sait ce que fait vraiment l'autre. Dans le pire des cas, on doit alors recourir au sonar actif pour déterminer les éléments ou s'éloigner suffisamment pour reprendre complètement et discrètement une procédure d'azimétrie passive.

Azimut : relèvement d'un objet ou d'un contact, de 0 à 360 degrés-angle que fait la direction de ce contact avec le nord vrai. Un contact à l'est a un azimut de 90 degrés, etc.

Baffle : « cône de silence » dans lequel le sous-marin n'entend pas. Sur l'arrière de la plupart des sous-marins, la réception des sonars est perturbée par les bruits produits par la propulsion du bâtiment, turbines, hélice et autres équipements mécaniques.

Baie cargo : volume intérieur réservé à la charge utile d'un avion de transport.

Ballast : capacité qui ne peut contenir que de l'air ou de l'eau de mer. Pleins d'air, les ballasts maintiennent le sous-marin en surface, pleins d'eau, ils permettent au sous-marin de plonger. On évacue l'air des ballasts en ouvrant des orifices nommés « purges » et on remplit les ballasts d'air en y introduisant de l'air comprimé stocké dans des « groupes d'air » à bord du sous-marin. Cette opération s'appelle « chasser aux ballasts ».

Barre de direction : a) surface mobile verticale, équivalente du gouvernail d'un bâtiment de surface, qui commande le cap du sous-marin ; b) par extension, le manche qui commande l'orientation de la barre.

Barres de plongée arrière : surfaces mobiles horizontales, à l'arrière du sous-marin. Leur rôle est identique à celui des gouvernes de profondeur sur un avion. Elles commandent l'assiette du bâtiment.

Barres de plongée avant : surfaces mobiles horizontales, à l'avant du sous-marin, sur la coque ou le massif. Ces barres permettent de contrôler l'immersion du sous-marin.

Biologiques (voir *Bruiteur*) *:* bruits produits par les organismes vivant dans la mer. Les crevettes, les dauphins, les marsouins et autres baleines saturent la mer de leurs grognements, claquements, craquements ou cris. Ces biologiques peuvent parfois être confondus avec des bruits de sous-marin.

Bordé : partie courante de la coque épaisse, le bordé se compose d'une tôle d'acier ou de titane d'une épaisseur convenable pour résister à la pression d'immersion (3 à 5 cm). Le bordé est soutenu par des couples circulaires intérieurs ou extérieurs et, dans certains cas, par des longerons qui assurent la rigidité longitudinale de la coque.

Bouées acoustiques : petites bouées larguées par aéronef qui flottent à la surface, écoutent les bruits de l'océan et les retransmettent par radio à l'aéronef. C'est une méthode qui permet de doter un avion de capacités sonar.

Bouilleur : alimenté par de la vapeur, le bouilleur distille l'eau de mer pour produire de l'eau douce pour la consommation de l'équipage et les besoins des installations propulsion.

Branche : trajet rectiligne effectué par le sous-marin entre deux manœuvres, afin de déterminer les éléments d'un but. Pendant une branche, l'officier de quart essaie d'établir une vitesse de défilement du contact stable et de déterminer une vitesse radiale du but. Deux branches permettent de définir une solution, une troisième de la confirmer.

Bruiteur : émetteur de bruit, de quelque nature qu'il soit (bâtiment de surface ou sous-marin, biologique, géologique, etc.).

Brûleur catalytique : appareil permettant d'éliminer de nombreux polluants, dont le monoxyde de carbone et l'hydrogène, de l'atmosphère du bord.

But prioritaire : désignation d'un contact sonar, radar, ESM ou visuel comme le but à traiter ou à engager en priorité.

Cale : la partie basse de chaque compartiment du sous-marin est appelée cale. On y recueille les fuites éventuelles d'eau de mer, d'huile hydraulique ou de graissage, l'eau de condensation, etc. Un système de pompes et de tuyautages permet d'assécher les cales.

Cap : la direction dans laquelle se déplace un bâtiment est appelée le cap, compté en degrés de 0 à 360 à partir du nord.

Carré : le carré des officiers est un lieu dont l'accès est réservé aux officiers et qui sert tout à la fois de salle à manger, de bureau pour les jeunes officiers, de salle de cinéma, de salle de briefing et de lieu de détente.

Cavitation : bruit engendré par l'hélice d'un bâtiment. La cavitation existe presque toujours sur les bâtiments de surface. A bord des sous-marins, le phénomène n'apparaît que lors des accélérations. Une pale d'hélice se déplaçant dans l'eau produit une surpression d'un côté et une dépression de l'autre, tout comme l'aile d'un avion. La dépression tire le bâtiment en avant et la surpression le pousse. Lorsque la dépression devient trop forte, de petites bulles de vapeur apparaissent sur les pales. En s'éloignant de l'hélice, la pression redevient normale. La vapeur se condense alors brutalement et la bulle s'effondre sur elle-même dans un claquement sec. Ce phénomène est très nocif pour la discrétion acoustique du sous-marin.

CCN (compartiment chaufferie nucléaire) ou CRE (compartiment réacteur-échangeurs) : ce compartiment regroupe tous les éléments de la chaufferie nucléaire, le réacteur, le pressuriseur, le générateur de vapeur et les diverses pompes de circulation. L'accès aux compartiments avant et arrière se fait à travers un tunnel protégé des radiations, ce qui est nécessaire car toute personne présente dans le CCN alors que le réacteur est en puissance trouverait rapidement la mort sous l'effet des radiations.

CEMM : chef d'état-major de la marine.

CGO : chef du groupement opérations, chargé de la préparation des activités futures du sous-marin et de la supervision des officiers du « groupement opérations », chargés des transmissions, des armes et de la détection (radar, sonar, ESM, ELINT, COMINT).

Charge de désulfatation : les batteries au plomb des sous-marins perdent de leur efficacité au fur et à mesure des cycles charge/décharge, en particulier à cause de la formation de sulfate de plomb. Le remède consiste à les charger à faible intensité pendant très longtemps pour décomposer le sulfate. Par extension, aller charger veut dire aller dormir. Prendre une charge de désulfatation signifie aller dormir très longtemps.

Chasse rapide : la chasse rapide permet de vider très rapidement les ballasts du sous-marin en y injectant une grande quantité d'air sous pression et de le ramener en surface d'urgence, en cas de voie d'eau par exemple.

Circulation forcée : la circulation du réfrigérant du réacteur s'effectue à l'aide de pompes, par opposition à la circulation naturelle qui n'en nécessite pas.

Circulation naturelle : le fluide primaire circule dans le réacteur sans l'aide de pompes, simplement par gradient de densité (l'eau chaude monte et l'eau froide descend). Cela élimine l'emploi de pompes bruyantes et augmente la discrétion du sous-marin, mais limite la puissance maximale que l'on peut extraire du réacteur. Très utile dans les circuits de secours, car elle permet d'extraire la puissance résiduelle (voir ce mot) du cœur sans apport d'énergie extérieure.

Clé magique : l'utilisation de la clé magique permet de désactiver un certain nombre d'automatismes destinés à arrêter le réacteur nucléaire en cas d'incident. Cette clé est détenue par le commandant qui peut seul en ordonner l'emploi, en situation d'urgence ou au combat, lorsqu'un arrêt du réacteur pourrait signifier la perte du sous-marin.

CO : partie tribord du PCNO (voir ce mot) d'où l'on conduit les opérations du sous-marin.

Combinaison vapeur : combinaison ignifugée en amiante qui isole l'opérateur de la chaleur par un courant d'air permanent maintenu entre les vêtements de celui-ci et la peau du costume.

Commandant en second : officier adjoint au commandant, responsable devant celui-ci des questions administratives relatives à la vie courante du bâtiment. Au poste de combat, le commandant en second coordonne l'action de l'équipe CO et conseille le commandant. Le second remplace naturellement le commandant en cas de défaillance de celui-ci.

Commutateur d'alarme : commutateur électrique qui commande l'électroaimant d'accrochage des barres de contrôle du réacteur sur les mécanismes chargés de les mouvoir en hauteur. Lorsque l'on ouvre ce commutateur, les électroaimants d'accrochage se désexcitent, les barres de contrôle sont libérées et propulsées au fond du cœur sous l'effet de ressorts.

COMNAVFORCEMED : Commandant des forces navales en Méditerranée.

Compartiment : chaque tranche (voir *Tranche*) est divisée en compartiments (encore appelés « locaux ») qui reçoivent les équipements.

Compartiment machines : la tranche la plus à l'arrière du sous-marin, qui contient les organes liés à la propulsion (turbines, condenseurs, réducteur, ligne d'arbres, moteur électrique de secours, etc.).

COMSUBLANT : amiral commandant les sous-marins de l'Atlantique.

Condenseur : appareil qui assure le retour à l'état liquide de la vapeur qui a travaillé dans les turbines. Le condenseur est réfrigéré par de l'eau de mer transportée par deux circuits de très gros diamètre (la « circulation principale »). L'eau provenant de la vapeur condensée est reprise à la partie basse du condenseur par des pompes d'extraction et renvoyée au générateur de vapeur par des pompes alimentaires. Elle s'y transforme à nouveau en vapeur, travaille dans les turbines et le cycle recommence.

Contraintes thermiques : contraintes induites dans l'épaisseur d'un métal soumis à une température différente sur chacune de ses parois. La partie plus chaude veut se dilater, alors que la partie plus froide voudrait se contracter. Des forces internes prennent alors naissance au cœur du métal, tendant à disloquer la pièce.

Couche : couche d'eau de quelques dizaines de mètres d'épaisseur au voisinage de la surface de la mer, de température plus froide ou plus élevée que la masse d'eau environnante, qui perturbe le trajet des rayons sonores.

Couple : anneau d'acier servant à renforcer la coque épaisse et lui permettant de résister à l'écrasement sous la pression de l'eau de mer.

CPA (closest point of approach) : distance la plus courte à laquelle un bâtiment s'approche d'un obstacle ou d'un autre bâtiment.

Critique : état d'un réacteur nucléaire dans lequel la réaction en chaîne s'entretient d'elle-même, sans apport extérieur de neutrons.

Cryptophonie UHF : système de radiocommunication qui crypte la voix avant transmission et qui la décrypte à la réception. Peut être utilisé dans le monde entier, en passant par les satellites. Moyen de communication rapide et très sûr.

Dauphin : insigne de sous-marinier, porté à gauche dans la marine américaine. (En France, le « macaron » se porte à droite.)

Défilement : la vitesse en degrés par minute à laquelle évolue l'azimut d'un contact. Un contact qui passe du 090 au 095 en 5 minutes a un défilement de 1 degré minute droite. Un défilement fort traduit normalement la proximité des deux mobiles.

Diffusion générale : réseau de haut-parleurs permettant de diffuser les communications d'intérêt général dans tout le bord.

Diffusion machine : identique à la diffusion générale mais ne permet de joindre que les locaux des compartiments machine.

Divergence : démarrage de la réaction en chaîne dans le réacteur, effectué par le retrait progressif, total ou partiel, des barres de contrôle du cœur.

DLA (direction de lancement des armes) : ensemble de trois consoles où sont regroupées les commandes permettant la disposition et le lancement des armes. Egalement appelée improprement « conduite de tir ».

Doppler : effet responsable, entre autres, du changement de fréquence observé lors du passage d'une voiture de course. Lorsque la voiture s'approche, le son qu'elle émet est plus aigu et, lorsqu'elle s'éloigne, le son est plus grave. Quand un objet en mouvement se déplace, les ondes sonores qu'il émet sont comprimées sur son avant et dilatées sur son arrière. Un « filtre Doppler » permet de ne « voir » que les objets en mouvement.

Double coque : type d'architecture de sous-marin dans laquelle la coque résistante à la pression (« coque épaisse ») est enfermée à l'intérieur d'une seconde coque non résistante. Les sous-marins de ce type sont extrêmement difficiles à endommager, mais au prix d'une forte augmentation du volume et du coût.

Drop : largage.

DSRV (Deep Submergence Rescue Vehicle, ou « véhicule de sauvetage profond ») : petit véhicule autonome capable d'apponter sur un sous-marin en détresse posé sur le fond et de secourir 24 hommes par voyage.

ELF (Extremely Low Frequency) : les ondes radio se propagent très mal sous l'eau. Seules les ondes de fréquence très basse (ELF) pénètrent suffisamment pour être reçues par un sous-marin en plongée profonde. Le débit de ces transmissions est extrêmement faible (une minute pour recevoir un seul caractère) et elles ne sont normalement utilisées que pour demander à un sous-marin de remonter à l'immersion périscopique pour interroger sa « boîte aux lettres » dans le satellite de communication.

En puissance : une chaufferie nucléaire est dite « en puissance » lorsqu'elle est capable de fournir de la vapeur pour la propulsion.

Equipe CO : équipe dont la tâche finale est de conduire une arme sur un but. Sous l'autorité du commandant, elle inclut les opérateurs sonar, les servants des consoles de traitement de l'information tactique et des divers graphiques, ainsi que le commandant en second.

Equipe de central : l'équipe qui arme le central (voir PCNO), composée d'un pilote de plongée, qui commande les barres de plongée avant et arrière, d'un pilote de direction, qui commande la barre de direction, d'un mécanicien de TCSP (tableau central de sécurité-plongée, chargé de la surveillance de la sécurité du sous-marin en plongée et de la pesée) et d'un maître de central (responsable du bon fonctionnement général de l'ensemble et du déclenchement immédiat des actions de sécurité en cas d'incident).

Equipe de quart : l'ensemble des personnels remplissant des postes de quart.

ESM : ensemble des moyens passifs de guerre électronique permettant d'analyser et de tirer avantage des signaux radar ou radio reçus d'une force ennemie.

Essais à la mer : période d'essais du bâtiment à la mer, conduite après la construction. Ces essais sont réalisés pour s'assurer que le bâtiment a été construit selon les spécifications imposées et est prêt à remplir sa mission.

Evolution du but : annonce utilisée pour prévenir l'ensemble des opérateurs du système de combat d'un changement possible dans les éléments route et vitesse d'un but. Une évolution du but dégrade la solution entretenue par le sous-marin, demandant une ou plusieurs nouvelles branches d'azimétrie pour déterminer la nouvelle solution.

FAA (Federal Aviation Administration) : autorité régulatrice des liaisons aériennes civiles.

Feuilles de chêne : les feuilles de chêne ornent les casquettes ou les coiffures de travail *(ball caps)* des officiers américains d'un grade supérieur ou égal à celui de capitaine de frégate *(commander)*.

Filtre de menace : la mer est un milieu extrêmement bruyant où se propagent toutes sortes de sons. Pour rechercher une fréquence particulière, on crée une fenêtre d'analyse centrée sur cette fréquence. Cette fenêtre dédiée à la recherche d'une fréquence unique connue d'avance est appelée un filtre de menace. L'ensemble des « filtres de menaces » ainsi que des consignes pour les utiliser constituent le « plan de veille ».

Fission : réaction nucléaire dans laquelle un noyau radioactif se brise en plusieurs fragments en libérant une grande quantité d'énergie. Les fissions peuvent être provoquées ou spontanées. Le plutonium est sujet aux fissions spontanées, ce qui le rend tiède au toucher.

Fistot : élève de première année.

Flash : degré d'urgence le plus élevé pour un message radio. L'accusé de réception doit être effectué dans les secondes ou les minutes qui suivent.

Flux neutronique : nombre de neutrons présents dans une unité de volume pendant une unité de temps. Le flux neutronique caractérise le niveau de puissance du réacteur.

Fusion : a) réaction nucléaire dans laquelle deux noyaux légers se combinent pour former un seul noyau plus lourd en dégageant une grande quantité d'énergie ; b) si la température s'élève trop dans le cœur, les éléments combustibles contenant l'uranium peuvent fondre et se rassembler au fond de la cuve du réacteur. A bord d'un sous-marin, cet accident extrêmement grave conduit à la perte du réacteur et à la dissémination probable de produits radioactifs dans l'environnement.

g : mesure d'accélération. Un g correspond à l'accélération de la pesanteur terrestre.

Gamma : rayonnement électromagnétique très énergétique émis lors d'une réaction nucléaire.

Gîte : inclinaison du bâtiment sur le côté.

GMT : heure du méridien de Greenwich, utilisée de façon universelle. Egalement appelée « heure Zulu », prononcer « Zoulou ».

GPS (Global Positioning System) : système de navigation très précis, utilisant un réseau de satellites. Egalement appelé improprement « SATNAV ».

Grenouille : argot de sous-marinier pour désigner une torpille. Ces engins vont dans l'eau et sont peints en vert, d'où une certaine analogie avec le batracien.

Griffes : pièces métalliques en forme de banane permettant de maintenir un panneau ou une porte étanche en position fermée.

Groupe en manœuvre : les barres (ou croix) de contrôle du réacteur sont divisées en plusieurs groupes que l'on peut relever ou abaisser séparément. Certaines barres sont complètement relevées et font partie du groupe de sécurité. Elles tombent au fond du réacteur en cas d'alarme. D'autres barres servent au réglage fin de la puissance du réacteur. Ces barres appartiennent au groupe en manœuvre.

Gyro : a) gyroscope ; b) par extension, compas utilisant un gyroscope.

Gyroscope à suspension électrostatique (GSE) : type particulier de gyroscope constitué d'une bille métallique en lévitation électrostatique tournant à très grande vitesse dans une enceinte sous vide. Par extension, le système de navigation inertielle (CIN : centrale de navigation inertielle) qui emploie ce type de gyroscope.

Hydrophone : microphone à usage sous-marin. L'hydrophone est le constituant de base de toutes les antennes acoustiques.

Immédiat : urgence élevée pour un message qui doit être acheminé à son destinataire dans l'heure qui suit son émission.

Implosion : effondrement d'une coque sur elle-même sous l'effet de la pression extérieure.

Inclinaison : angle entre le cap du but et la ligne lanceur-but, comptée de 0 à 180° droite ou gauche (voir dessin). Un bâtiment se dirigeant droit sur l'observateur sera vu en inclinaison 0. Si l'on voit le flanc droit d'un bâtiment, il sera en inclinaison droite et inversement.

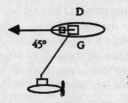

Inclinaison 45 gauche

Ingénieur de quart : officier ou officier marinier ancien de quart au poste de conduite propulsion (PCP) qui assure, sous les ordres de l'officier de quart, la mise en œuvre de la totalité de l'appareil propulsif. Cet ingénieur est formé aux technologies nucléaires.

IP (immersion périscopique) : immersion à laquelle le sous-marin peut utiliser ses périscopes et aériens. Certaines activités ne sont autorisées qu'à l'immersion périscopique, comme par exemple les extractions, l'éjection des ordures par le SVO (sas vide-ordures) et la vidange des caisses sanitaires. Certaines opérations ne peuvent être conduites qu'à l'immersion périscopique, en particulier la réception des satellites de télécommunication et de navigation, ainsi que l'exploitation de la guerre électronique. Une remontée à l'IP ralentit le sous-marin car il est impossible de hisser un périscope à grande vitesse, sous peine de l'arracher.

IR : infrarouge.

KE : pupitre de contrôle de l'usine électrique, implanté au PCP.

KFI-17 : dernière génération de satellites de reconnaissance de la classe Big-bird. K-H est l'abréviation de *Key-Hole* (trou de serrure), ce qui est tout à fait approprié pour un satellite espion.

KM : pupitre de contrôle de la propulsion, implanté au PCP.

KR : pupitre de contrôle du réacteur, implanté au PCP.

LAMPS : acronyme désignant un hélicoptère léger multi-rôle, embarqué à bord des bâtiments de l'US Navy.

529

Lancer le gyroscope : démarrer le gyroscope interne d'une arme. Le lancement du gyroscope doit être effectué pendant la phase de préparation du lancement de l'arme. Le gyroscope siffle et gêne parfois l'écoute.

Lancer sur le but futur : ordre donné par le commandant pour lancer une torpille sur l'azimut futur (azimut d'un but prédit par le système de combat, en fonction des éléments du but et du temps de parcours de la torpille) et non sur le dernier azimut vrai fourni par le sonar. A cet ordre, la torpille est téléréglée et, lorsqu'elle signale qu'elle est prête, le commandant peut ordonner soit « Lancez », soit « Annulez le lancement ».

Large bande : a) bruit contenant toutes sortes de fréquences ; b) les sonars peuvent travailler en bande large, mode dans lequel ils écoutent la somme de toutes les fréquences produites par un bruiteur, ou en bande étroite, mode dans lequel ils n'écoutent qu'une seule fréquence particulière (ou « raie ») caractéristique du but à traiter. La portée de détection en bande large est généralement élevée sur les bâtiments de surface bruyants, et faible sur les sous-marins, qui sont silencieux.

Ligne de tins : ensemble de supports habituellement en bois sur lequel repose le sous-marin quand il est échoué au bassin.

Lutte ASM : lutte anti-sous-marine.

MAD : détecteur d'anomalie magnétique. Un détecteur embarqué sur un aéronef mesure les changements du champ magnétique terrestre causés par la présence de la coque en acier d'un sous-marin.

Manche de direction : le manche qui commande l'orientation de la barre de direction et donc le cap du sous-marin.

Manomètre Bourdon : un manomètre Bourdon est constitué d'un tube coudé en forme de point d'interrogation et fermé à une extrémité. Quand on applique une pression à l'intérieur de ce tube, il a tendance à se redresser. En mesurant sa déformation, on mesure la valeur de la pression. Cet appareil est utilisé en secours pour indiquer l'immersion d'un sous-marin.

Massif : improprement connu sous le nom de « kiosque », le massif abrite les aériens (périscopes) et la passerelle d'où est manœuvré le sous-marin lorsqu'il est en surface.

Mérou : propulseur d'étrave rétractable, utilisé pendant les manœuvres de port ou en secours.

MES (moteur électrique de secours) : moteur électrique permettant de donner une vitesse de quelques nœuds au sous-marin en cas d'avarie de la propulsion principale (à vapeur).

Navigation par relevé bathymétrique : un sondeur discret relève la profondeur et la forme du fond au-dessous du sous-marin. La comparaison du profil obtenu avec des cartes mises en mémoire dans un ordinateur permet de déterminer exactement la position du bâtiment. Ce système est très intéressant car on obtient ainsi un point précis sans avoir à reprendre la vue et sortir une antenne.

Neutrons rapides : les neutrons émis par la fission d'un noyau d'uranium sont animés d'une grande vitesse et sont dits « rapides ». Pour que ces neutrons puissent à nouveau être captés par un noyau d'uranium et produire à leur tour une fission, il faut les ralentir afin qu'ils soient pratiquement à l'équilibre dans le milieu. Les neutrons ralentis sont dits « thermiques » ou « lents ».

Niveau pressuriseur : le niveau de l'eau contenue dans le pressuriseur est le premier indicateur d'une fuite primaire. Il est constamment surveillé et des actions automatiques (insertion, alarme) y sont liées. (Voir *Réacteur à eau pressurisée*.)

Octavemètre : appareil qui mesure la croissance de la population neutronique en octaves par minute. La population neutronique caractérise le niveau de puissance du réacteur : au démarrage (la divergence), il faut maintenir la croissance de la population neutronique dans des limites strictes, sous peine de ne plus pouvoir contrôler le réacteur.

On lancera au prochain bien pointé : ordre du commandant indiquant à l'officier de tir (« adjudant de lancement ») de lancer sa torpille après une dernière mesure de l'azimut du but, en général faite au périscope.

Ops : opérations.

Pacha : surnom familier donné au commandant.

Parcours d'activation : parcours initial de la torpille, qui l'éloigne du sous-marin lanceur. Pendant le parcours d'activation, la charge militaire n'est pas armée. L'auto-directeur de la torpille n'est pas démarré. Après ce parcours initial, la torpille commence sa recherche, en mode actif ou passif. La charge militaire n'est armée qu'après détection du but.

Passer sur nuit : éteindre les éclairages du PCNO, limiter la brillance des écrans des consoles et passer le reste du bâtiment en éclairage rouge. Cette situation est prise pour permettre au commandant et à l'officier de quart d'établir ou de ne pas perdre une bonne vision nocturne avant de remonter à l'immersion périscopique de nuit.

Passerelle : petit espace aménagé au sommet du massif d'un sous-marin, dans lequel se tient l'officier de quart lorsque le bâtiment est en surface. Egalement appelé « baignoire » car régulièrement envahi par les vagues...

Patron du pont : officier marinier qui exerce les fonctions d'officier de quart. Il est traditionnellement l'auxiliaire du commandant en second pour toutes les questions relevant du personnel équipage et de la vie à bord. Il est normalement chargé du maintien de la discipline.

PCNO (poste central navigation-opérations) : local du bâtiment d'où sont conduites toutes les actions importantes. Ce local est divisé en deux parties, le central, d'où sont contrôlées la plongée et la sécurité du sous-marin et le CO (central opérations), d'où le commandant conduit son bâtiment au combat.

PCP (poste de conduite propulsion) : local d'où est télécommandé l'ensemble de la propulsion du sous-marin.

Pilote : a) personne possédant une grande expérience des approches et des chenaux menant à un port. Le pilote monte à bord avant d'entrer dans les eaux resserrées du port ou avant l'appareillage et conseille le commandant. La présence du pilote à bord met le commandant dans une situation délicate car, si le pilote commet une erreur, le commandant, qui conserve la responsabilité ultime de son bâtiment, sera très certainement sanctionné ; b) opérateur des barres de plongée et de direction.

PIM (Position and Intended Movement) : route et vitesse moyenne de la force.

Piste : terme générique qualifiant une détection, quel qu'en soit le moyen (vue, sonar radar, ESM). Une piste peut être amie ou ennemie. Equivalent à *contact.*

Plan de veille : voir *Filtre de menace.*

PMP : vitesse maximum pour laquelle les paramètres de fonctionnement des diverses installations sont respectés. Pour un sous-marin américain, les deux pompes primaires doivent être en grande vitesse et le réacteur à 100 % de sa puissance.

Pod : nacelle externe, accrochée sous les ailes ou le fuselage d'un avion, permettant l'emport d'équipements trop volumineux ou d'un usage trop peu fréquent pour être installés en permanence sur l'avion. On utilise en particulier des « pods photo » pour la reconnaissance aérienne.

Point : position géographique (latitude-longitude) d'un bâtiment, déterminée par trois relèvements lorsque l'on est en surface et proche de la terre, par estime, satellite, visée astrale ou par profil bathymétrique en haute mer.

Pompe de relevage : pompe à forte pression de refoulement chargée d'injecter de l'eau dans le circuit primaire en cas de fuite.

Pompes primaires : pompes de grandes dimensions, placées sur chaque boucle primaire, d'une puissance unitaire de 100 à 400 CV, qui font circuler le fluide primaire à travers le réacteur et le générateur de vapeur. Elles sont spécialement étudiées pour ne présenter aucune fuite.

Pont : un bâtiment est subdivisé verticalement en plusieurs ponts (ou étages).

Poste de combat : le commandant rappelle au poste de combat pour disposer de la pleine capacité opérationnelle de son bâtiment et pour pouvoir faire face le plus rapidement possible aux avaries éventuelles.

Poste de combat de vérification : ensemble d'opérations permettant de mettre en marche et de vérifier tous les systèmes du sous-marin avant l'appareillage.

Poste de manœuvre : lorsque le sous-marin appareille ou arrive en eaux resserrées, l'équipage est rappelé au poste de manœuvre et assure un certain nombre de fonctions de navigation et de sécurité.

Poste de pilotage : ensemble de consoles d'où l'on commande la plongée du sous-marin. Ce poste de pilotage ressemble au cockpit d'un 747, et est armé par deux pilotes (plongée et direction) et par le maître de central, qui se tient entre les pilotes et derrière eux.

Poste de quart : un poste de quart correspond à une fonction remplie par un individu (exemples : maître de central, opérateur KM, pilote de barres de plongée, etc.).

Prendre l'éclairage de jour : éclairer le PCNO en lumière blanche, de jour seulement.

Prendre la tenue de veille : disposer le sous-marin pour plonger.

Pressuriseur : voir *Réacteur à eau pressurisée.*

Propulseur : voir *Pump-jet.*

Propulseur de croisière : moteur d'un missile assurant son maintien en vol, par opposition à propulseur d'accélération, qui permet le décollage et l'acquisition de la vitesse de croisière.

Pump-jet : turbine à eau multi-étages destinée à remplacer l'hélice d'un bâtiment. Ce dispositif est très silencieux et ne cavite pratiquement pas. Il présente cependant deux inconvénients par rapport à une hélice classique, une montée en allure moins rapide et une poussée plus faible.

Quart : a) intervalle de temps, habituellement d'une durée de 6 ou 8 heures, durant lequel une équipe donnée, de permanence devant certains appareils ou dans certains compartiments, assure la mise en œuvre du sous-marin ; b) l'officier qui est de quart (OCDQ : officier chef du quart) est le représentant du commandant et, à ce titre, il a la responsabilité totale du bâtiment et exerce son autorité sur tout le personnel de quart dans tous les compartiments. Il peut être aidé par un adjoint à qui il peut « donner la manœuvre ». Cet adjoint ne s'occupe alors que de la manœuvre du sous-marin et du suivi des buts.

Quille : par abus de langage, on appelle quille d'un sous-marin le point le plus bas de la coque.

Rance : poste de stockage des torpilles.

Réacteur à eau pressurisée : type de réacteur de propulsion nucléaire équipant tous les sous-marins des marines occidentales et certains bâtiments russes. L'eau contenue dans le circuit primaire ralentit les neutrons et transporte la chaleur produite dans le circuit secondaire. Pour l'empêcher de bouillir, ce qui dégraderait de façon catastrophique les échanges thermiques, il faut la maintenir sous forte pression : c'est le rôle du pressuriseur.

Réacteur à sodium liquide : la chaleur produite par le cœur doit être transférée au circuit secondaire pour être utilisée. On peut employer différents fluides pour réaliser ce transfert, en particulier du sodium liquide qui présente des caractéristiques thermiques, électriques et mécaniques très intéressantes. Cette solution n'a pas été retenue dans les marines occidentales à cause de la très grande réactivité du sodium en présence d'eau.

Réducteur : mécanisme qui permet de passer d'une vitesse de rotation importante (turbines de propulsion) à une vitesse de rotation faible (arbre d'hélice). Ce mécanisme permet également d'embrayer deux turbines sur une seule ligne d'arbre. Malheureusement, le réducteur est une source de bruit importante.

Réfrigération de secours : circuit (XC) utilisant la circulation naturelle qui permet d'évacuer la chaleur qui se dégage encore du cœur alors que le réacteur est à l'arrêt (la puissance résiduelle).

Revêtement anéchoïque : couche de mousse de caoutchouc collée sur l'extérieur de la coque de certains sous-marins. Cette couche absorbe l'énergie incidente provenant d'un sonar actif et empêche la réflexion des impulsions, tout en diminuant la transmission à la mer des bruits internes au sous-marin. Analogue au matériau d'absorption des ondes radar sur un avion furtif.

RIO (Radar Intercept Officer) : copilote chargé des armes à bord d'un chasseur de l'US Navy.

Rondier arrière : officier marinier sous les ordres de l'ingénieur de quart qui va fréquemment contrôler le bon fonctionnement des diverses installations propulsion.

Sas de sauvetage : sas permettant la sortie du personnel d'un sous-marin désemparé qui serait posé sur le fond à faible immersion. En temps normal, ce sas est utilisé pour mettre à l'eau ou récupérer des nageurs de combat.

Sas lance-bombettes : petit tube lance-torpilles, utilisé pour lancer des artifices pyrotechniques de signalisation, des bouées de radiocommunication SLOT et des leurres.

Sas passerelle : sas d'accès qui relie l'intérieur du sous-marin à la passerelle, fermé par deux panneaux étanches.

Sasser : faire passer du personnel ou du matériel de l'intérieur à l'extérieur du sous-marin ou inversement, en utilisant un sas.

Schnorchel : mât hissable creux, destiné à admettre de l'air extérieur dans le sous-marin pour le fonctionnement des diesels, lorsque le réacteur est en alarme (identique à *tube d'air*).

Site (d'un périscope) : le site est l'angle que fait l'axe optique d'un périscope avec l'horizontale. Quand un périscope est calé au site zéro, l'opérateur regarde sur l'horizon.

Situation « silence patrouille » : disposition des équipements et des auxiliaires de façon à assurer une grande discrétion au sous-marin, sans empêcher la vie courante à bord. La maintenance des installations est autorisée, à condition de ne pas faire de bruit. Les opérations bruyantes, comme les extractions, sont soumises à l'accord du commandant.

Situation « supersilence » : disposer les équipements et auxiliaires de façon à rendre le sous-marin le plus discret possible. Cette situation n'autorise la mise en œuvre que des systèmes strictement indispensables, le personnel non de quart est obligatoirement couché, la cuisine est arrêtée, les douches, le lavage du linge, les chaussures à semelles rigides et le cinéma sont interdits. Le bâtiment passe en éclairage rouge pour rappeler à l'équipage la nécessité impérative de ne faire aucun bruit. Cette situation est prise lorsque le sous-marin est menacé ou qu'il accomplit une opération spécialement délicate, comme un pistage à courte distance.

Situation report : message d'urgence élevée permettant de rendre compte à une haute autorité d'un contact avec l'ennemi.

SNA : sous-marin nucléaire d'attaque.

536

SNLE : sous-marin nucléaire lanceur d'engins, qui porte des missiles balistiques intercontinentaux. Un effort particulier est fait pour la discrétion de ces sous-marins qui constituent la composante essentielle des forces de dissuasion. Ces bâtiments sont en réception radio permanente et sont prêts à tout moment à répondre à l'ordre de lancement donné par le Président.

Solution : les éléments d'un but, distance, route et vitesse. La détermination de la solution est spécialement difficile lorsqu'on utilise un sonar passif. Elle est accomplie par une combinaison de manœuvres du sous-marin et de calculs réalisés sur le défilement et les radiales du but, manuellement ou à l'aide d'un calculateur.

Sonar actif : la mesure de l'azimut (encore appelé relèvement) et de la distance d'un contact peut se faire en émettant dans l'eau une impulsion sonore puis en écoutant l'écho de cette impulsion réfléchie par le contact. Le temps entre l'émission de l'impulsion et le retour de l'écho donne la distance du contact, puisque la vitesse du son dans l'eau est connue. La direction d'où vient l'écho donne l'azimut du contact. Le sonar actif n'est normalement pas utilisé par les sous-marins car il trahit leur présence et leur position.

Sonar de flanc : l'un des assemblages d'hydrophones qui font partie du système sonar du sous-marin, montés sur la coque extérieure, environ au premier tiers avant du bâtiment. Ce sonar de flanc est utilisé essentiellement en secours du sonar sphérique, plus performant car moins bruité.

Sonar passif : mode normal de fonctionnement des sonars d'un sous-marin. Un sonar passif ne fait qu'« écouter » et n'émet rien dans l'eau. L'emploi d'un sonar passif rend plus difficile la détermination de la solution mais est parfaitement discret.

Sondeur : appareil à ultrasons destiné à mesurer la hauteur d'eau sous la quille du sous-marin. Les nouveaux systèmes sont discrets car ils émettent des impulsions courtes à des fréquences variables.

Sondeur de glace : appareil à ultrasons permettant de détecter la présence de glace sur l'avant du sous-marin et de mesurer l'épaisseur de la banquise.

Splash : bruit d'entrée dans l'eau provoqué par l'impact sur la surface d'une torpille ou d'une bouée acoustique larguée par aéronef.

Subnote *:* route ordonnée à un sous-marin pour rejoindre une zone d'opérations.

Surbau : partie plane et polie, généralement en acier inoxydable, sur laquelle vient s'appuyer le joint chargé d'assurer l'étanchéité d'un panneau ou d'une porte étanche.

Système de combat : ce système informatique reçoit ses éléments de tous les senseurs du sous-marin et permet de déterminer une solution sur un ou plusieurs buts. Il permet également de programmer, de lancer et de télécommander les armes du sous-marin.

Table traçante : outil de détermination de solutions. Efficace pour des contacts en route stable, difficile d'emploi si le contact évolue fréquemment, inutilisable en situation confuse.

Tenue automatique d'immersion (TAI) : système automatique permettant de maintenir le sous-marin très précisément à une immersion donnée. Ce système est utilisé par les sous-marins lanceurs de missiles pour maintenir leur immersion de lancement et par certains sous-marins d'attaque pour établir une vitesse verticale donnée afin de faire surface sous la banquise.

Tenue de l'immersion : capacité à tenir l'immersion du sous-marin de façon précise. Cela peut être fait soit manuellement, en admettant ou en pompant de l'eau de mer dans des capacités spéciales appelées régleurs, Soit automatiquement. Il est spécialement important de bien tenir l'immersion lorsque le sous-marin est proche de la surface (immersion périscopique), car une erreur pourrait faire sortir le massif de l'eau et trahir le sous-marin.

Tour d'horizon périscope : pour assurer la sécurité anti-collision de son sous-marin à l'immersion périscopique, le commandant sort un périscope à intervalles réguliers et regarde sur tout l'horizon. Il prévient l'équipe du PCNO qu'il va sortir le périscope en annonçant à haute voix « tour d'horizon périscope ». Le central annonce alors l'immersion et la vitesse, car une vitesse trop grande peut arracher le périscope et créer une voie d'eau.

Trajectoire résiduelle : après une recherche sur une distance donnée si la torpille n'a pas trouvé le but qui lui avait été désigné, elle entre en trajectoire résiduelle, qui durera jusqu'à l'épuisement de son énergie ou la découverte du but. Les trajectoires résiduelles peuvent être de plusieurs types, la recherche circulaire à plat ou hélicoïdale étant la plus utilisée.

Tranche : le volume intérieur d'un sous-marin est divisé longitudinalement en tranches repérées par une lettre de l'arrière vers l'avant (la tranche A étant la plus à l'arrière). Les tranches sont séparées par des cloisons dont certaines résistent à la pression. Elles divisent le bâtiment en plusieurs compartiments refuges, dans lesquels, en cas de naufrage, le personnel peut survivre en attendant les secours.

Transducteur : voir *Hydrophone*.

Transitoire : indiscrétion de courte durée produite par un sous-marin, comme par exemple le bruit d'une clef qui tombe, le martèlement de chaussures sur les plaques de pont, le claquement des panneaux que l'on ferme trop brutalement, les extractions aux générateurs de vapeur, l'ouverture des portes avant des tubes lance-torpilles, etc.

Tube d'air : voir *Schnorchel*.

Turbine : dispositif mécanique tournant, à aubes, qui convertit l'énergie de pression, l'énergie de débit et l'énergie interne (température) d'un flux de gaz (vapeur ou gaz de combustion) en énergie mécanique.

Turbines de propulsion : turbines de grandes dimensions, alimentées par la vapeur produite par la chaufferie nucléaire, qui font tourner la ligne d'arbre à travers un réducteur.

Turboalternateur (TA) : deux turbines à vapeur entraînant chacune un alternateur, qui produisent l'énergie électrique du bord.

TUUM (téléphone sous-marin) : système de transmissions sous-marines permettant de communiquer à la voix entre deux sous-marins à faible distance l'un de l'autre.

Usine à CO_2 : équipement de maintien de la qualité de l'atmosphère du sous-marin, qui extrait le gaz carbonique (produit par la respiration de l'équipage, le diesel, le brûleur catalytique de monoxyde de carbone...) de celle-ci en faisant passer l'air sur un lit d'amine absorbante.

Usine à oxygène : pour produire l'oxygène nécessaire à la vie de l'équipage, on électrolyse de l'eau distillée sous pression en présence de potasse. L'oxygène est injecté directement dans les circuits de ventilation du bord. L'hydrogène est rejeté à la mer, dans laquelle il se dissout aussitôt. L'usine à oxygène présente des risques sérieux en matière de sécurité à cause de la présence simultanée de trois ingrédients potentiellement dangereux, électricité, oxygène et hydrogène.

Vannes closes : vannes montées sur les gros collecteurs de vapeur bâbord et tribord, sur la cloison avant du compartiment machine. Elles peuvent isoler la distribution de vapeur en cas de fuite importante.

VIF (Very Low Frequency) : ondes radio utilisées pour transmettre des messages radio aux sous-marins. Ces ondes pénètrent de quelques mètres dans l'eau. (Voir également *EIF.*)

VLS (système de lancement vertical) : système de lancement des missiles de croisière, équipant les derniers SNA de type 688 Los Angeles, qui comprend une série de tubes verticaux emménagés dans les ballasts avant. Ce système permet également d'emporter plus d'armes en limitant le volume du poste torpilles.

Volets de passerelle : des plaques d'acier ou de matériau composite sont mises en place avant de plonger, pour clore la passerelle et redonner au massif une bonne continuité de formes. Ces volets sont ouverts au retour en surface du sous-marin.

Zulu : voir *GMT.*

NOTE DE L'AUTEUR

Les remarques, les critiques et les lettres sont toujours les bienvenues, qu'elles soient écrites par un journaliste du *New York Times*, un lecteur dont l'avion vient de se poser à Los Angeles, une mère de famille qui s'accorde un peu de répit au milieu sa progéniture ou un élève de CM2 en train de préparer un exposé.

Sur le Web, vous pouvez me joindre à cette adresse :

readermail@ussdevilfish.com

ou en visitant le site :

http://www.ussdevilfish.com

Si vous n'avez pas de courrier électronique, adressez votre courrier chez l'éditeur. Je réponds à toutes les lettres que je reçois, pas forcément par retour du courrier, mais dès que possible.

REMERCIEMENTS

Mes premiers remerciements vont à ma femme, Patti, en qui je trouve l'inspiration et la force de vivre.

Merci à mon fils Matthew, et à ma fille Marla, qui emplissent ma vie d'amour, d'espoir et de joie.

Merci à ma mère, Patricia, qui n'a jamais aimé me voir descendre par le panneau d'un sous-marin nucléaire mais qui a toujours su conserver sa sérénité.

Merci à mon père, Dee, qui me rappela une fois qu'il avait été fait officier de marine à l'âge de vingt ans — alors qu'au même âge j'étais encore élève de deuxième année à l'Ecole navale. Il m'a permis de garder les pieds sur terre.

Merci à Joe Pittman, le meilleur de tous les éditeurs.

Merci à Nancy Perpall, une grande amie et écrivain de talent.

Merci à Bill Parker, le brillant concepteur de Parker Information Resources (www.parkerinfo.com), qui a rendu mon site Internet superbe. N'hésitez pas à venir faire un tour : www.ussdevilfish.com.

Merci à mon ami et critique averti Craig Relyea qui m'a aidé à retrouver l'enthousiasme lorsque j'étais au fond du trou.

Merci à tous les hommes et à tous les officiers du USS *Hammerhead* SSN-663 et à l'esprit éternel de ce vénérable bâtiment, qui a fait de moi un sous-marinier.

Et merci, enfin, au regretté Don Fine, qui me lit depuis l'au-delà, les sourcils froncés, un stylo rouge à la main.

Composition réalisée par JOUVE

IMPRIMÉ EN ALLEMAGNE PAR ELSNERDRUCK
Dépôt légal Éditeur : 22686-10/2002
LIBRAIRIE GÉNÉRALE FRANÇAISE - 43, quai de Grenelle - 75015 Paris.

ISBN : 2 - 253 - 17250 - 2 ♦ 31/7250/9